百年广西多民族文学大系

（1919—2019）

BAINIAN GUANGXI DUOMINZU WENXUE DAXI

中篇小说卷

（1949—2019）

（下）

总　主　编 ◎ 黄伟林　刘铁群

本卷主编 ◎ 黄伟林　曾攀

⑤

GUANGXI NORMAL UNIVERSITY PRESS

广西师范大学出版社

·桂林·

2010 年代

灰姑娘

锦璐

一

"麦多多……"

我是在一个闹哄哄的 KTV 里接到王博电话的。年底家家都在催账。出版社每年到了这个时候回款压力更是特别大。眼前这几个喝得东倒西歪的代理商已经答应明天早上划款了。王博打来电话的时候，我正大着舌头催促服务员上几碟炒粉和鸭下巴。今晚的生意太过火爆，催了半天东西还没端上来。这样怠慢消费者可不行。我是 KTV 的上帝。代理商是我的上帝。

我心急火燎，恨不得亲自跑去端盘子。王博电话里讲的什么我根本听不清。我拉开包厢门走到过道上，提高声音跟他说，"我他妈正在这儿装孙子，那个猪头社长说，回款不到位今年所有提成一笔勾销。他去死吧。"

发了一通牢骚，我才想起来问王博，"有事？"

"麦多多……"

服务生端着托盘出现在走廊那头，我使劲冲

作者简介

锦璐（1975—），原名蒋锦璐，女，大学本科，曾任《广西日报》综合副刊部副主任。2002 年开始发表作品，2009 年加入中国作家协会，广西作协副主席。著有长篇小说《一个男人的尾巴》，中短篇小说集《双人床》，中篇小说《双人床》《美丽嘉年华》《弟弟》等。其中中篇小说《双人床》获《中篇小说选刊》优秀中篇小说奖。

作品信息

原载《山花》2010 年第 8 期。

他招手,"这边,这边!快点!快点!等到天亮啦!"服务生被我急吼吼地推进包厢,差点跌倒。

吵死了。我留了半个身子在门外,"兄弟,不好意思先这样吧。哎,哎,一起回,帮我把机票一起订上。"

我和王博是同一个院子长大的发小,他大我两个月,穿开裆裤的时候就在一起尿尿和泥。七岁时的一场意外,却加深了我们的友情,使我和王博在还没显现男性体征之前就成了生死之交。厂区的建筑工地旁边是一个大水塘,那天玩着玩着他就滑进了水塘。我临危不乱,撒腿猛跑,在最短的时间内找来大人,把他救了起来。估计就是这一次玩命地跑激发了我的短跑潜力,上中学后我被选进学校运动队,专攻一百米和两百米,并连续两次获得全市中学生运动会这两个项目的第三名。拥有一双飞毛腿的我,在厂区孩子以打架为全民健身运动的成长岁月里,在突袭和撤退两方面,占据充分的优势,成为各势力团伙打击或拉拢的目标。十七岁,王博整天沉醉于泡妞,明知山有虎,偏向虎山行,得罪了隔壁工厂的一帮小混混。终于有一天,他们把我和王博堵在他们厂门口。面对这种敌我力量悬殊的局面,按照我以往的风格,早就脚踩风火轮溜之大吉。但是为了瘦弱的王博,我没有跑,和王博背靠背紧紧地贴在一起,脊背发凉看着对方一步步逼上来。混混们跟我们差不多大,上了技校或者顶替家长进厂工作,骨子里其实还是有些孩子气。不知道那天他们为什么没想动手打架,而是把我俩带到家属院后面的空地上,比赛了五十米短跑,还比赛了立定跳远和投掷砖头。一场民间体育赛事开展得有声有色。然后,他们满怀敬意请我喝了啤酒。王博也分了一瓶。从这以后,相安无事。这件事印证了两个道理:一是挟技走天下,有点儿特长不吃亏;二是江湖好汉也多半是虎头蛇尾。

大概是三年前吧,王博离婚了。混在北京的他,时常在半夜三更的电话里向混在成都的我鬼惊鬼乍地发布一些重大事件。比如说终于看到了崔健的现场演唱会,比如说第一次到了澳门赌钱赢了两千块钱还公开合法地观看了色情表演。所以,当我又一次被他的午夜凶铃惊醒之后,我让他不要急,容我放泡尿,点上一支烟，等我说你可以说了，再说。召开完毕只有我一个听众的"王博同学离婚事件"新闻发布会后，我说了两句话，第一句是："离婚的不一定是中年人，但中年人一定想离婚。"第二句是："恭喜你，人到中年，心想事成。"本来我还想说第三句的，他却把电话挂了。重新躺下后，我忽然纳闷，我和王博才三十而立少少几年，中年就如此这般热情汹涌地扑面而来？

离了婚的王博又撞上了另一件倒霉事。单位高层倾轧，王博不幸沦为替罪羊。其时，王博历尽抽筋剥骨般的磨炼，一步步升任到了部门主任一职，自觉眼前是金光大道。但结局不仅仅是被开除公职，还背上了无妄而来的牢狱之灾。在看守所忍饥挨饿的近一年的时间里，被公款吃喝催肥的他体重迅速下降，以至于后来我见到他，以为他在深山老林里辟谷半年。有一天他在小便的时候，脑袋里忽然清醒非常，好似醍醐灌顶，随即高吟"彷徨乎尘垢之外，逍遥乎无为之业"。肮脏臭臊的便池密布星云气象，令王博憋屈已久的腌臜之气顺势泄流。出来后他便拎了行李直奔成都。他说成都悠闲，物价低，有吃有喝，是一个不费脑子就可以把人生晃悠到终点的好地方。最重要的是，成都有我这个兄弟在。他说人的七情六欲里，什么都可以少，唯有友情不可少。肉麻起来，他搂着我的肩膀，省略中间两句歌词，直接从"没有天就没有地"唱到"没有你就没有我"，就七岁时我救了他小命一事，反反复复地向我表示感谢。感谢完了他又疑问，按说大难不死必有后福，这句话到底有没有道理？他唏嘘感慨人生时，正是来到成都的当天夜里。我和他两个喝了个烂醉，好像二十啷当岁意气风发半夜唱着歌在大街上狂飙的感觉又回来了。那天我们手痒痒的真他妈想打上那么一架，最后摔了几个啤酒瓶以示鼓励。

从 KTV 出来，又转去桑拿。我忍着胃溃疡陪他折腾，在几个不同的厕所猛拿凉水洗脸。第二天傍晚我才睡醒。醒来的那一刻，我忘记自己躺在什么地方，好像将死之际，肉身沉重，灵魂游离，天地旋转。等到眼睛逐渐适应了昏暗，从一团团黑影中分辨出房间的轮廓，才想起这儿离成都两千公里。宿醉的滋味真难受，口渴，口臭，头痛欲裂。他妈的这就是我的人生。

好像有什么事。被酒精锈掉的大脑，像章鱼收拢触角一样，慢慢调动起来。让我慢慢想一想。我想起了王博那个电话。打开手机，王博的已接来电是在凌晨三点。

我想起来了。王博说，"麦多多……"

我慢慢坐起来，靠在床背，手向烟盒和打火机摸去。窗口那里漫着灰暗的天色，渐渐有白色的雪花凌乱飞舞。

麦多多怎么了？在这个深更半夜的电话里，王博想说什么？

二

麦多多是我们同院哥们儿刚子的高中同学。高二开学，刚子说他们班来个借读生，女的。我们自然感兴趣，问长得怎么样。刚子只说了一个字，白。我和王博旷课窜去刚子他们学校，看到他的同桌戴着大口罩，长刘海遮眉毛，只剩下一双眼睛。刚子说这就是麦多多。我觉得只要是见过麦多多的人，都会记得她的眼睛。麦多多的眼睛是细长的，有点儿内双，眼梢略略往下。浓密的睫毛又黑又长，顺着眼梢的走势一路滑向眼尾，好像一笔横拖的浓墨坠在那里，衬得淡蓝的眼白特别干净。瞟你一眼，那眼神又像专注又像不屑，感觉怪得不得了。

麦多多在化学实验课上被酒精灯燎了半边脸。熄灭燃烧着的酒精灯，是要拿玻璃盖压住火苗的。麦多多却拿嘴巴去吹。难道她以为那是火柴？过后才知道，麦多多是从下面一个偏远县城过来的，以前从没上过化学实验课。

从刚子的嘴巴里，我们时常可以听到麦多多的故事。

一次是班级组织游园划船。靠岸时，坐在船尾的麦多多伸手去拉旁边船的船梆，可能是想让自己的船省力一些。但是两条船上的人，谁都没有留意到她的举动。大家朝着各自的方向划桨前进。船身之间的距离越来越大。就听见"扑通"一声，清风荡漾的湖面溅起一朵巨浪，而麦多多同学，正在浪花的中心扑腾。我们大笑之后，就奇怪麦多多为什么不出声，只要她高声提醒一下，就不会发生这种事情了。刚子说她就那么一个人，可以一天不说一句话。

不声不响的麦多多却在某一天成为校园名人。她偷了东西，被人扭送到学校。确切地说，她在书店偷了一本书。那是一本名为《黑眼睛》的诗集，作者名字叫作顾城。现在当然有很多人都知道顾城，知道他写下那句著名的"黑夜给了我黑色的眼睛，我却用它寻找光明"。但在当时，说实话，我们即使知道麦多多偷了什么书，也不知道书里有这样著名的诗句。那是1991年，满大街都在放着即将并称为"四大天王"的刘张郭黎的歌曲。从小学生到高中生，几乎人手一册歌本，抄的全都是港台流行歌曲。课间休息，经常会有男生扯着嗓子高唱"我和我追逐的梦，擦肩而过"或者是那首甜到发腻的"对你爱爱爱不完，我可以天天年年月月到永远"。王博倒是个例外，他只听摇滚。

刚子说学校里有一帮男生看到麦多多走过，有事没事就在后面高声喊叫"窃书不能算偷"。但是不要以为麦多多是软弱胆小的那类女生。有天下午我和王博等在刚子教室门外，准备下了自习一起回家。忽然听到教室里一阵混乱。我们扑到窗口，看见麦多多和一个男生对峙。男生对麦多多挥起铅笔盒的时候，麦多多手里的铅笔盒也向他砸了过去。不知道是谁的没关紧，铅笔、钢笔、三角尺、圆规暗器似的四处乱飞。男生还想再砸第二下，刚子这时跳起来挡住了他。

麦多多为什么和那个男生打起来，刚子说就为了桌椅板凳的事，那男生骂麦多多"犯贱""贱货"，说她一副贱样还想当诗人。要说那个男生，是个欺软怕硬的货色，跟男生打架打不过，就总是欺负女生。刚子说他们班女生被他骂过的不少，但麦多多是第一个和他干仗的。回想当时看到的那一幕，实在让人震惊。麦多多本来就很白的脸，那一瞬间血色散尽，头发纷乱，有几缕挂在鼻梁上，真有几分像鬼了。

偷书事件之后不久，麦多多就辍学了。以上就是我对麦多多的全部记忆，并不十分深刻，却也没有消失。所以半年前王博拨通了我的手机，告诉我麦多多正和他共进晚餐时，麦多多那双特别的眼睛，就一下子从我的记忆中跳了出来。

但是很遗憾，自从麦多多来到成都后，我一直没见到她。他们打电话给我的时候我正在出差。回来后又是接二连三的出差。这半年之间，我和王博也只是匆匆见了一面。聊到麦多多，我问王博她怎么跑到成都来了。王博说麦多多没说原因所以他也没问。本来我还想知道麦多多变化大吗，看到王博一副心不在焉的模样，我也就不再问了。他现在常常是这副德行，对什么都没兴趣，但你要给他什么，他也从不拒绝。

正如现在跟着他的这个女孩马拉。他们曾有过一夜情。之后又有了第二次、第三次，后来便时常在一起。她请我们看过木偶剧，散场后她跑过来问我们知不知道哪个是她。看到夸张的假睫毛，鸟翅膀一样长长地支棱在她巴掌大的小脸上，好像刚从日本动漫里蹦出来，我就有一种莫名其妙的感觉。马拉，跟真的一样。天晓得她是不是真的叫这个名字，天晓得哪个活蹦乱跳的木偶是她的傀儡。我问过王博，他耸耸肩，无所谓的样子，"处女都会有假"。

"你要是来真格的，就别让她成天跑去跟什么网友见面。"我说。

王博嘿嘿笑着，"我哪有这个资格管教人家，我又不是她老爸。"

"你到底在想什么？"

王博给我的回答是，"你让砧板和菜刀怎么拒绝一块五花肉。"

见我欲言又止，王博挥手搽开眼前的烟雾，凑到我鼻子底下说，"我都是戴套作业，安全有保障。"

我劝王博对待感情还是认真一些，"离婚又不是天塌下来了，不至于一朝被蛇咬真当十年怕井绳"。

王博说，"你错，你真错。男女之间，不谈感情，终是朋友；一谈感情，全成陌路。你是希望朋友多还是陌路多。"

王博的前妻，是他前女友的好朋友。这么说有点拗口，人听着也容易晕。其实不复杂。就是两个好朋友，其中一个把另一个的男友撬了墙角。也怪前女友，看到好朋友失恋，就将其招纳进入自己和王博双宿双栖的温馨小屋，盛邀其参加自己与王博几乎所有的活动，试图以春天般的温暖为其疗治情伤。在此，我们不得不折服于古人穿越时光的智慧——三千年前孔夫子就预料到，三人行，必有我"失"。果不其然，比神风敢死队更蠢的前女友，在某一天早上看到好朋友和王博手拉手站在她面前，说着她不愿相信的话。

他们结婚了。幸福建立在另一个人的痛苦和绝交之上，来之不易，当倍加珍惜。但是……

有一段时间，王博频频接到一个陌生号码发来的匿名短信。他打过去，对方却从来不接。字里行间熟悉的口吻让他联想到前女友。真是应了张爱玲的"红玫瑰与白玫瑰"，当他仰望天空时，前女友就是那束"床前明月光"，当他低头沉思时，前女友就是心口上的一颗朱砂痣。他们开始在短信里慢慢聊起来。前女友告诉他，她结婚了，又离婚了，只因为依然想着他。她的爱情没有了，友情也没有了。她的人生一败涂地，毫无意义。她都这样了，王博觉得自己要是无动于衷，就太没人性了。他开导她，劝慰她，逗她开心，对她赞不绝口，帮助她恢复自信。她问他，当初他为什么能下如此狠心？如果再来一次，他还会做出这样的选择吗？一连串的为什么让王博无语问苍天，只好扪心自责。她又问他，现在好吗？是否过着他想要的生活？是否有人让他真正地快乐？这一问，把王博问得特别不自信，常常看着老婆的后脑勺发怔，不自觉地在短信中表现出对目前生活的将信将疑。前女友生日那天，苦苦请求他陪她一个晚上。就这一次，以后她就再也不找他了。她的短信梨花带雨，在那个下着雨的傍晚倍显凄楚。

王博思想斗争很激烈。最终，他决定去。他问她见面地点定在哪里。这时，他老婆推开书房门，将她新买的双卡手机狠狠朝他脸上摔去，"就在咱们家，最合适！"

王博气得吐血，"你有点脑子好不好，你是我老婆不是探子，非要想方设法使绊下套，制造种种诱惑，证明自己老公是个坏种，自己遇人不淑瞎了眼。哎，你就不能不犯贱，你难道不能每餐饭就吃个七分饱吗？做人不能无耻到这个地步！"

老婆歇斯底里大发作，"这就是男人！你永远不懂得什么是忠诚！"

王博咬牙齿切地回敬道，"呸，咱们俩就是一对狗男女，就是一个背叛了爱情一个背叛了友情才搞到一块的！跟我讲'忠诚'，你也配！"

王博从此不看爱情片，他觉得什么爱情片都无聊透顶。等他从看守所出来后，就此对人生心灰意冷。

三

一直到了大年三十那天，我和王博才在双流机场碰了面。候机时他递给我一个袋子。我一样样东西掏出来看。红色男式织锦缎团花棉袄，适合老爸。藏蓝色女式开襟羊绒衫，适合老妈。"不错不错，眼光不错。"我连连点头，以示肯定。这次的礼物比起以前有了很大进步。王博闲人一个，所以每年我俩带给家人的东西都交由他置办。

但我很快就产生了疑问，"你懒人一个，怎么有心思逛街？"

王博低头看我手里的东西，小愣了一下，然后说都是麦多多帮参谋的。

噢，麦多多！

这时我才想起麦多多，天呐，爪哇国还有个麦多多。

"麦多多怎么啦？你半夜三更的那个电话，到底想说什么。"

王博却不接话茬。

一架飞机滑过跑道。机翼和机窗反射出刺眼的光线，晃得我睁不开眼。我眯缝着的眼睛，却瞬间被迎面走来的一个身材极其丰满的女人撑爆。饱满的胸部将淡粉色的羊绒衫撑得即将爆裂，一颠一颠的，质感相当地真实。

我不怀好意扭头看王博。丰满女人在他的墨镜中越放越大，直至出镜。王博吸吸鼻子，藏在墨镜后的眼睛不知瞅着哪儿对我说，"记得咱们第一次看毛片吗？都是青瓜蛋子，看得两腿松软，直想亮开嗓子号叫几声。每个人都按着裤裆里的东西，半天站不起来。"

我呵呵笑，"难道你现在没感觉？"

王博摘下墨镜，认真地看着我，"你有？"

我说，"我要说没有，你肯定骂我装孙子。我要说有，你肯定在蔑视我的裤裆后嘲笑我睁眼说瞎话。"

王博瞅了我半天，像在鉴宝，然后重重地拍了我的肩膀，嘴角泛起一抹无限同情却又感同身受的微笑。

王博说，"你真诚实。"

飞机起飞后，空姐送来饮料。我要了咖啡，王博则不断要求空姐续水。登机前他不知在哪儿喝了一餐，酒劲上来了，不仅口渴，话也多。

王博说麦多多好吃，能吃，可怎么吃都吃不胖，真是天赋异禀。和她一起吃饭，最畅快的不仅仅是她能吃，还因为她不矫情。大排档、小馆子、夜市、烧烤摊，成都但凡有好吃的地方他们都不放过，从不挑剔。

麦多多酒量也很好。他们的规矩通常是"两瓶二锅头，再加一罐红牛"。王博向服务员要来空的茶水壶，旋开二锅头瓶盖，红牛的拉扣套在食指上，隔空"扑哧"一声，两下对掺，汩汩作响全都倒进壶里。"这是海南喝法。"他们第一次坐在一起吃饭时，王博向麦多多隆重介绍。麦多多抿了一口酒，王博问她感觉怎么样。麦多多说，"好!"吃着吃着，就加菜又加酒。

我不太能够想象喝酒的麦多多是什么样子。隔了将近二十年，当年十五六岁的女孩如今会有怎样的变化？如果不见面，谁也不能下判断。那次接到王博的电话，我和麦多多也聊了几句。感觉她的声音还是以前那样纤弱，语调也依然是平淡的。但这并不能说明一个三十多岁的女人其他方面的变化。不过听到王博在我耳边不停地聒噪，描述他和麦多多时常见面，有一点我倒是可以肯定，麦多多的外貌体型起码不会有太大的改变，有可能比以前更好。人嘛，就是这样，谁不乐意和赏心悦目的异性相处。想到刚子曾经说过班上有几个男生给麦多多写过纸条，我感到轻微的兴奋，好奇麦多多现在究竟什么样。

那天晚上他们都喝得有些高了。麦多多下楼时东倒西歪，每一步都好像要矮下去。王博就从后面把她挽上了。两个人勾肩搭背走得趔趔趄趄，步伐忽大忽小。麦多多头仰得高高的，手臂挥舞在头顶，说树枝把天空戳了几个窟窿，天外的光亮就是月亮和星星。

"她的瞳孔里映着路灯……"王博的牙齿将纸杯边缘咬出一个个凹印，含糊不清地说，"亮晶晶的，真好看。"

我大致猜到了那个夜晚的结局。我按了头顶的呼唤铃，等空姐来收纸杯。其实这个时候，我有点不好意思看王博的表情，甚至都不好意思听下去了。摆明了这不就是恋爱了吗？正因为这是一个老男人的恋爱，他那种微酸的幸福感才更让人——肉麻。

飞机开始下降高度，由于气压的变化，耳膜感觉很明显，说话也变得不太顺畅。我将口香糖撕成两份，递给王博一半。机舱灯一排排暗下来，聊天的声音也停止了。窗外天宫云海，骄阳似火，阳光透过机舱上的玻璃窗射到身上，又亮又热。不一会儿，飞机脱离了那片光与热，钻进厚厚的云层，灰云黏稠滚腾，王博的目光一直和它们粘在一起。

四

我以为王博的半夜来电，就是要告诉我他和麦多多好上了。所以当我的一位表妹打来电话，将话题绕到王博身上的时候，我就告诉表妹，别再单相思了。作为超龄剩女的表妹显然不甘心，她从小跟在我和王博屁股后面跑，自认为和王博也算是青梅竹马了。她一定要知道麦多多的情况，可惜我也是一问三不知。表妹当时说了一句话我没放在心上，但是事后回想起来，我不得不佩服女人的直觉。"好端端的，谁会突然在十几年没见面的老同学面前蹦出来！肯定有问题。"电话那头的表妹撇嘴巴。

大年初二那天一早，王博把我从被窝里吵起来。他借了他哥的车，要我陪他去找刚子。

好像哪儿漏风，我把车门打开，重新关上。王博抓起手机拨号，做了个没有食指配合的"嘘"的表情。但没过两秒钟，他就自己打破了安静，"妈的，关机！"

路上王博一直在拨刚子的手机。后来他不耐烦了，把手机递给我，让我隔几分钟拨一次。

当时我的想法很简单，认为王博去找刚子，是要落实去年春节拟定的请他喝酒的协议。

刚子爸原来是我们厂的会计，在刚子高三那年因为贪污判了十年。随后他家就搬走了。刚子就此无心上学，跟着他哥跑运输。起初我们还找刚子玩过几回，上了大学后就慢慢少了联系，直至音信全无。去年春节回来王博打车时碰见他一回，他开起了出租。当时我俩还想找他出来喝酒，但又是什么事把这个念头给耽搁了。王博后来说，麦多多能找到他，应该就是从刚子这里得到的信息。

直到傍晚才找到刚子。我们不知道刚子家又搬了好几次。一整天的奔波，听到了前后数任邻居七嘴八舌的描述，我们大概知道了刚子这些年的经历。他爸保外就医，没几个月就死了。他妈急火攻心，中风瘫在床上。他哥跑长途出车祸，脑子坏了。这些话像冷水一样，一瓢接一瓢地从后心浇下来。

车开出南门，往八家户那个方向去。道路越来越荒凉，已经完全出了城区。又开了四十多分钟，在加油站前面的三岔路右拐。前面隐约有几簇零散的灯光，在天刚擦黑的旷野里勉强透着亮。车灯打在一排排像被遗弃很久的矮矬矬的泥巴房子上。路面也是泥巴的，一棱一棱被车压过的窄窄的凸起，混了雨雪冻成硬冰，刀刃一样划过轮胎。王博虚着油门，车走得小心翼翼，却仍然躲不过底盘被撞得砰砰响。他一定在心里骂娘了。前面一个人影没有，喇叭却响得刺耳。

开门的是刚子哥。在昏暗的灯光下，我们差点把他认成了刚子爸。这两张脸实在是太像了，甚至连皱纹的走向都是一样的。他老得太快，他没有认出我和王博。王博问了三次，刚子在不在，他都好像没有听懂。在他像个门卫把守着那扇破旧的房门时，里面传出一声清脆的敲击声，像是一张开和的麻将敲在桌上。随即，是刚子的声音，"自摸，杠上开花！"之后便是推牌洗牌，哗哗哗，一桌人恨恨地威胁，要和刚子的大爷发生肉体关系。

房间小得一眼看到底。右手那间的炕上，窝着一个老太婆。整个屋子里飘着浓浓的烟雾，令人产生迟钝的昏沉感。等我的眼睛看到刚子，脑子才反应过来老人应该是刚子妈。

刚子扫了一眼门口的动静，低头打出一张牌。然后，他才像想起什么似的，再次抬头再看我和王博，手上的动作也停了下来。随着他的停顿，其他人也向我们看过来。我第一感觉这个屋子里的人，是我许久没有接触过的那类人，好像摩的司机，好像地下通道里卖发票卖盗版碟的小贩，好像路边插牌揽活的泥水工。

刚子把面前赢来的钱塞进口袋，拍拍右手边那个人的肩膀。他站起来，见缝插针地落脚，从屋里挤出来。

我不知道王博是什么感受。从敲开房门，看到刚子哥、刚子妈，再看到刚子朝我们走过来的时候，我的喉头一直在发哽。一起长大的日子，电影镜头一样哗哗地在我眼前闪过。我不会忘记刚子用他爸的一包红双喜，跟人换来一盘毛片，实现了我苦苦渴求的生日愿望；我想王博应该更不会忘记，他当年攒齐了崔健的所有磁带，有一大半是靠着刚子从他哥口袋里偷摸出来的钞票。

看着眼前的兄弟，我心里说不出的内疚。这股情绪来得特别强烈，好像刚子眼下这种生活状况是我造成的。我心虚着，因此有些动作僵硬。我做好和刚子拥抱的准备，就像我们少年时代时常勾肩搭背地走在马路上。但是刚子没有和我们拥抱。他甚至没有伸出手来。我和王博还不如他的牌友，连被他拍拍肩膀的待遇都没得到。

我们被让到刚子妈的那间小屋。王博掏出烟，递到刚子面前。我掏出打火机，给刚子点上火。看到刚子吐出一串烟圈，我的心才稍稍踏实一些。可是说什么呢？从哪儿说起呢？我看了一眼王博，他正瞅着地上一块黑，估计那是用鞋底抹开的一坨痰。

如果不是刚子妈认出我们，半疑半惑地叫着我们的名字，那天的沉默真不知道如何打破。刚子妈凑在灯光下使劲地看我和王博。她的样子都有些欢天喜地的意思了，伸手摸到窝在角落的塑料袋，扒拉出两个苹果，小小的蔫蔫的，往我们手里塞，缺了门牙的嘴巴漏风，让我们"七"，"七苹果"。我的心里难受得不行，反手握住刚子妈，另一只手慌忙从皮衣里往外掏钱包。王博看到我掏钱包，立刻反应过来，拉住刚子妈的右手，说，"阿姨，我们来给您拜年了！"说完也跟着掏钱包。

刚子妈抓了满把的钱，扑在炕上要塞还给我们。刚子看着我们来来回回地推搡，看表演似的，好半天才出声，"他们是成功人士，扶贫来啦。"

刚子妈转过头去看他。刚子扯过丢在炕头的棉衣披在身上，一边往门口走一边说，"上外头去说。"

门外停着一辆夏利，应该是刚子的出租车。车身敷着一层厚厚的脏雪，看不出原来的颜色。车门是随时会掉下来的样子。排气管像一截瘫痪的手臂，松松垮垮地耷拉着。这样的车子会有怎样的生意？我这么想着，眼前一道特别亮的弧线划过，烟头从刚子指间弹出，"嗤"的一声，闪出几粒细碎的火星，坠灭在雪堆里。

直到这时，我才觉出一点点不对劲。刚子的神情和口气，似乎我和王博的出现，分明是他意料之中的事。屋角处蹿出一只黑猫，一闪而过。一个念头比黑猫飞快的身影更快地袭上我的心头。王博找刚子，是和麦多多有关。

王博说，"麦多多找到我了。"

刚子不作声。

"我的电话，应该是你给她的。"

刚子突然就说，"那又怎样。"他的情绪潜伏着敌意。

王博瞪着刚子，"她最近的事，你知道吗？"

刚子反过来瞪着王博，忽然间笑了，是那种很轻浮的笑，"她会出什么事？她要有事，你也逃不过吧。"

王博一时说不出话来。他就那么盯住刚子一动也不动，好像要从刚子脸上看出什么破绽，好像要确定刚子的轻浮是否真实自然。最后，他把脸转向我，"记得年前我给你打过一个电话吗？"

我使劲点头。冷，真冷。飕飕的北风跟刀子似的，一下下割屁股上的肉。

王博的声音却比刀子还冷，"麦多多死了。"

五

晨报上有关这起凶杀案件的报道，约有半个巴掌大。

不记得是哪一次了，和麦多多在玉林串串香吃串串，被马拉撞见。一个干头棒突然从半空掉下来，眯着一只独眼凶巴巴地瞪着他俩。

王博惊得差点从板凳上掉下去，麦多多也是一脸被吓住的表情，举在手里的串串滴了满指缝的红油。马拉从后面转出来，嘻嘻嘻笑个不停。手里的海盗木偶，被她使唤得眉飞色舞。

王博夹在两个女人中间，突然语塞，不知道如何介绍。

马拉笑嘻嘻地说，"我是王博的朋友。不是女朋友的那种，是女性朋友的那种。"

麦多多微微点头，完全相信的样子，伸手从矮桌下摸出张板凳邀请马拉坐下来一起吃。

"嘻嘻，她还是诗人咧！你确定？不是别的什么人，是——诗——人——噢！"有一天马拉和王博光溜溜地躺在床上，马拉大腿横压王博大腿，好像王小丫提问那样问王博。马拉特意将诗人拖得长长的。每次提到这个字眼，她就是一副好笑到不得了的样子。

马拉说木偶剧团也有一个诗人，写的诗让他们笑到癫，"我爷爷是农民/我爸爸是农民/所以/我还是农民/你爷爷是地主/你爸爸是地主/但你/肯定不是地主/因为/富是不过三代/走着瞧/你这个农民。"马拉在床上笑得倒吸气，屁股一颠一颠的，"每次我们演出累到不行的时候，就让诗人给我们念诗。"马拉揉着笑痛的肚子，强力推荐了诗人的新作，"我放屁/你放屁/他放屁/三个屁加在一起/其实/并不比一个屁更臭。"王博忍不住跟着大笑。

王博当然不会忘记，在介绍麦多多的时候他突然发现，自己其实对麦多多一无所知。他迅速看了一眼麦多多，她正专心致志地看着他。一笔横拖浓墨似的细长眼睛，眼底的细纹虽已不可避免地出现，眼白却依然淡蓝，好似幼童。一个三十多岁的女人脸上还有这样的眼神，实在有些说不出哪里不对劲，也说不上是好还是不好。王博来不及细想，脑子里冒出"啪"一下的响声，像电流撞击的声音，又好像哪儿飞出来一个铅笔盒砸在肩膀上。他感觉自己被什么东西暗中控制似的，明明知道是一句可能会要命的话，他还是无法控制地说了出来。

"诗人——麦多多。"王博心虚得不行。

马拉的声音好夸张，扯动海盗的手，要和麦多多握一握，"诗人噢，好了不起的。"埋着头的王博，好一会儿没听见麦多多的声音，心里暗叫完蛋，麦多多却开腔了，声音很轻，"不敢当，不过作品倒还是有的。"

麦多多在拎包里摸索半天，掏出一张纸。那是一张年代久远的纸，早已失去最初的颜色，只留下一片混混沌沌的黄褐。它在麦多多手里展开时，没有挺括脆生的质感，细软无力，如瘫子的腿脚。等到它被完全展开，果然已是斑驳残缺，好几处折痕处已经断开，破旧得跟出土文物似的。

麦多多将这张纸托在手上，说话都不敢大声，好像出气大了会把它吹跑。王博和马拉把脑袋凑上去看。泛黄的纸面上，是几行油印的铅字。字都有些花了，边边角角泅出很多虚虚毛毛的触须。这是一张用稿通知单。抬头是"麦多多同志"，内文为"你的诗作《寒露》已被我刊录用，并于 1994 年 9 月计划刊出"。落款是"《浣花溪诗报》1994 年 6 月"。

王博来不及想什么，马拉人来疯似的抓住麦多多胳臂摇晃，"哇，念一念啦，让我们学习一下。"

麦多多嘴里"哎哎哎"叫着，说，"别晃别晃，把东西弄坏了！"她挣脱马拉，动作轻柔，叠好那张即将支离破碎的纸片，放进拎包的隔层，然后将垂在头侧的头发挽到耳后，四下看了看周围的环境，皱皱鼻子，神情是收敛着的愉悦，遗憾却又认真地说，"这里环境太乱了，不适合念诗。"

马拉惊奇地看着麦多多，随即，嗓子眼里冒起水泡一样的声音。这是她大笑的征兆。王博在桌子底下用力碰了马拉一下。马拉忍住大笑，但她还是忍不住笑了。她笑眯眯地对麦多多说，"给那张纸过个塑嘛，留一百年都没问题的。"俏皮可爱，一点没有取笑的意思。

但是在过后打给王博的电话里，她笑得喘不上气，"你那个同学，有毛病吧！"本来王博是略有同感的，但被马拉这样一说，想到她鼻洞都快翻到天上去的大笑表情，他本能地起了反感，忍不住尖刻地回了一句，"我看你才有病，要不我每次都戴套！"

马拉啪地扔了电话。王博回过神，对着嘟嘟嘟的电话说，呸——神经病！一群神经病！

两周之后，马拉回来找王博。她摔了一份体检报告在王博面前，"看清楚，你要是衣原体感染支原体感染尿急尿痛尿频尿不畅尿潴留可都不关我的事！"

不带套的感觉酣畅淋漓。也不是每次都很好的。马拉对他有些埋怨。她说他最近不太对劲。她要他交代，是心不在焉还是未老先衰？王博把腿往旁边让让，说，我是未老先衰。

马拉使劲踹他，却踢了个空。她腾起身子，跟着又是一脚。这回踹中了，"我看你是心不在焉。"马拉翻起来，脑袋堆到王博鼻子下面，"要么就是提前消耗掉了。"

本来想给她一个白眼，但眼睛翻到一半就不想睁开了，想睡觉。眼睛闭上还没两秒钟，脑袋上挨了一记打，"你那个同学，该不是你们俩旧梦重温了吧？"

王博心想这个白眼看来是一定要翻了，睁开眼睛，马拉却是嬉皮笑脸的模样，"在我没有放弃对你的使用权之前，你不能乱来。"

对于马拉的抱怨，王博无从解释。又有什么好解释的呢？王博嘴巴上不说，心里却想，马拉你要是觉得不好，可以不和我做嘛。

日子晃晃悠悠地就到了元旦。新年的第三天早上，王博从门外报箱拿回报纸。他翻到体育新闻那一版还没来得及看，头一晚在他这里过夜的马拉光着脚跑过来一把全部抽走，接着跑进厕所。王博空着两只手，心里很是厌烦，一脚踢向马拉的背影。拖鞋飞起，"咚"地打在厕所门上，随即响起马拉夸张的尖叫，"谋杀呀!"

除了体育新闻，王博对其他版面没有兴趣。王博说，那天真不知道怎么就鬼使神差地，在马拉从厕所出来后丢还给他的报纸上多瞄了几眼。

那个版是社会新闻版，刊登的都是本地发生的偷盗车祸凶杀自杀等事件。一眼从版头溜到版尾，下一版也已经打开一半了，一个字眼忽然从王博眼皮底下跳出来。

右下角有条半个巴掌大的新闻，说昨天凌晨4时许，在西门汽车站附近的一家招待所，一名30多岁身份不详的女子被人发现遭杀害。案发两个多小时后，疑凶到派出所投案自首。这类司空见惯的案件本不至于引起王博的兴趣，是文中提到的凶手身份把王博的眼神绊住了，"疑凶是我市小有名气的一位诗人，刚在一项全国重要诗歌大赛中取得名次。"

王博看一遍就过了，除了在心里稍稍强调了疑凶是个诗人。马拉接了一个电话，团里今天送戏下乡，催她集合，马拉挂了电话就欢天喜地地走了。王博洗漱完毕，泡了一碗方便面。碗下面垫着报纸。王博几口把面条吃完，收拾碗筷和报纸一并丢进垃圾桶。报纸上洇了一圈碗底的水印，圈套似的令王博的目光掉进去。他再一次看到了那行字，关于疑凶身份的描述。

这一回，"诗人"这两个字眼让他心里隐约起了一点儿不太爽洁的反应。于是他把刊登凶杀案件的版面朝下塞进垃圾桶，仿佛要眼不见为净似的。手机在床头铃声大作，来电显示是麦多多。

王博说，直到电话挂断，他都不能相信麦多多死了，电话里那个一口浓重川普的哑哑的男声，听上去像跟他开玩笑。后来在派出所，看见警方拍下的现场照片，他才真的反应过来，"一名30多岁身份不详的女子"就是麦多多。派出所所长操着浓重的川普暗坐在他对面，端着一个浮满茶叶的脏分分的大号玻璃杯猛喝。

所长说，"请你来噻，也是看你最近和死者联系最多，协助调查一下子哈，搞搞死者的身份清楚。"

所长一边吸溜茶水一边介绍案情。

那个疑凶交代，就为一张纸片片。两个人在宽窄巷子的酒吧里认识的，那天晚上他朗诵了自己的获奖作品，完了她就找他聊天嘛。聊了一晚上好热火，还没够，就到招待所开房。做完事情了，又聊。男的开始闹肚子。拉了几次，卫生纸用完了。又去拉，没纸了，就拿女的一张纸。就是那张闹出人命的纸片片。疑凶说，那张纸片片是女的主动拿给他看的，烂兮兮的一张将近二十年前的用稿通知单。哪个还把这种东西当回事。要是当回事，他的单子不得摞得一尺高。女的不见了纸，晓得他拿去擦了屁股，冲到马桶跟前一看，已经跟他的脏东西一块没影了，就劈手给了他一巴掌。他以为她只是出出怨气，就给她打了几下。她却越打越狠，捡到烟灰缸往他脑壳上砸，简直是要把他往死了打。完全不是刚刚亲热完的那个样子嘛，疯子一样了嘛。那他肯定就还手了。两个人对着打。打到后来他气顶到脑壳，一把揪住女的头发，又掐住女的脖子，没想到就掐死了。

"事情就是这么个过程，"所长用力吹开水面上的茶叶，"为了一张纸片片要死要活，发啥子猫疯哪。"

六

麦多多的老家，在本省西北部与邻省交界的山沟沟里。地图上看不出来。

刚子开车。我们坐他的车。他说跟着他哥跑车的时候，曾经路过那个名叫驼合乡的地方。从县城去到乡里三个多小时的路程，全部都是一圈一圈不断旋高的盘山路。一边是深不可测的陡崖，一边是高仞千丈的山体。王博起初坚决不同意开他的车。刚子眼睛不看他，转过脸来对着我说，但我感觉他是说给王博听，"那种路，好车跑一次就得残。就算跑不残，也会轮胎被卸车门被撬。穷乡出刁民，邻省好些打劫杀人的命案，都是那个乡跑出去打工的人干下的。跑车的司机没有几个愿意在那里过夜，哪怕再晚都要赶到下一个乡镇。"

王博拖了一个小行李箱。刚子要拎起来放后备厢。王博拦住他，说放在车上。然后王博就打开后门，把行李箱放在驾驶座后面的位置。他转到另一侧，和箱子并排坐在后座。

我和刚子就明白了，行李箱里面，应该就是麦多多的骨灰。

麦多多的后事，是王博帮着处理的。老家那边的派出所找到她的家人。他们回给派出所的话是，当她早死了，政府爱咋样就咋样吧。

一路无话。即使有三五句话，也是刚子跟我说或者王博跟我说。他们两个不直接交谈，我就像一个传话筒。问题出在刚子身上。他对王博似乎有很深的对立情绪。王博自然也感觉得到。我俩见到刚子那晚，在回家的路上，王博就让我帮他回忆，我们以前在一起玩的时候，他哪里得罪过刚子？我想了想，没有这个印象。我又想了想，觉得刚子这种感觉有可能和麦多多有关。于是，王博和我一起将见到刚子时有限的几句对话翻来覆去加以回忆，我的猜测渐渐有了逻辑上的印证。一、麦多多的确是从刚子这里得到王博的信息；二、麦多多去找王博，刚子是知道的；三、对于麦多多去找王博，他是不乐意，这里就产生了一个问题，他为什么不乐意；四、他似乎确信，麦多多和王博在一起很有可能会发生什么事，否则，他不可能有那句"她要有事，你也逃不过吧"；五、这些环环相扣的逻辑推断还说明，麦多多去找王博之前，极有可能已经有了什么事——一个女人，被亲生父母拒之门外，会是什么样的事？

王博听完我有理有节的推论后，沉默了很久，车到楼下才开口。他迟钝地看了我一眼，说，"尸检报告，麦多多有尖锐湿疣。"

我脸上的表情一定出卖了我的内心。王博忽然恢复了吊儿郎当的口气，嘴角微微一撇，"她要有事，我就一定会有事？"一脸的不以为然，眼中却是一闪而过的凄寒。

汽车哐啷啷快散架一样跑着。盘山路开始了。二级路年久失修。驶过那些陨石大的坑洞时，车子霎时腾空飞了起来，越发加快了速度朝前飞跃。

傍晚，终于到达了驼合乡。

驼合乡政府在一条狭长狭长的街上。从街头走到街尾只需 20 多分钟。如果不是街上有几个染着红头发的少年，我们仿佛置身于 20 世纪 70 年代。

在冬日斜阳的照射下，这里看上去祥和而太平。街道上有一些鞭炮燃过的痕迹，红红的纸屑时密时疏。车轮碾过，扬起黄黄红红的灰尘，腾在半空，很久消散不开。

我们三个的出现，几乎引起了所有的人的注意。有一些人擦肩而过，就在我们身后停下来。沿街站在屋子外的人，扭头冲屋里喊，没一分钟门口就多出一两个人来。男人和女人都不出声，目不转睛地瞪视着我们。所过之处静悄悄的，没看到他们交头接耳，也听不到他们窃窃私语。一两声零星的小红炮在或远或近的空气中炸开，冷不丁的，像哪里打来一梭冷枪。

刚子从嗓子里咳出一口痰，"呸"，砸在离他二尺的路面，激起一小团浮土，嘴里小声骂，"看你娘的看，看鬼吗?"他脚步很重，好像边走边甩开某种牵绊。

乡政府就是路边一座二层砖混小楼，好像哪个工厂废弃的厂房，破旧的门窗玻璃蒙了完全看不清屋里情况的灰尘。处理麦多多后事时和王博通过电话的派出所所长，联络了一位退休下来的司法助理员在乡政府等我们。

"我姓焦。"助理员和我们一一握手。他长着一副没睡醒的模样，眼睛眯眯的，番石榴一样红的鼻头，不知道跟喝酒有没有关系。焦助理把我们让进一间办公室。说话的时候，门外渐渐有窸窣的动静，一帧帧的人影晃在脏得不行的窗外，忽大忽小，间或一个鼻子贴在玻璃上。

焦助理知道我们此行的目的，但王博还是认真地说了一遍。地上生着一盆木炭，我们四个围着火盆坐成一圈。王博说话的时候，焦助理低着脑袋一言不发。如果不是他手里拿着火钳一块块扒拉盆里的木炭，真以为他睡着了。

王博说，"我们把麦多多骨灰带回来了，想亲手交给她的家人。"

焦助理沉默着。在他的认真下，每一块木炭都或多或少地燃烧了，盆里红光灿灿。

他终于开口，"这个事，不好办咧。"

焦助理慢吞吞地说，"她那样的死，不是好死。她家里头肯定不会要。就算是要了，村里头也通不过。把这么晦气的人留下来，村子肯定要触霉头。"

刚子说，"你也信这一套？"

焦助理抬头看了一下刚子，脸上表情干巴巴的，"不比你们城里人嘛。"

光线暗下来，应该开灯了。昏暗中我瞄见门框上空有一个灯座却没有灯泡。门外窸窣的动静一直没停过。刚子显然忍不住了，跳过去砰地打开门。外面的情形令我们吃惊，起码有半街的人或蹲或站在乡政府对面。看到门打开，他们一个接一个鬼影似的站起来。两个七八岁小孩游窜在他们中间，点燃小红炮使劲朝我们这边掼过来，火星闪在暮色之中，好像一只只游荡的暗红眼睛。

"走吧。有啥事明天白天再说也行。晚了不安全。"焦助理说。这句话的后半截被一记火力更猛的爆破炸得四分五裂。这响鞭炮从楼顶甩下来，窗玻璃咯咯吱吱乱叫。王博和我几乎同时站起来。

"他们知道我们是来做什么的？"王博问。

"肠子大的地方，东头放个屁，西头就闻到臭，有啥不知道的。"

七

那天晚上我们赶回县里住。焦助理让捎他一段，他家在上面那个乡。王博让他坐了我的位置，让我跟他挤后座。

焦助理扭过来好几次，眼睛总是落在枕在王博腿上的行李箱上，嘴巴抖索索好像有话想说。他再转过来，王博就问，"你想说啥？"

焦助理的声音随着车体的颠簸断成几截，"那女娃……是在这里头？"

"麦多多在乡里头上的初中，那是88、89 年吧，"焦助理掰着手指算时间，"来了一个老师，年纪轻轻留一把胡子，模样长得周正，可是脑子动不动就走弦走掉了。成天写呀写，据说写的都是诗。写完了就往外寄。邮递员成他家的了，信一摞摞地寄，一摞摞地收。他自己写就行了嘛，又发动学生写。放学后刻蜡纸、调油墨，印什么诗报，糟蹋好多白纸。家长们意见很大，学杂费可是他们汗水摔八瓣从田地里刨出来的。老师在县城里头有个女朋友，经常下来看他。两个人碰一起更加神经，组织学生跑到河边上扯嗓子念，说是朗诵诗歌。男学生先念，女学生后念，然后男女学生一起念，再你念一句我念一句，最后又是一起念，就跟那戏台子上似的。大人也跟过去看热闹，可惜都听不懂，嫌鬼吼鬼叫的，没那老戏词好听。没出两年，老师背起个包包走掉了，辞职了，不干了。说什么鬼话他的生命在远方。那个包包里全是他那两年写下的诗稿，风一吹，稿子满院子乱飞。他还专门装了一书包梨送给学生，说就此分别吧，把一帮娃娃搞得鬼哭鬼哭地送他到村口。"

麦多多父亲是复员军人，脑子正经。所以在乡中学，麦多多还只是偷偷摸摸地写。考到县中后，她撒开了手脚写。邮递员现在成了她家的了，信一摞摞地寄，一摞摞地收。父亲一气之下就断了她伙食。她从地里挖红薯挖花生，就那么干熬一学期。

"这个女孩子傲气，走路高高仰着脖子，不看人的。在县城里还好嘛，地方大一点点，这样子的人不显。在驼合乡脖子高高的样，不好的，又不是凤凰，终归都是要窝蛋的母鸡。"

有人冲她吐口水。有人冲她头上撒盐巴。但是事情很快就发展到不是仅仅吐口水撒盐巴这么简单。"她都不知道大家怎么说她的，"焦助理扭过头，看着我和王博说，"骚人咧！犯骚咧！尾巴翘得那么高，莫非欠操嘛。"

后来，"她被拖进麦田里头……不是一个，好几个……可惜呀……她爸有个叔伯兄弟在城里，接了她去，高中不知道读完没有，出去打工了。"

再往后，焦助理就不再长吁短叹了，"出过这样的事，可能啥都看开了。外面那样的花花世界，也得啥都看开了，才混得好混得下咧。是不是？"他转过来，看着我和王博，一副通情达理宽宏大量的神情。半晌，又冒出一句，"烧干净也好，埋在土里脏了地方。"

王博彻底打消将麦多多留下来的念头。他的第二方案，如果留不下来，就开车带着麦多多围驼合乡转一圈，此刻也灰飞烟灭。

这晚焦助理话里透风，驼合乡有个黄红凤，当初和麦多多一起出去打工，"人家多好，老老实实赚钱回来在县城东街开店，专门卖女娃头上的花花朵朵。老公也找下了，孩子也有了。可怜麦多多哟，孤魂野鬼。"

原来以为黄红凤的店不好找，结果第二天上午去找，一找就找到了。东街就一家这样的店。店名就是"黄红凤饰品店"。黄红凤染了黄黄的头发，说话时染了桃红色的手指总喜欢挑着耳边一绺头发绕。

见我们进来，她笑吟吟地迎上前，"新年好呀。是不是给女朋友挑东西？喜欢什么样的，我可以介绍。什么身材什么年龄，报来听听，我帮着参谋喽。为女朋友花钱，一定要花在她们心坎上，不一定要贵的，但一定要对的。看看挑挑嘛，总有一样适合的。"

本来不知道如何开口，见她如此快言快语，也就不跟她绕弯子了。王博挑头说，"黄红凤吧，麦多多你还记得吧。"

黄红凤张着嘴巴，发出短促的一声"呀"，绕头发的手指也做了片刻的停顿。她的目光从王博扫到我，扫到刚子，又扫回王博，"你们是……"

"同学。麦多多的高中同学。我们从驼合乡过来，焦助理提到你。"

她将信将疑，手指慢慢动起来，"提我干啥吗？找我又干啥？"

王博说，"我们送麦多多回去……"

"呀"，黄红凤叫得比刚才大声，身子触电似的往下一矮，"还回得去呀？"

听到王博说回不去了，她的表情慢慢活过来，"出去说吧。大过年的不兴在店里说这个。"

黄红凤下嘴角有颗痣，我以前闲翻过面相书，依稀记得"嘴角有痣，话多"。坐在小茶馆里，黄红凤打开话匣子。

"我们一起在服装厂做车工嘛。很累的，天天加班到晚上十一二点。早上七八点又上工。麦多多不好好做工的，成天拿个本本不停地写。"

"写什么？还写诗？"好像是刚子问的。

"哪懂得是不是诗？反正她说是诗。谁有心看有心听，累得挨着床板就睡着，就她一个打着手电筒还写写写。写就写喽，忽然有一天她说她是诗人了。大家就觉得好好笑，问她拿什么证明她是诗人。她就掏出一张纸片片，说，你看，有刊物用我的稿子了，这是用稿通知单。旁人看过以后，说谁知道你这个纸片片是真是假。麦多多说我还会骗你呀，刊物马上就到。那就等喽。可是等了一年连个纸毛都不见来。所有人都说麦多多骗人啦。麦多多说她打电话问过，下个月就到。下了好多个月还是连个纸毛都不见。"

黄红凤说，"一个打工妹，拿个纸片片，就说自己是诗人啦？你听了觉不觉得她神经有毛病？有从家乡一起出来的，就把她被轮奸过的事拿出来说。大家就讲得更难听了，装神弄鬼什么狗屁诗人，原来是个破鞋，是个婊子。谁在背后这么说她，被她知道了，就拿竹竿把人家晾晒的衣服全部捅到地上去。这么闹过几次，厂里就把她开掉了。换了一家厂，她还说自己是诗人。结果不想就知道，又是闹得鸡飞狗跳再被开掉。她走到哪里，都成了笑话。"

"后来不知道怎么认识了一个男的，她带来给我们看过。又老又瘦，脸也黑黑的，像个大烟鬼，竟然有肝病。她却骄傲得不行，说那男的也是诗人。我们就笑，他也有纸片片？她摇头，说不是，是比她那个东西更宝贵的。我们问是啥。她说她跟顾城照过相，还有顾城的签名。"

"是有一个叫顾城的吧？"在获得我们的确认之后，黄红凤接着说，"为啥会记得这个名字？还不是听麦多多跟我讲过，这个人的帽子是裤腿做的。裤腿，裤腿，顾城，顾城，是不是有点谐音，我就把这个名字记住了。等到麦多多拿来照片给我看，果然其中一个戴着裤腿样的帽子。我就为麦多多高兴，总算找到跟她一样的人了。"

黄红凤犹豫了一下，想了想又接着说，"两个都是这样的人，怎么生活呢？"空气中划过一道叹息，"后来就听说她做婊子了……"

"好些人就说她天生就骚嘛，现在骚到正点上了。厂里有几个男的跑去找过她，回来就说，麦多多换了一个人似的。问他们怎么换，他们就是笑，笑得前俯后仰的。可是谁也不回答。想一想，其实也不难理解，做了婊子，可不就是换了一个人。"

最后一次见到麦多多的时候，黄红凤已经在一家小小的印刷厂做到车间调度。院子里有个女人跟厂长说着什么。厂长进车间拿几本样书。黄红凤跟着厂长身影看出去，竟然发现那个女人是麦多多。麦多多穿了一件质量很差的化纤连衣裙，黑的底色上浮着暗绿色的花纹，胸前还缀了几颗塑料珠子。黄红凤躲进库房里。她不知道见了麦多多，是麦多多难堪，还是她难堪。

等到麦多多走了，厂长开始大发议论，说这个婊子真是有情有义。他说你们知道她要干吗？她男人肝癌要完蛋了，她说一定要给他在临死前出本诗集，印一两百本的，当冥纸烧了也好。

说到这里，黄红凤忽然打量起我们三个，显露出好奇，"她的事，你们怎么会知道？"但她紧接着说道，"不问了不问了。"边说边做出打嘴巴的手势，闪闪烁烁的暧昧眼神，好像我们和麦多多之间有着更为复杂的关系或者秘密，而她则是烂在肚子里的心知肚明。

最后，黄红凤抹抹眼睛，"想一想这个人再也见不到了，唉。"

送她回店里，王博对她说如果想见，还可以见最后一面。

黄红凤的脑袋土拨鼠一样，警觉地四下看看。

王博轻轻拍下车后座的行李箱，说这里是麦多多的骨灰。

好像被狗咬到似的，黄红凤一个蹦子跳下车，双手拍着胸口，"不要看了不要看，过年呀！"

八

焦助理和黄红凤的讲述，令刚子和王博原本紧蹙的眉头拧得更加紧了。他们各自心中关于麦多多的版本，从这个时刻起，才开始一点点在对证中补充、完善，试图以各自掌握的碎片拼成一幅完整的图景。但是，大块大块的无法填充的空白处，要比已掌握的碎片多出许多，好像悬疑片中一帧帧沉默的空镜头。

"他们的话，部分解答了我心中的疑惑。"这是刚子的开场白。

碱子沟一带是城中村，挤挤挨挨全是农民自己盖的三四层到七八层不等的简易楼。农民变身做了房东，房客近乎都是做皮肉生意的女人。来这里的男人多是打工仔，图的是便宜。

两年前的春天，刚子开车经过碱子沟。

那天晚上生意冷清。差不多凌晨时分，刚子加了油门往碱子沟那边去。一些不过夜的嫖客差不多这个时候该出来了。有时候，刚子也会把车停在马路对面，跑进去找个女人放松一下。

那段时间扫黄打非很厉害，警察随时可能从天而降，扫荡淫窝。碱子沟的热闹少了许多，暗娼要么不做，要么不给够钟。刚子很不爽。那天晚上，他就是想去探探风头。扫黄运动通常都是阶段性的，这次已近尾声。结果却碰上了大行动。碱子沟的几个入口都堵了大队人马。

熄了车灯松了油门，刚子悄悄将车泊在一个隐蔽角落，开始看风景。妓女和嫖客连起一条蚂蚁搬家那么长的队伍，一个接一个，老老实实排队上卡车。看着看着，他左眼角似乎扫到了什么异常的东西。刚子从前窗玻璃往左侧张望。就瞧见有人从楼顶的窗户爬出来。看不清女人样还是男人样。身手倒很敏捷，蹲在窗口起跳，落在另一栋的房顶。顺着房顶一直跑，跑到屋顶边缘，抱了又粗又脏的下水道向下滑。滑到一半，可能是手松了，咚地坠了下去。隔了那么远，其实是听不见坠下去的响声的，"咚"的那一声，是刚子心头的跳动。那一下应该摔得不轻，刚子正在可惜，就看见人影一寸寸地长出来，一拐一拐，贴着屋顶再次跑动。这回看清了，是个女的。

刚子估计女人有可能选择的落点，便悄悄把车开过去停在拐角大榕树下。女人似乎对这一带也是轻车熟路。榕树的一根树枝恰好搭在屋檐，树枝枝干颇长，搂着树枝往下跳，可以一直坠到地面。女人摔在车前。他伸头出去，嘬一个半响的呼哨。女人扭头，先是愣了一愣，看清是辆出租车，连滚带爬地钻进来。刚子早就挂好挡，一轰油门飞蹿逃离。

车开动后，刚子说，"你的身手不错呀。"

女人说，"谢谢夸奖。"

刚子笑，"看得出来，很有经验。"

女人笑，"你停车在那里，也该不是巧合吧。"

刚子从后视镜看她，"以前没见过你呢。"

女人戴了假发，浓妆，脸上有一道擦伤，手臂上也有擦伤，正弯了胳膊肘嘬着嘴巴嘘嘘吹。听刚子这样说，女人说，"我才回来几天。"边说边从斜挎的小包里翻出一张自制的名片递过去。

女人说，"有空请多多关照。"

刚子问她往哪里走。女人说找药店。

到了药店，女人却下不了车。刚子扭头一看，膝盖跌烂了，红兮兮的肉翻在外面。刚子说你别动了，就下了车进药店拿了云南白药、红药水和纱布胶带，然后钻进后座给女人处理伤口。

两个人热出了一身汗。刚子又是上药，又是包扎，忙活得都忘记眼前这个女人是妓女了，他一头的汗，不好意思撩衣服来擦。忙完了，刚子要退出去，女人拉住他，"做一下吧，"她贴着他汗涔涔的下巴说，"算我谢你。"

刚子就和女人慢慢有了联系。他照名片上的电话拨过去，约好时间，就赶到碱子沟去。他按名片上的名字喊她，英子。这个假名字起得还有点水平。那种地方灯光都是暗暗的，勉强看得清嘴脸。模模糊糊中，英子让刚子觉得似曾相识。

让刚子觉得奇怪的还有一点，有的时候做完事情了，英子喜欢说一些像诗一样的话。有几句她反复地说，以至于刚子记住了。比如"所有的花都在睡去，风一点点走近篱笆"。她甚至提过一个非常奇怪的要求，她说给她写首诗吧，如果他写得出来，就不要他的钱了。

刚子说你还挺有诗意的嘛。英子从暗暗的角落凑上来，伸出胳膊把他搂向自己，好像母亲搂着孩子。

刚子讲到这里的时候，我和王博忍不住互相看了一下。就像照镜子，我们从对方那里看到了自己的表情——难以置信。而一直烦躁戾气的刚子，脸上则难得地露出一丝柔软表情。

到了秋天。刚子在街上尿急，就把出租车停在步行街入口，跑去新华书店上厕所。上完出来，见收银台处吵吵嚷嚷，报警器嘀嘀嘀叫，保安揪住一个少年不放。好多人都在围观看热闹，保安更加卖力地嚷道，"你以为窃书不能算偷？"一个头脸白净的女人从人堆里挤出来，扯住保安来回推搡少年的手，说，"放开他。多少书款？我替他付。"

刚子从围观的人群中穿过。他看了一眼就急匆匆拐出书店大门。右拐三十米就是停车的地方，那里不能泊车，抓住是要开罚单的。也就是走出十来米，刚子忽然做梦一样停住了。他在店铺的落地玻璃看到自己站在路边的身影。玻璃映出他慢慢把身体扭回去。那句高声的"窃书不能算偷"像一个连通记忆的开关。

怀揣着一种莫名的兴奋，刚子返身折回书店。人还在那里，争执还在进行。等到他把那个女人看得一清二楚，兴奋顿时变成震惊。他终于知道英子似曾相识的感觉到底是怎么回事了。

他费了很大力气才转过身去，慢慢走到门柱后面，掏出手机，翻到英子的号码。他手上几乎没力气，用了很大的劲才按下通话键。但是没有等到接通，他就挂断了。他没有想好，是叫她英子，还是叫她麦多多。

再次见面，他到底没忍住。听到他叫她麦多多，她偏过脸看他，很久没有回应，好像脑子里有部机器被卡住了，也好像正在高速运转。有一种说不出滋味的东西硬硬地哽在心里，令刚子极其不舒服。眼前这个女人不是英子了，是他的高中同学麦多多。

刚子问过麦多多，她没有认出他吗？难道她就没有认出他是她的同学吗？麦多多笑嘻嘻的，却不回答。她是英子的时候，也是这样笑的。那时刚子觉得很正常。但现在刚子被她那种轻浮的笑弄得很不舒服。他本来以为她会羞愧，至少也应该把头低一低。但是，麦多多始终笑着，看着他笑，有点无耻。

麦多多笑着把手伸进他的衣服，往皮带那里摸去。刚子僵直了一下，把她的手拿开，拉开门走了。虽然他还是常来，但他再也没碰过她。

刚子倒是动过念头，想让麦多多从碱子沟搬出来。他甚至都想过，让麦多多搬去他那里。不过，话到了嘴边他没有说出来。他家里有傻子有瘫子，再养这样一个女人，他能不能顶得住？万一扛不下来，再让人家搬出去？

好不容易找到一份在服装批发市场帮人看摊的事给麦多多做。麦多多倒也没拒绝，去了。第三天摊主打电话给他，劈头盖脸就是一顿臭骂，说，怎么找个鸡婆，被客人认出来啦。刚子问，那她人呢？摊主吼道，跟那个嫖客嬉皮笑脸走掉啦。

刚子连忙给麦多多拨电话。没人接。一直没人接。他一路飙车赶到碱子沟，车刚靠边还没熄火，就看见有嫖客从麦多多楼上下来。

刚子冲进去，麦多多蹲在地上洗屁股。刚子抄起裤子摔过去，"麦多多，你做婊子上瘾吗？"

麦多多翻了他一眼，"你找谁？"

很久他都没有再去找过她。直到他拉了王博。王博下车后，他就近在路边店买了两瓶白酒几样小菜，调头去找麦多多。

但是刚子那天找到麦多多之后说了些什么，他没有和盘托出。我听得出来。我相信王博也听得出来。如果没有猜错的话，很有可能是见到王博后，人生的荒谬和落差令他极为不爽。这一点从我和王博找到他家，在那个破落屋子里他怠慢和冷漠的态度，可以得到印证。

刚子说两瓶白酒几乎是他一个人干掉的。他乱七八糟说了好多话。他依稀记得麦多多一直认真地听他不停地说。他的头晕沉沉的，抵在床板上，听到麦多多说她记得王博，她要去找他。他一阵冷笑，说你以为人家会把你放在眼里？你以为你是谁？你以为你还是麦多多？麦多多瞟他一眼，那眼神又像专注又像不屑，感觉怪得不得了。

这个女人令他感到陌生，甚至有点厌恶。只是脸还是那张熟悉的脸。

麦多多说，"你懂什么？"

这句话伤了刚子的心。他翻身睡去，在醉得不省人事之前丢下一句话，"你是一个狗改不了吃屎的婊子，这个我懂。"

九

但是王博说不是的，"麦多多就是麦多多。"他不认为英子是麦多多。更不认为麦多多是英子，"不管有多少证人证词，都不是他们所说的那回事。"

"当然，装是可以装得像，但总会有蛛丝马迹。如果你见到她，你一定也会这么认为。"王博对着我说，见我只是模糊不清"唔"一下回应他，王博摇头，"我们对麦多多的记忆，赶不上麦多多对我们记忆的百分之一。"

麦多多见到王博，就问他还弹吉他吗？她像一个小女生那样，双手托着腮，回忆第一次见到他的情形。他抱着吉他坐在校园白杨树下的花圃里。她说，他穿着一件黑色的背心，瘦瘦的肩胛骨和深陷下去的肩膀，楚楚可怜却又桀骜不驯的样子。

被麦多多回忆的王博，还是一个每天都在打架和被打的血腥架事中狼奔豕突的血性少年。她说每次听到"兄弟"这个词，听到男生们聚在一起说到把谁练了或者被谁练了，听到他们形容架场上的血雨腥风，听到他们狠狠痛骂哪个不仗义的家伙，她就暗地里攥起拳头，在想象中挥出一拳又一拳。

麦多多说她永远永远都记得，她在王博的随身听里听到的一首歌。她激动得浑身起疙瘩，一层叠一层，直打摆子。

她问王博还记得那首歌吗？

王博完全想不起还有这样一回事。他不好意思说不，含糊笑一下。

"《国际歌》！"麦多多一脸兴奋，眼睛发亮，"你告诉我，那个乐队叫唐朝！"

王博的心情一下子恍惚起来。幽暗的通道，阴冷的空气，影影绰绰的人影。走到尽头，是一片金光火海的鸣响与光泽。火星乱溅的鼓槌，呼啸的贝斯滑音，狂飙的键盘高音，放纵的狂吼，蒸腾的白气，挥舞的手臂，传递的啤酒，醉酒的合唱。所有人反复唱道，"不要说我们一无所有，我们要做天下的主人！这是最后的斗争，团结起来，到明天，英特那雄纳尔就一定要实现。"有人唱得嗓子劈叉，有人拳头挥舞像要奔赴战场，还有人泪流不止，好像从饥寒交迫一步迈入共产主义。

年少轻狂的青春岁月，突然间重见天日，王博有些招架不住了。他心中涌动着一股难以平抑的激动，以至于那天晚上失眠，久久睡不着。

那段时间王博就很愿意和麦多多在一起吃饭聊天。王博说，和麦多多在一起，好像时光在往回走，虽然追怀往事，常常让人不胜唏嘘，但相对眼下乏味无聊的生活，真的是一种幸福，就像温水流过心脏。吃完饭聊完天，带着那一点儿恰到好处的醉意和那一点儿小小的渗入骨髓的忧伤回家躺在床上，王博半梦半醒地想，原来他曾经年轻过，曾经那样美好地年轻过。

"你刚才说，麦多多是在你的随身听里听到《国际歌》的？"我打断王博的回忆。

"是麦多多说的，我没有印象。"王博说。

我说，"你的随身听是上大一才有的。你记得吗？是咱俩一起去买的。国产的，爱华。"

王博眨巴眼睛，想起来了，"是噢……那麦多多为什么这么说？"

"这么说的话，那还有一件事。麦多多说，我曾告诉她，小野洋子和约翰·列侬，小野洋子出过诗集《葡萄柚》，约翰·列侬是史上最伟大的摇滚艺术家。他俩是世界上最棒的一对。"王博眉头打结，"可是，我从来没说过这些话。而且，小野洋子写过诗出过诗集，说实话我也是从麦多多这里第一次听说。我以前根本不知道，又怎么可能给她说呢？"

但就是因为后面这件事，王博渐渐看出麦多多的毛病了。怎么说呢？他觉得麦多多就是个文艺女青年。或者说，麦多多依然保留着一个文艺女青年的心智和心态。什么是文艺女青年的心智和心态？无非两点，一是无视自己与时俱进的年龄，看不见眼角的鱼尾纹已经可以夹蚊子了，总认为世界还属于自己；二就是太过幼稚并苛求完美，看不到存在即合理并对一切持批判态度，同时不切合实际地以为世界可以被她们改变。是的，麦多多就是这样。她讲话时常冒出"你们男生""我们女生"。当她知道王博的工作是在一家汽车租赁公司收车验车后，她连连说"怎么会这样"，失望的表情迅速地毫无遮掩地写满她整个面孔。

王博被麦多多的失望搞得很难堪，有点吊在半空下不去的感觉。他被麦多多形容成为一个连他自己都不太能够确认的人物，可他清楚自己，他完全不是她想象的那么高深。王博讪笑，"总要生活嘛！生存才是第一位的。"

麦多多喃喃自语，"可你是王博呀！你一直是我心目中的传奇！"

王博被这个伟大的词吓住了，他小心翼翼地问，"麦多多，你这是说谁呢？"

麦多多的目光穿越他，好像看到很远的地方，"我一直以为你和他们不一样。"

和谁们？怎么不一样？散坐在四周的人，哪一个是头上长着三只眼的？这句话激起王博强烈的抵触，与其说是抵触麦多多，不如说是抵触他自己。不错，十几年前，当他还是一个小男人顶着一脸青春痘和一脸不服气趴在社会的门槛左张右望的时候，真的是自视特别高，觉得自己和别人不一样，甚至痛恨自己和别人一样。可这十几年走下来，他变得让自己都失望起来。

于是，他就干脆把自己弄成一泡屎，"醒醒！我是人，不是神。我要吃饭，还要大便，我放的屁甚至更臭，我的肚子像锅盖一样扣在小腹上，什么都不能让我兴奋起来，你看看我脸上的表情是不是越来越俗气？以前我生龙活虎，现在我时常不举。有什么不一样，都一样！"

许久没有出声的刚子突然质问王博，"你为什么要跟她讲这些？你跟她讲这些还不如你根本不搭理她！"

王博反问，"她说的那些根本不是我！你跟她同学那会儿我跟她说话没超过三句半，你都看见的。我怎么知道她这些瞎编乱造的东西是哪来的？我为什么要去迎合她？"

刚子被问住了，突兀地挥了一下手，愣了一刻又无力地垂下。

王博说，"谁知道她半道跳出来算哪路神仙？她以前有过什么事我又怎么会知道？"

刚子抓住这句话反问，"如果知道了，你会怎样？"

"……不知道……这样的假设没有任何意义。"王博有些黯然，他的头忽然偏向一边，眉头拧起来，嘴角咧出一个难看的形状，那副样子好像脑子里面有东西在打架，"可她就是麦多多啊！我没觉得她是别人。"

十

元旦晚上，王博躺在沙发上看电视，接收麦多多短信，"去你那儿玩一会儿，好吗？"王博回复，"好，想来就来。"

不到十分钟，麦多多就上来了，怀里抱了一个盒子。麦多多满面春风的样子，把盒子往他怀里一塞，"送给你的新年礼物。"

王博说，"什么呀？"就去撕粉紫色的包装纸。麦多多说不要撕呀，好漂亮的纸撕烂了太可惜了，用裁纸刀裁嘛。王博说纸嘛，最后的归宿都是垃圾桶。麦多多说美好的东西，就要尽力延长它的生命。但没等她说完，王博就把包装纸撕烂了。

麦多多送给王博一个录音机，很老款的随身听，外壳黑黑笨笨的那种。这个礼物让王博摸不着头脑。他心想，她从哪儿淘来这么个过时的玩意儿？麦多多的表情却多云转晴，继而欢欢喜喜地说，"上次我拿来那些磁带呢？今天可以听了。"王博这才想起来，麦多多给他送过四五盘磁带，是崔健、黑豹、唐朝、郑钧他们发行的第一盒卡带。还都没开封，玻璃纸半旧发黄，摸到手里涩涩的。

王博当时看到这几盘磁带，特别惊讶，一下子就把他的诉说欲给勾起来了。他好一通回忆，当年是如何赖在音像店门口蹭歌听，又是如何将爱听的歌翻录到一盘磁带里宝贝一样揣着，甚至还讲到为了给初恋女友送一盘黑豹的正版磁带，他连着一个月放学都是走路回家，就为省几块车钱。当他嘴巴上说着这些的时候，心里有另一个声音在感慨，有些东西注定是要成为回忆的，并且成为回忆了你才觉得它有价值，要是弄成现在进行时，就没意思了。

他讲得带劲，麦多多听得更带劲。麦多多一脸痴迷沉醉的笑，说，她又看到了当年那个王博。

兴奋中的王博被这句话刺了一下，就是第一次听到麦多多说他和别人不一样的那种感觉。这个麦多多，真的是老而弥纯吗？她没被生活强奸过吗？但王博还是配合麦多多的情绪，延续着兴高采烈的状态。其实他还是高兴的，多少还有些感动。弄到这些玩意儿，不仅仅是费时费力的问题。否则那几盘磁带不会被他翻过来掉过去地又摸又看，宝贝似的舍不得撒手。

麦多多说，"唉，今晚你的眼里只有它们啦？"

"还有你呀！"话一出口王博就觉得玩笑开得不合适，他连忙补充，这次是发自内心的真诚，"你的友情，和这些磁带一样，弥足珍贵。"

磁带拿回来，因为没有录音机就一直搁在茶几上。被马拉看到了，她大呼小叫，"哇，古董唉！"她挂在脖子上的播放器，不到两年从 MP3、MP4、MP5、MP6，一路换到 MP7。王博每次看到她换了新款都觉得不能理解。喜新厌旧的速度也太快了吧。但他随即说服自己，她们这一代人就是这样。

马拉大呼小叫之后，在他对面坐下，很有意思地看着他，"你和你那个同学，到底有没有在谈恋爱呀？"

这是他们之间第二次涉及这个话题了。王博说，"你看呢？"

马拉摇摇头说，"那是你心里的事。谁能帮你做主回答？"

王博说，"你个小屁孩，该干吗干吗。你懂什么。"

马拉一下子跳过来，蹲在他面前逼盯他的眼睛，"干吗干吗！你除了跟我做爱还跟我干过什么正经事？凭什么你就认为我不懂？"

王博显然措手不及，看着马拉那种有些蛮横又混着说不出的怪异的神态，他哑然失笑，"你用词注意一些。女孩子怎么讲这么露骨的话。"

马拉突然尖叫，"我是在跟你做爱，可是你呢？你呢？"

王博看着她五官变形的样子，不知她抽什么疯了。

马拉继续叫，"你以为你和我是一夜情，我就也得跟着你这样认为？蠢猪啊，你这个蠢猪，你懂什么女人！你根本就没有心肝肺！你见我成天和你笑嘻嘻的，以为我也没心肝肺？傻子都看得出你们俩腻腻歪歪，你就装！呸，都奔四的老男人了，还想扮纯情？你跟我怎么不扮纯情？怎么不扮？你当我是妓女？我跟你一夜情了，你就以为我跟别人也一夜情？你太龌龊啦！龌龊龌龊龌龊龌龊！"

马拉一巴掌往王博脸上甩去。王博伸出胳膊拦她，顺势抓住手腕往后一扭，马拉反身跪在地上，拼命挣扎，不罢休地伸腿蹬他。

磁带找不到了。麦多多问肯定在家里吗？没有借给别人吗？王博心说这种东西谁会借？你以为是宝贝，人家也得认为是好东西？别一厢情愿了。

麦多多和他一起找。王博记得有一天他想到过这些磁带，顺手翻了翻茶几，见没有也就懒得再找。他又往前想了想，好像从马拉那天闹腾完就没有再见过磁带。王博就恨上了，幻想拿把菜刀在马拉头顶上飞飞飞。

麦多多问，床底下也找吗？王博在阳台上说找吧。麦多多说好像找到啦。

麦多多从床底下拖出一个鞋盒，拎到客厅桌子上。王博跟过来，脑袋忽然涨大，鞋盒里有十多张 A 片。王博心里大叫死了死了。死到第三下，他又活过来了。全部没有封套，真真正正的"光"碟。阿弥陀佛，祖宗保佑。王博火速表扬了自己十次，第一时间扔掉封套的做法实在是太正确了。忽然间他又觉得自己特别莫名其妙，一个成年男人的家里有 A 片算个事吗？既然不算事，那他为什么觉得在麦多多面前曝光会颜面扫地？

经历了如此惊险，他们却并未如愿。磁带老化了，声音听上去哆哆嗦嗦，像刚从冰冷的海水里爬上来，音调全跑到海南岛去了，音速也慢，是行将就木的苟延残喘，好像崔健他们忽然活过了一百岁，假牙卡在喉管里，下一口气不知道提不提得上来。

麦多多像个孩子站在那里，似乎是冷，似乎是无助，似乎心里憋了多大的委屈。她不停地说，"怎么会这样？怎么会这样？"

王博倒是早预料到了，"二十年前的东西放到今天，该朽的早就朽了，又不是拉过皮的女明星。"

麦多多一脸的抑郁，"有没有什么，是永垂不朽的？"

王博哂笑，"但凡还存在的事物，就有尽头。消失了的东西，才有不朽的可能。"

麦多多转头看向他，好像听懂了，也好像没听懂。

为了缓解麦多多的情绪，王博打开电脑说在网上购物，请麦多多帮参谋买给父母的礼物。

麦多多问王博，"你妈妈多高多重呢？"

王博想了想，"1 米 58？55？我也不是太清楚。"他站起来，用手在自己肩部到嘴巴之间比画，"这儿？好像到下巴吧。"

麦多多跟着站起来，立在王博跟前，"有我高吗？我 1 米 63。"

"当然没有啦！你到我鼻子，我妈才到我哪儿？"王博又比画了一个高度。麦多多再往前站了一步，贴近王博形容的高度。几乎就是拥抱的距离了。

麦多多确定，"应该是 1 米 55。那胸围呢？多少？"

王博更加没数了。

麦多多说，"她的胸部比腹部高，还是腹部比胸部高。低头往下看，先看到哪一样？"

王博拍着后脑勺想了半天，"真记不清了，没细瞅。"

"噢，那她的腰围呢？"

"这个岁数了还有腰？"王博说，"都是肚子了。"

王博说完就忍不住想笑。麦多多没有反应，仍然认真探讨着关于体型的问题。麦多多说，"我是 1 尺 9 的腰。"自然，王博的目光往她的腰部看去。两个人的目光同时集结在麦多多的腰部。麦多多把毛衣捋平，让王博想象一下母亲的腰围。她略略挺了挺身体，王博的眼睛掠过她不大的乳房，停留在她的腰部做虚无想象。

那天麦多多还送了王博两条红内裤。她说，他的本命年到了，一定要穿红内裤。红内裤还一定要是别人送的才好。

"你穿大号还是中号？"麦多多问他。

王博说，"不知道。"

"你不知道自己穿多大号？那你往常怎么买？"

"瞎买呗。"

麦多多"噢"了一声，问王博有软尺吗。王博说没有，什么尺都没有。麦多多说，那就用手量吧。说着她就围着王博的腰际一匝一匝的丈量起来。

麦多多的手指从王博肚脐眼上划过。她的头发，在他的下巴处摩挲。这两个地方，都让他痒痒。麦多多脸上有一层细茸毛，在侧面而来的灯光中，呈现出淡淡的金黄色，好像一个毛茸茸的桃子。屋外刮着西北风，空调吹着暖气，窗帘挡在窗前。背后就是王博的床，被子从来不叠，胡乱滚在角落。日光灯管坏了，只有一盏台灯发出不算明亮的光。他俩的影子投在墙壁上或者倒在床上。

王博的脑子在那一刻飞快地打架。从性的欲望来说，他的生理本能已经起反应了，他甚至斜溜了一眼床铺，算了一下如果麦多多稍做挣扎，他将会在两步之内将她摁倒在床铺上。麦多多已经是他手下的猎物了，可她似乎全然不知，手指正从他的脊柱上滑过去。她让他抬起胳膊，最后一匝在腰侧结束，然后直起身子对他说，"一共是6匝，每匝就算15公分。你的腰围是2尺7。"

她淡蓝的眼白，好似幼童，不谙世事，无欲无邪。

王博说，"麦多多，你看你，不仅给我出了好主意当了好参谋，还送礼物给我，我怎么感谢你呢？"

麦多多微微一笑，"那你就以身相许吧。"

王博好一阵恍惚。静了那么一小会儿，他听见自己的声音有点无奈有点抖，"我的好姑娘，我哪儿有这个资格呢？"

十一

麦多多的骨灰被王博带回成都。他说选一个天气好的日子坐船去岷江。他说江葬吧，让麦多多江葬吧。

临走前，刚子提出想看看麦多多。王博打开行李箱，捧出深褐色的骨灰盒。刚子、王博和我，坐在它对面。很难说清那是一种什么感受。就我个人而言，我并不觉得那只是个盒子。我能感觉到它的温度，它的气息，甚至，它的眼神。我也不觉得十分悲伤或是痛苦，倒是有一种无法解释的遗憾从心头升起。遗像之处，是空白。

刚子在怀里掏着什么。他掏出一个信封。他把信封在桌角磕了两下，里面掉出一张照片。

刚子说，"我找遍了高中同学，只有这张照片，上面有麦多多。"

湖岸边，一群学生围成半圆，像排球比赛上场前，手叠着手喊加油，脸上笑意融融，青春逼人。

刚子指着右边角落一个女孩。她背对镜头，踮起脚尖。不知远处有什么吸引着她，在同学们兴高采烈玩在一起的时候，她一个人在旁边，像要走开的样子。

我几乎在刹那间被什么东西击中了。吐出的烟雾涌进我的眼睛，我感觉自己流出了眼泪。

私底下，王博问过我，麦多多的死到底跟他有没有关系？他自言自语地说，是不是他和她好了，她就不会去宽窄巷子了。我说，恐怕不仅仅是和不和她好这么简单。他扭过头一脸疑惑地问我，那她要什么？

我想了想，说，"我也说不好。总之，应该不是你想的那样。"

刚子有一句话或许是对的，他说，"麦多多活得比我们纯粹。"我很诧异刚子会说出这样的话。后来我想了想，的确，我们任何人，都不应该把别人想成我们以为的那个样子。

我们在机场分别。刚子伸出手，与我和王博握了一握。他和王博的握手似乎多了几秒，力度看上去也更大一些。但是，他跟我握手的时候，我俩的目光是有所接触的。他跟王博握手的时候，他没看王博，王博也没看他。

半年后的一天，我去社里的财务处报账。一位编辑也在报销出差费用。我是发行人员，成天在外面跑，和社里的编辑不是太熟，就听她和会计有一句没一句闲聊。

会计问，"最近见你经常出差，忙什么？"

编辑说，"去组稿子嘛。咱们那个社刊在改版。"

会计问，"又要改？改了好多次了，每次都不见赚钱。"

编辑说，"不赚钱也得办哪。反正风行什么就改做什么，不能让刊号死掉。"

会计说，"我记得老早是做诗歌的嘛，我还记得名字美得很，《浣花溪诗报》。后来做少儿做女性做汽车，名字换了又换。这次改版又准备做什么？现在'小三'风行，该不会做成'小三指南'吧？"她"咕咕咕"鸽子那样笑。

编辑说，"不讲了。一讲到那个诗报我头都大。有个女的隔三岔五就给我打电话，说她发了一首诗嘛，一直没收到刊物。从我毕业分配到那里，到后来生小孩，现在小孩都大学快毕业了，她的电话一直没断过，阴魂不散。"

会计说，"那你不帮她找找喽。"

编辑说，"我想帮，可是帮不到嘛。那一期根本不给发行，里面有一首长诗涉及民族问题。发稿的时候谁都没意识到，印完了等车来拉，有个印刷工没事做捡起来看。要说也是走运，这个工人父亲是民族问题专家，估计在家里聊过这方面的事。好嘛，幸好被他拦下了，要不从我这个小小责编到主编到社长，都得一路撸下来。"

会计说，"噢，那活该是她不走运了。讲给她听啦？"

编辑说，"讲啦！不顶用，过不了几天又来电话。十行都不到的边角料，搞了我半辈子跟她耗。神经病！都快烦死我了。这半年消停了，再没见电话。是不是死掉了不知道。"

仓库里已经没有那期刊物了，十几年前的废刊早就打浆做纸了。找到退休的老社长，他竟然留了两本做警示教育。我约好王博，周末下午去他家。

王博和马拉准备结婚了。他们正在刷墙，地上铺满报纸。坐在涂料桶上，王博翻开目录，很轻，有点迟疑。黄色的纸页似乎掉下细细的纸屑。是的，我听见它们坠地的微音。

王博把它递给马拉，说，"你念吧。"

王博闭上眼睛。马拉清清嗓子，像登台演出那样，情感充沛的声音在充满微酸气味的房间回荡。

《寒露》

很少有人像我这样

不怕冷地滞留在

小镇寂寥的街口

那些机灵的飞鸟

那些失魂落魄的花朵

早已撤离现场

只有我

还要在这里执着地等

风把报纸吹得哗啦啦响，阳光在窗外绿色的树叶上闪着光。隐约传来好听的小提琴曲，特别抒情动人。我也闭上眼睛，麦多多如在暗房里的显影中渐渐浮现。随着音乐，湖岸边的麦多多动起来。她向远处走去，将一团欢喜热闹的我们留在身后。

| **创作评论** |

10 年来，蒋锦璐始终不渝地用小说进行着灵魂的书写。她既专注过个体自我的内心世界，也曾经关注底层心理的特殊与复杂，到如今，更是进入了一个更深层的精神领域。这充分显示了蒋锦璐的自我超越，显示了她的文学进步。

——黄伟林：《蒋锦璐：跨越欲望朝向精神的书写》，《文艺报》2012 年 7 月 11 日第 2 版

| **作品点评** |

《灰姑娘》主要写了 70 年代出生的一代人的"文学梦"。小说以限制性的第一人称视角，通过 KTV 包厢里纸醉金迷的生意场景，将一个叫"麦多多"的文学女青年引入了我们的视线。小说的故事性很巧妙，表现为"我"、王博、刚子等人对于麦多多死因的调查。随着调查深入，他们的青春记忆被一点点地复活了。我们对麦多多的怀念，不仅是对青春记忆的怀旧，也是对在当下欲望化的社会、对心灵尊严的一次救赎。

——房伟：《燃在俗世红尘的理想之光》，《广西文学》2014 年第 2 期

一塘香荷

陶丽群

一

如今日子好过了，省下对柴米油盐操心的时光，时间就空出来一大截，丰衣足食之后的下湾村人就有空闲琢磨精神上更高的追求了。村里那些家底厚的人家，已经开始在县城里买房子安家，进城做买卖。打算经过两三代打拼，让后人成为真正的城里人，把根子从土地上剥离出去。他们把祖屋卖掉，把田地租给别人，每年定期收租子。到年尾，碰到进城置家业的村里人回来收租，李一锄就感叹：和新中国成立前的地主差不多了，这日子过得。

话里更多的是对生活富足的满足感，这没有什么不好，挺好的。

月朗星稀的夜晚，李一锄喜欢把椅子搬到屋后的那丛竹子下，凉风，闻荷香。他对生活没有过多的念想，没有进城生活的打算。人老了，不

作者简介

陶丽群（1979—），生于广西田阳县，鲁迅文学院第十五届中青年作家高研班学员，文学桂军重要力量之一，现供职于广西百色市某县文联，系中国少数民族作协会员。当过乡村教师、记者。于2005 年开始文学创作，作品散见于《北京文学》《民族文学》《广西文学》《边疆文学》《读者》《青年文摘》等刊物。小说《回家的路亮堂堂》获第五届广西青年文学奖，《一个夜晚》获第三届广西少数民族文学创作花山奖、第二届金绣球文艺奖，《起舞的蝴蝶》已被改编为电影《胡蝶》，部分作品入选《平果作家丛书》。《赤红色的墙》获《广西文学》2017 年度优秀散文奖。

作品信息

原载《民族文学》2012 年第 3 期，《新华文摘》2012 年第 11 期转载。

想挪窝了。村里人在好日子里爱往前想，但李一锄喜欢往回想。晾着月光，回想大半辈子走过的林林总总。眼前的一塘荷静幽幽，身后的一栋房静悄悄。房是两层楼的房子，里边儿子按照城里套房的格局来设计，厨房卫生间全在里头，关起大门人在里边吃喝拉撒能全部解决。这房子平时就李一锄一个人住，儿子在县城工作，离家不过五里地，他早就想把老父接进城里住了，但李一锄不愿意。李一锄什么时候想孙子了，顺着村水泥路悠悠出去，跳上公交车，一支烟的工夫就到了。但李一锄去得并不多，他还是喜欢待在下湾村，白天黑天。比如现在，一把长竹躺椅，人在上面摊开手脚，月光清淡，风吹过来，竹叶沙沙响，荷叶沙沙响，荷香流淌。李一锄的屋后原是一片稻田，种稻，后来，他把稻田挖深了，成为池塘，栽上莲藕。七八月份，荷花妖娆，荷香直接流淌进他的两层楼房，有邻居来串门，踏进大门槛荷香就扑面迎客了。

此时，朗朗月色下，闻着荷香，李一锄又开始回想往事，沉浸在他上半辈子的光阴里了。首先想到的是眼前这荷塘的来历。原来这荷塘还是稻田的时候，稻田并不是李一锄的，李一锄屋后的菜地只到他时常歇凉的这丛竹子边，再往前的稻田，是属于下湾村的赤脚医生廖秉德家的。廖秉德会看些头疼脑热拉肚子的病，生得三个儿子，有几个膀圆腰粗的兄弟，在村子里很霸蛮，没人敢得罪。据说此人常趁给妇女望闻问切之时，手脚不干净，做些龌龊之事，一些贪便宜不守妇道的女人也半推半就，免去问医抓药的钱。这么个东西，倒也会做些令村人匪夷所思的事情，村里一些儿女不全的老人看病拿药，廖秉德从不索要问医拿药的钱。人心啊，是琢磨不透的。

三十多年前，李一锄在下湾村没什么人脉，他是从山区出来上门的，尽管平时对下湾村人差不多点头哈腰，下湾村人还是没拿他当村人看。李一锄家挨公路边有一块八分大的稻田，田肥，近水渠，种子播下去，收成从来不欠缺，是家里的主产良田。刚实施土地包产到户政策时，李一锄抓阄抓到了这块宝地，两公婆兴奋得差点没连夜到田头烧高香。但宝地没种上三年，就被廖秉德强行换走了。那天李一锄和老婆刚从那块田里搭丝瓜架子回来，廖秉德就进门了，说要用挨他屋后的五分稻田换走那块地，再补给他三分旱地。廖秉德抽着三毛五分钱一包的青竹烟，把李一锄的堂屋喷得烟雾缭绕的，说，他不欺负外乡人，既然上门到下湾村，李一锄也是这个村的人了。五分稻田加上三分旱地，八分，换他的八分沿路田刚好够数，谁都不吃亏。廖秉德口气不容置疑，那样子不是来商量换地，而是告诉他就得这么换地。李一锄不敢吭声，老婆却急红了眼，一口狠气回绝：不行。廖秉德什么也没说，把烟抽完，说了一句：那块地，你们种不好的。走了。

第二天一大早，李一锄两公婆还没起床开门，邻居就把门板砸得屋里人心惊肉跳，在门外喊：老李，快去你家丝瓜地看看吧。李一锄和老婆大吃一惊，心急火燎赶到丝瓜地，一看，傻了。刚搭了架子的丝瓜，一夜之间被连根拔起，全都蔫死。李一锄的老婆那时刚坐完月子，呼天抢地扑向丝瓜地，心里火加上气，奶水就断了。两只奶结得硬邦邦的，仿佛奶水在里头凝成了石头。李一锄抱着没奶吃的儿子求村里那些奶孩子的女人，捡回儿子一条小命。老婆因此患上乳腺炎，转变成瘤，一年后带着两只淌脓水的乳房含恨离世。

人死了，地也没保住，其实谁都知道丝瓜是谁拔根的，但下湾村没有谁敢为李一锄这个外乡人做主。换地那天，李一锄抱着嗷嗷大哭的儿子，含泪画押按手印。廖秉德还是抽他的青竹烟，淡淡漠漠地说：我说过了，那块地，你们种不好。

李一锄其实不叫李一锄。老婆死后，李一锄一边养儿子，一边和土地拼上命，睡觉都恨不得拿把锄头，睁眼就能下地干活，老李就变成了李一锄。一身力气和一把锄头，生生把儿子养大，成为村里第一个大学生，第一个吃皇粮的人。如今，已经在县城里掌了一个单位的大印，当头了。儿子小时候没妈吃的苦，长大后老天慢慢都给补回来了。下湾村人眼看李一锄爷俩一步一个脚印走到今天，没有嫉妒，只有感慨和赞叹。在这期间，廖秉德的三个儿子先后离开下湾村进城做买卖，也算做得有些声色，全都在城里安家立业了。老大把廖秉德接进城去住，把祖屋卖掉，田地租给别人，这家人算是和下湾村的关系淡薄了。廖秉德进城时65岁，这个老东西不知出于什么缘由，他家里的水地旱地，差不多都租给亲戚和外村人种了，独独留下几十年前强行换来的李一锄的那块稻田。他也不种，种也种不全，八分良田，种上两垄菠菜，几窝瓜苗，两三架子豆角。太阳晴好的时候，廖秉德坐公交车回来，戴一顶草帽，扛一把短柄锄头，在那块地里摸摸索索，太阳落山了，拍拍身上的尘土，又坐公交车回去了。说是种地，更像是回来活动筋骨。每次李一锄在田野里走，远远地，看见那块地上猫着腰的人影，他就会绕弯走掉。如今他不怕廖秉德了，他想廖秉德算个什么东西，三个儿加起来还不如他一个儿强，他没什么可怕的。他就是不想见他。一个青壮年男人带着一个小鸡崽样的小儿过日子，熬到今天，其中种种辛酸艰难，百般滋味，时光不会带走，也不会冲淡，隐藏在心底某一个角落，睹物伤情，眼不见为净。

李一锄在很多这样富足而又闲暇的时候，在一汪如水的月光里，百般回忆。更多的是关于脚跟前的荷塘和被换走的那块肥地，以及含恨故去的女人。人的腰杆挺直了，种种被迫吞咽下去的屈辱就全浮上来，百爪挠心一般，让你憋心难受，想着什么时候出口气。但这个时候在哪儿呢？廖秉德离开下湾村了，偶尔回来，老实得像只受伤的耗子一样，蹲在那块地里侍弄庄稼。李一锄总不能无端端蹦下地去给他一顿拳脚吧。

月光下脚跟前的一塘荷越香，他越心烦。李一锄就装了一篮青皮鸭蛋，进城看孙子去了。孙子是他的心头肉，心头肉的笑脸能让他忘掉日子凿刻在心头上的沟沟坎坎。

二

肉乎乎的孙子抱在怀里，儿子把老花雕拿出来满上，儿媳妇把热饭双手端到饭桌前，李一锄吱地抿一口老花雕，满口馥郁，酒顺着咽喉滑溜溜凉丝丝流下去时，他听见自己身上什么地方，砰的一声闷响，仿佛憋着的什么东西泄了，浑身感到无比舒坦。什么叫日子，这就叫日子。父子俩杯碰杯，儿媳妇久不久的，看一眼老公公碗里的菜，及时添上。李一锄筷子点一滴老花雕，沾到孙子肉嘟嘟的小嘴上，小家伙咂巴咂巴，脸蛋别扭起来，要哭，不哭，咯咯笑起来，在李一锄膝盖上淋下一泡热尿，李一锄顿时热泪盈眶，抽着酸溜溜的鼻子说：

"你阿婆，要是能看见你这个嫩嫩肉就好了。"

儿子和老婆面面相觑，知道老父又伤心上了，赶紧给老父满上酒，儿媳妇把尿湿裤子的孙子抱走。

"爸，"儿子说，"您搬来和我们住吧，一家人，早见晚见，安心，又不缺您吃住的。伴又没伴，您一个人守一栋房子，早晚连说话的人都没有，不知道的还说我容不下老人呢。"

李一锄响亮地抿一口老花雕，抹一把脸，朝儿媳妇看了一眼，说："外人的舌头由他们说，爸知道你们俩好，孝顺，这就够了。我老了，下湾村故土故屋，我住惯了，不想离开。你们过你们的，把孙子给我养胖就行，别的都是瞎操心。"

儿子笑了，说："下湾村离县城多远的路，那里就成故土故屋？您在这里住，什么时候想什么时候回去看嘛。"

儿媳妇也在旁边笑。

李一锄白着眼，说："你懂什么，闻着气不对，气对才算是故土故屋。"

儿子就逗弄老父："那是什么味？我怎么闻不到？跟这老花雕味一样吗？"

李一锄叹口气，不知道说什么好。这个儿子，死了妈后，李一锄把一半命搭在土地上，一半命搭在他身上，不让儿子受半点委屈吃半点苦。下湾村人拿李一锄当外人，但对这个生长在下湾村里的孩子还是疼爱的，从小没被谁欺负，又长得乖巧听话，当了妈的女人眼见这孩子从前面走来，便起了笑意，颠颠地小跑迎上去，手一伸就把孩子的头揽进肥厚的胸怀里。上小学三年级的时候，儿子有一天从学校回来，嘴巴挂得老高，不理睬李一锄。李一锄急了，杀鸡，砍了两只大鸡腿哄儿子。儿子还是不高兴。李一锄没法，求邻居婶子过来哄。这个婶子心好，儿子身上的衣服鞋子，都是她帮忙收拾的，儿子听她的。婶子把儿子揽进怀里，哄了一阵，小东西竟然泪眼汪汪地说，他要爸爸给他弄个妈，课本里的小蝌蚪都有妈找，他没妈找。邻居婶子当时就掉眼泪了，也不管李一锄愿不愿意，四处放话，嫁到下湾村的女人一时都忙回娘家，打探娘家是否有合适李一锄的女人。好不容易找着一个人家还是个未婚的，二十八岁，因为一只眼白内障，耽误了嫁人。人约来了，邻居婶子张罗一桌饭菜，大家见面，儿子对这个未来妈妈也喜欢，女人脾气也好，李一锄只是笑，邻居婶子心里就有数了。李一锄和女人来来往往地处了一段时间，他和儿子吃了一段时间的热饭热菜，家似乎又圆满了，日子又变得有滋味了。又有一天，儿子从学校回来，嘴巴又挂起来了。李一锄只好又把邻居婶子叫来，儿子说，他不要妈了，后妈会打人，他死也不要后妈。这回邻居婶子生气了，风风火火跑到学校质问老师，是不是老师教的歪道理，又在村里跳脚骂一阵，骂那些长舌头瞎搅和的人。李一锄觉得实在对不起那个女人，把儿子打一顿。这段婚事不了了之后，他好长一段时间见谁都发愣，眼神松散神情木然，把叔叫成伯，把婶当作姑，辈分全叫乱了。儿子渐渐长大懂事，下湾村那些疼他又嘴巴大的女人，闪闪烁烁地，把他妈的死告诉他。儿子回家问李一锄，被李一锄一顿痛骂，并且杀鸡打酒，把廖秉德请来家里吃肉喝酒，告诉儿子：你爸和你伯，好呢，别听那些人瞎说。说得廖秉德脸上红一阵白一阵。李一锄不愿意让儿子知道自己的屈辱，也不愿意这些屈辱渗进儿子的心里，他希望儿子快快活活成长，亮亮堂堂做人，过往那些恩怨沟坎，他只想一个人埋在心里。儿子长这么大，可以说他这个当老子的，比下湾村任何当老子的都认真都细心，也都累。

儿子啊，你顺风顺水地长大成人，哪里知道我们这一辈的人和事，哪里知道我们这一辈人和土地的事。也不希望你知道。

儿子见老父默不作声，继续说服他："爸，您还是搬来吧，那些田地，我都会处理好的。"

李一锄放下酒杯，仰脸问儿子："老屋也卖掉?"

儿子一下子就猜到老父"也"里边的意思。他说："我们不卖老屋，祖宗的香炉在老屋，卖老屋不等于卖祖宗了。"

李一锄白儿子一眼，说："你还记得祖宗，我以为你忘记了。"

儿子笑起来，说："爸，我们不和秉德伯家比，我们家不是他们家。您搬来后，年节我还回去烧香磕头的，放心吧。"

李一锄说："我有什么不放心？过了今天没明天的人了，还不是为你们才喘口气。"

儿子开起玩笑来，说："爸，您别这么说，来了城里，不淋不晒，半个月，我保证你比那些天黑在广场上跳舞的老干部差不了多少，您要是高兴，再找个伴，我保证给你们养老送终。"

儿子把话说白了，老子不好意思起来，借着老花雕，把脸喝得火烧火燎的，李一锄朝儿子撇嘴，说："再找个伴？老不中用才叫我找个伴，我看你小子孝心还比不上这老花雕酒纯。"

儿子一口老花雕全喷了出来，和老婆把泪都笑出来。李一锄自觉失言，尴尬一笑。他心暖意融融，儿孙和睦，不是每个老人都有福气消遣的。

换回到三十多年前，李一锄是看天不见天看地不见地，朝前看两眼茫茫，长路漫漫，唯一的指望就是把儿子养大。如今儿子不仅养大了，还给他争气了，三十多年前，李一锄能想到今天吗？想不到。要是能想到有今天，也许他就不会把头埋在裤裆里忍气吞声过大半辈子了，谁都想抬头挺胸走路看人，再老实的狗凶起来还咬人呢，在下湾村待大半辈子了，李一锄真真连毛孩子都没敢得罪过。可话也说回来了，日子就像一根甘蔗，有的人从甘蔗头吃起，把日子越嚼越淡，有的人从甘蔗尾啃起，日子越过越甜，从头到尾，从尾到头，甘蔗嚼了，一辈子就完了，但完了的一辈子，人和人的感受和理解是不一样的。李一锄一辈子就是从甘蔗尾开始，开头的寡淡滋味回想起来令人忍不住心如煎熬，儿子的老花雕酒，是该孝敬的。

李一锄抿着老花雕，嚼着脆猪耳朵，面上平平，心里波澜。

"爸，"儿子盯住李一锄，说，"村里说的那件事情，到底是真是假？"

李一锄知道"那件事情"的意思，他放下酒杯，力有些重。

儿子说："村里人都这么说，你为什么不对我说实话？"

李一锄心潮翻涌，气就粗了，他说："你信别人还是信你老子？信你老子就安安心心过你的日子。"

儿子说："爸，人活一口气，死的那是我妈。"

儿子提到妈，李一锄就有些可怜了，儿子没妈也许和他没老婆一样，心里有说不出的恓惶，但能让死人拽住活人不放吗？就算记仇，那也是他李一锄和廖秉德的仇，老一辈的恩恩怨怨，李一锄不想带给下一辈了。狠下心，李一锄说："我说没有就没有。那地原来确实是我们家的，但那是我和你秉德伯两相情愿换的，田挨着房子，每天睁眼就见地，踏实。"

儿子还是满眼疑虑。李一锄又说："人生老病死，你妈命薄，只能怨老天爷。"

儿子勾下头，摆弄桌上的酒杯，小平头，阔脸，方额，像他妈，脾气温和，还是像他妈。那个故去的可怜女人，今天要是能见到她这个体面儿子，该有多舒心。

李一锄的怜爱从心里漫上来，给儿子满了一杯老花雕。儿子抬起头，有些泪花在眼里打转，和老父碰了杯，说："爸，您一辈子不容易，我就想知道哪些事情能给你出口气的，还是那句话，人活要脸。"

李一锄说："你想怎么出这口气？把廖秉德和他的三个儿全杀了？"

儿子的目光立刻变得硬朗起来，说："这么说那事情是真的？"

李一锄很揪心，摆摆手。

儿子说："爸，这事要是真的，我饶不了这家人，我妈不能白死。他们家三个儿在下湾村是龙，在这里是虫，我一天能找人整他们三四回，叫他们在这城里混不下去。"

李一锄立刻瞪眼，筷子当当当敲打儿子的酒杯，"你敢！忘了本了！下湾村人哪一家的婶子胸膛你没钻过？秉德家的老奶奶还给你塞过熟鸡蛋，这些你都忘了？大了，翅膀硬了，想整人了，想显威风了，你干脆连你老子也给整了。"

儿子见老父动气，赶忙赔笑脸，倒酒夹菜，安抚老父亲。儿媳妇端上来一盆瓜苗汤，里头拍了蒜末，瓜苗嫩绿，汤水碧清，香气扑鼻。李一锄心里的气消了一半，他看汤盆，闻汤水，说："这瓜苗肥料正，是鸡鸭粪施肥，不是化肥。放化肥的瓜苗肥得好看，但苗绿得发黑，汤水也没这么清透，吃起来咸味大，这瓜苗买得正。"李一锄看儿媳妇一眼。

儿媳妇笑笑，说："这瓜苗不是买的，村里人送的。"

李一锄捞子一筷子瓜苗，汤汤汁汁送进嘴巴里，瓜苗秆子很韧，很脆，嚼起来咯吱咯吱响。李一锄对儿子偏着脸说：

"听见吧？别以为你进了城当了领导，眼里就装不下农村人了，城里人谁认得你？拿这么好的菜送你？这是谁家种的瓜苗，味很地道。年初一直阴雨，我的风湿腿没力气，要不在荷塘边上几窝瓜苗，你们也能吃上了。"

儿子说："秉德伯送的，一大把。昨天在我单位门口守一个早上，非要送我一把瓜苗。"

李一锄一口瓜苗卡在喉咙里，吞不是吐不是，心里像有一面鼓在擂，咚咚咚响。李一锄看一眼儿子，儿子也目不转睛盯着他。知子莫若父，他知道儿子，儿子必定也能从他脸上神情细微的变化和目光里的困顿琢磨出一些事情来。李一锄低下头，掐断儿子探寻的目光，努力平息心里的鼓声，嘴巴里的瓜苗细嚼慢咽，等心里的火熄了，面上的表情淡了，又夹一大筷子瓜苗送进嘴里。

"他，找你有事？"李一锄淡淡地问。

儿子说："没事。"

李一锄仍然低头："没事送你瓜苗干吗？"

儿子笑了，说："爸，一把瓜苗能办什么事？我要是给他脸了。"

李一锄点点头。和儿子一顿花雕酒把午后都喝过了，酒劲上来，困乏也跟着上来，在儿子预备接他进城住的房间里躺下，一觉起来窗外已经星光闪烁。李一锄起来喝了一碗大米粥，执意让儿子把他送回下湾村。车到村头的公路，他就把儿子打发回去了。

天幕上星子繁多，月亮就变小了，月光却很撒泼，亮得四野一草一地清晰可辨。这个季节正是草木繁茂的时候，有风过来，庄稼和草木的各样清香就拂面而来了。从村里不断有一道道雪亮的光柱迅速出了村子，突突突突蹿到李一锄跟前，前座的人朝他按一串喇叭，后座上的人响亮吹一声口哨，嗡地又蹿走了，留下几缕尾气弥漫在夜色。那是摩托车，村里的年轻人都到城里找乐子去了。这个村子自从富起来后，年轻人谈恋爱不再躲到草垛和庄稼地里，摩托车出了村子，拐到姑娘住的隔壁村，直接上门把人从父母眼皮底下拉走，到城里玩一些烧钱的娱乐。城里到节庆日，晚上还在广场上燃放烟花爆竹，火药味能弥漫到下湾村。下湾村的人，有伴的结伴，全部出动到城里看烟花。李一锄也看过，到县城抱上孙子，儿子和儿媳妇跟在后头，在专门留给县领导观赏烟花的戏台上很风头地站着。赏完烟花回了村，李一锄就失落了。通往村子里的这条水泥道上，人家老两口拖一个孙子，一路鸡零狗碎地闲话，让李一锄倍感落寞。

此时，月光下的李一锄就是这种心境。想到死去的女人，又想到那块被强行换走的肥田，就想看看田了。田就在这条水泥路边，也不是边，应该是挨路的第二块。第一块，他记得是二爷家的。廖秉德把他的肥田换走后，和二爷成了邻田。廖秉德仗着兄弟儿子多，把龌龊事情做到了二爷头上。有一年，他趁二爷施肥保水时，扒开二爷家的田埂，化肥水全流进自己的禾苗地里。二爷也不质问，扒开的田埂也没堵上，一把胳膊长的杀猪刀斜插在腰上，手握一把大铁锹，跳下廖秉德的禾苗田，抢铁锹像打错窜进菜园子的猪一样，把那块禾苗田从头砸到尾，禾苗全部斩首折腰，稀烂在地里。廖秉德率领一帮兄弟和儿子站在田埂上，没有人敢下去。二爷腰里的杀猪刀、手上的大铁锹以及急红的双眼，让他们腿脚发软，挪不动步子了。二爷砍伐完禾苗，坐在田埂上，抽烟，朝廖秉德乜着眼光，说话。二爷说："田地就是我的命，谁碰了我命我就跟谁拼命。不怕死的来，这条命我豁出去了。"

廖秉德家的一帮男人悄无声息全部走掉，从此廖秉德见了二爷，脑袋一勾，匆匆走掉。

从古到今，人和土地到底发生了多少事，只怕没人能说得清楚。

踩着一地的月光和往事，李一锄就到了那块地。八分良田此时在月光下一派静谧，连一只叫虫都没有。田里种两分左右的瓜苗，两分左右的长豆角，一分左右的青瓜，余下的地荒了。廖秉德的老婆在他们全家迁往县城后，第二年就死了。

这八分田，一直都是廖秉德坐着公交车来回打理。说不出是真种假种，每年两季的稻谷，他不种，荒着，单等着收稻子后田闲了，下湾村人种菜种瓜时，廖秉德才从县城扛着锄头镰刀回来，在地里挥汗鼓捣。也许是力不从心，八分田从来没种满全。李一锄走下田里，心里万般滋味，这田里曾经有他的脚印和汗水，也有死去的女人的脚印和汗水……李一锄在瓜苗垄前蹲下来，他摘下一片瓜苗叶子，凑到鼻子下闻闻，清香，淡淡幽幽，果然是农家肥施出来的。一般一窝瓜苗就点三四粒瓜籽，肥施得好了，瓜蔓就分得多，三四粒瓜籽长出的瓜蔓四处蔓延，匍匐在地面上比一张八仙桌还要大，有的瓜蔓能长到四五米长。廖秉德这几窝瓜苗就这样长，瓜苗叶子长得跟蒲扇一样大，葱茏繁茂。想必他在城里养了鸡，把鸡粪攒下来施肥了。李一锄在月光下看看瓜苗，看看攀架子的长豆角和青瓜，忽然感到心里有火呼呼地蹿上来。廖秉德，你这个人不是个东西，当年你拔了我的丝瓜架子，气死我的女人，今天我也要把你的庄稼给弄了。李一锄扬手捏了一把瓜苗，毛刺刺的瓜苗秆子在手掌心里嚓啦嚓啦响，八仙桌大的一窝瓜苗顿时缺了一角。一阵风吹过来，瓜架子摇摇曳曳，全都变成了人影，条条垂挂的长豆角变成了长发，满地的架子成了死去的女人影子，李一锄惊出一身汗水，放了瓜苗。他一屁股坐在田里，喘着气，气喘平了，火也消了，委屈却一波一波涌上来，酸，还杂着苦。李一锄哭了。

"你这个屈死鬼，这么多年了，还惦记这块田。"李一锄抽抽搭搭的，在月光下摸索着，把被他捏皱巴的瓜苗叶子展平了。

"我心里有气，还不是为你，这么多年一个人熬着，拔他几窝瓜苗算什么，你倒好，出来吓我。"

"好了，回去吧，一个女人，晚上别出来瞎晃，回你待的地方去吧，我也回了。"

李一锄站起来，走上田埂，说："廖秉德，我不是你，做不出这样龌龊事情来。"

拍了拍身后的尘土，拍下一地寡淡的月光。

三

晨曦和黄昏一如既往在下湾村来了又走，下湾村人的日子，除了婚丧嫁娶热闹上一两天，今天和昨天没多大区别，地里的活忙完了，腰里揣着厚实的票子，走路的姿势和神色都是慵懒的，脚踏实地的自信和慵懒，结结实实平平淡淡打发每一天。李一锄的日子却变得有些不一样起来。以往他坐在荷塘边，触景伤情，看见荷塘回忆起是是非非的往事，这些往事揉进他的生活里，变成了他平平淡淡日子里平平淡淡的事情。现在，一盆瓜苗汤使得李一锄的生活多了些内容。他坐在荷塘边，琢磨着廖秉德，这个老东西，到底又在耍什么花招？廖秉德的老娘未死之前，是个大善人，猫啊狗的，进她的家门从没空过嘴巴，大善人却养出了一个令全村人鄙夷的儿子，廖秉德所作所为，这个当娘的不知道给多少村人赔过礼，像砍伐了他家禾苗的二爷，没提杀猪刀杀上门去砍人，多半是看在他老娘这个大善人脸上。问遍下湾村的人，没有哪个人在廖秉德身上得到过半个瓜菜的好处，这样一个东西，居然拿着瓜苗到儿子的单位门口候着，这还是廖秉德吗？也许老东西老了，良心发现，想积点阴德带到那边的世界也说不定。李一锄想了想，摇摇头。越想不明白越想，李一锄就把日子过得混沌起来了。

下湾村最热闹的去处，要算村头的老榕树下了。这榕树不是一棵，而是两棵，黏糊在一起长，根部有三个大水缸粗，乍一看浑然一体，根本看不出是两棵树。下湾村那些年岁长得面目分不出性别的老人说这是夫妻树，也不知道他们依据什么判断树的雌雄。这两棵连体般的榕树树干长得粗粝狰狞，随便一根枝干都能劈下半栋楼的烧柴。下湾村是不敢动这烧柴的，就算十几年前下湾村人烧饭还用稻草那时，也没人捡拾冬天凋落的榕树枯枝回家烧饭。天地万物，长到异象就是神物了，下湾村人固执地相信这两棵榕树代表看不见的神灵，是村里的吉祥物，守护神。逢农历大年，妇女们便备下红丝绸三尺，梳洗净身后，来给两棵老树烧香挂红，祈求太平日子。这样的神物，谁敢当烧饭的柴火点着？年节一过，神树就恢复了它的另一种功能，成了下湾村男人和小孩憩息闲谈，打发时光的去处。过了午饭后，太阳大了，田里做活的男人回到家里，撂下手里的农具，草帽一甩就到村头的榕树下凉快。榕树根下，一般分为两个帮派，一帮是六十岁以上的老头，一帮是四十岁以上六十岁以下的正在掌家的壮年男人。小青年和女人是不去那里的。两帮男人里头，有的是父子，有的是叔侄，按照年龄各自蹲在自己的帮派里。五谷杂粮的种植，病虫灾害的防治，成本高低，收成好坏，春捂秋冻，季节更替，家电换代，楼房更新，全都在这里交流。是是非非，拉拉杂杂，有的话对眼，有的话伤人，便有人在这里结下一辈子的情谊，子子孙孙也跟着好成一家人，有人落下一辈子的记恨，几代人老死不相往来也有。两棵老榕树大肚能容，沉默中见证下湾村人一代又一代是非与轮回。时光回到十年前，李一锄是不敢来这榕树下掺和的。他是什么人？入赘的，根脉不在这个村子里，榕树下无论哪一个帮派男人都不接受他。李一锄从榕树下走过，两帮男人目光像钉子一样，锐利地盯住他，使他不敢靠近。儿子在城里参加工作后，李一锄再从榕树下走过，男人们目光里的棱棱角角钝了许多，有厚道的年长者打招呼：老李，忙？榕树下歇凉吧？李一锄在下湾村熬了将近四十年，终于能走进榕树下，成为真正的下湾村人。

阳光很好，透亮，热辣。农村人不喜欢春暖花开那样的景致，喜欢炙热繁茂的夏秋季节。李一锄背着手，上身穿从儿子那捡来的深蓝色衬衫，敞怀，里边是一件白色背心，黑色长裤，褐色凉鞋，头上扣着草帽，踩着脚下自己的身影，朝榕树下走去。老头帮看见他远远走来，有人往空的地方挪挪，李一锄到榕树根下，位置已经空出来了。

廖秉德的堂弟也在里头，看见李一锄，神情模糊地笑。李一锄朝他点点头，坐在一根浮出地面的榕树根上，摸出红塔山给老头们散烟。他倒不怎么抽，就爱喝两口，儿子家里常有些莫名其妙的烟酒，李一锄每次进城，都能带回来不少，拿到榕树下派发。老头们接了烟点上，剩下的半包，他扔到青壮年那帮男人里头。榕树根下顿时烟雾缭绕起来。

"老李，"有人就开始说话了，"你屋后那半亩荷塘，我看长得够茂，等冬天荷叶枯败放干了水，少少也能起七八百斤藕。"

李一锄说："去年冬天没起，天太冷，这把老骨头下不了水了。"

"招呼几个年轻人下去，三五天不就完事了。"

李一锄说："也不指望卖这几个钱，谁吃谁去挖，去年春节前不少人去挖了。"

"去年冬天藕三块一斤，我看今年没有三块五拿不下来。藕一入冬就贵，天冷，家家都要吃炖菜，腊月猪脚炖莲藕少不了。"

"顶一亩稻子了。"

李一锄说："当初就十把斤藕根栽下去，本子低。要说藕这东西，倒比稻子好长，也好管，有水就能活了，但施肥可不比稻子少，尿素和复合肥是常撒的。"

"那不是，也正好在你屋后，原来那也不是什么好田，靠近人住的地方，老鼠多，种稻种菜都不行，都给老鼠种了，挖塘种荷正好，老鼠祸害不到。"

李一锄点点头。

"老李，年后你再买点草鱼种放下去，明年这个时候就有鱼吃了。中午放根鱼竿下去，傍晚的下酒菜就有了。"

廖秉德堂弟趁机插话："当年你和我哥换地算是换对了，如今这塘荷值钱。"

一帮老头安静下来，吸烟，烟吸得吱吱响，仿佛在烧看不见的东西，可能烧什么？往事是烧不掉的。终于有人按捺不住了，说："当年是你哥和老李换的地，不是老李和你哥换。我就听不得你这话，如今这塘荷值钱，当初是什么样的？你哥捉阄得了那块地，一年两稻就没认真种过，草不除肥不施，满地都是老鼠洞洞，也就老李肯换了，换别人谁肯？你肯？"

榕树根下又沉默起来。廖秉德的堂弟也知道当年换地的境况，自知自家兄弟当年确是强人所难，理亏了。想着时过境迁，如今自家兄弟那田值钱了，觉得老李也该心平了，想在老李面前现好，没料到老李不计较，别人却替他计较上了，硬硬实实几句话，给他碰一鼻子灰，看来自家兄弟在下湾村人心里确实很不成人样。他不敢再言语。李一锄也听出几番滋味。这样的话，换在三十多年前廖秉德强行换田那时说出来，李一锄肯定会感恩戴德一辈子，如今给他说好话的人，也是看人下菜。假如李一锄的儿子也在下湾村耕田犁地，话就是另一个说法了。世道就这样，人心就这样。倒是廖秉德的亲戚，还敢在他面前说他的"哥"，这番心态倒显得难能可贵起来。说起来，廖秉德这样秉性的人，他的亲戚也难免受气，对他心怀怨恨，下湾村人觉得廖秉德实在不是个东西，把他的几个近亲兄弟也连带恨上了。话转到廖秉德身上，这是李一锄想听的。在下湾村的榕树下，不会有被彻底遗忘的人和事。李一锄不想听此时才为他愤愤不平的话，他朝廖秉德的堂弟挪了挪，说："好久不见你老哥回来了，怕是在城里过好日子把下湾村忘了？"

廖秉德的堂弟正担心李一锄趁机朝他发难，惶惑之间，李一锄却关心问候，一时有些乱了方寸。

"好呢，哦，前段时间病了，也不知道近来好些没有。"堂弟说。

那显然是好了，不然哪能到儿子单位门口送瓜苗。李一锄想，只是不知什么病，把廖秉德变得不像廖秉德了。

李一锄说："怪得了，没见他回来扶青瓜架子，两地垄青瓜都长老了，架子也趴了。"

堂弟点点头，说："病时还说胡话，想回村里，村里哪里还有住的？"

李一锄一怔，想回下湾村？廖秉德的房屋几年前他几个儿子卖给了本家兄弟廖秉德大哥的儿子，如今本家兄弟的后人已经在里头娶妻生子安了香炉，成了人家的祖屋了，哪里还能回下湾村？没法回了。

"好端端，怎么又想回来了？"李一锄问。

堂弟说："不知道老哥怎么想的，还闹着要把老屋买回来，愿卖愿买，兄弟也得讲道理，人家愿卖才行。"

旁边一老头便哧地笑起来，说："明摆嘛，城里待不下去了。"

廖秉德堂弟不买账了，扎老头一句刺话："待不待下去，人家现在就在那里待着，没在下湾村的榕树下蹲着。"

老头火气起来了，说："好的还想回来？进城？哼！不看自己几斤几两，怕是到死了连个搭灵棚的地都找不着。"

堂弟也火了，脖子上青筋都暴起来，手指尖的烟头弹到地上，指着老头道："我最看不起你这种人，墙头上的茅草随风摆，我哥在时喝酒少你哪一顿？人一转身连死都诅咒上了，我看该你死。"

老头蹦起来，幸亏旁边一老头拉住他，要不就要蹦到廖秉德堂弟跟前了，老头破口大骂起来："我×你妈，少我哪一顿？哪一顿不是我掏钱买酒肉？下湾村人哪一个吃得你们几兄弟一顿酒？撒泡尿照照，你们那还叫人脸吗？还要不要脸？"

廖秉德堂弟就冷笑起来，廖家骨子里的霸蛮和无赖露出来了，堂弟说："吃你活该！有本事吃别人，没本事被人吃，就该吃你这种没本事的。"

这样的话，按说是把人的脸皮都骂破了，被骂的人该动拳脚了，可是廖家那进城的兄弟也太不是个人，在下湾村几乎没有不被他占些便宜的，按照这位堂弟的说法，下湾村的人全是没本事的窝囊废了。老头不笨，捉住堂弟的话柄，话锋一转，把榕树下老老少少的男人全都拢到自己这边来，老头嘴角挂着嘲笑，说："看看吧，看看廖家的嘴脸，吃了人家还朝人家锅里拉屎，下湾村的人全是没本事的。"老头指一圈榕树下的老少男人，道："下湾村人哪一个不被你们家兄弟占过便宜？我们全是软蛋啦。老李，你是最大的软蛋，当年你那块肥田，下湾村谁不知道就是廖家像强盗一样换走？下湾村最没本事的人就是你了。"

廖秉德堂弟料不到老头会把话题引到他最担心的事情上，回话吧怕得罪李一锄，不回吧又咽不下这口气，心里窝着一团火，脸憋成猪肝色，哑在那里。李一锄很恓惶，三十多年来的墙纸就这样毫无防备被捅破，可那个做下事情的人却并不在场，这墙纸就破得不痛不痒的。榕树下的两帮男人也被老头的话搅翻得思绪纷飞，回想起吃廖秉德的种种哑巴亏，受廖秉德的种种闲气，目光里都烧着一把火。廖秉德的堂弟仿佛听见沉默的空气中噼噼啪啪燃烧的怒火，这是众怒啊，惹不起。他忍下心里对老头的怨恨，站起来，拍拍身后沾染的浮土，对李一锄说："老李，有空家里串门去。"目光刚硬地剜老头一眼，走出榕树下了。

李一锄头都来不及点，只看见廖秉德堂弟落寞地走出榕树下，白花花的阳光下他的黑影子受伤似的，缩在脚跟下，只有簸箕大。他想风水从来都不会永远停在谁面前，让他一辈子顺风顺水，这个道理多浅显，可人总是往繁杂里活，人心总是往大里长，往硬里生，一辈子抬头不见低头见的乡里亲邻，生生被活陌生了，活伤了，值得吗？李一锄心里滋味杂陈，对死去的人活着的人，都有说不出的哀伤，也站起来，也拍拍身后的浮土，走出榕树下。和廖秉德堂弟斗气的老头不知道李一锄的想法，只看见他暗淡下来的神情，担心自己是不是哪句话说得不合适，满脸疑虑。

心里揣了杂事，白花花的阳光也使李一锄感觉不到温度了。脸笼在草帽的阴影下，一路低头走，一路想，廖秉德想回下湾村，还想把老屋买回来，老屋是卖给他家兄弟，买不买得回，看他自家兄弟的想法了。人老了，落叶归根，这个李一锄能猜出来。但廖秉德给儿子送瓜苗，李一锄就想不明白了。下湾村谁给儿子送点东西李一锄都理解，是廖秉德就不理解了。难道想让儿子帮说服他自家兄弟把房屋回卖给他？这种事情，外人哪能掺和？只能越帮越忙，自家人不说外家话，亲兄弟偏要往里插一个外人来传话，显得生分了，这点道理廖秉德未必不懂。而且这个传话人找到儿子头上，也不对头，他到底想干什么呢？事情隔了三十多年，三十多年来，李一锄和廖秉德几乎没搭过话，碰面大家眼皮一眣，过去了。下湾村谁都知道他们两家人之间隔着一个死去的女人，这隔阂有多大，廖秉德一把瓜苗就想弥合了？李一锄一脑袋迷迷糊糊的，回到家里，屋后的一塘荷又把香气荡得满屋都是，荷香把他撩拨得愈发伤怀了。他连头上的草帽都没摘下，进厨房烧水炖上四个绿皮鸭蛋，到荷塘边折下一张荷叶，包好煮熟的鸭蛋，从杂房里摸了把小口锄头，出门了。

很久没去女人的坟头了。下湾村的坟场在凹地，这块地十多亩，分到户头，每户就几分地，离村子两里地左右。凹地比村里周围地势都低，黏土质，种不出好庄稼。早年凹地一直都被拿来种剑麻，捻麻绳用，后来绳子多改为尼龙绳了，剑麻就疏于管理，基本上自生自灭，到现在，连根剑麻根都找不到了。零零星星地，开始有人家把故去的亲人葬到这块种不成庄稼的凹地来，渐渐就成了坟场，勤快的人家种上几垄木薯，只是种，基本上也是不施肥打药的，听天由命了，秋后趁天气凉爽，来挖几锄头，收上来几十斤，早晚也能吃上好几顿。大多数时候是种下，不记得收，全都种给老鼠了。李一锄也种上木薯，不仅种，也管，常常带把镰刀或锄头，长草的割草，有鼠洞的填土，碰上大雨，积水丰沛，还带来几捧复合肥埋进木薯根下，他的地就比别家的地多了些绿，往凹地来得也比别人勤了。下湾村的人只知道这老头爱种地，凹地这样草都嫌贫的地方也能种出光景来。只有李一锄知道，他是借种地的幌子，来女人的坟头瞧瞧。女人死时虽说死得可怜，但毕竟年轻，死时也是眉眼分明，好模好样，又想到了她活着的时候，刚结婚时的羞涩，怀孩子的喜悦，当妈后眉梢眼角蓄满的母爱，当着他的面半遮半掩地奶孩子，千种恩爱，万般温情，常常使李一锄揪心得不行，他只能来坟头边默默待上一阵，隔着一堆黄土，让往日的万般温馨把生和死的人连在一起。

李一锄不好无端端老跑来女人的坟头上，只好种上木薯。

凹地有风，徐缓吹拂，风也是热的。整片凹地耸着高低不平的坟堆，二次葬的坟头矮些圆些，头葬的长形高大。三月三早就过了，在三月三砍倒的坟头草经过一夏的风吹雨淋，又茂茂盛盛长出来，招魂幡也倒的倒断的断。几棵高大的桉树耸在老水渠边。凹地被村人废弃成为坟场后，水渠就没再引过水了。李一锄穿过桉树下，越过大大小小的坟头，朝自己那几分地走去。坟场里还有几个人在忙活，西头不知道是谁，点燃地里的野草，火烧得噼噼啪啪爆响，浓烟笼罩半个坟场。女人下葬三十多年了，还没起过坟，坟头一直又高又大。儿子参加工作后，想给死去的妈用水泥砌一个坟屋，李一锄不让，他说人都死了，别再折腾了，让你妈清清静静躺着吧。最后只立了一块石碑。李一锄围坟堆种了一圈木薯，坟头上还栽了两兜，此时木薯枝叶繁茂，仿佛给地下躺的人撑一把绿伞。上个月初八李一锄来过一趟，那是女人的忌日，李一锄把坟堆上的野草都扯干净了，才一个月不到，又长了出来，绿莹莹的。李一锄摘下一把木薯叶子，铺在墓碑前，把裹着熟鸭蛋的荷叶展开，铺在木薯叶子上，人在坟头跟前蹲下来，点上一支烟，以烟代香火。

"你儿出息了，"李一锄在心里默默说，"你命薄啊，做非做歹的人都把日子过下来了，你怎么就不能过呢？早早走了，多好的日子你也见不到了。"

"你享不到的福，给你的儿孙们享吧，保佑他们平安……"

"你带我来这个村，好田好地，我却没能给你一天好日子过。"

"我一辈子，也没负你，熬着，儿孙都大了……"

一阵风吹过来，木薯叶子飞扬，沙沙响，还有踩踏在野草上的沉闷而拖沓的脚步声。李一锄沉浸在凄切的心绪里，直到身后的脚步声近在耳旁，他才惊得回过神来，回转头，眼里蓄的泪水就跟着滑落了。

李一锄愕然了，淌着两行泪水盯住跟前的人，廖秉德。廖秉德一身黑布衣，草帽，草帽下一张脸黑里透黄，只有大病初愈的人才是这神色。上一次见到廖秉德是什么时候？仿佛是在他家还没进城前，在村里路上见的，但是李一锄从没正眼看过廖秉德，从耷拉的眼皮下，晃晃悠悠过来一个影子，脚步沉实，身板硬朗。廖秉德什么时候变成这模样了？身板缩得不到以前一半，光剩下骨架子了，一张脸瘦出几个坑，脸颊塌了，眼窝陷了。廖秉德很尴尬，寡黄的脸上讪讪的，他显然想对李一锄笑，但李一锄脸上的泪水又使得他不敢笑。

"你……"李一锄疑惑问道。

"老李……"廖秉德打招呼。

再也无话。只有风在吹，热乎乎的，脚底下踩的土地也是热的，热腾腾的气从人的脚板心蹿来，撞着人的丹田，顶到胸膛上，李一锄脸上的神情就有变化了，泪干了，跟里进出来的光夹着火，熊熊烧向廖秉德。廖秉德脸上的讪笑消失了，嘴角微微抽搐，草帽檐下的发角渗出的汗珠沿着皱巴巴的脸滑到下巴上，停在下巴尖打转。他张着嘴，目光慌乱地，颤颤地，说："我，路过。回来给他公婆上上香。"廖秉德迅速瞥了一眼李一锄身后的坟头，说："田里的瓜菜，去摘了吃，攒鸡粪施的肥，打汤甜。那田，我净积攒鸡粪沤，土肥。"说完，抹了一把满脸的汗水，又瞥了一眼坟头，脸上怯怯的，害怕死人从坟里爬出来似的，急忙转身走了。不几步又回来，转到李一锄身后的墓碑前，掏出香烟和打火机，蹲下，哆哆嗦嗦地打火点烟，打火机噼噼啪啪响了几声，声音短促脆亮，显然并没有点到火芯上。又噼噼啪啪响了几声，着了。廖秉德点着烟，把烟屁股插在墓碑前的土里，起身走了。

"老李，你也回吧，天热。"热风把话从前边飘过来。

前前后后，直到廖秉德的影子消失，不到一支烟的工夫，李一锄胸膛里的火气被廖秉德的惊慌和胆怯变得由盛而衰。现在，面对死人坟前的袅袅香烟，他有点儿茫然了。廖秉德要是腰杆挺直目光冷硬地从田头走过，李一锄一点不奇怪，这副迎合示好的软弱模样，李一锄就琢磨不透了。廖秉德到底是个什么样的人？这还算是个人吗？老话讲江山易改本性难移，这样秉性易变的人，逢乱世必定是个大恶人。李一锄望着袅袅烟火，一阵鄙夷，把香烟从坟前拔起来碾到土里灭掉，半截烟头弹得老远。

回家路上，李一锄有些坦然了，他想这老东西看来是真想回下湾村。可是回来，卖出去的老屋要不要得回还两说。如今的李一锄不是以前的李一锄了，有儿子在城里撑腰长脸，下湾村如今谁不敬他三分？廖秉德进城最好，走了干净，要想回下湾村，三十多年前造下的孽，怕还是要清算的，人活着不就争口气吗？廖秉德只能拉下脸软了骨头示好，暖暖李一锄的心。不然廖秉德回到下湾村，也只能落得个众叛亲离，下湾村人不会再拿正眼瞧他了。人老了，禁不起孤独。这个老鬼，莫不就是这个心思？

四

廖秉德回村回得勤了，早早地，就看见他蹲在田里，一个大草帽黑沉沉压住脸。原先只种一半的八分田，现在，荒了一半的也砍去杂草了，光溜溜平展展晾在那里，又从城里背回来半竹篓鸡粪施肥，也不知道他想种什么。一场雨下来，杂草又冒头了，冒了再砍，老不见下种。他蹲在地里，看见从村头里出来人影车影，就站起来，稍稍把压低的草帽檐往上抬抬，露出脸，认真看从路上过去的人影车影，人影和车影把他远远抛下了，他还愣愣站，愣愣看，一脸茫茫然，仿佛他等的人到了跟前他却不认识了。先前他回下湾村，只猫在离村子还有一里地的田地忙活，拔草，松土，整理青瓜架子，忙活完了，扭头就上公交车回县城，他知道下湾村人心里瞧不起他。现在，忙到了中午，太阳像一盆火燃在头顶上，廖秉德就走三步挪两步的，朝村头的榕树下走来，摸摸索索坐进了榕树根下。榕树下有本家兄弟的，招呼他：叔，家里吃去。他就点点头，看了一圈榕树下的两帮男人，见不到热脸，就磨磨蹭蹭起身，进了村子。廖秉德爱回他的老屋去，买走老屋的侄子原来很热情招呼他，只当是这位老叔念旧，回老屋看看，但听说廖秉德生了一场病，病中念叨要把老屋买回，侄子就慌了，怨气渐渐上来，房屋田地，对种田人来说，比得再生父母，岂能你想卖就卖想买就买？心里存下芥蒂，亲情就淡薄了，远远地，看见一个黑人影朝自家走来，侄子咣当把大门一拉，到别处串门去。廖秉德回到老屋跟前，看见大门紧闭，满脸失望。东张西望一会儿，踩着台阶上到廊檐下，趴在铁条窗口朝屋里看，又侧耳聆听，一只母鸡仿佛刚下完蛋，咯咯咯欢叫，报喜似的，再也没半点声了。廖秉德死心了，又很不死心地，一步三回头往另一个侄子家走去。这个侄子家，正好在李一锄家跟前，中间隔一条水泥铺的村巷道，属于前后脚的邻居。这前后脚的邻居不比左右膀的邻居亲。村子里的房子，前排的都起成一片，墙体连着墙体，只有往上看屋头，才分出一家是一家。所以前后脚的邻居实际上并无多大交往，相邻情分比较单薄。和李一锄成为前后脚邻居的廖秉德这个侄子，本是同廖秉德一个祖宗根系的，廖家的霸蛮秉性难免传了些，被乡邻所诟。这个侄子却是个惧内的人，娶的外村女人是个泼辣但极为讲理之人，过门之后，听到村里关于廖家的是非议论，也目睹了廖家一些为人所耻的德行，遂严厉看管男人，疏远本宗那些言行不端之辈，把廖家一半的亲戚都得罪了。侄子老婆明大义地说，这样的亲戚不要也罢，谁人亲妈老子死都得靠亲里相邻挖墓抬棺盖土，没见过自家人埋自家人的。这个侄子家，倒比别的廖姓人家赢得下湾村人好感。

廖秉德进了侄子家门，侄子老婆就把粥菜给他端上来了。吃喝毕，廖秉德登上侄子家的楼房顶。侄子的楼房是两层半，在屋顶上盖了一间只有柱子没有围墙的瓦屋，用来晾晒衣物。往后一看，和侄子家是前后脚邻居的李一锄的两层楼房就尽收眼底了。李一锄在楼房顶的水泥地上晒玉米，黄灿灿的占了一张凉席大的地面，李一锄戴一顶草帽，蹲在那里翻玉米。廖秉德眼巴巴地看李一锄，张张嘴：老李！声却没出来，李一锄还在那里埋头翻玉米。廖秉德满眼落寞，目光幽幽往前看，一塘碧绿的荷花就进了眼里，锅盖大的荷叶在微微抖动，中间缀着碗口大的粉白的荷花，灿烂的阳光下绿的勾人白的摄魄，廖秉德看呆了。看着看着，满腹的心事就上来，琢磨上事情就忘了时间，把正午的太阳一直坐到偏西，天边的晚霞都上来了。侄子老婆以为老叔已经离去，傍晚上来收晾晒衣物，见老叔着魔似的枯坐，吓了一跳，赶紧奔下楼把男人叫上来。侄子蹑手蹑脚走到廖秉德身边，轻声叫："叔，晚饭好了，楼下去吃。"

廖秉德才回过魂魄似的，猛然惊醒，连连说："楼顶风凉，打了个盹，都到晚饭了？"楼顶水泥地烫得能煎鸡蛋，散发出来的热气把人熏得跟在蒸笼里似的，哪里来的凉快？侄子害怕起来，老人说人生病时魂魄轻飘，熬不过去就被阎王爷拽走了，这个老叔刚生了一场病，三魂六魄还轻飘，痴呆呆地在楼顶上面朝村子里的坟场凹地眺望，莫不是在寻去路了？侄子手心发凉了，担心老叔一头栽倒在他家里去了。廖秉德却站起来，拍拍身后的浮尘，荡悠悠下楼，侄子招呼的晚饭也没吃。

廖秉德从此喜欢上这个侄子的家，一大早从县城里回来，到地里忙活上一阵子，把地里的瓜菜摘了一些，装在草帽兜里拿给侄子，到家里吃喝完了，爬上楼顶，一坐就大半天。侄子看老叔行动如常，慢慢就放心了。廖秉德在楼顶上，看见李一锄在喂鸡，撵鸭子，打狗，上楼顶来搅翻玉米，更多时候看见李一锄躺在屋后荷塘前竹丛下的躺椅上打盹，脚边蜷缩着狗。醒的时候就摸狗头和狗说话，廖秉德不知道他都对狗说了什么，只偶尔听见狗应答他：汪，汪汪。廖秉德看看人和狗，看看人和狗说话，忽然就涌起来满腹杂绪，低低一句："我×你妈！"不知道骂谁。

李一锄并不知道他在家里的一举一动都被廖秉德尽收眼底。廖秉德回村回得勤，并且摸回下湾村的老榕树下，仿佛要重新融入下湾村，李一锄便不再爱到榕树下走动了，没有去处消磨，时间就空出来，整天对狗说话，狗也不能回他半句，也倦了，三天两头把大门锁上，往城里去寻孙子玩。循着水泥路出了村子，慢慢靠近那块让李一锄一辈子如鲠在喉的地。李一锄埋头走，他想下回再土地调整，他一定要带头建议把这块田也调了。每次土地调整，廖秉德都凭着霸道的无赖本性守住这块田，不参加调整。他要看看廖秉德有多霸，未必能一口把他生吃了？埋着头寻思着，一声急切的招呼吓了他一跳：

"老李!"

廖秉德从密密的青瓜架子下钻出来，头上的草帽被青瓜蔓绊住了，顶着白花花的阳光朝李一锄小跑过来。李一锄一时茫然，不知道廖秉德想干什么。

"老李，进城去?"廖秉德头上流汗，气喘吁吁问，一脸急切。

李一锄点点头。廖秉德脸上冒出欣喜，他说："你等等。"转身小跑回地里。李一锄看见廖秉德站在青瓜架子旁，手忙脚乱地摘青瓜，眨眼就捧十来根嫩青瓜跑回来，青瓜顶子上还戴小黄花帽。

"老李，带去给孙子嚼嚼，该长牙了，牙床痒，爱咬东西。这瓜好，不喷药，洗洗给他磨磨牙。"李一锄盯住廖秉德，廖秉德脸上的皱纹里夹着汗水，深陷的双眼泛一片黄，仿佛蒙一层尘，心里仿佛有根弦被拨动，颤颤的。他说："家里有，家里有，你留着，你留着。"摆摆手，要走。

"老李，"廖秉德伸手拉住他，声音里透着哭腔，几根捧不住的青瓜掉落在水泥路上，断成两截，"老李，拿着吧，几根黄瓜，值几个钱呀。"塞到李一锄手里，手和手碰到一起，两个人无端端地都生出一股悲凉。李一锄捉着青瓜，看廖秉德转去的身影，在原地站了一会儿，直到廖秉德在青瓜架子下朝他挥挥手，他才走了。走下一半，发现是走回村子里，又转了身。

儿子嚼着青瓜，嚼了一阵，说："爸，我想给我妈起坟头。"李一锄正在逗弄孙子，小拨浪鼓叮咚叮咚地在孙子眼前摇。闻言停下来，疑惑地看儿子。

儿子说："妈的坟头早该起了，葬了二坟我妈在那头才能和祖宗同桌吃饭。"

按照这片乡土的风俗，不葬二次坟在阴界是不能同祖宗同桌吃饭的，死了的人头葬五年后要起坟捡拾骨头，装进金坛里另选坟地进行二次埋葬，这才算是入祖归宗。头葬的人骨头连着肉身，尽管肉身已经腐化成泥，但是不洁净，在阴界见了祖宗，也只能远远相望，得不到祖宗的护佑，难免遭恶神厉鬼欺负。女人已经头葬三十多年，早该起坟二葬了。儿子早就提过多次，但李一锄一直不答应，捡了骨头净去肉身，离阴界近了离阳界远了，李一锄感到女人就真没了。这么多年来他自私地把女人留在靠近他的地方，让女人一直在那头不得安宁，也该给她入了祖宗安魂魄了。

李一锄点点头，说："要找好日子。"

儿子说："我还要给我妈招魂。"

李一锄手里的拨浪鼓就落到地板上，咚一声闷响。

"招什么魂？你妈死在自家床上，又不是外头的屈死鬼。"李一锄喘着粗气说。

儿子的脸就阴起来，仿佛罩一层乌云，神情里头透一股狠劲。李一锄心里有些惊慌起来，这狠劲，李一锄是见过的，三十多年前，廖秉德到家里说要换地时，神情里也透出这样的狠劲。他想，他和死去的女人都不是狠心人，儿子身上的狠劲像谁？时光无痕无迹无声无息的，到底在人心里都种了些什么？把人的心都种成什么样子了？

儿子说："爸，这事你认下了我不认，我妈不屈哪能死得早？全村上下谁不知道？你对谁藏都不该对我藏，那是我妈。"

说到妈，儿子喉咙哽了。他的下唇有两道细小的凹痕，小时候儿子把自己的下唇当奶头吸吮，这毛病一直到上小学五年级，被李一锄一顿狠打后才慢慢改掉，门牙长期咬在下唇上留下的牙痕却消不去了。儿子下唇上两道细小的牙痕使李一锄可怜上儿子，他长叹一口气，唉。

五

农历七月十四，是鬼节，阴曹地府的鬼这天都被放出来，阎王爷允许它们回家和活着的子孙团聚。人们要用五色纸剪裁成四季厚薄不同的衣服鞋帽，金银财宝，亭台楼阁，在神堂前焚烧给回家的祖先们。进入农历六月半后，下湾村的坟场凹地就热闹起来了，整天鸣炮不停，站在村子里的楼顶上看，就看见一些晃来晃去的白影子，在高头坟堆前穿梭。那是穿孝衣孝帽的儿孙们在给头葬的故人起坟墓，趁鬼节到来前把亲人的骨头起了，天黑后由儿孙撑黑伞背回家里停放在专门搭建的"停灵房"里，叫作背阴亲，是大孝。一般的人家瓜果香火供奉，家底厚实或有显赫达官的人家就要请一班老道来做一场唱颂经，唱颂死者生前的贤孝仁德，请求阴间祖宗纳其归列。一直到鬼节后的七月十五，鬼魂们重新返回阴曹地府的这天，才选了良辰吉地进行二葬入土才算了了。一场道法念下来，加上茶水招待，三五千是少不了的。那些遭溺水落崖船沉车毁被人谋害等死在外头的屈死鬼则更为烦琐，要在头葬起坟时，请专门招魂的老道来念招魂经，召回安抚死者魂魄，并念符作法咒令其屈死的罪人恶事，招魂经仪式烦琐复杂，那就不是三五千能应付得了的了。

儿子要请来大道（八位道公，称为大道，一般请四位道公，称为孝道），先给母亲做一场唱颂经，而后再做一场招魂经，给死去的妈招魂，这叫"双道"。下湾村开天盘古以来，只做过一场"双道"。1929年，邓小平率领的武装部队来到广西百色山城与当地的农民运动相结合，筹划武装起义。百色有条江叫右江，右江流经田阳县时把这个县分为两半，两岸居民隔江而居，当地习惯上称为左岸和右岸。1929年百色的农民运动在田阳活动主要以团结左岸的农民为主，右岸因为隔着一条江，到那边团结和发展进步农民的机会非常少。据说那时的右岸有一个大土豪，家有良田千顷，雇农上万，这个大土豪的母亲信佛，从小对其实施仁德教育，因此该土豪对农民非常慷慨大方，在右岸很有威望。当地反动军阀和革命进步团体都想把这个大土豪争取到自己的队伍里来。但那时候革命队伍还未壮大，看不到前途，土豪面对前来说和的下湾村的革命农民廖才先很冷淡。反动军阀却先兵后礼，使人把土豪的宝贝小儿掳走，逼迫其合作，要不就等着给小儿收尸。土豪慌了，方认清谁是敌与友，派信使过河来求助下湾村的廖才先，只要能救出小儿，愿意献出田款合作。廖才先请示了上级领导，以田阳下湾村农民运动领袖的身份前去换回大土豪的小儿，后再设法将其营救回来。不料营救失败，廖才先被军阀当作革命农民典型游街示众后在右江岸边枪决。大土豪悲愤交加，散尽家财后来到下湾村廖才先家请大道为其做"双道"，唱颂经二十四天半，念招魂经二十四天半，连做了七七四十九天。

如今下湾村的廖姓家，同当年那位革命农民廖才先属一支血脉，但廖家人一代不如一代，到了廖秉德这一代，已经把祖宗的功德糟蹋尽了，在村里落得十人九怨。如今人家要给死去的妈请大道做"双道"，老道做的符念的咒，生生就是扇在廖家活着的人脸上的一巴掌啊，人活到这个分上，地下的祖宗如若有知，怕是要痛骂不肖子孙把先人脸给丢尽了。

儿子请人拉来砖头水泥，在屋后的竹丛下盖起一间"停灵屋"，屋檐四个角翘起，雕着水泥凤头，一扇铁门漆成朱红色，屋子里砌一个神台，错成上下两个台阶，上一层供装骨头的金坛，下层供瓜果香烛，一张红木八仙桌摆在神台下，把"停灵屋"隔成两半，围着八张靠椅，那是给唱颂经和念招魂经的八位大道备下的。

下湾村的人看见李一锄家闹出的大动静，都说这是个大孝子啊，肯给老娘大花销，生这样的儿吃多少苦都值了，看李一锄的目光就多了一层敬佩。起坟那天，天高云淡风低。八位长褂老道带着一班响器在已经提前净了草的坟头前吹打念唱，邀请死者起身回家。儿子一家三口着麻衣戴白孝，孝子孝孙跪在坟头，儿子一班属下着黑衣戴墨镜，在他们身后绷直身子站着，往后是下湾村的八位八爷。八爷也叫抬棺人，因为是八个人，称为八爷。凡有丧事，不论谁家，不论贵贱，死者为大，八爷都会主动前来帮忙料理丧事，包括起坟墓。死人挖坑盖土，起坟挖土开棺，都是八爷做的事情。八位八爷做了半辈子八爷，还没见过这样大架势的丧事，加上办事家里出手大方，每人发一包大中华，一顶黄灿灿的草帽，一背篓罐装红牛随意饮用，就显出了比以往庄严的神态来。大道做完仪式，手中的铙一阵响，响毕，又鸣了半天鞭炮，腾起来的烟雾弥漫大半个坟场，道公唱道：下锄！

八爷们分别在坟头点了一炷香，一锄头下去了，噗，干燥的尘土扬起一片。活人和死人，骨肉和血脉，在这一刻将得以相见。

六

下湾村的女人们提着一刀纸钱和一把香，来烧纸上香。来的都是死者生前的姐妹，如今都老了，看见儿时玩伴早早成为一把白骨装在金坛子里，不免来了悲伤，总要红个眼圈，点上三炷香把纸钱烧上。死者的亲人就给上香者敬上茶，谢香茶。点香敬祖，香不是能随便点的，人家敬了，就得奉茶谢香火恩。和李一锄同辈的老头也来了，香火纸钱揣在口袋里，进门说，给他妈来上炷香。儿子就把叔伯们领到停灵屋。上香者到了，八位大道都要来一阵铙钹笛鼓，热热闹闹地造出些声响，仿佛告诉金坛里的白骨：背地里恋过你怨过你的人来了。上完香火敬毕谢香茶，儿子就把敬香者请进饭席，李一锄陪喝上两杯。无论何时来人，家里都有掌勺的端上来一盘新的热菜。儿子从城里请来一位烧菜师傅，全天候着。二葬不像头葬讲究，有素也有荤，只是荤的比平时稍稍逊了些，大肉里裹着白豆腐，伴有粉条，也有混炒酸菜的。按照风俗，来上香的人一般也不是真吃，两三筷子菜，一两杯酒，给几句安慰话就差不多了。儿子不看重礼节，讲排场，酒敬得认真，也喝得认真，来者酒足饭饱，就把孝子贤孙的好话说上几箩筐。喝到面红耳酣处，儿子说：叔，婶子，我妈死得屈，得做"双道"，没有我这个儿子她死也就死了，既然有了我，我就不能让妈白白地死，你说是不是？叔和婶子们就愣了，端到嘴边的酒杯死活不肯沾嘴，仿佛是杯毒酒。

李一锄在村子里走，看谁的目光都虚虚的，仿佛做了贼。

残阳满天的黄昏，廖秉德来了，硬刮刮的黑布衣像挂在身上，棱棱角角都支棱起来了，衣服不常穿，褶子痕很大，黑黝黝的布衣衬他的黑脸，廖秉德就成了一团黑影子。他走得慢，仿佛在数步子走，锄头搭在右边肩膀上，吊着一个篮子。篮子底的东西看不见，只看见一把柚子叶从篮子里绿油油伸出来。古时的"负荆请罪"，长了刺的柚子枝叶就是下湾村人心里的"荆"了。时至今日，下湾村有在外头遭遇横祸死去的，担罪过的一方除了赔钱赔物，一把柚子叶断断不能少。廖秉德带来一把柚子叶子，沿村里的水泥巷道朝李一锄家走去，一些目光便从敞开的门洞里飞出来，钉子一样钉在他身上。

篮子从锄头上摘下来，递给李一锄，李一锄手足无措了，没接，嘴里说："来了？"

廖秉德提篮子的手就抖起来："来了。"

儿子把篮子接过去，仔细瞧里头的柚子叶，笑容在脸上很足，说："等着你的柚子叶呢，秉德伯，你的柚子叶不来，给我妈请的大道就要把招魂经念到年底，哈哈哈。"

廖秉德的灰脸仿佛挨了一巴掌，嘴角抽搐起来，抖了半天嘴皮，才说："哪能不来呢，我和你爸，差三五岁，也算一辈，哪能不来，该来的。"

儿子把廖秉德引进"停灵房"，八位大道见来了客，铙钹刚要响，儿子伸出一只手掌，朝下压了压，把铙钹声压住了。

"停灵房"红烛灼灼，香烟袅袅，神台上的金坛撑着一把黑伞，坛身缠三丈红绸。二葬等于送故人入祖归宗，属喜葬。

"妈，"儿子站在灵堂前，双手齐胸端起一碗黄酒，对灵堂上的金坛说，"你屈死了，千般的好你看不见，你怎么死的，儿记着！回到旧社会，儿一把斧头把您的屈都报了。如今，儿不孝，只能给您念念招魂经。您活着当好人，好人没好报，变成屈死鬼，到地下心不能软了，变成厉鬼恶魔回来寻活人报了冤屈吧。"话毕，一碗酒水淋在灵堂下，手一扬，碗嗖地擦着廖秉德的耳边飞出停灵屋，砸在屋外的竹竿上，一声脆响，碎片四处飞散。八位大道没见过这骇人场面，面面相觑后，立刻猜到来者必定是将要进行的招魂经里被驱咒的主人家的"罪人"。做一辈子的道法，大道们还没见过"罪人"主动上门受咒的，这回算是开眼了。

眼前的老头面色干得没有人形，两肩塌陷，头埋到胸前，哆哆嗦嗦地从篮子里抽出柚子叶，搁在金坛下的香炉前，掏出一把香火，抽出五根香来，小心翼翼凑近灵台，把香伸向灵台上的烛火。

儿子盯住廖秉德说："秉德伯，点不得，你得自己带火点啊，燃火才能点香，这是礼节，到老了秉德伯还是这样不讲理。"

廖秉德的手僵在半空，几根香微微抖动着。李一锄走进灵屋，呵斥儿子："你这又算什么糊涂礼，敢和你伯这样说话。"

上前握住廖秉德的手，伸到灵台前的烛火上。廖秉德的手抖动得更剧烈了，他忽然伸出一只胳膊，搂住李一锄的肩膀，哭起来。

白天的热气收敛去后，夜就来了。老队长从屋外的黑夜里走进门来。天黑后，儿子就回县城去了。李一锄拉开冰箱，从里头拿出盘盏，老队长摆摆手，说："别忙，吃过了。到屋后荷塘边去，那凉快。"

两人来到屋后的停灵屋旁。老队长进去上一炷香，给老道们散烟点上："辛苦师傅们了，这是二葬，差不多就行了，别太讲究。"这是客气话。

出来和李一锄坐在荷塘边的条凳上，各自点上了烟火。有风吹来，荷叶抖得沙沙响，塘里的蛙久不久呱一声叫。这个夜晚凉爽，蛙也叫得少，都舒服地歇凉去了。

"这塘荷，种得好哇！"老队长说话。

"嗯，也不是图卖几个钱，闻香也值了。"李一锄说。

老队长在黑暗里点点头。

"老李，"队长说，"你来我们下湾村，有四十年了吧？"

"快了，"李一锄说，"三十七年了，我二十八岁到下湾村，时间快啊。"

队长说："嗯，转眼你都有孙子了，我们也都老了。"

李一锄说："嗯，不容易啊。"

一时无话，沉默了，两个猩红的烟头在黑里闪着。

"老李，"老队长又开口了，"摸良心说话，我当队长二十一年，还真没把你当外来人看。那年黄开林家的牛吃了你家的禾苗，我让他赔你二十斤化肥。"

李一锄点点头："嗯，我在心里记着呢。"

"可你要知道，树挪了难活，人挪了，想活也不容易，难啊。"老队长呵地喷出一口烟。

李一锄说："谁说不是，靠你老哥关照不少啊。"

"那年那事，"老队长在黑暗中朝明亮的停灵房看了一眼，"毕竟我们没在地里捉到人，我也不好说话。"

"这家人也真是昏了头，日子过得把先人的脸都丢尽了，说起来，他们家的先人还是我们这片地的英雄呢，把人做到这个分上，丢人！"队长说。

队长又说："老李。"

李一锄说："我听呢。"

队长又呵地喷一口烟，说："动狠弄强的不是真强人，得理饶人的不是窝囊废，这些道理，老祖宗早就告诉我们了，但能把道理看明白的人没几个。"

李一锄点点头。

老队长说："要我看，在下湾村里，你算是个把道理活得明白的人，不容易啊。"

李一锄说："老队长，你才是活明白的人啊，全村男女老少没有不服你的。"

老队长点点头，"靠的就是一个胸怀，以理服人，得理饶人，走到哪里都得靠一个理字。"

李一锄说："说的是。"

队长把烟吸猛了，一口烟呛在胸腔里出不来，猛咳一通，把荷塘里的蛙惊得一阵鼓噪。

"可人……要把一个理字活到死，难啊。"老队长断断续续咳。

李一锄进屋给他端来一碗稀粥，队长端在手里，呼哧呼哧喘气，气喘匀了，把稀粥喝下，空碗放在脚边的水泥地上。

"老李，"老队长说，"我不是队长了，按道理是不该管家长里短的。"

李一锄摸出烟，递给老队长，点上火。"老哥，你该说就说，说就对了，不说就见外了。"李一锄说。

老队长点点头，接过烟捏在指缝里。"冤家宜解不宜结，人家把道理活明白过来了，我是想着，让人家一个理，大家心里都知道事情是怎么个事情，你给了理心宽了，别人欠了理感恩了，活人也好，死人也好，该过去的事情就给它过去吧。大家都老了，黄土埋脖子的人了，能把道理活转过来，不容易。"

塘里的蛙声静下来了，只有停灵房里的大道唱颂经的声音。塘边的两个人把烟抽得无声无息的，一支烟抽完，也没有一句话。老队长把烟头弹进荷塘里，站起来。

"我回了，水招蚊子，你得给老道们点盘蚊香，日夜都不消停，辛苦，别让人家说我们下湾村人不懂礼节。"老队长说。

李一锄也站起来，说："早就备上了，有空来。"

老队长点点头，说："有空来。"

七

农历七月十五，按照习俗，从阴界回来过鬼节的祖宗们这天都要返回了，起了头葬的坟也要在这天选墓地和时辰进行二葬，使其得返阴界归顺列祖列宗。八位大道在李一锄家唱了三七二十一天的颂经后，终于亡骨入土为安。下湾村开天盘古以来，到底只做过一场"双道"。活着的人，继续活着，日子仍旧像流水一样向前流淌。停灵屋撤下了香炉烛火，白色的麻布挽幛也收起来了，八仙桌搬进楼房里，停灵房就空落下来，李一锄一时不知道拿来做什么用处。月光很好的夜晚，李一锄坐在荷塘边，空荡的停灵房敞开着门，一抹清淡白亮的月光照进停灵房里。寡白的月光使李一锄无端端地伤心上了。女人终于二葬了，进了祖宗牌位，成了先人，他们之间，真正隔着天河了。望着空荡荡的停灵屋，李一锄对女人充满愧疚。老队长的话他听明白了，也想明白了，也觉得那样做未必不是件积德的事情。人家一大家活人，生生被人开道念了咒，活人被当成恶魔一样，一代一代怨恨，何时能了结？儿子不答应。李一锄说，等我死了，你想咒谁就咒谁吧，我管不了。但他还活着，还在下湾村喘气，这件事情就断断做不了。李一锄觉得自己做了一件对得起天理人情的事，但却对不起死去的人，如今"人"去楼空，想着女人活着时的种种好处，一时对月双泪长流。

荷塘堤上忽然一阵鼠窜，仿佛老鼠被什么给惊扰了。李一锄望向荷塘堤，看见一个沉沉黑影朝外大步走，大概老鼠的乱窜也把他吓着了。李一锄一时紧了气，他站起来，顺手拎起条凳，朝荷塘堤上的黑影大叫："谁在那里？出个声，不然凳子砸过去了！"

黑影大概吓着了，加快脚步，却不料黑暗中错了脚，扑通跌进荷塘里。

"老李，是我！"荷塘里传来颤颤的应答，在黑黝黝的荷叶下黑影挣扎着爬上荷塘。

廖秉德！

李一锄大吃一惊，奔回屋拿来手电筒，顺着荷塘走过去。廖秉德一身的水，在荷塘里爬不上来，荷塘里的水没到他的腰处了。

李一锄把手伸给他，廖秉德哗啦哗啦淌着一身水爬上了荷塘堤。

"大门亮着灯你不走，偏走这黑咕隆咚的地方，你要是在这荷塘里出什么事，我还得担责任呢。走，屋里去。"李一锄埋怨说，亮着手电让廖秉德走前头。廖秉德却不走。

"老李，"廖秉德说，"你把手电灭了，我们塘边坐坐。"

李一锄说："你身上湿淋淋的，蹲这儿做什么？喂蚊子？"

廖秉德却固执不走，说："没事，老李，我真不进去了，你要是还把老哥当个活人，我们就在这儿说说话，这儿就好了。"

李一锄迟疑了一下，手电筒在荷塘堤上照，选一段比较宽的，啪地灭掉手电。

两人蹲在荷塘边。

李一锄摸出烟火，给两个人点上。

"你这是做什么？我真弄不明白，乡里乡亲的，弄得像陌生人似的。"李一锄在黑暗里吐了一口烟，说。

月光下，一个猩红的烟火抖抖的。廖秉德说："老李，我心里，有愧啊。"

李一锄心里一怔，摸黑来到荷塘边，就是心里有愧？早知如此，又何必当初。李一锄默默吸烟。

廖秉德再次开口，声音就含混起来，哽着了："老李，活下一辈子，我算是明白了，人到老了，能问心无愧死去，那才叫活人。可我活得不像人啊。"

一阵微风吹过来，荷叶摇曳起来，沙沙响，摩挲着人的心，人的心也颤颤的。

"你说你，同一个村的，抬头不见低头见，那样的事情你怎么做得出？"李一锄也哽了。

廖秉德哭声就出来了，月光下一只手蒙自己的眼，接着，啪一声脆响，巴掌扇在自己的半边脸上："我糊涂，活得糊涂啊！老李。"

李一锄慌起来，赶忙扔掉烟头拉住廖秉德胳膊，说："你这是做什么？事情都过去了，再提起来活人死人都伤心。"

"事情是过去了，可我这心里，过不去啊。"廖秉德抽抽搭搭地说，"老李，老哥对不住你们一家，这一次，老哥把老脸伸出来给你打，可你又不念咒了。"

"人心和人心不一样，活法也不一样。"李一锄说。

"老李，老哥是真心对你悔过，你领不领，老哥也得把礼给你赔上了。"

"嗨。"李一锄一声叹气，塘里的荷又一阵沙沙响，仿佛跟着叹气。

两个人都不说话，月光像水一样清淡，打在两个人身上，打出了一层淡淡的忧伤。

"老李，"良久，廖秉德说，声音小得仿佛怕惊了眼前的一塘荷，"老哥，有一件心事，厚着脸给你开口。"

李一锄偏过脸，月光下廖秉德的脸黑乎乎的，棱棱角角很分明，跟刀削似的，心想这个人不仅老了，而且弱了，跟从前相比成了两个人，完全没有年轻时候的劲头了。可谁又能不老？活到老了，还能强得起的人，那是心里的底气强，跟前的人，哪里还有半点底气？便有怜惜从心底泛起来。廖秉德感觉到李一锄的目光，垂下头，良久开不了口。

李一锄说："说嘛。"

便又有哭声响起来。廖秉德说："老李，那田，你也看见了，我理得好，鸡粪沤这几年，沤肥了。"

"嗯。"

"老李，我想，和你换回来。"

李一锄没料到廖秉德说的是这样的事，一时有点迷糊了，他说："换回来？"

廖秉德抹着脸，说："老李，我想把眼前这池塘换回来，那田还是你的。"

李一锄这回听得明白，怒从心起，他呼地站起来，拧开手电照廖秉德的脸。廖秉德偏过头，半张湿漉漉的泪脸出现在手电的亮光里。

"我说嘛，"李一锄指着廖秉德，手指头差一点就要戳到廖秉德脑袋上了，"老虎一样凶恶的人怎么突然想明白？原来谋想这个！你想换回来？当初你强盗一样换走，活生生的人被你气死了，今天你轻悄悄说想换回来，你想换回来就换回来了？你们廖家是什么人？土管所？土管所还有王法管呢。换回来？除非死人能活回来了。"李一锄扔下话，手电筒亮光一转，转身走了。廖秉德赶忙站起来拉住李一锄的胳膊，李一锄甩手，甩猛了，廖秉德一个趔趄咚地跌进荷塘里。李一锄吃了一惊，调转手电筒，边将亮光照进池塘里，边喊："老廖老廖。"

廖秉德这回整个人都落进水里，挣扎站稳了，水从头上直往下淌，李一锄伸出手拽住他的胳膊，廖秉德却站在水中哭起来，不想上来了。

"老李，我只是说说，荷塘还是你的，你不愿意就当我没说，我是诚心给你赔礼来了哇。"

李一锄点头，说："你先上来，上来再说，这样哪里能说成事情，上来再说。"

两个人离开荷塘边，湿漉漉地来到竹丛下。李一锄进屋拿来毛巾，一条中裤和挂线，给廖秉德换上，又拿来一瓶白酒，两只碗，两个人在荷塘前坐下来。

"喝两口，天虽然热，塘里的水凉，一把老骨头了，哪里禁得起这样泡。"李一锄倒出一碗酒，空气中顿时有香醇的酒气弥漫开来。

两个人都抿了一口后，李一锄说："你怎么想的？"

廖秉德放下酒碗，勾着头，却不说话。

李一锄说："说嘛，怎么又想换回来了？"

廖秉德又犹豫一阵，开口了："老李，我那房，当初悔不该卖啊，人老了，还是觉得老地方好，我不想死在外边。他妈死那年，在医院搭灵房，那哪是灵房？只怕死人都到不了那头。"说到死，廖秉德的声音就像被鞭子抽了，颤起来。

李一锄弄不明白了，说："换回来有什么用处？"

廖秉德又不开口了，端起酒碗，酒碗捏在手上，也不喝。

李一锄急了，说："我还真看不起你这样的，你年轻时候的狠劲哪里去了？如今说句话像挤硬屎似的。不说就别说，地不换，把酒喝完走吧。"

廖秉德喝下一口酒，放下酒碗，小声说："我想换回来，把塘填了，盖房子，家里的田地，就这块挨村子，别地方的田地，村里定是不给批建房子的。老李，我不想死在城里，在太平房那儿搭个棚子，像死在外头的野鬼似的，寒酸。"

李一锄端酒碗的手就抖了。良久，他颤颤地说："你作践我呢，你这不是作践我是什么？这塘荷，当初你跟我换的时候什么样？我打理几十年，才成这模样，你又想换了。"

廖秉德就又哭起来。李一锄烦了，放下酒碗，说："知道哭了？活来活去，还是活回原地，早知道这样当初干吗那样折腾，把人命都折腾出来了。"说到死去的人，李一锄又伤心上了，想起几十年来的种种艰难，鼻子就酸溜溜的，泪也跟着落了。两个老头各自伤心各自落泪，一塘荷静悄悄的，仿佛都竖着耳朵听。

良久，李一锄拿起酒瓶往两个酒碗添酒，他端起酒碗抿了一口，望着月下的一塘荷，长叹一声，说："这塘荷，看着好，开花香，我还真舍不得。你这个老东西啊……当初你那田埂到哪里，还记得吧？你别想多占我一寸土，眼前这丛竹子，可是我的。"

噗的一声，有一只青蛙跳进荷塘里，大概撞到一朵荷花上了，有淡淡的荷香弥漫过来，月光透亮如水，往事远了，夜静了下来。

| 创作评论 |

陶丽群绝大多数的小说作品以桂西山村生活为题材，关注社会底层、经营地域性色彩的同时灵活运用风土人情。无论是《一塘香荷》《乡村系列》这样赞美自然，借抒情的方式歌颂田园牧歌式生活，还是如《寻暖》《漫山遍野的秋天》等刺破黑暗，用启蒙者的眼光揭露乡村伦理运行中那些野蛮、愚昧的传统或陋俗，陶丽群的乡土写作在文化及审美的向度上大多具有明显的写实倾向和深切的人文关怀。尽管不能足够乐观地表示她的存在足以颠覆如今乡土文学惨淡经营的现实命运，但至少延缓了其逐步衰弱的整个过程。

——杨一：《乡愁、土地与女性——壮族作家陶丽群小说作品评析》，《广西民族大学学报（哲学社会科学版）》2017年第4期

| 作品点评 |

获《民族文学》2012年度奖的中篇小说《一塘荷香》则是以女性视角关注外部世界的乡村社会，生于斯长于斯，对乡村的熟稔，她的外看自然是来自内心的体察。上门女婿李一锄与村霸赤脚医生廖秉德两代与土地的恩恩怨怨，故事深刻、伤感，风水轮流、人心变幻，同样有着深沉的悲剧色彩却上善若水，温良始终。"噗的一声，有一只青蛙跳到荷塘里，大概撞到一朵荷花上了，有淡淡的荷香弥漫过来，月光透亮如水，往事远了，夜静了下来。"整个故事在温暖中结束，恩怨情仇也泯笑在这方清辉下的荷塘了。小说把自然与人性的温度和宽度，在善意与仁慈的笔调中，铺展得淋漓尽致、沉静感人。而贯穿小说的荷塘意象是个不错的虚笔，既成为富有张力的隐喻与象征，又显示了陶丽群文学虚实之道的领悟。

——张燕玲：《值得期待的广西少数民族青年作家》，《文艺报》2013 年 7 月 5 日

《一塘荷香》《风的方向》《三次相遇》《漫山遍野的秋天》四部作品里大量对壮族丧葬活动的描述片段，整合连缀起来即是一场完整的百色田阳地区壮族葬礼。在描述一个壮家葬礼的整体过程时，此处陶丽群是文学定义中的作家、故事叙述人，也是人类学意义上作为中介的解释者。描述本身具有多重目的，除了小说本身的情节建构需求之外，通过细致入微的文化深描，她尽可能还原壮族地区长期沿袭保留至今的语言、行为、风俗、习惯、信仰等，向阅读者解释他们也许熟悉但大多陌生的壮乡文化。以此种方式把文化转变成一种能够被理解的表述，帮助他们获得对该少数民族群体的基本印象及整体认知。但是这些有着鲜明地方特色的民俗，在经验透视中绝不是一成不变的。

——杨一：《乡愁、土地与女性——壮族作家陶丽群小说作品评析》，《广西民族大学学报（哲学社会科学版）》2017 年第 4 期

《冬日暖阳》讲述了老抽对土地丧失价值的痛心，《一塘香荷》则以讲述农人李一锄和廖秉德一世的恩怨，凸显老一代农民对土地的依赖。年轻时廖秉德欺负外乡人李一锄，强行用荷塘与之换了一块肥田，导致李一锄的老婆负气而死。三十多年后，已卖掉祖宅的廖秉德突然频繁回乡，百般讨好李一锄父子，其动机成了难解的谜题。小说的结尾将谜底揭开，廖秉德想与李一锄换回荷塘，将荷塘填埋盖房——他不愿死在城里。恶霸廖秉德作恶为土地，年老改变性格也是为土地，李一锄的老婆含恨而死亦是为土地。土地是小说中人物矛盾恩怨的动因和导火索。

——李晓鸥：《陶丽群小说的主题内容与艺术特色》，《南方文坛》2014 年第 4 期

达达失踪

光盘

北园是全医院环境最好的地方，病人和病人家属最爱来这里休憩。现在是上午十点，生病的陈医生坐在林子下，身穿白大褂，一头长发随风飘扬。她不紧不慢地诉说着一个故事。这个故事她说了许多遍，一遍比一遍说得好，故事在一遍遍的修理中变得简洁连贯，跌宕起伏，就像作事迹报告，报告场次多了，就十分顺溜。开始的时候她拥有许多听众——精神外科所有医生护士、病人及其家属、清洁工……大家都听得津津有味，热血沸腾。可是后来听众就少了，他们听腻了，或者他们无法判断故事的真假，甚至有人怀疑这个故事原本就是不存在的。听众少了，并不可怕，可怕的是没有一个听众。没有听众，陈医生是不会说的，她从来不对着树木对着天空说。

现在她的诉说对象是8号床的太太，8号昨天刚住进来，8号太太还没听过陈医生的故事。

一

晨报上刊登了一条广告，说有一个老板愿花

作者简介

光盘（1964—），瑶族，原名盘文波，广西桂林人。中国作家协会会员，广西"后三剑客"之一。广西作协副主席，桂林市文联副主席、作协主席，供职于桂林日报社。有长篇小说《英雄水雷》《王痞子的欲望》《眼睛里的声音》等6部，中短篇小说集《广西当代作家丛书·光盘卷》《桃花岛那一夜》《野菊花》等。曾获第十届《上海文学》奖、广西第五届文艺创作铜鼓奖。

作品信息

原载《上海文学》2012年第4期，获第十届《上海文学》奖。

一百万寻找自己心爱的狗。这是一只名贵狗，两天前失踪了。如果你提供线索或直接将狗送到老板家，你就可以事先准备好巨大的麻袋去装那一百万。广告很雷人，又放在报眼位置，特别引人注目。两三天时间里，读者们都在议论这件事，做各种各样的猜测。其中有一个人说得比较靠谱，说那老板一定是个养狗专业户，搞假新闻炒作。

这条消息陈医生看到了，她没什么感觉。她从来不养宠物。令她想不到的是，这天清晨她开门准备上班时，在门口见到一只来历不明的狗。那狗和乡下的土狗没什么两样，它伸舌头摇尾巴，眼巴巴地看着陈医生。这狗不凶，陈医生不惧怕。陈医生轻轻地说了声，去。狗后退两步为她让出一条道来，陈医生就上班去了。傍晚下班回来，这狗仍然在楼道里，像孩子期待母亲一般等着陈医生。陈医生没在意，她走向自己的家门，跨进去回身关门时，那狗竟然要跟进来，陈医生没好气地把它轰了出去。而第二天一早，它又站在门外了。正从楼上下来的张阿姨说，你怎么不把自己的狗领家里？关它在外面干什么呢？看，它独自站在门外多可怜！末了，张阿姨又说，这狗在你家门前守候两天两夜了。陈医生起了怜悯之心，她返回屋，从冰箱里弄来剩饭剩菜给它吃。狗呜呜地叫着，吃得很开心。在狗吃饭时，陈医生丢下它去上班。这天她值门诊班，脑子里却老是装着自家门口那只狗。那只狗土里叭叽的，长相非常一般，小时候在乡下，她年年岁岁见到这样其貌不扬的土狗。脑子里想着狗，她就把病人当作了狗，当意识到自己这种下作行为时，她就忍不住笑出了声。她一笑，病人就吓住了。她只得解释说，没事，我突然想起一个笑话来。中午下班，陈医生坐在医院食堂吃饭，她问身边一个同事说，你养狗吗？同事说，养啊。陈医生说，你养名贵狗？同事说，当然，谁养土狗啊。陈医生说，要是你家突然来了一只狗，你要不要？同事说，要。陈医生说，土狗呢？同事说，也要，不要白不要，土狗养肥了可以杀了吃肉。再说，猫来穷狗来富，送上门的财富不能拒绝呀。要是我是你，早就养狗了，你一个人生活没活东西陪伴多寂寞啊。傍晚在下班路上，陈医生想，如果那狗还在家门口赖着，就把它领进家。

果然，那狗还在。

这是只公狗，毛呈土黄色，偶尔夹杂着几根黑毛。陈医生开了门，对狗说，进去吧！狗一跳就进了屋。陈医生笑骂，说你可没把自己当外人！陈医生把它领到卫生间，弄来消毒液喷洒在狗身上，消完毒，又为狗洗澡。这样的情景，使她想到多年前为大哥的儿子洗澡。陈医生快四十了，一直单身，从没有过养儿育女的经历和经验。陈医生有过两次恋爱，一次是在上医科大时，一次是在工作后。前次只是演习，后次则刻骨铭心。恋爱严重受挫，她就对男人失去了信任。当晚陈医生忙得不亦乐乎，为狗洗完澡，接着做饭，她做了两份饭，一份给自己，一份给狗。吃过饭，上网查资料，学习养狗之法。她还做了一个狗窝，狗窝设在她房间外。有了狗的陪伴，她心里竟然有了安全感。

陈医生和狗之间没有陌生感，共同生活也没有什么磨合期，一人一狗就像相知的老朋友。她将狗取名为达达。有一个男人也叫达达，达达是她最后的恋人。她很爱达达。尽管达达后来娶了别的女人，内心深处她仍然还是爱着达达，只是嘴上不说罢了。当然她爱上的是从前的达达，一旦了解到现在的达达她可能就会推翻过去。狗达达很听话，也非常讲卫生，从不乱拉屎拉尿，有内急都会自己上厕所。

晃眼，半年就过去了。她越来越离不开达达。在她眼里，达达既是恋人，又是儿子。值夜班时，达达经常跳上她的电动车，不得已，她只好带达达去上班。开始同事们小有看法，时间长了，特别是发现达达非常乖巧后，就都喜欢上了。同事们问她，狗从哪儿买的，她总是敷衍了事。有时候她会想起半年前那则广告，也许那老板真是狗老板，他失踪的只是一只普通的土狗。是他的又怎么样呢？就是奖励两百万，陈医生也是不会送回去的。

达达是个乖儿子或者老公，可是它却犯了严重的错误。

秋天里的一个休假日，是傍晚。夕阳很好，空气特新鲜。陈医生去不远的公园散步，达达照例跟着。别人的宠物狗脖子上都套着铁圈，便于通过手链控制，陈医生没给达达套，她觉得没必要。陈医生走着时，达达或左或右地伴着，有时跑到远处匍匐下来，待陈医生快拢边，突然一跃而起，非常淘气。达达有时两腿站立，亦步亦趋地向前行走。它的调皮捣蛋给陈医生带来无穷快乐。

陈医生在石椅上坐下来，达达在她失去监管之下不知去向。她并不在意。达达闪开几分钟十几分钟是常有的事。可是陈医生料想不到，这次达达闪身却大不相同。

一只白色宠物狗在不远处出现，张太太牵着它轻轻地走着。达达扑腾过去，紧紧抓住宠物狗交配。这突如其来的举动把张太太吓傻了。等张太太回过神来，达达和宠物狗已绞缠在一起。女主人哭喊着呼救，人们围过来，男人们饶有兴趣地围观议论。

宠物狗叫米米。张太太叫着米米哭得呼天抢地，那情景好像是她被凌辱了一样。陈医生过去看热闹，看到达达和米米连一起时，她脸红了。她情不自禁地喊出话来：达达，你也太不知羞耻啦！张太太终于找到主人，她上前来抓住陈医生说，赔我米米，赔我米米。陈医生说，米米不是在这儿吗？

米米被你家达达强奸了，知道吗？！张太太失去理智，冲上去踢达达。陈医生将张太太拖住，说，凭什么踢我家达达？！两个女人纠缠不清，达达米米也纠缠不清。有经验的人说，别去碰狗，到了时间它们自然会松脱的。它们在享受，你们却去破坏，太不人道了！

公园里人来人往，有男有女，有老有少，一些文明之人觉得这样的场景让少儿见了非常不好，就像当众放毛片。那些文明之人文明地把两只交配正欢的狗引到一个角落，并且组成人墙挡住行人的眼睛。他们这种做法得到陈医生的赞赏，而张太太则觉得做得还不够，应该把达达拉开，然后打死。行家说，这怎么能强行拉开呢，就是你想拉也拉不开！那玩意打着结呢，除非你把那玩意儿扯断！张太太说，扯断更好！有人帮我吗？

当然没人帮张太太。那些人在说着狗事。他们都说米米亏大了，居然被一只土狗做了，产下的崽不知道是什么样呢。马和驴生骡子，这土狗和洋狗会生出什么呢？这些话张太太是听得清清楚楚的，她越听越伤心。

张太太借别人的手机打电话，不多久，一辆小车停在公园门前，青年张先生从车上跳下来。他说，姐，怎么了？张太太说，米米被强奸了！张先生说，那米米呢？张太太指着一个角落说，在那边，狗东西还没放手呢！张先生冲开人群追击达达。达达扯着米米东躲西藏，呜啦啦地叫着。这边陈医生不干了，说，你不能踢我家达达，快停下来！旁边人也劝张先生，说你这么做是不道德的。陈医生拉住张先生，说，你再踢，我跟你没完！

两人拉拉扯扯，正僵持不下时，达达和米米终于完事。达达和米米分别跑向自己的主人。张先生追打过来，陈医生说，达达快跑。张先生跑不过狗，达达稍一加速就远远地甩开了他。狗跑了，主人还在。张先生两姐弟凑上来，说你叫什么名字？家住哪里？陈医生毫不示弱，说我为什么要告诉你。张先生说，你就是大海里的一根针我也要把你找出来，别以为你不告诉我你是谁我就不知道你是谁！姐，我们走，米米身心受了重创，需要安慰和疗养。这姐弟俩走远，陈医生才往家走。达达在小区门口等她。这达达也够聪明的，它逃跑时跑的是别的方向，而让张先生失去判断。陈医生走上去，达达摇头晃尾，什么事也没发生一样在前带路。

做完那种事身子应该很脏，陈医生急忙为达达洗澡。达达的行为陈医生可以理解，毕竟达达是畜生不是人，再聪明也还是畜生。只是她不愿那样的事发生。换位思考，要是达达是母狗，被别的公狗强奸，陈医生也一定难过。张太太姐弟俩骂人踢达达的行为也是人之常情，米米就像张太太的女儿么。出了那样的事，陈医生就不敢再带着达达去公园散步。对了，狗达达和人达达犯的是同样的错误。人达达和陈医生热恋着，却和别的女人上了床，人达达说最喜欢的还是陈医生。那女人不干，如果人达达不娶她，她就告他强奸。事后人达达承认，如果她真告，他的罪名是成立的。他对那女的有点好感，那晚喝多了，性趣勃发，控制不住，就强行要了她。事情过去很多年了，但陈医生一回忆起来，心就绞痛。

陈医生将达达关了几天禁闭，以为风平浪静，没想事情才刚刚开始。张太太姐弟俩找上门来了。他俩在门外叫喊，陈冷冷有种的你出来！陈医生心里说我当然有种。陈医生拉开门，说，你们要干什么？张太太说，身为知识分子你应该懂法吧？欠债还钱，杀人偿命！陈医生说，我还是不明白你们的意思。张先生说，带上你家达达跟我们上法院，我们要告你个强奸罪！张先生欲冲进她家屋子，陈医生堵着，说，私闯民宅法理不容！张先生退出来，说，好，我不闯入，有本事你把达达放出来！陈医生转身关上门，任凭门外如何叫骂她都概不理会。陈医生住二楼，当初医院分房她选的二楼，那时她就想到将来老的时候上下楼方便。不多时，楼下传来一阵狗叫声，紧接着达达汪汪大叫。陈医生想，莫不是米米来了？她走到窗户边，见楼下停着张先生的车，狗吠声就是从车上传出来的。陈医生呵斥达达说，不许叫，你惹的事还小吗？

两天后，陈医生接到一位不常联系的同学的电话。同学叫姜超俊，在法院工作。姜超俊说，你养了一只狗？你不是从来不养狗的吗？你的狗强行和别人的母狗交配，已构成强奸罪！陈医生说，你们法院也管狗的事？姜超俊大笑，说，当然不管，我在立案科，张太太要告你家达达强奸，我没法立案，这个没有法律依据。陈医生松了一口气，说，谢谢。姜超俊说，谢什么，我是依法办事，要是能立，我也顾不得老同学的关系。

又过了两天，姜超俊再来电话，他叫陈医生猜他在哪儿。陈医生说，我猜不着。姜超俊说，我在云都饭店，这饭店真是高档，不愧五星级。陈医生说，这又怎么样，与我有关系吗？姜超俊说，有啊，你知道请客的是谁吗？张太太。张太太老公可是大老板，在美国法国都有公司呢。她老公常年在外，这回刚回来碰上米米被强奸，张太太哭着喊着要严惩犯罪嫌疑人，她老公就把关系拉到法院来了。陈医生说，这案子能立吗？姜超俊说，我看难，还是那句话，没依据。陈医生说，那你还去赴饭局？吃人家嘴软，看你怎么下台。姜超俊说，谁愿来吃这样的饭！领导说有个案子的事，公私兼顾。谁知道这是鸿门宴！陈医生说，你们领导脑子进水了，你可得给我顶住。达达就是我的命根子，我不允许别人对它有任何的伤害。姜超俊说，我们领导也是到了饭店才发现上了当。

饭局结束时，姜超俊再次打来电话，说，张太太老公给法院的每人发了两万元现金大红包，中间还夹着几张欧元和美金。陈医生说，你千万不能收，收了你就完蛋。姜超俊哈哈大笑。

姜超俊是法院的人，他说不能立案就不能立，陈医生没再往心里去。十几天后陈医生却收到法院的传票，张太太状告陈医生管教达达不力致使达达强奸米米一案准备开庭。理论上说得过去，陈医生是达达的监护人，达达干出强奸之事，她的确有责任。不过，她还是倍感不爽，她问姜超俊这到底怎么一回事。姜超俊说，没什么，就是张太太要告你。我们法院不管狗事，但管人事。陈医生便无话可说。既然要打官司，就得辩护，陈医生平常不爱和人争吵，争辩能力比较差。她曾经在电视上看过录像或者直播，律师之间所谓的辩护，实际是在吵架，在胡搅蛮缠。陈医生向同事打听哪里有好律师，同事们听说达达因强奸被告都很气愤，纷纷为陈医生出主意。据说达摩剑律师事务所不错，她上门去联系。那主任她面熟，一会儿对方也认出她来，原来他是人达达的弟弟凌志军。许多年过去了，凌志军也从一个黄毛小子变成一家著名律师事务所主任。了解来意，凌志军说，没什么大不了的，你就全交给我吧。陈医生的确不想到现场去，不想去见那个可恶的张太太。闲谈中，凌志军谈起了他哥凌志达，说，人达达过得并不怎么样，感情生活一团糟，直到现在家里人都还骂人达达当年脑子进水，干出那等龌龊之事，要是没那事，和陈冷冷是多幸福的事。陈医生说，都是陈谷子烂芝麻的事了，还提它干什么。凌志军说，尽管她没告我哥强奸，但事实上已经做出了审判，我哥被她判了个"无期"。你这些年怎么样？陈医生低声说，挺好的。

出了门，陈医生发现自己已经泪流满面。

开庭那天，陈医生还是在同事小钱陪同下来到庭审现场。张太太姐弟俩从车上走下来，气势汹汹的，米米在张太太怀里。张太太怒目圆睁，经过陈医生身边时，高喊口号：打倒达达！严惩凶手！陈医生说，犯得着吗？我真佩服你的闲情逸致。就不能双方坐下来好好谈谈？张太太说，谈？我们跟你势不两立。谈？说得太轻巧。你家达达呢？

张太太像泼妇一样大哭大闹，痛诉米米的血泪史。围观人低声议论说，张太太所言也许是真的，但是从表面上看不出她家米米受到过伤害。另外人说，米米毛色发亮，身体健康，受伤害的其实是米米的主人。

法庭上，张太太坚持要把达达列为第一被告。法官提醒说，法院说人事不说狗事，要说狗事，你们找狗界或狗协什么的去。张太太说，我要告陈冷冷，更要告达达，达达是强奸犯，请求政府枪毙它！

凌志军失控地咆哮起来，说别一口一个达达、达达的，再说我揍你！

话一出口满场喧哗，从来还没见过一个律师如此激动化情绪化。原告一方趁机闹事，庭审现场一度失控。法官多次警告凌志军，凌志军冷静后说，对不起大家，我哥小名叫达达。忽然，又不冷静起来，说错话了。他说达达是个强奸犯。

听到了吗，法官？原告方全部起立，说，被告都承认啦！

凌志军承认自己情绪失控，在这个案子上过于情绪化，他申请所里别的律师代理。法院同意。凌志军对法官说，多少年过去了他仍然将陈冷冷当嫂子。那时候，他还在上大学，陈冷冷像母亲一样疼爱他。他从小跟哥哥在后母的淫威里长大，一直缺少母爱。法官说，我可以理解，但你干吗告诉我？我又不是你朋友。

第二次没有开庭，法院搞了个庭外调解。法官一再告诫原被告双方要冷静，只有冷静事情才能得到完满的解决。可是张太太说什么也冷静不了，像个火药桶，稍有热量就能爆炸。她要求给达达量刑，判得越重越好，最好是死刑。法官说，这没有法律依据。张太太说，我有钱，只要把达达判了，出多少钱我都愿意。法官说，法律不是用钱来买的。结果这次调解并不成功，法院决定暂时放一放。

达达毕竟是畜生不是人，它不知道自己是强奸犯罪嫌疑人，成天好吃好喝好乐，还学会了帮陈医生做事，比如帮她叼鞋、帮她推门等。陈医生最近跟碟跳舞，达达先是在一旁看，后来也跟着扭动。后来，陈医生一喊口令，它就将自己会的那几个动作跳给她看。人说电视机是孤独人的伴，看来宠物才真正是。电视不能对话，不能互动，而宠物能。

姜超俊说，张太太那边活动很频繁，可能在策划什么大的动作。陈医生说，让他们活动好了，他们有钱，法院里又有那么几个贪财的，想怎么折腾就怎么折腾好了，我不怕。

第三次开庭在一个月之后。原告方说，达达强奸米米一案，罪名成立。强奸致使米米身心受到极大摧残，米米主人张太太精神连带受到打击。试想，女儿被强奸，母亲是一种什么心情，母亲的生活会是一种什么状态?!

辩方律师称，达达强奸米米也可以说成立，但这是狗与狗之间的事。一只母狗发情，就会散发出一种特别的气味来勾引公狗。

张太太跳将起来，说，什么？你说我家米米勾引达达?!

你听我说完，辩方律师说，如果那天碰上米米的不是达达，而是新新、波波，都会发生同样的事情。狗不是人，狗界有狗界的规矩有狗界的法律道德界定，达达是否构成强奸，你得去问狗们，别问法官，这是其一；其二，达达不是人，它不可能受人的约束，它要和米米交配，那是没办法的事，与陈冷冷无关，再说，米米发情，说明它非常需要繁殖下一代，从这个意义上说，达达不仅不是强奸犯，还是狗界的英雄！作为米米的主人也好，母亲也好，你应该感谢陈冷冷以及达达。再推进一步，如果你女儿是个老姑娘嫁不出去，而有一个男人爱上了她，爱得很激烈，这是好事还是坏事呢？难道你要去控告那男人？

现场骚动起来，但法官制止了辩护律师如此展开话题。法官宣布休庭，此案将经合议后择日宣判。张太太被人扶出法庭时有气无力地说，我一定要赢，就算把官司打到北京，也要坚持到底！

同事小钱告诉陈医生，张太太住进了医院的神经内科。小钱的爱人是神经内科的大夫，消息是小钱爱人带回来的。小钱说，活该，她这种人就该治治脑子。官司没判下来，陈医生心里总是悬着。如果没有达达陪伴，她真不知道怎么过日子。陈医生几乎没有知心朋友，就算有知心的，朋友总不能时刻陪在你身边，很多时候很多事情只能理解同情，而无法分担。说白了，人与人之间没有完全畅通无阻的通道，多少有些隔阂。人因为有思想，所以时常孤独。查完房，陈医生放下手头工作，到医院门口买了些水果。卖水果的是她中学同学，原来是医院里的护士，没干几年就承包了医院食堂，后来又租了医院的门面，赚了不少钱，前年把儿子送到澳大利亚上大学去了。同学不收陈医生的钱，陈医生当然不干，两人推让一阵，陈医生说，你再这样水果我不要了。同学说，谁住院了？陈医生说，一个朋友。同学说，男的吧？陈医生说，不是，我没有男性朋友。同学说，你心里还惦记着达达吧，都多少年了，你死心眼啊。陈医生急了，说，谁惦记他了！以后不许再提他！在我心里他早死了。同学叹了一口气，说，世界上最傻的是女人，女人中最傻的是陈冷冷。

陈医生提着水果去神经内科。张太太在507床。不仔细看，陈医生一时认不出来了。张太太瘦了许多，脸色惨白，躺在床上就像是一个死人。陈医生立在床头，因为张太太眼睛闭着，陈医生不好打扰。张太太的保姆问陈医生是张太太什么人，陈医生说，仇人。保姆一脸尴尬。陈医生认真地说，真是仇人。保姆一时无措，眼睛在陈医生和张太太身上移来移去。张太太睁开眼，陈医生面对着窗户，光线好，身影就十分清晰。张太太一眼认出来，说，你的确是我的仇人。坐吧，仇人，谢谢你来看我。陈医生坐到床边，说，感觉怎么样？张太太说，反正就这样，活不成死不了。陈医生说，你不该悲观，你的病会很快好起来的。我会跟你的主治医生打招呼，让他好好关照你。张太太说，我的病恐怕好不了，罪犯一天得不到严惩我就一天不得安心，病情就一天比一天加重。陈医生不想讨论狗的问题，丢下一句"不要胡思乱想，好好养病"便离开了。小钱爱人在办公室，陈医生去拜访他。小钱爱人向陈医生介绍张太太的病情和病因。病情不算太严重，病因却很重，她脑子里只有一根筋，亲属们又火上浇油，对她的病情十分不利。陈医生说，这么说她住错了医院，她应该上精神病院去。小钱爱人说，我们科有心理医生，药物和话疗同时进行，效果更好。陈医生说，其实有话疗就完全够了，心理专家非常重要，你一定要为她找最好的。钱不是问题，她家金钱堆积如山。

张太太住院不过夜，白天来打打针吃吃药，接受心理医生话疗一小时，然后就可以回家。陈医生再次来看望张太太时，发现所有的治疗效果都不明显。张太太爱对着窗户发呆，嘴里不断地说米米，米米。这不是装出来的，小钱爱人他们都可以作证。保姆被张太太骂哭过几回，今天早上保姆一气之下辞职不干了。陪在张太太身边的是她的弟弟，和以前一样，她弟弟很不友好。陈医生来看望他姐，他并不买账，还说，我姐今天这个样子完全是你造成的。陈医生不想和他争辩，说，重新给你姐找个脾气好的保姆。他说，这个不用你操心，你管好你家达达，千万不要让它再干出伤天害理的事，不要再毁了一个好主人。陈医生心里很气愤，但没有发作，心想，不就是有几个臭钱嘛，怎么钱就把这家人祸害成这样了。出了病房，她又想回来，说，也不能完全从钱方面看问题，张太太是太爱米米，到了溺爱的程度。

今晚不用值夜班，陈医生想上门去拜访张太太，刚打开门，达达就钻了出去。陈医生说，回去，今晚你不能去，有危险。达达眼巴巴地望着陈医生，呜呜叫着，很可怜的样子。陈医生甚至还看到它流出了几滴委屈的泪。陈医生心一软，就带上了它。能够同行，达达可高兴了，它在前面欢快地跳来跳去，到达电动自行车前，它一跃而上。

张太太家住得比较远，在莱茵河别墅区。现在的人赶时髦，爱取洋名当小区名、爱取洋名当店名、爱取洋名当人名，长此以往中国传统文化就会消失殆尽。失去个性化民族化的民族就是一个灭亡了的民族。陈医生一路骑车一路这么想。她本是一个医生，只管治病就行，可是她平时没事时爱琢磨些文化性质的东西。达达立在后座，得意的时候趴到她背上，陈医生怕它摔下来，立即放慢速度，最终停下来。她将达达抱到脚下，那里可以容下达达的身子，她的两脚也能夹住它，拦住它。穿过数条大街小巷，陈医生拐上东三环，路上行人车辆就少了，路灯也没有那么亮——也可能是道路宽阔的原因。秋风刮来，冰凉冰凉。再往前走，路灯也断掉，就到郊区了。住别墅的人就喜欢远离闹市，但是看到两边零星的灯火，陈医生心里发怵。她不喜欢住在人烟稀少的地方，她的生活中希望有交流有沟通，有释放孤独的群体。可是，尽管她住在人的包围之中，仍然找不到释放孤独的地方和机会。到达小区门口，陈医生给张太太打电话。张太太不冷不热地说，你就到了我们小区门口？那你来是为了什么？陈医生说，就想看看你。那边无声无息地挂了电话。陈医生想把达达放在小区保安室请求代管，保安答应后笑起来，说，你怎么养这么一只宠物狗？陈医生说，你不要小看它，它很聪明很乖巧，许多名贵狗都赶不上。保安说，这是只地道的土狗，我们乡下人养它只是为了日后吃肉。保安蹲下，仔细看看达达，说，这只狗符合我们老家"好狗"的最佳标准，你养这样的狗当宠物也不怕人家笑话。陈医生说，我怕谁笑话？自己的孩子自己爱自己疼，关别人什么事。你帮我看好，回头谢你。保安说，我正好无事，就和它玩玩，我已经多年没跟土狗打交道了。按照保安指引的路线陈医生进了小区。小区十分安静，安静得令人恐惧。绝大部分别墅都黑着灯，听人说过，许多有钱人只有周末才住到别墅来，别墅远离市区，生活有诸多不便。好在路灯明亮。前方出现一个人影，陈医生放慢车速，到了跟前细看，原来是张太太。张太太出来迎接陈医生。

米米站在铁门内，门一开，它扑向张太太。张太太抱上它，边走边抚摸。陈医生像抚摸小孩似的摸摸米米的头，米米摇摇头，伸伸舌头。真可爱啊，陈医生说。

张太太家的别墅占地一亩，三层半高，前后院子挺大。张太太说，这房子太大了，一个人住着心里空空的。陈医生说，那天你怎么就到我家小区附近散步了呢？张太太说，我妈住那附近，我带着米米去看我妈，吃过饭就在那散步了。我妈也是单身一人，她和我弟媳搞不来。陈医生说，你房子这么大，何不叫你妈来一起住？张太太说，她不愿来，嫌我这里太偏，再说，我也不喜欢和她住。不过，前段时间，我和弟弟已经送她到敬老院去了。

陈医生说，米米恢复得很不错，应该说没事儿了。

张太太说，米米不会说话，你怎么知道它没事了。它有没有事，我最清楚。我的心流血，它就流血，我的心如同刀绞，它的心就如同刀绞。现在我的心仍然流着血，心仍然如同刀绞。

陈医生向张太太道歉，说了许多检讨的话，希望张太太原谅。张太太没有表态，轻轻拍着怀里的米米，两眼定格在前方的电视屏幕上。陈医生找话说，孩子呢？张太太说，出国了。高一就出去了，在英国，上大三了，一年到头难得回来。陈医生说，小区里人挺多的吧，你可以和他们一起玩，一起打打麻将跳跳舞什么的。张太太轻蔑地说，住的人很少，而且我们谁也不想认识谁。

接下来就无话可说了。陈医生看到张太太很困倦的样子，急忙告辞。回到小区值班室，见那保安正在和达达玩。达达躺在地上，保安把手掌当刀子，嘴里说着"咔"，一刀一刀地剐它。陈医生忍不住叫起来。保安说，大姐你急什么，我手里又没刀，不过，你这只狗真的非常适合做黄焖或者白切，你卖吗？陈医生说，走开！保安说，拿到狗市上，一定能卖个好价钱。

陈医生立即带上达达逃走。保安对她喊道，要是哪天你要卖狗，一定首先告诉我，我叔叔是开狗肉馆的，他做的狗肉天下第一。

陈医生速度越来越快。一路上她喃喃地说，以后不能再带达达到莱茵河别墅区来，这里太危险。置达达于死地的不仅有张太太，还有素不相识的保安。

深秋日子里，判决书下达。法院判定：陈医生因监护不力，致使达达强行与米米交配，从而给张太太造成精神损失，赔偿张太太精神损失费一万元，双方所有诉讼费用计三千元，全由陈医生承担。至于张太太状告达达犯强奸罪，不予支持。拿到判决书，陈医生一块石头落地，心也踏实和平静下来。一万三千元算不了什么，就当花这钱买的达达吧。对于一只好狗，人家要花上几万几十万呢。陈医生想请姜超俊吃个饭，说是感谢他。姜超俊说，我又没为你做什么，感谢我干什么。陈医生说，你就代表你们法院出席吧，为了你们公正的判决，我特备薄酒。姜超俊说，这事也别赖我，第一案子不是我立的，第二案子不是我判的。陈医生说，你误会了，我是真心感谢的。姜超俊说，你在讽刺我，你在挖苦我们法院，我听得出来。饭就不吃了，再见。放下电话，陈医生笑起来，说人怎么都是这样的呢。

陈医生要张太太把账号发送到手机上，以便把赔偿费打给她。张太太正在为此事生气，说我家缺钱吗？你一万三千元就能为达达洗清罪名？陈医生说我能做的只有这些。张太太说，我要判你家达达重刑。

第二天她值门诊班，说有人找。来的是两个陌生人，他们在走廊一个角落说话。来人说，他们是市第二狗协的，要为张太太主持公道。陈医生一听，禁不住来了气。狗协是个什么玩意儿，还第二狗协，都疯了。她连忙叫来保安把狗协的人支走。狗协人说你躲过今天躲不过明天。夜晚狗协的人又来了，上午的那两个带队，加上张太太姐弟俩一共五个人，其中有狗协何会长、庄副会长、徐秘书长。陈医生说，你们再胡搅蛮缠，我马上报警。狗协和张太太他们站在门外，一副不可商量不可一世的态度。从内心讲，陈医生并不想把事情扩大化，她是那种喜欢大事化小小事化了的人。她对何会长说，张太太告达达不是为了钱，而你们狗协不就是想要几个钱嘛，说吧，多少，我们可以商量。何会长说，你太小瞧我们了，你当我们狗协是黑社会？我们是经民政部门注册的正规协会，宗旨是为所有养狗人服务为所有狗服务，米米遭强奸，我们狗协都不站出来，天下哪还有说话的地方！天下哪还有公道可言！陈医生说，你们给我滚，再不滚，我叫达达咬死你们！何会长说，我们狗协既然叫狗协，难道有怕狗之理？陈医生回身喊道，达达，来坏人了，快出来驱赶！达达汪汪叫起来，很凶，连陈医生都感到害怕和意外。达达在两步之遥的地方狂吠。陈医生说，达达还站着干什么，咬他们，咬死他们，咬死了我替你偿命！达达就向何会长一行人扑过去，张太太弟弟拉上张太太就跑，说，和狗讲不清道理，保命吧！何会长见达达来势太猛，也顾不得面子，撒腿就逃。达达追上去，一直将他们撵到楼下，追出小区。小区人见了，都说好，小区里只要有一两只达达这样的好狗，还愁坏人进来扰乱治安搞破坏？将狗协人追得无影无踪后，达达返回家里。陈医生以拥抱和抚摸表扬达达，末了还从冰箱中拿出一块排骨作为奖励。

家里刚安静，门又响起来。通过猫眼，陈医生看到门外站着两名警察。警察说，张太太报警了，说你放狗咬人。陈医生把前前后后发生的事做了一番解释，警察说，即使这样你也不能放狗咬人。陈医生嘴上承认错误，心里却不服，心里说，他们要是再来，我还得放狗咬。警察将陈医生批评教育一番后离开了。

昨晚发生的事，陈医生说给邻居张阿姨听了。张阿姨非常支持陈医生的做法，说和他们没什么法律道德可言，很多时候就是要以暴制暴。憋在心里的话倒了出来，全身是轻松了，可是陈医生想想还是有些后怕，万一达达伤到人家怎么办？冲动真的是魔鬼。

下午下班回家，她却发现达达不见了。找遍整个屋子也没见着。以前，淘气的达达听到开门声急忙钻入她床底，叫也不应，喊也不答，最后突然冲出来，弄她个惊喜万分。这回却不是这样，她找了床底，找了衣柜，找了所有可能藏身之处都不见达达。检查大门，也不见被撬痕迹。再一看阳台上的纱窗门，见开了一条缝，这条缝达达完全能钻过去。但是这条缝是不是早上忘记关了，她一时想不起来。难道有人从阳台上把达达偷走了？大白天的，要是从阳台入门，目标太大，那贼敢吗？陈医生去小区物业了解情况，物业的小李把保安队长叫来。保安队长说，全天没什么异常情况呀。保安队长随陈医生上楼去察看现场，这个部队转业自称干侦察兵出身的队长没看出什么破绽。是不是掉厕所里了？陈医生上厕所一看，一根狗毛都不见，叫了几声也听不到回应。她说，那么大只狗又不是老鼠，怎么会掉进厕所？保安队长说，那我就不知道了。陈医生要求调出今天的监控录像。小区中等大小，每天都人来人往，陌生人也不少。陌生人主要是指业主的亲戚朋友，送水的送货的。倒是有两个人引起陈医生的注意，那两人怀里抱着一只白毛狗，样子很可爱。但是保安说，这能说明什么问题呢？再往后看，陈医生就看出了问题，说，带狗的那两人出去时，其中一人肚子变大了，有可能怀里就藏着一只狗。达达身子不大，土狗嘛，个头通常都小，当然比许多宠物狗又要大。保安说，陈医生你的怀疑有道理，但是光凭这个很难求证。

天空很黑，小区的灯明暗不定，监控录像里那两人不是太清楚，转身，陈医生就忘记了他们的模样。陈医生站在自家楼下，朝阳台上看。阳台正对着大花园，谁要爬楼，谁就是掩耳盗铃。陈医生紧一声慢一声地叫唤达达。此时一个保安过来说，我们还发现一个情况，有一个陌生人提着编织袋出了小区。陈医生去看录像。提编织袋那人是随一群人出去的，这群人都是小区业主，而且那人走在最旁边，以别人身体作掩护。

就是他！陈医生叫起来。

可是，他又是如何把你家达达偷走的呢？

这个问题很费解。大门未撬，所有门窗也没有外人攀爬的痕迹。陈医生怀着痛苦的心情整夜思索这宗离奇的失踪案。迷迷糊糊地睡去后，她听到达达的叫声，起来一看，什么也没有，是幻觉。

次日，陈医生接到一个电话，声音耳熟。对方说，他是第二狗协的何会长，明人不做暗事，达达被他们逮捕了。陈医生说，你们竟然破门偷狗，一群强盗。何会长说，谁进你家门了，是你家达达自投罗网。有道是多行不义必自毙，还有道是法网恢恢，疏而不漏。陈医生说，你们到底是怎么把达达抓走的？何会长说，这个我们自有办法，否则敢在狗协混？敢在人与狗之间闯世界？陈医生说，混账，赶快把达达送回来！何会长大笑，说，我们将对达达进行审判，作为达达的监护人，你应该到庭听审；如果你缺席，我们也欢迎。

陈医生赶到第二狗协。第二狗协坐落于万宝路莲花巷，是两层楼的小房，莲花巷是老巷，有些历史，旧城改造时都没人敢改造到它。何会长穿着与前两次不一样的衣服，不卑不亢，态度和蔼。他拿出一张类似逮捕证的表格让陈医生签字，陈医生拒签。何会长说，都没关系，我们没有不承认达达在我们手里。陈医生提出看望达达，被何会长拒绝，理由是判刑前，嫌疑狗不得与任何人见面。末了，他又说，你要相信狗法，要相信我们秉公执法的能力和态度。公平公正公开，是我们狗协办案的宗旨。审判那天，会有狗协许许多多狗和人来现场，就是我们想暗箱操作，在场的狗和人一定不会答应，群众的眼睛是雪亮的。

陈医生在狗协办公室找了找，没见到关押达达的地方。中午十二点何会长他们锁门下班。陈医生又在院子里转了转，叫唤一阵达达，未见回音后才回家。

陈医生疲惫不堪。昨晚几乎没睡，今天又被狗协那帮人羞辱，连打人的心都起了。回到小区，陈医生对守门的保安说，你们太不负责了，连只狗都看不住，太没能耐了，小偷提着狗从眼皮下面经过，都发现不了！保安争辩说，能怪我们吗？照你这么说，你家丢失一只蚊子也要我们负责？陈医生气得不行。她也没力气上二楼，坐在阳台下面的花园里发呆。有一个老奶奶向她走来，老奶奶说，你老是看二楼阳台干什么？难道你也看到了那桩怪事？陈医生说，如何怪？老奶奶说，昨天上午，我也坐在这里，突然见一只黄狗从二楼跳下来，然后向两个陌生人跑去，我以为发生了什么事。后来什么也没发生，狗和人都不见了，他们大约去了那边的花园。这个花园挺大的，因为小区里住的除了医院职工，还有别的单位和个人，人多，绿地就必须多，这才满足当代人的需求。从这里望过去，看到的是丛林一样的花木野草。

这是诱捕。陈医生想到。陌生人是狗协派来的，他们怀里抱着的一定是一只正发情的母狗。达达啊，这回你完蛋了。陈医生眼泪吧嗒吧嗒地往下掉。老奶奶说，姑娘你哭什么？陈医生说，我不是姑娘，我都快四十岁了。你看到的那只跳楼的狗是我家达达，一只聪明绝顶可爱无比的好狗！

达达公审大会正式开庭。庭审现场设在狗协办公室二楼。陈医生早早来到狗协，她期望尽快见到达达。张太太在弟弟陪同下，也来到现场。旁听的群众并不多，不到二十，旁听的狗一只没有，就连米米也没来。如果米米来了，两狗重逢，不知达达米米会做何种表现。陈医生胡乱想着，何会长用小铁锤敲敲审判台，肃静，肃静！他大声地说。其实现场并没有人说话，他们都一言不发地看着何会长费心搭建的这个审判台。何会长是主审官，他和陪审员书记员等台上"法官"都统一着黑衣头系红绸带。张太太比从前更憔悴，当让原告陈述时，她有气无力地指指弟弟。弟弟代表她发言。案发初始时，弟弟并不在场，因此他所有信息都是听姐姐转述的。现在，他把当时的情况夸张到极致。他越说越带劲，越说越气愤，然后指着陈医生说，你，你，你这个教唆犯！张太太一边听着，一边轻轻抽泣。陈医生坐在她旁边，不时伸出手去拍拍她的背，并递给她纸巾。原告陈述完，何会长大声说，把强奸犯罪嫌疑人押上台来！

两个同样着黑衣头系红绸布的人抬着铁笼进来，达达就被关押在铁笼里。细心的人们能够发现，同样是头系红绸布，何会长的要宽大得多，说明他们职位是不一样的。

陈医生忍不住高喊，达达！她向达达冲过去，却被抬达达的人上前阻挡。达达汪汪叫，然后朝陈医生摇头摆尾。达达瘦了。陈医生轻声说。何会长却听了个真切，说，乱说，达达在狗协吃香的喝辣的，没受到任何虐待，不仅没瘦还长肥了。我们称了，进来时二十斤，现在都二十三斤了！达达朝审判台汪汪叫，何会长说，请犯罪嫌疑人安静，安静。达达不听，何会长怒气冲冲地将铁锤敲得咚咚响。何会长说，请主人唤住犯罪嫌疑人！陈医生说，谁有本事谁去制止好了。陈医生一说话，达达就安静下来。何会长说，下面请被告代理陈冷冷陈述。陈医生说，达达是和米米交配了，但它的行为并没有原告刚才所说的那么夸张。正如人类需要繁衍一样，狗也要传宗接代，达达的行为是正常的行为，人与狗不一样，它们不需要相识恋爱，只要有需求，它们可以和任何认识不认识的狗在任何地方交配。原告所控强奸罪根本不成立，这一点，法院也已下了结论。

何会长说，法院管人不管狗，我们管狗不管人，两家单位谁也代替不了谁。

张太太举手要求发言。何会长同意。张太太说，米米还是处女身，自从被强奸，它身心受到极大伤害，你们看，它的身子都变臃肿了，食量增加了；再看那个被关在笼子里的强奸犯，它过得多潇洒多快活，强奸了别的狗，还心安理得，身体一天比一天强壮！天理何在，天理不容。幸好，有狗协，有一群为狗为人办实事、以法律为准绳的好专家好领导。我要求对达达严惩不贷。

何会长没有当场宣布判决结果，他说结果待合议后择日宣判。说完他就站起来扭身离开，而抬达达的人也动作迅速地将达达抬走。陈医生被人拦着，未能抢回达达，达达随人不知去向。陈医生从二楼找到楼梯口，又找到一楼，找遍所有房间和角落，都没找到达达。何会长在二楼办公室里，他已脱下了黑衣，解开了红绸布，他客气地请陈医生坐。陈医生说，你们打算怎么判案？何会长说，这个不用你担心，我们会按狗法客观公正地量刑，绝不偏袒哪一方。陈医生说，我不要达达判刑，我要它自由。何会长说，没有这个可能，达达都犯强奸罪了。陈医生说，它是一只狗，不是人，它的脑子里没有强奸的概念。只要你放过达达，你可以开个价。何会长说，你这是行贿，这是腐蚀干部，这是非常错误和危险的。人人都想用钱私了，那这个社会还有法制吗，还有民主吗，还有公理吗？

坐在办公室里的还有庄副会长龙副会长徐秘书长，他们三人准备起身离开，陈医生说，三位领导别走，好处费你们也有份。他们纷纷坐下。何会长提高嗓门说，陈冷冷你这是干什么，你想让我们集体犯法吗？陈医生说，这事没商量？何会长说，当然！

陈医生走在回家路上，徐秘书长追上来。他说，没有你这么办事的。想行贿也得找个地方，那是办公室，公共场所，你那么一说，何会长会答应吗？陈医生说，这里面有学问？徐秘书长说，学问大了去了。陈医生说这么说，这个案子有商量的余地？徐秘书长说，这要看你怎么做了。陈医生说，这样吧，你帮我来做工作，你当我和何会长以及你们班子成员的桥梁。徐秘书长挠挠头，说好商量好商量。他伸出手指作数钱状。陈医生说，这样吧，你先拿走两千，算你开口费，事情办得好，辛苦费还会增加。徐秘书长说，就两千啊？也太少了点，都不够何会长塞牙缝的。陈医生说，走得急，没带那么多，你就帮帮忙吧，事成后，我会重谢。徐秘书长说，你说话算数？陈医生认真地说，算数。徐秘书长说，那好吧，看你是一个诚实人、实在人，我就帮你一把。

陈医生一直在等徐秘书长的消息，因为她没有徐的电话，所以就不能主动联系。陈医生急，她一天见不到达达，就一天不得安宁。陈医生上门去，一打听，徐秘书长不在。徐秘书长是兼职的，他平常不来上班，只有周末或者有急事才来。而庄副会长龙副会长又不肯提供徐的地址电话。何会长不在，陈医生提出看望达达，庄副会长说这是违法的，违法的事他们不做。陈医生说，她非常想念达达，迫切想见到达达。只要能见到达达，她愿花钱。庄副会长龙副会长嘀咕了一会儿，说，你给多少钱？陈医生说，三百。两个副会长笑起来，说，三百你也说得出口。陈医生说，多少？龙副会长说，至少六百，没商量。庄副会长说，这就很优惠了，私自让你看望达达，我们得担多大的风险！陈医生咬咬牙，说六百就六百。

关押达达的地方在距离莲花巷两条街的子路巷。那地方是一个小狗市，很热闹。在二楼一间房内，陈医生终于见到了达达。陈医生手伸进铁笼子里，抚摸达达，达达伸出舌头舔她的手，用鼻子嗅她触碰她。达达可能瘦了些，陈医生摸摸它的身子和大腿后做出判断。龙副会长在一旁催促，说，行了，看一眼就差不多了，快走吧，让何会长碰上了我们都得完蛋！

她被推出房间。达达呜呜的叫声传出来，陈医生心刀割一般疼痛。陈医生停下脚步，她似乎看到何会长了。是的，是他。何会长身影出现在她眼中几秒钟后闪入一间房内。陈医生跟过去。这间房有一张桌子一把椅子，何会长坐在上面。何会长还有一个身份，就是这个狗市的总管。陈医生说，放了达达，我给你许多钱。何会长说，你仍然想腐蚀干部，不是我不贪钱，问题是，张太太已经给了我一大笔钱了。你能有张太太有钱吗？你就一个普通医生，不要和张太太比钱。陈医生说，那我给徐秘书长的那两千元就白给了？何会长说，他又做不了主，你给他钱干什么。陈医生说，他说来和你说说，打通关系。何会长说，那家伙，还挺能的。告诉你吧，徐秘书长从来没和我提起过，就算提起来也没有用，他是知道的。正说着话，徐秘书长来了。陈医生说，你拿钱不办事，是骗子。徐秘书长目瞪口呆，说我拿谁的钱了？你信口雌黄，诬陷好人。陈医生说，我是陈冷冷，你不认识了？徐秘书长说，我当然认识，你是被告。我再说一遍，你不要血口喷人，我没拿你的钱。吃人的嘴软，拿人家手软，这个道理我懂，而且，何会长早有交代，这场强奸案不是钱的问题，他也严格规定了审判纪律，就是给我一个水缸作胆我也不敢顶风作案，违反纪律。

听到了吧，我们的队伍是廉洁的，思想素质是过得硬的。何会长说。

徐秘书长连猪狗都不如，陈医生说。

相比之下庄副会长、龙副会长更厚道些，他们拿了钱替人办事。她的面前是各种各样的狗，当看到那只毛色、个头与达达相近的狗时，她来了主意。于是她再次去找庄、龙二位副会长。

你要来个狸猫换太子？不行，不行，绝对不行。庄副会长说。

我们帮你调包是要丢头上乌纱帽的，为了蝇头小利，把官职给丢了，太划不来。龙副会长也不赞成。

陈医生说，要多少，你们开个价。只要你们帮忙，把达达调出来完全可能。狗不是人，长得没什么区别，一般人认不出来的。

庄龙二位副会长嘀咕一下，说，这事太大，我们得向何会长汇报。陈医生说，就别汇报了，一汇报事情准黄。而且一汇报，就算成了，你们得的回报不就少了吗？搞阴谋诡计的事，知道的人越少越好。

庄龙二人商量了一下，还是摇头，说，风险太大，出了事就太划不来。你就死了这条心吧。

陈医生被推出了门。她边走边想，调包是一个绝佳的主意，一定要想办法开成。她再去找何会长。何会长一听，恼了，说你把狗法当儿戏？你太糟蹋我们了！你如果再来干扰我们判案，达达的罪行就会再加三等。

晚上，庄副会长打来电话，说调包的事可以考虑，这也是何会长的意见，是我们整个狗协班子的意见，就要看你的出价，还要看大家的保密程度。庄副会长透露，狗协的确收了张太太一笔巨款，如果弄虚作假的事让张太太知道了，不仅钱得不到，而且狗协就会名誉扫地，将被取缔，或者由别的人来掌管。陈医生说，保密的事我一定能做到，事实上我们双方都能做到。价钱嘛，你们说吧，庄副会长说，我们班子集体研究决定，收你五万，调包狗你自己花钱买。狗协可以义务为你提供挑选的狗。陈医生一听，心里说，你们心也太狠了，但想到五万能买达达一个自由也就认了。

最后庄副会长说，要是事情败露，就是说被张太太发现，责任全由你承担，而且五万元不退。

陈医生说，只要你们出面办理，哪会败露。

庄副会长说，你不能保证张太太认不出达达。

达达强奸案再次开庭审理。开庭前一天，新买的狗送到了关押达达的房间。

但何会长说，现在还不能把达达还给她，要判决生效后才能归还，以防在审判过程中被张太太识破。陈医生认为有道理，大家都是养狗人，都是行家，别人搞假一般逃不过行家的法眼。这天参加旁听的人一个也没有。正副会长秘书长坐在审判台上，张太太陈医生分别坐在原被告席。案情已经十分清楚，没有再陈述和辩论的必要。何会长让人把达达抬来。米米在张太太怀里，它身子比上次更臃肿了。不一会儿，达达被抬到现场，陈医生向达达招手，达达汪汪叫过几声后，就向主人摇头，最后很陌生地看着法庭。达达目光几乎不在米米身上，米米也懒得理达达，两只狗什么事也没发生过一样。张太太见达达如此态度，火气冲上脑顶，她说，看哪，这个失掉人性的达达，强奸了米米，居然没有任何愧意，还心安理得地在那里摇头晃脑！

何会长提醒张太太不要说无关的话，张太太反驳说，我的话难道无关吗？何会长的小铁锤敲击桌面，说，大家肃静！下面请原被告做最后的陈述。

张太太说，自从米米被强奸这几个月来，我茶饭不思，身体每况愈下，精神受到极大摧残；米米受到的伤害是我的数十倍，多余的话我就不再啰唆了。我请求法庭以事实为依据以法律为准绳，严厉惩处强奸犯达达，最好能判死刑，立即执行！

接下来，陈医生做最后陈述。她声音低沉地说，我家达达强奸了米米，这是不争的事实。达达给米米、给张太太以及张太太那个时常一个人的家造成了严重的伤害，米米和张太太精神受到一定程度的损伤，我代表我自己以及达达向米米、张太太深深道歉。但是鉴于达达是初犯，年少不更事，我请求法庭网开一面，给达达重新做狗的机会，轻判为盼。

合议庭经过十几分钟合议之后，何会长宣布审判结果。全体起立，何会长说，达达强奸米米事实清楚，证据确凿，为了严惩不法分子，还狗界一个公道，根据狗法第六条第五款之规定，经合议庭合议，判决结果如下：判处达达有期徒刑十六年六个月，立即执行！

结果一出，陈医生大声喊冤，说，判得太重，我不服，我要上诉！

张太太也大喊法庭太黑，说判得太轻，我不服，我要上诉！

何会长说，此为终审，不得上诉。你们也无处上诉！

达达被带走，陈医生脑子里灌水一样叮当响，然后就昏过去了。一旁的张太太也昏倒了几分钟。两人醒过来时，分别痛哭。

法庭上就只剩她们两人，她俩愤怒对视，然后骂着离去。陈医生没有离开狗协，她想等到张太太离开后把达达领回去。调包狗已到位，赎金也已交，该是何会长实现诺言的时候了。何会长说，可以。他带陈医生去提达达。

达达关在老地方。可是，张太太居然也在。张太太正对庄、龙副会长说，这是怎么回事，怎么有只和达达同样的狗？哦，我明白了，你们是想调包！这不是达达，这才是达达。张太太指着两只狗说，你们谁也别想骗我。何会长悄悄对陈医生说，事情糟了！张太太说，你们谁也不要动，我要买一把大锁两条铁链把达达铐起来，没有我的钥匙，你们就是请来神仙也别想放走达达！

何会长走上前，对张太太说，你别激动，你是误会了。我们认识达达，我们谁也没有调换达达。我们秉公执法，绝不姑息养奸放过一个坏蛋。

张太太没有离开现场，她打电话叫弟弟买来大锁和铁链。姐弟俩把关押达达的铁笼铐在房间的柱子上。这才放心离开。

达达就这样被关进了大牢。陈医生既输了官司又破了财，输得很惨。她精神受到很大打击，神经一度出现错乱。

二

还我达达。现在陈医生躺在一号病房里。她拉住一个护士的手，说达达强奸了米米，法院判我赔偿张太太一万元，张太太不服，把达达告上了狗协法庭，我一次又一次被狗协耍弄，他们要走了我六万元钱，判处了达达十六年六个月刑，对于狗来说，这就是无期徒刑。

护士说，知道啦，你都说过一千遍了。你说不就是一只狗吗？不就是达达失踪没找到吗？

护士走出病房，小钱爱人说，她还在讲故事？护士说，是啊，她自从住进来，就反反复复讲同一个故事，耳朵都听得起茧子了。听多了就像是真的，其实谁会相信这样一个离奇的故事呢。

小钱爱人告诉小钱，说我们科所有医生护士尽全力了。治疗这个病原因在达达，达达不回，陈医生就好不了。小钱说你觉得陈医生讲的故事是真的吗？小钱爱人说，这个故事几乎不可能是真的。她的达达的确强行和一只母狗交配，之后就失踪了。达达一失踪，她就神经错乱了。这个事大家都知道。小钱说，我看狗协审判达达也有可能是真的，这年头什么事情不会发生啊！不管是真是假，我觉得都应该去调查核实一下。小钱就把这个事报告给领导，领导听了小钱详细的讲述后，觉得有道理，然后领导生气了，说狗协太不像话，陈医生是多好的一个医生啊，思想品质好，业务素质高，同事、患者对她评价都很高。为了讨一个公道，医院领导出面去找狗协。何会长热情地接待了医院领导。医院领导说明来意，何会长哈哈大笑，一边笑一边抹眼泪，说这事太荒诞，我们狗协从来没有审判过什么狗的强奸案。我们虽然管狗事以及涉及狗的人的事，但绝没有私设公堂，也没有关押过什么达达。我们没这个权力，没这个能耐。这一切都是胡言乱语。关于张太太状告陈医生一事，我闻所未闻，从来没有听说母狗被交配后，主人状告公狗强奸的。医院领导被说糊涂了，不知道该听谁的。回医院的路上，办公室主任对副院长说，何会长说得有道理，他们怎么可能去审判狗呢？这是多么无聊而荒唐的事！陈医生脑子里的毛病越来越严重，前段时间她一定受了什么别的刺激。而且，我猜，一定是与个人感情问题有关。她是个老姑娘，老姑娘总是怪怪的，十有八九心态都不健康。对了，据说，她的不正常来自她的狗失踪，然后就固执地认为狗协给审判了。副院长笑笑，说，这个事我知道，让她去神经内科住院就是我决定的。但是对于办公室主任的分析，他没有表态，因为他无法表态。

副院长找小钱了解详细情况，小钱说，她与陈医生也只是工作上的交往，平时几乎没有来往。至于说到狗协审判什么的，她一无所知。她承认对陈医生了解很少，关心得也很少。副院长说，陈医生平时还跟谁来往吗？小钱说，据了解，她不爱跟谁来往。

小钱爱人同意陈医生回家休养。同事们非常同情陈医生，希望她的达达能尽快回家。陈医生对小钱爱人说，我的精神不好，脑子应该没什么毛病，你们放心让我回家吧，我不会去自杀什么的。我要去看望达达。小钱爱人认为这是一个好机会，跟着陈医生去看望她所说的达达，事情就清楚了。

陈医生去看望达达时，小钱夫妇一同前往。在路上陈医生和小钱共同回忆达达的好。小钱说，达达失踪真的太可惜了。陈医生纠正说，达达没有失踪，它被关押在狗协。它被判了十六年六个月。

狗协领导都在，他们正在喝酒，锅里散发出狗肉香。一闻狗肉味，陈医生就恶心。养宠物狗的人是不吃狗肉的，而作为狗协，就更不应该吃狗肉。何会长放下手中的酒杯，笑着说，你们找谁？

我要看望达达。陈医生说。

何会长说，我们这里没有谁叫达达。狗协所有领导都在场，你看看谁是达达。

你们有达达，达达被你们关押起来了。陈医生说。

何会长态度很好，说，你这位女士在说什么呢，把我们当黑社会了。

听到没有，我要看望达达。陈医生提高嗓门说。

何会长说，哦，达达是你失踪的狗。那就按照你的意思去办吧。你带路。

陈医生来到关押达达的地方，可是，房间是空的，两条铁链还在，大锁也还在，铁笼还在，可是达达不见了。陈医生揪住何会长，说还我达达！何会长用力挣脱说，我不知道你的达达在哪里，这铁链铁笼大锁早就在这里了；我们锅里吃的不是达达的肉。

小钱夫妇拉开陈医生。小钱夫妇向何会长道歉。事后小钱夫妇说，陈医生病情很严重了。他们还把亲眼所见告诉了医院一些职工和领导。医院就放了陈医生的长假，让她好好休养。

张太太有钥匙，她不开锁，谁也开不了。陈医生去找张太太。张太太热情地把陈医生请进屋。

达达不见了，你开了锁，何会长他们把达达杀掉吃了肉。你是凶手！

张太太说，你家达达和我家米米交配后，我们是见过一两回。你还来过我们家，你来找达达。你说达达失踪了。达达现在还没有回家吗？

陈医生说，你向法院起诉，然后又向狗协起诉，状告达达强奸米米。

张太太笑起来，说荒唐，你听谁说的？你脑子是不是出了毛病？我们感谢你还来不及呢。米米正在发情，有公狗交配是我们求之不得的事。对了，米米和达达交配后，就怀孕了，昨天还产下了三只小狗呢。虽然米米和土狗交配，不般配，但下的崽还挺漂亮，造出了新的品种，达达功劳大大的。如果你喜欢小狗，就带一个回去养，有了达达的后代，即使达达不回来你不也就安心了吗？

小钱夫妇尾随陈医生来到张太太家。医院不放心陈医生，私下里要求小钱夫妇看管好陈医生。张太太对小钱夫妇说，你们陈医生怎么了？胡言乱语的。小钱爱人回头对小钱说，我现在基本明白陈医生讲的故事了。年轻的时候她深深地爱着一个小名叫达达的男人，后来达达因为酒后乱性被迫娶了别的女人，这个打击潜入她灵魂深处。后来养了一只狗，她取名达达，而达达在"强奸"米米后突然失踪。狗达达的失踪激发了她内心深处的痛。狗达达就是人达达，故事中的张太太就是人达达的丈母娘，所谓狗协，应该是人达达老婆的舅舅之类，是一群掌握着人达达命运的当权派。

听着听着，张太太眼泪汪汪，说，我真后悔那天带着米米去散步，如果米米不碰上达达，就不会发生交配的事，陈医生就不会受刺激，她也就还是一个正常人。张太太准备了一只纸盒，说等小狗断奶后就给陈医生送去，但愿小狗能带给陈医生好运，能把她带回到正常人的生活。

出了门，小钱对爱人说，你分析得也许有道理，但我怎么觉得陈医生讲的就是真的呢？我甚至怀疑，何会长他们锅里焖的就是达达。

小钱爱人说，你把我的脑子搞乱啦！

| **创作评论** |

正如他剃的光头一样，他的小说还是有一种江湖草莽之气，其实很好。因为我觉着我们现在的小说家一个个长得眉清目秀，然后小说的文字，都是从新生代腔到文艺腔，缺乏像光盘这样，有一种蓬勃的，有一种不衫不履的这样一种气质的作家，其实是非常少的。

——李敬泽：《"广西后三剑客"——田耳 朱山坡 光盘作品研讨会纪要》，

《南方文坛》2016 年第 1 期

光盘的特点是什么，他对事项有非常通透的研究，我们知道传统的古典小说那些写作，他是对事项观察得非常地透和细之后，才能写出来，光盘的特点就是他在这方面有本事，有悟性，表面上看好像有点像江湖恩仇，或者是比较热闹地出现了这样一种奇景，但是他在这里面，他在他的小说里，我们看到是一个平常人、普通人对这个事件、对这个人的一种独特的看法。

——施战军：《"广西后三剑客"——田耳 朱山坡 光盘作品研讨会纪要》，

《南方文坛》2016 年第 1 期

光盘是一位创作路子宽阔的作家，既有富于现代主义色彩的力作，也有传统现实主义手法的佳篇。他具有左右开弓和打组合拳的出色能力。

——石一宁：《荒诞的叙事 真实的人性——关于光盘长篇小说〈英雄水雷〉》，《南方文坛》2016 年第 2 期

他的写作不在于确证，而更多的是在追问。追问什么？生命的无根性？命运的偶然性？似乎都是，又似乎都不是。阅读这样的小说，我们的思考往往会徘徊在一种难以指认的状态。但有一点是可以肯定的，光盘的叙述会触发读者丰富的

联想，为读者敞开一个巨大的隐喻空间，也许这种隐喻所带来的阅读效应，正是他小说的艺术价值所在。

——王迅：《发问·审问·追问——2009 广西小说创作述评》，《南方文坛》
2010 年第 1 期

繁枝

陈谦

一

　　一切都是从珑珑的课业项目开始的。当忙碌了一天的立蕙被珑珑唤到起居室，观赏他手绘的"家庭树"时，她完全没有想到，那些珑珑用彩笔画出的枝叶里，竟藏着许多的人和事。

　　就是它吗？立蕙轻声说着，半蹲下身，去看珑珑搁在起居室中间的硬纸板。灯太亮了——她在心里说，然后下意识地转过头去，扫了一眼墙角的立灯。智健和她并没有目光的交会，却在她收回目光的瞬间站起身来，走过去拧了灯杆上的开关。阔大的起居间立刻染上一层轻柔的橘光，沙发边龟背竹的叶子呈出金色调的蜡亮。立蕙的目光迅速聚焦，柔和地落到纸板上。

　　这是一块从沃尔玛买来的学生专用课业项目展示板。长方形的主页旁有两个可折叠的副翼，合起来小巧轻便，易于孩子拎着出入。

　　十一岁的珑珑趴在地毯上，手压在纸板副翼两端，扭过头来看着立蕙叫：准备好了？好了吗？他还没变声，脆嫩的嗓音带着些微的奶香气。立蕙摸摸他那滚圆的大脑袋，微笑着柔声说：我好了！智健也坐下来，抱着双膝，故作郑重地说：

作品信息

　　原载《人民文学》2012 年第 10 期，《北京文学·中篇小说月报》2012 年第 11 期转载，获 2012 年度"茅台杯"人民文学奖。

小伙子，来吧！珑珑不响，翻身坐起，敏捷地将折盖着的两片副翼同时掀开，往两旁一摊，展示板的内页袒露在柔和的灯光下。

立蕙第一眼看到的是顶行的深棕色花体字：My Family Tree（我的家庭树）。珑珑写下的这些字有点大小不齐，带着毛边，看上去稚气未脱，跟他那一口脆脆的嗓音很是相配。

这是小学六年级学生珑珑的"生命科学"课最新项目：让孩子们写一篇文章介绍自己的家庭组成和来历，并作课堂演讲。立蕙明白，在美国这样一个以刻在国玺上的拉丁国训"E pluribus unum"（合众为一）为自我标志的移民国度里，"我从哪里来？"这类问号总是如影随形。他们相信，这"哪里"是生物和文化的双重基因，你只有扶牢这个浮标，才不致在各种文化合流而成的海面上沉没。但忽然看到珑珑这个年纪的孩子，竟已开始对自我身份进行如此郑重其事的寻找，立蕙还是有点意外。

板面上部的空间被淡青的果绿色覆满，大小的叶子腆着圆润的肚子，在叶尖陡然收回，带着盎然的喜气。那些嫩绿被利索地涂出，却有微妙的深浅变化。中间隐约呈"Y"形的粗壮树干露出强劲的根须。整个画面构图干净，带着天然的稚气。立蕙笑起来，说：好漂亮的一棵树啊！比我想象的好多了！智健朝珑珑抬抬下巴：我没说错吧，妈咪会喜欢的！珑珑憨厚地朝立蕙笑起来，露出一口孔雀蓝色调的牙箍，很有点超现实。

嗯，它现在还只是一棵树，但马上就要成为我们的家庭树了！珑珑说着，从展板底下抽出一个透明塑胶大文件袋，往地毯上一倒，滚出一小瓶透明胶水、几支彩色水笔、一沓纸片。闭上眼睛！他兴奋地叫，伸出手来捂立蕙的眼睛。

立蕙闭上眼睛，屏住气。只听得几声"啪，啪，啪"的轻响。再一看，那棵苗壮树上已经跳出几只浓艳的果实。她凑上前去，看到在茂盛的树叶丛中，一左一右对称的树干上，端正地贴上了两张4英寸宽6英寸长的彩色照片，分别是智健和立蕙父母的合影。两对老人的性格，在这两张照片里表现得相当突出。智健那曾为矿冶专家的父母，当年双双留学莫斯科大学。在照片中，父亲穿着蓝白大格子的衬衫，戴着太阳镜的母亲穿着红白细格、领口带着白色小卷边的衬衫，一前一后相拥而立，带着中国同龄人少有的开朗和亲密。他们在镜头前几乎是在大笑，引得立蕙想起智健母亲拉着手风琴、智健父亲高歌苏联歌曲的情形，不禁微笑。如今二老常住广州天河，年近八十还经常四海神游。

立蕙父母的照片则是在大峡谷拍的。立蕙的父亲戴着一顶棒球帽，穿深色的衬衫，神情安详。立蕙母亲淡淡地笑着，两位头发花白的老人比肩而立，看上去不特别亲密却默契相依。立蕙年逾八十的父亲如今已基本失忆。多年来，立蕙一直在劝说母亲携父亲移民来美，希望自己可以分担母亲的重负。母亲从不松口，和住家保姆一块儿在广州家里照顾着立蕙父亲。立蕙明白这是母亲怕连累女儿。她近年来只要有假，就直奔广州探望。此时再看到自己父母十年前的照片，立蕙感到有些陌生。她凑近去看父亲的眼睛，里面有他们父女彼此能懂的深意。如今每次见面，他总是握着她的手反复说，他有个很优秀的宝贝女儿，长大后去了很远的地方，他很想念她。每到这时，立蕙就将手搁到父亲手里，安静地听他唠叨。立蕙偶尔不甘地说，我就是你女儿啊。父亲会天真地笑起来，说，我女儿叫立蕙，可要比你漂亮些。想到这些，立蕙将手在父亲脸上轻轻划过，竟觉到指尖有点热，赶紧缩回。

立蕙和智健的合影，被端正地贴在树干中央稍低的位置上。那是硅谷全盛时期，他们在智健公司的圣诞派对上的合影。立蕙一袭深紫色正式晚装，胸前装饰的珠片在灯下闪闪发亮，肩上一条浅紫色调的薄羊绒披巾，头发用发胶牢牢地固定了，一双同色调的长坠耳环。她的嘴角轻抿，配上眼影染出的雾气，让她的笑意里有隐约的幽怨。一脸阳光的智健着深色洋装，打一条花色活泼的领带，体贴地微斜着身子靠向她，笑着迎向快门。他们坐在一张铺着大红桌布的餐台前，那些盛着红酒的高脚酒杯晶莹清亮，雪白的盘盏刀叉在圣诞树和蜡烛的陪衬下，繁美华丽。立蕙喜欢这张照片，那是她做母亲前的最后一个圣诞节。

立蕙转眼看到树干底部被牵着一匹小马的珑珑遮掉大半。照片里的珑珑身穿牛仔服，颈上围着大红白碎花的三角布巾，戴着黑色牛仔帽，看上去神气活现。

她一边寻着说辞要表扬珑珑，一边偏开身子，再上下打量起眼前这棵大树，明显感到叶枝间果实的稀少。她自语般地轻问：就这些了吗？

是啊，如果我是爹地那就不一样了！他有四个兄弟姐妹呢！珑珑乖巧地接上一句，没等立蕙张口，他又说：我们班上的同学，总有一两个兄弟姐妹可以充充数的，很多还地上坐一溜呢。智健打断他：你若嫌少，将你跟靓妹的照片贴上去？靓妹是珑珑心爱的猫咪的名字。爹地！这又不是汽车的后车窗，你爱画啥就画啥，这是家庭树！是严肃的事情！珑珑扭着脑袋，对着智健嗔怪起来。

逗你的啊。智健说着，搂了搂珑珑的肩。珑珑笑起来，抽出一支彩笔，趴上前去，在自己的照片下飞快地写下英文全名：Longlong Fu，DOB（生日缩写）：09-24-00。他毫无停顿地又在立蕙和智健的照片下写出：Lihui & Zhijian Fu。看着自己的名字被珑珑如此轻松地写下，立蕙有些回不过神来。她喜欢护照上自己的全名：Lihui Yan Fu。和智健在美国登记结婚时，立蕙选择了入乡随俗，改随夫姓。"傅严立蕙"这四个字，将她的来龙去脉表达得如此精准：严家的女儿，傅家的媳妇。可现在看到自己的本姓被珑珑轻巧地抽去，立蕙心下有些微的不适。虽然在日常里，几乎所有人的中间名字都会被省略，但这个夜里，看到自己被这样挂到家庭树上，一种来路不明的感觉，仿若一根小小的刺，从指甲尖轻轻刺入。

妈咪！珑珑推了推立蕙。他握着笔，有点犹豫地说：祖父母们？智健在一旁点头笑说：你写！你是中文学校五年级学生啊，拼音比赛还拿奖的，肯定行。奶奶徐丽文，爷爷傅奇章。珑珑扯过一张纸，很快地将拼音写出，递给智健，又问：在中国，人们结婚了，妻子是不改随夫姓的吧？立蕙说：嗯，如今的中国是这样的。你原来是姓燕，很好听！珑珑得意地点点头。是严，第二声——智健纠正他。珑珑搁下笔，说：可惜找不到我曾祖辈的照片了，要不我们的家庭树可以多一层果实呢。没等立蕙和智健反应，珑珑又问：你们见过你们的祖父母吗？立蕙和智健对视一眼。智健说：我见过我爷爷奶奶和外婆，外公去世早，没见过，可惜我没有他们的合影。立蕙轻声应道：我也没有。珑珑耸耸肩，说：移民家庭都这样，没关系的，从这棵树已经可以清楚地看出我们的血液是如何汇流的。立蕙心下一声"咯噔"，赶紧说：你做得真好，祝贺你！快折好了，早点睡觉去吧。她边说边起身离去。珑珑你听见了吗？明天要早起上学呢！智健的声音在身后轻淡地停在最后一个字时，立蕙已经坐到书房的转椅上。

她没开灯，眼前却立着那棵嫩绿的家庭树，枝繁叶茂却果实零星。如果不是珑珑最后那句话，她都不曾面对过这样一幅清晰的家庭图谱：树上的每一位长辈，都是流向珑珑血液管道上的阀门。这个意象让她不安。她知道，智健也明白，珑珑画出的那条血脉渠道，实际是流不通的。

从窗外和过道上折进的微光在宽大的空间里叠交着，勾出墙边书柜模糊的边界，让它们显出虚幻的高大。立蕙转过身去。她愿意告诉珑珑，她是见过祖母的。

她已记不清祖母的脸相，却还记得那脸上面密密麻麻的皱纹。祖母那稀疏雪白的头发在脑后结实地扎成一个小小的髻，总是一身盘扣简约的深色中式布衫，冬厚夏薄。瘦小单薄的身子因着一双小脚，总是颤颤巍巍。那是立蕙见过的唯一小脚女子。老人那时只是锦茗、锦芯兄妹的奶奶。立蕙听大人们说，别看这老太太如今低眉顺目的，旧时可是桂林城里大药堂主家里管事的少奶奶。立蕙有时去找同学，走过锦芯他们在院里西区的宿舍楼，看到老太太就赶紧远远绕开。她相信这穿着怪异的小脚老太当年就是《白毛女》里黄世仁母亲的样子，动不动拔出脑后的发钗给人戳上一下。

锦芯的奶奶活到九十五岁高龄，寿终正寝——是寒露天里在睡梦中离世的，走得很安详——这个消息是立蕙生物学意义上的父亲——中国人说的生父，在她十九岁那年不远千里寻来，在广州暨南大学的校园里告诉她的。立蕙那时已是暨南大学物理系二年级学生。她十二岁那年随父母离开南宁，来到广州后，就再也没见过这位她称为"何叔叔"的男人。他一度曾是她眼中心里巨大的问号。

她在去食堂吃午餐的路上被何叔叔拦下。何叔叔的到来，将那个几乎要被她遗忘的问号，突然又戳到眼前。那个问号在她十一岁那年从天而降：她发现自己确实和他长得太像了，比锦芯和锦茗都更像他的孩子。他真是她的爸爸吗？是吗？

立蕙在刚满十一岁的初夏被那个巨大的问号迎头击中——她在南宁西郊广西

农科院小卖部的台阶下被几个男孩围住。两个稍大的男孩上前拉住她，嬉笑着问：小靓女，快点讲，你爸是谁？立蕙扭着身子试图挣脱，脑后的小辫却被他们牢牢扯住，疼得她尖细的声音带上了哭腔：我爸是严明全。她的应答引来一片哄笑，连台阶尽头黑洞洞的小卖部里的大人们也跟着笑起来。她惊异地睁着双眼，再说了一遍：我爸是辐射育种室的严明全。笑声忽然稀疏了。大男孩们松开她的辫子，捏着她的手臂低声说：说你爸是何骏，叫何骏！立蕙惊异地张大眼睛。其中一个男孩用力捏紧她的手臂。立蕙不依，他们来夺她手里的酱油瓶，一边表情诡异地说：你姐也在打酱油呢，你们家要喝多少酱油啊？店里又传来人们的哄笑。立蕙握牢手里的酱油瓶，低下腰，忍着不作声。这时，她感到本来钳制着她一双细臂的手松开了。她直起身，顺着男孩们的目光朝台阶上端看去，个子高出立蕙大半个头的锦芯，双手握一只装满酱油的瓶子，站在小卖部门口，安静地盯着立蕙身后的两个大男孩。

锦芯那时已是南宁二中初二年级学生。若不到周末，已很难在农科院里见到她。五岁就能穿解放鞋顶脚尖跳小白毛女，过去一直在学校文艺宣传队当台柱子，还到市业余体校练过体操的锦芯，去年在"文革"后市里举行的第一届中学生化学竞赛中拿了头奖。在市中心朝阳广场举行的颁奖大会上，锦芯作为获奖者代表，在几千人面前从容地念完了演讲稿，接着又到电台录了音。她那凭语文功底说出的普通话听起来中规中矩。农作物栽培专家何骏家那自幼漂亮出众的女儿，果然像小报上形容影星歌星说的那样华丽转身，成了农科院和西郊片，甚至市里中学生眼里品学兼优的明星学生、父母教育孩子时频频举示的典范。

锦芯开口说的竟是：你们再耍贱，小心我砸烂你们的狗头！锦芯声音不高，但很冷，南地罕见的字正腔圆的普通话，带出不动声色的坚硬。男孩们应声四散。这是立蕙不曾预料的。后来她想，这些捣蛋鬼若不以此极端的方式引起锦芯的注意，锦芯怕是从不正眼看他们一下。

店里也没了声响。立蕙和锦芯分别立在台阶上下端，互相对看着。锦芯的肤色很白，抽条了的身形更加修长。上身是白底粉红细密小格子图案的套头短袖衫，领口和袖边都镶着白色的荷叶边，下身是一条短短的白色 A 字布裙，脚上穿一双平底白凉鞋，看上去活泼又雅致。长长的头发在脑后扎把高高的马尾，额头光洁阔长。那种南方不常见的鹅蛋脸形上，五官的线条非常清晰，浅瑰红的嘴唇线条却又非常南方的饱满。

店前大桉树的浓密枝叶倒映在锦芯的脸上，让她那双圆黑的大眼看上去深不可测。立蕙想象自己握着空空的酱油瓶、头上被扯乱的两条小辫、脚下一双人字拖鞋的狼狈样子，在锦芯眼里会有多么不堪。她并拢双腿，在台阶下迎着锦芯专注的俯视。锦芯过去在子弟学校里只跟宣传队里那些眼睛长在头顶的小靓女们玩。她们一早起来压腿练功，下午排练，夜里不时跟着院里大人们的宣传队四处巡演，生活在自己的小王国里。立蕙这样安静羞怯的小女孩，哪里进得了锦芯的视界。锦芯转型成了学习尖子后，不久就考到市里的重点中学去了。她从不曾有机会跟锦芯如此近距离接触。在她眼里，锦芯提着一瓶满满酱油的姿态，仍是那样高不可攀。她心里感激锦芯肯为自己喝走那些男孩，却说不出话来。

锦芯盯着立蕙看了一会儿，突然转身疾步走下台阶，头也不回就离开了。立蕙看着锦芯越走越急的身影，回不过神来。她走上台阶再次回头望去，看到已拐到池塘边的锦芯小跑起来。立蕙忽然意识到，那肯定跟他们说的"说你爸是何骏，叫何骏"大有关系。难道那何骏就是锦芯爸爸？

立蕙在午餐时分将这件事告诉了母亲。年近四十的母亲是院里微生物实验室的副主任，中等个子，眉眼不很突出，却带着让人心定的机灵劲，说话做事眼到手到。母亲穿的都是自己亲手缝制的衣裳，腰身总是收得很妥帖，让她丰腴的身形看上去玲珑有致。立蕙特别喜欢被母亲轻轻搂住时那种松软温热的感觉。母亲那时也赶时髦烫了短发，每天夜里都小心用发卷卷好，早晨再在额前脑后吹出几个大波浪。

刚从微生物实验室里回来的母亲本来在喝粥，听立蕙一说，碗搁在嘴边，好一会儿都没有动作。他们是什么意思？立蕙又追上一句。母亲将碗放下，说：那些调皮捣蛋的小鬼，你管他们说什么！母亲一边帮她整理凌乱的头发，一边说：

你都十一岁了，好好一个眉清目秀的妹仔，不要头发乱糟糟就到处乱跑。立蕙咕哝着说：是他们扯乱的。随即低头由着母亲帮她整理。母亲停下手，声音尖起来，问：他们动手了？都是哪家的鬼仔？立蕙还在自己的圈子里绕不出来，没答母亲的话，又问：为什么他们说我爸是何骏，又说锦芯是我姐？母亲打断她：锦芯好大了吧？立蕙说：是啊，她更好看了。立蕙一个短暂的停顿，问，她爸是叫何骏吗？母亲的脸色立刻就暗了，轻声说：是啊。随即站起身，收拾起盘碗。立蕙看着母亲，说：我觉得锦芯都给气哭了。母亲盯了她一眼，眼神有些游离，没有说话。

立蕙家住在里外两间直套的宿舍楼里，厨房和卫生间在走廊对面。那是七十年代最流行的户型。邻里们出入烧饭做菜洗衣刷碗都会在走廊上碰着，非常热闹。立蕙住在外间，家里的小饭桌搁在靠走廊的窗子下。父母住在稍大的里间，外带一个小阳台。从阳台看出去，近处是农科院大片的果园，远处是水稻和甘蔗之类的实验田，还能看到鱼塘。院里的办公楼、实验楼夹在深浅不一的绿色中，更远处是南宁西郊连片的丘陵山脉。

立蕙出门上卫生间回来时，探头看到母亲在里间床上的背影。母亲脑后的大波浪完全塌落了，像浸在淡蓝色枕巾上的一团墨，肩膀有节奏地抽动着。立蕙赶紧缩回脑袋。母亲哭了。她躺回自己小床的竹席上，难过地想，有点后悔跟母亲提起那些孩子间的小事，却又有些不明白，这小小的事情怎么会让锦芯也哭了。

午睡起来，母亲将她唤进里屋，看着她的眼睛说：答应妈妈，你中午讲的那些事情，不要跟你爸讲。立蕙不响。母亲蹲下来，立蕙看清楚了母亲微微肿起的眼睛，身子有点僵住。母亲抓牢她的双臂，又说：你听见了吗？今天在小卖部发生的事情，不要跟你爸讲。立蕙嗫嚅着：我不讲，我不会讲。见母亲的手松脱了，她忍不住小声问：为什么不能讲？母亲站起来，想了想，说：你觉得你爸他听了会高兴吗？立蕙摇头。母亲伸过手来，轻轻抚过她的下巴，说：他会很难过的。立蕙看到母亲眼角新鲜的血丝，明白了事态的严重。可她不明白为什么这件事会让母亲和锦芯都那么难过。母亲还这么肯定它也会让爸爸很难过。你不愿意让你爸难过，对吧？母亲轻声问。立蕙点头。母亲搂住她的肩，柔声说：真是妈妈的乖乖女。

在院里大路上再见到锦芯的爸爸何叔叔，立蕙感到了心慌。她发现自己确实跟这何叔叔长得很像，太像了，比锦芯和她的哥哥锦茗都更像是何叔叔的孩子。她自己那小巧的鼻头，笑起来猫咪一样乖巧上翘的细长眼形，简直是何叔叔的翻版，让她只要想到他，笑容就会敛住。锦芯的眉毛是神气扬起的，而她的双眉跟何叔叔一样，是很少见的弯形，自己偏深的肤色，甚至走路时偏碎的步态，都跟何叔叔极像。这个发现让立蕙非常紧张，再远远看到何叔叔骑车过来，她就赶紧闪躲到树下藏起。若是和小伙伴们在一起，她就急忙钻到她们中间。她有时又忍不住远远地偷看何叔叔，看着看着，依稀想起很小的时候，好像曾由母亲领着，在果园深处的沟渠边和何叔叔领来的锦芯玩过，她甚至想起锦芯穿着的是一双橘黄的雨鞋，但那天却像是晴天。立蕙不敢肯定那是记忆还是幻想，心下就更害怕了。

不久，在广西话剧团恢复排演的话剧《雷雨》和同学中传借的小说《红与黑》里，立蕙知道了"私生子"这个词。在一知半解的朦胧间，立蕙对母亲那天中午的泪水生出猜疑，又不敢深想，一下就闷掉了，再走出家门去，见人就想躲闪，下学后总是快快回家，不再到处找同学疯玩。

到了这时，立蕙开始听母亲在家里频繁地跟父亲提调动工作的事。母亲给在广东各处的老同学发了很多信，寻求接收单位。那时已是一九七七年，到处在讲十年浩劫过去了，百废待兴，前途一片大好，生活有无穷的可能。具体到家里，是父母起念调往已非常开放的广州去。

立蕙的母亲在"大跃进"年代戴着大红花，被敲锣打鼓送往广州的华南农学院读书，毕业后分回家乡广西。到农科院工作后，碰到了年长她十岁的立蕙父亲。父亲是母亲华南农学院的学长、马来西亚归侨。父亲后来告诉立蕙，新中国成立初期，东南亚的华侨听说故乡人人都将分得土地，很多家庭急忙将孩子送回国来，以期能在故乡拥有片土地，将来叶落归根。立蕙父亲是吉隆坡华人小商家的长子，中学毕业后在家里的小杂货铺帮工，被父母挑出送回故乡广东开平接收传说中将到手的土地。没想到船一靠岸，就被政府送往华侨补习学校，第二年作为侨生参加考试，送入大学学习，毕业后分配到广西。

这对年纪相差不小的校友在农科院一见如故，很快就恋爱成婚，却在婚后多年后才生下立蕙。立蕙是那个年代罕见的独生女。立蕙从小到大，每天早上都由父亲或母亲送到教室门口。每逢突降暴雨的天气，整个学校几乎只有立蕙是由爸爸打了伞亲自来接的。接到了，一定是披好雨衣，由父亲背到背上，涉水而去。若父亲出差，必有母亲来接。而别家的孩子若不愿冒雨离去的话，放了学也得在教室里耗到天放晴。

广州的老同学们很快传来消息，说市里的仲恺农校将升格为本科院校，正在大规模招兵买马。立蕙的父母借着出差开会，分别跑了几趟广州。到了立蕙将满十二岁那年的暑假，终于办通了调往广州所需的各项手续，立刻着手打包搬迁。这个调动消息让父母的同事都感到非常意外。人们说：你们夫妇都是各自专业里的科研骨干，又双双破格提了副高职称，在这里样样得心应手，出差开会想去哪儿都可以，那广州虽好，可毕竟去的是个中等专科农校，不挺屈才吗？立蕙母亲淡淡笑了说：小孩大了，广州那样的大城市，对她未来的发展比较好。大家转眼去看立蕙，忽然就不吱声了。

立蕙是不大愿意走的。她和同学们从小在院里的幼儿园就是同学，如今虽然跟她们玩得越来越少，可毕竟很熟悉，这一下要去那么遥远的地方，要适应完全陌生的环境，立蕙心里很害怕。可这连父亲都做不了主，更由不了她。何况母亲说了，那是为了她的未来。转念一想，她就要去一个没有何叔叔、没有锦芯的城市了，立蕙又有些高兴。

离开南宁那天，家里全部腾空了。立蕙母亲去总务处办最后的手续，留下父亲和立蕙在家做最后的打扫。将剩下的杂物清倒后，父女坐到阳台上休息。立蕙一杯水还没喝完，就望见母亲戴着草帽的身影远远地从芒果树枝掩映的马路上时隐时现，慢慢移近。穿着背心、正在擦汗的父亲几乎和她同时看到了母亲，他叹出一口长气。立蕙突然感到很难过，一下就哭了起来，说：爸爸，我好怕，我不想去广州！爸爸蹲下来。她看到他浓黑的眉毛下那双黝黑的眼里闪烁的泪光。爸爸握住她的手臂，轻轻摇了摇，说：爸爸也不想去。但爸爸很爱你啊。他说着，取下眼镜，低头揩了揩眼睛。她上前抱住他的腰哭出了声。她从没怀疑过爸爸对她的感情，却在很久很久之后，才明白那天他话里的意思。

在何叔叔寻到暨大校园里的那个早春，十九岁的立蕙已经明白，何叔叔不仅只是锦芯的爸爸。这让她对父母当年将她带到广州来的决定，生出前所未有的感激。她在这个庞杂浩大的城市里无声无息地安全生长。广州跟南宁一样，到处可见芒果树和冬青墙，不同的是，这里再没有人会让她想要躲到它们的阴影里。有很长一段时间，为了这样美好的解脱，她总忍不住想去扯几片芒果叶子。那断枝处流出的黏浆被她的指尖拉扯出细细的几条长丝，确认着解脱的欢喜。立蕙升学时考进华南师大附中，那是省重点中学。她成了住校生，在周末才坐公车回到珠江南岸的家，连邻居都不认识。用了一两年的工天，她在学校里有了新的朋友。

何叔叔突然出现在一九八六年初夏的广州。立蕙像广州城里的年轻女孩那样，穿着高第街上买来的港澳风情的亮闪闪的化纤套裙，说一口地道的广州口音的粤语，完全甩脱了南宁白话那些粗唎的尾音。像身边的同龄人一样，她在蒙蒙的清晨早起背英文单词，心下确认自己的未来是在大洋彼岸。何叔叔等在她去往食堂的路上，他穿着一件半旧的白色的确良短袖衬衫，里面的背心清晰可见。一条灰色的确良长裤，手拎一只黑色人造革提包，脚下是双深棕色泡沫塑胶凉鞋。在这个男士流行穿各式花哨衬衫、时髦 T 恤的城市，何叔叔的这身打扮，就像出入城里火车站的那些来广州淘金的外地人。他看上去比过去略胖了些，头发明显花白了。他的胡子剃得很干净，微微露出的末梢却已染白，腰板也不像过去那样挺拔。立蕙觉得有些许心酸。她在正午的阳光下靠近了看他，心下一阵惊慌。开始变老的何叔叔，四下豁开的边，让真相的核心显现：她是越来越像他了。立蕙扯紧书包带子，双脚并拢。她觉得她随时都可能哭出来，赶紧咬紧嘴唇，整个心思都在对付胸腔里那缓慢上涌的酸楚。

何叔叔说的第一句话是：你都长这么大了？立蕙直直地看着他，微微挪了挪脚。你还认识我吧？他又问。她没响。何叔叔很轻地叹口气，说：我是锦芯的爸爸。我出差来暨大开会，听说你在这里上学，锦芯让我来看看你。十九岁的大二女生立蕙听懂了这里面的逻辑。那心酸已经到了喉管。她轻声回着：谢谢你们。何叔叔接着说：变化太大了，你看，锦芯的奶奶都去世了。立蕙"哦"了一声，她觉得该安慰他，却不知说什么好。何叔叔低下头，从包里掏出个牛皮纸袋，打开从里面拿出印着灰白格子的手帕。立蕙看到一只玉镯被递到眼前。她下意识地将双手背到身后。何叔叔将手镯递得更近了，温和地说：这是锦芯奶奶留下的。何叔叔这么远来看你，没有什么可以送给你，留着作个纪念吧。

立蕙刚伸出手，又立刻缩回来，嗫嚅着：这太贵重了，留给锦芯吧。何叔叔一把握住她的手，这个动作非常突然，立蕙下意识地有点抵触。何叔叔点点头，示意她放松。立蕙的手掌摊平了。何叔叔将玉镯放到她手中，又将她的五指推回，让玉镯留在她手心里，轻声说：锦芯也有。立蕙一愣，想问那是不是一对，却没敢开口。她将手心打开，移近了看。那是一只蛋青色的玉镯。她不识玉，只是看到这手镯是那样通透晶莹，上面还有细微的雕刻，心下生出欢喜。

何叔叔将手帕折起，舒了口气，说：听说你读的是物理，好能干啊。女孩子学这个不容易。锦芯北大化学系一毕业，就到美国读研究生去了。锦茗比锦芯去得更早。你们赶上了好时代啊。立蕙感到那玉镯在手中的坚硬，点点头，说：好多年没见过锦芯了，她都去美国了？立蕙想起那个夏天，锦芯转身跑远的背影，心里为锦芯感到高兴。何叔叔微笑着说：你好好读书，将来也去美国深造，去看看外面的世界。立蕙点点头。何叔叔又说：那我走了。他却没动。立蕙将手镯小心地放进书包里，说：谢谢何叔叔。何叔叔这才转身走出两步，又转回头。立蕙看到他眼睛微微眯起，喉结在动，少顷，他说：你不用跟你爸妈讲在学校里碰到我。立蕙点头，眼泪上来了，赶紧低下头，装着在整理书包带。再一抬头，看到何叔叔已拐到通往校门的路上。立蕙望着何叔叔洁白的身影在墨绿色的冬青树前停下来，回头看向自己。他也许是见立蕙还没离开，抬起手来，手心向下朝她摆了几下，示意她离去。一下，两下，到了第三下，何叔叔的手心翻过来朝向她，高高举起摆了摆。那就是再见了。立蕙立在那里，远远地看着何叔叔掉过头去，步子大起来，那抹纯白很快便融进广州夏日正午赤白的天色里，无影无踪。待立蕙从食堂的碗架上取下碗时，才想起，自己该留何叔叔吃午饭的。立蕙快步走到食堂的大窗前，往学校南门方向望去，午饭时分的校园人来人往。何叔叔的出现像是个梦境，让立蕙恍惚。她反手去摸身后的书包，触到边袋里那个坚硬的圆形物。

现在那只玉镯就躺在书柜下部第三格的抽屉里。这么多年来，她从没向父母提起过何叔叔曾到暨大看她的事情，更没有给他们看过这只手镯。她只将它小心地带在身边，一路万水千山走来。她和何叔叔再也没有联系。立蕙是爱她的父亲的。她很害怕会有外力，将自己和父母一起组成的三人小家的温暖平衡打破。随着年龄的增长，她越发感激何叔叔以刻意的缺席给她带来的安全感。

立蕙起身，蹲到书柜前，拉开抽屉，忽然听到智健在身后说：怎么不开灯？她转过头去，见智健走进书房，侧身向前拧亮了书桌上的灯。珑珑睡了。智健说。立蕙不动声色地将抽屉推上，智健扫那抽屉一眼，目光落到她的脸上，轻声说：珑珑那棵树让你不开心吗？

立蕙坐到地毯上，抬头看智健。智健双臂抱在胸前，黑色的圆领 T 恤让他显得更加高大。这个当年华南工学院的男排主攻手，和立蕙是圣地亚哥加大的同学。半导体物理专业博士生立蕙当时到电机系修集成电路原理，认识了在电机系读博的智健。同期广州高校的经历，让两人生出他乡遇故知的亲切感。两人当时都刚结束了大学里的初恋，处于真空期，很快就出双入对。在学校近旁的拉霍亚海滩上，立蕙身世的秘密在智健向她求爱的夜里被全盘端出。说到何叔叔在她成年之后唯一的一次出现，立蕙听到自己悠长的呜咽，在智健胸腔里轰鸣。智健将她搂得很紧。潮水漫上来，在月光下淹没礁石。她听到智健反复的轻声：好啦，现在你的生活里有我了。

在市政厅注册结婚时，立蕙入乡随俗地在自己的名字前冠上智健的姓，心里有奇妙的安然。两人随后双双读下博士。智健先在硅谷找到工作，立蕙去马里兰大学做了两年博士后，才来到硅谷和智健团聚，安下家来。他们在结婚六年后，才迎来了珑珑。在他们婚后的生活中，何叔叔再不曾被提起，任何可能通向那个核心的话题，都会被智健转开。以致立蕙有时会想，智健是不是已经将她生活里的那道折线忘记。

你想起他们了，是吗？智健又问一句，没等她回答，他又说：你知道我看着珑珑，常会想到什么？立蕙摇头，瞪大眼睛等他的话。我常会想，那何叔叔会怎么挂念你。那种感情，到成为父亲之后，我才有感同身受的体会。如果他不知道你的存在，如果他没到学校找过你……不要再讲下去了——立蕙打断他。这么多年，他不曾跟她提过她的那些秘密，这时却突然这样说出来，立蕙有些意外。智健蹲下来，将手搭到她肩上，说：我的意思是，如果你挂念他，你该去找找的。如今父母们年纪都大了。你看，你爸爸都再也不能来了。立蕙盯着智健，自语般地说：你真的觉得我该去找他们吗？智健凑近来，看着她的眼睛，说：如果你心里想的话，那就该找。到我们这个年纪，看顾自己内心其实是人生最重要的事情，对吧？立蕙轻轻地拥住智健，没有再说话。

立蕙那天夜里无法睡安稳。她的脑袋里并没有清楚的影像，却有不停飘闪的白色光芒。她双眼闭紧，光标仍一刻不停地穿梭着。智健的话粘着飞镖在她耳中乱窜。她悄悄起身，披衣下到一楼书房，抬眼看钟，已过凌晨三点。

距何叔叔到暨大交给她手镯的一九八六年初夏，二十五年过去。立蕙从十一岁起离开南宁，就再没回去过。跟小时同学的联系早已中断。唯有一次，在母亲来美探亲时，她听母亲提到过去农科院的好些子弟也来了美国。母亲说出那些孩子的名字，立蕙大多都觉得印象很模糊。母亲一圈说下来，就是没有提到锦茗和锦芯兄妹。立蕙想了想，做出很随意的样子，对母亲说：听说那个能干漂亮的锦芯早在八五年就到了美国呢。母亲几乎没有犹豫，马上说：那个妹仔很厉害的，可以讲是才貌双全啊。听说在伯克利加大读了化学博士，发表过好多论文，还有专利发明，好像就在旧金山湾区一家很大的制药公司当高管。立蕙没有接母亲的话，她不愿意知道，母亲是从哪儿"听说"的。她想起来，何叔叔那次到暨大，他也是由着"听说"寻来的。

立蕙想，锦芯既然发表过学术论文，还有专利，她的信息就一定能在网上查到。她上网将"锦芯何""伯克利加大"这两个关键词打入 Google，满屏的条目跳出来，果然发现有位"锦芯"在化学、制药学术刊物上发表了不少论文。立蕙快速往下拉着鼠标，很快寻到锦芯的最新信息：锦芯目前在位于南旧金山市的大型上市生物制药公司"海湾药业"任中心实验室主任。立蕙小心抄下了海湾药业公司的电话号码和电子邮箱。

第二天下午，立蕙从办公室往锦芯公司打电话。第一声振铃声响起，她感到手心有些发黏。立蕙迎着光抬起手，好像看到在广州的路旁扯下芒果树叶时，那些被流浆绕上指尖的丝丝缕缕。那铃声振响到第五声，留言机响了，立蕙立刻按下"0"，电话转到公司前台总机。男接线员问过下午好后，立蕙说她想找何锦芯博士。接线员马上说：哦，出于培训需要，我们下面的对话将会被录音。立蕙一愣，问：哦？什么培训？接线员耐心地说：顾客满意度方面的培训。在美国，未经当事人同意而录音，属违法行为。偷录下来的录音材料也不可为法庭采用，因此除警方，录音前都会明确通知对方，要取得双方同意才能录音。虽说这类情形在跟商业公司打交道时会遇到，可听到锦芯公司的总机前台说要将他们的对话录音，立蕙还是有点不适。她有些勉强地说：那好吧。接线员说：谢谢你的合作，我能帮你什么？我想请你转告何博士，我是她失去联系多年的亲戚，请她方便时跟我联系。接线员热情地说：没问题。立蕙留下自己的姓名和手机号码，让接线员转告锦芯。

在立蕙给锦芯打去电话的第二天早晨，她的手机里跳出一个陌生号码。立蕙看到那 650 的区域号，想到很可能是锦芯的回电，心急跳起来。她摁下接听键，就听到：喂，喂，是立蕙吗？我是叶阿姨。立蕙犹豫着，想不起叶阿姨是谁。那声音轻下来：我是何伯母。一个停顿，立蕙听到呼呼的风声。没等她回过神来，又听到一句：我是何锦芯的妈——非常安静的女声，北方口音的国语。立蕙回过头，看到记忆的池塘里急速地蹿出一条高高的水柱。

噢，我是立蕙。何伯母，你好！立蕙应着，看到那条水柱应声倒塌，在水面上溅出大面积的水花。锦芯她好吗？何叔叔呢，何叔叔还好吗？她想将这最后一句说得随意轻松些，可听起来却咚咚作响，令她的心随着那响声越抽越紧。

等我们见面再细谈——叶阿姨的声音更低了。

二

立蕙抬起头，看到高高木架上盛开着各色指甲花的铁网吊篮，稀疏有致地随风微微摇摆。它们在加州初夏明艳的阳光下，横陈纵行地一路挂到露台深处，将灰蓝色的空间染出点点明艳，倒映在明净的玻璃台面，变出一片柔和迷幻的彩色，让她本来忐忑的心境安静下来。

立蕙提前近二十分钟到达，这在她是少有的。她从公司里直接过来，因为不知道这个会面需要多长时间，特地告了下午两小时的假。

阔大的硬木露台有台阶直通海湾边浅浅的沙滩。沿着海湾微微曲折的岸线，拐过一丛高大的桉树林，远处的高尔夫球场上有零星人影，更远处是旧金山国际机场的跑道。不时有大小不一的飞机在前方海湾水面低空掠过。另一侧，长长的海湾大桥如一条细柔的白线，将海天的混沌隔出层次，使周围的风景生动起来。

这是叶阿姨挑选的见面地点：州立湾景公园深处安静却颇有情调的"水沿"西餐厅。叶阿姨在湾区住了很久，知道这个地方并不奇怪，但她在电话里说她要自己开车过来，着实让立蕙相当意外。在电话里听到公园的名字时，立蕙的视线有短暂模糊，一片灰蓝的水雾漫过来。她知道自己想到了圣地亚哥的拉霍亚海滩。正是在那个著名海滩上和智健一起走过无数次长路之后，她第一次将自己的身世之谜向这世上的另一人剖开，又由智健将它缝合成两人共有的秘密。

立蕙想象不出叶阿姨如今的样子。在她打来电话前，立蕙甚至都忘了锦芯的妈妈是叫"叶阿姨"。她模糊记得叶阿姨早年在南宁东郊长堽岭的师院教英文，每周才回西郊的家里一趟。立蕙对叶阿姨最深的印象，是她骑着一辆那年代里罕见的深黑色"蓝翎"牌女式自行车。在立蕙的记忆里，那辆坤车很大很长，车头和手把弯弯翘起。车子是软闸的，那些包在灰色塑胶皮里的闸线穿绕在钢杆钢丝间，在车前方交错处汇出夸张的两股，然后结束在手把上。那辆车子有个大琵琶似的黑色大包链，横插在两个轮子之间。车轮转动时，轮毂里那些擦得锃亮的不锈钢丝变动着时疏时密的银弧，让人似能听到那叶黑琵琶的鸣响。

记忆里叶阿姨总是穿素净色的衣服，连小格子的都没有，好像有意要跟自己那辆造型特异的"蓝翎"车子浑然一体。叶阿姨还喜欢戴一顶尖锐三角形的阔大竹斗笠，将脸深深地藏入帽檐在阳光里截出的一片阔大阴凉里。这种越南特产斗笠很受南宁城里年轻女子喜欢。她们用艳色宽尼龙纱扎作帽带，系在脖子下，很有异国风情。相比农科院里的女科研人员戴的那些软塌塌的草帽，叶阿姨的越南帽就算毫无饰物，看起来也很特别。

立蕙记得，后来就经常能在农科院的马路上见到叶阿姨。立蕙从小女生们的口中得知叶阿姨调到西郊民族学院教务处工作去了。她们又说，听大人讲，叶阿姨小时是在桂林借读初中时遇到锦芯爸爸的，随家里回到北方后，两人后来一直通信。叶阿姨大学毕业时，主动要求分到广西，就是为了嫁给锦芯的爸爸。

有一次，立蕙到班里学习委员兰玲家里参加小组学习，大家又聊到锦芯妈妈到底是英文老师，派头就是不一样。在路上从不跟人打招呼，跟邻居也不讲话，不晓得算清高还是脾性古怪，所以锦芯那么傲，怕是有家传。原在里间的兰玲妈妈这时提了个布包走出来，一边用小木梳梳着短发，一边说：锦芯的妈妈当年在北师大是学俄语的。她跟何叔叔刚结婚那时，我还听过她用俄语给大家背《静静的顿河》，背着背着，她眼里都是泪。唉！兰玲妈妈跳跃的语句，小女孩们只听懂了五六分，但最后那声低闷的叹息，让她们静下来。立蕙屏住气，看到兰玲妈妈很深地看了她一眼，自顾着摇摇头，叹说：唉，这就是生活！说完搁下木梳。立蕙听到了木梳击到三合板柜面上的那声"啪"的轻响。她微低下头，看到兰玲妈妈脚上那双压有黑色喇叭花形的塑胶凉鞋从身边跨过。立蕙不能肯定兰玲妈妈看过来的那一眼，自己是"看到"还是"感到"的，一阵心惊。

现在她在等那个戴过越南斗笠、骑过深黑"蓝翎"自行车、眼含泪水为朋友们用俄语背诵过《静静的顿河》的叶阿姨。立蕙感到紧张，更令她不安的是，叶阿姨回避了她对何叔叔近况的追问。"我们见面再细谈"——叶阿姨重复了两次，却没松口，也没有说何叔叔会出现，令立蕙生出焦虑。何叔叔应该比生于一九四〇年的母亲大些。七十多岁的老人，身体可以很好，也可能很差。自己父亲就是七十五岁那年开始失忆的。再不就是中风或更严重的病症的后遗症了？这个想法冒出来，立蕙在木桌上轻敲两下——这是西人的习惯，走嘴说了不吉利的话，敲敲木头冲掉它。会不会是最坏的可能——何叔叔已离开人世？在公司停车场准备启动车子时，这个深黑的问号曾跳出来。她从后视镜里看到自己的脸色让身上铁灰色真丝短袖衬衫显得更苍白了。她竟穿了这么深色的衣服，真像是要见记忆中总是一身冷素的叶阿姨。立蕙还特意戴上了何叔叔给她的玉镯。这些年来，这是第一次。那蛋青色的一环，在晨光里牢牢地圈在她细细的手腕上，细微的佛雕纹线若隐若现。

立蕙往冰茶里挤了些柠檬汁，一抬眼，看到侍应生领着个上了年纪的华裔女士走到露台入口处，朝自己这边比画着。立蕙起身迎上去。是叶阿姨吧？立蕙听到自己的声音让头顶的花篮弹回来，尾音轻轻扬起。叶阿姨远远地朝她伸出手来，微笑着走来。立蕙疾步上前握住叶阿姨的手。那手很瘦，薄薄的一把，却带着暖热的体温。

叶阿姨握着立蕙的手摇了摇，说：是立蕙吧！哎呀，你都这么大了！立蕙心下一酸——何叔叔那年到暨大看她，见面时说的第一句话也是：你都这么大了！那一年，她才十九岁，如今已年逾不惑。立蕙努力笑笑，说：叶阿姨，见到你真高兴！这边请这边请。她拉着叶阿姨的手，走到座位上。叶阿姨松开手，停下一步，上下打量着立蕙，说：你还是这样苗条，就是高多了，真是斯文好看。叶阿姨将这话说得这么自然，听起来亲密得好似叶阿姨当年就住在隔壁，看着自己长大的一样，让立蕙不知如何应答。哎，你这继承的是你妈妈的身形——叶阿姨又加了一句。立蕙正要笑，听叶阿姨提起母亲，一下有些不自在，赶紧说：锦芯的身材那才叫好看呢。我们老师当年总是说，看人家锦芯，站有站相——叶阿姨脸色一下凝住了，有点走神。

立蕙赶紧拉开椅子，一边扶叶阿姨坐下，一边说：叶阿姨，我真佩服你，能自己开车跑高速公路，太了不起了。叶阿姨笑着摆手：哎，我考了八次路试才拿到驾照。立蕙张了张嘴，叶阿姨马上说：不过很值得，特别是到了我们这个年纪，能独立太重要了。立蕙想到父母不愿在美国定居的原因，跟他们感觉离开女儿无法独立，又怕拖累女儿有很大关系，轻叹说：叶阿姨你很不一样的，还懂英文。叶阿姨说：刚开始也难的，电台一开，根本听不懂，发现还不是美式英语和英式英语那么简单，是自己基本没有语感，急死人。哎，都过去了。谢谢你提醒了我经常忘记的一点：比起很多同龄的中国老人，我真是幸运的。立蕙感觉到叶阿姨思维的跳跃，却一时无法确定语气中的内在关联，就没接话，转头去给叶阿姨叫热茶。

叶阿姨比立蕙记忆中的样子矮了，腰板却很挺直。烫成大波纹的齐耳短发梳理得纹丝不乱，几近全白，在前额处却有几抹灰色，随着波形弯曲有致，带出几分时尚感。叶阿姨面颊和眼角的皱纹密集却不都很深，皮肤上有些浅淡的斑点，脸上的毛孔也是细密的，给人的感觉是老了，却并未松塌。叶阿姨还抹了五色唇膏，眉毛也精心修理过，整个人看上去十分清爽。上眼睑打成两条深褶，顺着眼睛的形状延到眼角，折出长长的尾线，眼睛却很亮。立蕙过去从不曾如此近地看过叶阿姨，这时才肯定了自己过去的猜想：锦芯确实更像母亲。跟立蕙一袭深灰的暗调成对比的是，叶阿姨上身是一件纯白的尖领棉布衬衫，外套一件浅紫色薄棉开襟针织外套。下身一条熨得很平整的沙色布裤，一双浅棕色白色胶底布鞋。跟那一头浅白的发色配起来，通体干净素洁——这点跟立蕙记忆中的叶阿姨一致。

侍应生走过来。立蕙将菜单递给叶阿姨，说：我第一次到这儿来，叶阿姨给推荐菜吧。叶阿姨接过菜单放下，说：我就要一盘他们的意大利鸡肉面。你可试试他们的串烤三文鱼，分量不大，烤得很嫩，口感特别好——太好了，就听你的，立蕙说着，也合上了菜单。

两人点了菜。叶阿姨微微前倾身子，说：哦，我先得说明一下，今天我请客。立蕙马上摇头：我——叶阿姨摆着手，说：打住！我是长辈，这第一餐该是我请。其实最好是请你到家里来，但现在暂时做不了——叶阿姨——立蕙打断她，说：我是晚辈，孝敬你是应该的。叶阿姨将手按到菜单上，压了声说：听话，立蕙！就当我是代何叔叔请你的，可以吗？

立蕙看到叶阿姨的眼神有些冷，立刻安静下来。叶阿姨很淡一笑，说：这就像个乖孩子了。一个停顿，她又说：你不是问何叔叔吗？立蕙点头，抬眼看到一只蜂鸟飞近头顶的那蓬白色指甲花，她清楚地听到自己心跳速度跟上了那鸟儿翅膀快速扑打的频率。

何叔叔已经在前年春天离世了——叶阿姨的声音飘过来，风一样，极轻。立蕙看到那只蜂鸟"啪"的一击，尖小的长嘴定在铁网间的草叶里，摇落下的指甲花瓣星散而下，让人想到雪花。她靠到椅背上，感觉后背抽紧了，不响。叶阿姨凑近了，看着她轻唤：立蕙？立蕙回过神来，很轻地说：啊，怎么会是这样？何叔叔年纪并没有很大——她侧过脸，看到自己走出暨大学生食堂的大门，去寻何叔叔白色的身影。她十九岁了，那时。十九岁的她，竟没有留何叔叔吃顿学生食堂的午餐，现在看回去，那竟是他们的第一面，也是最后一面。何叔叔身板挺直地藏在白色的确良短袖衬衣里，慢慢走远。

立蕙拿起纸巾，轻擦着眼角的清泪。叶阿姨平静地看着她。这平静让立蕙感到压力，她努力忍着，不让已涌到鼻腔里的微咸清液流出来。人都有这一天的，好在何叔叔走得很快，没吃什么苦。叶阿姨缓慢地说着。立蕙捏着纸巾盯着叶阿姨，等她下面的话。

他那时在东部马里兰锦芯的哥哥那儿。天刚暖了，他们白天去海边玩。何叔叔下船时还高兴地从很高的舷梯上跳下来。问题可能就出在这里。人老了，血管就像老旧的水管管道，壁上很多锈斑。你不动它，它可能还行，遇激烈冲击，锈斑就可能脱落，堵塞血管。他刚落到地面时，脸色一阵发白。他没有及时告诉大家他不舒服，自己强忍，大概以为可以顶过。但到了半夜就再顶不住了，紧急送医院，是大面积心梗，什么话都没有留下来，就走了。

立蕙低下头，将餐巾纸打开，蒙住眼睛，轻轻移下，抹净面颊上的泪，抬起头来，喝了口冰茶，说：这几年越来越频繁地听到长辈们的这类消息，每次都让人很难过。叶阿姨点点头，说：你是个很善良的孩子，真可惜，我们没早点联系上。立蕙不知如何作答。叶阿姨安静地坐着，头侧过去，望向海湾远处。这时已是正午，阳光垂泻而下。微风吹过，叶阿姨前额的头发在脸上打出移动的阴影，让人看不清她的眼神。好一会儿，叶阿姨才转过头来，问：你父母都还好吗？算起来，我怕有三十多年没见过他们了。

菜上来了。立蕙帮叶阿姨往意大利面上撒着胡椒，点头说：他们都挺好的。可惜我爸前两年得了老年痴呆症。他们来美国住过一阵，都拿了绿卡了，最后还是说回国更习惯。我知道我妈是怕拖累我们。其实他们这样，我倒更不放心。这几年只要有假期，我都往广州跑。叶阿姨本来在搅拌着面条，这时停住了，脸上的表情暗下来，盯着立蕙，想了想，说：照顾一个老年痴呆的病人是很辛苦的，而且你妈妈也是个老人了。是啊——立蕙叹口长气。

叶阿姨安静地嚼了一口面，放下叉子，问：我记得，你比锦芯小两岁，是一九六六年出生的，对吧？立蕙点头。叶阿姨侧过脸，目光看往海湾的方向，微眯着眼睛，好像在抵抗阳光的刺激，过了一会儿，忽然说：你妈妈如今还写毛笔字吗？她那一手字，可真是写得好啊，非常好。

香松酥脆的烤三文鱼在立蕙的嘴里正融出油香，她喝口水，说：我没见过我妈写毛笔字啊。叶阿姨的嘴角掠过一丝苦笑，说：哦，是吗？那该是你出生前的事了。你妈妈和锦芯爸爸他们一起到融水苗族自治县的大山里搞"四清"，你妈妈在那里跟何叔叔一起练的毛笔字。跟何叔叔学练毛笔字？立蕙将叉子定在盘里，问。叶阿姨没答话，自顾着往下说：何叔叔的曾祖中过举，早年是桂北兴安城里的耕读世家。你将来有机会去兴安，到灵渠走走，那里还有何家的牌匾。何叔叔的毛笔字一向写得非常好。抗战胜利后，四六年初那会儿吧，我们全家从昆明出来，要回老家西安。一路走到桂林，我就是被何叔叔的字留下来的。说到这儿，叶阿姨轻笑了一下。我家里逃到桂林时，临时租在何叔叔家的大宅子边，就在中山路十字街拐角上，当年是桂林最热闹的街市，一排排的桂树，飞扬的尘土。我那时在读初中，差不多天天去锦芯爸爸家里看锦芯爷爷写字。立蕙屏住呼吸，见叶阿姨低下头，慢慢地用叉子搅着盘里的面。她想了想，说：我小时候听说你都回北方了，读了大学后又专门到广西来跟何叔叔成家的。叶阿姨点点头，说：是啊。唉，人的一生，有时就决定在"一念"。很多现实的困难，比如生活习惯、风土人情、性格差异，年轻时不会想的，直到碰到很多困难。说到这里，叶阿姨突然停下来，说：你看我扯远了。我是讲，你妈妈和我们家何叔叔，那时都在融水乡下的工作组里。你妈妈业余时间跟何叔叔一起练字。我六五年冬天到柳城去支教——哦，这些广西地理……叶阿姨看看立蕙。

立蕙点头，说：我有点概念。那是柳州地区的一个县吧？叶阿姨点头，说：是的。我在柳城的事情办完了，那里去融水很近，正好柳城教育局有车去，我跟过去看看春节后就没再回过南宁的何叔叔。我是在那里看到你妈妈的字的。说到这儿，叶阿姨停顿一下，很深地看了立蕙一眼，想了想，说：那些字堆在苗寨生产队破烂的办公室里。办公室在简陋的竹楼上，楼下养猪，很臭，但风景非常好。真是层峦叠嶂啊，深浅不一的黛蓝、墨绿的凤尾竹拥到竹窗前，再远处是苦楝，那是画都画不出来的美。所以听人讲"桂林山水甲天下"，我就说，那样的山水风光，广西到处都是，更美的都有。可惜绝大多数人根本无缘亲近它们。我看着竹窗外的景致想，在这里练字的感觉肯定非常奇妙，简直就是给山水画卷题墨。你妈妈很有灵气。我看了她很多字，将那些写在报纸上的字铺开看，真是进步神速。我就想，可惜她没有碰到锦芯的爷爷，若跟了他老人家学，凭她的资质，会出息成个大书法家的。你在那里碰到我妈妈了？立蕙很轻地问。叶阿姨苦笑了一下，嘴角不经意地一撇，表情就冷了，说：我只在那儿过了一夜，第二天一早就走了。没有见到你母亲，只见到了她很多的字。很多——叶阿姨又强调了一句。你说你没见过你母亲写毛笔字，嗯。后来回城了，很快"文革"开始，你又出生了，她可能再也没空，大概也没心情再写大字了。

立蕙看到一个巨大的问号，被叶阿姨看似漫不经心地抢成了一个完整的大圆。立蕙瞪着眼睛，清楚地看到自己家庭树上的所有枝丫，如何从那个圆形的树上生长出来。她如果像珑珑那样也来给自己画一棵的话，那树底下坐着的，会是她、锦芯和锦茗——她的两个同父异母的兄妹。她比珑珑幸运些——这个想法跳出来，立蕙摇摇头。她知道，若按美国式的严格要求，锦芯锦茗该延出一条长长的折线，连到另一棵家庭树上去。

叶阿姨切着鸡肉，说：如今我倒天天会写一阵毛笔字。这跟人家练太极练瑜伽是一样的，能让心静下来。特别是心情不好的时候，一直写一直写，那些烦恼好像真的能随黑黑的墨迹流走。叶阿姨停了一下，又说：你妈妈现在年纪大了，时间比较多，让她写写大字，会很有益的。立蕙想到母亲如今为了照顾父亲，连单位里组织的各种旅行团也不参加，每天陪丈夫散散步，买个菜，偶尔串串门，傍晚跟老同事们聚在水泥地上跳舞，看不出有什么烦恼。就是说到丈夫的病，她也总是说：你爸能吃能喝，体检指标比六十左右的人都好，我怕还活不过他呢。痴呆点怕什么？我不痴呆就行了，可以服侍他。只要他活着，就是个伴。你不要想象照顾他是苦，等你老了就懂了。这样说来，如果练字是寄托，大概母亲如今真不需要了。

叶阿姨搁下刀叉，说：我已经吃好了，你慢慢用。立蕙看到叶阿姨碟里还剩下三分之一的面、几片鸡块。叶阿姨接到了她的目光，敏感地回应说：剩下的我打包带回去。立蕙这时也将盘里的食物吃完了。侍应生过来收拾盘盏。立蕙和叶阿姨又点了咖啡。

咖啡很快送来了。叶阿姨一边往咖啡里加着奶和糖块，一边问：你看上去只有三十多岁的样子，生活一定过得很顺利。你上班吗？立蕙呷了口咖啡，笑笑说：谢谢叶阿姨，唉，我如今连镜子都越来越不敢照了。叶阿姨赶紧摆手，嗔怪道：瞎讲！你这么年轻，这想法要不得。中国老话说的"相由心生"，一点不错。心态最重要。立蕙说：真是太忙乱，总觉得累，憔悴得很。叶阿姨"哦"了一声，说：要多运动。又问：你如今在做什么工作呢？立蕙答，我在半导体公司做芯片成品率优化方面的研究——她不知叶阿姨是否听得明白，口气有些犹豫起来。叶阿姨抬眼看她，说：女孩子做研究工作很好的。好多年前，我听到他们谈起过，说你也来美国了，在念博士。立蕙一愣，想问"他们"里有何叔叔吗？转念却说：那时候年轻，没多想，就一路读下来了。她看向远处的圣马刁大桥，那沉沉一线通向彼岸——是何叔叔跟她说的，将来到美国去，长见识，她就来了。何叔叔不说她应该也会来的。那时的广州，年轻学子们的人生目标是要到国外深造。但何叔叔那年如果没有告诉她锦芯已在美国念博士了，她未必真会明确决定要念下博士。锦芯一直高高地在前头，特别是那个夏天，在高高的台阶上，她认出了锦芯的身份后，锦芯最终变成亲切的榜样。

叶阿姨点点头，说：你们这些孩子都很能干。在美国读博士很辛苦，我看锦芯他们就知道了。你爸爸妈妈一定很高兴的。立蕙没说话。她想自己父亲这一生最开心的时刻，怕真是看到她穿着博士袍戴着博士帽、从圣地亚哥加大理学院院长手里接过博士证书的那个瞬间了——智健后来告诉她：听到麦克风里读到你的名字的时候，爸爸流泪了。立蕙走下台后，紧紧拥住父亲。严博士！我立蕙是博士！爸爸揩着眼睛说。在十二岁离开南宁的那个早晨，她抱住父亲的腰哭出了声——为了他含泪说出的对她的爱。立蕙在圣地亚哥明艳的五月天里透出了一口长气，她终于对父亲做出了些许报答。

立蕙刚想问锦芯的近况，叶阿姨又说：你成家了吧？孩子呢？立蕙点头，掏出钱包，取出一家三口的照片递给叶阿姨。叶阿姨侧身从包里掏出老花镜戴上，双手接过立蕙的照片，大概是嫌光线被头顶的花篮挡着有点暗，她往后移了移身子，将照片拿近了再看，几乎是端详。好一会儿才将照片还给立蕙，说：真好看的一家人，孩子长得太可爱了，眼睛圆圆长长的，好像你。你先生也生得俊，是同学吗？立蕙说：是在美国读书时的同学，家里也是广州的。叶阿姨微笑着点头：多好啊！人老了，看到孩子们过得好，最欢喜了。我们如果早几年联系上就好了。立蕙轻声说：就是啊。叶阿姨叹口气，又问，孩子叫什么名字？多大了？他属龙，马上就要十二岁了，我们叫他珑珑，玲珑的那个珑。叶阿姨笑说：我喜欢这个名字，很配他的样子，很讨喜。他的中文怎么样？唉，这就是我最头痛的事情了，听、说都还不错，但读写就不怎么行。立蕙苦笑着摇摇头。叶阿姨摇头，说：再难也不要放弃，要坚持送去中文学校。小时候打下拼音的基础，笔画顺序也弄通了，将来大了再学就容易得多。我的孙辈们如今上了大学的，都在选修中文。他们都说，小时候打的基础帮助太大了。立蕙笑着说：我已经送珑珑上了五年中文学校了，从骆宾王的"鹅，鹅，鹅，曲项向天歌"学起，弄得我都重新翻了一阵唐诗呢，可也就这样了。

关键是坚持，叶阿姨说着，喝了口咖啡，说：我一直在看你手上的这个玉镯，特别好看。立蕙的心跳快起来，放下手里的杯子，将手伸到台子中间。从花篮四周直泻而下的正午阳光，将她腕上那圈烟白色的玉照得剔透通明。立蕙这才发现，里面有些小小的细绒般的云纹，横在微型弥勒佛像间若隐若现。何叔叔将这个手镯交到她手里，她一直将它套在墨绿色的平绒小袋子中，锁在广州家里自己的小柜抽屉里。出国时带出来，时刻随放身边，却很少取出来。她从不曾注意到这上面有小小的云纹，便好奇地要脱下来看。叶阿姨按下她，说：你戴着很好看，不用取下来。立蕙松了手，说：哦，我是第一次看到这些云纹。这是家里传下来的。她小心地说。叶阿姨点点头，说：我们家锦芯也有一只相似的，是她奶奶留下来的，那上面雕着观音，也是这样细致。你回去用放大镜看，会发现上面的每一颗佛珠都雕得很细致，旧时的东西就是好啊。那时的人，一辈子就专心做一件事。锦芯那只也是这样，侧沿也有一圈玉皮。听她奶奶说，那是从一块和田玉上直接剖制的，故意留着玉石皮。你看它有皮这边的表面不怎么平。内里挖出的那块，做了两个玉佩，由锦芯她哥拿着。有传家宝的人家是幸运的，一代代血流下去，有这些东西，是个念想。你将来要把它传给珑珑。

你说得真好。立蕙轻声应着，将腕上的玉镯转了一圈。叶阿姨淡淡一笑，说：今天看到你，晓得你过得这么好，作为长辈，我真是很开心。已很久没这么开心过了。我过两天就要到东部锦茗那里去，跟他们一块儿去参加我大孙女妮子在马里兰大学的毕业典礼。锦茗在弗吉尼亚大学教书。那小丫头秋天就要到 UCLA（加州大学洛杉矶分校）去了，拿到全额奖学金去读医。啊，恭喜你了！真厉害啊！立蕙由衷地说。叶阿姨笑起来，说：这丫头从小特别省心，很自觉。锦茗的老二是个男孩，还在读高中。

锦芯也跟你一起去吗？立蕙问。叶阿姨一个停顿，表情暗淡了，静坐着，好一会儿都没有反应。看到叶阿姨的眼睛有些微红，立蕙小心地问：锦芯怎么啦？叶阿姨这才回过神来，说：说来话长。应该说，锦芯原来一直都很顺，从小就不用人操心的。北大一毕业，就嫁了同校无线电系的男生。那是个湖南人。两人一起来伯克利加大读博士，锦芯念化学，我女婿念计算机科学。锦芯从小很好强，这你也晓得。她一边读博，一边生孩子，二十七岁那年生老大，两年一个，连生了三个孩子，博士论文答辩都是挺个大肚子去的。

啊！立蕙轻叫一声。太厉害了！她又加了一句。叶阿姨摇摇头，神情悲切地说：我那时身体不好，回国养病了。很多中国同学都是生了孩子就丢回国给家里老人帮养，等自己安定了，再接孩子出来团聚。我们也劝她让我们带孩子回去，可她死活不肯，说孩子得在自己身边长大，让我们不要管。何叔叔心疼她，让锦茗给办了绿卡，坚守在伯克利帮她带孩子。大家那些年其实都很辛苦。等她博士毕业找到工作，才安定下来。我那女婿在硅谷做事。前些年网络业最好的时候，他供职的那家公司很快就上市了。当时那股票在纳斯达克热得不行，上市第一天就涨个百分之二三十，按俗话讲是发了。他做了几年把股票的钱都拿到手，就闹着海归，回国创业。回去在中关村跟朋友合开个高科技公司，说起来做得挺不错的，去年初就突然生病了，查来查去查不出病因。人就眼见着消瘦，不停拉肚子，到后来整个人脱了形。你不能想象生命有多脆弱，一个活生生的汉子，说没就没了！立蕙一惊，问：你是说锦芯的先生？走了？叶阿姨点头，说：是啊。

立蕙回不过神来，脱口说：他们有三个孩子呢！天啊。叶阿姨摇头，说：孩子倒也都大了。老大如今在康奈尔念大二，很懂事，又漂亮，何叔叔生前最疼她。老二非常聪明，高中跳了一级，现在哥伦比亚大学读大一，老三还在波士顿念寄宿高中。经济上没问题的。只可怜我那女婿，那么出色的一个孩子，在很恶劣的环境里长大，自己一路很努力走过来的，又那么孝顺——更不幸的是，锦芯原来那么顺的一个女孩子，学习、工作一向很出色，中年竟来了个这么大的打击，一时受不了，精神几乎崩溃，有一阵患上抑郁症。到去年夏天，竟引发肾衰竭，如今要透析。这样一来，一个人的生活品质，你可以想象。

立蕙感到全身僵住，眼睛无法聚焦，前方的人影一个个散开来，成为五颜六色的光斑。锦芯的身子被那些光斑缠绕着……高高地在前方的台阶上站着，突然转身，沿着小径跑远，锦芯哭了，肯定。立蕙打了个寒战。

她现在的情况怎么样？立蕙轻声问。

还算稳定，已经上班了。身体当然是虚的，但看上去比过去更拼了，让人担心啊。唉。本来是一周透析一次，最近说数据不太好，很可能要加到一周两次。说到这儿，叶阿姨的情绪平静下来。可以换肾的，对吧？我有个同事今年初就做了手术，很成功，现在恢复得挺好。我记得，里根政府那时就通过的政策，换肾是可以完全由政府负担的。立蕙的语气急促起来。

叶阿姨看立蕙一眼，点头说：透析很辛苦。连出门旅行都受限制，到外地住一周以上，都要先找好透析的地方。虽说换肾在美国排队迟早能排上，但什么时候能排到匹配的肾源，很难讲。我和她哥哥都去做了测试，可惜都和她配不上。

立蕙心里"咯噔"一下，还未说话，就见叶阿姨转过身去，朝远处的侍应生招手，表示要买单了。侍应生拿着账夹过来。立蕙和叶阿姨同时伸出手去抢，叶阿姨叫起来：No！立蕙，听话！立蕙看到叶阿姨表情非常严肃地盯过来，缩了手。叶阿姨按下账单，说：这餐饭就算是我代何叔叔，也代锦芯他们请你的，好吗？立蕙嗫嚅着，鼻子有些发酸，轻声说：那就真要谢谢了。等你从东部回来了，请你们到家里来聚聚。

正在签单的叶阿姨停下来，看看她，说：好的呀。我今天很高兴。我喜欢你这个孩子。你有我的手机号码了，我们随时联系。有机会，你请跟锦芯联系一下，她要到她侄女毕业典礼那周末才会过去。她知道你在找她，很高兴的。她也会找你。你们在这儿这么近，做个伴儿，多好。立蕙点头。

立蕙挽住叶阿姨，将她送到停车场里的车位上。立蕙注意到那是一辆七八成新的沙金色凌志车。叶阿姨看着车子，说：这是志达，也就是我女婿留下的车。她说着，那声音有些变了。立蕙安静地帮叶阿姨拉开车门，等叶阿姨坐进车里，忽然心思一动，微低下身子，低声问：我想问一下，何叔叔安葬在哪儿？叶阿姨似乎有点意外，抬起脸看向立蕙，想了想才说：葬在华盛顿近郊一个很开阔漂亮的墓地里。那里有片专门开辟给中国人的区域，墓碑是竖立的。我给自己在边上买了一个位……叶阿姨，你会长命百岁的。立蕙打断叶阿姨的话。叶阿姨一笑，表情竟带上了些天真，伸出手来，轻轻却是很快地摸了摸立蕙的脸颊，说：谢谢你。我们家里除了我，都是学科学的，你也是啊。最关键是活着的时候要活得开心，长短并不那么重要。但还是要谢谢你的吉言。

立蕙退出几步，看叶阿姨将车倒出来，摇下车窗，向自己招手，再一眨眼，那抹沙金色就转上了通往公园大门的车道上。整个过程十分流畅。立蕙一愣，想，怕没几个人记得叶阿姨当年座下闪着银光的两只钢轮间横插着的那把深黑琵琶了。真是比弹指还快。她站在停车场里，抬起头，一架阿拉斯加航空公司的飞机掠过海湾上空，越降越低。机尾那个爱斯基摩人的脸越来越清晰，看上去真是历经沧桑。他在笑，灿烂却是饱经风霜的笑容。可他死了——立蕙捂住双眼，再松开。锦芯那张生机勃勃的脸浮上来。立蕙迎上她看向自己的幽深眼神，慢慢褪下腕上的玉镯，小心地放回手袋里，朝停车场深处自己的车子走去。

三

锦芯在叶阿姨飞去东部的当天夜里，给立蕙打来了电话。

立蕙正在往洗碗机里放着盘盏，珑珑举着她搁在起居间茶几上的手机跑来递上。立蕙抬抬下巴，示意珑珑将手机搁在台上，等她稍会儿再看，却一眼瞟到珑珑举到眼前的手机屏面上跳出的新存下的锦芯家号码，赶紧扯下塑胶手套，按下对话键，随手摸了摸珑珑毛茸茸的脑袋，谢过他。

请问是立蕙吗？沉着的陌生声线，非常干脆。在立蕙的记忆里，锦芯的声音总是高昂犀利的。小时候坐在农科院子弟小学的礼堂里听锦芯发言，总让她想到冬天的午间靠在宿舍楼边桉树下啃甘蔗的时光。咔嚓咔嚓，那些青皮的糖蔗、黑皮的果蔗是那么清脆而多汁，令人口舌生津。立蕙没想到，锦芯的声音也会生长，像那些节节升高的甘蔗，在根底变出坚韧。

我是立蕙。立蕙一个激灵，声音轻下去，很快地将洗洁剂倒上，按下摁钮，转身拐出厨房。洗碗机的进水声在身后"哗，哗哗，哗"地追击而来。我是何锦芯。锦芯在那边追上一句。立蕙应着：噢！锦芯，你好你好！多少年没见了啊，你还好吗？她一路上楼，转进主卧室，随手关上门，坐到地毯上，没顾得开灯。从窗纱里看出去，墨蓝的天色被远处邻人的屋顶和行道树的枝丫剪出黝黑边角，嶙峋间有些白亮的光。立蕙有些欢喜起来。

谢谢，我还可以。听我妈妈说你们见过面了。她回来好兴奋，跟我说了好多你的事。叶阿姨安详的面容跳出来，立蕙想象不出她兴奋时的样子，有点走神。可惜我前些天有点忙，没能跟她一起去。我妈说你的状态特别好，好年轻，家庭也很完美，真让人高兴。立蕙听出那声线在变柔。

噢，哪里哪里，都过了四十岁了——立蕙说到这儿，心下一酸。记忆里锦芯最深的形象，是穿着一件粉红细格带荷叶边的的确良短袖衫，挺拔地站在台阶上，通体舒展得没有一丝皱褶。锦芯呵斥那些个小毛孩四散而去后，眼里的冷光掠过来。那时她们都是十几岁的少女，在南中国桉树浓重的阴影里同时被一支冷箭穿透，却不曾相互安慰。

叶阿姨看上去才是好，还能自己开车，真了不起。立蕙掩饰着说。锦芯在那头迟疑了一下，说：是啊。日子过得多快，我们大概有三十年没见面了吧？立蕙未及接话，锦芯又说：我想请你方便的时候到家里来坐坐，好好聊一聊。

我也很想见你。我跟叶阿姨说了，等她从东部回来，要请你们到家里来。立蕙应着。锦芯赶紧说：噢，等我们从东部回来，孩子们也回来后，再请你们全家一起过来聚聚。立蕙心下明白锦芯是想尽快单独见她，就说：我周末有空，看你的方便。锦芯的口气轻快起来：那好。我三个孩子都在东部，我现在一周有两天在家上班，三天去公司。可我下周末要飞马里兰参加侄女的大学毕业典礼。如果你方便的话，这周六能不能来小坐一下？立蕙还未开口，锦芯在那边赶紧说：这样临时约你，但愿对你来说不会太仓促。

立蕙当即应下。两人互道了珍重。立蕙刚收了线，就接到锦芯传到手机上的短信息。一看，是锦芯家的地址，是在希斯堡市。那座小城在跟叶阿姨碰面的湾景公园对面的山间，紧靠着生物生化公司云集的南旧金山，是湾区有名的老派富人聚居地。当年林青霞刚出嫁时，在那儿安过家，湾区华文媒体很热闹地报道了一阵。锦芯竟住在那里，让立蕙有些好奇。

周六早晨，智健和珑珑父子一早去了运动俱乐部。这是他们的"父子时段"。待智健健身完毕，珑珑的游泳训练也结束了，两人泡好三温暖，去吃顿平时立蕙严格限制他们进食的汉堡，再去书店五金店等处逛逛，回到家该是午后了。智健如今除了偶尔到排球俱乐部打打球，更热衷的是到旧金山当义务城市导游。他业余花不少时间自费修课、参加培训，了解旧金山的历史和街道、建筑及文化，成了旧金山城维多利亚建筑方面的专家。他周末不时到城里，以志愿者的身份领着来自世界各地的游客参观市区漂亮的维多利亚建筑群。

立蕙将家里的琐事打理完毕，上午近十一点时出了门。她挑了件深梅红的Ralph Lauren 新款短袖 POLO 衫，左胸前马球手和骏马的白色大标志，细细的腰身掐得恰到好处，下身是一条白色纯棉七分裤和白色纹麻编底凉鞋，配着精心修剪打理过的短发，长长的脖子，一对梅红间白纹案的细长耳环，亮色的唇膏，看上去生机勃勃。

立蕙转到超市买了一把含苞待放的百合。这些年来，立蕙偶尔想到锦芯的时候，总觉得她是最合适用百合来表达的那种女子——硕大花朵开放的姿态如此恣意，浅白的巨大花瓣包裹着色泽纹理浓重而繁复的芯蕊，馥郁的香气冷艳决绝。立蕙为自己终于有机会亲自对锦芯作如此嘉许，心下有些雀跃。她又寻到附近一家日裔经营的糕点店里，买了一盒绿茶和红豆作馅的茶点，才转上高速。一路从硅谷南端腹地沿 280 高速公路北上，按 GPS 的引领，不过半小时的车程，便开始在希斯堡浓阴蔽日的柏油山道上盘旋。

立蕙摁下开启车窗的按钮，伴着车窗清晰的滑落声，车里立刻灌满红杉混着桉木的清香。微风挟来海湾的淡腥，气温也比山下至少低了三五摄氏度。窄小山道边间隔稀疏的豪宅依坡而建，大多是样式古典的老房子，前庭后院花木扶疏。立蕙的车速慢下来，心里的紧张疏淡了。

锦芯家在一条隐秘的弯道尽处。立蕙按 GPS 的指引，拐进一块几乎被参天红木蔽掉天空的圆形空地，看到正前方一扇大开的深灰色栏杆铁门。她看一眼门侧铜雕信箱座下的号码，知道锦芯的家到了。

按锦芯在电话里的指点，立蕙将车子直接开进铁门里，一眼看到前方至少有 270 度的宽阔风景线。她将车子在喷泉边停稳，捧着百合，拎了茶点和手袋走下车，站在前院打量这个藏在山谷里的深宅大院。

这是一个在小坡顶上开出的宽大平台，边缘近房子一侧有棵巨大的橡树。近午的阳光穿过，在地上打出斑驳光影。喷泉池子的中央坐着一条线条柔美细致的铜雕美人鱼。水柱从她双手托着的水瓶里喷流而出。池边有些铜莲叶、青蛙和龟，一圈小小的水柱，轻缓地喷吐着水花，水声清亮舒缓。平台边缘高矮不一的花坛花带里开满了绣球、天堂鸟、玫瑰和热带兰花，夹着阔叶蕨根类热带植物。

锦芯的家是地中海式两层楼房。外墙刷成细腻的姜黄色，有几个错落的尖顶，看上去很有气势。深栗色原木的门窗，同色调的细巧铁件外饰，配着质感厚重的红瓦，给房子外观平添出低调的雅致。左侧那蓬茂盛的三角梅，在阳光下开出一片烂漫艳红的花朵。

从这里远望，旧金山国际机场伸向海湾的跑道清晰可辨。山下密密麻麻的房屋像是浸在灰蓝的水里，高速公路上南来北往的车辆若隐若现，静中有动。立蕙想象着这儿的夜景，有些走神，忽然听到身后传来带着犹豫的女声：是立蕙吧？立蕙赶紧掉过头去，看到锦芯正跨出大门，十指交叉着握在胸前，站在台阶上微笑。

立蕙取下太阳镜，微眯起眼睛。台阶不高，却感觉锦芯站得很高，很远。那灰栗色的台阶上一片清亮。有三十年了吗？立蕙摇头，望见锦芯的身影开始移动。她跑开了，沿着小路，一直拐过池塘。

立蕙轻叫：锦芯！你好啊！锦芯轻轻提起淡橄榄色麻质长裙的裙脚，走下台阶。立蕙迎上前去，两人在台阶上相拥，松开时，把臂轻摇，互相打量。

立蕙很想说，你一点都没变，却张不开口。锦芯上身穿一件亚麻色麻棉混纺长袖衫，衣身宽短，只及腰上；下身麻质直筒长裙曳然而落，让她看上去修长挺拔，动起来又带着飘逸。那长袖在这夏日里很惹眼。立蕙心下一酸。她记得同事吉姆做透析时，一年四季从不曾穿过短袖衣衫。他告诉立蕙，孩子们若看到那连接了埋在臂上血管间的透析专用器件和它周围的伤口，会被吓哭的。

锦芯看上去虽然消瘦，腰板却挺得很直，让她这中年的出场，仍带着少女时代凌厉的气场。她的眉眼十分清明，那双厚实性感的嘴唇上的艳色暗淡了，却还让人觉到它倔强里带着的挑衅。她的脸看上去比小时候长了，鼻子看上去好像高了些。跟同龄人相比，她的脸上非常洁净，看不出有斑点。只是过去血气旺盛的脸上如今泛出淡青。锦芯还留着长发，用一只虎斑纹的大发夹将已失去光泽的头发翻扎到脑后，看上去随意而慵懒。脚下是一双深棕色的人字花面皮拖鞋，全身上下没一件首饰。离近时，能闻到她身上香水隐约的茉莉型冷香。

见到你太高兴了。如果在别处撞到，怕真是认不出来了，你那时还是个孩子——锦芯退出一步，上下打量着立蕙，长辈似的说。你那时很瘦，看上去特别弱，两把小辫总是扎得高高的——锦芯一句接一句。他们家每一个再见到她的人，都说到她的"长大"，她在他们心目中，大概就是一个小女孩。

我妈回来一直夸你，说你如今都是女博士了，还很年轻好看。果然，看上去还像个女研究生呢。立蕙不好意思地笑笑。锦芯又说：真是谢谢你想到我们。我们如果早点联系上就好了。这都是我的错。我还是先来美国的，该早点想到找你的。说到这里，锦芯的声音低下来，又说：其实也不是没想过的。立蕙忙说：现在联系上就好了，我们全家也很高兴。在美国亲戚很少，像我们这样从小一个大院里长大的，真是姐妹般的了——话一出口，立蕙就意识到自己说走了嘴，赶紧打住。锦芯轻轻挽上她，说：你这身颜色让四周都亮了！她的目光移到立蕙胸前的标志，说：你好像是属马的？哦，我这儿还好找吗？很好找的，立蕙应着，将手里的百合和茶点递给锦芯。锦芯笑着嗔道：太客气了！一边将百合凑到鼻前闻了闻，说：这是我爸最喜欢的花儿了，开起来那个香啊。立蕙一愣，未及反应，锦芯轻轻地揽着她的肩，领她朝大门里走去。

这里真美！立蕙在高阔的大门前站下，回头望向山下远景，由衷地说。锦芯也转头望去，表情有些暗淡：有点超现实，是吧？这里离我在南旧金山市里上班的地方，不过十五分钟车程，所以挑了它。其实每天绕着山路上上下下挺累的。锦芯很轻地叹了口气。立蕙本想开句玩笑，说富人总爱住到山里，想到锦芯眼下的状况，忍住了。

进得大门，立蕙一眼看到圆形挑顶的门厅里垂悬着一盏巨大的水晶吊灯。吊灯的华丽跟房子低调的精良风格很不一致，立蕙有点意外。锦芯仰头望着那水晶灯，很轻地说：这是志达挑的。我们不知为它吵过多少次。如今倒是它留下来了。立蕙听出她话里的幽怨。锦芯很快地又说：志达是我已过世的先生，我妈妈说了吧？锦芯的轻声在门厅里跌出幽深的回响。立蕙打了个寒战，没有说话。锦芯笑起来，快请进吧。说着，拎了百合和茶点快步走向厨房，麻利地将百合的枝叶修剪了，摆到起居室大茶几上的水晶花瓶里，加上水。

立蕙看到整个一楼的层面非常宽阔，一眼望去，连通的厅室宽阔得让人感到有些迷乱。不多的深酒红色、线条简约构架大气的北欧家具，有效地装饰着这阔大的空间。最抢眼的是室内的各种生机勃勃的盆栽植物，让人生出闯入植物馆的错觉。起居间深处那几盆阔大的蒲葵、龟背竹和小叶榕，枝叶参差地覆盖到四周的家具上，让人想起南中国酷暑里疯长的植被。墙上错落有致地挂着配着精美画框的风景油画，间有几幅国画，却没见一款书法，立蕙有些意外。

立蕙转身，一眼看到客厅左侧那间宽大的书房里摆着好些家庭照片。她的目光停在书柜旁挂着的那张大幅全家福上。锦芯安静地走过来，领她走进书房。立蕙凑近去看那镶在深紫红色的上好木质相框里的照片。照片里的何叔叔穿着挺括的深色西装，几乎全白的头发梳得纹丝不乱，淡蓝的衬衣配了扎得中规中矩的红蓝相间领带，面容安详。跟当年站在暨南大学的小道上等她时，穿一身过时尼龙短袖衫、的确良裤子的何叔叔判若两人。倚在他身边的小姑娘约莫十来岁，一袭深红丝绒裙装，头发随意地披在肩上，双手规矩地搭在外公的肩上，笑容甜美。与何叔叔并排而坐的叶阿姨穿一件黑色间深瑰红小格的外套，搂着个穿白衬衣外套黑呢小马甲、扎着深红领结、圆头圆脑的小男孩。立蕙从没见叶阿姨脸上有过那样由衷的笑容。她身边靠着的那位身材高挑、五官精巧、一袭深紫黑裙装、扎着高高马尾的少女，该是锦芯的大女儿了。穿着枣红色毛质连身裙的锦芯和身着藏青西服、打着金黄花色领带的志达站在后排。志达剪着板寸发式，高高的额头，架着无框眼镜的圆脸上一副聪明相，看上去很有活力，跟身高大约一米七的锦芯似乎等高。这个正值盛年的男人竟也是去了另一个世界的人了，立蕙心下一个哆嗦。她移开目光再去看何叔叔，一下看到何叔叔交叉着放在大腿上的双手上几颗明显的老人斑。她愣在那里。就是这双手，曾在广州初夏白热的阳光下一把握住她的手，将那只来自奶奶的玉镯放到她手心。她带着那玉镯走过了万水千山，他却已经去了另一个世界。

立蕙侧过脸，和锦芯的目光相遇。她本想说，多好看的一家人啊。脱口而出的却是：何叔叔穿西装真好看。锦芯凑近来，用青白修长的手指抚摸了一下照片中何叔叔的手，说：这是他来美国前在广州买的，他特别喜欢。也就在我和志达的毕业典礼上穿过，他说那就是他人生最重要的时刻了。最后，我们让他穿着它走的。立蕙感到鼻子发酸，随即感到锦芯在她背后轻轻地拍了拍。锦芯又指着相框里的大女儿说：这是青青。又顺着看向二女儿的目光，抬抬下巴，说：那是蓝蓝。立蕙会心一笑，说：儿子叫冰冰吧？锦芯笑起来，说：他叫渊渊，不是"积水成渊，蛟龙生焉"吗？哎，这中文名字也就家里人叫叫好玩。立蕙笑说：噢，我儿子倒是龙年生的，叫珑珑。锦芯笑：我也属龙，真巧啊。立蕙说：是"玲珑"的珑。锦芯一愣，说：噢，那就是玉了。立蕙点点头，随锦芯走出书房。

锦芯转去厨房端一套日式漆花茶具，对立蕙说：我们到院子里坐吧，空气比较好。立蕙帮着拉开起居室通向后院的门，又取来自己带来的茶点，在香樟树下的铁质挑花圆桌上摆好。锦芯又拿来一小盆沙拉，盛着熏三文鱼三明治的盘子，又转身从屋里端出两碗热腾腾的莲藕排骨汤。立蕙接过锦芯手里的汤碗，闻到汤里有淡淡的墨鱼干的香气飘来，忍不住吞了吞口水。锦芯笑起来，说：饿了吧？这汤炖了大半天，还放了点广西产的罗汉果，配三明治和沙拉是有点怪，不管了，来！哦，你要不要来点红酒？家里有好多藏酒，如今都没人喝了。立蕙摆手，喝着汤，四下打量起这个宽阔的后院。

树下红砖台外是一片窄长的草坪，台阶下有个不大的泳池，上面盖着墨绿的帆布，想来已经有一阵没人游过了。泳池边有个小木亭。满目的清凉由嫩绿墨青到黛蓝，渐次远去。偶有几声鸟鸣，衬出山间的寂静。泳池的侧边，台阶下有栋小木屋式的低矮平房，锦芯指着那屋子说：我爸生前住在那边。立蕙顺着锦芯的手势望去，想，何叔叔的遗物大概都锁在那里面了。

这里真迷人。立蕙由衷地说。锦芯摇摇头，苦笑说：我打算将它卖了。立蕙一愣。锦芯望向泳池，说：我们2001年搬进来的。青青那时还没上初中呢。爸妈帮带着孩子们。爸在下边开有一大片菜地，每天从早到晚在那里忙不完。四季新鲜瓜菜没断过，同事和朋友帮着都吃不完。唉，现在全荒了。这前后院的很多花果植物也是老爸种下的。花木下插着他写了拉丁、英文和中文名称的植物名牌，给孩子们学认植物用。现在这些花木只得靠请花工来维护了。那时每天傍晚下班回来，很远就能听到院子里孩子们的笑声，到处暖烘烘的，那真是我人生最美好的一段时光。当年买下这个地方，就是想，我们在美国是第一代，将来这儿就是孩子们的老家了。孙辈们也回来，四世同堂，多好啊。锦芯说着，目光和立蕙相遇，凄凉地一笑。

没等立蕙开口，锦芯又说：我现在每次车子一进大门，都会害怕下车。立蕙放下手里的三明治，难过地看着锦芯。这山里太静了，临着海湾，背靠太平洋，雾说来就来，特别是傍晚时分。那种静，很像那种黑白片里荒弃的老园子，我的眼里有时真就是满眼黑白的两色。锦芯转过头，抬眼望着身后的房子，眼神染上了忧伤：这空阔会放大曲终人散的凄凉。我妈妈总是等我的车一进院子，就迎出来，问长问短。其实她是个寡言的人，小时在家里，她和我爸经常可以一天不讲一句话。如果按美国人说的，你都可以怀疑那是一种冷暴力。到了晚年，她才好多了，这你也看到了。可见她那样天天等我，有违她天性，让我真难过。立蕙轻握一下锦芯的手腕，小心地说：如果孩子们在身边，或许会好些？锦芯摇头，说：孩子们还是早点离家好。他们都成熟懂事，特别独立。我就是明天离开这个世界，对他们都是放心的。哎，连生命都是曾经拥有，不用执着了。

立蕙嚼着三明治，想着锦芯的话，有点走神。你喝茶。锦芯给立蕙倒了茶，递过来，靠回椅背上，竟有些轻喘。立蕙忙说：我自己来，你别太累了。锦芯说：没事，我这是高兴的。立蕙喝口茶，说：你看上去比我想象的好，让人放心多了。锦芯盯她一眼，说：我妈都跟你说了，是吧？立蕙小心地点头。锦芯摇摇头，说：我昨天刚拿到最新的指标，不是特别好。现在一周透析一次，上班还顶得住。但半年内很可能要一周两次了，那会很辛苦。活到这份上——锦芯耸耸肩。

立蕙刚要说话，锦芯马上摆手，示意她打住，说：我知道你要说什么。立蕙没理会她，说：我亲眼看到我同事从透析到肾移植，做得很成功。现在看上去跟大家没两样，工作、旅行、运动——锦芯微笑着打断她：你说的这我都明白。哎，别老说我，说说你自己？听我妈说，你先生和孩子都特别好。有照片吗？给我看看？立蕙说：你等等。说着起身进客厅，从钱包里抽出全家合影，出来递给锦芯。

锦芯接过照片，专心地看着，过程长得让立蕙意外。锦芯将照片递回时，说：真是好看。你先生看上去很面善，肯定特别体贴。立蕙笑笑，没接她的话。锦芯又说：珑珑这孩子长得那么精神，一看就特别聪明乖巧，听我妈说他还学唐诗呢。你真该多生几个。听立蕙摇着头笑出声来，锦芯神情认真地说：我是说真的，我都后悔没再多生两个。立蕙一愣，笑说：我可没你那么能干。我念书特别辛苦，到了考虑生孩子的时候，年纪已蛮大了。她没有告诉锦芯，最要紧的是，她曾经那么不能肯定，生养孩子是不是自己真实的心愿。

我不是能干，是有决心。如果老大是儿子，也许我就只生一个，最多两个了。我就是想要生个儿子。锦芯说着，手按到茶杯上，转了转。见立蕙惊异地张开口，锦芯有点得意地抬抬眉，说：这跟重男轻女无关。我母亲从小就盯牢我说：你要特别努力，要自立、自强，要有自己立身的本领，凡事要靠自己。可从没听她跟我哥说这样的话，我问她为什么，她说，因为你是女孩，你要记得，如果你将来要过得好，就不能有靠男人的念头。这种话那时候听了特别难懂。我们父母那辈离婚是绝少的，男女都工作，到处宣传的不都是"半边天"吗？什么叫靠男人？我根本听不懂我妈讲的什么，听多了还有反感。后来结婚生孩子，我就想，我一定要有个儿子，我要看看一个男人的前半生是怎样的，跟我的会有什么不同。为了一念，我一口气生了三个。怀老大时，我还在伯克利读博，挺着大肚子去答辩。唉，你没看过我哭的时候。多亏有爸妈一路帮着。今天回想自己那些年的执着，其实是没意义的。可你不经过，就不能走出来。

她又提到"执着"，立蕙走神想。看到锦芯双手抱臂，缩着肩膀，立蕙触了一下茶壶，水还是热的，说：水还很热，你也喝点茶？说着将茶点盒打开，说：这日本店的茶点味道很淡，送茶很好。锦芯说：我现在只喝清水，让内脏的负担轻一些。说着，给立蕙的杯里加了热水递过来。立蕙呷一口，说：这是上好的普洱呢。锦芯笑笑，说：志达留下来的。他还特别爱喝工夫茶。可惜我没那耐心，也不会弄，只能给你泡茶喝。他有套很特别的台湾桧木茶台，过去夏天里常招朋友来这里一边烧烤一边喝工夫茶。我后来把那茶台送人了。

我听叶阿姨说了志达的事，太意外了。英年早逝，真让人难过——立蕙小心地说。锦芯耸耸肩，幅度很小，却带着轻慢。立蕙不愿意想到"轻慢"，却不知道该如何形容锦芯这肢体语言。锦芯随即说：你原来一直以为你乘的是一艘航空母舰，哪里晓得它会将你载到暴风眼中抛离。我妈妈这一辈子，比她的同龄人经历过更多的风浪，但跟我面对过的风浪比，她那不过是小浪花。这些事让我在夜深人静时想起来，真的很为我的两个女儿担忧。

立蕙一愣，轻声问：你，好像在说志达？锦芯点头。他那么出色——立蕙小心地加一句。锦芯将盘子叠起来，往立蕙的杯里加水，说：人生是一个长跑啊。他就算真是一艘航空母舰，也不见得只有一个前行方向。见立蕙端着茶杯不动，锦芯抬眉说：你喝了，要不水凉了。这个故事太长了，要慢慢讲。

我认识志达，噢，他姓袁，那是八二年寒假，在北京开往南宁的五次特快上。我那时在北大刚读完第一学期，对北方的干燥寒冷、粗淡食物很不适应，特别想家。期考一完，当晚就爬上火车。我们二中一起到京的同学，只有在北航的两个早早买到了硬座票。他们带我们五个同学用站台票混上车。火车开动前，过道里已水泄不通。本想大家轮流换着坐坐，可一上车，要挪身都很难。我们给挤在车厢连接的地方。除了行李架上没躺人，座位下都有人铺开报纸在睡。一路站到郑州。大站嘛，下车的人多，我们才可以走动起来。嗯，这时就碰到志达了？立蕙试图让气氛活跃点，插了一句。锦芯摊摊手，说：嗯，没有悬念。立蕙笑笑说：我在广州读书，家也在那里，寒暑假高峰期不用挤火车，但外地同学很多，火车上挤出感情的真不少。

锦芯看了她一眼，接着说：志达是个做事特别有计划的人，他早就去排队买了票。他和几位老乡都有座位票。站到郑州时，我们在站台上透气，志达从另一边车门下去，到流动小车买吃的，这样碰到了。他裹着一件半旧军棉大衣，挤过来跟我打招呼，说在北大见过我。我进北大那阵，艺术体操在北京大专院校里是时髦玩意儿，我凭小时练过跳舞和体操，顺利进入校队。几次表演、比赛下来，让人有印象不奇怪。他自报家门说是无线电电子学系计算机专业的，又问我去哪里，我说终点站。他一愣，说：南宁啊？那比我还远很多，跟我上车吧，大家挤挤，好歹能坐坐，看你脸都青了。我那时确实太累了，叫来同学，都跟去了。这样一张本来坐三人的长椅，不时挤到六七个。那时大学校园里不许谈恋爱，到了这时，男女生歪头搭脑地挤在一起，感觉很奇怪，也顾不得了。说起来真可怜，我们这代人的男女身体接触，很多竟是在这种情形下开始的。有时挤得太累了，大家就轮着站一会儿。到下半夜实在熬不住，男生轮着睡到座椅下，我也去躺了一次。志达劝不住，就脱了他的军大衣给我垫上，我真的睡着了，睡得还特别香，这辈子都没几次。一觉睡醒出来，看志达不在，知道他站到车厢连接处去了，心里挺感动的，就挤过去陪他。

志达告诉我，他到衡阳下车后，还得坐五六个小时的长途汽车才能到家。他父母是地质队的。他从小随父母各地跑，就近上学，中小学基础教育是在乡村学校和父母的辅导下完成的。我念书早，十七岁不到上大学。志达和我同年。乡村学校是混班教学，早毕业晚毕业根本无所谓。他十五岁多点就上了大学，比我还高一届。北大没有少年班，十五岁的志达在班上就有点神童的意思了，但他的谈吐比同龄人成熟很多，让我觉得很有意思。他脑袋很好使，反应特别快。他小时随父母多半在荒野地带生活，比我们更没娱乐生活，却养成了酷爱读书的习惯。有什么就读什么，好奇心又特别重，总处在一种阅读上的饥饿状态，知识面很广。说到他没去过的广西的风景也头头是道，比我还门儿清。其实他都是书上读来的知识，但消化出来，用自己的语言一讲，好像他就是在那些地方长大的。随便扯什么，他都能说上几句。我爸就是个知识渊博的人，所以志达给我的最初印象不错，一路聊得很开心，都忘了自己站了那么久。

算是一见钟情啊——立蕙笑起来。锦芯摇着脑袋，站起身来，拿起茶壶进屋里去添热水出来，说：再泡一会儿。随即坐下，说：不是你想象的那样。我那时那么年轻，从小都在宣传队里唱歌跳舞，很喜欢那种吹拉弹唱样样来得点的文艺型男生。志达完全不搭界。他长得很精神，一看就很聪明。立蕙忍不住打断锦芯。锦芯斜过来一眼，苦笑说：我说的是气质。而且志达的个儿跟我差不多高。我自己个子高，所以从小就喜欢个子高的男生。他的智商当然没问题，能力更没问题，少年老成，给人感觉很靠得住。但年轻的时候，这些不是最重要的。到了他在衡阳下车时，我心里虽也有点舍不得，但根本没有想过以后还会有更深的交往。

故事总是这样接下去的，立蕙想着，听锦芯又说：没想到开学第一天回到学校，一进宿舍，就看到桌上堆着一堆吃的，她们说是个带湖南口音的壮实男生送来的，他不肯报名字。我一听就想到了志达。他送来的有糯米糍粑、湖南金橘等。

我拎上两只南宁大肉粽，找到电子系男生宿舍，回送给他，顺便再次谢谢他在车上对我们的照顾。人就是这么奇怪，从那以后，我就经常在校园里撞到他了。有时在图书馆，有时在路上。他开始约我散步，一起自习，还不时到体育馆来看我们训练，帮大家拎鞋背包倒水，跟艺术体操队的女生很快也混熟了，周末组织大家一起到城里玩，或郊游爬山。我想不出拒绝的理由，因为和他聊天总有很多新的资讯，智力上很有刺激。我谈化学，他也能来几句。我们从那时起养成了一种很独特的交流方式，好像总是在辩论。那种感觉在年轻时代是很过瘾的。但我还是没有想过跟他是男女朋友的关系。那时我刚拿了北京大专院校艺术体操赛的个人全能亚军，来找我的人很多，社会活动频繁起来，就不大顾得上志达了。

直到早春一个星期五，都晚上九点多了，他来找我去散步。那天非常冷，天光很亮，感觉是要下雪了，我跟他绕着未名湖走了几圈，说实在太冷了，还是回去吧。他送我到宿舍楼下。分手时，他忽然说，他打算一毕业就去美国留学——那时举国上下的出国热，你知道的。他这么说，我一点不吃惊。我当时只是大一，也在想将来要去留学的。我就说：好啊。他忽然上前抱住我，说：我要你跟我一起去。他那天穿着那件春节坐火车时穿的半旧军大衣，我一下好像闻到了车厢里那憋人的癔气，有点想吐。我说：放开我，人家看到不好。他说：我不管！没等我说话，他搂得更紧了，说：你要做我的老婆，跟我一起去浪迹天涯——这话的后半句听起来挺浪漫的，前半句却那么土。我不响，想挣开。你答应我才放开，他说。我说：我的理想跟当老婆无关。他说：但你应该当我的老婆。你是我找的那个人。我见他没有松手的意思，就说让我想想。他才放开我，说：好，我明天来等你的回话。

我一夜没睡安稳，想到"老婆"这种字眼，心里生出鄙夷。想好要跟他说清楚，别再来往了。可想到和他在一起那种淋漓尽致的交流，它带来的深度兴奋和快乐，又有点舍不得。这样翻来覆去的，到了下半夜，果然飘起大雪，我才睡过去。一睡睡到近午，突然被同宿舍的女生叫起来，说：快去看看，那个电子系的湖南伢子，在楼下老槐树下站了一早晨了！早晨飘雪的时候就来了，现在还没走，跟他打招呼，他说是在等你。我一听跳起来，披上羽绒服冲下楼去。志达果然站在正对着楼梯入口的那棵老槐树下。那时雪已小下来，风还很大，呼呼地，四周一片洁白。他的羽绒服都湿了，脸冻得通红，流着鼻涕，一动不动地站在雪地里。我说你这是怎么回事啊？他说：我昨晚不是跟你说了吗？我一早就来等你的回话。他嗡嗡地说，也顾不上揩鼻涕。我一下就急了，说：你怎么这么傻？你这是干什么？他说：精诚所至。我说：如果我不答应呢？他抹了把脸上的雪水，说：那我就站在这里，到金石为开。立蕙听到这里，一个哆嗦。我再也说不出话来，锦芯完全沉浸在自己的回忆里——就这样，我们成了男女朋友。那时都想好将来要去美国了，对不许谈恋爱的校规不再在意。而且北大校风就那样，双双对对的也多了去。大家再说起来，都觉得我找了个神童，挺神的。同宿舍的女生很快跟他熟了，他知识面的广阔，跟她们熟悉的理科男生很不一样，他一来，宿舍里就热闹得不行，欢喜得很。毕业前的那个夏天，他已拿到伯克利加大的录取通知，签好了学生签证。我跟他回了一趟湖南家里见他父母，在去衡山游玩的路上，有了第一次。

立蕙一愣，心想：都不到二十吧？就看到锦芯摇头，表情里带着厌恶地说：那时我们都不到二十。

那种感觉特别不好。是在一个很破很脏的乡村客店里，非常懵懂仓促。野狗在门外狂吠，我还看到黑乎乎的蚊帐顶爬着一只大得不可思议的黑蜘蛛。我哭得很伤心，心里有很不祥的预感，很恐惧。在那个时代，这就意味着没有回头的路了。那种经历，今天跟我们的孩子们怎么讲得清？这样，他大学一毕业就来伯克利加大，我一毕业也跟来了，结婚的时候，刚满二十一岁。这种初恋导致的婚姻，因为抽芽早，养分其实很不足，更容易滑入平淡。如果无风无浪，以志达的智商和能力，我们交流上又没有问题，像美国婚姻专家讲的那样，一起有意识地将婚姻当成一个工程项目来"Work（做）"，也还是可以过下去的，不会比大多数家庭的婚姻质量差。

家里是你说了算，对吧？立蕙问。锦芯皱起眉，想了想，说：表面上看，是的。但你从我前面讲的，应该看到了，他是那种有坚韧内核的人，特执着。那时家里样样都是我安排，志达只管上学、上班。我们连生三个孩子，都不曾让他起过一次夜。当年住在伯克利的学生家庭公寓里，爸妈带着孩子和我挤一间，厅里也搭了床。他先毕业到硅谷工作，为了他能睡好，好有精神上班，让他自己住一间。志达的父母没来过？立蕙问。锦芯说：我们上学时来过一次，但探亲签证到期就走了。他们总说不习惯。等我们安定下来，志达再请，他们怎么也不肯来了。地质队退休后，他们住在衡阳。孩子们回去看过他们。

我毕业工作后，我们在离我公司比较近的红木城水边买了房子，日子安定下来，又生了老二老三。像美国中产阶级那样，早出晚归，背个三十年的房贷，每年全家出门度假看世界，等着将孩子供出大学，然后体面退休。其实全世界移民的美国梦，内容不就大致如此吗？跟志达再聊起，都觉得挺失落，却理不出个头绪。到了九八年，硅谷最繁荣的时刻突然来了，互联网的概念热得沸腾。我极力鼓动他离开原来所在的惠普研究中心，加入做网络路由器的"湾景网络"。噢，他在"湾景"工作过？立蕙忍不住叹出声。在互联网荣景时期，"湾景网络"是硅谷最红的公司之一，对当时硅谷"一天产生68个百万富翁"的神话做出过大贡献。

是啊，锦芯冷笑一声，又说："湾景"当时只剩不到半年就要上市了，上市前趁机扩招。当时就业市场太好了，上市后股票吸引力就会大幅下降，招人会难。华尔街不仅要看你业绩，更要看势头，基本是炒概念，所以人头数是个重要指标，标示还有发展的潜能。志达那么晚才加入，他们股票期权给得也很慷慨。以志达那样资历，四年六万股的期权股票。这你很明白的。六万股份四年兑现，员工的前途跟公司命运绑在一起。我当时跟志达说：人家都是去搏当百万富翁，你要搏的就是几十万，让我们把房贷付清了，你就去做你喜欢的事情。他那时在惠普研究中心有很深的瓶颈，做的项目除了写成论文发表，报个专利，被公司实际采用的很少，跟自己的期待有很大落差，常常有浪费生命的感觉。"湾景"的故事你是知道的了，那是我们绝没想到的。它一上市，最高冲到过两百多美元一股，还两次分股。立蕙在心里很快一算，就算因互联网泡沫破灭，没有全部拿到最高点的价位，志达在"湾景"的税后股票收益至少也拿到了差不多4000万美元。立蕙心下惊叹，忍不住回头又看了看身后的房子。

锦芯喝了口水，说：这个地产是我们当时花了400多万买下的，将原来一层老房子推倒了重建成这个样子。我后来才明白，如果你不具备把握金钱的能力和智慧，你真的就不该拥有它。按我妈常念的《圣经》里的话——你有的，还要给你更多；没有的，连你有的也要夺去。

锦芯看着立蕙，自我肯定地点点头，说：我是看着志达变的。他并不明白，我们获得这么大一笔财富，完全是靠运气，而不是我们真的做了什么——除了选择。在那种特殊的情形下，其实不管你选什么，胜算的可能性都很大。所以我说是运气。立蕙笑了说：这还是要眼光和勇气的。锦芯摇头，说：这跟一步一个脚印，凭自己的努力和实力挣来的，还是很不一样的。志达在"湾景"待了几年，拿完期权股票。最后那一年多，互联网其实已经泡沫化了，股价掉了很多，但他还是等到拿完了，去辞了职，想自己创业。他在家里弄了个机站，自己做研发，一边等机会。那时硅谷已是哀鸿遍野，创业环境特别差，你看，到今天元气都没恢复过来。志达就这样耗了一阵，突然时兴海归了，朋友们纷纷回国创业。志达也认定，拿了自己的创意和资金，随海归大潮回国就能闯出新天地。他确实是个很主动的人。开始是两边飞，主要是回国讲学，同时跟人合作先后在深圳、珠海弄了两个小公司，可都无疾而终。他总结原因，说是因为自己没坐镇指挥，导致公司运作无序。到了二〇〇七年秋天，他说时机成熟了，将一家老小甩手一丢，说走就走了。

你没想过跟着回去？立蕙问。锦芯的目光看向山间，停了一会儿才说：我那时在公司里领着一个研制团队，做一种前景非常看好的抗乳腺癌新药，做到了申报FDA（联邦食品药物管理局）第二期临床实验的阶段，非常紧张，恨不得24小时连轴转。我非常喜欢我的工作，甚至可以说是热爱，当时是不可能离开。我们的孩子就是那时候开始一个接一个送到东部昂贵的寄宿学校去了——有钱了嘛。

锦芯凄凉地笑笑。

海归要创业成功其实很不容易，等于一切重新开始，志达很有勇气。立蕙由衷地说。锦芯苦笑，说：他最不缺的大概就是勇气。那种乡野里长大的孩子，思维方式跟我们完全不一样，因为 Nothing to lose（无可损失），我在那之前竟然没看出这来。他过去是苦于没钱，又有养家的担子。这下手头一下有了那么多钱，真感觉 the world is my oyster（世界是我的一盘菜）了。他自己先掏了四十万美金，很快在中关村弄出个十多人的团队，亲自出任 CEO，不像过去跟人合作时那样只做技术副总了。他们很快就搭起一个图像处理芯片设计公司的架子。他的算法比同行的简捷，生产成本能降下来，在国内相关产业口的关系也跑得挺顺，签到几个重要合约，顺利找到风险投资，公司的估值直线跃升，计划两年内就可以上市。

立蕙看锦芯的呼吸有些急促，忙说：你看上去有点累。要不要到沙发上靠靠？锦芯走着神，没有回应。立蕙又问了一句，要不要进屋休息一会儿？锦芯点头。

四

立蕙帮锦芯收拾好茶具盘碗，一同往屋里走去，看到锦芯的步子有些飘。她们回到起居室，落座到沙发上，发现原先合着的花苞微开了，馥郁的香气阵阵飘来。锦芯坐在单人沙发上，低头喝水，神情有些悲戚。说这些往事让你伤心的。立蕙不安地说。别，锦芯打断她，说，我没有机会跟人说这些的，我很愿意跟你说说，如果你不介意的话。

我当然不介意，立蕙忙说，只是，你今天回头看，是不是后悔让他回去了？锦芯放下杯子，微眯着眼睛，有些犹豫地说：让或不让，在这里是伪问题。

听叶阿姨说他后来生病了，创业是非常辛苦的——立蕙小心地说。锦芯靠到沙发上，直视前方墙上的画，哼了一声，说：他的辛苦还不在那种地方。一个停顿，她侧过脸来看着立蕙，又说：他——立蕙注意到锦芯的嘴唇有些发白，正想安慰，就听得锦芯说，我从来没有告诉过任何人，包括我妈。其实在志达死前，我们已经在闹离婚。

立蕙一下坐直了。锦芯盯着她，说：当然是他提出来的。这种事不新鲜，是吧？我恨的就是这种不新鲜。锦芯冷笑一声。立蕙点头，又摇摇头，说：海归圈里的这种故事确实不算少，可你说的是志达，这……锦芯打断她，说：永远不要相信自己会是那个例外。Why not him（为什么不是他）？世世代代，这恶俗的世界，恶俗的人生。立蕙心下一个"咯噔"，不敢看锦芯的眼睛。

过去他们总说海归如何全军覆没，回去一个倒一个。我完全听不进去。不是身边没有这样的人和事，而是太多了。那些家伙离开中国十几二十年，在美国这种上班夸夸女同事衣着漂亮，只要语境语气稍有偏差，就可能被告发是性骚扰的国度待傻了，回去面对一个花花世界，你能期待什么？但我以为我认识的志达不是"他们"。那个雪地里精诚所至的书呆子，三个孩子的父亲——按美国人讲的，彼此真是 blood and flesh（自己的血和肉）了，他怎么可能会那样？而且他之前跑来跑去，几年下来平安无事，也证实了我的想法。但它还是发生了。你猜他怎么跟我说的？他说，这并不矛盾，在我说"精诚所至"的时刻，我是真诚的，你不能亵渎我的真诚。但我现在改变了，并且向你承认，也是真诚的。靠经营维持的一切，就是反自然的。立蕙，你听清楚了吗？立蕙屏着气，紧张地点头，又听到锦芯说：老实说，作为一个科学家，理智告诉我他是有道理的。你也是科学家，我想你也会同意他的话，是吧？可婚姻是社会的，而不是自然的——立蕙很轻地说。锦芯点头：研究是说女人更社会化些的。

是公司里的年轻女孩吗？立蕙小心地问。

锦芯拍了拍沙发扶手，说：办公司的跟公司里的小女孩；回大学教书的搞自己的女学生——这种戏码太俗了吧。他喜欢的是一个在广州混世界的广西侗族小歌女。立蕙倒抽一口气，瞪着眼睛等她的话。小歌女是我叫的，按国内的讲法，是歌手，签了个小经纪公司的无名歌手。两人在北京飞广州的飞机上邻座，那是二〇〇八年底的事了。他说小歌女一上来就给他似曾相识的感觉，一问，原来是广西人。两人一路聊得很投机很开心，让他想起了年轻时代——立蕙心下一酸，想象着当年在郑州站台上搭话的年轻的志达和锦芯，忍不住去看锦芯。她们的目光短暂交集，又快速躲闪开来。

他们下飞机前交换了电话号码，第二天他开完会，去电话请她出来吃饭唱歌，夜里就领着小歌女回了酒店。这些都是他后来告诉我的。锦芯的声线非常平，情绪平静下来了。那时已近圣诞，他从广州开完会，按计划就要回来过节。可一泡上那小歌女，在广州就挪不动身了。飞到旧金山时，已经是平安夜里，老人孩子们都在等着他吃团圆饭。满屋红绿金黄的装饰和灯光，壁炉也燃上了，孩子们闹到都闹不动了，趴在沙发上叹气。志达进门的时候，我发现他的脸色是青灰的，脚步发飘。全家人非常震惊，都说这 CEO 干得太苦了。他勉强撑到吃完饭，坐在沙发上跟孩子们说着话就睡过去了。第二天一早，孩子们早早起来等着开礼物。我爸妈心疼志达太累了，硬压着孩子们不让叫醒他。他一觉睡到黄昏才醒过来，孩子们很乖，就真的那么等着。就这么着，圣诞一过，他就告诉我，公司的事很多，项目要赶在工信部新年假期后的一个会议前弄出来，他马上要赶回北京，不在家过新年了。孩子们非常失望，我没有阻拦，直接取消了全家坐游轮去墨西哥的旅行。直觉告诉我，某种重大的事件发生了。要判断是被工作累坏还是被床累坏，并不需要很高的智商。

送他上飞机回来，就是在这里——锦芯的目光很快地在起居室里扫过一圈，青青等着我。我爸妈带蓝蓝和渊渊出去看电影了，青青找了借口留下来。那时她刚上高三，比我和她爸都高了。嗯，青青很漂亮，很像你小时候，立蕙轻声说。

锦芯笑了，目光柔和起来，说：很懂事的孩子。她那天一见我进来就问，你和爹地离婚了？这话让我特别吃惊，我问，你怎么这么说话？青青说：你们这样两地分居跟离婚有不同吗？我说：爸妈都很爱你们，为了你们，我们决不会离婚的——青青叫起来：听明白了，我也很爱你和爹地，当然不希望看到你们离婚。但最重要的是你们要幸福，而不是为我们而活。我们都要长大离家的，最要紧的还是你们要开心地过你们的生活，而不仅仅为了我们。离婚家庭里长大成千上万的孩子，离婚可不是世界末日。我说：你怎么会这么想？青青说：我在跟你对话，妈咪！我不是孩子了。你看到爹地在家的这几天吗？我觉得他的心已经离开这里了。你也很不开心的。我也希望你们能像外公外婆那样平静完美地过到老年，一起跟我的孩子玩。但如果不能，我也很理解。蓝蓝和渊渊也会理解的，我们是美国孩子，你别忘了。不管你们之间发生什么，我们对你们的爱绝不会改变。青青说到最后，我们抱在一起，都哭了。她说：你和爹地都挺可怜的，只谈了一次恋爱就结婚了。我知道，我跟青青她们无法解释自己，包括她外公外婆的一生。她们情窦初开时，受到社会影响最明显的一点，就是认为爱、性、婚姻是可以分开的。她在十六岁时就已经结束了初恋。这样年轻的孩子，当然还不可能明白每一代人都有自己的负担和道路。她哪里知道外公外婆这一生是怎样过来的？立蕙安静地点点头，鼻子有些发酸，想了想，说：我相信，等有了足够的人生经验，比如到我们今天这样的年纪，她们就能理解的。锦芯很深地看了立蕙一眼，说：我们在中国长大，从来没机会，也不可能跟自己的父母讨论这种问题。所以青青能那样跟我谈话，我还是很感动，很有安慰。

青青的话印证了我的不祥预感。我那天竟鬼使神差地翻看起家庭基金账户报表。家里的事虽然多是我打理，但投资和报税这类财务上的事情，却由志达打理的。我那天跟青青说完话，就上网翻查了几个账户。一下就看到家庭基金账号有五万美元在圣诞节前划了出去。我当即给账号经理打电话。那经理接到我的电话非常吃惊，说是接到志达电传过去的有我们夫妻签字的转账授权书后，按我们的要求将钱划去了中国银行。过去志达转钱去中国投到公司里，都是通知我签字的。这回他却冒充我的签名传去了授权书。我没有告诉账号经理志达假冒了我的签名。这在美国是犯罪行为。我只请他将授权书复印一份传给我，我说我最近处理财务上的事挺多的，可能忘了。

那钱？立蕙忍不住问。锦芯冷笑一声，说：是志达跟那小歌女混过第一夜之后开出去的。一夜五万美元？立蕙轻叫起来。锦芯说：Well，你要这么说也行。志达是这么说的，那女孩子有天赋的歌喉，又冰雪聪明，却身世可怜。年纪小小母亲就死了，爸爸到贵州矿上打工，又娶了当地人做老婆，常年不回老家。小歌女给丢在三江侗族自治县乡里跟奶奶相依为命。她们寨子离著名的三江风雨桥很近，小歌女就常随奶奶到桥边景点卖点甘蔗、烤红薯之类的东西。她会唱歌，很能吸引游客，有时人家围上来，点啥她唱啥，生意挺好，在那一带大家都晓得她。快初中毕业时，给原来柳州地区歌舞团的一个老师看到了，说她嗓音特别好，鼓励她去考艺校，将来说不定能成宋祖英第二呢。那老师给她寄资料，帮她推荐、联系。她还真考上了。那老师又为她申请到少数民族学生的助学金，她就到南宁去读艺校。念艺校期间，在南宁国际民歌节上真被经纪人签了，带到广州寻求发展。没红起来的小艺人，都是吃了上顿没下顿的。在广州那样的花花世界，有点姿色的小女孩，不想辛苦工作又要吃好穿好，那要干点什么，可以想象。志达跟小歌女第一夜之后，就提出要她随他去北京——他当然不会说是包养她，他说要供她上音乐学院，去当真正的歌唱家。小歌女一听，就说她有契约在身，提前解约要赔款，报的是二十万人民币的解约费。那五万美金，就是志达开给那小歌女的赎身费。你看，这不是青楼吗？赎身费都出来了！

志达就是为这女孩提出离婚的？立蕙犹豫地问。锦芯苦笑，说：他开始的计划应该不是要离婚。他最理想的图景是，我带着孩子住在美国，他在中国跟小歌女一块儿过。但这种事瞒得住吗？新年过后，安排好公司里的项目，我飞了趟中国。整个熟人圈子里都已知道志达跟中央音乐学院小女生在交往的事——他已公开带那小歌女出入社交场合。听起来，他们对小歌女的印象还很不错呢，说漏嘴时竟会对着我讲，你们广西的女孩都很漂亮懂事。有的还劝我说，这里男人出来交际带的女人，基本不会是太太。这点跟美国不同。与其带不三不四的小姐，有个固定出场面的女伴，算是好的。我到的时候，志达已经帮小歌女花钱跑通了关系，上中央音乐学院进修声乐的事弄妥了，说过了春节就要上学去。大家觉得，这还是个蛮正经的孩子嘛。

让我有些意外的是，我一问，几乎是没有什么阻力，他就将事情全都说了，非常镇定，显然是有备而来的。老实说，看到他有问必答，对哪怕是很尖锐，甚至是让人难堪的非常个人的事情都没有回避的时候，我还有点感动，觉得大概真像他说的，我是他最可信任的人。

那次谈话是在我们北京棕榈泉家里的客厅。志达平时在西边中关村那边，不住在家里。一切都是我上一次回去的样子，连浴室里的毛巾都还扎成我上回离开时的式样。说明他还懂事，并没有把小歌女带入我的领地。当时已近黄昏，窗外暮色四合，远处是朝阳公园飘起白雾的湖面，让人想起很久以前在未名湖散步的那些黄昏。有一个瞬间，我的意识非常模糊，不知自己是在哪里。想当年那两个在乌烟瘴气臭气熏天的五次特快上相识的校友，怎么会面对面坐在这个装饰风格夸张豪华的大厅里，而且是两个留美博士。立蕙心下想着，苦笑。你是不是觉得我像是在谈别人的事情？锦芯问。立蕙有些犹豫地点点头，说：有一点。锦芯转过头去，自语般地说：我那时当然不是这样的。我用了很多过去从来没用过的语言，做了很多我从来无法想象的事情，我都不认识自己了。我那时每天都在想，能不能有一种休克疗法，让志达一觉醒来，就彻底忘掉那个小歌女？或者失去某种功能？立蕙听得难过，轻声说：你好像都想到要动刀子了。锦芯轻轻一笑，说：化学家哪里需要动刀子呢？哎呀，你看我扯到哪儿去了？立蕙摇头，说：你够坚强了。

锦芯苦笑，接着又说：志达一改过去的朴素，穿着鲜艳花哨的毛衣，笔挺的裤子，锃亮的皮鞋，虽然还是平头，但抹了很多发胶，看上去就像个不入流的小品演员。他是最恨逛商场试衣裳的，那一身上下无非是那小歌女的品位。好在那副眼镜还在，眼镜后面那双眼睛也还有点内容。我只能盯着他的脸，对话才能进行下去。

我最后问了 Why（为什么）？他说：他没有答案，就像他当年大雪天里到我们宿舍楼下等我的回答一样。我一下从沙发上跳起来，说：你怎么可以这样类比？他说：我在说实话。接着又说：他真觉得那女孩儿天赋异禀，身世堪怜，很愿意帮助她走出一条路来。这一听就是胡扯出来的借口。我打断他。他说：还有一点，就是跟她在一起特别轻松。你知道吗？我们过去总是小看那些将生活内容当成生活意义的人，其实他们可能才是对的。我说：你少废话，这不是谈哲学的时候，你就老实告诉我，是不是因为身体的吸引——我没有说"性"。他先点了点头，说：这是非常重要的一点。想了想，他又说：坦白地说，我从来不知道性可以这么美好，可以这么享受。人一生如果不曾有过这样美好的经历，真是非常可悲的——他说到这时，咬住了嘴唇，脸看上去都扭曲了，好像在忍着不让自己哭出来。我完全失去控制，叫起来：你在为我感到悲哀吗？他点点头，说：为我们——我"啪"的一个耳光就抽了上去，他一躲，歪倒在沙发上。我转身拿起茶几上一只从威尼斯扛回来的五彩玻璃大花瓶，朝毛毯外的木地板上摔去，一下满地五颜六色的碎片。我在它们中间看到了湖南乡间肮脏客店里黑乎乎蚊帐顶上的那只大黑蜘蛛，听到了夹杂在狂吠的犬声里自己压抑而悲切的哭声。我是悲哀的，从一开始就是。可是我以为，我们一起拥有着更重要的东西——青年时代的同舟共济，中年的儿女身家、事业前程，这些归到哪里了？我转身奔向墙边一座大木雕，志达从身后紧紧抱住我，把我拖到沙发上。

我不知自己哭了多久，哭到像要气竭了，停下来的时候，窗外完全黑了。志达给我拧了温热的毛巾递过来，说：我们之间总是说事实的，没想到事实伤害了你。我真的对不起——你看，他只为事实伤害了我而道歉。最后他说，我是他的亲人、家人，从一开始就是，也从来不会改变。他希望家不破。以我们的智慧和智力，一定可以走出一条路。他又说。

锦芯沉默片刻，又说：谢谢你肯听我说这些。我常会反复自问，到底是哪一步出了错，最后走到了这里？立蕙想了想，说：我总觉得，你跟他一起回去，跟在他身边——锦芯耸耸肩，说：太多的也许。我是不可能回去的，我在这里有自己非常喜爱的事业，有孩子们，有爸妈。现在想，最合适的选择，应该是我们和平分手。

也许我问的是个不该问的问题，你怎么看你们之前的关系？立蕙小心地问。锦芯苦笑着说：不会比百分之八十的夫妻差吧。我有时想，我们关系中最特别的，是我们不知不觉养成了一种竞争的关系。凡事求客观，讲道理，彼此争议，不依不饶。如今想来，那真很累人。可哪一种关系会没有问题？你温柔，可说你没主见；你上进，可说你没女人味；会做饭，可嫌你没上进心……没有答案的。除非像我们父母那一辈，借着外界强大的压抑气场，一路滑行到老，倒也好了。立蕙摇摇头，说：就算是那个时代，最后要走出来，也还需要智慧的。

锦芯一愣，面色哀戚地说：你是对的。嗯，整个二〇〇九年，我不停地找机会出差、调假，一有机会就飞北京。唯一的目的就是要让志达答应与小歌女不再来往。当然没有成功。我后来再不愿见在北京的同学了。锦芯说着，吐了口长气。立蕙想了想，问，你找过那个小歌手吗？锦芯摇头，声音高起来：当然没有。Never（永不）。我是有自尊的人。家里出了这样的麻烦，是我跟先生之间的事情，我们自己要解决，跟外人无关。但志达的顽固远远超出了我的想象。直到我跟他说，如果他不能尽快跟小歌女了断，我就要去告发他冒充我签名转账的事。这意味着他在美国留下了犯罪记录，将来会有不尽的麻烦。我这么一说，他就表示，那只能提出离婚了，大不了就是不再回美国。

他只持有绿卡，没有入籍，那就是放弃在美国的永久居留权而已。我说：连孩子们也不要了吗？他说：孩子们可以来中国看我，等他们长大了，他们都会明白和理解的，就像你如今更能理解自己的父母那样。到了这时，我问他有没有回旋的余地？他说到了这一步，就这样吧。我退一步，说我可以不再提冒充签名的事情。他又说，也不能再反对他继续资助小娜——就是那个小歌女。这"资助"的含义当然非常复杂。事情就僵起来。

接着，他就开始生病了。特别奇怪的病，查不出原因，就是拉肚子，反复感冒，整个人不断消瘦。开始他紧张得怀疑是得了艾滋。他一病，小歌女慢慢就人影都不见了。这对他是另一重打击。最后只得回美国寻求医治。可惜美国也没有能救他——已经太晚了，器官衰竭了。说到这里，锦芯转过脸去，从茶几上的纸巾盒里抽出纸巾，低头轻轻地擦着眼角。慢慢地，她的双肩开始抽动，发出压抑的啜泣声。立蕙的眼睛也湿了。她起身去倒了杯水，走过来递到锦芯手里，轻轻地拍着锦芯的肩，直到她安静下来。

那么，志达到底得的是什么病呢？立蕙看着锦芯，忍不住问。锦芯摇头，说：

该做的检查都做了，医生说可能是病毒性感冒，加上工作太累，免疫功能下降。立蕙没有再说话。

谢谢你听我说这些。总得有个人知道才好。也许我哪天不在了，你帮我记住它，有机会，当然，我希望你永远不必，我是说有机会，等我两个女儿大了，适当的时候可以告诉她们。当然这由你决定。锦芯又说。立蕙心下一惊，赶紧打断她，说：看你说到哪儿去了。你要活得好好的，会好的，最糟的已经过去了。听叶阿姨说你在 UCSF（旧金山加大医学院）移植中心排着队。我有个同事就是在那儿做的手术，非常成功，如今生龙活虎的。锦芯凄凉一笑，说：谢谢你的安慰。少顷，又加一句：多亏有你。

趁锦芯起身去洗手间的空当，立蕙去厨房里烧了一壶热水，待锦芯回来，两人安静地喝了一会儿茶水，立蕙注意到锦芯看上去有些累了，便说：你该休息了，我要告辞了。锦芯摆摆手，笑着站起身，说：跟我别这么客气。哦，你还没到楼上看看呢，我带你转转吧。

立蕙跟在锦芯身边走上楼梯，在二层穿行。一扇扇的门被推开，孩子们的房间都很宽大，各人墙上有不同的招贴画，桌上柜上的摆设，标示着各自的性格，相同的是每一张床上都罩上了厚重的布罩，感觉真是一个个空巢，令立蕙觉到凄凉。叶阿姨现在也住在这里吗？她轻声问。锦芯推开一扇门，说：我爸走后，她就搬进来和我住了，这就是她的房间。

门一打开，立蕙一眼看到宽大书桌上架着的那些各号毛笔、砚台和墨水，靠墙叠放着整齐的写满毛笔字的纸张。叶阿姨在练字？立蕙想起叶阿姨说她当年在桂林就跟锦芯爷爷学字的，忍不住趋前去看叶阿姨的字。

锦芯走到桌前，翻开一沓纸，说：不能说是练字吧，就是没事就抄《圣经》。说这比默读更容易专心。走过她的门口，最常见的就是她伏在台前写字的背影。你看，都是小楷。立蕙看到叶阿姨写在报纸上的字，笔画极是细腻流畅，一丝不苟，一看就不是一日之功。写得真好！立蕙叹着，蹲下身去翻看堆在地板上的那些叶阿姨的墨迹，读出《马太福音》《哥林多前书》等的字句。她想起那天叶阿姨说的：它能让心静下来，特别是心情不好的时候，一直写一直写，那些烦恼好像真的能随那些黑黑的墨迹流走。

锦芯也蹲下来，跟着立蕙随意翻看着。又说：你看，多节省，买了好纸都不舍得用，都写在这些报纸上。我妈不像我爸，我爸是植物栽培专家，喜欢种花养草，栽果树弄蔬菜，一天到晚在院里忙不停。我妈很静，过去主要弄孩子。按说她英文好，比一般中国老人的天地广，可她很少出门交际，只在周末上上教会而已。她一辈子都不大合群，老了就更难改了。

叶阿姨是基督徒吧？立蕙轻声问。锦芯的表情有些凝重，说：她是。这是她晚年的依托。立蕙点头：那真好。哦，听说你爸爸的毛笔字也写得非常好。锦芯表情很吃惊地说：是吗？我从来没见我爸写过大字。但他确实写得一手非常好的钢笔字，草、行、楷都很漂亮，想来他若写毛笔字应该也会不错的。我妈若是在他活着的时候开始练写字的话，他倒真可能也会跟着练的。

立蕙不响。她现在明白那是不可能的了。就像她自己母亲的那一手好字——叶阿姨口中的一手好字，是再也不会出现了。那个断裂的一刀，由她的出生划开。锦芯说：说起书法，我爷爷那才是写得好。有几幅留下来，我哥前段拿回国重新裱了，还放在他那里，下次来给你看看。说着，锦芯拉上了叶阿姨的房门，领她走向走廊另一头。

主卧室在房子二层的东头，比立蕙想象的空阔，以致让那张阔大的高架床都显出了小。也许是自幼生活条件导致的心理习惯，立蕙总是觉得紧凑的卧室空间给她更温暖安全的感觉。好在卧室淡姜色的墙面带着暖意。主卧室跟一层大厅一样，铺的是深色木地板。锦芯弯腰正了正床前的小花毯，说：志达对地毯过敏，卧室只好铺木板。其实我更喜欢地毯，特别是卧室，会感觉很温馨。锦芯提到志达的口气和语句时都不像在讲一个故世的人，更不像在说离世前已跟自己闹离婚的亡夫，让立蕙心里有点难过。她想，若锦芯不提，外人单从这房里的摆设看，还真不容易看出那个曾经的男主人存在过的痕迹，真是阴阳两隔、交割两清了。

唉，我如今对粉尘和花粉也过敏得厉害，有时都担心会哮喘，锦芯轻叹出一句。立蕙注意到墙角立着的湿气喷雾器，小心地说：这跟抵抗力下降有关系，要尽量多锻炼。锦芯没有回话。

主卧室里的家具不多，清一色的东南亚风格，带出异国风情。竹木结构的大床对面，小壁炉上方挂着一幅大唐卡，唐卡上的棕红金黄，像是打进室内的高光。壁炉边的躺椅旁堆了很多中英文书本和报刊。

立蕙看到靠墙矮柜上放着些小镜框。她凑近看，都是锦芯和志达年轻时代的照片。照片里的两个年轻人，一般高的个儿，瘦削挺拔，样式简单、色彩乱搭的廉价衣装在身，亲昵地相依着，一脸的单纯，笑得无所拘束，相拥在邕江桥头、未名湖畔、颐和园、伯克利钟楼前的草坪上和金门大桥下。立蕙的眼眶有些发热。她跟智健在美国的校园里相识，他们的第一张合影是在圣地亚哥的海滩上拍下的。他们在那个夏天里的笑容已染上成熟的味道。

柜子的边上是抱着襁褓中的孩子的锦芯和志达的合影。照片里年轻得带着稚气的锦芯烫着短发，一个浓黑的大波浪遮住了她的前额。她面带微笑低头盯着怀里一袭粉色婴儿装的娃娃，侧着的眉眼里流出来的全是柔蜜，闪光灯在她的唇上打出一抹光亮。戴着眼镜、留着小胡子的志达在照片深处紧挨着她，目光的焦点也锁定在娃娃脸上，笑得有些憨。立蕙忍不住说：多好看啊！抱的是青青吧？锦芯站近了，拿起相框看着，轻叹一声：是青青。随即将相框放下，朝立蕙淡淡一笑，眼睛红了。

立蕙随锦芯很快看过宽大明亮的浴室和衣帽间。浴室外长形大镜子下的化妆台在透亮的天顶光线打照下显得很简洁。立蕙想，这样的清素简单，真不像住豪宅的女主人的风格呢，就笑了笑。一眼瞥见化妆台边上有个迷你小冰箱，上面放着好些大大小小的药瓶，那笑就敛住了。

向门外走去的时候，立蕙注意到大床边有一扇通向阳台的落地玻璃门，隔着内层的纱门、玻璃门敞开着，厚重的沙色暗花门帘半开，有干爽的风吹进来。阳台靠门处有棵高大的盆栽玉兰花。

你种了玉兰？立蕙轻叫一声，兴奋起来。是啊，这花儿在我们南宁多好长啊。

你记得吗？农科院差不多每栋宿舍楼前都有一两棵，能长几层楼高，夏天花季里一开，那个香啊。可加州这气候，它在外面是活不过冬的。我爸在时，将它屋里屋外搬进搬出地娇养着，现在就放我这里了。等天凉了就搬进来。你看它长得多好，能开花呢。她们隔着纱门，安静地看着阳光下那棵硕壮的玉兰，绿油油的枝叶在微风下摇动，露出一些青白细长的花苞，一时无话。

立蕙离开的时候，心里生出很深的不舍。走近大门时，忽然听到锦芯说：哦，我妈妈说你有只很漂亮的玉镯，今天没戴啊。你等等，我给你看看我那只。说着转身进了书房。出来时，手里托着一只洁白厚重的玉镯，果然有一侧带着金黄的玉皮。立蕙将玉镯拿到手中端详，看到那玉镯上的微刻是观音。她知道，这跟何叔叔在她十九岁那年交到她手中的那只真是一对。

两人走出大门时，太阳有些偏了，天色仍很明亮。立蕙看向前院边侧茂密的花木，说：我能去看看你爸爸做的那些植物名牌吗？没等锦芯答话，她又说：我很爱园艺。锦芯会心一笑，说：农科院出来的孩子嘛，去看吧。

立蕙果然看到了那些花木下一块块写在白色小木条上的植物名称。它们该是用油漆写的。这是她第一次看到何叔叔的字。小楷。中英文，拉丁文。她不知道该怎么形容，只觉得就是"好看"两个字，比叶阿姨的字体明显地遒劲利落。在一丛黄红相杂、花朵硕大的茂盛热带兰花前，她看到何叔叔写下的"大花蕙兰"四个黑字。她的目光停在"蕙"字上，忍不住弯下腰，伸手去擦那些被浇花水溅上木条的泥印。锦芯安静地绕着她，走上前去，将小木牌从土里拔出来递到她手上，说：你喜欢的话，拿回去作个纪念吧。立蕙接过木牌，轻声道谢。

立蕙和锦芯在车边拥别时，鼻子一阵发酸。锦芯拉着她的手说：见到你真的很高兴。等我们都回来了，你再带孩子和先生来玩。趁房子换手前，我们好好聚聚，我给你做南宁老友粉吃。我做得特别地道的，连志达那种原来对酸笋完全不能接受的人，都会喜欢。立蕙点头，转身看了看身后的房子，问：那你打算搬到哪里去？锦芯想了想，说：也许会搬到加州中部，或内华达、亚利桑那的沙漠里去。哦？怎么会想到住到沙漠里去？立蕙感到有些意外。那些地方干燥，花粉少，不会让人过敏。天气也暖和，美国很多人退休了都选择到那些地方去，所以医疗条件也好。我妈妈可以跟我一起去。哦，这我都还没跟我妈和孩子们提过。

车子转出山道时，立蕙很长地吐出一口气。她将车窗摇下来，桉树的清香涌入，一如当年在农科院小卖部前闻到的气息。锦芯哭着，沿池塘边的小道疾跑，一转弯，掉到了漂满浮萍的塘水里。立蕙一惊，踩了一下刹车，发现自己握着方向盘的两只手都湿了。

从锦芯家里回来的当夜，珑珑到小朋友家参加过夜派对去了。立蕙和智健坐在后院里，玻璃台上散乱地摊着吃剩的水果和凉面、两只倾空的酒杯。它们之间的空隙被锦芯这天端出的苦汁填满。小院里亮着花带边一串低矮的节能小灯。五彩的光影穿过敞开的窗口投到南湾夏夜干爽清凉的空气中，无声无息。立蕙最后告诉智健，她想跟锦芯的医生联系。

这是个重要的决定，要尽量了解清楚医学方面的细节——智健话音里有犹豫。我就想了解些技术细节。美国自愿做器官捐献的人很多，锦芯是很有希望的。我真觉得她很可怜。小时候总觉得她是能一直轻松走上珠穆朗玛峰的，哪想到在中年会栽这么个大跟头。

志达不在了，我们已听不到他的答辩。如果只信一面之词的结论，不很公平，智健缓慢地说。影响家庭稳定的参数太多了。当年中国留学生来美国，自费留学的签证那么难拿，人为的阻力可不让很多婚姻破裂？早年人们去台湾，或者农民出身的军人战后进城，又导致多少家庭解体？离开环境相对简单的美国，锦芯和志达的婚姻一下掉进那么动荡的场域，什么都可能发生。能否稳固，取决于结构本身的抗震系数，没人帮得上忙。从你的转述里，志达听上去是个挺老实的人。但凡闯出这么大祸的家伙，大部分都是老实人，啥都敢往肩上扛，都不知道其实是自己根本负不起的责任。你用力过度了……立蕙皱起眉头打断他。智健笑笑，说：你愿听真话的吧。这种事我们身边出得够多了，没心没肺的老手会这样吗？别说放弃几千万净身出产了，就为了不因离婚而平分家产，怎么撕裂自己都肯的。志达这种典型的工科生，又是你我这种在中国被叫作六〇后的人，发育在中国性压抑最严重的七十年代，大多数在男女关系上真是没情商的，糊糊涂涂谈一次恋爱就结婚生子过下来，突然撞到这个时代，你期待他们能有什么样的表现？见立蕙不响，智健拿起她的手，抚摩着，说：你不要误会我的意思，我也很同情锦芯的。

起居室的电视在广告的切换间有瞬间的黑屏。立蕙摇摇智健的手，说：我一直在想，怕真是有命运这东西的。你可以说，锦芯在面对同样的困境时，不如叶阿姨坚强。智健轻拥一下立蕙，说：你不要想得太多了。立蕙苦笑说：我在想锦芯说的关于叶阿姨从小教她的那些话。自立、自强，不靠男人才可以立于不败之地。事情显然没那么简单。锦芯经济独立吧？事业够强了吧？还是解决不了最根本的问题。智健刚要回话，立蕙摆摆手，说：不要告诉我，还要精神和心灵独立。都不够的。从叶阿姨那里，我看到一种出路，可能要有一种甚至是超越智慧的东西，比如宗教信仰？可能要到宗教的层面，人才能寻到最大的自由？

智健想了想，说：或许吧。立蕙点头：我从小生活在一种很不安定的情绪里，特别害怕个人生活出现巨大的变化。有了珑珑以后，有时也烦家庭生活的琐碎沉闷。你猜我今天听到一句挺让我震动的话是什么？智健盯着她的眼睛，立蕙笑了说：就是志达跟锦芯说的，生活的内容就是生活的意义。我想，人若能接受这点，大概就能享有平静的生活。智健忙不迭摇头：这太消极了！我不同意。我从小家庭温暖，爸妈关系特别好，我也很向往有平静的家庭生活。但我晓得安宁的家庭生活不是天上掉下来的。人本性喜新厌旧，何况面临自身的成长、对自我不断地重新认识、个人需求的变化，哪能一劳永逸。变化、厌倦都很正常。这点美国人说得好，婚姻要靠耐性经营。有心理学家建议将"追求幸福"改为"追求满足感"。追求幸福往往被理解成追求一种宏大的状态，一揽子解决所有的问题；追求满足感是具体地面对一个个小问题，欣赏生活提供的小快乐。立蕙笑着点头，说：难怪你这些年发展出那么多奇奇怪怪的兴趣爱好，原来是在追求常过常新的满足感啊。智健拍了拍她的脑袋。还有，人是很脆弱的，最好是不要被考验——智健说着笑了。立蕙捏他一下，说：所以你别给我闹什么海归。智健的表情严肃起来，说：这跟海归不海归没关系。如果要回去，我们一起回去，珑珑也不能落下。立蕙没答他的话。智健就说：还是说找锦芯医生的事吧。你如果愿意去谈谈，就去吧。立蕙点头：就是去了解一下。智健搂着她的肩膀，说：如果你需要，我可以陪你去。

第二天早晨，立蕙天没亮就醒了。她坐在床边，脑袋里都是影像。她肯定做了个长梦。白，蓝，山影，江河丛林，却记不住一个细节，看不清一张面容。窗帘的边缘渐渐明亮起来，她蹑手蹑脚地下床。长长的淋浴之后，整个人彻底醒了。她下楼来到书房里，轻掩上门，拨通了叶阿姨的手机。

是立蕙啊，你好！叶阿姨的声音很近，带着浅淡的欣喜。叶阿姨，你好吗？立蕙有些紧张。我挺好的啊，锦芯告诉我，你昨天去看她了。她好久都没有那么高兴了，谢谢你。立蕙忙说：我也好高兴。锦芯看上去都没有变，还是那么好看，如今更有一种成熟的气质……你真是个善良的孩子。叶阿姨在那头打断她，又聊起大家在等着参加锦茗女儿的毕业典礼，之后出发做加勒比海游。锦芯也去吗？立蕙小心地问。她就不去了。她要按时透析，在船上不方便。叶阿姨说。

叶阿姨，上回听你说，锦芯是在 UCSF 排队等做移植？立蕙问。是啊。叶阿姨答。我想问一下，锦芯的医生是谁？立蕙的声音轻下来。给她立了个专门团队的，她目前的主管医师是约翰·施密特，到时会由他来做移植手术。嗯……听起来叶阿姨有些迟疑，没等立蕙回应，又说：立蕙啊，有些事情，就是亲姐妹也不一定要做的。锦芯的年龄和身体状况对打分有利，在排序中是有优先权的。最重要的是，我每天都向神祷告，神一定会眷顾她的。我希望你们每个孩子都健康开心——叶阿姨的声音开始变了。我只是想去了解一下，看能不能为她做点什么。我也说过的，我有个同事的肾移植手术很成功，也可以请他提供第一手经验。立蕙说着，对自己的镇定都有些意外。

叶阿姨将施密特医生团队的电话告诉了她。

五

立蕙在周一例会的空当，拨通了 UCSF 施密特医生团队的电话。电话那端的女士听完立蕙的陈述，说：第一次的咨询是由团队的主管护士吕蓓卡负责的。如果你愿意，可以上网注册后，在约定的时间进行电话咨询。立蕙按对方的指点，完成了网络注册。她注意到吕蓓卡拥有硕士学位，是最高级别的护士。她约了周五早晨八点三十的咨询时段。

立蕙周五起了个大早，将智健和珑珑送走后，坐到书房里，刚点击进入自己在 USFC 器官移植中心新建的账号，手机就响了。早上好！是傅博士吗？我是吕蓓卡，施密特团队的主管护士。好听的女中音。你好！我是立蕙。立蕙应着，吕蓓卡在那头说：我看过了你填写的资料，注意到在隐私保密级别这项里，你选了最高级别。我想确定一下，你是否理解，这意味着连你的配偶都将无法从我们这里了解任何跟你有关的信息。我明白。立蕙轻声答。吕蓓卡又问：你在考虑帮助何博士？立蕙有些犹豫，说：我想了解一下肾移植的……电话那端本来快捷清脆的击键声突然中断：你有捐献的意愿，对吗？立蕙回说：有考虑。那我能不能问一下，你和何博士的关系？吕蓓卡又问。Half sister（半血亲姐妹），立蕙吐出这两个英文单词，心下一阵轻松。

她喜欢英文在这个问题上清晰又模糊的表达。这极简单的信息明确地表达出她和锦芯间是有血缘关系的姐妹，却不能确认是同父还是同母。吕蓓卡说：哦——活体捐献是个重大决定，这虽是很成熟的手术，也还有一定风险的，应该慎重考虑。如果捐献者在认真考虑后做了决定，首先要做一系列检查。先是常规体检，查的项目比较多。然后要做匹配试验。这是最难的，就算血亲间也未必能配得上。锦芯在这个问题上就不太幸运，她母亲和兄弟都没通过匹配测试，还在排队等待。吕蓓卡又说。

她能等到的机会挺大的，对吧？立蕙问。吕蓓卡的口气轻松了，说：她才四十多岁，机会不错的。当然，肾衰竭影响生活质量，能越早做越好。我就是想听听专家的意见。立蕙说。吕蓓卡在那头接上来：活体捐助者手术后只需要休养一段时间，绝大部分人恢复得很理想。嗯，你听上去还不大确定，我建议你好好考虑。不能有半点勉强，那样对各方都不好。等你确定后，我们可安排下一个咨询时段，具体谈一些技术方面的事情，你觉得怎样？

我确实需要再考虑一下。哦，我还想问个问题，导致锦芯肾衰竭的原因是什么？立蕙说到这儿，刚想再解释一下，就听吕蓓卡有些惊讶地说：是吞服药物自杀而导致的，你不知道？自杀？立蕙轻叫。吕蓓卡一个停顿，随即说：抢救过来，有些器官的损害不可逆转了。哦，对不起，我讲得太多了。你如果没有更多的问题，我们今天就到这里？立蕙忍不住又问：锦芯因抑郁症自杀吗？吕蓓卡犹豫了一下，说：说是丧亲综合焦虑症更确切。从病理上讲，它跟抑郁症有交叠区域。锦芯在丈夫去世后有过相当长时间的抑郁和焦虑。从病史上看，深度焦虑的成分更大，最后导致了这么不幸的后果。立蕙竖着耳朵，大气也不敢出，怕听漏了一个字。吕蓓卡突然停住，说：你们两姐妹似乎平时联系不多？立蕙一愣，没答话。吕蓓卡在那头就说：谢谢你来咨询。不要急于决定，考虑好再跟我们联系。

立蕙道过谢，放下电话，泪水就出来了。一滴，两滴。她甚至听到了它们溅落在裤腿上的声响。立蕙没有觉到悲伤，却无法止住那泪水，有一种被吸入黑洞的感觉。她在书房里静坐了许久，揩干泪水，才收拾起东西出门上班。一直忙到夜里十点才到家。

车库的门一响，智健就迎了出来，接过立蕙的手袋、电脑包。珑珑已经睡了。立蕙走进起居室，一眼看到地上摊着的那张半合的纸板。她走过去将纸板打开，听到智健在身后说：他们的讲演和展览刚弄完，今天才发回来的。立蕙不响，双眼盯在那棵色彩丰满、童趣盎然的家庭树上。

一切都是从它开始的，立蕙想，摸了摸那粗壮的深棕树干。智健走过来坐到地毯上，说：珑珑今天回来说，听了别的同学的家庭故事，他觉得自己的太简单了。立蕙盯着那棵树，轻声说：我真愿意这棵家庭树就像珑珑画出来的这么简单啊。她在父母的照片上轻轻划过，感觉指头沾上了灰。

后悔去找他们了？智健的声音很轻。立蕙摇头：我很高兴见到锦芯她们的，虽然本来想找的是何叔叔。真的没有想到，这么简单的一个枝节，会连上那么繁杂的枝叶。立蕙说着，苦笑了一下，盯着智健说：我今天跟锦芯肾移植团队的主管护士联系了。哦？智健的表情有些意外。立蕙点点头：她告诉我，锦芯的肾衰竭是服毒自杀未遂造成的。智健的眼睛瞪圆了。你看，我去见叶阿姨，就听说何叔叔去世、锦芯肾衰竭。去见锦芯，又扯出志达跟锦芯婚姻出问题的这条线。今天咨询不过半小时，又发现锦芯曾服毒自杀。真不知道这树下有多深的水流。说到这里，立蕙的声音有些变了。智健双手搭到她的肩上，说：我们已经进去了。凭我的直觉，也许水下还有更深的旋涡。要有准备。立蕙紧紧地拥住智健。她知道智健是对的，但她没有说话。

接下来的周末过得出奇平静。智健轮到进城当义务导游。立蕙陪珑珑游完泳，吃过汉堡回到家里，让珑珑上网打电玩，她联机到公司里回复了一些电邮，转眼大半天就过去了。关机时，她的心情轻松起来，这才是她习惯的生活。她换了衣裤，到花园里修剪浇灌。小花园深处那丛蜡黄花瓣的大花蕙兰正开得繁盛。她转回书房，从柜里抽出从锦芯家里带回的那块何叔叔手书的"大花蕙兰"字牌。她已然将它洗刷干净，原想将它插到院里的蕙兰下，这时再看，忽然没了那股冲动，将它又放回抽屉里。立蕙想，锦茗女儿的大学毕业典礼该结束了吧。她为自己在素未谋面的侄女这个人生重要节日里缺席，生出些许伤感，又有些莫名不安。

立蕙周一是整天的大小会议，直忙到下班，才透一口长气。忽然很想去游泳放松一下，便拨通了家里的电话，打算让智健跟珑珑先吃晚饭，别等她了。

电话铃只振了一声就被拿起来，立蕙有些意外。那端是珑珑稚气的声线，他还没有变声。珑珑一听是她，兴奋地尖叫：妈咪，FBI（联邦调查局）在找你！立蕙一愣，说：你在说什么呀！珑珑又叫：FBI哎！立蕙意识到珑珑是认真的，忙说：你让爹地接电话吧。你回来再说吧，没什么大事，小心开车！智健的声音突然插入，幽灵似的。立蕙收了线，将车子开出来。她将电台转到古典频道，正播着巴赫《哥德堡变奏曲》第八到第十四段那节，轻灵的旋律让她心神安静下来。

在车库里一停稳，珑珑就光着脚冲出来了。立蕙上前轻拥珑珑。紧随在珑珑身后的智健朝她点点头，揽过珑珑说：你上楼洗澡去，晚饭好了我叫你，啊！立蕙拍拍珑珑，说：今晚吃蒜香蛤蜊意面，妈咪马上做。你洗澡去，今天打球了，对吧？

珑珑不太情愿地朝楼上走去。智健领着立蕙进了书房，轻掩上门，摁下电话留言回放键，说：你自己听。

哈罗！傅立蕙博士，这是FBI探员戴维·贝瑞。我想在你方便的时候跟你聊聊，不用很长时间。听到电话后，请给我回个电话，我的号码是……立蕙没将电话听完，就摁下停止键，好一会儿回不过神来。

我接到珑珑回家，这孩子就爱管闲事，我去放东西，他就跑来听留言了。一听到FBI，就冲出来大叫，特别兴奋。智健苦笑着摇头。立蕙摁着太阳穴，说：这是怎么回事？怎么会这样？

别想那么多，明天给他们打个电话就明白了。我将电话记下了，智健说着，将一张粘条递上，我们又没做错什么，不用怕。立蕙说：我不是怕。从锦芯那儿出来，我就感觉很不安。跟护士谈过后，更是了。我就担心你说的那更深的旋涡，但怎么也没想到会来个FBI。智健摆摆手，说：瞎猜没意义。你明天一早就给他们电话。我们做饭去吧。

立蕙第二天早上出门上班前，智健已送珑珑去上学。她按智健记下的号码给戴维·贝瑞拨了电话。电话响了三下，一个清亮的男声响起来：这是戴维，请问哪位？很家常的语气。立蕙放松下来。我是立蕙——话音未落，戴维就应了：噢，傅博士，谢谢你回我的电话。我是FBI探员，想约你见面谈些事情。你什么时候方便？立蕙问：我想知道，你要谈些什么？戴维在那头笑了，说：那需要见面才能聊明白。你定时间，最好不要在周末。立蕙说：可我得上班。戴维说：你总得吃午饭的吧。我们在你公司附近一起吃个午饭？请问你公司的地址？他们竟不知她公司的地址，立蕙有些意外。她将地址报上，说：我今明两天都行，之后都有约了。戴维马上说：我们明天中午到你公司大厅里等你。立蕙想了想，说：我上班挺忙的，就不一起吃午饭了，到离我公司附近的星巴克见吧。戴维立刻应下，给人非常配合的印象。她要了戴维的电邮，答应将那家星巴克的地址传去。

立蕙第二天近午准时走进星巴克，一眼望到靠墙那幅杂色大画下坐着一对身着深蓝西装的年轻男女。他们一见立蕙进门，同时起身向她招手。你好，傅博士！我是戴维——戴维迎上前跟立蕙握手。他比立蕙想象的更年轻，浓密的络腮胡子修剪得非常整齐，身形结实。这位是我同事，探员艾米莉·科利。戴维将身边那位轮廓清晰、面容白皙的年轻女子介绍过来。艾米莉看上去非常知性，浅棕色的直发过肩，深湖蓝色真丝衬衣尖尖的领口翻出来，细细的银色项链，若在街上碰到，绝不会将她跟 FBI 联系到一起。

立蕙随他们在靠墙的圆桌边落座。艾米莉问立蕙要喝点什么，很柔的声线。立蕙说要冰摩卡。戴维这时掏出一个墨绿色证件递到立蕙眼前，请她过目。那是 FBI 探员身份证。戴维表情严肃的照片上盖着 FBI 的钢印。立蕙过去只在电影里看过 FBI 探员出示身份证的镜头，总是掏出一晃就收起，没想到真的证件看上去比普通护照大两倍以上。戴维微笑着，肯定她已看清了自己的信息，"啪"地将证件收起。艾米莉也将自己的证件递过来，待立蕙扫了一眼，她便起身给立蕙买咖啡去了。

戴维开始敲打电脑键盘。艾米莉给立蕙端来咖啡，坐下打开电脑。立蕙问：你们找我……戴维看着她说：你最近好像跟何锦芯博士走动比较频繁？立蕙心想，果然。嘴上却说：我只分别见过锦芯和她母亲一次，不能说频繁。戴维笑笑，没说话。立蕙问：你们为什么对这个感兴趣？戴维说：是我们的工作。立蕙微蹙了眉，忽然想起第一次打电话到锦芯公司里时，曾被前台告知电话要被录音。她看着戴维问：在跟踪我吗？戴维的表情严肃起来，说：我只是想了解一些跟锦芯有关的事情。跟踪是很严重的词，就像监听一样，要走很复杂的法律程序才能获得批准的，我们目前没有这个特权。立蕙看他一眼，不响，原来在电脑上打着字的艾米莉也停下来了。她们的目光相遇，艾米莉点点头，态度温和。这时戴维又说：

我想问一下，你们是怎么认识的？

立蕙沉吟片刻，说：我们少年时代是邻居，后来走散了，最近才又联系上。戴维一愣，说：那么你们有多少年……有三十多年没见了。立蕙耸耸肩。戴维有些惊讶，说：哇，你们还彼此记得，又互相寻找，有点像小说了。呵呵，对不起，我这句是玩笑。你们小时感情肯定很好，真让人羡慕。立蕙苦笑着点头，说：你可以这么说。

锦芯有没有跟你聊到她家里的情况？戴维盯着立蕙，问。谈了，这么多年了，发生了太多的事情。她父亲去世，她先生去世，她自己生病，很不幸，令人难过。立蕙平静地说。戴维不响。艾米莉在一旁小声问：锦芯有没有谈到她丈夫是怎么去世的？见立蕙不响，艾米莉又说：任何细节都有帮助。立蕙心下一惊，说：她提到她先生回中国创业非常辛苦，后来就病了，拖了一阵，查不出病因，回美国也没有救过来，就去世了。她是这么说的？戴维微蹙了眉，啪啪啪地在键盘上敲击起来。她是这么说的。立蕙肯定地点头。

她跟你谈了很多她先生吗？艾米莉又问。说多了会难过，何况她身体不好。说到这里，立蕙抬眼看到门外明亮的阳光亮得发白。她的胸口有些发紧。她很清楚自己没有说出全部真话，但也没说假话。她还不能肯定他们找她的目的，但很清楚，就算锦芯犯下天大的事情，法庭都不能强迫她出庭作证。作为锦芯的亲人，她有权利保持沉默。"亲人"这个词在此时跳出，让立蕙的心感到刺痛。她停了一下，接着说：我们谈得更多的是她父母，我更熟悉他们。你没见过她丈夫吗？戴维问。没有，从没见过。立蕙摇头。忽然仿佛看见志达披着半旧军大衣，在三十多年前郑州火车站破旧的站台上摇着手，一脸的稚气——锦芯竟没有提到稚气。他那时还是个孩子，不是吗？立蕙的眼圈有些发热。好的，今天就到这里。谢谢你来。你回去若想到什么，随时跟我们联系。戴维说着，将电脑合上。

立蕙盯着戴维的眼睛，问：我不可能想起什么都给你们打电话的。你们需要了解锦芯哪些方面的事情？能否给我一点线索？戴维跟艾米莉对视一眼，说：当然可以。主要是关于她丈夫的。比如他们之间的关系，发生过什么事情。为什么？

立蕙警觉起来。嗯，这里面牵涉到一些化学品的去向问题。任何相关的线索都有帮助。立蕙一惊，问：毒品？戴维微眯起眼睛，说：不是通常意义的毒品，我的意思是，不是成瘾性的毒品，是致命的化学物。立蕙的身子一下就直了：比如？比如，铊那一类，重金属。戴维面无表情地说。铊？重金属？立蕙立刻跟了一句。戴维点头，说：我们之间的谈话，就保持在我们之间。现在一切都没有答案。锦芯丈夫的死因，是有医生定论的。但那个诊断结论，在锦芯先生生前和死后，都被医院里一位中国大陆背景的护士提出异议。她说以她在中国内地的临床经验，直觉告诉她，病人很可能是重金属中毒。主治医生当时没有接受她的意见。到锦芯先生死后，那个护士都没放弃质疑，最终警方介入。但后事都办完了。好在医院还封存着血液、尿液和头发等样本。现在移到我们这里。立蕙往后偏了偏身子，说：我听明白你的逻辑了。你们盯上锦芯，是因她的职业身份，对吧？戴维摇头，说：不能这样说，但她确实从公司里领取过一定数量的严格控制使用的重金属。立蕙看着戴维，说：那是她的工作啊。戴维笑着点头说：是的。她用它们作为实验催化剂的记录也无懈可击。所以？立蕙追上来。记录未必可靠，那种玩意，不用太多的，一点点——戴维将右手大拇指并到食指上，抬起来，眯上一只眼睛，说：只要一点点。立蕙咬住嘴唇，说：我不要听悬疑桥段，关键的是证据。戴维说：千真万确！我们在朝那里前行，所以我们需要你的帮助。你们锁定是她吗？立蕙问。戴维说：这不是个好问题。让我这么跟你说吧，她只是一个方向。有时很多的线索都有了，就缺一个关键的扣子将它们连上。有时候几只大扣子都在了，就是找不到线索将它们串起来。戴维指了指自己和艾米莉，说，所以才需要我们。好了，我们就不多占用你的时间了，非常感谢你的配合。我再一次郑重地请你不要将我们今天的谈话内容透露给任何人。戴维严肃起来，看上去像换了个人。立蕙点头，站起身来，跟戴维和艾米莉握过手，一起走出店外。

　　一到停车场里，戴维和艾米莉，连同立蕙，几乎同时戴上太阳镜，这个动作如此整齐，令他们不禁笑起来。戴维快速地朝她做了个敬礼的手势，说：随时联络，再一次谢谢！立蕙转身走向自己的车子。坐进车后，停车场里已无戴维和艾米莉的踪影。立蕙知道他们此时就坐在停车场的某辆车子里，却没见他们移动，令她心下有些紧张。她将车倒出来，一踩油门，转到山道上，从后视镜里看去，确定没有追兵，才放下心来。

整个下午，立蕙的脑子里都是"铊"这个字眼。她意识到戴维是故意将这个词透露给她的。立蕙强迫自己不去多想，直忍到下班前才上网搜索。中英文网站的说法一样。铊中毒的症状无非脱发，肠胃功能失调，也有可能引起睾丸萎缩，生殖功能丧失，严重的会导致肝肾等器官功能衰竭。立蕙的目光锁定在这些危机四伏的字丛里，脊上阵阵发凉。她"啪"的一声合上电脑，扯下搭在椅背上的那件测试室专用短褂披上，安静地坐着。

顺着戴维的指引，立蕙看清了她的手里不仅握着几只关键的环扣，而且所有线索都可以清晰地串起来——至少逻辑上是通的。如果这一切都是真的，她该是目前知道真相最多的一个人——除了锦芯。立蕙起身将办公室的门关上，双手停在门背上，头伏上去，压抑地抽泣起来。隔着泪眼，她看到自己的脚慢慢动起来，在跑。她扬起头来，看到了锦芯，那么小小的一点粉红色，很快跃出她的视线。锦芯是决绝的，去了。确实像锦芯干的。"你们再耍贱，小心我砸烂你们的狗头！"——很早以前，她就这么说过。让立蕙特别不安的是，锦芯确实动过念头，让志达一觉醒来就忘掉小歌女，甚至什么都忘掉；或者丧失某种功能。她甚至说了，化学家是不用动刀子的。

立蕙揩着泪，忽然想，好在她来了。如果再早两年就更好了，一切可能就会改写。这个想法让立蕙安定下来。她现在要从这里陪锦芯往前走，虽然她还看不到路。或许真的就是没有路，但她已经跟锦芯连在一起了。

下班回到家里，珑珑早就忘了FBI的事，高高兴兴地吃完晚饭，做作业去了。立蕙和智健坐在餐桌边。今天见了FBI的两位探员，比我想象的好对付。立蕙先开了口。那就好。我有朋友回国办公司，被怀疑输出敏感的高科技信息，也被约谈过，也说所有的问题都很常规，还请吃饭呢。智健轻松地说着，表情却有些不自然。立蕙知道他在担心她，便轻轻拍了拍他的手，说：是关于锦芯的。她的话音未落，智健的表情一下就绷紧了。她九年出入境太频繁了，志达在北京又弄的是图像处理技术方面的高科技公司，被留意也是正常的，立蕙说着，一边收拾起盘碗。你没告诉他们，你是最近才和她联系上的？你并不知道那时候的事情。智健说着，也站起来。立蕙一笑，说：当然是这么说的。他们也没有更多的话了，让保持联系。智健耸耸肩，说：报上说克林·伊斯特伍德在拍他们 FBI 老头目胡佛的传记片呢，连肯尼迪刺杀案都一筹莫展，那传记片只能专注他们老局长的私生活了。我从来不信任那些家伙。立蕙苦笑着说：我哪里又愿意信任他们？智健一愣，说：我不是那个意思。立蕙从智健手里接过盘碗，说：我明白的。

在接下去的两天里，立蕙强迫自己不再去想任何关于锦芯的事情。她需要一个清空的时段，才能有效地思考。她打算等锦芯周末回来后，尽快去看她。按跟叶阿姨和锦芯见面的经验，面对面谈起来，很多思路就可以自然地走通。但锦芯没有等。她在星期五夜里，从马里兰给立蕙打来了电话。

立蕙正在烘最后一筐衣裳。手机响了好几下，她才听到。一看是锦芯的电话，她立刻摁停了烘干机的启动键，洗衣间里突然一片沉寂。是我，锦芯呀——很柔的声线，听上去有点累。立蕙想东部都该是凌晨一点过了，忙说：你还没休息？很晚了。有急事吗？

锦芯在那边很轻地说：睡不着，有时差呢。一大家子人今天去迈阿密了，忽然这么空——立蕙赶紧说：哦，这一周下来，也够你累的了，好好休息才好。你明天就要回来了，对吧？你回来了，我就去看你，噢，你需要接机吗？一阵沉寂。锦芯——立蕙轻声叫。嗯，我在。锦芯答得有些走神。你好像有心事？立蕙小心地问。锦芯说：我真的很高兴有你。要不这样的夜里，连个说话的人都没有。我真不愿意回到那个房子里去。立蕙刚想张口，锦芯又说：那么大一家子在一起，不知道多开心。我们还去给我爸扫了墓。没想到，这么多年过去，连扫墓都有了那种叫作"静好"的感觉，真的感觉他就在我们中间。我给他捎了一大把百合，就是你带来的那种。锦芯不知是有意还是无意地，说到这里，停了一下。立蕙的鼻子有些发酸，忍着没有接锦芯的话。

我们给他看他大孙女的大学毕业证书。孩子们轮流用中文讲自己的近况。我是最没有什么可谈的了——立蕙觉得自己看到了锦芯凄凉的笑，忙说：锦芯，你不要总是对自己这样苛刻。谢谢你，你真是很体贴。锦芯在那头打断她，又说：我告诉爸，我见到你了。这最后一句，利器一般割开了时空。两头都陷入无边的沉寂。立蕙捏住鼻子，使劲将鼻腔里的流液吞回去。好一会儿，锦芯又说：那真是团聚了。只缺志达了。立蕙有些回过神来，轻声问：志达安葬在哪里？等你回来了，我可以陪你去祭扫的，如果你愿意的话。

　　按他的意思，一半撒到太平洋里，一半送回湖南老家去了。锦芯叹出一口长气，说。立蕙愣着，还没接上话，锦芯又说：这些都不重要了。我一直在想，如果能够重新回到从前，事情会大不一样的。我自己已经这么固执，真不该找志达那么偏执的男生。有一件事我上次没告诉你，我在志达去世后，精神几乎崩溃，我的肾衰，就是自杀未遂落下的。立蕙没想到锦芯会将这事在电话里这样讲出来，愣在那儿。锦芯又说：一切都已经太晚了。不说它了。好在孩子们比我当年懂事多了，这是我如今最大的安慰了。

　　立蕙想了想，说，我有个问题，不知当问不当问。锦芯在那边轻笑了说：你看你，我什么都对你说了，你怎么还这么见外？立蕙听到了自己急速的心跳。她下意识地捂住话筒，低声说：你有没想过，志达可能是重金属中毒？比如，比如铊？话一出口，她闭上了双眼。她跟戴维做了同样的一件事——在看似无意间，放出了一支百分之百击中靶心的利箭。她希望锦芯截住它。你怎么会这么想？锦芯在那头立刻追上来，尾音在升高。我听到一些故事，上网去查了查，觉得志达那个症状——立蕙停在这里，她听到自己牙齿上下磕碰的声响。你听到了什么？锦芯又逼上一句。我只是问问，你对铊了解吗？立蕙轻声答。锦芯回得非常快：当然，它是一种催化剂，我们做实验会用到的。在美国，这是被严格控制的化学物品。我们的实验记录里，控制物品的流向都要清楚留档的。我奇怪的是，你怎么会做那样的联想？你也在怀疑我吗？锦芯的声音高起来。

　　我最近听到一些流言，你知道，这里的华人社区很小。我就是一问，我没有

——立蕙开始后悔自己随手放出了一匹自己无法驾驭的野马。很长的沉默，锦芯才在那头说：我可以想象。谢谢你的印证。电话里又是一阵长时间的沉寂。立蕙小心地叫着：锦芯？哦，我在。锦芯答。立蕙犹豫着说：对不起，我不该那样对你说话。锦芯立刻说：要谢谢你跟我说真话。一个短暂的停顿，她又说：经过了这么多事情，我知道了人能控制的事情真的非常有限。比如我自杀的时候，哪里想得到最后会是今天这个状态？对志达其实也一样。你可能只是想在悬崖边竖个警示牌，却一滑脚掉下万丈深渊，唉。不早了，你休息去吧。没等立蕙回应，锦芯在电话那头的语气轻松起来，说：好的，睡觉去吧。回去再见了，晚安！立蕙有些不肯定地说：晚安！锦芯在那边叫：等一等，我想再一次告诉你，在我最困难的时候，幸亏有你在。I love you（我爱你）。立蕙未及回话，那头就挂了，留下空泛的忙音。

立蕙回过神来，将烘干机重新启动，转身出来，轻轻地带上身后洗衣房的门。她到厨房里给自己倒了杯凉水，坐下喝着，想，今晚的谈话是失败的。等锦芯回来，要尽快见一面。但见了面说什么呢？立蕙有些焦虑起来。如果锦芯真的做了，下面的路在哪里？立蕙摇着头，摁下了厨房顶灯的开关。"你可能只是想在悬崖边竖个警示牌，却一滑脚掉下万丈深渊"，锦芯说了这样的话。这是不是意味着她原来的本意只是让志达丧失某些身体功能，没想到却失足深渊？若真如此，应是过失而已——立蕙将"杀人"二字掐掉了，摇摇头。她站在黑暗的厨房里，有一点是明确的：下星期一要给施密特医生办公室打个电话，告诉他们她考虑过了，要去做匹配测试。

锦芯直到星期天下午，都没有再给立蕙打来电话。立蕙想她回到湾区已经两天了，也应该休息一阵了，就在星期天傍晚拨打了锦芯的手机。"你拨打的用户已关机"，立蕙一愣，想了想，又拨了锦芯家里的电话，漫长的振铃声。立蕙没等留言机的语音提示响起，就挂上了。直等到傍晚，她又给锦芯打了几次电话。锦芯的手机依然关机，家里电话无人接听。立蕙不安起来。到了晚上九点多，手机响了，一看，是叶阿姨的号码，她急忙接起。

立蕙，我是叶阿姨——叶阿姨的语气很急。是我，叶阿姨你们都好吗？到哪里了呢？立蕙故作轻松地问。我们都很好。可找不到锦芯了！叶阿姨在那头说。哦？我今天下午起，一直在联系她，可电话都没打通。立蕙应着。我们从昨天起就在联系她，手机一直关机。查了航空公司的航班，她按时飞回湾区了。飞机应该是星期六上午十一点到的，从机场回家，最多只要半小时。但我们到现在都没有联系上，这很不像她。我们全都在加勒比海，真让人着急。她身体不好，就怕会出什么事呢！叶阿姨一句接一句。叶阿姨，你先别着急。我马上去她家里看看。立蕙说着，开始收拾东西。太谢谢你了！你有地址吗？叶阿姨问。我的 GPS 上有的，你放心吧。立蕙已经拎上了包。但愿没事，我们上船前，她还好好的啊，不过这孩子最近情绪起伏又大了，真让人担心。哦，立蕙，家里大院铁门的密码是锦芯先生的生日号码 0515640。你们进去后，在正对着喷泉的台阶下，那只小青蛙右腿侧的小地灯的灯盒里，有张开大门的磁卡。在大门的锁上刷过后，要输入锦芯的生日号码 0622040，记下了吗？我的手机开着。拜托了，开车小心！愿神保佑我们！叶阿姨的声音愈发镇定。

立蕙大声将在楼上的智健叫下来，急速地讲了叶阿姨的电话。智健快步上楼领来珑珑，一边拨通了小区里一家朋友的电话，请他们帮忙看顾一下珑珑，又冲到厨房里拿了几只香蕉和苹果，抓了手电，说：不知会待到多晚，得有点准备，车厢里有水。然后走到车库里，说，开我的车去吧。立蕙领着珑珑坐进智健的车里，轻声说：小心开车，越是这种时候越要冷静。智健沉默着坐到驾驶位上，将车子流畅地倒出，先将珑珑送到朋友家，再一路转上高速公路，往北开去。

车子拐上 280 高速的时候，天已经完全暗下来。山下的灯火在右侧车窗这面绵延而去。立蕙和智健很久都没有说话。车子转下高速，进了盘转的山道，立蕙知道他们接近锦芯的领地了。她像上次那样，摇下车窗，林木的香气混着浅淡的雾气涌进车里，前窗立刻有些模糊。她将车窗摇上，又按下前窗去雾键，呼呼的热风在窗前喷出，视线立刻清明起来。

锦芯不会出什么事吧？立蕙看着车灯在前方打出的光道，轻声说。智健不响。

你说她不会出什么事吧？立蕙又加了一句。智健盯着前方，说：希望是这样。我们星期五晚上才通过电话的，她听起来还好好的。立蕙说。智健很快地看了她一眼，说：你们聊了什么？立蕙的心跳快起来，说：也就些家常。噢，说去给她爸扫了墓。智健浅淡一笑，说：记得上次我跟你说的话吗？就在你从她家里回来那天晚上，我说很可能有更深的漩涡，希望我是过虑了。立蕙屏住呼吸，没接他的话。你不要急，也许她只想安静一下。对她那样的身体，旅行是很累的。智健微侧过脸来，表情带着少有的紧张。

车子转过最后一个弯时，立蕙觉得心一沉。小道尽处锦芯的房子一片漆黑。智健误踩了一下油门，车子冲到铁门前，急促停稳。大门两侧的感应灯亮了。立蕙下车，快步冲向门边，噼里啪啦地敲打完密码键，忽然皱了眉想，怎么还在用志达的生日做密码呢，就听得沉闷悠长一声："吱——"铁门向两侧自动移开。智健将车子开进院里，房边的感应灯一下全亮了。立蕙朝喷泉小跑而去，按叶阿姨的指示，从小地灯的灯盒里取出磁卡，和智健一起，三步并作两步，直走向房子的大门，快速按下锦芯的生日。

大门被推开。立蕙和智健不约而同地大声叫着：锦芯！一片死寂。智健去摁门边的开关，门厅顶上那盏水晶灯骤然大亮了。立蕙抬头轻叫：这是志达的灯！话音刚落，她的身子一动，繁复的水晶灯片变幻出的五彩光芒追击而至。她听到智健说：我看楼下，你看楼上！她急忙沿着楼梯往上跑去。

灯光大亮，一扇扇的门被推开。叶阿姨和孩子们的房间，跟她上次来看到的一模一样，毫无变化。她穿过走廊，走向主卧室，有些紧张起来。锦芯——她听到了自己微颤的尾音。她摁下顶灯开关，室内一片光明。空无人迹，连床上的铺盖看上去都纹丝不乱。她快速转过浴室各处，一样的空寂。这时，她突然听到智健在楼下大叫，立蕙！立蕙！快来！怎么回事？她大声应着，朝楼下冲去。

一层所有的厅室、房间灯火通明。智健站在厨房中央宽大的墨绿黑纹大理石贴面厨台边，手里握着一张白色的纸。见她走来，他摇了摇，叫：锦芯留下的。

立蕙疾步上前，正要伸手去接智健手里的纸，一眼看到大理石台面上放着一个深紫红的天鹅绒小袋子和一条用深咖啡色织锦绳扎紧的字轴。她一把将袋子捏起来，直觉告诉她，那是锦芯的玉镯。智健将手上的那张白纸递过来。立蕙看到锦芯非常好看的行书：不要找我。我是一只夏末的孤蝉。合适的时候，将这玉镯交给青青她们。还有那些故事。那幅字是给你的。

立蕙捏着锦芯的留言，愣在灯下。智健转过来，直视着她：孤蝉。不要找她？黄雀在后——到底发生了什么事？她担心我们会引来警察？没等立蕙应声，他一边抓起卷轴解着，一边急切地说：这里会不会有线索。立蕙回过神来，凑上前去，抓住卷轴的一端，和智健一起将字卷打开。只见新裱过的暗黄纸面上两行遒劲洒脱的行书："无人信高洁，谁为表予心。"落款"甬斌何弘之"下面，两方朱红色"何弘之""甬斌"篆刻印记十分清晰，印色饱满。这就是锦芯说过的那些锦茗拿回国新装裱过的爷爷手书之一了，立蕙想。她盯着爷爷笔下"心"字最后那饱满的一滴墨，像看到了一滴浓黑的泪。她将字轴卷起，将天鹅绒小袋和锦芯的字条小心地放入手袋，轻声对智健说：这是骆宾王《咏蝉》诗里的最后两句，《唐诗三百首》里有的。这就是她的意思了。我们先走吧！

立蕙走出锦芯家的大门，站在台阶上等智健去将车开进来。远处望去，海湾边的万盏灯火已埋在雾中，近处山林间的林木也变得模糊，天际沉沉一片漆黑。立蕙抬起头来想，锦芯今夜在沙漠里，应该能看到更多的星光，或许，她会觉得离天更近了。

| **作品点评** |

《繁枝》虽然由果到枝，由枝到根，揭开了两个家庭的情伤，却并不是一个冷冽的悲剧，而是调子温暖的疗伤和治愈，是两代女性靠亲情与信仰自我救赎、重建心灵世界的一曲爱之歌。立蕙的母亲精心照料着老年痴呆的丈夫，酬答丈夫一生的爱与宽容；锦芯的母亲依靠宗教的力量抚平心灵之伤，通过毛笔抄写《圣经》，让心底的烦恼与怨恨随墨迹流走，不仅谅解了丈夫，也真心呵护丈夫私生的

女儿；立蕙在血缘亲情的浸染中，主动提出捐肾救治锦芯，与她一起面对生活的苦难，而曾经精神崩溃、无所依傍的锦芯也从立蕙身上得到情感的支撑和温暖，虽最终独自远行，却是带着心灵的宁静而走。

  ——丰云：《文化创伤的构建与精神世界的重建——论陈谦的心理小说》，
  《南方文坛》2015 年第 6 期

  原本简单短暂的场景，读者却可以不断从细微的情节与画面中获取许多的信息：读者可以看出父母对儿子的爱，夫妻之间的默契，以及那棵家庭树的样子，还可以感受到橘色的灯光，听到啪啪的声响。它们都是细小的点，集中密布于这个片段，从而构成一幅内蕴丰富的画面。整部作品也是如此，作者借用立蕙的视角与回忆，从儿子画的家庭树中追忆了自己的父母、过往的人生，进而构建自己的家庭树。属于立蕙的小画面、小情绪、小片段最终如同一片片嫩叶与细枝组成了枝繁叶茂的参天大树。

  ——陈涛：《耐性中的细小与阔大——陈谦小说论》，《当代作家评论》2014
  年第 6 期

馅

伍稻洋

一

我的家乡叫鸡巴村。传说很久以前,鸡巴村荒无人烟。有一年,一位愣头愣脑的猎人追赶一对长着金黄色羽毛的山鸡,从北方一直追到一个深山沟,山鸡突然不见了。猎人坐在草地上喘息,猎人的老婆在后面跟着找来,上气不接下气,她问山鸡抓到没有。猎人说:"山鸡没抓到,抓到鸡巴了。"老婆问在哪里,猎人就从裤裆里掏。他们在草地上大爱一场之后,猎人说北方太冷,不回去了,就在山沟里安家吧,等着那对山鸡出来。这深山沟就成了鸡巴村,猎人夫妇就是鸡巴村的创建人。

鸡巴村四面都是石山,人们靠天落水在山崖上种玉米、红薯填肚子。要是天太旱,就是玉米、红薯也没多少收成。年轻人埋怨鸡巴村穷,放言要搬家,于是引来老辈一番训斥:"祖宗不要了?

作者简介

伍稻洋(1960—),原名伍道扬,广西合浦人,中共党员。1980 年中等师范学校毕业后当小学教员。1985 年调入合浦县文联,同年开始文学创作。1987 年高等教育自学考试中文专业毕业。历任办公室秘书,乡镇长、县旅游局局长、文化局局长、文联主席等。现为北海市文联副主席,北海市作协副主席。2003 年加入中国作家协会。著有长篇小说《市委书记的两规日子》《绝对不说受不了》《明月共潮生》、《还珠谣》(历史小说),中篇小说《游戏无规则》《馅》《预谋》,短篇小说《永远的红灯》等。

作品信息

原载《花城》2013 年第 3 期。

反啦!"村主任程发贵说:"鸡巴村穷是暂时的,党领导我们奔小康,你们不知道感恩,还吃里爬外!"

村支书是镇上的副镇长,他每个月都到村里来一两次,坐着绿色的越野车,屁股后面跟个拿包的年轻人。支书来了就开会,除了给村干部讲话,有时也让村民集中到晒场上听他讲话。他的讲话让挂在树上的喇叭传出来,不去开会的人也能听到,连小孩子也都能听到。

"鸡巴村是个好地方,空气清新,景色迷人。我们要把鸡巴村建设成为现代化强村,像华西村一样,村民住别墅,坐轿车,以后还会坐直升机……"

支书讲完话吃过饭越野车即绝尘而去,村主任程发贵接着还要开会。程发贵的话讲得比支书还大声,震得树上的麻雀纷纷飞起来:"支书的重要讲话是我们行动的纲领,很重要,重要得很,我们要认真学习,坚决贯彻,狠抓落实……"

有一天,我刚从家里出来,要去后山找放羊的宋小峰。程发贵看了看我,站住问:"谁家的娃,我咋没见过?"

身边的人告诉他后,他说:"好好读书,毕业回来为鸡巴村做贡献,别嫁到外村去哦!"

我走了好几步,听到他又说:"别看她瘦得像只猴,奶子倒是不小。"

我当时已经不读书了。鸡巴村与邻村共一所学校,我们走路去学校要一个多小时。我10岁时才和8岁的弟弟一起上小学一年级。我爸妈让我上学,其实是让我陪弟弟。上二年级的时候,邻村一个初中男生欺负我,问我奶子都这么大了怎么才上二年级,伸手要摸。弟弟捡起砖头狠狠砸过去,要不是那男生闪得快,脑袋一定会破。到四年级时,我爸说在那所学校学不到东西,让弟弟到镇上学校借读,我就回家干活了。

宋小峰是家里的老大,他父亲托了关系让他到县里读高中,但他经常逃学去网吧,最后就回家看羊了。宋小峰比我大5岁,身子粗壮,脸却不大,一双眼睛本来就小,因为眼皮单,就更显小。宋小峰天天赶着羊到后山放。我辍学那年,他让我跟着上山玩,说要给我红薯、玉米棒吃。他每天不是带着熟红薯就是熟玉米棒当午餐。我在家一天只能吃两顿玉米糊，总感到肚子饿，要是家里没事我就悄悄上山去找他。

宋小峰放羊的地方离村不远，翻过一个山坡就到了。鸡巴村周围的石山长着各种各样的野草，那些野草都会开小花，有黄有白，很漂亮。我很喜欢。每次宋小峰都给我摘。我把它们编织起来，编成帽子戴到头上。

有一天，我穿着我妈的旧衣服，显得有些宽。我双手靠后撑在草地上，斜着身子，不曾想胸部凸起来招惹了他，冷不防被他抓了一把。我身上确实没长多少肉，但两只奶却不小。我妈曾说："你真会拣地方长，以后一定是个情种。"我真想对她说，我不是故意的，我自己看着还觉得羞呢。

"你坏。"我故作生气，急忙坐直身子，心里却隐隐觉得有一种被人侵犯的得意。

他把剥掉皮的红薯塞到我嘴里，弄得我嘴唇周围黏糊糊的。我要用手擦，他说："别擦，让我舔。"

我乐了："你是狗啊？"

他嘴巴已经贴到我嘴唇上面了。我感到痒痒的，酸酸的。他却来劲了，突然双手搂着我，嘴唇啃遍了我的脸，也不肯罢休，还要啃我的脖子，还要把我推倒在草地上，压到我身上，脱我的衣服，啃我的胸部。我突然想起有天晚上我醒来时看见我爸也这样压在我妈身上。我明白他要干啥，那可是老公老婆才能干的事，我害怕得叫起来。

他松开我，说："还没把你咋的，喊啥喊！"

我站起来要走。他忙说："我不碰你了，行不？"

我犹豫了一下，没走成。

宋小峰说："我喜欢你，我娶你做老婆吧。"

在村里的男孩子中，我对宋小峰算是比较有好感的一个。我觉得他是个有胆的男人。这跟村主任的弟程发禄有关。我讨厌程发禄，他每见到我，一双死鱼眼总盯着我的胸部看半天。程发禄小时候爬树掏鸟窝跌下来，跌坏了一条腿，走起路一跛一跛的。年龄相仿的男人叫他"跛仔"，他并不说啥，但比他年龄小的人叫，他就跟人家急。而小他近10岁的宋小峰就偏叫。宋小峰说："你不就是个跛仔吗？"程发禄要追宋小峰打，可哪里追得上？程发禄远远望着宋小峰说："你敢叫我爸吗？"宋小峰说："你又不是我爸，我干吗叫你爸？"程发禄说："你有胆就叫我爸。我量你就没胆叫我爸。"宋小峰说："我爸不跛。"

我当然没把宋小峰要娶我做老婆的话当真，但此后我还常到山上跟他玩。每次他都先给我摘很多很多的野花，让我编成帽子戴到头上，然后就找借口靠近我，抱我。我想，女人总要嫁人的。他虽然有些狡猾，像喜欢偷吃的老鼠，但我也喜欢他。我不知这跟他家有钱是不是也有些关系。在鸡巴村，除了村主任程发贵家，就算他家富有，已经建水泥砖房子了，不像我们家，还住在猪圈上，一回屋，就得闻猪尿猪屎味。总之，我慢慢地妥协着。

那天，他为我摘了很多花，我编了两顶帽子。他一顶，我一顶。他戴着花帽子的样子像个小丑，我看了直乐。他继续摘花，一点点地铺在草地上，直到草地铺了床一样大的花瓣时，他搂着我躺下去，不顾一切地把我压在下面。他个子虽然比我高不了多少，但我很瘦，他的胳膊跟我的大腿一样粗，力气也远比我大，沉重的身子压着我，我动弹不得。

"不要！"我叫起来。

他手忙脚乱，嘴上说："我喜欢你，男人喜欢女人都要这样的。"

"不行！"我拼命推他，"我爸要知道，要打死我的。"

他说："我回家就跟爸妈说，马上娶你还不行吗？"

……

我心里暗暗向往着，等着那一天。但不久，他就跟着别人去外地打工了。

二

鸡巴村这些年不时就有人外出打工，开始是男孩子，后来女孩子也出去了。

我想跟着宋小峰一起出去，但我爸说我太小。我不知道我爸是否已经怀疑宋小峰对我有坏心，甚至已经对我咋样了。宋小峰跟我睡了花床后，就常常去我家找我。他去找不是光明正大地找，每次都在我家院子外鬼鬼祟祟，就像等着主人外出然后撬门的小偷。有一次我爸从外面回来遇上宋小峰，问他要干啥，他也没说来找我，只说路过。他在程发禄面前的胆不知丢哪里了。也许做贼心虚。我爸回来就跟我妈说："宋小峰在院门口躲躲闪闪，不知他想干啥。"

我曾跟宋小峰说过："你要找我，大大方方去我家好了，我爸妈又不是老虎。"

他说："我见到你爸妈心就跳得慌。"

宋小峰离开的前夜，我们在山上待了很久。他说打工有了钱就给我买好看的新衣服，等我爸同意了，就带我出去打工，要我一定等着他。第二天他走的时候，我悄悄站在村口的"富裕牌"旁边看着，眼里的泪水一串串地掉出来。

鸡巴村最漂亮的就是村口的富裕牌，那牌少说也有一丈高两丈宽。外省对口扶贫单位给钱鸡巴村修路，路还没修，村主任程发贵就让人立了那块牌，上面写着一行大字：建设公平、廉洁、富裕的鸡巴村。村民都叫它"富裕牌"。

程发禄的老婆卢美几年前就外出打工了，据说是在房地产公司做售楼小姐，常给家里寄钱。村里的父母都恨不得自己的儿女都出去打工。有人去找卢美妈，有人去找卢美老公程发禄，希望让卢美帮自己儿女介绍工作。但卢美都没有帮，为此村里人对她家人少不了埋怨，私下说："有啥了不起！"

我妈也常往卢美妈家里跑，母鸡下几个蛋也舍不得给弟弟吃，都送到卢美妈那里去了。我妈总希望卢美妈能说服卢美，让卢美介绍我做售楼小姐。卢美妈也希望帮我，但卢美一直不答应，好像怕别人抢了她饭碗似的。好不容易等到卢美回家过春节，我妈便拉着我去找她。卢美看着我，不热不冷地对我妈说："她还那么小，能做啥？"

我也不想跟着卢美出去，担心宋小峰回来见不着我。我总想着有一天宋小峰回来带我出去，但总不见他回来。我想过自己出去找宋小峰，但他妈又不肯告诉我电话、地址。

"他没告诉我在哪，我也不知道他的电话。"宋小峰妈冲我说话，小眼睛望着别处。她的眼睛很像宋小峰的，却比宋小峰的讨厌。我想，她一定看不起我家，看不起我，不喜欢我，怕我跟他儿子有啥事。

我爸身体不好，年轻时就落下胃病，饿出来的。痛得不厉害时，他就默默忍着啥也不说。要是痛得实在受不了，他就趴在床上，用扣着的饭碗顶着肚子，嘴上咬着衣服，不让自己叫出声来。他有时痛得实在受不了，甚至在地上打滚。这几年，他已经干不得啥活，家里家外都得我妈一个人撑着。我妈每天早上6点多钟就起来，一直忙到晚上，但还是天天吃不饱。家里好不容易养大一头猪，卖得一点钱，又要给弟弟交借读费。肚子总感到饿，日子很苦。但最苦也没有见不着宋小峰苦，那是心里苦。不知道他啥时候回来带我一起出去。要不，回来娶我也行。在我心里，自己已经是他的人了。

那年冬天经常下雨，我有事没事就到村口那块富裕牌旁站半天。我望着路的尽头茫茫的远处，心里有股东西往上涌，直涌到眼窝，眼窝里滚出热的液体与天上飘落冷的雨丝混到一起，沿着面颊流下，流进嘴里，咸咸的。

今年春节，听说宋小峰回来了，我心怦怦地跳。我等着他来找我。但等了一天，又等一天，都没见他的影子。我以为他没有回来，他要是回来了，不会不来找我。他知道我会想他，他知道我已经是他的人了。但好几天过去了，也没见他来找我。他家离我家就10多分钟的路程。我悄悄从他家竹篱笆外面走过去，看见他牵着一个挺着肚子的女人在院子里走去走来，头上突然就像被啥东西撞了一下，晕得双脚几乎站不稳。我没有走，故意让他看见。他和那个大肚子女人在院子里走了两圈，小眼睛往竹篱笆外一瞥，突然就做缩头乌龟回屋了。我气不过，捡来几块泥球，狠狠地掷进院子去。我以为他听到响声会出来，但半天没见动静。过了一会，我又扔泥球。他母亲手上捧着个水盆，站到院子里望一眼，说："谁？是不是有人扔东西？"水往地上一泼，好像泼的是我，或者我就是那盆子里的水。

那时暮色已经浓了，隔着竹篱笆她肯定看不清外面。我手上的泥球又狠狠掷进去。

"小峰，小峰！"他母亲叫着，"谁这么缺德！"

"你儿子才缺德！"我在心里狠狠地说，转身走了。

我已经绝望。我一路哭回家，到家里扑到床上蒙着被子继续哭。一首歌在我耳边响起来：有些人，你永远不必等……

村里有人提亲，对方是宋小峰的舅，30多岁，头发有些花白，个子还没有我高。我妈说："要是不出去打工，就嫁人吧。"

我自己跑到山上，坐在我跟宋小峰常待的草地上，望着石山上一朵朵小花，开始是抽泣，后来就放声大哭。我恨宋小峰，我不想嫁给那个头发花白的小男人。哭过后，我就去摘小花，然后编成帽子，戴到头上。戴上就摘下了。我把帽子狠狠地撕掉，扔向山沟。那些小花，一下子都碎了，在风中飘飞起来……我心里恶毒地想象着那些被我撕碎的小花就是宋小峰。

几天之后，我自己去找卢美妈，要了卢美的电话，奔海沧市里去。

三

鸡巴村离城镇30多公里，要坐一个多小时车；离市区80多公里，要坐两小时车。从鸡巴村到海沧市，要转三趟车，在车上颠簸十几个小时。我来到海沧市是晚上9点多钟。卢美对我的到来很意外，她在电话里沉默了好一会，才说："我现在上班。明天中午我请你吃饭吧。"

我问晚上能不能住她那里。她说："我住集体宿舍。你自己找个小旅馆住吧。"

第二天中午，卢美到旅馆找我，请我在路边小摊吃米粉。她说："我在保健中心上班，你不能去那种地方。"

我隐约感到，她是做小姐。村里进城做小姐的，想必卢美已经不是第一个。但谁也没有告诉家里实情，都说在公司或者工厂什么的。有些事，只能自己悄悄地做。有些路，只能自己悄悄地走。

我突然明白她一直不肯让我来的原因，心里突然涌动一股热热的东西，那是对她的感激。

"你能做啥呢？工作不好找的。"卢美说，"到发廊去看人家招不招洗头工吧，要不到饭店去洗碗？"

"你也另外找工做吧。"我说，"要是家里人知道你在保健中心，会难过的。"

"我跟你不同。"她说，"我已经进去了。做一年是做，做两年也是做。我年底就回去了。"

我不好再说啥。我很沮丧，自己到处找工作。我开始在一家小饭店端菜，晚上客人走完，还得洗碗。每天都累得像散架的瓜棚，扶起这边，塌下那边，一躺到床上就感觉不到身体是自己的了。

我在小饭店还干不到一个月，我妈打来电话，说我爸病了，问我有没有钱，寄点回去。我爸一直病着，但穷人的病不到万不得已，是不花钱的，想花也没有。现在，我爸的胃病一定很严重了，要不我妈不会给我打电话。可眼下还没到发工钱的时候，我连买卫生巾都得跟同事借钱。我想是不是跟老板说，先借几百块钱寄回去。那天我一直想这事，但下班时两脚已经站不稳。我想先躺到床上歇一会，再去找老板，但脑袋一碰到枕头就迷迷糊糊睡着了。

我梦见我爸趴在床上，肚子下面顶着倒扣的饭碗，嘴里咬着衣服，额头上冒着苞谷大的汗珠，心一惊，清醒过来，旁边竟然站着人。

"别怕。"老板说，"是我。"

这是厨房旁边的一间小房子，放了一张架床，旁边只能走一个人。房子就我和一个同事住，她睡上铺，我睡下铺。今晚她男朋友过生日，一下班她就出去了。

我闻到一股刺鼻的酒味。老板每天晚上都喝酒，今晚一定喝了很多。他坐到我身边，就摸我，要脱我的衣服。我拼命推他。他停了手，压着嗓子说："你现在很辛苦，工钱又少。我明天给你做迎宾、点菜，这个月就给你加钱。好不好？"

我想着我爸生病的事，但这个时候怎么能开口借钱啊？我本能地双手紧紧护在胸前。

"要是不同意，你现在就走。这个月的工钱也别想要。"口气是狠狠的，身子还动了动，表示要走，但脚并没有挪。

我现在离开，去哪里呢？只能去找卢美了。可是我无论如何也不想到她那里去。

老板突然从身上摸出几张大钞塞到我手上，嘴几乎贴上了我的脸："明天去买衣服。"

我心里一动，觉得他嘴上的酒味好像没那么难闻了。要是答应他，明天就可以给家里寄钱了。我离家那天，我妈五点钟就起来给我做早饭，是平时过年才舍得煎的玉米饼，加了鸡蛋的。我妈说我要坐一整天的车，玉米饼抵饿。我妈送我到村口富裕牌那里，我看见她眼里闪着光，那是泪花。我妈舍不得我离开她，但希望我能像卢美一样给家里寄钱，让弟弟好好读书，我自己也能有好日子过。我坐到小客车上，向我妈挥手时，看见我妈的身边突然多了个人，也向我挥手，那是我爸。那些天，我爸胃一定很难受，话都不轻易讲。我和妈出来时蹑手蹑脚不想让他知道，想不到他出来送我了。我双眼一下子被泪水模糊了。我妈给我打电话的时候，我爸也许胃痛得正在地上打滚。我妈一定很焦急，说不定明天一早她就站到村口富裕牌旁边盼着邮递员送去汇款单！

老板仿佛猜出我内心正在矛盾，又说："工钱每个月加到 1200，就管迎宾、点菜。客人走完，你就可以下班。你还不干？"

我眼里已经蓄满了泪水。

老板伸手摸我的腿，见我不动，就拉我的手。我护在胸前的双手没那么有力了，人穷志短。他得寸进尺，肥大的肚子压得我几乎窒息。热热的液体从我眼窝溢出来，流到脸上，流到脖子上，那不是眼里流出来的泪，是心里的血……

第二天，我就到中国邮政把 300 块钱寄回家了。

我做迎宾点菜不到一个月，厨师把我写的清蒸鱼做成了香煎鱼。我知道，这是一些饭店的潜规则。老板为了推销死鱼，往往就让厨师把客人点的清蒸鱼做成香煎鱼。冻久了的鱼清蒸出来会有不好闻的味道，香煎则可以用佐料把不好闻的味道压住。好说话的客人，给他上了香煎鱼，就说厨师弄错，一声对不起就混过去了。可这次客人很难缠，他们说吃了发臭的死鱼，有人已经闹肚子了，放言整桌子菜都不给钱。老板娘说我写得不清楚，骂老板为啥让一个文盲点菜。两人吵了一架，第二天老板娘就要我走人。我想是不是老板跟我的事被老板娘知道了，客人闹事只是他们争吵的借口。饭店里有人说过，老板很馋，只要服务员长得有些模样，他都不会放过。因此老板娘总像防贼一样提防他。但不管啥原因，总之我得走人。

我抱着装衣服的塑料袋，到处找工作。这时，我妈又打来电话，说要给弟弟交借读费，让我再寄点钱回去。我刚在饭店领到 1200 块钱，寄了 1100 块，然后继续找工作。

我一路看街上贴的小广告，联系了几处，不是人家嫌我小学没毕业，就是我嫌待遇太差。有家发廊月工资 1000，还管午餐，我能接受。但试用两个月没有钱，也不包住，这两个月我哪来钱租房啊？

手机突然响，是小饭店老板打的。他问我在哪里，想见我。我问他啥事。他说："我找个地方给你住，养着你，你给我生儿子……"

我真想说："留钱养你自己的女儿吧！"但话到嘴边却没说出来，只是使劲摁掉电话。晚上 10 点多钟的时候，我不知不觉走进了保健中心。我只是想跟卢美说说话，并没有在保健中心做的打算。

"你坐夜车回去吧。"卢美说，"我给你路费。"

"我明天还去找工作。"我说。

当晚我就睡卢美的床铺，反正她晚上不回去睡。天将亮时，卢美下班，我已经起来了。这天，我一直在街上走，越走越失望，到下午 3 点多钟时，两条腿都走麻了，估计卢美也睡醒了，我才去她那里。

"你还是回去吧。"卢美说，"回去找个人嫁，不在鸡巴村就行。"

我担心回去我妈要我嫁给那个头发花白的小男人。我绝对不嫁那个小男人。

"要不，我今晚就接两个试试？"我好像要跟谁赌气。

卢美不吭声，只看着我，样子怪怪的。

"你别这样看我。我也是跟男人上过床的了。就那么回事。"我说，"但在这里公平，一躺下就收钱。"

卢美沉默了好一会，说："我真不希望你走这一步。你这只脚一跨出去，这一生就跳进大海也洗不清了。"

"不就是跟男人干那事嘛，洗不清就洗不清！在这里干跟和宋小峰干有啥差别？跟和小饭店老板干又有啥差别？"

这天晚上，我接了好几个客人。卢美问我咋样。我说："就那样。"

四

我们上班就在待客室等客人。待客室是一间40多平方米的大房子，靠墙摆着沙发，常常坐成一个大大的女人圈。有天我数了数，整30个。我们这些吃夜饭的雌猫，被折腾个通宵，凌晨一倒下往往就睡到下午三四点，然后起来漱洗、吃饭，再来到待客室待客，接着被折腾。夜复一夜，昼昼如此。心也不甘情也不愿，但个个都乐此不疲。姐妹们之前都有一段不寻常的经历，而不寻常又各有不同。因为来来去去的，流动性大，相互间少有真诚交流，我来的时间也不长，熟悉的并不多。

待客室在电梯右边，客人从电梯出来去房间，一定得从待客室门前经过。7点钟以前，很少有客人。姐妹们随便地坐着，随便地闲聊。

"大家猜猜，今晚谁第一个上钟。"这是刚上班时姐妹们常说的话，无话找话。

"谁第一个上，今年就行桃花运。"卢美说。

卢美喜欢穿短裤短衫，肚脐总露在外面，乳房也露出一大半，姐妹们叫她"卢姐"往往故意叫成"露姐"。最近，程发禄对她产生了怀疑，老打电话问她房地产公司的情况。她对我说："真烦人，老娘年底回去就不来了。在村里开间小店，做个小老板。"

姐妹们都有个目标，狠狠攒一笔钱，然后回去建房子，或者开店做生意，过别人羡慕的生活。希望今天的一劳，明天得以永逸。

6点刚过，电梯里出来一个戴墨镜的男人，前台的张姐马上扭着屁股迎上去。张姐个高，长得漂亮，还故意穿低胸衫，让客人先看她的料，以此刺激客人的感官。据说，她以前也是小姐，钱多了长本事了，就与别人合伙开这间保健中心，经营小姐。

"先生想上什么项目呢？"张姐问。

"项目"是张姐最近才说的，以前她招呼客人一般都直接问："按摩、洗脚还是吃快餐？"也许"项目"才是赚大钱的行当，听起来也文明舒服。

张姐一定希望她的客人舒服，希望她的"项目"赚大钱。

客人上身穿件深灰色T恤，走到待客室门前时停住脚步，宽大的墨镜往待客室一照，引得姐妹们一阵兴奋，目光一下子都往他身上瞟，努力挤出笑，希望自己被看上。但客人脚马上挪动，径直往通道里面走，边走边说："项目——都有些什么项目？"

张姐说："足疗、按摩，还有……"

客人和张姐离开我们的视钱，客人的声音我们也听不清了，只听张姐说："小姐都在那里，你要不要看看？"

有的客人自己选小姐。有的客人只跟前台讲要求：年轻漂亮、身材苗条、服务态度好……好像到了这里，要啥有啥似的。

几分钟后，张姐走过来，叫道："32!"

32是我的号。姐妹们的目光都投向我。我长得不出众，穿着也土，不轻易被客人看上。今晚能第一个上钟，有点意外的欢喜。

"那是张姐照顾你。"卢美说。

我抱着床单枕巾去到房间，看见客人手拿墨镜，正站在房间中央望着天花板。

我走到他跟前时，他脸转向我，问："多大？"

"20。"

我仰起脸看他一眼，他年龄应该在50上下，人很壮实，但面色有些苍白。

客人说："周岁19吧？"

"是。"

"会按摩吗？"

"你要按摩？"我说，"我另外给你叫一个……"

"不用了。"客人看着我抱在怀里的床单，"铺吧。"

我铺好床单，木然地站着。客人的目光在房间里扫去扫来。房间里只有一张床，一个床头柜。他的目光停在墙灯上，然后就走近认真看，好像上面藏着啥秘密似的。我觉得这客人有些怪。

"不会是摄像头吧？"

"那是灯，坏掉了。"我差点笑出来。原来他担心这个。

"不会按摩。那你会什么呢？"

"快餐。"我轻轻地说。

这里没有几个小姐会按摩。保健中心租用宾馆的楼层，对外讲做足疗、按摩，但来这里的客人多数是吃"快餐"。这里比夜总会相对隐秘些。入住的宾客进进出出，一旦进入电梯，谁也不知道你到哪个楼层。这里设施档次虽然不高，但因为生意好，漂亮小姐也不少。

客人走向房门口，我以为他要走，但他只是动一下门闩。我刚进来时，已经扣上了。他折回来，说："来，我们坐下聊聊。"

我站着不动。我有些糊涂，吃快餐就赶快，吃完就走，有啥好聊的？

客人见我不动，走近我，手按在我肩上。我感到有些重，身子往下一沉。他高出我一个头。我已经1米63，他至少也有1米75吧？

我主动解衫的扣子。

"别急。"客人说，"我们先聊聊天。"

我们都喜欢干脆的客人。快餐快餐，吃完就收台好让别人吃第二餐。吃得越多，赚的钱也越多。客人一般也猴急，进来就恨不得一下子把小姐剥光，把所有时间都用到"吃"上面。仿佛吃自助餐，吃的时间越长，吃得就越多，心里就越满足。

我希望他快点，还是想脱衣服。

"我都不急，你急啥？"他把我要脱开的衫披好，"我们先聊聊天。"

我问："你来这里是要聊天的吗？"

"得找感觉嘛。"客人说，"叫啥名字？"

"查户口啊？"我心里有些不高兴。虽然，有些客人也问我叫啥名字，但那是吃快餐时随便问的，不一定要回答。而他，问得很像一回事。

"我是 32 号。"

"贵姓？"

"免贵姓萧。"

"小萧，好。"客人说，"到这里多久了？"

客人也都喜欢问这个问题，但有经验的姐妹都会说"刚来"，或者"才来几个月"，让客人心里舒服。客人都希望接待他的小姐刚出道，最好还未开苞。

"才来几个月。"我说。我说的是真话。

客人手机震动。他看了看，摁掉了。很快，就收到信息。他看过信息，站起来说："我有事得走。下次再来找你，好吗？"

信息是不是他老婆发的？这么怕老婆，还来找小姐？

"好，来聊天。"我心里怨他浪费我的时间，机械地说。

他走两步，突然站住从口袋里掏出两张红钞，转身递给我："给你聊天费，对不起了。"

张姐见客人出来这么快，以为人家不满意我，问："要不要换一个？"

客人说："跟小姐无关。我临时有事。"

"那走好。"张姐说，"欢迎再来。"

电梯门关上后，张姐紧锁眉头，问我怎么回事。我说："客人收到信息，说有事要走。"

我交给她小费，她还我一张，紧锁的眉头松开了。

姐妹们都以为客人不喜欢我。但奇怪怎么不换人，还给钱。小陆姐问："干了？那么快啊！"

"一定是个阳痿。"卢美说，"我碰到过，任你怎么吹，就是根猪大肠。"

"不行还来，不是傻帽吗？"小陆姐说。在保健中心，除了卢美，平时跟我说话比较多的就是小陆姐。小陆姐和卢美来保健中心前就认识。

我不吭声。心里只想着客人那句话："我有事得走。下次再来找你，好吗？"一些客人离开时都会说："下次再找你。"但来了往往就找第二个了，人家要换类型。

这天是周六。

<h1 style="text-align:center">五</h1>

第二天，也就是周日，下午 6 点刚过，电梯门一开，戴墨镜的客人又来了。张姐照例扭着屁股颤着胸迎过去。

"给我叫 32 号。"没等张姐吱声，他就说。

"32 号。"张姐冲待客室叫道。

我有些兴奋，马上去取床单枕巾。姐妹们叽叽喳喳，在那里嚼啥舌头，我一句也没听清。

再次见面，他对我反而感到陌生了。他摘下墨镜看着我，从头发到脚趾，让我突然局促起来。我铺好床单，在床前站着，还是有些木然。他脱掉皮鞋，把墨镜放到床头柜上，就往床上躺，然后向我招手，要我躺到他身边去。

我们都穿着衣服。

"我今天累了。"他手揽到我身上，"我们就这样躺着聊天。好不好？"

"好。"我说。我突然想，要是客人都像他这样聊聊天就走，那多好。当然，钱也要像他一样给。

"上次聊到哪了？"

"我有事得走。下次再来找你，好吗？"我故意学他说话的腔调，但学不像，显得很难听。

他笑起来，左手在我胸部轻轻捏了一下。我叫起来。不是痛，是痒。我想起我以前的男朋友宋小峰。宋小峰第一次就是这样捏我的，也是隔着衣服。

放在床头柜上的手机震动，他看一眼，没有接。

"你很忙啊？"我说。

"不忙。"他说，"这个时候要忙也是忙吃饭了。"

"有人却忙着聊天。"我说。

手机又震动。他看一眼，还是不接。

我说："接啊，为啥不接？"

"不接，人家就知道我没空。"

"不会又是老婆的电话吧？"我说，有些挖苦他的意思了，"接了可以说：'我没空，正跟人聊天。'"

"你很调皮嘛。"他说着便解我衣服扣子，"我得好好治你。"

"不聊天了？"我说。

"聊啊！谁说不聊？"他说，"老家在哪？家里都有些什么人？"

不少客人也问过我这些，都是无话找话。要是我觉得没有恶意，便都实说。

他一点一点地脱我的衣服。这次不会只聊天了。

我从包里拿出套套，他即亮出自己手上的杜蕾斯，说："喏。"

"读了几年书？交男朋友了吗？"

"书没读几年。"我说，"男朋友有过，分了。"

窗外突然有响声，他的手马上停下，眼睛瞅着窗帘。

"没事的，我来了几个月，从来没有人查过。"我说，"这个时候谁不回家吃饭了？"

他摆摆手，让我不要说话。我们静静地躺着，过了很久也没见啥动静。

"出来，是不是因为与男朋友分了？"他问。

"是，也不是。我们村叫鸡巴村……"我说。很多人很多事一下子都来到眼前，我心里滋味怪怪的，难过、怨恨、委屈、懊悔……说不清，鼻子一酸，眼泪就溢出来了。他从床头柜上拿过纸巾，轻轻地替我揩，一下又一下。

"我很高兴认识你，但真不希望在这里。"他说。

"这里的姐妹，都想着干几年攒一笔钱，然后回去重新开始。"我说。

"你也这样想吗？"

"没想好。"我说，"反正没地方去，过一天算一天。"

"你要是长胖几斤就好了。"他的手离开我的胸部，移向别处。

"在家里天天吃不饱。"我说。

他一双宽大绵软的手在我身上缓慢地游移，几乎惠及每个地方，没有厚此薄彼，一遍又一遍，温柔而熨帖，那真叫享受。小时候母亲哄我睡觉，搂着抚摸我，也不过如此。我接触过一个客人，他使了身上所有的劲折腾，恨不得把我生吞了。以为自己花了钱，不能吃亏。最后瘫倒那里，脸色都变死灰了。还有一个客人，一开始就抓住我的奶子使劲捏，我痛得叫起来。他说："你叫啊，叫得越大声我越过瘾。"我警告他："你要不放手看我捏碎你的蛋！"

"你真好。"我说，"要是客人都像你这样聊天就好了。"

"聊天！"他轻轻笑起来，身上使劲动了好几下。

完事后，他到卫生间折腾了很久，反复搞清洁。我感觉他很讲究。但讲究，为什么还要到这种地方来呢？

此后，他每周都来一次，不是周六，就是周日，都是下午5点多钟的时候，都点名要32号。除了按正常支付费用，他还私下给我钱，开始是100，后来就增加到200。他说："那是聊天费，你不要跟老板说了。"

"你真会聊天。"我说。

从此"聊天"成为我跟他之间的专用名词。这种有规律的聊天，持续了好几个月。我们的聊天越来越默契。

周六周日是我盼望的日子，也是我兴奋的日子。下午，我起床后就洗澡洗头，用的沐浴露和洗头液都是他喜欢的，香味很淡。我穿衣服，也总是想着他是否喜欢，身上还不忘洒他送的香水。在他之前，即使有客人点我，我也不会接待。跟他接触后，我对不喜欢的客人态度就不好，甚至一开始就故意不给客人笑脸，让客人自己提出换人。这个时候，前台一般就让卢美上。卢美对啥客人都能包容，她说来者都是客，只要给钱就行。她对客人的服务都很周到，啥样的客人对她都会满意。

我一直猜想他的身份、职业。有一天，我突然问他："能告诉我你是干啥的吗？"

他反问："你看我像干啥的？"

"做生意？"

"我像生意人吗？"

我觉得不像。他总是那么守时，那么爱干净，那么温柔……做生意当老板的人也来这种地方，但我总感觉他不像生意人。

我说："你像当官的。"

他一怔，想说啥，却没有说出来。

"你像我们村支书。"我说，"但村支书不戴墨镜。我们村主任倒是喜欢戴墨镜，但品位太低。有一天他戴着墨镜，穿着新西装，领带只挂在脖子上，没系好。脚上穿双拖鞋，在村里走去走来，故意让大家看。"

他忍不住轻轻笑起来。

"当官的人不会来这种地方吧？"我望向天花板，像自说自话，"当官的怎么会来这种地方呢？"

"谁说当官的就不能来？"他说，"脱光了，人都一样。你们村主任村支书跟我没啥差别。"

"你跟别人不同。"我说，"你第一次来，还以为墙灯是摄像头。你特别胆小，像我们家玉米地里的老鼠。"

"谁想让别人知道自己到这里来！"他说，"你真傻。"

我看着他放在床头柜上的墨镜，想着他戴着墨镜那神秘样子，逗他："你戴着墨镜的时候，像电视上的坏人。"

他说："你觉得我坏吗？"

"坏！"我得意极了，笑着说，"你是坏男人，我是坏女人。"

他也笑，但笑马上僵在脸上，那样子像刚喝过中药。

我问他姓啥。他沉默了好一会，说："免了吧。我不想告诉你，也不想随便说个姓骗你。"

我说："要不，我叫你墨镜吧。"

他偏脸看一眼那副墨镜，嘴角绽出一丝笑："好啊。"

我从此叫他墨镜。

姐妹们有时喜欢互相捉弄，说谁"中彩"了，也就是得性病了。我担心自己是否染上病，传给墨镜，每次他要来时，我都反复看自己身上有没有长啥东西，每次都挑选看上去比较新也比较干净的床单枕巾抱过去。

有一次我问他："到这种地方来，怕不怕得病？"

"你自己怕不怕？"他反问。

"我是没有办法。"我说，"为生活。"

"我也是没有办法。"他说，"我肚子饿。"

"没结婚吗？"我说，"老婆不在一起？"

他沉默了一会，说："聊不到一块。"

"不可以离婚吗？"

"我这代人，结婚难，离婚比结婚更难。"他说。

"不可以交女朋友吗？像你这样的人，交女朋友一定很容易。"我说，"干吗要到这种地方来呢？"

"交女朋友容易，但做别人的男朋友不容易。其实到这里来最省事。"他望着天花板，缓缓地说。然后就陷入沉默。他脸上表情有些复杂，眼神郁郁的。那眼神我最熟悉不过了，我爸要是心情不好，就是那个样子。

我不知道跟他说些啥，手搭在他身上，轻轻地搂着他。

他抓过我的手，捏着，说："你不要干这个了，回家去吧。"

"要是我们都不干了，你还能找谁吃快餐啊？"

"那就不吃了。"他说。

有一个周六墨镜没有来，周日晚上我一直等着，也迟迟见不到他。我想也许他有事没忙完，迟些时候会来。有客人点我，我也不上钟。直到深夜，也没见他的影子。我失望得对谁都没有好脸色。有个客人很不高兴，说："不愿干可以回去啊，我不是花钱来买气受的。"我反而得意，心里说：谁叫你花钱买气受！天将亮时躺到床上，觉也没睡踏实，总担心墨镜会出啥事。我责怪自己，怎么不问他要个电话号码呢？当然，那是不可能的。客人可以要我们的电话，却不会轻易给我们留电话。他们永远掌握主动。

我问卢美："小姐有没有可能跟客人产生感情？"

"不可能。有的只是交易。"卢美说，"怎么，你喜欢上墨镜了？"

我摇摇头，莫名其妙地一笑。

我跟墨镜除了交易，真是没有一点感情吗？

六

一天，我看到卢美露出的肚皮上有几个红点，问她是不是蚊子咬的。她说是。但红点好多天也不消失，反而变得更红更大了。她不断往那上面涂清凉油，但红点越来越多，有些已经长成水疱。

我说："你真中彩了？"

姐妹们也看到了，都担心卢美的病传染给自己，劝她快去看医生。她坐过的地方，姐妹们都不肯坐了。姐妹们私下说她得的是梅毒、疱疹什么的。我平时跟她接触最多，有时她还睡到我的床上。她说我床上的气味闻着特别舒服。这气味也许是墨镜留给我的，他除了穿着整洁，身上总带点淡淡的男士香水味。不像一些男人，身上不是烟味汗味就是叫不出名堂的怪味。

卢美自己也害怕了，第二天就让我陪着上医院。市第一医院皮肤科只有一个医生，候诊的病历排了厚厚一叠。护士说："上午轮不到你了，下午再来吧。"

卢美心急，要去德康医院看看。德康医院是家民营医院，治性病的广告几次贴到保健中心的电梯门口上，也几次被撕了下来。

我说："德康你也信？"

卢美说："我们去看一下，听他咋说，不在那里医。"

我觉得这样也行，便陪她去德康医院。我们来到医院门口，身披红绸带的女孩子远远就迎上来打招呼，然后带路挂号带路进诊室，跟保健中心的张姐一样热情。

医生是个40多岁的女人，黑框眼镜占了大半张脸。她看见我们进去，脸笑眼睛笑嘴巴也笑。她面前的小桌子压着块大大的玻璃板，玻璃板下是一张复印的《通知书》：某某女士，经国际医学研究会研究，你被选入世界名医名录……我和卢美顿时对她多了三分尊敬。她见我和卢美那样，笑的脸笑的眼睛嘴巴马上庄严起来。

"问题不大。"她看过卢美身上的红点，拿过单子就刷刷地填，"先做化验吧。"

"非要化验吗？"卢美问，"化验要多少钱？"

"这种情况肯定要化验。"医生很快就填好两张单子，"德康化验的费用只有别人的一半。你放心。"

卢美犯难了，望着我。我也没有主意。我们两个走到外面，互相望着。卢美说："化验哪里都一样吧？要不，先在这里做化验，看了结果再说。"

卢美拿着化验单去交钱，总共200多块钱。下午，医生看过化验单，说："梅毒，疱疹。趁现在还不太严重，赶快医吧。"

卢美两只眼睛可怜地望着医生："要医多长时间，得花多少钱啊？"

"像你这种情况，打几天针一般就可以了。"医生说，"钱嘛，要好几百。"

"那好吧。"卢美显得很爽快。她交钱取药时，我就在门口边看墙上的宣传画。上面有市长陪省卫生厅厅长来检查指导的大幅照片。卢美要去打针时，我说："你怎么在这里打针了？"

"医生不是说打几天针，花几百块钱就能治好吗？到市医院打一针也少不了几百块。"卢美说，"我一听梅毒、疱疹，心都颤抖了。"

得场感冒，花几百块钱，打几天针也不一定能好。要真像医生说的那样，最好不过了。但我感觉这医院不地道，只是不知怎么说。

卢美看着墙上那幅照片，说："要是医院不地道，市长厅长能来检查指导吗？那医生还是世界名医呢，你刚才也看到了。"

卢美在收费处交 400 多块钱换到的注射证，护士给她打过针就收走了。回去的路上，卢美后悔了。她说交钱时还以为医生开的是几天的针，谁知一次就打完了。但现在要换医院，还得重新做化验，说不定也是这么回事，便认了。

中午我们在路边的一间小店吃饭。小店旁边有间彩票店，门口上刚拉出一条标语：幸运旺站，半年中出三次大奖！

卢美看着标语，脚半天挪不动。我已经走进饭店，又走出来。

"等会我们买一注。"卢美说，"就一注。"

米粉有两种，牛杂的 6 块钱一碗，猪头肉的 4 块钱。卢美说："我本来要吃 6 块的，现在就吃 4 块得了。留 2 块买一张彩票。"

我觉得还不差那 2 块钱，吃了 6 块钱的米粉，也可以买一张彩票。卢美却说："用省下来的钱买可不一样。都说点火照（道）路，没说点火照肚（子）。吃进去啥谁看得见？4 块是吃 6 块也是吃。要是不中，那 2 块钱就当自己吃掉好了。"

卢美跟我说过，她刚到海沧市时几乎天天买彩票，少的时候一天买几十，多的时候买几百，一次也没中过。那个时候，她花的是别人的钱。

"我现在已经没有收入了，得碰碰运气。"卢美说，"我不相信老天就那么偏心，只让我中那个'彩'（性病）而不让我中这个'彩'（彩票）！"

我心里酸酸的，想哭。

吃粉的时候，我们桌子上就放着4块零钱。我们一边吃米粉一边谈论，设想着这本来要吃掉却因为心中有梦而省下来的4块钱将给我们带来啥。我们都希望那张小小的彩票能改变我们的命运。不要多，只要中一百几十万，我们的人生马上就改变。

"要真中了几百万，你想怎么花？"我望一眼卢美。

"离婚！"卢美声音有点大，旁边马上有人看过来。她有些不好意思，压一下嗓子又说，"然后带着父母孩子进城买房……你呢？"

我要是中了几百万，我也许就在宋小峰家对面建楼房，开商店；也许把父母和弟弟接到海沧市来，然后开商店做老板……

"我中了，给你一半。"卢美说，"中一个亿也说不定。买两块钱中几个亿的也有呢！"

我说："我中了也给你一半。"

两个人都拿天上的月亮做人情，清汤寡水的猪头肉粉吃得有滋有味。对疾病的担心、在德康看病的懊悔，暂时都被卢美抛到脑后了。吃完粉，我和卢美每人买了一张彩票，得到的回报是"谢谢支持"。

卢美要走时突然又站住，掏半天从包里拿出5块钱买一张彩票，不中。拿着找回的3块，犹豫半天再买一张，还是不中。她晃一下手上仅有的1块零钱，看着我，问："你有没有1块零钱？"

我掏出1块钱给她。她说："中了算我们合买。"

结果，得到的还是"谢谢支持"。

卢美失望得耷拉着眼皮，我看着心里很难受。

七

据说梅毒疱疹传染性都很强。我很害怕，甚至担心已经被传染上了。我想，墨镜要是再来，就告诉他，有个姐姐得病了，让他不要来了。或者说，我跟这个姐姐接触比较多，很危险，你不要跟我聊天了。

过了一周，墨镜来了。见到他我喜出望外，就管不住自己，准备要说的话竟没有说出来。

聊天时，他说上周到外地去了。

"我还以为你不来了呢。"我说，心里无端涌起一阵凄戚。

他使劲搂了搂我，有些动情地说："我怎么舍得你这个小宝贝呢！"

卢美隔几天去一次德康医院，每次打针的钱都要翻番。医生说，别人这种情况，一针见效；第二针皮肤上的红点就变成褐色然后慢慢消失；第三针巩固疗效就OK了。她的病有些特殊，现在要用进口药了。卢美没了主意，只能听医生的了。

卢美的病，像块无形的东西压在我心上。墨镜再次来聊天，我终于说："这里有个姐姐得病了。"

他怔了一下，说："你们这一行，得病不奇怪。"

"这个姐姐跟我关系很好，是个老乡。"

墨镜搂着我的手悄然松开了，聊天草草结束。临走时，他另外给了我1000块钱，让我去做检查。

第二天，我悄悄去市第一医院做了检查。在等待结果的大半天时间里，我想了很多。没事当然好，要是传染上了，怎么办？要治多久？花多少钱？我越想越害怕。好不容易等到下午取了结果，医生说没事，我悬着的心才落地了。我恨不得马上见到墨镜，告诉他我没事。我没事，他就没事，让他放心。

晚上，墨镜总算给我打电话了。

"我想见你。"他说。

我以为他要来保健中心："那我等着。"

他说："我不去那里了。你方便出来吗？我找个地方。"

我们一般是不能出去见客人的，经前台同意出去，回来也要交钟费。我跟张姐说，身体不舒服，要出去买点药。

一个小时后，我坐出租车去海亚饭店。司机是个 30 多岁的男子，他侧脸看我一眼，想说啥却没有说。出租车停稳，马上有人在外面拉开车门，我以为遇到劫匪，吓了一跳。我走到大堂玻璃门前，玻璃门就自动开了。大堂比我们村的晒场还宽，灯亮得像白天。服务生把我领到电梯门口，还帮我按了电梯按钮。这饭店服务真好！我突然想起出租车司机看我时的奇怪表情，他一定怀疑我那么老土怎么会到这么高级的饭店。

墨镜的房间在通道尽头，我一敲，门就开了。

"你真聪明。"墨镜说，"会找到这里来。"

"我又不傻。"我说，"海沧市有几个海亚饭店？"

他第一件事是要看我的化验单，幸好化验单就在我包里。

"算你幸运。"他把化验单放到床头柜上，抱住我说。

"你也幸运。"我说，"要是我传染了，你也跑不掉。"

他注视着我，像看一个从来不认识的人，半晌才说："那我还得好好感谢你哦。"

房间又大又整洁，让人看着十分舒服。他聊起天来很放肆，不断地换地方、换姿势，一会让我这样，一会让我那样，还不时问我感觉如何。

"你真会聊天。"我说。

"你不要回保健中心了。"

"我也不想回去了。"我说，"但我不知道能去哪里。"

"回家吧。"他说。

我沉默着。我现在还不想回家。我现在回去，村里人会看不起我，说我在城里找不到工作，混不下去。我爸妈也觉得奇怪，怎么突然就回来了？我到保健中心做小姐后，曾告诉过他们，我也在房地产公司卖楼，钱也不少寄回去。这一步走出来，我真不知道还能不能回头……

"要是不想回家，在这里找点什么事干也行。"他说。

"工作不好找。"我说，"工钱也太少，还不够养活我自己。"

他沉默了好一会，突然问："租个地方，开个小店，怎么样？"

我银行卡里的钱只有几万块，能租啥地方开店呢？

他又沉默了好一会，然后说："你没有经验，有钱也不要一下子就投入很多。从小做起，慢慢来。"

我真的没有信心，但我决定不回保健中心了。

他说："要是保健中心没放什么贵重东西，也不要去拿了。今晚你就住这里，明天马上找房子租，先安顿好，再慢慢找事做。"

我觉得有些茫然，不知道下一步怎么走。

"遇到什么问题就解决什么问题。"他说，"勇敢点。看你也不是懦弱的人。路都是人走出来的。车到山前必有路。"

我给张姐打电话，说我不回去了。墨镜亲了我的脸。我知道，他是奖励我，也是鼓励我。在此之前，他的嘴唇从没碰过我任何地方。在此之前，他也不让我碰他的脸。他亲过我之后，我用手摸了他的脸。他的脸丰满细腻而且没长啥斑点，只是左眼袋下面有颗小小的痣。听老人说，那叫流泪痣，人长流泪痣不好。

"没想过点掉它？"我的手停在那颗痣上。

"我不迷信。"他一笑说，"你明天就找房子租，一房一厅就可以了。我不会到那里去，只要你自己喜欢就好。要是一时租不到房，就先住宾馆吧。明天下午我会给你电话。"

他考虑事情真周到，我从心里感激他。

我以为他这天晚上会陪着我，但小睡一会他就走了。他说房费已结，我第二天上午 12 点前离开房间就行。

第二天我租了房，就到商店买日用品，买衣服。几天后，墨镜约我到海边一家宾馆。我换上新买的衣服，想着他见了会说我穿得漂亮，心里就有些兴奋。想不到，他只是微微一笑，啥也不说。

"不好看吗？"我问。

他还是微微一笑。

"几百块钱呢。我是特意买了穿给你看的。你别不领情。"我说。我以前的衣服没有一件超过 100 块钱。

"衫太艳，不适合你。"墨镜说，"裤子与衫的颜色式样也不协调。"

我头上像被泼了一盆冷水。

他说："你以前穿的衣服质地都不好。但看起来也舒服。"

"你是说我土，只配穿那些衣服吧？"我不高兴了。

"你小心眼了，土其实没有什么不好。"他说，"土是实在，是朴素。我本来就喜欢你的土。"

"你对我那么好，是不是就因为我土？"我说。

他也不分辩，只是傻傻地笑着。

"可你为啥穿得那么讲究！"我不服气。

"我穿着的原则是整洁得体。"他说，"女人其实也一样。有条件可以选质地好一点的。要是穿得花里胡哨，那就妖了。"

我们一边"聊天"一边谈做生意的事。我还是没有信心。我担心赚不了钱。

"你在家里种过庄稼吧？你知道它一定有收成吗？"他说，"但农民哪个不种？只有播了种，才有盼着它长大、盼着它结果的希望。你不种，哪有什么希望？"

这天晚上，他搂着我睡着了。我见他睡得很香，没有弄醒他，尽管我一动不动很不自在。我想，白天他一定很累。他醒时已近 12 点，匆匆起来，匆匆离去。

一连几天，我都在街上窜，找能做小生意的店，同时也找工作。我想要是没有合适的小店，找份合适的工作，先做一段时间也行。但小店无望，工作也无望。

我觉得自己很无能，无奈地去赴墨镜的约。他跟我聊天时告诉我，西安路与济南路交会处，北面有一排平房，都是卖杂货、水果的小店。有间关张的，正在招租。

我想，这不会是偶然发现吧。也许，这几天他一直帮我寻找。我心里一阵感激。

"上面有联系电话，你明天去看看。"墨镜说。

第二天，我找到那个地方，果然有一间屋子要转租。我给屋主人打电话后，就跟旁边卖水果的阿姨打听情况。阿姨姓黄，40多岁的样子，人很健谈。

"主人做大了，租了大铺面。"黄阿姨说。

主人很快就来了。我跟主人谈价时，黄阿姨帮着我说话："小萧是山妹子，刚到海沧来，人生地不熟，你就当关照她吧。"

租金要价不算贵，但屋子很破烂了，地板墙壁还有天花板都要弄。屋主不肯花这笔钱。小本生意，店铺不好找，我想想便签了合同。

八

我忙于自己的事，好多天都没跟卢美联系。我以为她治好病回家去了。有一天，她突然给我打电话，气哼哼地说："我被那世界名医骗了！"

我说："你到市医院去看吧。当初真不该到德康去。"

卢美得病后，保健中心就不让她住那里了。她天天为住地为治病发愁。她本来跟程发禄说好，要回去，现在回不去了。她编了很多理由，程发禄都不相信。

"程发禄说，要是我不回去，他就来找我。"她在电话里突然哭起来。

听我妈说，卢美妈是在人贩子手上生病后被丢到山沟里，让卢家人捡回来的。当时，她只有几岁，病得很厉害，已经哭不出声。卢家人把她抱回家，给她服草药，最后活了下来，还越长越漂亮。长到16岁，就跟28岁的卢美爸进了洞房，让鸡巴村所有的男人羡慕。她为卢家生下三个女儿，没有儿子。卢美是老大。

卢美爸为了养活几个孩子，曾到外地去做矿工，回来后就得了气喘病。随着年龄增大，喘得越来越厉害。卢美17岁那年，卢美妈又突然闹头痛，活没法干，还得花钱看医生。两个妹妹整天喊饿，卢美爸喘着气叹息。

村主任程发贵对他们家很关心，给他们送钱，还送去大米。一天晚上，村主任送钱后，让卢美跟着到外面去，要单独跟她说点别的事。卢美跟着村主任走出大门，村主任就拉她的手。村主任说："你家有困难，我一定帮。你不用担心，谁叫我是共产党员！"卢美想，帮就帮，拉我手干啥嘛？她预感村主任下一步要啥，站住不肯往前走了。村主任突然抱住她，嘴要贴到她脸上。她使劲挣扎。村主任的双手像两把钳子，一下子把她钳得动弹不得，她害怕得哭起来。

"小——美……"那是卢美爸的声音，因为气喘，两个字的距离很远。

村主任见卢美爸追出来了，说："我是为你好。不同意就算了，哭啥嘛！"

卢美还在哭。

村主任对走到身边的卢美爸说："我想让小美嫁给发禄，小美不同意。不同意就算了，哭啥嘛！"

卢美回到家，卢美爸问是不是村主任让她嫁程发禄。卢美摇一下头，突然又点头。

程发禄去年年头娶的老婆，年尾生孩子死了。村主任抱过卢美没几天，媒人找到卢美妈，要把卢美说给程发禄。卢美在门外听到了，进去说："为啥要我嫁一个跛佬？"

媒人说："别看他跛，想嫁他的人还排着队呢！"

这牛皮吹大了。虽然程发禄家一点不穷，他家房子是村里最好的，猪栏都砌水泥砖的了；几年前家里就买了粉碎机，全村人的玉米都拿去他家加工；他家不吃玉米糊，吃的都是大米饭。但毕竟也是鸡巴村，村外的女孩不轻易嫁进来，村里的女孩一心要往外嫁。谁排着队嫁给他啊，除非宋小峰家的羊！

"人活着谁不想过好日子，你嫁到程家就马上能过上好日子。"媒人又说。

"那样的好日子我不想过。"卢美说。

卢美妈对媒人说："孩子不懂事，你容我说说她。"

第二天，程发禄带着两瓶酒，一拐一拐来到卢家院子。卢美一见他就关门。卢美妈骂："村邻村里的，有话好好说，关啥门嘛。"开了门要卢美出来见程发禄。程发禄眼睛看着卢美，手上的酒递给卢美妈。卢美妈说："我们家没人喝酒，你拿回去自己喝吧。"

卢美走开了。卢美妈和程发禄面对面站了好一会，程发禄才说："卢美嫁了我，我一定对她好。你放心。"

程发禄走后，躺在床上的卢美爸喘着气历数了程发禄许多毛病，比卢美大十几岁腿不好还在其次，要命的是好赌。

卢美妈说："赌钱是要让他改。他不改就不让小美嫁他，看他改不改！"

程发禄此后几次到卢美家，向卢美妈表决心，向卢美爸表决心：再也不赌钱了。

媒人来的次数多了，卢美爸妈心里慢慢就有些松动，表示由卢美自己做决定。卢美说："看着他那样子喝水都塞牙，别说白米饭。"

卢美妈头痛越来越厉害，后来就起不得床了。程发禄对卢美说："要是你答应了，我立马给你家 1 方水。"1 方水就是 1 万元。

1 万块钱当时对卢美家来说，简直是天文数字。她想这个时候除了嫁程发禄，已经没有别的办法弄钱给她妈治病了。作为大女儿，要是对母亲的病痛无动于衷，她爸怎么想？两个妹妹怎么想？村里人又怎么想？

刚结婚那阵，程发禄确实没有再去赌钱，整天在家，白天也要卢美给他干那种事。卢美刚到程家时最痛苦的是两件事：一是吃饭；二是睡觉。

面对程发禄，餐桌上摆啥她都没有胃口，常常过后自己悄悄一个人吃。晚上睡觉她从来不让程发禄点灯。程发禄要她时，她总拿枕巾盖着自己的脸。这样的日子，一直到第一个儿子出生。

程发禄虽然腿跛，但床上的事一点不打折扣，生育能力也超强，3 年多时间，三个儿子先后加进了鸡巴村接班人的行列。卢美带三个小孩，慢慢变成了另一个人，只有忙碌，没有痛苦了。

第二个儿子出生后，程发禄又出去赌钱了，除了吃饭睡觉回家，平时在哪里，卢美根本不知道。当然，她也不想知道。

要是村主任程发贵不出事，卢美也许不会出来打工，也许就不会有今天。

外省扶贫单位给鸡巴村一笔钱修村公路，公路开通不久，突然有辆闪着红灯的警车开到程发贵家门口，把程发贵带走了。据说，程发贵出事跟修村公路有关。

村公路通车那天上午，来了很多汽车，穿西装系领带的人一个接一个从汽车里钻出来，背靠村口那块富裕牌站着。他们前面拉着一条结着红花的红布。村主任让村民们都站到红布条另一边，与那些穿西装系领带的人面对面站着，作为听众。好几个穿西装系领带的人轮流着讲话之后，就拿剪刀剪红布条，剪完炮声就响起来，响了很久。谁也想不到，那些汽车回去时，新修的公路突然下陷，有两辆正好掉在坑中。不久，程发贵就被叫去问话。

村主任承认他拿回扣，仅做那块富裕牌就收了10万。但他说，他收的钱大部分都给支书了。支书说村主任诬陷。支书说："我是优秀共产党员，怎么会拿这么脏的钱？"

所谓蛇死脚出。程发贵被关起来后，村里就有人举报他让程发禄冒领救济款，程发禄后来退了不少钱。

程发禄腿不好，该干的活不干，能干的活不想干，整天只打扑克赌钱。卢美带着三个孩子，地里的活干不了。他们家一下子凤凰落水不如鸡了。

村里有女孩子出去打工，给家里寄回很多钱。程发禄让卢美也出去打工。卢美自己没读过几年书，不知道出去能做啥。她不相信村里的女孩子老老实实打工真能赚那么多钱寄回家。

"做啥也比在鸡巴村强。我腿不好，要不我不会让你出去。你不肯出去，我们一家就饿死算了。"程发禄说，"我跛了，饿死也罢了。我是可怜几个孩子。"

人饿不死，但卢美看不得小孩子天天吃玉米糊。再说，她也不仅仅满足于养大孩子了事，她要送他们到镇上读书，希望他们以后能离开鸡巴村。后来，她把孩子交给她妈，自己进城了。

卢美进城不久，就给她爸妈寄钱，给程发禄寄钱。两家都靠着卢美过日子。卢美妈每提起卢美，除了说女儿命苦，就夸女儿能干。她说："一个女人，除了养老公孩子，还要照顾娘家婆家，真难为她啊。"

九

水果店是我种的希望，每天一般都有 100 多块钱利润，要是价格高的水果卖得多，甚至有 200 多。黄阿姨对我很好，有空就跟我说怎么做生意。她到批发市场去，还常常帮我带货。

墨镜从来不到我的水果店，也从不跟我到外面吃饭。他又恢复了周六或者周日见我的习惯。他到宾馆开好房后，再打电话让我过去。聊天时，他总不忘问我生意做得怎么样，让我别吃烂掉的水果，也不要故意卖烂掉的水果给顾客。晚上 11 点左右他一定先离开。有时，他会给我带点吃的，比如樱桃、巧克力。他进出宾馆还是戴着墨镜，我说他像特务。他含糊说："习惯了。"

他很善于伪装自己，只要戴上墨镜，认识他的人也不轻易能认出来。

有一次，我问他为啥不愿到我住的地方去，一个月下来，会省很多钱。他说："我就喜欢在宾馆跟你聊天。你天天是我的新娘。"

我希望跟他生个孩子，可是他并不愿意。我说："有钱人都千方百计找二奶生孩子，你怎么不要呢？"

他一笑，说："人跟人不一样啊。"

我对他已经产生依赖，每次他离去，我都悄悄地看着他走进电梯，担心那是最后一次见到他。

卢美打电话，说要见我。我可不想见她，想到她的病，我就想起在保健中心的情景，心里就害怕。

卢美说："我只想见见你。我们站着聊聊天就行，不接触不会传染的，你不用担心。"

我告诉她水果店的位置，她很快就到了。站在水果店门口，她脸上的表情像鸡巴村春天的上空，一会阴一会晴一会就下起毛毛雨。

"要是几个月前就回去，也不一定得病。"她眼睛突然就红了，泪水已经溢出来，"都是贪心惹的祸。"

她总想多赚一些钱回去。她一直向往着在村里开间小店，当老板。孩子上学都是借读，学费和伙食费要一大笔钱。程发贵被抓后，婆婆就一病不起。程发禄和婆婆吃饭治病的钱都靠她寄回去。娘家这边开销也靠她。她在保健中心多待一天就多得好几百甚至上千，钱可是好东西，有了它心里就踏实。谁知突然就病了！

我安慰她，现在这种病不难治，到正规医院一定能治好。她走时，我要给她水果，她坚决不要。

"有事我再找你。"她拦了辆两轮摩的，向我摆摆手，摩的屁股一冒烟就消失在人流中。

我想要孩子的愿望越来越强烈。但我知道墨镜不会同意。我想，是不是悄悄想办法怀上？如果他不高兴，分手好了。我有了孩子，就有了寄托，反正这辈子也不想嫁人了。说不定墨镜到时见孩子可爱，还高兴呢。

我开始想在套套上做手脚。他一直用自己带来的杜蕾斯，我有几次想帮他戴，他都不同意。这种事他从不马虎，始终自己做。

程发禄突然给我打电话，问："卢美在那里是不是有男人了？"

"不会。"我说，"怎么会呢？她天天想着回家看孩子。"

"那她为啥迟迟不回来？"

"她有事吧？"我话说得不利索了，"我现在不跟她在一起。"

程发禄说："你帮我劝劝她，让她快回来。"

我打电话问卢美去市医院检查没有。

"还没。"卢美说。

"程发禄给我打电话了。"我说。

卢美就哭了。

我劝她快去市医院检查。

她说："没钱了。"

她担心钱都花在医病上了，先给家里寄了一笔钱。这些天没有收入，身上的钱早花光了。她现在没钱治病，也不敢回家。

我让她到水果店来，给了她钱，要她一定去市医院检查。第二天下午她给我打电话，抽泣着说："结果出来了，没事。"

"没事应该高兴，你哭啥？"

"没事是没查出来。"卢美说，"今天抽血化验的人很多。他们要么弄错了血样，要么不认真看。"

"那就再找间医院查一次。"

"查一次要几百块钱，还要排半天队。"卢美声音已经哽咽，"我真怕。我已经不相信医院了。"

"怕也得查啊。"我说，"有病不相信医院，那还能相信谁？"

一天晚上，我与墨镜聊天正热烈，手机突然响起来。我一看是个陌生号码，便没有接。过了一会，手机又响，还是那个号码。

墨镜不动了，说："接吧，也许真是找你的。"

我接通电话，里面是个男人的声音，很响："萧月吗？我找你找得好苦啊！"

"你是谁？"

"我宋小峰啊！没听出来吗？"

"不认识！"我一听是宋小峰心里马上来气。

"开啥玩笑！"宋小峰说，"我回家了。你在哪？我去找你。"

"找我干啥！"

"我跟女朋友分手了。"宋小峰说，"我们重新开始吧。"

我妈跟我说过，宋小峰的女朋友在鸡巴村没待几天，见穷，趁着别人都不在家，悄悄走了。宋小峰想找她，但并不知道她家在哪里。他们原来都在一家工厂干活，认识没多久就住到一起了。

"我有男朋友了。"我冷冷地说，希望尽快打发他。

"他是谁？知道你有男朋友了吗？"

我把电话摁掉了。

墨镜在下面搂着我，不动，也不说话。

"你不高兴了？"

"没有啊。"墨镜说，"要是你男朋友还喜欢你，是真心的，你还喜欢他，就应该跟他重归于好。"

"不可能了。"我说。

"要是他不放弃呢，你怎么办？"

"他不放弃，也得我不放弃才行啊。"我说得很坚决。

"也是。"墨镜说，"但你最终要考虑结婚。"

"我为啥要结婚？"

"为啥不结婚？"

"你这人真怪，自己婚姻不幸福，还劝别人结婚。"我说得很生硬。

他沉默着。

"如果你不喜欢我了，我就自己过。"我有些赌气了。

墨镜翻了身，我们继续聊天，但很快就结束了。我感觉他心事很重。

宋小峰不断打来电话，让我回去。他说要是我不回去，他就来找我。

我说："我不回去。你也不要来。来了我也不会见你。我们早没有关系了。"

此后他几天没有来电话。

十

周六过去了，周日也要过去了，也不见墨镜约我。他是不是不再理我了？交女朋友麻烦，在我身上又应验了。可是，我已经跟他表明态度，我跟宋小峰早分手了，我不会再理宋小峰了。

周六，墨镜给我打电话，问我生意好不好。

我说："不好。"

"为什么？"

"因为你不理我。"

手机里传出他轻轻的笑："我理不理你跟生意好不好有关系吗？"

"有。"我咬咬牙齿说，"见不到你我就没有心情卖水果。"

"你男朋友不是要来找你吗？来了没有？"

"你真傻！我都说了。我跟他早分手了。"我说，"我男朋友是你！"

过了好一会，他说："晚上我再联系你吧。"

晚上聊天时，他还是劝我考虑跟宋小峰复合。他说："你这样下去不是长久之计。能结婚还是结婚吧。你父母也一定希望你回去结婚。"

听他讲话的口气，他说的是真心话，他是真心希望我好。但我心里那个宋小峰早被我当山上的小黄花撕碎扔掉了。

宋小峰凑热闹似的，突然又打来电话。我一直不接。墨镜说："接啊，你不接他就老打。"

我接了。宋小峰还是那几句话：他还喜欢我，等着我回去。我不回去，他就来找我。

"我不认识你！"我摁断电话，把手机摔到床上。

墨镜看着我，半晌说："想不到你生气这么可怕。"

我忍不住叫起来："他无赖！"

墨镜说："他没有错。"

"我知道，你不想理我了。"我差点哭出来了。

"如果因为我，让你为难，我不理你是应该的。你要理解。"墨镜说得很慢，声音很轻，"这样对你好，对我也好。"

我预感到墨镜会离开我。我已经把心交给了他，要是他离开我，我怎么办？我搂着他，嘤嘤地哭起来。他也搂紧我，但没有说话。

第二天，墨镜给我打电话。他说："我要到外地去一段时间。你要好好做生意。"

我突然想，这是不是他离开我的临别嘱咐？我喉咙突然像被啥东西卡住了，挤出的声音带着哭腔："我等着你回来，等着你聊天。"

"要是我不联系你，你千万不要找我。"他说，"你也找不到我的。"

此后，我天天想见他，天天等着他的电话，但手机像是死了，一点动静也没有。我无心卖水果。我突然生出找他的念头。他说过，让我千万别找他。但我管不住自己。每到周六周日下午5点多钟，我就到夜总会、保健中心，在大门口上找个不被人注意的地方静静地等着，一会儿蹲一会儿站，往往一等就两个小时。我想他肚子一定会饿，饿了就会找地方吃快餐。他就喜欢那个时间段。他选择那个时间段是有讲究的。小姐休息了一天，刚上班，接第一个客人，精神状态会好些，也相对干净些。那个时间段警察都准备吃饭了，一般不会检查保健中心夜总会，很安全。

一个月下来，海沧市所有夜总会、保健中心我都去过了，没有看到他的踪影。想想觉得自己也真傻，那么多夜总会、保健中心，你知道他去哪一家？我不可能同时守在所有夜总会、保健中心的门口上。而且，他也可以到别的城市去吃快餐。距离海沧市不到100公里处就有个田桑市，小车走高速公路用不了一个小时。想着从此再也见不到他，心里就像缺了一块，空落落的，有一种说不出来的痛。

卢美打来电话，说她遇到一个医生。医生说，市医院的检查也不一定准。现在这种病，很好治的，一针包好。

"你相信吗？"我说，"说不定又是个骗子。"

"骗子就骗子吧。"卢美说，"就几百块钱。"

她到水果店来，我给了她500块钱。

我说："程发禄又给我打电话了，说要来找你。你赶快打电话回去。"

卢美说："他是催我回去。我这个样子怎么回去嘛！"

"那咋办？"

"我也不知道咋办。"卢美只知道哭。

卢美初次来海沧市，搭晚上的长途汽车。一个自称姓何的中年男子坐在她旁边，她叫他何老板。何老板50出头，很帅气，跟她谈笑风生。他说有个朋友做房地产，他可以介绍她去做售楼小姐。卢美要了何老板的手机号码。第二天，卢美就给何老板打电话。何老板说他朋友出差了，让卢美跟他一起吃晚饭。卢美身材丰满，但还不到胖的程度，皮肤又白皙细嫩，她自己不说，谁也看不出她已是三个孩子的妈。饭后，何老板把她带到宾馆，一次就替她交了10天的房费。他劝卢美不要急，工作的事他一定帮她落实。何老板连续几个晚上都跟她一起吃饭，饭后还陪她到海堤边散步。她怀疑何老板所说的做房地产的"朋友"就是他自己。她一个人来到这个陌生的城市，难得何老板对她那么好。她长得像她妈，是鸡巴村的美女，无奈嫁给程发禄，蒙着脸跟程发禄生了三个孩子，现在还得靠着她养家，很委屈。她知道何老板已经喜欢她，而她对何老板也有些心动。那是一个女人对异性的感觉。在此之前，她是异性泄欲的工具。一个从来没得到过爱的女人，在饱受那种痛苦的折磨之后，突然遇到这样英俊潇洒而且多金的男人，无异于即将熄灭的灰烬突然遇到干枯的甘蔗叶，一碰就着！一天晚上喝了点酒，她脑袋里浑僵浑僵的，便半推半就跟何老板上了床。她催他带她去见他的朋友，希望快点上班。何老板说："这样不是很好吗？上班一个月也就是几千块钱，我给你好了。"

那些天她无所事事，身上也有钱，就买彩票。她想，要是一不小心中个几百万，就马上回家，带着儿子们到城里买房子，开商店，做老板。可是，一张张红钞化整为零，换成一张张彩票，得到的都是"谢谢支持"。

何老板希望养着卢美，让卢美给他生儿子，承诺生了儿子就给她一笔钱。但不久卢美接程发禄电话时，让何老板产生了怀疑。经不住何老板追问，她坦白自己家里已有老公和孩子。何老板就不再理她了。

卢美一边懊悔做女孩的时候不出来闯荡，一边不断找工作换工作。像样的单位都问她要毕业证、未婚证明。她没有毕业证，也没有未婚证明。像洗头工、洗碗工之类，工钱还不够她自己花，她又不愿干。她出来目的很明确，就是要赚钱寄回家养老公孩子，养父母。后来她到一家酒楼做酒水销售，没有底薪，收入全靠提成。要是能让客人高兴，多喝酒，收入就高。一天晚上，一个喝得浑浑的客人提出让她陪过夜，报酬是 1000 块钱。她没有同意。客人说："你以为自己高贵是吧？在我眼里，就是个鸡。"

卢美怔怔地看着客人上车离去。晚上，她跟合租房子住的小陆讲了这件事。小陆说："生活就是被强暴，如果没有能力抗拒，就躺下来享受。你听说过吗？"卢美直摇头。小陆也是从农村来，一年里不断换工作，换住的地方，后来她们就合租住到了一起。小陆说："鸡又怎么了！找鸡的人也不见得就比鸡好到哪里去！说不定，哪一天我就去做鸡！"

接下来的几天，卢美总想着那个客人的话，总觉得别人拿自己当鸡看，心里怪怪的，一天里也没能推销几瓶酒。后来，她就和小陆一起去了保健中心。

这是我到保健中心后，卢美睡到我床上噙着泪告诉我的。

"只要我的几个儿子将来有出息，我就值了。"卢美说。

卢美希望能让儿子们好好读书，将来能离开鸡巴村，过上人的生活。鸡巴村的人要离开鸡巴村，办法只有一个，就是读书。现在她的两个大儿子都花钱到镇上读书了。但她付出的代价也太大了。

我希望卢美这次遇到的是个好医生。想不到，几天后她给我打电话，开口就是："给你说中了，又是个骗子！"

我说："你还是到正规医院再检查一次吧。"

我再次给卢美钱，让她到另一家市医院检查。卢美检查后告诉我："是艾滋。"

我一下子蒙了。

"我不想活了。"她歇斯底里叫起来。

"你傻啊。"我说，"也许又是弄错了呢。"

"医院没有错。"她说，"是我自己错了，一开始就错了。"

我要跟她聊聊，好好安慰她。后来，我们在一间商店门口见了面。我们站在人来人往的走道边，用家乡话谈了很久。

"你别难过。"我说，"办法总是有的。现在医学发达了。"

她连珠炮似的，一下子说了很多："当初我也想过万一会得病，但又想只要不是艾滋，啥病都可以治，大不了花点钱，病治好就能过风光日子了。人改变命运都需要非常手段，做小姐比贩毒、贪污、抢劫文明多了……都怨程发贵不争气，要是他不出事，我也不用出来做小姐……也是我命不好，我倒霉，别人做小姐不得病，我偏得。你看张姐现在多威风，谁见了她不是一口一个张老板！谁知道她曾经做过小姐，谁计较她曾经做过小姐……"

卢美现在很难。回家难，留在这里也难。她一旦回去，别人就会知道她做小姐，她丢面子还在其次，父母、孩子，怎么见人？但在这里又无依无靠，怎么办？

我劝她先回去，让程发禄知道她病了。这个时候，程发禄对她很重要。

"我回去就住到他们家的牛棚上面去，烂在里面算了。"她说，"父母孩子我都不能见。"

鸡巴村多数人的房子都是"三合一"，下面圈牲畜，中间住人，上面放粮食。程发禄家建水泥砖房后，原来的房子只是下面关牲畜，住人的屋子一直闲置着。但那种屋子，她还能住进去吗？

"让程发禄想想办法。他是男人。"我说。

我给了她 2000 块钱。

几天后，程发禄打来电话，问我有没有见到卢美。我觉得很意外，卢美不是答应回去了吗？

程发禄说："今天收到她寄的 1000 块钱。我给她打电话，电话打不通了。她父母都担心出事，很紧张。你帮找找她，要是找不到，我就去找。"

我突然害怕起来。她的精神已经崩溃了，啥事都有可能做出来。可是，我怎么找她，去哪里找她啊？

我告诉程发禄，卢美最近生病了，心情不好。只是没有说得啥病。

晚上我一直睡不着，想着卢美会到哪里去，会不会出事。突然，手机响，我以为是卢美的电话，马上接了，讲话的却是宋小峰："程发禄要去找卢美，我跟他一起去。"

"你别来！"我说，"你来了我也不见。"

"你真的另外有了人？"他说。

"是。"我说。

他说："我去找他，让他离开你。"

我很气愤，使劲摁掉了电话。

十一

两天后的早上，程发禄和宋小峰来到了海沧市。两个曾经冤家一样的男人，结伴而来，一个要找老婆，一个要找前女友。我不想见前男友，但程发禄我不能不见。

在车站看到程发禄时我吓了一跳。四十几岁的人，已经像个老头。他的跛比以前厉害得多，走起路来全身都在晃。头发几乎全白了，脸上的皱纹堆起来，让人看到的是一张皱巴巴的皮。宋小峰也显老了，眼角已经有了粗粗的皱纹。

程发禄说："你又白又胖，要是走在路上，我真不敢认你。城里的水真养人。"

我比刚到城里来时重了整整4公斤，身上长了肉，皮肤就有光泽，人就显得白。宋小峰老盯着我看，我从他那双小眼睛里看出他的不怀好意。

在回我住处的路上，我告诉程发禄，这几天卢美没有联系过我。她手机打不通了，我不知道她住哪里。程发禄要直接到卢美工作的房地产公司去。卢美一直说在房地产公司做售楼小姐，我现在怎么说？

在我租住的小房子里，宋小峰东张西望，对啥都感兴趣。程发禄却一个劲追问卢美在哪个公司上班。见我说话含糊，他就不高兴了："你不可能不知道。你一直跟她在一起。她在哪个公司，你都不知道，你当我小孩吗？"

"她以前是帮房地产公司卖楼，但帮哪个公司，我真不知道。"我说。

"那你以前咋干？你一到这里就有钱开店了？"程发禄眼里射出绿绿的光。我感到害怕。

"我开始在饭店做。"我说，"最近才开的店。"

"你给我算算，你才到城里多长时间，你在饭店做工一个月挣多少？你开水果店要多少钱？"程发禄说。

"你在这里有个男人是吧？"宋小峰说。他像是帮我找理由。

"卢美在这里是不是也有了男人？"程发禄越说越激动，突然恢复了他哥做村主任时的嚣张，"你要是不告诉我，我就怀疑她失踪跟你有关系，你甚至谋财害命。我就去报警！"

我只好实话实说了。我希望程发禄尽快找到卢美。

程发禄听了，怒睁着的眼睛一下子失去了光芒，眼皮垂下几乎盖住了眼睛。不一会，他颤抖着站起来，走出门去。我知道他要去保健中心，害怕他闹出啥事来，让宋小峰跟着。

中午，只有宋小峰自己一个人回来。

宋小峰说，保健中心承认卢美在那里做过，但已经走了。小姐们来去自由，保健中心没有帮他看老婆的义务。程发禄说要告他们组织妇女卖淫。他们说保健中心是经批准的正规单位，让他自己看挂在墙上的执照。程发禄不知道还能说啥。走时，一个高个子女人给了他几百块钱，说是出于人道主义考虑。我想，那女人就是张姐。

"程发禄要到别的地方找找。"宋小峰说，"就跟我分开了。"

我让宋小峰给程发禄打电话。程发禄说："我走了。说不定卢美已经回去了呢。"

事实上，程发禄知道卢美在保健中心做小姐，又得了病，就无心找了。赚钱养家的应该是男人。程发禄腿不好，卢美体谅他，自己出来赚钱。现在卢美病了，不知去向，生死未卜，程发禄居然一走了之。这对卢美来说，实在太残酷了。

晚上，宋小峰想住在我那里，还要留下来帮我卖水果。我反复说我已经有男朋友，让他别打扰我。他说："你是我的初恋，我也是你的初恋。你忘了，我们以前在山上玩得多么开心！"

我一听气就往头顶冒："我后悔当初没告你。你是流氓，是强奸犯！"

他说："你根本没男朋友。你以前也一定在保健中心做小姐，有了钱，才自己开的店。"

"你赶快走。"我说，"我男朋友很凶。他就要来了。你要是不走，看他怎么揍你！"

宋小峰突然抱着我，要脱我的衣服。我害怕极了，恰好外面有脚步声。我趁机挣脱他，说："我男朋友来了！"

宋小峰用力抓我的胸部。我推开他。他打了我两巴掌，悻悻地走出门，在我关上门的时候，还对着门狠狠地嚷："你不也是个鸡吗？有啥了不起！"

我躺到床上无法入睡，一会想着墨镜，一会想着卢美。我想，只要知道我没跟宋小峰重归于好，墨镜就不会不理我。他也许真的外出了。卢美会在哪里呢？她身无分文，吃啥？住哪？她真回去了吗？会不会有事？明天得给程发禄打个电话。程发禄怎么就走了呢？男人的心真硬啊！朦胧中，突然听到宋小峰骂："你不也是个鸡吗？有啥了不起！"

我觉得脸上冰冰的，伸手一摸，全是泪水。

凌晨3点多钟，手机突然响起来，是医院打来的，说我男朋友被人打了，在医院抢救。

宋小峰在酒吧喝酒，收银员要收他3000多块钱。他说只要了两杯普通红酒，怎么会那么贵？几个粗壮的汉子站到他身边，把他围着。他知道进了黑店，打电话给我，想让我送钱过去。但我已经把他的手机号码设为"拒接"了。宋小峰被送到医院时，还能讲话，医生问他家人电话，他讲出我的手机号码后就昏迷了。

宋小峰家人赶过来后，一位手提公文包的中年男人来到医院安慰他们："请你们放心。市委书记已经做了重要批示，不管涉及谁，都会一查到底，严肃处理。"

宋小峰最终没能逃过鬼门关。我忍不住痛哭失声。我感到深深的内疚。要是我没把宋小峰的手机号码设为"拒接"，也许他就没事了。我对不起他，对不起他父母。

我突然很想卢美，我希望马上见到她，告诉她生命多么宝贵，活着多么重要，希望她好好治病，好好活下去。

卢美妈打来电话，问卢美为啥停了手机，为啥不肯回去。程发禄从海沧市回去，只说卢美不肯回去，没有说卢美得病，没有说卢美做小姐，也没有说见不到卢美。

我含糊着说："也许想迟一点时间吧。"

我心里乱糟糟的，坐在水果店里，别人要买水果，跟我说话，我都没有听到。黄阿姨说："你回去休息吧。货就不进了，我先帮你卖掉店里的再说。"

我在街上走着，要找卢美，但却不知道怎么找，去哪里找，只是胡乱地走。这样走着，心里会好受些。她会在哪里呢？我去到跟她一起吃过饭的地方，去到她曾经住过的地方，都没有她的踪影。后来，我还去了她曾经跟何老板散步的海堤边。虽然已是初冬，但中午的太阳晒得人身上还是火辣辣的。我呆呆地坐在海堤上，望着大海发愣。两个钓鱼的人经过，也许感到好奇，站住看了我好几眼。

下午3点多钟，我去了一家夜总会，但只站在门口上远远地看着。我是找卢美还是找墨镜呢？卢美不会到这种地方来了，她来这里干啥呢！墨镜也不会这个时候来这种地方。这个时候，小姐们都还在睡觉。一种不安，在我脑子里转悠，莫非卢美已经出事了？我在心里叫苦，万一卢美真出啥事，她父母该有多伤心，几个孩子今后依靠谁……

我绝望地往回走，经过那间我们曾经买过彩票的小店门口，突然看见一个熟悉的身影坐上两轮摩的。那不是卢美吗？我急忙拦了摩的跟着，将要追上时，正好到了十字路口，搭她的摩的刚过停车线，红灯亮了。我干着急。摩的司机说，这条路一直通向海堤边，他会追上的。卢美去海边干啥？难道……

好不容易等到绿灯，摩的司机加大油往前冲，但好像电视剧里看到的镜头一样，一辆三轮车突然横到路中间，正好挡在摩的前面，摩的急刹，我整个人趴到摩的司机身上。一下子又耽误了几分钟。摩的搭着我来到海堤边时，海堤周围空无一人，只听到阵阵风浪声。涨潮了，风也大了。我问能不能回头找。摩的司机说："怎么找？"

是啊，卢美要不是到海堤边来，市区人海茫茫，车辆川流不息，还怎么找？

"她会不会到这里后，走到别的地方去了，我们没看见？"我说。但心里想的是，她是不是跳进海里去了？我想让摩的司机搭着我沿海堤找，摩的司机犹像一下，同意了，但突然接了个电话，又说有事要走。

"要是她到了这里，你就慢慢找吧。风大，别走太近海堤。"摩的司机说。

海水涨得很高，给人一种很满的感觉，再涨就溢出来了。天灰蒙蒙的，云层越来越低。天与海距离像是越来越近，远处已经连到了一起。浪很凶，打到堤岸上水花一蹦几丈高。我小心翼翼地在离海堤好远的地方走着，水花还不时溅到身上脸上。不一会，迎面走过来一个中学生模样的男孩子，我问他有没有看见摩的搭着一个女子到这里来，男孩子摇摇头。我继续往前走，浪声和风声越来越大。我感到害怕，准备回去，就在我要转过身时，突然看见不远处有个码头，码头上有个东西动了一下。我小跑过去，发现那正是个女人，正探着头慢慢移向大海，衣服头发都被海水打湿了……那不是卢美吗！

"卢姐！卢姐！！"我大声叫起来。

我的喊叫夹在风声浪声中，卢美根本听不见。我慌了似的冲向码头，冲向她，嘴里不断地喊："卢姐……"

卢美总算听到了，她要回头时，一个巨浪把她拖下了水，幸好她双手急忙抓住了拴在码头上的断缆绳。我要去拉她。她大声喊："你不行！快喊人！！"

我使尽全身力气大声喊："救命啊……"

我喊了几次，终于有个中年人跑过来了。卢美被拉上堤岸后，像烂泥一样瘫在那里。谁能想象，一个决定赴死的人，对死会那么后怕！

这些日子，卢美住一天换一个地方。她今天把手机卖了50块钱，买了40块钱彩票。她想要是不中，剩下的10块钱就用来吃最后一餐，然后去跳海。40块钱换来一次又一次的"谢谢支持"后，她吃了 3 块钱粥，剩下 7 块钱，再买一张彩票，留下 5 块钱打摩的去海边。

她已经没脸回家了。虽然，她舍不得孩子，舍不得父母，舍不得离开这个世界，但她没有办法了。她想，这个时候跳进大海，在人间消失，也许就是对孩子对父母最好的交代。有些罪，只能自己一个人去受。

我说："名声是重要，可你这样做，实在是对孩子对父母最大的不负责。你一走了之，孩子今后怎么办？父母今后怎么办？你名声再不好，父母也不会嫌弃你，孩子也不会嫌弃你。你是为父母为孩子才走上这条路的啊！"

我庆幸遇到她，那不是找，是遇，找是找不到的。我想，老天一定同情她，同情她的孩子、父母。我没有说程发禄来找过她，也没有说她妈打电话的事。

第二天，我陪着卢美去了市第一医院。卢美问医生能不能不做检查，直接开药就行。医生把卢美刚挂号买的病历簿往卢美跟前一推："你到别的医院去开吧。"

我在旁边圆场："她已经在好几个地方做过检查了，结果都不同，害怕了。"

医生说："我是为你负责。"

我说："也是。查吧。"

经过一番排查，医生在病历上写下"湿疹"两个字，想想又加个"？"卢美问要多少钱才能治得好。

"先用两天药看有没有效再说吧。"医生给她开过处方，就拿起了另一个人的病历。

此后几天，我都陪着卢美上医院，替她付款。打过几天针，她说身上感觉像是好些了。

我心上稍稍安稳了些，就去水果店卖水果。现在水果店对我来说，特别重要。我到水果店时，一个中年妇女手上拿着张报纸，正在跟黄阿姨议论着啥事。我听了一会，听出个大概：田桑市有个叫冯德的主任跳楼。有人说因为得了抑郁症，有人说因为受贿事情败露，有人说因为离婚不成……

"听说他跟老婆一直有矛盾，一直分居……"黄阿姨说。

田桑市跟海沧市渊源很深，多年前同为一个市，后来才一分为二。两个市的人生活习俗相同，讲同一种方言，见了面问好都来一句："食未？"冯德在田桑市上班，但家在海沧市。小区保安夜里听到响声，发现他掉在水泥地板上，已经死了。

中年妇女对着报纸念起来："……冯德同志是个好领导、好丈夫，多年来与妻子相敬如宾……"

我拿过报纸看，觉得照片上的冯德像一个人——墨镜？我的心突然抽搐了一下，隐隐地痛。我借故有事，让黄阿姨帮我看摊，便匆匆赶回住处。我知道自己的预感不会错，但心里总不肯承认。我要在网上找冯德的资料，希望能找到冯德不是墨镜的证据。我打开电脑时，手都颤抖了。冯德的照片在电脑上清楚多了，那颗流泪痣十分刺眼……

我泪眼中突然出现他手拿墨镜，盯着墙灯看的样子。想说一件事无处去说，想哭一个人无处去哭，人的最大悲痛也莫过于此了。

一连几天，我都像死蛇一样软在床上，无法咽下一粒米。我感到一种无助的绝望。我担心要这样死过去了，突然，有个声音在空中飘去飘来，一会远一会近：

"遇到什么问题就解决什么问题。勇敢点。看你也不是懦弱的人。路都是人走出来的。车到山前必有路。"

"你在家里种过庄稼吧？你知道它一定有收成吗？但农民哪个不种？只有播了种，才有盼着它长大，盼着它结果的希望。你不种，哪有什么希望？"

我哭着问："你都不理我了，我的路在哪里？我还有什么希望！"

母亲突然打来电话，说家里一切都好，父亲的胃病也好多了，让我别担心。最后说弟弟想到县一中读书，可是单联系进去就得花一大笔钱。

县一中是重点中学，全县的家长都想把孩子往那里送。我努力打起精神，说："联系吧，需要多少钱我汇回去。"

弟弟接过母亲的电话，变声的嗓子沙沙的，当年为保护我而向邻村男生掷砖头的小男孩已经长成大小伙子了。

"姐，我一定好好学习，争取考上重点大学……"

第二天，我挣扎着起来去水果店，远远就看见门口上写了个大大的"拆"字。

"这里卖给一个姓何的房地产老板了，要建海沧最高的大楼。"黄阿姨说。

黄阿姨她们都无所谓，房子拆迁他们可以得到赔偿。但我翻修房子花的钱房地产老板不赔，屋主人也不赔。开张这间店，银行卡里的钱已经用完了。这段时间给家里的钱，还有给卢美治病的钱，一直靠水果店赚。下一步怎么办？墨镜要在，一定能给我出主意，可是我们已经阴阳两隔……

下午，我在街上胡乱地走，到处寻找可以租用的小店。天突然阴沉下来，车流人流让我眼前灰茫茫一片，我看到的是生活的不可预知，还有一丝丝恐惧……

难道，我会走投无路，还要重回保健中心吗？

一个老太婆推着一辆人力三轮车叫卖水果，正在上坡，推着推着就动不得了，我走过去帮她推了一把。她冲我一笑，嘴里露出两颗仅剩的牙齿黑黄黑黄的，说："好人好报，姑娘一定大富大贵。"

我本能地冲她一笑，想说句啥，但心里涩涩的，不知道咋说。我突然想，无论如何，我也不会回保健中心去了。要是找不到合适的小店，宁可骑三轮车做流动摊贩甚至摆地摊。

| 创作评论 |

伍稻洋这两年进步较大，从《游戏无规则》（载于《特区文学》2001 年第 4 期）他开始挣脱"太实"的束缚，有了创作主体的自觉。

——张燕玲：《此岸，彼岸》，河南文艺出版社，2004，第 243 页

伍稻洋最大的特点就是会讲故事。他把故事讲得行云流水、滴水不漏。他也把自己的这一特点发挥到了极致，因此他的小说很有可读性，充满跌宕起伏，妙

趣横生。但我从小说中也感觉到伍稻洋并不是单纯讲故事的作家，他对社会人生其实有清醒而深刻的认识。因为这一点便使他的小说有了更多耐人寻味的东西。他常常在他的小说中表达出非同寻常的见解和思想。

  ——贺绍俊：《显型的故事性和隐型的思想性——读伍稻洋的小说》，《南方文坛》2009 年第 2 期

狩猎季

映川

一

在李绿的思维中，没有什么好事是自己找上门来的，别人走狗屎运是别人的事，对她，这种梦她做都不允许自己做。

得到董固业的确切答复是刚下班的时候，李绿把消息压了两个小时，回家吃了饭洗了澡，稍事打扮才拿起电话。预料中的，周启今晚没有应酬待在家里。李绿说有好消息告知，周启说既然是好消息赶紧说，好久没听到好消息了。李绿说这样的好消息不能在电话里随随便便地说，他得请她喝水果酒。周启又如预料中地说，好，好，赶紧到家里来吧。

周启离婚后就搬公司楼上住了。公司的写字楼是商住两用的，周启上下班抬抬腿的工夫。李绿去过他住处好几次，都是汇报工作。

在李绿的预想中，今天的工作汇报会和往常不一样。她为周启工作了三年，周启也恰好是三年前离的婚。不过那桩离婚与李绿没有任何关系。李绿只听公司里周启的裙带传出闲话说，周妻无生育能力，离婚是迟早的事，拖到今天周启算仁

作品信息

原载《花城》2013 年第 5 期，《北京文学》2013 年第 11 期转载，收入《狩猎者》（广西人民出版社 2016 年 3 月出版）。

至义尽了。周启一直把李绿当人才，尊重、重用，带她一起出差应酬，没有半分轻佻，稍微出格的话一句没说过。倒是李绿这边经常做好了思想准备，她算得上是个职场美女，男人想占便宜不奇怪，在圈子里打拼多年这类事她见多了，也经历了，只要对方付得起代价，她没什么看不开的。

周启的君子行状让李绿对他上心了。她死心塌地为他跑业务，拉客户，这几年公司业绩的增长与李绿的卖命是分不开的。据李绿的观察，周启离婚三年来没有什么固定的女人，他一心扑在公司业务上，她就幻想着能成为周启的女人。这一来，公司是他们一家人的，她怎么去付出都值得。她应该是配得起他的，他离过婚，年逾四十，手上这个公司不大不小，既不大富也不大贵。她呢，尽管出身寒微，学历平平，但凭自身努力早已洗去一身土气和穷酸，当然，也挨不起韶华流逝，三十一，该嫁了。

李绿深谙在男女关系中如果一个女人主动去献身，无疑要在这场战争中失去上风，但等待也不能是无限期的。她觉得在她和周启之间需要一个突破，有了突破，如船过险滩，往后就顺风顺水了。

周启接完李绿的电话马上给朱丽娟挂电话，他告诉她，公司有急事要处理。朱丽娟不多话，你忙你的，有空再联系。周启说，好，你早点休息。朱丽娟是位中学教师，朋友介绍周启认识不久，今晚上他约她到住处来，节目也是品尝水果酒。放下电话周启觉得朱丽娟这样的女人不错，识大体性情温和，要来当老婆还是合适的。

抛开这点儿女私情，周启开始琢磨等会儿李绿来要说的事，他隐隐约约能猜到点端倪，一边想着就把两瓶不轻易让人喝的果酒从储藏室拿出来。周启是酿酒世家出身，虽然是小城镇的酿酒作坊，但也有上百年的传承。平时他的一个爱好就是用自家蒸酿的土米酒，浸泡各种时令的水果，泡制出不同口味的水果酒，喝起来别有一番风味。他还试图走过市场，难度太大放弃了，于是单纯让这一手艺变成生活情趣，酒经常拿出来让朋友们品尝。这番雅趣也毫不逊色于艺术家作画、作曲与友人同乐。

李绿到时，周启已经把酒水备好，还摆了两碟水果。李绿坐下来没再卖关子，说下星期四我们陪董固业到云霄山玩一趟，来回四天。

周启惊喜万状，太好了，太好了，快说说，你到底用了什么招，我想都不敢想，这位大爷会和我们一起出游。

李绿轻浅一笑，这招别人没法子跟我们学，也只有我能用。我外婆家在云霄山一带，那地方你可能听说过，号称千年鸟道，是候鸟南飞的必经之地，现在正赶上季节了，每年这时候打鸟的人满山遍野。你也知道董固业是从部队转业到地方的，我听说他经常到郊外的打靶场去玩射击，所以，我向他提议上云霄山打鸟玩几天，他一听果真爽爽快快地答应了。

周启频频点头，这么看来，我们的单子有希望了。

李绿说，前期我们该打点的都打点了，可和别人没什么两样，我们能给的别人也能给，眼下这个关键时候，他愿意和我们出去，就有胜算了。

周启把酒杯递给李绿，来，干一杯，预祝一下，李绿啊，你真是我的福星，没有你这些事谁也办不成。两人碰了杯，把杯里的酒都干了。

李绿舔舔嘴唇说，真香，今天终于喝到你的好酒了，看来不替你卖命还没这口福呢！

周启笑着说，早知道你喜欢喝，我天天供应。你现在喝的是香芒果酒，那芒果香很实在吧？我藏五年了，来，再尝尝这一种。周启换杯子又倒了另一种酒，酒呈晶莹透明的青绿色。

李绿说，看这颜色我就喜欢。她细细地品着说，用百香果泡的吧？

周启说，嗯，这是我泡制年份最久的果酒，有八年了，果汁与酒全融到一块儿，像蜜糖一样稠，这酒除了我，你是第二个喝到嘴里的，也只有这一瓶了。

李绿眼波流转，哦，那我可不可以提个要求？

周启说，说。

李绿说，既然只剩这一瓶，我们就把它干了吧，让这一款珍贵的百香果酒具有某种特殊的意义。李绿说完这话脸蛋艳丽非常，如玫瑰花开。

周启说，什么意义？

李绿说，先喝完再说，你不会不舍得吧？

周启说，对你我有什么不舍得的，来，喝了。

他们的杯里充满了青绿色的液体，甜香的液体从嘴里滑进胃里，当瓶子空的时候，他们相视而笑。两人嘴里都散发出酒的甜香，脸都微微灼热，空气也有点纠缠不清的味道了。

李绿感觉身上的热气蒸腾开来，她把围在脖子上的丝巾扯开，随手搁在沙发上。她穿的薄羊毛衫领口开得很低，原先全仗着丝巾掩饰，眼下乳沟毕现，春色满溢。她的声音也变得无比的柔弱无力，周总，听说越香甜的酒越容易醉人，我恐怕是醉了。

周启尽量不让自己的眼睛被那片雪白牵引，故作镇静地说，这酒醉人也是舒舒服服的，比按摩泡脚都舒服。

李绿娇嗔一笑，身子在沙发上转动，慵懒、放松，似乎现在就处在按摩的情状里。

周启把酒杯倒转过来说，你还没告诉我，这已经被我们消灭的酒有什么意义呢？

意义就是——它在这世上只属于我们两个人。李绿的语调里似乎带着一种幽怨。

周启暗暗心惊，他捕捉到李绿发出的信号了。在他的经验里，李绿这样的女人已经不是真正意义上的女人了，她们有太多的故事，像男人一样拿得起，放得下，更豁得出去。所以，他才对她一直重之却远之。但他迅速地做出一个判断，当前用人之际，唯有相亲相爱才是最强的联盟，何况，她对他也未必是动了真情，至于后果他应该还是担得起的。

这么好的氛围里，怎么能没故事发生呢？周启站起来，李绿也站起来。他的双手摁在她的双肩上，他比她高出十几厘米，以一个很和谐的从高往低俯瞰的角度，正适合亲吻，他盯紧她的眼睛说，在我眼里，你比任何人都重要，这个单子要能签下来，我们就有好日子过了。

李绿等待这一刻已经很久，她主动将嘴送上去。周启有一点点小小的迟疑，在这种时候任何拖泥带水的行为都是消极、无能的表现，与爱情无关，与面子有关，当然也与利益有关。在李绿还没有捕捉到他这丝迟疑之前，他积极地配合了。他还含混不清地喊了一句口号，这个合同我们一定要签下来。李绿原谅了他这稍稍破坏气氛的举动。

周启说了，我们就有好日子过了。在李绿看来，这句话就是一种承诺，她已经实现突破，现实照着她预想的目标前进。

二

从那天起，李绿便处于一种亢奋状态。她的眼睛亮晶晶扑闪闪，内里水分充盈，脸上红晕如霞。作为一名芳龄三十一岁的熟女，她当然能觉察出自己的异态，她不喜欢这样，只是控制不了。她还喜欢盯着手腕上那条嵌了细钻的铂金链子出神，脑子里都是良辰美景。链子是周启新送的，如果送戒指会更让她欢喜，不过，手链到戒指的距离应该不太远吧。

前往云霄山那日，董固业见到李绿也连声赞叹，小李越来越漂亮了！转头又对周启说，看来你这个老总当得不错！

周启说，这没我的事，姑娘家的，肯定是谈恋爱了，是吧，小李？

李绿明白这里边的撇清之意，恩爱不需现在人前，这点她懂。她早把自己与周启看作是一体的了。她说，我哪有人追啊？等周总给我发的奖金够买套房的首付我就辞职不干了，再干下去真嫁不出去了。

董固业说，这对你们周总来说还不是小事一桩？

周启说，李绿啊，你要想尽快嫁出去该找的人是董处长，董处长这里成全，你想什么时候嫁就什么时候嫁。

李绿说，对啊，董处长，你不能不管我的终身大事啊。语气像小女孩般的撒娇。

董固业呵呵笑着不应，他的嘴可不松。

在轻松的氛围中云霄山之旅启程了。进入山区，那路是大石山中间劈出来的，像蛇身一样弯来拐去，车子越走越慢。周启招呼司机，不急，不急，安全第一。李绿坐在驾驶员旁边，回过头抱歉地说，这路太难走，辛苦处长了，您就当下乡体验生活吧。董固业宽宏大量地摆摆手说，比这难走的路我走多了，没事，没事。

李绿一路充当导游的角色。她说，云霄山山高林密，很多地方的原始森林保持得很好，是野生动物的天堂。每年九月中旬开始，南迁的鸟儿陆续飞来，多的时候，天空黑压压一片，像有黑云把天空罩住，不过，这种盛况现在不多见了。每个出生在这里的孩子，满月后吃的第一口人间饭，必须是用柴火熬出来的鸟汤。那一天孩子的家长会上山打鸟，把鸟汤熬得稠浓，都说孩子们喝了身子强健，还如鸟儿般灵巧，将来飞得高站得远。

董固业说，好风俗，这才是真正的靠山吃山，靠水吃水呢。

周启听着他们聊天，偶尔插上一两句嘴，他最在意的是董固业的情绪，一笑一怒皆如情人一般让他心头牵动。

李绿事先已经安排好，他们一行住她舅舅家。

舅舅家就在前往云霄山的公路边上。早年舅舅一直在外地打工，后来因为得了眼病，眼力不好使便回乡了。舅舅用所有积蓄在靠近公路边的地方开了一家旅馆，小旅馆还是因着这来来往往进山的人开的，类似于农家乐。自己家有田有地，再招呼些南来北往的客人，日子过得还是不错的。

车子可以直接开到小旅馆跟前。李绿提前和舅舅打过招呼，说有贵客来。见到车子，舅舅跑出来迎接。舅舅穿了一身齐整的衣服，头发似乎也是新染的，没有一根白发。舅妈尾随其后，张罗着帮拎行李。李绿向他们介绍周启和董固业，舅舅、舅妈脸上浮出谦卑的笑容。舅舅说，领导们辛苦了，我们这穷山沟，路太难走了。舅妈说，阿绿说有贵客来，这两天我们忙着收拾房间，床单用具都是出去买新的。董固业像领导接见一样与舅舅、舅妈握手说，谢谢老人家了。

李绿抽空问舅舅猎枪借到没有，这几年管制得紧，她就怕这事有差池。舅舅说，你就放一百个心了，管制归管制，有钱总能借得到的，你没看这满山走的谁手上不拎一杆子？

董固业住旅馆顶楼，坐阳台上可以看三面环山的风景。李绿和周启替董固业安置好，叮嘱他稍事休息。周启和李绿住二楼，门对门。

李绿一直没看到表弟许宽道露面，问舅舅，宽道呢？舅舅说，他一大早带人上山了，有一个大学老师带了几个学生出来收集资料，和宽道是相识的，这几年年年来。

许宽道是舅舅的独子，二十出头，在农村也算是大龄青年了，到现在仍然不愿意讨老婆。父母托人说了好几个姑娘，他不但不愿意见人，还威胁老人说，如果逼他娶老婆他就离家出走，老两口气归气，也不敢逼他，拿他没办法。

李绿知道她这个表弟是有些怪，话少，不喜与人交往，唯一的爱好就是进山玩耍，有时一连几天猫在山里也不知道干什么。别人家的孩子进山大多是为打猎物去的，返家时少不得带回些飞禽走兽，许宽道从来没有。他爸开着农家乐的小旅馆，那些野味却是跟别家采购来的。别人家也笑话许家说，你们家的儿子是当宝养的哦。舅舅家只得自嘲了，有什么办法，我命背了。

小时候李绿家没少得到舅舅的接济，长大后作为家族中飞出山门的第一个大学生，李绿有什么好的都想着这个表弟，她工作以后经常寄钱寄衣物回来给许宽道，姐弟俩的感情还是不错的。

黄昏时分，许宽道果然带着好几个人回来。一个男子看上去三十七八岁，瘦、黑，背着一个大背包，胸前挂着相机，脸上有几分傲然的表情。凭着这几分傲然的表情李绿判断这可能就是什么大学的老师了。还有几位学生模样的，年龄与许宽道相仿，手上各拎着一两只奄奄一息的鸟儿。舅舅奇怪了，凑上来看，说，你们打的鸟？黑瘦男子脸上马上现出不悦说，我们怎么可能打鸟？这是我们从那些打鸟人手里高价买来的，全是受伤的。舅舅满不在乎地摇摇说，看样子挺不了多久。男子说，我们会尽力去救治，不能看着它们死。舅舅没再说什么，继续回厨房协助舅妈做菜去了。

许宽道见到李绿有点冷淡，只点了点头，连姐都没叫一声，以前李绿来他没这样。李绿不放过他，站到他跟前说，认不得人了？许宽道被迫叫了声姐。李绿说，明天跟我们上山。许宽道说，明天我还要带苏老师他们上北坡。许宽道指着那个黑瘦的男子说，这是苏玉石副教授，在南安大学教生物，他是野生鸟类保护协会的，这几年一直在收集我们云霄山的鸟类资料呢。许宽道的语气里充满了自豪，好像介绍的人是个多么了不起的大人物。他又跟对方介绍说，苏老师，这是我表姐，叫李绿，她也是从南安来的，带了客人要进山。

苏老师向李绿点点头说，你好。

李绿说，苏老师，山上打鸟的人多吗？

苏玉石说，眼下这季节，哪里不是捕鸟的人？

李绿说，你是鸟类保护协会的，进山除了收集资料，还要跟人做宣传不让打鸟啰？

苏玉石仔细研究了一下李绿的表情，看李绿到底是讽刺，还是真心实意问他这么个傻问题。苏玉石还未解答，有个学生抢答了，这里捕鸟的人凶得很，人手一杆枪，我看都敢杀人，谁敢劝他们呀？

苏玉石打住学生的话头，我们已经收集了不少有用的资料，我们会呼吁全社会关注这里生态破坏情况的。

李绿貌似很认真地听着，她哪里有心情管这门闲事，她只是不喜欢许宽道舍了他们而如此看重别人。她说，好，很好，早就应该有人做这样的事了。

李绿看着许宽道跟苏玉石一行进了一楼的一间客房，他们人进去，门就关上了。

初来乍到的第一顿饭是重头戏，这里特色菜是全鸟宴。舅舅把李绿拉进厨房向她介绍今晚要准备的菜。李绿在厨房里看到了老鹰、凤鸟、野鸭等硬邦邦地吊挂着，甚至还有一只天鹅，盆里还搁了好些已经褪掉毛的鸟儿。舅舅指着那些鸟说，宽道那死仔成天上山不见带得一只鸟回来，你说是贵客来，让我们好好准备，我们专挑好的跟人买，价可不便宜。李绿说，钱不用省，你们给我把人招待好。舅妈正在灶前翻炒，热油满面地说，我们是把看家的本事全使上了，就不知道你那领导满不满意？！李绿说，舅妈的手艺我还没听谁说过不满意的。

晚饭很丰盛，烧的烤的炖的，还有一道最让董固业赞不绝口的百鸟汤。不过，大家都很自觉，没有一个人问这是什么鸟，那是什么鸟。焚琴煮鹤的事做了也是只能意会不能言传的。董固业说，鲜得我的舌头都要掉下来了。李绿看董处长胃口很好，很有把握地说，处长，明天我们上山现打现烧，肯定比这还要鲜上百倍，不过，我们都没什么百步穿杨的本事，只能给您做跟班，就指着您吃野外大餐了。周启说，对，对，那跑上跑下拾鸟的任务就交给我了。董固业呵呵笑了，别的不敢说，在野外能让你们吃饱我还是可以保证的，我干侦察兵的时候……

李绿心里有事，好不容易吃饱了，也听饱了董固业的传奇故事，她赶紧找许宽道去。明天他们上山没人带路可不行，舅舅年纪大了，眼睛又不好使，许宽道是最好人选。李绿在许宽道房里找不到人，就跑到一楼敲开苏玉石的房门，果然，苏玉石的房里很热闹。学生们在看电脑上的照片，许宽道混在其中，指指点点地参加议论，也像个大学生了。李绿凑上前去看，大量照片和录影摄的是鸟被猎杀的场面，很多是在夜晚拍摄的，不是太清晰。

李绿说，这些照片你们是怎么拍到的？

苏玉石有些炫耀地说，那还用说，千辛万苦冒着生命危险拍来的，都是罪证啊，我已经跟电视台联系好了，准备编辑成一部专题片，将这里的情况公之于众，我就不信到时没人管！

李绿不免担忧起来，就像白日里那个学生说的，那些个专门上山猎鸟的，都做成产业了，没几个是好惹的，他们拍这些照片时如果让人发现，后果很难预料。李绿让许宽道出去一下，她有话跟他说。

许宽道极不情愿地离开房间，刚走出门就问，什么事啊？

李绿推了他一把说，你这傻仔，我有什么对不住你的，你对外人比对你姐还亲啊？

许宽道知道李绿为什么要这么说，没正面回答，反问一句，你们明天要上山去打鸟？

李绿说，我们主要是上山看看风景，顺便娱乐娱乐。

许宽道一脸不屑地说，还是要打鸟的嘛！

李绿急了，你脑子进水了，我们打几只鸟又怎么了，难道你也加入什么保护鸟的协会了？

许宽道说，是，加入了，我去年就加入了。

李绿一下被噎住了，差点没说出话来。她用手点着他的脑门说，我看你是被那个姓苏的给忽悠的，你一个乡巴佬，参加这有什么用处？把那些个亡命之徒得罪了，人家的枪可不光打鸟。

许宽道不耐烦地说，我不怕，个个都像你这样想，我们山里的鸟早晚要被打光了。苏老师说了，这样捕鸟会让鸟绝种的，我反正不希望你带人上山打鸟，我更不会带人上山打鸟。

李绿说，行了，行了，跟你这个苕仔说不通。她心浮气躁地回房，一路上盘算着明天该让谁陪他们上山。周启在她门口打转，吸着烟。李绿转忧为喜，她对这几个外出的夜晚早有憧憬，离开公司他们是自由自在的，应该好好享受一下独处的时光。

周启的口气却不太好，你到哪儿去了，打手机也不接？

李绿说，手机放在房里了，刚去找我表弟聊了一会儿。

周启说，跟他聊什么，你来又不是访亲戚的，我们这一趟的任务是照顾好董处长。

语气有些重了，一个老总对一个属下这么说没问题，但情侣之间用这样的语气就让人难以接受了。李绿没有分辩，低头不语，转动手上的链子。是手链提醒了周启他们之间有另一层关系在。他的语气缓和下来，手放在她肩上说，我的心情你应该能理解，对吧？

李绿说，那我们陪董处长出去散散步？这里晚上空气很不错。

周启说，那你赶紧去。

李绿说，你不一起去？

周启说，两个大男人有什么好聊的，还是你去，一个美女说什么别人都爱听。

李绿皱起眉头看周启，她不愿意朝某个方向想，却忍不住朝那个方向想，她觉得周启的意思不仅是让她陪董固业散步聊天吧？她把这个很破坏感情的念头压下去，尽量显出自己贤良淑德的一面。她说，那我去了。

李绿敲了敲董固业的房门。董固业显然是刚洗了澡，头发湿乎乎的，身上散出一股香皂味。李绿说，处长有没有早睡的习惯？没有的话，我们出去走走，这山里的空气好得很。

董固业说，懒得出去了，反正明天都要上山了，先把精气神养好。

李绿说，哦，那我就不打扰您休息了。

董固业说，现在还不到休息时间，进来聊聊天吧。

李绿硬着头皮进了房，坐在董固业对面的沙发上。董固业落落大方，还掏了烟问李绿要不要来一支。

李绿摆摆手说，我没养成这习惯。

董固业自己点了一支烟，吸了两口说，小李到南安多少年了？

李绿说，从读大学算起，加上工作这么些年，前后有十年时间了。

董固业说，还好，也算是闯出来了。

李绿说，饭是有得吃了，但要说有安全感，那还差得十万八千里呢。刚毕业那阵子我找不到工作，几个人挤一间宿舍，一天才吃一顿饭，唉，什么苦都尝了。

李绿对外人是不太谈论自己出身的，当然她是有选择的，例如对董固业这个同样出身于农家的子弟她并不讳言。她滔滔不绝地回忆自己的革命家史，说自己小时候打着赤脚上学，跟个野孩子一样，一年吃不上几次肉，考上高中来到城里才见识了电视，上了大学才知道蛋糕是什么味道的。在李绿的嘴里，过往的苦处有如诗情画意一般，是她纯净朴实的背景。

董固业感叹，真是不容易，不容易，像你这样从山里走出来的孩子太不容易。

李绿说，是啊，所以说我总觉得没有安全感，天下的老板都差不多，他们看重的是我们的工作效率，如果我们工作没有成果，说让你走人也就走人了。

董固业说，我看你们周总还是很器重你的，这次你们公司的合同要能签下来，你功劳最大。

李绿一句没提合同的事，她想表达的，已经隐藏在上面的话里了，如果这个人有心，他会帮，如果无心，说透反而不美。现在，她终于等到董固业一句有所关联的话了。她发自肺腑地说，董处长，事要能成，最应该谢的是你，你是我的贵人。

董固业很大度地挥挥手，自以为很幽默地说，我还不是怕你嫁不出去嘛。

李绿拍手附笑，对，对，处长是怕我嫁不出去了。

李绿发现董固业还是好说话，和善的，不像平日那样高高在上，人嘛，就缺个了解的过程，有时间了解，谁都不难处。李绿从董固业处告别回自己房时，看到周启房中还有灯光从门底漏出来。她本想敲门，临了换成拨打手机。她说，董处长休息了，我回来了。周启说，你们谈到项目的事没有？李绿说，没谈。她不想把董固业的表态马上告诉周启，她要等他的表现。可这男人的表现欠佳，一听说没谈项目的事，语气便没了半分精神。他说，你早点休息吧，明天上山还得辛苦呢。李绿本以为周启会邀请她一起共度春宵，那么她可以在温存之时把董固业说的"我还不是怕你嫁不出去嘛"这句话对着那个她想嫁的男人说上一遍，然后两人再一同来勾画美好未来，但这男人没给她这个机会。她不愿去深究周启的真心占几分，她更愿意从另一个角度来度量，那就是，男人的功利心无论多大都是可以原谅的，这是他们的天性，前提是，他没有别的女人。

三

因为许宽道不愿带路，舅舅只好亲自陪同他们上山。李绿昨晚上给了舅舅六千块钱，算是招待费和向导费。舅舅尽管眼力不行了，但对这片山林还是烂熟于胸的。

司机开车子把他们送到半山腰上，省了好些脚力，但真正进山猎鸟的路，必须还是得靠脚走出来。舅舅带他们去的是相对来说较好走的云霄山南坡，山势比较平缓。舅舅一马当先，拎着杆老式鸟铳走在前头。李绿许久没有这么走过路了，但底子还在，周启就不行了，走上几里喉咙直拉风箱，喘得脸发白，头发湿成一团团的。李绿看着都有些心疼了，让舅舅停下来歇歇。董固业不愧是当兵出身的，大多时候能追上舅舅的步子，两人一路攀谈，所以，他有资格取笑周启，小周，你比我小十来岁吧，力气哪儿去了？唉，肯定是夜生活太丰富，虚了。周启说，冤枉啊，真是夜生活丰富我也认了，但根本就是忙出来的，像我们这样的人，钱没赚到几个，身体全坏了。

大家一路说笑着前进，气氛不错。绿树山花养眼，鸟虫鸣声悦耳，李绿为了让气氛更山野一些，敞开喉咙唱起了当地的山歌，那音色出奇的清亮，在林间婉转回荡，大家鼓掌喝彩。李绿唱了一首接一首。董固业的情绪被感染，也豪情万丈地来了一首《打靶归来》。周启满心欢喜，他想在这样的氛围里还有不成事的吗？

在他们行进的路上有许多竖起的木桩，上面挂了大小不等的网，要不是有木桩提示，那些浅色的网是不易看出来的。网上零零星星地挂着些已经不再动弹的鸟儿，这画面看上去有些怪异和凄凉。像是为了给他们解说这网的用途，一只小鸟莽莽撞撞横飞出来，一下粘挂在网上，鸟儿用力扑腾翅膀，厉声尖叫着。李绿上前仔细看了看，她把鸟儿从网上解下来递到舅舅面前，语气里带着惊喜，舅舅，你看，是琴鸟。舅舅点点头说，是琴鸟，在云霄山好些年没见着这种鸟了。

关于琴鸟，在李绿和舅舅之间有个故事。李绿七八岁那年到舅舅家过年，正巧舅舅捕到一只琴鸟。琴鸟不只毛色鲜亮，叫声也很清脆，是许多玩鸟人的宠物。舅舅打算把鸟儿拿市场上去卖，李绿又哭又闹就是不让。舅舅说，卖了给你买新衣服。李绿说，我不要新衣服。舅舅说，卖了给你买糖买饼干吃。李绿说，我不吃。舅舅没办法，只能把鸟儿留给李绿。李绿逗鸟儿玩了半天，后来把鸟儿给放飞了。舅舅过后很有点心疼地数落她，你把你的新衣服糖果饼干给放天上了，你就等天上给你掉这些东西吧。

二十多年还真就是一眨眼的工夫，现在李绿又把一只琴鸟捧在掌上，她让它慢慢站稳，琴鸟惊魂不定地在她掌上扑闪了好几下才站稳。李绿心疼地说，这满山都是拿枪候你的人，你身上能有几两肉呀？行了，机灵点绕着飞吧。琴鸟张开绚丽的翅膀，忽地飞入林子里了。

周启站到李绿身边，用肘碰了碰她，轻轻地说，你都说些什么呀？

李绿反应过来，有些尴尬地扫了董固业一眼。

董固业根本没留意李绿说的话，他问舅舅，这是捕鸟的网吧？

舅舅说，是啊，这种拉网捕鸟的方式最祸害鸟了，现在满山遍野地张挂着，一天下来成百上千的鸟就着了道，说是天罗地网不过分。你看现在网上没几只鸟，估计是张网的人刚把鸟收走了。

董固业说，那有关部门不管吗？

舅舅说，山高路远的，哪里管得了这么多。

董固业说，作孽呀，你们知道网开一面这个成语是怎么来的吗？

大家都摇摇头。

董固业说，传说商汤这个人心肠很仁慈，有一天他看到一个捕鸟的人一边下网一边说，四面八方的鸟啊你们全都到我的网里来啊。商汤听了很不舒服，他不让这捕鸟人四面全下网，而是让他网开三面，只能下一面网，给鸟留生路，后来这故事传下来就变成网开一面了。

李绿说，哦，网开一面是这么个来由啊，董处长真是能文能武，好有学问。

周启说，呵，我听说处长家里最多的就是书了，喜欢看书，肚子里装的东西可多呢。

正说着话，听到一阵叽叽喳喳的声音，天上一片迅速移动的灰云，是一大群鸟儿朝那边山头飞去。舅舅赶紧招呼大家说，你们注意看，那边山不知道有多少人举枪候着呢。貌似寂静的山谷突然响起鞭炮一样密集的枪声，鸟儿纷纷坠下，剩下的惊慌失措地改变方向，瞬间一片云变成若干小点飞散了。

董固业反应敏捷，立马做好战斗的准备，手往后一挥说，大家准备好，马上有鸟儿要到我们这边来了。果然，好几十只鸟儿从那边山头折飞而来。董固业不慌不忙抬起枪，随着枪响，鸟儿惊鸣声乍起，只见好几只鸟儿直直往林子里坠去。周启这时候顾不上喘了，跑得比兔子还快，顺着鸟儿下坠的地方奔去，十来分钟后，手里拎了三只鸟回来。

舅舅甄别后说，是凤鸟，不太容易打到的。

李绿说，开门红啊。

周启拎着一只鸟细细研究，招呼大家看，说，大家请看，这一枪是从眼睛穿过去的，董处长不就是传说中的神枪手嘛。

李绿看那血糊糊的鸟儿，想到刚才它们还欢实地在天上飞呢，心里有些不忍，恭维的话没说。

董固业哈哈大笑，摆摆手说，这是基本功，没这基本功也不敢出来了。

李绿说，周总，你趁这机会好好跟董处长学上几招，拾鸟的事我去。

周启说，别让我出丑了，我要能打得到鸟，那鸟也是自己撞枪口来的菜鸟。

大家哈哈大笑，继续在林中穿行。凡可听见鸟声处，董固业的侦察员特征立即显露，他马上能判断鸟的大致方位，虽不是枪枪准，但也有个七八成的准头。

李绿拿了相机帮大家拍照，董固业的神枪手风采一一被录进镜头里。周启还把董固业打的鸟集中起来，挂在枪头上，那张照片中董固业雄姿英发，扛枪而立，就像一个满载而归的猎户。镜头中那些失去生命的鸟儿羽毛被风吹得零零散散，成为董固业英雄照的背景。

下午四五点大伙开始安营扎寨，准备晚饭，因为舅舅说了，打鸟的黄金时间是在晚上。早点吃晚饭，养精蓄锐，夜场更精彩。

李绿和舅舅搭灶做饭。除了从山下带来的米饭蔬菜，董固业的战果全部摆在桌面上。大家都说，要没董处长，我们只有找野菜吃了。舅舅煲了原汁原味的鸟汤，焖了一锅干笋鸟。李绿本来是要打下手帮忙的，看那些鸟儿突然觉得恶心，全都推给舅舅干了。大家对汤水赞不绝口，说这才是真正的鲜呢，昨晚上喝的汤跟这一比才知道那算不了什么了。周启说，这是当然，这鸟儿下锅的时候身子都还暖着呢。

饭后，李绿将事先备的炭烧着，大家围着炭火堆坐着。舅舅闲着没事，说教大家烤鸟吃。褪鸟毛比较麻烦，他烤的是叫花子鸟，用水和泥裹满鸟身，烤干后，泥巴带毛脱落，鸟肉细嫩无比。大家本来吃得挺饱，现在又全有了兴致。

董固业说，舅舅，你到我们南安去，我们大家集资给你开店，凭你这手艺，生意保准兴隆。

舅舅说，行，你们给我搭台，我就敢出去唱戏。

大家吃喝聊天，不知不觉夜深了，雾水也重了。周启将备下的水果酒一并拿出来，大家喝了，除了身上变暖，说话的声音也变得越来越大，空旷的野外越发显得空旷。周围的山野望去黑乎乎一片。突然间，有射灯亮起，不止一盏，起码有十来盏，整个山谷一下明如白昼，射灯扫来扫去，在光矩中可以看到鸟儿飞动的影子，然后就是枪声，白烟过后，被击中的鸟儿纷纷落下，山谷里响起欢呼雀跃的声音，然后就是奔跑的脚步声。整个山谷一下热闹起来了。

舅舅嘴里喷着酒气，伸长脖子说，开始了，这夜间猎鸟开始了。

董固业在暖热的酒劲里有了睡意，头已经埋进胸口上了，这山中乍起的热闹让他浑身一个激灵，酒力变成战斗力。他刷地站起来，像指导员一样扬扬手说，走，我们观战去。

舅舅带领大家往坡上走，走了半个多小时，果然看到好些人三五成群地聚在一起。这里变成了一个猎场。

董固业很有些遗憾地说，我们没带射灯啊，这不好打。

李绿抱歉地说，哎呀，怎么就忘了准备这东西了。其实不是李绿没有想到，而是这样弄的话场面太大了，伺候领导玩一两天，要把射灯弄到山上来，除了专业捕鸟队，谁也难得备下这么个阵容。

周启说，小李，既然你们这里兴打夜鸟的，就应该想到要准备的啊，哪怕是个电瓶灯也好！周启是毫不客气地指责。

李绿是毫无脾气地道歉，一个劲地说对不起，还说，明年，明年领导再来一定备下。

董固业说，没事，等那些人的灯亮起来的时候，我可以帮他们打，反正我们又不要那些鸟，只是过过瘾。

舅舅说，这没问题，我去跟他们说说，我刚看到有几个是熟面孔的。

舅舅上前去跟那些人说了些什么，有几个人回头扫了他们几眼，点了点头。舅舅欢天喜地转回来说，走，他们同意了，我们找个好地势，别跟他们凑一堆了。在舅舅的带领下，他们另找了一个地方候着。一会儿所有射灯灭了，山谷又陷入黑乎乎的沉寂里。大家也安静下来，不再聊天，像猎人一样安静等待。过了十来分钟，射灯再次亮起，光照中鸟影如雪花飞舞。董固业毫不含糊，抄起枪连连射击，命中率还挺高，不远处有人喊，兄弟好枪法。周启这边齐齐鼓掌。董固业越战越勇。

李绿应景似的拍手鼓掌，眼睛留意的却是不远处灌木林里藏的几个人，本来以为他们也是来打鸟的，可看他们半天没发一枪，还有意识地躲着怕人看见。偶然的那些人当中有一个手中有亮光闪了一下，李绿意识到那是台摄像机，她一闪念——莫不是许宽道和苏玉石他们？她悄悄地潜过去，正是许宽道、苏玉石他们。他们正在用摄像机拍眼下山里打鸟的情形，看到有人走近，拿摄像机的赶紧背过身用衣服遮起机子。

李绿说，宽道，你在干什么？让人发现了可了不得。许宽道没说话，领着苏玉石他们快速隐入另一片林子里去了。李绿不能脱离自己的队伍，只能看着他们走远了。

凌晨四五点天快亮的时候，山谷中的枪声渐渐稀了，参加猎战的人带着猎物渐渐散去，等待他们的是另一个夜晚。董固业也尽了兴，大家回到搭好的帐篷里休息。

这一觉大家是放开地睡了，快中午的时候，他们陆续起了床，继续昨天的行程，舅舅带他们换到另一座山头，是回头路的方向。

董固业昨天尽了兴，也因为累着了，今天打鸟的兴致就没有昨天高了，反而是周启，慢慢摸索出点门道，竟然也打落了不少鸟。

因为明天早上要回南安，所以近黄昏时分他们就往山下走了。这时候他们碰到许宽道，这次他身边没有苏玉石和他的学生们，只是一个人。舅舅看到许宽道就当没看到一样，擦边经过了。李绿知道这不是因为舅舅眼神不好，而是舅舅肚子里有气。许宽道也没打算搭理他们，脸拧过一边。

李绿上前揪住他说，你带的人呢？

许宽道说，苏老师脚扭伤了，先下山了。

李绿说，他们都下山了，你还待在这里干什么？

许宽道不耐烦地要挣脱李绿的手，不小心露出他包在衣服里的相机。他只好说，明天苏老师要回南安了，我今晚留在山上看有什么值得拍的。

李绿更是拉着他不放了，你不要命了？

许宽道说，你少管我的事。

李绿说，不行，现在你就跟我下山。

许宽道说，我看到你们打了不少鸟，还吃鸟肉呢。口气里充满了厌恶。

李绿被他这种厌恶吓了一跳，人稍发愣，许宽道挣脱她的手跑了。李绿看自己这行人已经走远，不得不放下追许宽道的打算。

回到舅舅家，天已经快黑了，大家都觉得很是疲惫，先回房休息等着吃晚饭。

李绿看到苏玉石了，看样子脚是真扭伤了，纱布捆着脚踝，纱布上还有绿色的草药汁渗出来。苏玉石手边有一根削得很滑溜的棍子充当拐杖，正和几个学生在喂前两天从山上带下来的鸟，估计大部分死掉了，现在只剩得两只比较大的，是同一品种，李绿能认出来，都是老鹰。

李绿上前打招呼说，扭到脚了？

苏玉石点点头。

李绿说，许宽道好像拿了你们的相机还待在山上，是你让他帮你们拍资料吗？

苏玉石说，我没让他去，是他看我受伤了，有些资料没收集全，自己一定要上山去补拍的。

李绿说，许宽道没上过大学，脑子简单，你说什么他信什么。你们是外地人，来了还会走，宽道是本地人，他在这片土地上生活，就得入乡随俗，你要想呼吁，要想揭露，自己弄去，我不想他惹事。

苏玉石毫不示弱地盯着李绿，你们这里的人要都像许宽道，爱这大山，爱着山上的生物，云霄山就不会变成鸟类的地狱了。

李绿为对方的慷慨陈词感到可笑，但也拿不出什么话应对，只是冷冷地狠笑了几声。

四

夜里，李绿没有睡意，白日的行走让她双腿酸痛、身上疲惫，但她的脑子却很亢奋，亢奋得莫名其妙。

这天晚上许宽道没有回来。

一大清早的，院门被人响亮地拍响，拍得很急，周边的野狗也凑热闹地吠起来。大家都还在睡梦中，对这噪音很不耐烦，含混不清嘟囔几句算是抱怨，蒙上耳朵继续大睡。只有李绿的耳朵竖起来了，也只有她听得清楚拍门声里夹杂着的方言，她捕捉到门外这个消息与许宽道有关，像有一道冰凉的水流从她的头顶灌入，她确定许宽道一定是出事了。

果然，等李绿穿好衣服来到院子里，舅舅、舅妈已经随着通报消息的来人往山上奔去，看得见手电筒的光晃晃荡荡地往上走，舅妈凄厉的哭声被杂乱的脚步冲撞得零零碎碎。

李绿坐在院里等，她不想让自己的脑子里有任何坏念头，所以，她尽量地将脑子放空，于是，她的脑子空荡荡的，就像周围秋夜的山野一样清寒而寂静。她突然想起什么，冲上前拍打苏玉石的房门。苏玉石披着衣服出来了，很快的，他的学生也从其他房间出来了。李绿说，许宽道出事了。一群人全愣住了。

两个小时后，许宽道被人扛下山，整只脑袋血乎啦的，看不出具体的伤口在哪个位置。舅舅、舅妈簇拥前后，一向精明的舅妈现在只剩得哭了，而舅舅也是一副听天由命的木呆样。李绿上前去探探许宽道的鼻息，旁边有人说，还有气，说完又摇了摇头。

苏玉石和他的学生围到许宽道身边。学生们的脸发白，可能是人生第一次面对这样的场面。苏玉石上前替许宽道整理衣服，有意无意地检查相机是否还在。这是李绿脑子里转的念头，她怒不可遏地上前推开苏玉石说，你这时候就惦记着相机是吧？许宽道是你害的，如果他有个好歹我们和你没完。苏玉石皱着眉头，一声不吭。

周启总算是从楼上下来了，眼前的场面让他吃了一惊，不过，他并没觉得和他有什么关系。李绿让他赶紧派司机送许宽道到最近的医院去。他说，董处长昨天说了，吃了早饭就赶回南安，这车不能动。

李绿说，董处长不是还没起来嘛，起来了和他说说他能理解的，人命关天的大事。

周启不耐烦地说，人家表面上是理解，心里能高兴？好好地出来玩一趟，还碰上这事。

李绿愤怒的眼泪哗地冲出来，周启，我看是你冷血吧。

周启没理会她，从包里掏出一沓钱，对那些把许宽道扛下山的人说，大家乡里乡亲的，麻烦帮忙找车把人送医院，多少钱我都出了。

有人就说，住附近的许三有辆面包车，打电话让他过来？

舅舅老泪纵横，哽咽着说，我看送医院也是白折腾，这人眼见都没气了。

李绿扯开嗓子吼，舅舅，你糊涂了，大家赶快帮忙找车把人送医院去！

许三的面包车二十来分钟后到了，大伙把许宽道抬上去，舅舅、舅妈也爬上车子。苏玉石跛着一只脚，三跳两跳地也上了车，李绿顿时觉得这人没那么可恶了。她跟周启说，我跟他们一块儿去，你留下来陪董处长，反正该办的也办得差不多了。周启拽住她说，你不能离开，我们怎么陪处长来的，就得怎么陪他回去，有始有终。你和他们一块儿去帮不了什么忙，这个时候人多没用，钱才有用。周启从车窗把一沓钱塞到舅舅的手里，舅舅麻木的脸挤出几分感谢的表情。周启向司机挥挥手，车子开动了。

李绿事后最不能原谅自己的是，她当时觉得周启说的话是有道理的，或者她对周启还是有幻想的，愿意听他的，所以她没有陪舅舅他们上医院，后来也没留下来。

留在原地的人还在七嘴八舌地议论。李绿拉住几个本家打听许宽道出事的缘由。那些人都不很确定，说好像是宽道砍了别人拉的捕网，还打爆别人的射灯，让那些个猎鸟的追着用枪崩了。还说那些人是看在他是本地乡亲的份上，通知人把他送下山了，不然，在哪个沟里死烂臭了都不知道。李绿问是谁打伤的许宽道，就没有人说出答案了，都说黑灯瞎火的，山上的人都有枪，谁打的根本弄不清楚。

很奇怪的，院子里边闹得这么厉害，董固业一直睡到将近中午才起身。周启特地嘱咐过李绿不能在董固业前提许宽道的事，说是在这当口出这种事，摊上谁都不会太高兴，计较的话还会觉得晦气。

出发前，董固业上了车，突然说应该跟李绿的舅舅、舅妈告个别，感谢一声。李绿说，不用了，他们有急事去乡里了。董固业就没再说什么。

归途中李绿比较沉默，她完全失去了说话的兴趣。周启这里是一丝不敢怠慢的，陪着董固业回顾这两天的猎鸟生涯，抽空还从手机里调出现场拍的照片，夸董固业如果不是在和平年代，肯定是一位将军。

周启说，这次行程还是太匆忙了，我们准备也不充分，处长肯定没尽兴，明年我们再来，小李啊，下次招待的规格一定要比这次提高啊！

李绿被动地点点头。

周启赶紧又赔了笑脸说，董处长，下次来之前我们都把自己练成神枪手，可以和您比一比才行。

董固业说，好，好，那样我还有点兴趣。说着捶打腰背，哎呀，好久没在外边跑动了，这腿、背感觉有点酸痛。

周启赶紧说，我给你揉揉？

李绿看周启唱独角的殷勤样，终是于心不忍，打起精神说，处长，我有市里最好按摩中心的按摩卡，改天给您送去，有时运动累了去按一按还是很舒服的。

董固业说，好，好，我去按一按。

周启听李绿出声说话，心放下大半，舒了一口气。

李绿还说，董处长，那些鸟我用冰块冰了，在后车厢放着，还有些是舅舅家给您备的，您拿回去让家里人尝尝，真正的绿色食品。

董固业满意地点点头说，小李很会办事，人才啊，周启啊你真有福气。

周启说，是啊，公司里我最器重的人就是她了。

董固业说，你们的事我记着了，等通知吧。

周启说，谢谢，谢谢。他激动得额头的汗都渗出来了，盼星星盼月亮终于等到一句让人心里踏实的话了。

按李绿的想法，把董固业送回南安后，她得马上返回云霄山照看舅舅一家。这点心思，周启是猜得到的，所以回来后，他明明白白地跟她说，这单生意成与不成这些天就要见分晓了，你哪儿都不能去，安心待在南安，别的公司都如狼似虎地盯着呢。这又是老板的口气，李绿没有什么反应。周启的语气缓和下来，他把办公室的门关上，双手抚在她的肩膀上，这段时间你辛苦了，晚上到我那儿，我给你做两个菜，喝点酒，放松放松。

周启的软话还是中听的。李绿去了，吃了，喝了，心绪平稳了。她在周启的怀里诉说童年往事，诉说当年舅舅、舅妈是如何宠爱她，现在她却不能为他们排忧解难，她把对许家的愧意在周启的怀里用哭声释放了。周启特别的体贴，他说，放心吧，我会和你一起照顾他们的，等这边事情一结束，我立马陪你回云霄山。李绿的心又暖和过来了。

李绿勤快地联络董固业，两个星期后，周启被通知去签合同。

周启把合同签下，整个人腰板比平日挺拔了，脸上像喝了水果酒似的满面红光。兴奋是自然的，这份合同签下，公司在本市的档次便由三四流一跃进入二流，打个形象的比喻就好比过去只能承包百把万工程的包工头，一下承包了千万以上的单子，从此跃了龙门。

也是同一天李绿接到舅舅的电话，许宽道没了。许宽道动了两次手术，在床上无知无觉地躺了半个月，最终还是没能醒过来。面对周启兴奋异常的脸，李绿没把这个消息说出来，毕竟这个人和死者没有任何关系。

周启没忘李绿的功劳，他把她叫到办公室，提笔挥写，那份流畅的劲头很是潇洒。他开出一张数额不小的支票，将支票递与她说是提成，还说他赏罚分明，对有功之人他从来都舍得。这口气像财大气粗的老板，而且，听起来他们之间的关系十分的纯洁，就是雇主与雇员的关系。

李绿脑子里始终盘旋着一句话，是结缘那夜他说的——我们就有好日子过了。"我们就有好日子过了"原来是这个意思，她会错意了，他们只是共同赢了一票生意。她于是忍不住说，许宽道没了。周启一下反应不过来，许宽道是谁？

天地良心，这挨千刀的，她没应他。他自己突然想起来，拍拍脑袋说，瞧我这记性，对不起，对不起。他坐下来，又开了一张支票递给她说，我给你休大假，你回去看看老人，这算是我的一点心意吧。

李绿认真地将支票读了一遍，说了一句，谢谢周总。

周启便又有些得意忘形了，他的手指不停地在桌子上跳骑马舞，好了，你休假，我也好好休休假，等回来我们得开始忙啰。

李绿说，哦，你有什么打算？

周启说，有朋友邀请我到欧洲走一走，我一直没心情，现在可以出去看看了。

这趟行程自然与李绿无关。李绿突然觉得自己很傻，当然，眼前这个周启在她看来也聪明不到哪里去，他难道以为女人都是这么轻而易举为人卖命的？她说，周启，你知道，我为公司这么卖力并不纯粹是为钱。

周启看李绿的脸色，意识到点什么，有些收敛了。李绿，我不会亏待你的，等后边的业务走上轨道我会考虑将公司的股份给你一些。

李绿说，你想得真周到。她挥挥手中的支票笑着说，我走了。

周启看着李绿的背影暗暗摇头，他对她算不错了，她还想怎么样？让他娶了她？他周启还不至于沦落到这步田地。

李绿没有休假，她觉得这种时候她回云霄山根本没有任何意义，她更不知道要如何去安慰她那可怜的舅舅、舅妈。

过了几日有旅行社给周启送机票，周启不在，是助理签收的。李绿无意翻看了机票，看到是两人的机票，周启的旅伴是一位叫朱丽娟的女士，欧洲十日游。

李绿在心里好好把自己嘲笑了一番，看来真是老了，想把自己嫁出去想昏了头，一厢情愿地发情，栽大跟头了，过往的江湖岁月算是白混了。这羞呀还对谁都不能说，也不能怨那男人，就好比进山狩猎，猎不到，只能说是运气不好、技术不佳，不能怪那猎物没给你机会。

李绿不怪周启，却把许宽道的死背到自己身上。她把许宽道的死与他们这一次的活动联系到了一块儿。她相信在一定的时空构成里会发生一定的故事，那么，云霄山一行，他们在那个时空里肯定改变了什么，而许宽道就在那样的时空里丧失了性命。李绿虽然说不清楚自己担当的是一个什么角色，但她相信如果她更有力地去劝阻，或者相反的，一点也不介入，那么许宽道现在还活蹦乱跳地生活在这世上。

五

许宽道出事后，苏玉石在医院陪了三天。三天已经是他计划外挤出来的时间了，本来那天早上他要赶回南安参加一个国际会议的，从这一点上看他觉得自己也算是对得起许宽道了。资料是许宽道自己提出要去帮他们收集的，当然他因为这一点后悔不已，少几张或多几张照片不会影响什么大局，搭上一条人命太不值当。至于破坏捕鸟网、打烂射灯的举动，要让他真心评价这是所谓的匹夫之勇，许宽道毕竟还是个乡野青年。

　　回到南安，苏玉石将在云霄山收集的原始资料交与电视台专题部。编辑制成短片后，与他商量说，片子虽然有许多令人震撼的画面，但感觉还缺少些许悲壮的色彩，不能让这片子从其他的动物环保片子中脱颖而出。苏玉石本来没想让这片子与许宽道扯上关系，因着这点，他就跟编辑说了许宽道的故事，编辑反应相当激烈，当即拍板要加入许宽道的事迹。正在收集资料的那几天，许宽道的死讯传来。编辑说，一个农村青年为护鸟而献出生命，这就是悲壮。苏玉石觉得，如果许宽道的死成就了这个片子，他的死就不太冤了。

　　名为《千年鸟道之殇》的专题短片播出后，一石激起千层浪，反响大得超出所有人的预计。大量媒体蜂拥而至采访苏玉石，媒体采访的时候，苏玉石很谦虚，他说他做得太少，甚至不如一个农村青年，他总是会提到许宽道，将许宽道描述成一位用生命去实践自己理想、为护鸟殉道的英雄，而他只是一介书生，只会纸上谈兵。苏玉石在大众面前展示了他深深的悔意，正是因为他向许宽道灌输的那些道理，让他受了感召，让他疾恶如仇，如果不是因为他，许宽道还是一个快乐的山民，一个偶尔会上山打鸟的猎人，他无意之间，害了一条生命。说到这些，苏玉石流下眼泪。显然的，苏玉石越忏悔，他作为精神导师的形象越高大，苏玉石成了代言人和那个真正为千年鸟道呼吁的环保人。

　　李绿一贯对新闻不太关注，媒体这些铺天盖地的报道却还是闯入她的视野。她先是为电视片里集中展现的云霄山的鸟类浩劫所震惊。在鸟类南迁的日子里，云霄山这一条千年鸟道成了鸟类的屠宰场、地狱之门。她甚至怀疑片子里展示的真是她一直看作天堂的云霄山吗？她不是没听说过，不是没眼见的，不是没经历的，可显然的，她所感知和了解的完全是隔靴搔痒。她为她长期以来的泰然处之感到震惊，为她刚刚参与一次猎杀感到汗颜，想起她多年前放飞的琴鸟，她想她的心是麻木了，对什么都麻木了，对云霄山的感情，也不知何时起早已淡如游人。

　　可很快的，她的注意力从悲鸟乡情中转移了。苏玉石成了名人，许宽道也成了名人，不过，许宽道只像是苏玉石的一个背景板。让李绿心揪成一团的是，整个片子一再将许宽道的死因归结为与猎鸟者对抗。李绿就这么钻了牛角尖，她想为什么不说他是上山偷拍猎杀场面招来的杀身之祸呢？是的，如果这么说，苏玉石冒着生命代价去收集资料的功劳就全被掩盖了。

舅舅、舅妈这时候又来了电话，告诉李绿他们的农家乐小店开不下去了。由于《千年鸟道之殇》的播出，云霄山当地政府采取了一系列行动，例如派了很多执法人员上山抓捕猎鸟人，到乡间收缴猎枪。同时，也有公安到许家询问许宽道受袭的情况。不知怎的，就得罪了一些人。许家旅馆的所有窗户被人用石头砸破了，一天夜里还有人翻墙进院子里试图点火烧房子。李绿问舅舅报案没有，知道是什么人干的吗？舅舅说，还能是谁干的？就是被抓那些人的亲属朋友迁怒于许家了，他们认为许宽道成了英雄，却带累他们的家人被抓了，所以报复我们。李绿气急，这是什么逻辑？舅舅说，你也是从这山里走出去的，什么逻辑你还不了解？李绿听出舅舅的话语里有着深深的怨气，那怨气有一部分绝对是冲着她来的。她真巴不得让他们骂上几句呢。她让他们到南安来避一阵。舅舅说，我儿子都死了，我还避什么？我就待在云霄山，谁想要我的命来拿去。

和舅舅通完话，李绿一夜无眠。她把所有问题的症结都归到苏玉石身上去了，对，这个苏玉石就是打开潘多拉盒子的那个人。

她第二天到南安大学找苏玉石。苏玉石现在是名人了，随便找个人打听都能指出他的办公地点。李绿在苏玉石所属的生物系办公室楼下守株待兔，百无聊赖间看到一份贴在布告栏里的公告，本月某日三位老师竞聘系副主任一职，将在系会议室发表竞职演说。苏玉石是三位竞聘者之一。李绿想，这苏玉石是赶上好时候了。

苏玉石没想到李绿会找上门，幸好他最近演讲的次数和接受采访的次数较多，训练得思维敏捷，他主动伸出手去说，你好，许宽道的事我很抱歉，对不起。

李绿没有伸出手去，她斜眼看苏玉石还一拐一扭的脚，问，你的腿还没好利索？

苏玉石说，从云霄山回来一直忙得不行，医院都没时间上。

李绿指指墙上的公告说，先祝贺啊，快当系副主任了。

苏玉石摆摆手说，哎哟，不能这么说，只不过是参加个演讲而已。

李绿说，你一定能选上。

如果换一个人说这番话，苏玉石还能有几分快感，从李绿嘴里吐出来，他就感觉串了味，得打起十二分精神应付。说实话，与他竞争系副主任位置的对手本来都挺强势，《千年鸟道之殇》的播出如东风把他送上青天，让他增分不少，他不能不感谢许宽道。前些天他把他和学生带下山救治的两只老鹰送给了副校长，应该也是起点作用的。副校长的老婆有风湿病，说是服用老鹰骨头泡的酒有特效。他狠了狠心，把老鹰给闷死了。跟副校长当然说是救不活的老鹰泡的酒。

苏玉石不想在办公室这样敏感的区域接待李绿，主动提出到外边找个地方坐坐。李绿没有推辞，两人找了一家餐吧坐下。

苏玉石说，李小姐比我前次见瘦了些，更漂亮了。

李绿说，看了你的《千年鸟道之殇》，气瘦的。

苏玉石一下语结，无意识地重复李绿的话，气瘦的？

李绿说，你们的片子说许宽道是因为与那些捕猎的发生冲突被打死的，这个连公安都还没有下结论呢，你们倒给他下结论了。我只知道他是上山为你拍照死的，我不想他的死成为别人作秀的工具。

李绿的话咄咄逼人，苏玉石不甘示弱，你觉得他是为我们收集资料死得有意义，还是与捕猎的发生冲突死得有意义？

李绿说，人都死了，再有意义也没有意义了。你知道吗，许宽道这个虚名的英雄，现在带累他爸妈的旅馆被那些被抓的猎鸟人的家属上门又是砸又是放火烧的，旅馆已经关门了。

苏玉石尴尬地搓搓手说，真想不到啊，那些人怎么这么不讲理？

李绿说，不扯远了，我希望能还许宽道一个公道。如果你这里不行，我也可以向媒体披露许宽道上山拍照的细节。你是一个大学教授，他只是一个山野村民，我想大家会觉得他比较天真。

苏玉石笑了，这就是你今天来的真正目的？你可能不知道我们在云霄山拍摄的时候也拍到你们一行猎鸟的情形了，你们那位领导的枪法还不错嘛，打的鸟都可以用筐来装了。是因为许宽道，你是许宽道的姐姐，所以我们没有把你们的活动剪辑到片子里。

李绿也笑了，她没想到，她来这里的目的本不是要威胁人，可她反而成了那个被威胁的人。苏玉石的话像一把锤子，在她的心里砸开了一片天，让她豁然开朗，让她有了新的决定。

她说，如果你还是个男人，就把有关我们的录影，或是照片放到网上去，就和《千年鸟道之殇》放到一块儿，你们的网站现在很火，只要你一提议，相信大家一定能把我们几个人人肉出来。对了，那些画面你们拍得清楚吗？我手机上还存有一些，我马上发到你手机上，你可以一起在网上放出来。李绿抢过苏玉石的手机，用他的手机拨打自己的手机，得到号码后，就把照片传了过去。

苏玉石惊异地看着李绿的举动，李绿说，别这样看着我，我没疯，就当树一两个典型吧，以后到云霄山打猎玩乐的人心里也得有个顾忌了。

苏玉石小心翼翼地说，其实，我刚才说的都是气话，我绝对不会将那些东西放网上去的。

李绿不耐烦地说，别婆婆妈妈的！你当我今天来是要敲诈勒索你的？不过也算是吧，我来是想逼你做一件事，发个毒誓什么的。

苏玉石说，哦？

李绿说，许宽道既然为护云霄山上的鸟儿死，我今天来是希望你发誓将你的工作做到底，真正让那山上的捕猎者绝迹，别刮一阵风，在电视上出了名出了风头就完事了，那许宽道才是白死了。

苏玉石心里突然有了一种说不出的敬意和愧意。他说，这本来就是我要做的事情，我发誓，我会用毕生的精力来关注和保护云霄山。

李绿说，但愿如此，我记住你说的话了。还有，你也要记住刚才我说的，把有关我们的图片资料放到网上去。

苏玉石露出为难的神色说，你当真，不怕影响到你？

李绿说，最坏的结果就是没了工作，被人在大街上认出来吐上几口唾沫，这个我承受得起。

李绿辞职了。周启那时候还在欧洲旅游，所以，李绿什么手续也没办就走了，她也不贪心，将周启给她的分红支票留了下来。

她回到了云霄山，周启给她打了无数电话，她没有接。她想象不出他现在会如何，她懒得想，她连她将来的日子都懒得想。

有一天，苏玉石发来了短信，告诉她被人肉出来的那位姓董的官员已经被停职接受调查，问她现在可好。

她现在的生活像回到了少女时代。平时她和舅舅、舅妈一起下地干农活，空闲下来的时候她会上山转转，顺手摘回一筐野菜或菌子什么的。云霄山显得很平静，毕竟已经进入冬季了。

回云霄山的第一天，她一个人来到许宽道的墓前。那座孤单的坟头，周围是绿树和已经收割过后的稻田。李绿盘腿坐在地上，抬抬头，她希望这时候天空中有鸟飞过，那样，她会相信有灵魂。

天空中没有鸟飞过，一只也没有。

| **作品点评** |

在《狩猎季》那桩生意里，周启把李绿当作生意伙伴，却不拒绝李绿的投怀送抱，值得注意的倒是李绿对周启的态度，有女性的情感需求，也有对于世俗社会男人的"宽容"和"理解"："她不愿去深究周启的真心占几分，她更愿意从另一个角度来度量，那就是，男人的功利心无论多么大都是可以原谅的，这是他们的天性，前提是，他没有别的女人。"我不想深究，映川小说中女性主义的成分有多大，我只是想从这样的态度中，看出世俗时代人们对于精神底线的坚持是多么脆弱，或者说，大家已经不再相信一个精神性的东西存在，宁愿从生存、现实的

角度去判断、选择，只要能抓住眼前和现实。由此再看，男人死了、男人的侏儒化这些问题本是社会的问题，它们的形成也包含着女性对男人的塑造。

——周立民：《有的只是厌倦，哈欠连连——映川小说阅读札记》，《南方文坛》2018 年第 3 期

小河夭夭

小昌

一

这次回老家，很想去看看他们几个人，比如丽姑、丁文玲、强哥等，可能还有更多的人，只是一下子想不起来。也许见到了想起的，想不起来的也慢慢想起来了。头几次回家，总不想出来见人，只是在院子里转来转去，晒晒太阳，吹吹乡村的风。偶尔也去村北，看看那条小河。小河越来越小，连条船儿也撑不起来了，干旱时，就被分割成了坑坑洼洼。也还是有孩子在里面洗澡的，就像我们小时候。

下了火车，坐了大巴又坐小巴，就到了镇上。几年前还要坐上一个小时农用三轮车。到如今鸟枪换了大炮，三轮车换成了小巴车，只不过开车的和卖票的还是那群人。他们看着我，似曾相识。也许我很像个样子了，他们还不敢认。后来实在忍不住了，说："看你这么面熟，不像外地人。"我还操着普通话，没人能听出我是自这里走出去的人。他们也不见怪，镇子上到处都是来自外地

作者简介

小昌（1982—），原名刘俊昌，出生于山东冠县，在兰州上大学，在桂林电子科技大学读硕士，曾在富士康工作，2009 年入职桂林电子科技大学（北海校区）。先后在《十月》《上海文学》《小说界》《山花》等杂志发表小说，有作品在《小说选刊》《中篇小说选刊》选载。小说集《小河夭夭》入选《21 世纪文学之星丛书》。长篇小说《白的海》2018 年 7 月由花城出版社出版。

作品信息

原载《十月》2015 年第 1 期。

的生意人，比如浙江、广东，甚至新疆、云南。他们很快就顾不上我了，把我扔在了小巴的某个座位上。我在想，要是坐在农用三轮车上，也许一下子会想起更多的人和事。我也开过农用三轮车，甚至可以用摇把将它点着，看它一下子在我身边颤抖起来，真是一件让人舒心的事。后来我在一次上坡的时候，忘记了换挡，它急速退了下来，最后翻在路边的垄沟里。我眼疾手快，早就跳了出来，眼睁睁看着它翻跟头，颤抖了几下后就寂静无声了。从此家人再也没让我开过。爸爸也开不好农用三轮车，可是没人去开，只有他霸王硬上弓。后来就在一个雨后，三轮车的某个轮子陷进了一个坑里。后座上还坐着两个老人，其中一个再也没醒过来，还有一个大面积烫伤，烫伤的那个老太太是我的亲奶奶。这时，有个人拍了下我的肩膀，我回头看，看样子是个熟人，喊我叔。

后来，我知道了他叫小鲁，学会了抽烟，是两个孩子的爹了。他也像别人一样，若无其事地在汽车里抽烟，烟雾围着他打转，也围着我打转。我们在小巴车上聊了很多，聊起了他爹的死。他有些不愿意说，躲躲闪闪。他爹可是个能说会道的人，见了我就像见了亲人，会紧握我的手，温暖的手有些粗糙，怎么说死就死了呢。听我爸说，他爹喝多了酒，被人塞进了面包车，很快就睡着了，别人也就顺手关上了面包车的门，没想到门一关，他就永远没有醒来。小鲁不愿谈太多，我还听说他爹跟一个小女孩风流过，在大城市住了些日子，那个女孩喊他姑父。后来家人都不太把小鲁他爹当回事了。看来死了倒好。

下了车，小鲁说："叔，你看那座高楼。"镇子的东南角起了一栋二十几层的高楼。它的突然出现、直插云霄让很多老乡兴奋，我也早就听说了，不过置身在它的脚下总有些不敢相信，怎么说有就有了呢。小鲁说："这里有电梯，不用爬楼的，咱们去看看吧。"我们进了电梯，很快到了楼顶，后来又上了天台。我在天台上看这个熟悉的小镇。它陌生起来。我从没这样看过这个镇子。可以清晰地看到那条小河蜿蜒的曲线。沿着那条曲线，一眼就望到了秤钩弯那个村子，那里住着我的爹和娘，有丽姑、丁文玲、强哥等。还有更多的人，我都叫不上名，甚至不认识了。

我在天台上俯视良久，看得眼睛有些累了。只好抬头仰望天空，天空很空很蓝，看得久了，它就带着你慢慢旋转。很少有这样的天空了。突然我有了个计划，非实现不可。我说："小鲁，咱们下楼吧。"他又带我去了镇子上最大的超市，就在这栋大厦的一二层。超市里应有尽有，就像美国的超市。早知道这里什么都有，我就不带这么多东西了。小鲁说："咱们这里很快就变成城市了，听说上头早有文件了，说要撤镇成市。"我也跟着他高兴起来。他初中没有毕业，说起话来也头头是道，很像他爹。

我爸开着电动车来接我了。他在邮电局的门口抽着烟。幸亏没有蹲下来，我远远看见了他，我背着双肩包，向他走了过去。没想到他最终还是蹲了下来。蹲在邮局门口，一口一口抽着烟，似乎在看打他身边走过的人。

二

我坐在电动车后座上，样子有些怪。两条腿不安地屈着。柔和的风从我耳朵边吹过去。我们驶过一家家小工厂。看着那些大门，有些冷清，少有人出入。爸爸说："这家是你强哥开的工厂。"我好好看了看那一栋栋蓝白相间的厂房。电动车一路一往无前，很难看个究竟。我说："下次再来看看吧。"

拐进一条小道，不过也是柏油路。很想走一走了，我说："爸，我想走着回家。"车子很快刹住了，他回头看我，有点儿不相信。我又重复说了一句。他嗯了一声，就把我丢在了路上，头也没回。看着他远远的影子，又不想回家了。前面就是一所学校，我在那里读过五年小学。瞧，有一面红旗正迎风飘扬。现在正值放暑假的时节，学校空无一人，看上去有些荒凉，几只白色塑料袋在操场上起起伏伏。我上学的时候，那里只有两排平房，待在其中，抬头能看到老旧的木梁。丁文玲就坐在我的旁边，她学习和我一样好，我们之间老有说不完的话，没少被老师警告。有时甚至我会在去学校的路上，想一些要跟她说的话，有些话我觉得很好玩，我就会自己笑起来，并着脚一跳跳地就来到了学校。这么多年过去了，丁文玲早就嫁了人，虽然也在同一个村，回家我总见不着她，是不是想故意躲我，见了我不知道该说点儿什么。

很快进了村子。村头的老人使劲儿看我。有人戏称他们是"敢死队"。每天清晨至黄昏，他们总在那里坐着，除非遇到坏天气。要是其中一个得病死了，旁边的人就会伤心几天，几顿饭吃不好，可很快就有人插队进去，看上去仍是那些人，偶尔说上几句话，大多时候都在太阳底下打盹。我的奶奶也在其中，她今天没坐在这儿，也许坐在堂屋正等我。有人认出了我，跟我说话，问我找着媳妇了吗。像我这样大，还没成家真让他们忧心。也算得上是个老光棍了。我说："还没有，不过快了。"他们在阳光下喊，快点儿结婚吧，老大不小，你爹等着抱孙子呢。说完都在笑，也有个别老人耳朵不好，问旁边的人，说了什么，这么热闹，等他也会了意，也跟着笑，转头看向我。我很快从他们身旁穿过，绕过两株高耸的毛白杨，我就进了家门。

有个小姑娘正在抱厦下坐着，看见我进了门，忙迎了出来。她真像一缕清新的空气。喊我哥哥，我没反应过来她是谁。不过还是跟着她进了堂屋。她身上有股洗发水的香味，像是刚洗了头，从后面看头发油亮闪着清光。她穿一条泡泡裙，一路翩翩起舞似的，很不像个村里的女孩儿。后来我才知道，她是我堂弟的新媳妇，名字叫丹丹，刚满十八岁。十八的姑娘一朵花，真看不出她这么早就当了娘，一周岁大的孩子睡在我家的大床上。

这样算来，我也有两三年没回家了。

家里人结婚早，别看街上那些不三不四的小孩子，说不定早就是两个更小的孩子的爹娘了。放在家里，爷爷奶奶养着，他们仍出去玩，泡网吧，打桌球，染彩色的头发，或者去工厂里打工，没日没夜。挣了钱再去交计划生育罚款什么的。很多人那么年轻就做了爷爷奶奶，抱着孙子满街转。我爸常感到沮丧，不愿跟我说话。听说有个跟我同岁的，刚做了爷爷。爸爸知道后，唉声叹气了好一阵子。

好像很多人没太把我回家来的事放在心上。好像一回来，就给他们平添了很多忧愁，每个人都眉头紧锁似的。只有丹丹老蒙蒙地看我，对我充满好奇。

奶奶坐在堂屋的大椅子上，眼神空洞，不知道是不是在看我。几年前为了捡地上的一个苹果，一头栽了下去，等醒过来另一半身体就不能活动了，有好一阵子生活不能自理。我走过去，拍着她的肩膀，差点儿哭出来。打小，我就在她怀里睡，一直睡到一年级。那时候她年轻健康，脸上有红光。丹丹倚在门口问我："哥哥，路上顺利吗？"我不知道怎么回答她的话，只是不住地点头。她来我家玩，看上去跟我妈关系不错，不像她的婆婆，就是我的婶婶，老是跟我妈作对，没少吵架，甚至大打出手。我问她："小磊呢？"小磊是我的堂弟。她说："厂里打工呗，还能干啥。"我没接着问。整个房间沉默下来，似乎容不下任何人发出声响。我一折身就进了他们为我收拾好的房间，关上了门。

三

一觉醒来，天要黑下来了。那株毛白杨的阴影扑在我的窗上。我走出房间，家里人等着我吃饭。丹丹抱着孩子回家去了，剩下这几个人分别坐在房间四处。见我进来，纷纷聚拢在餐桌上。天花板上横着一只白炽灯，发出一片白茫茫的光，落在我们中间。奶奶、爸爸、妈妈和我，四个人静悄悄地吃着饭。我把电视打开了，不管哪个台都是新闻联播。

我先说起了话，说了两三年来的遭遇。比如赚了一小笔钱，又被某个不靠谱的朋友骗了一部分。骗我钱的朋友不知去向，他们纷纷为我可惜，这么多钱就这样打了水漂，说我从小就实在，容易相信人，终于吃了亏。吃完饭，妈妈收拾碗筷，我们又分开坐了，坐得七零八落，布满整个房间。

我说："我想出去走走。"

街上亮了路灯。村里有了钱，也装上了路灯，只是简单省事地吊挂在电线上，亮得刺眼。我一路走下去，一直走到村南头，在丁文玲家的房子后面停了下来。高高的窗露出一抹光来。

一路上我一直在想那个计划，把丽姑、丁文玲、强哥等几个人召集起来，去水闸上野餐，烤红薯，钓鱼，像多年前似的。我绕过五间大瓦房，站定在她家门前。大门宽阔，足以驶进一辆卡车，看起来生意做得不错。后来我想想，还是算了，没敲那扇大门，转头回去了。来回走了一路，只遇上个蹒跚老人。老人举着手电筒，一簇光落在我的脸上。他没认出我来了，垂下头，好好叹了口气，继续走路。

回家后，妈妈说："你二姑来电话了，让你陪她去看看小伟。"

我答应了一声，又去睡了。头顶上一根根清晰的木椽就像小时候做过的梦。

第二天，二姑早早就来了。电动车上载着两个孩子，大的有八九岁了，小的五六岁。一大一小簇拥在她周围不说话。二姑说："喊大，快喊大大。"孩子们的爸爸是我的表弟，说起他的故事来，简直可以说很久。不过他现在不在家，蹲在县里郊区的一个小监狱，说不清啥时候刑满。我跟二姑约好了去看他。

我们刚出家门，一辆白色丰田车停在我们面前。车窗缓缓下落，一个人头探出来，问我啥时候回来的。我一看果真是强哥。一时不知道跟他说什么，也许看上去没那么亲热。一下子普通话冒了出来，我字正腔圆："昨天晚上来的。"白色丰田车横在我们几个人旁边，我用力拍了拍它的车顶。想测试一下它的坚固程度。强哥说："我送你们吧。"

我坐进副驾驶，眼看着两个孩子爬进来。后来二姑也爬了进来。车门被二姑关上了，但没关严。强哥让她再关一下。我迅速下了车，绕过车尾，帮她重重关上了。等我坐回副驾驶，回头看了他们一眼。

一路上我们没说多少话。二姑和我都没脸说要去监狱里看小伟。小伟这个人，强哥也是知道的。路过镇子上那个大厦的时候，强哥才开始滔滔不绝。问我有没有去天台上看看我们秤钩弯。

强哥比我大两岁。我喊他强哥。他也像个哥哥似的。他说话的时候，我想起小时候的一段故事来。某天我们几个人去小河边玩，去河滩上捡铜钱。要是早上一阵子不下雨，小河见了底，我们就能去捡铜钱了。据他们大人说，我们的小河多年前是条大河，常看到大轮船过往。站在河堤上，可以看到轮船上的人穿什么衣服。后来河道变窄了，就没了那些船。也许有这样的历史，河滩上才会有那么多的铜钱，总去捡也捡不完。铜钱有的值钱，有的不值钱，比如乾隆通宝，康熙通宝，或者光绪通宝都不怎么值钱。村里人说，他们在位时间太长，发行了数不清的铜钱，物以稀为贵，什么东西多了，就不值钱了。我们那天去捡铜钱，有丽姑、强哥还有我，也许只有我们三个人。他们俩在玉米地里亲了嘴，还扒了裤子，我亲眼所见。那时候他们也有八九岁了，因为我有了他们的秘密，过上了一段有求必应的日子。后来他们腻烦了，我说要把他们的事情说出去。强哥说说出去吧，丽姑也这样说。我见他们都无所谓了，说出去与否都没有意义了，就没说出去。

快到县里的时候，我问："强哥，你最近去过水闸吗？"他一下子紧张起来，说："去那里干什么？"我说："我想邀请几个人，去那里野餐，你说怎么样？"他哈哈笑了起来，说："干吗去水闸，不吉利。"我说："小时候，我们不是常去那里吗？"他摇摇头，后来还是答应了。

水闸那里有很深的一处水洼，常能钓到大鱼。可是很少有人去。那里死过很多人，尤其是女人。村里的女人生了气，闹了别扭，想不开就去寻死。很早之前，常喝农药，也许那样死得有些难堪。不知什么时候起，大家开始不约而同地去水闸了。朝深水里一跳，让家里人去后悔吧。信邪的人说那里有很多小鬼儿，一下水，就身不由己。

我们在县农贸市场下了车。等强哥开车走了，我们才朝那座监狱一步步走去。

四

我们走了好一阵子。两个小孩儿一直偷偷看我。也许很奇怪，太热天我却穿了一双皮靴子。我们拐进了一个巷子，就看到了那堵高墙。有个孩子走累了，让二姑抱着。二姑身材矮小，身体朝另一侧倾斜，才能勉强走下去。我想把那个孩子接过来，帮她抱着。孩子用力地摇头，把脑袋躲进二姑的脖颈里。

进了监狱大门，我就想起有个高中同学后来做了警察。心想要不要给他打个电话，行个方便什么的。我告诉了二姑，二姑痴痴地看我，等我打。看上去眼泪汪汪。我说："等会儿再打吧，我们先进去。"

报了姓名，我们很快就在一个房间里见到了小伟。他戴着手铐被人推进来，神色黯然，似乎连头也不想抬。等他发现了我，眼里才有了光。他没想到我会来。喑哑地喊了声："哥，你也来了。"二姑拍起了铁窗。

我说："我去打个电话。"

走出来，想似乎不该来。不过我还是把电话给那人打了过去。他有些惊讶，差点儿想不起来我。我跟他开玩笑，说："真记不起我是谁了吗?"他说："记不起来了。"我说了我的名字，他说："是你小子呀，什么时候回家来的。"我们随便聊了聊，没说关于小伟的事。

我没再进去看小伟，只在高墙下等他们。二姑从那扇大门走出来，跟我说："你看见没有，他还胖了。"我说："是胖了点儿。"我又说刚打了电话，那人说放心吧，不让小伟在里面受委屈。二姑忍着笑，说多亏了我。

我请他们吃了顿饭，就从县里往家赶。二姑说起了小伟很多事，我实在难以想象，他干了那么多坏事。但有时不是坏事。他们村里有很多像他这样的人，只是他不够走运，被抓个正着。

回到村里，跟二姑分了手。临别前，我想给她塞点儿钱，陷进牛仔裤兜的手始终没有伸出来。丹丹也在我们家，正抱着孩子喂奶。我隐约看到了些什么，慌忙躲闪开了。丹丹也谈起了二姑，说她日子有多苦，一个人带着两个孩子。喂完了奶，她掏出手机让我看聊天记录。说至今还跟小伟媳妇有联系，她也挺想孩子，不过不后悔。小伟媳妇年龄也不大，我匆匆见过两面，说起话来尖声利气。听二姑说，小伟要是出来，饶不了她。她也有些怕，躲得远远的，谁也不知道她在哪儿，跟谁在过日子。

丹丹又换了身衣服。脸上搽了粉，嘴上还抹了红，周围氤氲着香味。婶子也难得来了，抱着她的小孙子在膝盖上摇。他们几个人聊起了二姑，后来都开始埋怨起奶奶来了。她早出去晒太阳去了。妈妈说："嫁汉穿衣，嫁汉穿衣，当初嫁到那个村，我就不同意。"他们说起了二姑出嫁的事来了。

丹丹也说二姑嫁错了人，嫁错了人的人真可怜。又问我妈："二姑年轻时候，是不是也很好看，看那模样，就知道年轻时候好看过，是吗，大娘？"没等我妈回答丹丹的问题，婶子突然问我："穿这样的鞋子，热吗？"丹丹也说："早就想问你了，哥哥，这样穿，很热吧，城里人是不是都这么穿。"

我说："没带别的鞋子来。"

丹丹笑起来，还有两个小酒窝。小磊闷头闷脑的，竟还有些艳福。正想着，小磊推开了我家的大门。大门新换的，刷了朱红色的漆，很有生气。小磊进来了，看着我，喊我哥。他不怎么爱说话。进来就坐下了，再也没什么话说了。我只好问他一些简单的问题，比如在工厂里做些什么，累不累。丹丹白了他两眼，也没跟他说话。

小磊胖多了，脖子显得短了。坐在我们身边，没说太多话。他从小就是个安静的人，在我眼皮子底下长大。说大就大了，还当了爹。又胖了，再胖下去，就像庙里的佛了。我说："小磊，没事就去跑跑步吧。"婶子说："在工厂那么累，哪有闲力气再去跑步呀。"我说："瞧他肚子上的肉，哪像个受苦的人，说在工厂里干苦工，谁也不信。"婶子说："有的人，喝凉水也上膘的。"丹丹说："还是哥说得对，你该减肥了，快成猪了。"说完乜了小磊一眼。

他的儿子咿咿呀呀，我过去摸了摸头。跟小磊开玩笑："当了爹，有什么不一样。"婶子说："哪能跟你一样。"小磊说："也没啥不一样，该干活干活。"丹丹说："问他白问，他有什么心。"

五

晚上接到了婶子的电话，说丹丹抱着孩子离家出走了。俩人吵了架，小磊打了她。一脚踢在了她的屁股上。我们全家都出动了，先在村里找，穿门入户。后来我独自去了水闸，明知丹丹不会去那里，可我还是趁着夜色去了。

一束光左右摇晃，我很快到了水闸，没发现丹丹的身影。我坐在岸边的水泥台子上，两条腿耷拉下来，面对水面。头上没有月亮，连星星也要仔细端详才能发现。水有些腥臭，听说上游有很多工厂，连鱼儿也难活了。不过仍有鱼，邻居二爷常来河里网鱼。小时候，我就爱跟在他屁股后面，他有各式各样的渔具，很多已经派不上用场了，小河越来越小，无用武之地了。头天傍晚，我在家门口看见他路过，他有些老了，背驼得厉害，脑袋向前探着，像是一直在看鱼有没有咬钩。他跟我打招呼，有些喘。这么多年了，仍是一个人过。听妈妈说，他在路上捡过个疯女人。刚进家门时，袒胸露乳全身脏兮兮的，后来把她收拾干净了，像个人样了，她却跑了，又去流浪。有村里人好奇，夜里躲在二爷墙根儿后面听房，说二爷像狼一样叫。

　　小时候，我是怕黑的。这两年倒喜欢起这黑来了。黑溚溚的水下息着很多亡灵，尚贵、安嫂、七奶奶，等等。一瞬间想起他们的脸来了，尚贵比我大不了几岁，马上要成婚了，却独自跳了下去。听他们说尚贵裤裆里吊着个没用的东西，结婚也是自取其辱。想象他一个人像我似的，深夜出了家门，连头也没回，只身在水闸上坐着，或者连坐也没坐，就一头扎了进去。上学时，他比我高两个年级，是个爱笑的人。安嫂也是个意外，她看上去老实本分，却找了个网友，跟人跑了，在外浪荡了大半年。家里男人爱喝酒，四处扬言不要安嫂了。可后来带着孩子也娶不上媳妇，又把安嫂找回来。从此家里人哪还把这个女人当人，也是死了好。七奶奶八十多岁了也想不开，她总是眉头紧锁的样子，儿媳妇们不孝顺，也许走到这水泥台上，仍咬着牙。

　　电话来了，他们说丹丹回了娘家。挂了电话，我朝水里扔了几块石头，就折回家去了。婶子在我家坐着，说丹丹的坏话，说她不老实，总在网上找那几个小混混聊天。那几个小混混在村里吃得开，跟镇子上的大混混有联络，村里人也没人敢惹。我问婶婶她怎么知道的。婶婶说他们就是因为这个吵架的。

　　小磊也来了。从丹丹的娘家回来，被撵了出来。家里人问他，他也说了实话，他说："我们俩早就名存实亡了。"小磊初中毕业后，就没再上学，一直在四处打工，不打工时就在家待着。平常话很少，或者没什么话说，突然来这么一句，连我爸也笑了。他又说："我们俩早就没有性关系了，她不让我碰。"房间里静了下来，都在等着小磊接着说下去，可是他把头低得很深，没再说一句话。婶子抽噎起来。

婶子抽了抽鼻子，说："要是真过不下去，一定得把孩子要回来，决不能像建桥家似的。"我问建桥家怎么了。我妈说："建桥有个女儿也不跟人过了，抱着个胖儿子回来了，人家过来要孩子，建桥说不拿钱休想要儿子，后来没办法，掏了四万块钱才把孩子要回去。"我说："真是不可思议。"我妈接着说："没领结婚证，还不是说不过就不过了。"婶子说："她要是跟我们要钱，我是一分钱也不会给的，给她个屁。"说完又抽噎起来。

婶子颧骨高高，厚嘴唇，是叔叔勉强才娶来的媳妇。叔叔娶媳妇的时候，正是最难娶上媳妇的时候。他的很多同龄人，不得已都娶了外地媳妇，大多来自四川或者贵州的山村，听不懂她们说的话，像鸟语，本地媳妇都瞧不起她们。后来她们学了本地话，越来越像本地人了，不过总有些不对劲。建桥的媳妇就是个四川人，倒是很能干，也把五间大瓦房盖起来了，家里的大门高又阔可以通汽车。听说现在连汽车也有了，不过婶子总瞧不上人家，说他们赚了黑心钱，才起了家。婶子的娘家就在隔壁的张庄，有两个哥哥一个兄弟，算是人丁多，没太把这边的男人当回事。后来叔叔家里发生了很多事，两个哥哥一个兄弟没帮上什么忙，倒是我的那些表弟们出了头，尤其是小伟。就像生活又给了一个耳光。

夜沉了，他们娘俩才回去。回去后，我们才敢说真话。丹丹早跟我妈说了要不是孩子，早跟他过不下去了。一个男人三脚放不出屁来，算什么男人。

我说："我想还不至于吧。"

第二天一大早，他们一大群人去接丹丹了。租了辆面包车，坐得满满当当。婶子从面包车里探出头来，对我说："你还是去吧。"她看上去老了一截儿，我说："算了，挤不进去了。"司机说："塞得进去，像你这样的，再塞进两个都没问题。"我没有去，坐在奶奶旁边晒了会儿太阳。看了一阵儿奶奶的手相，从手相上看，她是个感情复杂的人。

中午强哥来了电话，说要请我吃饭。去县里最好的饭店。听说那里有空运过来的海鲜。我在电话里说："没必要，哪里吃饭都没问题，主要是聊聊天，好几年没见了，好好聊聊天。"

没多久，白色丰田车就停在我家门前。后面紧跟着辆黑色奔驰。奔驰车里出来个年轻男子，斜倚着车门，跟我打招呼。我一下子想不起来他是谁。强哥说："他是金磊。"我想起来了。上初中的时候，还跟他打过架。他找来好几个人揍我。把我揍得不轻，知道他很早就学会了抽烟，认识镇上斧头帮的人。我也冲他打招呼，致以敬意。我上了丰田车，坐在副驾驶。后面还坐着两个人，问我还记得他们吗。

六

包厢里都是我们村里的年轻人。看样子混得都不错。说起话来，很有底气，没把什么人放在眼里。他们把春峰放在我的旁边，好多年没见他了。戴着眼镜，样子很斯文，我问他在做什么工作，他说只是在大学里教书，工资不高。强哥说他后来读了硕士又读博士，非得读到底。我们很快说起了小时候。

春峰跟我是同学，我们俩学习都很好，当然还有丁文玲。我们三个人轮番当第一。想起小时候某次考试，第一名被春峰抢走了，我爬到了一株枣树上哭了很久。那株枣树种在我家厕所里。后来被我妈发现了，告诉了邻居，不久就传开了，全村人都说我是好样的，得了第二名就爬到枣树上哭，用我的故事教育他们的子女，说像这样的孩子不成事都难。这么多年过去了，我仍没成什么事，尤其是这几年，好像什么事也没做成。

有人提议第一杯酒敬金磊，说五百万的贷款刚批下来，马上就开上了奔驰。大家都站了起来。金磊有些害羞，一口气把酒干了，坐下来点上一支烟，微眯着眼。又有人让他讲一讲，他是怎么做到的。有人说银行里的小姐都是他姐，男的都是他哥，这小子从小就嘴甜。金磊准备说话了，嘬了口烟，说："两个文化人在这里，我哪好意思开口说话呀，不过有句话是这么说的，朝闻道，后面那句是什么？"他的两只眼看看我，又看看春峰，炯炯有神，看样子要考我们俩。春峰说："这是拿我们俩取笑呢，我们可没有拿五百万贷款的本事，对吧。"我说对。金磊继续说："朝闻道，后面那句是什么？"我一下子没想起来，春峰也没想起来。我们俩面面相觑，都说不知道。金磊说："夕死可矣，不是吗？"我们忙称是。金磊的表情还是多年前的样子，看一群人揍我，躲在后面抽烟，不知道是不是在笑，又不像。

又有人说第二杯酒敬春峰，说他终成正果，是我们村学历最高的人，也是这个镇子上学历最高的人。一群人又站起来了，春峰顺手把肩膀搭在我的肩膀上，拍了两下，似乎在安慰我。等所有人落座，又说起了春峰。说了好一阵子。春峰说："我喜欢上跑步了，每天五公里，瞧我手上这只表，耐克，加 GPS 定位系统，记录下来我在什么地方跑，跑了多少。"强哥说："有时我也去跑，我还买了个跑步机，放在办公室了，不过老是忘。"后来春峰就谈起了健康和生死，所有人都在听，也有人在挠头。春峰这么说好像在说，他们有那么多钱，其实没啥用。金磊坐不住了，开口说："人死球朝天，不死当过年。来，第三杯敬强哥工厂开业，挣了大钱。"

强哥喝了酒，坐下来，也准备聊几句。他高中毕业没考上大学，去省城读了两年自费的高职。毕业后又在省城打了两年工，说话做事跟他们很不一样。身上的衣服值不少钱，但看上去也没那么显眼张扬，不像他们花花绿绿。他老说回农村来，实属无奈，后来想通了，这几年农村机会多，在哪里挣钱不是挣钱。可是我知道，他老去城里逛街，隔一段时间就在城里住几天酒店，看几部电影。他媳妇也是个外地人，不是来自四川或者贵州的山村，而是出生在某个城市的城乡接合部，说起话来莺声燕语，很像个电视上的主持人。村里的媳妇没人把她当外人，可她总不喜欢出门，说街上土很多。我们也聊过天，我也知道她有些不自在，待在村里有股说不出的寂寞。听别人说，头段时间两口子闹了别扭，强哥怀疑她有了外遇，在她的聊天记录上发现了个神秘的男人，后来她也坦白了，说是初恋情人，在省城见了一面。强哥发疯了几天，听他的叔叔说，死活不让他媳妇睡觉，一旦睡着了，就朝她脸上泼凉水，揪住问她，俩人有没有上床。强哥的叔叔跟我妈说："要不是我成宿成宿地劝他，俩人好不了。"

强哥一边说话一边把玩他手里的苹果手机。他说起了计划生育，有人附和说要不是他捅了马蜂窝，不会这么安宁。强哥有两个儿子，后面那个儿子也是计划外超生，一直报不上户口，没法上学。他找了几个人，约好了到市里告状，说该罚就罚，别不给我们报户口。公务人员让他们签字画押，以示说了实话，有人不敢签字，强哥带头签了。后来镇子上就有了新政策，不像先前那样一路拖着。村里很多人都念强哥的好，说就是没白读书，懂法。有个不敢签字，还坐在席间，低着头吃菜。

酒越喝越多，不知道是谁说起了丹丹。说丹丹的时候，贼眉鼠眼，好像早就占了丹丹的便宜。有人问我知道丹丹的事吗，我说不知道。他们就哈哈笑。强哥说："丹丹是个好看的姑娘，你们家小磊真有艳福。"丹丹的故事好像人尽皆知似的。我说："像她那样，该找个有钱人的，像你们这样的，才适合她。"所有人不说话了。春峰向上推了推眼镜，问我："丹丹是谁？"

七

邻居二爷突然病了，听他们说这次可能过不去了。一天之中，我围着他家的三间小平房转悠了好几圈，就是没进去。房子那么小，很想进去看看他，可又害怕发生什么。听村里的医生说，他开始说胡话了，老是喊小丽。小丽就是我的丽姑，村里的辈分很乱，也许是祖上互通姻亲的缘故，从小大人们就让我喊她丽姑。其实没什么血缘关系，或者有，我也不知道。

多年前，丽姑和我都还小，二爷常带我们俩去河里抓鱼。村里人说小丽是他的私生女，丽姑也应有所耳闻的，只是竭力避免这样的故事变成现实。谁要跟她提这个，她就跟谁急。很多年前，玩过家家的时候，丽姑总是强哥的媳妇，他们俩偷偷亲过嘴，连裤子都扒了，这事让我激动了好多天。在我看来他们就是天作之合，将来是要生小孩的，到死也不会分开。后来强哥问了丽姑有没有那回事，二爷到底是不是她的爹。丽姑马上变了脸，哭了好几天，好几年没理他。从此他们就桥归桥路归路了，现在见了面也讪讪的。我可是永远不敢问丽姑那个问题的。

　　也许一切都是真的。那时二爷带着我俩出去玩，我总是吃亏的。他对丽姑分外关心，有时让我忌妒。有一次，我拿了二爷家里的某个玩具，去街上玩耍，他像疯了似的，追了出来。我还不知道发生了什么，后脑勺上就挨了一巴掌，眼冒金星。他说："这是你丽姑的玩具。"我眼泪簌簌地流，不敢哭出来。他也许见我可怜，带我去代销点又买了个新玩具。从这件事上看，他跟丽姑的关系绝非一般。后来丽姑渐渐长大懂了人事，就不怎么理他了，总是躲着他。二爷只好带着我一个人去河里抓鱼了，他常蹲在小河边，一根接着一根地抽烟，现在想起来，他的身形应是令人哀伤的。

　　二爷无儿无女，躺在床上，说胡话，喊小丽。我用力拍着毛白杨的树干，想为他做点儿什么，就给强哥打了电话，要了丽姑的手机号码。我想带着丽姑去看看他。电话很快拨通了，丽姑一听是我，开心极了，声音也高亢了许多。这么多年了，我的声音似乎没变，她一下子就听了出来。我说想见见她，很想她。她更开心了，一连问了我好几个问题，并约好了明天来秤钩弯找我玩。

　　丽姑嫁到了邻村。老公老实本分，在镇子上卖豆腐脑。要不是婚前跟人私奔过，她决计不会嫁给这个人的。从小就要强，我们各方面都不是她的对手，总是唯她是从。那时我在县里读高中，一个月回家一次，每回家一次总能听到丽姑的新闻。她还怀上了人家的孩子，并打算生下来。那个男人当然不是这个卖豆腐脑的，是个暴发户，开桑塔纳轿车，而且早就结了婚，是两个孩子的爹。这人也是浪漫的，带丽姑去海边住了两个月，肚子也就一天天大了起来。这时候，麻奶当机立断，派儿子们把她抢了回来，并在县医院做了引产手术。麻奶是丽姑的妈妈，比我奶奶年纪还大，死了有几年了，那时候，她身子骨还硬朗。她因满脸麻子而得了好多名，跟麻这个字均有关系，比如麻婶、麻姑、麻嫂，等等。她生了很多孩子，大概有八九个吧，但有些没活下来，最终剩下四个儿子、两个女儿，其中丽姑是最小的那个。丽姑就像个小尾巴，她的哥哥姐姐们早就长大成人了，结了婚生了小孩，她还在土窝里叉开腿尿尿呢。麻奶生她的时候，也快五十岁了吧。村里人说那时丽姑的父亲早就没了生育能力，从这点上更佐证了二爷是她亲生父亲的言论。

丽姑最终嫁给了个卖豆腐脑的，不缺吃穿，一口气生下两个儿子。两个儿子也大了，她也卖上了豆腐脑。我从没喝过她做的豆腐脑，我怕一旦坐下来，准备喝上一碗的时候，会忍不住地掉几颗眼泪。第二天，太阳刚上了白杨树梢，她就开着电动车，进了我家家门，还带了几串黑葡萄。她好像还是老样子，只是牙齿明显黄了，个头也矮了点儿。我差点儿上去抱抱她。她好像胃不太好，有些口气，我还是忍不住地要跟她坐得很近。她说我变样了，走到街上可能认不出了。不过又是帮我拍土，又是捏我肩膀。我知道她还是那个丽姑。

她比我高一个年级，每天会在我家房后喊我起床上学。白天通常在一起做游戏，我老是听她的，让我干什么，我八成就会干什么。她上到三年级就不上了，死活也不想上了，在家待了几年，就去打工了，后来就遇上了开桑塔纳的老板。其实她学习不错，作业本上都能得上优，好多人说不读下去可惜了。我仍旧读了下去，每次回家总要找她聊聊。记得有一次，我十几岁了，大概在读初中，去她家找她玩。墙上贴了幅新画，我不停地瞧，探头弯腰。后来她也过来了，在我后面趴下来，胸脯贴着我的肩膀。从那时起，我再看她就不一样了，老忍不住瞧一眼她的胸脯。它们也长势汹汹，让我喜出望外。那天我穿了条牛仔裤，坐在凳子上许久不敢起来，生怕露出马脚，惹她嘲笑。这么多年过去了，我好像再也不用掩饰了，裤裆里的东西说软下去就软下去了。

我们在我家的堂屋说了会儿话，又到院子里说了会儿话。说强哥发财了，她倒没有任何异样表现，说还没去过他的工厂呢。后来我就说起了二爷病重的事来了。我说："咱俩去看看他吧。"她愣了一下，说："你去吧，我就不去了。"我说："一起去吧，你忘了小时候，咱俩总一起跟着他打鱼。"她问我："真的快不行了吗？"

我说："可能差不多了，听医生说老说胡话，念死人的名字。"我没说老喊她。她说："我就这么去吗？"我说："就这么去吧，要不就去小卖部提一箱牛奶，我去买，你在家等我。"她说："好。"

我又回头看了她一眼。她笑给我看，像多年前似的，我很想再背起她在院子里转两圈。

<h1 style="text-align:center">八</h1>

我们提着一箱纯牛奶，朝二爷的家走去。周围的房子高大壮阔，只有他的三间小房落在其中。三面围墙也不高，站在院子里，可以看见院外的人。二爷有个侄子，在院子里坐着抽烟。他带我们进了屋子，有一股奇怪的说不出的气味。丽姑站在我身后，眼睛老往天花板上瞟。

有个吊瓶被一根树杈支起来。整个屋子墙壁斑驳难辨，房梁上的木椽也早没了木头的颜色。一缕阳光从前窗钻进来，落在炕沿上。二爷看见了我，眼睛亮了几下，脑袋也抬了起来。后来他就看见了丽姑，开始似乎并不确定，挤了两下眼睛，问我是小丽吗。我点头，他就开始摆手，让我们走近点儿。那只手臂老透了，像一根干透的黑树枝。手指瘦长，伸过来抓住了我的手。另一只手又想抓丽姑的手。她仍在我身后躲着，不想伸出手去。我一把把她拉过来。二爷已经不怎么能说出话了，每说几个字，都要大喘几口气。眼泪很快流到了炕上，等他吐出关于这所房子和土地的字眼时，他的侄子就张口让我们走了。这块宅基地，他早就想要了，生怕丽姑分了去。关于丽姑是二爷亲生女儿的故事，他也知道，并相信那是真的。我们被他赶了出来。我回头看了二爷一眼，他眼睛瞪着，脖子向上抻，像一只嗷嗷待哺的小鸟。

我们急忙走了出来。好久没说一句话。丽姑说："中午，我请你吃饭吧。"我说:"喝豆腐脑吗?"她说:"看不起我们卖豆腐脑的?"我说:"不是,就是想喝你做的豆腐脑。"她哈哈笑了起来,说:"真的假的,还是算了,我请你吃全鱼宴吧。"我说:"真的,就想喝豆腐脑。"

我坐在丽姑的电动车后座上,驶向了小镇,途经强哥的工厂时,停了下来,但还是没进去,只是看了几眼他工厂的大门。我说:"强哥请我吃了顿饭,不过还有很多人。"她说:"他是个聪明人,哪像我们。"我坐在电动车后座上不说话了。我的两只手落在她的肩膀上。电动车有些抖。她突然问我:"你觉得秤钩弯变化大吗?"我说:"我挺想你们家那些枣树,还有门口那株梧桐,现在村里怎么没有梧桐树了,那天我找了半天,也没找到一株。"她说:"没人种梧桐树了,木头不值钱,对了,你一说,我倒想起你们家厕所里的枣树了。"说完笑起来,我也跟着笑起来。风贴着我们掠过去,她的头发落在我的额头上。

进了她家的小饭店,两个儿子鱼贯而出。丽姑喊住了他们,让他们跟我打招呼。两个儿子根本不把她放在眼里,她骂了两声,也就听之任之了。两个小男孩在我们周围蹦跳撒野,我们说着话,要想说明白,就得用点儿力气。索性埋起头来喝豆腐脑,我喝了一碗又一碗。其实我一直想和她聊聊,那段去海边私奔的故事。比如那两个月是怎样生活的,是不是很开心。但终究没开口,仍聊着树。有一株她老家的枣树差点儿要了我的小命。小时候我常爬那株枣树,树上有很多刺,扎了我很多次,但我仍不罢休,直至有次我一不小心在树上滑了一跤,手掌挂在带尖儿的树杈上。我就像个吊死鬼似的,在树上吊了很久。我拼命喊丽姑丽姑。后来她跑出来,又喊人把我救下来,手心血如泉涌。丽姑脸色惨白,她很心疼我的。我说起了这段故事,她说:"让我看看你的手心。"我伸出手给她看。

后来我又跟她提起了水闸聚会的事来,她很爽快地答应了,说等我电话,再忙也要去的。我说要是忙就不用去了反正就是为了好玩。她说:"你是个有心人。"

我的手机响了,姊子来了电话,让我抓紧回家,说有急事找我。我在镇上找了一辆三轮车,匆匆回家去了。到了家,一家人都待在我家堂屋,正严阵以待,等着我。我一到家，他们就七嘴八舌地说起来。小磊坐在一个门后的小马扎上，垂头丧气。婶子说让我跟小磊去把孩子抢回来。我问："怎么抢？"她说："明天是邻村大集，丹丹这个人，我是了解的，最喜欢赶集了，你们就在那个村口等她，别让她发现，找个地方躲着。"我想了想，觉得不妥，可后来还是答应了。眼看他们纷纷注视着我，我也只能答应了。尤其是我那个不怎么说话的奶奶，也那样望着我。我怎能辜负她呢。

第二天小磊早早过来找我，样子有些激陵，像是要干一件大事。我坐在他的电动车后座上，一言不发。也不知道跟他说些什么。到了那个村口，我说："见到她，你跑过去挡在前面，我绕到她后面，防止她跑，这时，你就抢孩子。"他说："好。"我们就在一堵旧墙后面躲了起来，轮番监视那条路。那条路人来人往，我眼睛都不敢眨，生怕错过了丹丹。

她果真出现了。是我先发现的，我说："小磊，快。"我们从墙后冲出来。丹丹也看见了我们，不知道要发生什么。把自行车停了下来，一只脚支在路边。小磊挡在前面，我躲在后面。孩子在后座座椅上，咬着手指。丹丹说："你们要干什么？"小磊立在那儿，不说话，还没下决心动手。丹丹回头问我："哥，你们要干什么？"她扎着马尾辫，圆圆的小脸一片红一片白，像落了几片花瓣儿，楚楚动人，让我不忍下手。小磊冲我使眼色，意思让我动手，孩子离我近。我也冲他使眼色，还是他来比较好。干耗了一阵，他冲过来，要抱孩子。他们俩很快撕扯起来。小磊下了狠劲儿，用力一推，丹丹就蹲下去了，一屁股坐在了路边。女人哪是男人的对手。孩子哇哇哭起来，小磊抱着孩子就跑。我愣在那儿，想去安慰下丹丹。她看着我，说："哥，真没想到，你也能做出这样的事来。"说完就不顾一切地号哭。我说："对不起，我也没办法。"又说了几句对不起。小磊在远处喊我："哥，快走呀。"

我坐在电动车后座上，抱着小磊和丹丹的孩子。他倒是不哭了，一路都在咬手指。我说："小磊，你喜欢丹丹吗？"我想问他爱丹丹吗，又不好说出口。小磊说："不知道。"

回到家后，婶子抱着她的孙子不撒手，嘴上一直笑。我的奶奶也跟着笑，整个家很快其乐融融。

九

那天晚上二爷就死了。听我妈说，死前挣扎了一番，把身边墙壁上的墙皮都揭下来了，也许是用力的缘故，墙上还有血迹。村里的好多说上话的男人一大早就去了二爷家。在那个小院里高声说着话。我没敢进去，远远看着。他们说天太热，还是早早去火葬场。因为死过去有很长时间了，寿衣很难穿上了。只好找几个力气大的男人来硬的了，我在院外也好像听到了骨头折断的声音。

有子孙的逝者通常都是晚上举行葬礼，偷偷地埋葬。他们都不去火葬场的。好些人临死前早就说好了，让子孙们不要烧他。有些是村里的干部，实在没办法，不得不烧，就像我爷爷，当过一阵儿书记，上头查得严，是一定要烧的，还有简短的追悼会仪式，不过我是没赶上，都是家里人告诉我的。像二爷这样的人，还是烧了好。本来想找辆三轮车或者拖拉机的，可是没人愿意借，只好给火葬场打电话，让他们来接。有些男人耐不得等待，就溜回家了，剩下三三两两的男人，站在二爷家大门附近，抽着烟说笑话。

火葬场熊熊的火，把二爷烧成了一把灰。他们很快就赶了回来。中午吃饭前，二爷的骨灰盒就被埋在了村东头的一块田里。那是他的责任田，也只能埋在那块田里。玉米长势喜人，黑油油的，早已没膝，一只大狗钻进去，也找不着它在哪儿。坑早就挖好了，一副棺材刚好放进去。鞭炮响起来，二爷的侄子趴在坟前，大声哭了一阵，哭毕，抬起头来，四处让烟。大家你一言我一语，说着二爷这个人，后来就离了那个坟头，大家慢慢散了。一只白幡插在新起的坟头上，迎风飘扬，像一条八爪鱼。我跟丽姑打了电话，说他死了，她说："早点儿死好，省得受罪。"

一个下午我都无所事事，在院子里来回转悠。后来丹丹就给我发来了短信，要跟我聊聊，上面还附着她的 QQ 号。我加了她的号，很快就聊了起来。

"哥，你说啥叫爱情呀？"

"其实我也不懂，我也没正经爱过。"

"哥，一看你，就觉得你是个懂女孩子心的人，哪像那个人，榆木疙瘩一个，就知道硬来。"

"……"

"哥，我后悔死了，后悔没好好读书，像你这样多好，喜欢谁，就跟谁在一起，我这辈子是没什么希望了。"

"小磊也不是榆木疙瘩，你们之间也许有误会，很多时候我们只看到了表面。"

"是吗？"

"其实爱情这种东西，对于生活没那么重要，生活不就是吃喝拉撒睡吗？"

"哥，你是文化人，我相信你，可没想到你做出那样的事来，没想到。"

"我也是没办法。"

对话就这样戛然而止了。那天晚上，我就做了个梦，二爷骑着那辆二八自行车。前面横梁上坐着丽姑，我坐在后座上，一行三人，去水闸钓鱼。二爷钓了一条又一条，我们都乐开了花。水桶装满了鱼儿，我说够了，丽姑也说够了。二爷稳坐钓鱼台，仍旧一动不动，等着鱼上钩。他突然回头告诉我们俩说："我在钓魂儿呢。"后来我就醒了，再也没睡着，眼看着天亮。

吃早饭的时候，强哥来了电话。他说："春峰说想在咱们村举办一次长跑比赛，我看这是个好事，就答应了，奖金由我出，你也参加吧，明天上午八点，在村口集合。"我说："好的。"没过多久，村里的大喇叭也嚷了起来，说："明天上午八点，秤钩弯长跑比赛就要打响了，分男女两组，分别奖励前三名，第一名一千块，第二名五百块，第三名三百块，奖金丰厚，希望广大村民踊跃参加。"念奖金数目时，突然提高嗓门，连白杨树的叶子也被震得簌簌响。

二姑给我妈打来了电话，说邀请我过去玩上半天。我骑上自行车就去了，路过二爷的坟时，我停了下来，把那只被风吹得将倒欲倒的白幡，重新扶好。我在风里说："二爷走好。"

二姑是个信教的。我站在门口，好好看了看那副对联：全家归主皆欢乐，一世荣神得自由。二姑夫不信教，常说这个世上什么都没有。我一进家门，狗就汪汪叫。二姑出来迎我。我坐在她家的沙发上，她转来转去，不知道怎样对我才好。他们家的房子比二爷家也强不了多少。狗趴在屋里，伸着大舌头，呼呼喘气，有时会看我一眼。我说："孩子呢？"二姑说："他们哪舍得在家里待着，老是疯跑。"

大姑早早死了，二姑是这个世上唯一的姑姑了。她说信教的人是要升天堂的，也劝我妈信教。我妈更热衷于打麻将，或者跟人说东家长西家短，信不得教。她常说人一死眼一闭，就像挨了刀的猪，就是扒他的皮吃他的肉，也不知道了。二姑脖子上挂着十字架，炕头上挂着两幅主的像，俯视众生爱意绵绵。

快吃中饭的时候，有人闯了进来，喊我二姑。说有个孩儿落水了，刚救上来，看看是不是小伟家的孩子。二姑吓得脸色惨白，嘴里念着主保佑。匆匆跟那人跑了出去，我也在后面跟着。我们很快到了小河边，有很多人站成一堆。二姑早已泣不成声，走起路来有些摇晃，她钻进人群发现淹死的孩子不是小伟的孩儿，才叹出一口气，仰望天空，说了一句主保佑。我们从人群里退了出来。

两个孩子早在家里等着她呢。她一回家就在院里追打他们，闹得鸡飞狗跳。我大声喊："没事就好。"

<h1 style="text-align:center">十</h1>

我在她家吃韭菜馅的饺子，边吃边聊，说小伟，二姑说小伟早就不是那个小伟了，连她也不敢相信。小伟小时胖嘟嘟的人见人爱，常在我身后跟着。第一次让我意外的是，他上初中时，用刀子把同学扎了。也许是从那时候开始，他相信刀子能给他带来好处。初中毕业，他没再上学，四处打工，说了媳妇结了婚，很

快生了孩子。他二十岁就结了扎，是他们村结扎最早的人。有什么办法呢，十七岁结婚，两个孩子接踵而至，就有了结扎的资格，要不然就得交罚款了。两个孩子一来，日子堪忧，总没别人过得好。那些人有了摩托车，又有了汽车，甚至有了苹果手机。他就小打小闹，偷偷摸摸起来，后来竟发展到了抢劫。我很难想象小伟把刀子架在陌生人的脖子上，可是他就是这么做的。

二姑又说起了小伟媳妇，说她有次过来偷孩子，想把老二带走，幸亏被及时发现。二姑说："想要孩子，门儿都没有，一个也不给她。"我说："根据法律规定，人家有权利抚养一个的。"二姑说："像她那样的女人，法律怎么能站到她那一边呢。"我说："带两个孩儿不辛苦吗？"二姑说："来到世上就是受罪的，我们都是有罪的人。很多人都不知道自己有罪，那些人是要下地狱的。"临走前，二姑给了我一个铜质十字架，我把它挂在了脖子上，凉飕飕的。她说："主会保佑你的。"我掏出五百块钱来，硬塞给她，她硬生生地拒绝了，把我推出了大门。大门并不大，连辆三轮车也开不进。门吱扭一声关上了。我看了一眼那副对联，也就走了。

我在小河边晃悠，想去水闸上看看。小河水悠悠地流，闻着有些腥臭，也许上游的工厂仍在排废水，河水黑油油的，没有断流，远处那艘小船还在渡人。我背着手，路过方才小孩儿溺水的地方，那里早已没了人，跟别处的河滩没什么不一样。小孩儿就斜躺在那个地方，仔细一瞧，仍有形迹可寻。我没停留太久，继续往下走，很快就到了水闸。那里有处高高的水泥台子，沿阶而上。我坐在水泥台子中央，两条腿在水上自由地摆动，这真是个钓鱼的好地方。想起了昨晚的梦，二爷也就坐在这里，突然回头跟我说他在钓魂儿。

我从水闸上下来，又上了河堤。河堤上的毛白杨拼命向上长，树干上隐约浮现出许多眼睛，紧盯着靠近它们的人。这时有人远远喊我，我一看是丁文玲骑着电动车过来了，并迅速停下来。她说："你在这儿干啥呢？远远看着就像你，不是你又能是谁。"回家有些日子了，第一次看见丁文玲，我问："为什么？"她样子有些窘，忙说："不是你，谁还有这样的闲工夫，在大堤上看杨树。"她说这些话，好像一直在背后监视我似的。

她穿了件裙子，有点了儿像睡衣。头发被高高挽起，露出一截干净的脖子，可是嘴上起了一圈红色小疙瘩，也许是上火，没把脖子上的干净继续下去。她推着电动车，陪我边走边聊天。小时候我们俩是同桌，学习和我一样好，我记得她的鼻子和嘴之间长着一层浓密的绒毛，有点儿像胡子。可是我一点儿也不嫌弃她，总是想尽办法逗她开心，有时为了让她得个第一，我会故意答错一两道题。后来小学毕业，我们没升入同一所初中。我去县里读初中了，去县里读初中的孩子后来大都上了大学。丁文玲去了镇子上的初中，初中毕业后，她就不念书了，听说没考上高中。都说镇子上的初中不是学习的好地方，有很多学混子，没事就找学习好的人的碴儿，反正就不让你好过。有一次我去他们学校看她，差点儿挨了一群人的揍。要不是丁文玲拼命保护我，我早就被他们摁倒了。他们一看我就不顺眼。那次过后，我跟丁文玲就很少联系了，就像断了线。过了几年，她就草草嫁了，不过至今还没有小孩。听村里人说，她老挨揍，说不清什么时候就鼻青脸肿。家里其他人也瞧不上她，谁会瞧得上一个几年生不出娃的女人呢。

我们俩一路聊着我，我都来不及问她个问题。我说："其实我这个人没啥可说的。"她说："你是最有出息的一个了，很想知道你过得怎样，不只是我，好多人都想知道你在城市里，过的是啥生活，听别人说，你老换女朋友，几个月就换一个，是真的吗？"我说："他们胡说八道，我没有钱，又长得不好看，凭什么呀？"后来我就强行打断她，让她说说她自己。她现在在一个私人小学里教语文，她倒蛮适合干这个的，从小就喜欢写作文，脑子里有用不完的词语。

我说起了水闸聚会野餐的事来了。她有些雀跃，问我什么时候，我说临走前吧，到时再通知她。她说让我一定通知她。快进村了，她坐上电动车，头也没回地驶向了村里。

十一

那天晚上我又跟丹丹网聊了很久，直聊到凌晨。我像喝醉了酒，本来在说丹丹的事，后来我就开始说我，没完没了。说起我在大学时没好好读书，天天无所事事，爷爷临死前还说不让他们打扰我，其实我只是在学校里混吃混喝，猫在女生宿舍楼下看她们袅娜而出，依依而入。后来我就找了工作，工作总是不尽如人意，没人把我当回事，就好像待在一个饭馆里，总坐在某个角落里。这也没什么不好，可以把这个世界看得更清楚。我还告诉她，我交过几个女朋友，她们分别是什么样子的，有什么缺点和怪癖，又是为何分了手，到现在我一个人过，仍是没什么好，也没什么不好。

丹丹最后说："没想到，哥你也有烦恼。"

第二天一大早，村子里就响起了鞭炮声。听了好一阵子噼里啪啦，我从床上不得不起来，知道长跑比赛马上就要开始了。草草吃了点儿东西，我就出了家门。很多人聚集在村口，蹦蹦跳跳，跃跃欲试。二姑也来了，事先也没跟我说，我走上去和她打招呼，她说："好久没跑步了，跑着玩玩。"她四十多岁了，看上去可能更老些，也许是早就当了奶奶的缘故，她可是那个村子最早做了奶奶的人。听我妈说她小时候善跑，其他孩子都跑不过她，一有跑步比赛总要拿第一。可是我知道她这次来不是为了第一，可能是为了那些奖金。我劝她别跑了，她说："你瞧，还有好几个比我年纪大的人呢，没关系的。"她混在人群中间，很惹眼，没穿运动服，仍像平常似的，好像刚把饭做完，又拍了拍身上的土。

有人喊了声跑，我们这群人就冲了出去。起初一群人跑在一起。几百米过后，队伍越拉越长。我跑在队伍中间，丁文玲从后面追了上来，和我并排跑。她一看我就笑，气喘吁吁地问我还记得上学那会儿吗，也这样一起跑过。我说："我倒忘了。"

有些人跑不动了，停在路边喘一会儿气。春峰、强哥等几个人跑在最前面，看样子有用不完的力气。后来强哥也落了下来，我跟丁文玲超过了他，他有些体力不济，想跟我说句话打个招呼，最终也只是喘息着，冲我摆手。

二姑仍在我们前面跑着。我们沿着河滩拐了个弯儿，这个弯儿远远看过来，就像个秤钩，我们村也因此得名。我也快不行了，渐渐慢下来，丁文玲也慢下来了，后来我们竟成了走。很多人瞧我们俩走在一起，丁文玲有些不好意思了，又跑起来，把我扔在了后面。

太阳照在小河上，反射起一片五彩缤纷的光。小河水黑油油的，就在我身边流淌，不知道现在的河滩上是否还有铜钱。我一路走下去，一直走到终点。终点处就是那处水闸，早已有人跑到水泥台子上休息说话了。他们在高处看见了我，喊我，说我怎么跑得这么慢。我也上了水泥台子，有人说："还不如你二姑，她得了女子组第三名。"我说："没想到，真是没想到。"这时候我才想起二姑来，四处找她。后来在一处荒草中，找到了她。她趴在那儿，不断呕吐。我拍着她的后背，说："何苦呢，这是何苦呢。"她终于抬起头来，说："没事的，只是好久没跑了。"

长跑比赛结束了。强哥说："就在那里颁奖。"那里就是那处高高的水泥台。好多人开始议论这个水闸和那个高高的水泥台。说足有半个世纪的历史了，还挺结实的，后来就说还是那时候的材料好，不像现在到处是假冒伪劣。春峰得了男子组第一名，他站在水泥台上，冲我们摆手，那副眼镜闪着两片贼亮的光。后来二姑也去领奖了，我在台子下面，使劲儿为她鼓掌。

发完了奖，强哥开心极了，喊住了几个人，不让他们走，说等会儿一块儿吃饭，他又要请客。我也是其中之一。他身边突然多出来个说普通话的小女孩。她穿着碎花小短裙，一跳一跳的，老看着我们笑。吃饭的时候，她就坐在强哥旁边，后来才知道，她是强哥招来的女助理，听说是个大学生，毕业没多久。我们在席间争先恐后地说话。说我二姑真是不简单，一把年纪了，还能跑个第三。春峰说："这才叫活着，别管什么样的生活，我们都该勇敢面对，一直跑下去，来，为这样的人干杯。"有人说二姑过的日子很清苦，我知道这人的意思，是说我二姑冲着几百块钱去的。我就说："二姑这个人信教，昨天我给她打了个红包，她硬是不要，死活也不要。"强哥说："这样的人越来越少了。"

不愿他们再谈下去。我就问："金磊呢，怎么一直没见他？"

好多人笑起来。强哥说："朝闻道，夕死可矣。"我说："发生了什么事？"他说："携款潜逃了，五百万的贷款一下来，全家人都消失了。"接下来，我们几个人就说起了金磊这个人，有说他是个英雄，有说他真不是东西，还欠着他几千块钱，到哪里去找，世界这么大，简直海底捞针。我又想起，小时候我被他的几个朋友摁在地上，他站在一旁，冲我贼贼地笑，乜着眼看我挨揍。

十二

那天晚上丹丹给我打了一通长电话。家里人都睡了。她在电话里哭声响亮，我不得不把手机听筒放得距耳朵远一些。她说想孩子想得发疯了，天天晚上睡不着觉。最后求我能否把孩子偷偷抱出来，让她看一眼。我说不行，她泣不成声，哥、哥、哥一声声地呼唤我。再这么下去，不知道她会说出些什么，我不得不答应了。

好几天过去了，我迟迟未曾动手，丹丹又在电话里哭着催我。要是把孩子偷偷抱出来玩一阵，倒也没什么不妥。别人也不会觉得奇怪。连我婶子也是高兴的，我对她的孙子突然兴趣浓厚，这多少让她有些喜出望外。我坐在堂屋的躺椅上轻轻摇着，想一步步怎么完成这个计划。屋外一片蝉声，我也快睡着了。大门叮当响了一下，紧跟着一个女人闯了进来。她小跑着进了堂屋，边跑边喊我的名字，一声声急促入耳。

她披散着头发，像刚刚起床，我没看清是谁。等她进了堂屋，站在我面前，才晓得原来是强哥的媳妇——强嫂。这次回家来，还是第一次见到她，她总是大门不出二门不迈的，没人知道她老在家里闷着干什么。这个夏日的午后，蝉叫得人心乱，强嫂沿街疯跑，头发也没扎，穿一条宽松的睡裙，就那样从村那头一路跑过来，跑进了我的家里。我问强嫂："发生什么事了？"

强嫂坐在我身边，喘了几口气，自言自语似的说起了强哥。我说："不是吧，不至于吧。"她像是没听我说话，继续说下去。在她的陈述中，强哥不是我认识的强哥，他像是另外一个人。那个人不让她睡觉，她一旦睡着，就朝她脸上泼凉水，咬她，掐她，让她不得安宁，他还把另外一个女人的半裸照给她看，他一进家门，所作所为都是为了折磨她。她说日子简直过不下去了，想逃回家。我一直在想，强嫂为什么会从村那头跑到村这头，而且是跑向我家。

她说她身上没有一分钱，哪儿也逃不出去。她似乎早就认定了，要来找我。我从钱包里掏出一卷钱，大概有一千多块钱，全送给了她。临走时，嘱咐我不要告诉强哥这一切。我不知道"这一切"是什么。我点了点头，郑重地答应了。太阳当空照着，我送她到门外，她飘悠悠地走远。远处二爷坟头上的白幡仍在风里飘扬。她路过了那只白幡。

下午我去了婶子家，寻找机会下手。孩子已蹒跚走路了，在院子里一会儿蹲下，一会儿站起。他也不怕我。后来抱起他，他也不哭，目不转睛地看着我。我说："婶子，我带他玩一会儿。"婶子应了声，进屋看电视去了。我把他抱出来，放在早就准备好的自行车后座上。自行车的后座上早已安了儿童小座椅，他坐进去刚刚好，不哭不叫，咬起手指头来了。我骑车出了村。丹丹在另一个村子村口等我。

丹丹挨一株毛白杨站着，远远看着有几分风情。她一见我下了车，就急匆匆地抱她的儿子。儿子见了妈妈，也是开心的，牙牙学语起来。丹丹说："哥，谢谢你，你是个好人。"他们在一块儿玩了好一会儿，我拍了两下那株白杨树，说："时间差不多了，婶子也许等急了，我们得赶回去了。"

丹丹蹙着眉，抬头望我，求我让他们多待一会儿。瞧她的小模样，不忍拒绝她。太阳快要落山了，染红了一大片云彩。我说："我们真该走了。"我俯下身，去抢孩子。她一把抱在怀里，眼神楚楚，看样子要流泪了。她扑通跪在我面前，说："哥，让我把他抱走吧。"我忙扶起她，她说："求求你了，哥，好人做到底吧，过一阵子，我还会把孩子送过来的。"我说："这哪儿行，婶子会吃了我的。"她又要跪，说："你就说被我抢走了。"我说："谁信呀。"她说："你就说被我叫来的人抢走了。"泪珠连连，在她的脸上蜿蜒，我说："好吧。"

我推着自行车往回走，后座上已空空如也。路上我还见到了正在跑步的春峰，他正迎着夕阳跑下去。他来不及说话，只是草草冲我招了下手。他跑过去了，还带着风，有一小股烟尘跟着他跑。

十三

我到了婶子家，久久不敢进门。天色已晚，婶子打来了电话。我没接，硬着头皮进了她家家门。我把实话说了，婶子高喊了一声："哎哟，我的亲娘呀!"小磊也冲我瞪大了眼睛。我说："丹丹跪下来求我，我实在不忍心。"婶子说："她就是那人，你上了她的当了。"

也许我上过大学，在这个家族里，还算得上是个有点儿出息的人。他们只顾捶胸顿足，也没太数落我。婶子和小磊两个人跟着我去了我家，找我爸妈商量对策。等我爸妈他们知道这事后，纷纷冷眼看我，说我怎么是这样的人，不知道轻重远近。我爸抽着烟，思考了一阵，徐徐地说："我看这样办吧。"他说先礼后兵，婶子和我们都说好，就这么办。

第二天，我们几个人就去了丹丹的娘家。婶子和小磊没有去，他们不好直接出面。去的人有我和我爸妈，还有给丹丹和小磊牵线搭桥的媒人，另外一个是秤钩弯里的明白人，特别能说会道，都说他能把死人说活了。我们坐一辆面包车，在车上统一口径，到底该怎么说。我坐在最后面，好好听着。他们说，主要还是希望两个孩子能把日子过下去，尽量陈述俩人把日子过下去的诸多好处，比如孩子都一岁多了，将来还要上学娶媳妇，只有爸爸的日子不好过。退一万步说，两个人实在过不下去了，也要把孩子抱回来，婶子送我们的时候，说了好多遍，千万要把孩子抱回来。

面包车停在了巷子口。我们几个人谈不上浩浩荡荡，倒也很有生气，一个个进了丹丹的家门。我是最后一个，丹丹好像在寻找我，看见我后，跟我相视一眼，就躲进了屋里。好像就是想看看我有没有来。等进了屋，所有人坐定，他们就说起了话。看样子轮不上我说什么话，只好左右四顾。他们家过得不怎么景气，家具都很陈旧了，沙发上有很多洞，像是被人抠的，我也找了个洞，抠了一阵子，就抠出一团黑棉絮。

丹丹一直未露面，躲在另一个房间里哄孩子。我想进去看看，被丹丹的家人一把拦住了，只能作罢，又坐了回去，抠沙发上的黑洞洞。

听他们意思，还是想要些钱，钱给多了，丹丹也可以回去继续跟着小磊过下去。钱给少了，只能抱回孩子，如果分文不给，孩子是决计抱不走的。媒人和村里的明白人，说了很多话，他们就是油盐不进，最后只能作罢。丹丹的家人问我们要不要在他们家吃饭，我们说不用了，就排着队离开了丹丹家，上了面包车，我们又七嘴八舌地说起来。说丹丹还有个傻哥哥，死活娶不上媳妇，就是想要钱，还说当初匆匆把妹妹嫁出去，嫁给了小磊，他们觉得后悔，没捞到什么好处。

面包车回到了秤钩弯。我们几个人一一下了车，样子个个就有些灰头土脸。婶子不问自明，又唉声叹气起来。小磊说："软的不吃硬的怕，咱们来硬的。"婶子让他住嘴，等那两个外人相继走了，婶子才松了口气，说："好，我们来硬的。"

我躲进房间里玩手机。在网上问丹丹什么时候把孩子送来。她回道："哥，你是个好人，要是能嫁给你这样的人，我才不会这么绝情。"我回道："别废话，不是说好了，过一阵子，就把孩子送来吗？"她回道："也许很快就送过去了。"我回道："什么时候？"她回了最后一句话："等着吧。"

我走出房间，立在门前。我爸妈两个人正轮番和小磊对话。

问："还想跟她过下去吗？"

小磊答："不知道！"

问："你这孩子，到底在意她吗？"

小磊答："说不清楚！"

问："要是在意人家，咱们就不能来硬的，什么叫说不清楚。"

小磊答："她已经不喜欢我了。"

问："那你还喜欢她吗？"

小磊答："喜欢！"

我说："那咱们就不能来硬的，也许事有转机，再等等看吧。"小磊苍白着脸，眼看就要掉泪了。我爸递给他一支烟，他接了，气呼呼地抽起来。婶子说："别的本事没有，抽烟喝酒倒是学得快。"小磊泪光盈盈，冲他娘大喊："别老说我，要不是有你这样的婆婆，丹丹也不会走。"婶子说："放屁。"小磊直着嗓子说："就是，丹丹说，从没见过你这样的婆婆。"婶子不说话了，抽噎起来。

我们劝他俩，总算静了下来。

十四

那几天我起得分外早。一大早出去到小河边转悠，听小河水的涓涓细流，其实坐在河滩上，根本听不到流水声。我总是坐很久，直到放羊的老汉赶着羊群回家转，直到日上三竿。我跟在一群羊后面，见小羊羔在阳光下厮闹，头对头顶上一阵，其中一只缓缓地进两步，又猛地退回来，谁知道它们要干什么呢，不一会儿它又骑在它的身上，以为有了那种本领，忙了一阵子，又跳下来，去追已走了很远的羊群。我在毛白杨中间悠悠地走，突然一只蝉从树上飞了下来，就在我眼前飞过，飞得很慢，后来就落在了地上。我弯下身子瞧它，看样子仍想飞起来，翅膀在尘土里扑打了一阵，身子翻了过去，再怎么挣扎也翻不过来了，像只四蹄朝上的乌龟。过了一阵子，竟一动不动了。我捡起它来，朝空中一扔，看它是否还能飞起来。没承想它像块小石头似的，很快落在地上，发出啪的一声，像是摔碎了。我想它已经老死了。一只蝉就这么死了，我该收拾东西回到城里了。

临行前，我给丽姑、强哥还有丁文玲他们几个一一打了电话。我说："我打算回城了，看哪天有时间一起去水闸野餐，钓钓鱼聊聊天。"我们定下了时间，他们都说一定去，有的还很开心。

那一天很快就来到了。我早早去了水闸，准备好一些吃喝的东西。太阳越升越高，河面上波光粼粼，毛白杨的高高的样子也落进了水里，在水里柔软下来，没分寸地乱动。我蹲在水泥台子上闭目养神，不一会儿，丁文玲就来了，在水泥台下面大声喊我，说我怎么来得这么早。

我们俩并排坐在水泥台上，四只脚耷拉着。丁文玲说："要是一个人，我可不敢来这里。"我说："大白天也不敢来吗？"她说："白天也不敢来，听说要是一个人来，走着走着就身不由己了，听他们的话，向里面跳。"我笑起来，问她："他们是谁呀？"丁文玲说："不说了，说下去，我就开始害怕了。"

丽姑也来了，在水泥台子下面喊。她还带着她的大儿子。那孩子老四处乱跑，丽姑说："早知道你乱跑，就不带你来了。"她在后面追，他在前面跑，在水闸附近，来往追逐。后来还是追上了。

丽姑死死拽着她儿子的手，一步步走上了水泥台。

那个台子不大不小，足有五十平方米，我想也许不止五十平方米。三面围有栏杆，实在不知道他们修了这个高台到底有什么用。我还找了把太阳伞，她们几个坐在伞下面，看我钓鱼。小孩子不安分，很快跑了过来，坐在我旁边，看着我，问我能钓到鱼吗。我说："谁知道呢，也许能钓到吧。"

我戴了顶草帽，样子有些怪。丽姑说："戴上草帽，就像个农民了。"我回头冲她笑，她拿出相机来，给我照相。丁文玲也过来跟我合影。

远远地，有辆车开过来了。车屁股后面跟着一路尘土。丽姑说："他怎么到哪里去都开着小车，以后是不是去厕所也要开车呀。"说完我们都笑了。车子停住子，强哥走了出来。从另一扇门里又走出来个女的，就是那个女大学生，是他的助理，或者秘书。他们俩一前一后也上了水泥台。强哥向我们几个致歉，说来晚了。又向我们再次致歉，说没通知我们就把她带来了。那女的站在强哥旁边，盈盈地笑。

我们都没把这个女的当回事，也许是心有灵犀，大家都不怎么理她。她说出的话常常没人接茬儿，后来就很少说了。只是跟强哥嘟哝，我们也不知道俩人在说什么。几个人围在一起，坐在伞下，好像也没什么好说的，只好不停地说小时候。那时我们四个人，常跑到水泥台子上烤红薯，没有红薯的时候，就会烤鱼，或者烤蚂蚱，连蚂蚱也是好吃的。丽姑有时会瞥强哥一眼，有点儿瞧不上的意思。他说什么，丽姑总要纠正一下，嫌他说得不对，连这个都忘了。过了没多久，那个女的就皱起了眉头。太阳当空照，气温升上来了，她老是扯强哥的衣角。

刚把炭火点着。强哥就要走了。那个女的早就回到了车里。强哥拍着我的肩膀说："不好意思了，兄弟，下次我开车去城里找你，还是城里好玩，真搞不明白，你现在怎么喜欢上这个了。"我说："好，我等你。"他跟丁文玲和丽姑摆了摆手，就下了水泥台。丽姑马上说："瞧这人成什么样子了。"

小汽车抖了抖就开走了。车屁股后面仍跟着一路尘土。它在玉米地里驰骋，就像个小怪兽似的。强哥走了，我们几个更没什么话说了。我只顾忙着烧烤，丽姑的儿子不停地跑上跑下，片刻不得安宁。她扯着脖子喊："熊孩子，能不能给我消停点儿。"一声喊把我和丁文玲吓了一跳。不一会儿，丽姑也说要走了。那孩子不想在这里玩了，觉得没意思，硬拉着他妈妈回家。丽姑没办法，只好骑着电动车载着儿子走了。

水泥台子上只剩下我和丁文玲了。我没钓上来一条鱼，丁文玲倒是很安静，一直在我身边坐着不说话。太阳躲进云彩里去了。我们俩面对着小河，久久不说话。她终于说话了。她说："我也该走了。"

午后的风从河面上吹过来，闻着有些腥臭。看着丁文玲远去的背影，我掉了几滴眼泪，想了想就这样吧。等我再次回头看河面，有条鱼咬钩了。

十五

夕阳西下时，我才回家。路经村口小卖部的时候，看见小磊和小鲁在打桌球。桌球台已破旧不堪，他们仍一丝不苟地打着。趴在桌子上瞄准，打进或者打不进，都会叫两声。他们看到了我，问我要不要打一局。我说："不打了，看你们打。"这样下去，他们就有些紧张了，该打进的也打不进了。

小鲁问我："叔，我想出去打工，能不能带我去，帮我找个好地方？"我说："我还不知道，我自己要去哪儿呢。"小鲁说："谁信呀，都说你在外面挣了大钱，瞧你穿的，再瞧瞧我们，能比吗？"我笑了，这时候要是笑下去的话，就是默许了他的话。我扭头要走，小鲁喊住我，说："叔，改天我请你吃饭，好好跟你聊聊。"我说："好。"

那晚到了夜里八点多钟，我接到了丹丹的电话。她说她要给我送孩子过来了。我从床上跳起来。我说："谢谢你。"她说："谢谢你才对。"我们约好了地点，我骑着自行车，飞快地赶到了。她还没有到，头顶上有几个星星在眨眼，我在附近徘徊了一阵，眼前的玉米地有半人多高了，黑涔涔的。她终于来了。晚上看不清她的神情，我把孩子从她手里接过来。孩子哇哇哭了。她好像也哭了，只是抽噎。我想早点儿离开，把孩子放进后座，就飞一般地逃了。

等我敲开了婶子的大门，把孩子抱给她看的时候，她又喊了一句："哎哟，我的亲娘呀。"她慌忙接了，问我怎么做到的。我仍旧说了实话，我说："丹丹也是个好人，别把人家想得太坏。"我在婶子家坐了一阵，说了会儿闲话，后来没什么可说的了，就起身走了。

到了夜里十一点钟，我又接到了丹丹的电话。我说："你是不是后悔了？"她说："我在水闸呢，很想跳下去。"我吓坏了，说："丹丹，千万别跳。"我在电话里说了一连串的安慰话，终于稳住了她。她让我赶过去，我只好重新穿上衣服，拿着手电筒，在夜里骑着自行车疾驰，不一会儿就闻到了河水的腥臭。

手电筒的光柱像野兽的舌头似的，在水闸附近乱舔。终于发现了她，有两条腿在水泥台沿儿上荡悠。我快速地爬上去。台子上还有我白天吃剩下的鱼骨。我坐在她身边，问她到底发生了什么事。

她哭着说："知道我为什么把孩子送给你吗，我又要嫁人了，我不想再嫁人了，哥，你知道吗，你一来，我就觉得生活还有希望，要不然我早就跳下去了。"

我说："你可以不嫁呀，难道有人逼你吗？"

她说："我要不嫁，我妈就要喝农药。"

我问："为什么？"

她说："你知道我哥吧，生他的时候脐带绕住了脖子，脑袋缺氧，坏掉了，像他这样的，怎么能娶上媳妇呢，为了让他娶媳妇，妈妈就打算让我嫁给那个人，那人走路都走不稳，得过小儿麻痹症，还不如小磊，只是他有个妹妹，可以嫁给我哥，做我的嫂子。"

我说；"太荒唐了，像旧社会。"

她说："哥，你才知道呀，哥，我不想活了。"

丹丹钻进了我的怀里。她像个小羊羔似的在我怀里乱动。我把手电筒里的光熄了，我们俩紧紧抱着。上弦月高悬头顶，有意见证我俩似的，一动不动。河面上也有个它，只是不像天上的它那么安静。

后来我还是推开了她，她说："哥，带我走吧，我要去城里打工。"

我说："那会更荒唐的，还是跟小磊过下去吧。"她颓丧下来，双臂抱着双膝，久久不说话。远处有很多光柱，看来有人来了。丹丹说："他们来找我了。"我说："我得躲起来了，被他们看到，我们在一起，有一千张嘴也说不清了。"丹丹说："你怕什么，本以为你是个敢作敢当的男人。"她的鼻子向外哼出一口气。我说："丹丹，你说清楚，我做什么了，我到底对你做什么了？"丹丹说："想赖账了，哥，刚才是哪个小狗抱着我？"我气急了，不住地跺脚，说："见你那么伤心，我只是安慰下你，再说了，我比你大那么多，把你当妹妹的。"丹丹说："呸，那你还碰我那儿。"

那些人越走越近了，已经听到他们喊丹丹的叫声了。好几束光柱朝这边射来。沿着台阶跑下去已经来不及了，我只好沿着水泥柱子向下滑，直滑到水里去了。水里凉飕飕的，有一轮冷月在水面上抖着。我紧紧抱着那根水泥柱子，不敢松手，害怕水里的小鬼扯我的脚丫子。待了许久，那些人终于走了。我在水里扑腾了好一阵子才上了岸。手机和钱包全湿了。看来手机又得换了。

十六

第二天一早，家里人喊我吃早饭，我早把行李收拾好了。我突然要走，让他们有些手足无措。可也没什么办法，我总是这样，让他们没办法。草草吃了饭，我就坐在了我爸的电动车的后座上，向镇上驶去。

路经学校、工厂、大片的田地，我闭着眼享受微风拂面。我爸问我："昨晚去哪儿了？"我说了实话，说丹丹想要自杀，被我制止了。我爸又继续问："后来怎样了？"我说："我再也不想管他们的事了，好自为之吧。"我爸咳咳叹了两口气。

很快到了镇子上。我爸又蹲在路边抽烟。我说："爸，你能站起来抽吗？"我爸就站起来了，说："有点儿累。"他站起来，驼着背，说："注意身体。"我说："知道了，你也是，注意身体。"见他什么也没说，我就说："你走吧！"我爸就转头走了，抬腿上了电动车，头也不回地走了。他的背影很快消失了。

我一个人在镇子上乱转了一阵。后来又到了那栋高楼旁边。跟着人群又进了楼里，坐电梯去了天台。天台上有一对年轻人在谈恋爱，男的胳膊搭在女的肩膀上，一起向远处看。

街道上的人们好小好小，像一只只小虫子。连小河也只是像根腰带，在我们村的北边转了个小弯，向东南去了。我找到了水闸，虽说很难找，但还是找到了，看上去只有指甲盖大小。我沿着小河向上寻找，也许冥冥之中有了安排，我最终发现了那只白幡。我的眼神聚焦在那个小白点上。

| 创作评论 |

在小昌笔下，没有激昂幻灭的个人奋斗传奇，没有都市异乡人面对一座大城市时候的蓬勃野心与落花流水，甚至都没有"梦一场"和"梦醒了无处可走"。他的小说反复勾勒出的是这样一个情境或意象：一个人，站在那里，他不能确凿

地知道自己从哪里来、要到哪里去，他不屑于思考更懒得去奋斗，他总会在兴致盎然之时突然地心生寂寥与无聊。仿佛他那份糟糕的沮丧感是没有来由的，倏忽而至，仅此而已。在小昌那里，不是个体的反抗与奋斗最终没有出路，而是根本就没有反抗和奋斗。这也许更接近中国古代庄、禅一道的消极个人主义和现实批判——不知小昌自己在写作中是否意识到这些情绪和思想的深层文化来源。

——金赫楠：《关于小昌短篇小说〈大侠〉》，《创作与评论》2016 年第 21 期

小昌的小说，摆脱了以往 80 后文学中常见的城市的、小资的、个人主义的叙述腔调，他的小说调子格外地灰，描摹着这个时代边缘青年的故事。

——黄平：《边缘的青年与边缘的文学——从小昌小说论及 80 后文学的变化》，《南方文坛》2018 年第 3 期

小昌小说的叙述视点永远不高于人物，他的叙述基本上都是第一人称限制叙事，在《小河夭夭》这部小说集中，十篇小说中有九篇的叙述都是从"我"出发。隐含作者对于任何一个故事都非常淡漠，一切都像隔着一层毛玻璃演出，连主人公们的抱头痛哭，仿佛都是消音了的。这些青年依赖残存的本能式的情欲，通过大量几乎无意义的对话与无目的的行动，在破败的世界中跌跌撞撞地生活。一切深度模式都被取消了，小昌小说中外在的景物与内在的心理描写极少，一切浮到表面。

——黄平：《边缘的青年与边缘的文学——从小昌小说论及 80 后文学的变化》，《南方文坛》2018 年第 3 期

| **作品点评** |

今天讨论 80 后一代乃至于普遍的青年写作，有必要回到一个最朴素的问题上：是书本，还是生活，教会我们写作？今天流行的文学期刊中的文学范式，能否容纳我们这代人的生存体验？能否容纳城市化进程中阶级、资本、身份、趣味

等等的激烈冲突？如果不能，有抱负的青年作家，就应该创造出一种新的文学。对于小昌，这种新的文学，体现在他命名自己的小说集的那篇《小河夭夭》，这篇小说尽管还是从"我"出发，但是"我"不再是故事的焦点，而是群像中的"我"。尽管带有浓郁的情节剧味道，但《小河夭夭》展现了"一群"而非"一个"边缘青年的命运。就像成功一样，真实的失败，也是"一群"而不是"一个"的失败。由于处理的是群像，这篇小说的视点在结尾处难得的开始拉升，"我"最终站在高楼的天台上，俯瞰着街道、村子与小河，二爷、丹丹这些人的命运涌上心头。此刻"我"温暖而开阔，因对于自身所在的共同体的牵挂而展现出获救的可能。在这样一个时刻，笔者猜测小昌会恍惚间想起，自己究竟为什么开始写作。

——黄平：《边缘的青年与边缘的文学——从小昌小说论及 80 后文学的变化》，《南方文坛》2018 年第 3 期

寻暖

陶丽群

一

她躺在白色床单上，黄皮寡瘦，那头我羡慕的长发乱如枯草。我有些奇怪，滋养它们的生命这两年一直被病魔浸淫，可它们依然那么丰茂。它们压在她小而圆的脑袋之下，在肩膀处乱成一堆。长发及腰，这是我对她最深刻的印象。她的双眼和双唇很干脆地紧抿着，对这个世界没有再看一眼和留下一句话的想法，脸上分明而柔和的线条依然显示这是一张男人喜欢抚摸的脸⋯⋯

这是三个月后的今天我见到的她。我以为我会害怕，然而此时面对这个已经没有生命的人，我很想过去握住她瘦骨嶙峋的手。那只手无数次抚摸过我的头发，给我编过样式精美的辫子。然而很快我就打消这个想法，她再也感知不到人间任何冷暖了。

几个老头和我围在她的床前，我挨个看了他们一眼，认识其中一位，和他在她家里吃过饭，是个退休音乐教师，会往地上无所顾忌地吐痰。另外几位我着实眼生，不过我并不奇怪，她生前与他们一定有交往。他们默不作声，被我瞅着倒不难为情。在他们眼里，我就是她的亲属，尽管

作品信息

原载《青年文学》2015 年第 12 期，《北京文学·中篇小说月报》2016 年第 1 期转载。

我和她半点血缘关系都没有。但她交代了，得由我给她净身换衣裳，头发不要剪，烧后骨灰随我处置。可这时候面对她，我不知道如何处理眼下的事情。

退休音乐教师手里拎着一个纸袋，递给我。是她的衣服，我见她穿过，一套旧衣裳。

我没见光叔。

"她说穿这身，不要新的。"退休音乐教师说。那几个老头开始往自己身上掏，随后每个人拿出一个白色香仪包。他们真的老了，六十以上的岁数，其中一个老头朝我递香仪包。

"呃，"他清了一下嗓子，"我们哥几个的一点心意，料理身后事。"几个老头纷纷把香仪包递给我。退休音乐教师脸上漫过一层潮红，看样子是要发火，但他只瞥了我一眼，然后转头去看她。

我们很快办理了各种手续。我们烧了她，几个老头站在高大的火炉边，我跑到外面去，在殡仪馆的小广场里仰望那座高耸的烟囱，一缕轻薄的黑烟袅袅升起，瞬间弥漫进广袤的天空，无影无踪，我再也无法找到她的踪迹了。生死相隔的伤感汹涌而至。

一把骨灰，我请司炉师傅帮我弄碎一点，差不多成粉末了，司炉师傅很惊讶，一般家属是喜欢留点骨头的。那些还成形成状的骨头我看着揪心，还不如一把灰好。我把粉末放进五百五十块钱买的骨灰盒里，这是最便宜的了。退休音乐教师说，可以给他，假如我愿意的话。我不知道他在她心里分量有多重，此番接受也能表明他对她是重情义的。可我还是不待见他，他黑得过分并抹了油的头发和差不多吊到腋窝下的叉腰裤与他的年龄反差极大，这副年轻扮相显然是想缩小他和她父女般的年龄差距，看着有种不正经的感觉。如今化成灰的她在我怀里，由我做主，我不愿意让她落入别人手中。她一辈子不曾有人所依，她不属于任何人。

他有些难堪，可是相比她的人生际遇，他这些难堪什么都不算。我谢了另外几个老头，和他们握手道别，感谢他们来送她。

"她最后说了什么吗?"其他几个老头走后，我问退休音乐教师，我知道他姓张，在她嘴里一直这么叫，老张。

"没说什么，她说得少，不过我知道她在等你。她才住进医院一个星期，她一直不肯住院，后来昏迷了，我才把她弄进去的，肝病。她说她想回去看一看，只是看一看，还回来。"他说。

我想起她是跟我说过的，她多次给我打电话，叫我有时间多去她那里，她变得像个孩子，使出各种好笑的伎俩来哄我："来嘛，我给你编辫子，我给你做我们那地儿的小吃，来嘛。"口气近乎哀求。大概三个月前，我去看她，她那时候已经很瘦了，但肚子却像怀孕几个月那样大起来。她说一辈子折磨她的肝，总是给它置气，如今它发火了。可我忽略了她，因为我的婚姻正陷入危机当中，而我的父亲则被他一向认为稳稳把握住的生活涮了一把，撇下一堆乱事给我。

"你们为什么不在一起？"我微笑着问退休音乐教师，我知道他妻子早就去世了。

"她不肯。"他说，"把她安置好了，告诉我地址，每年总该有人给她烧烧纸的。"我点点头，他给我留了电话号码，以及她家的钥匙，金黄色的钥匙，就一把。

二

她是我们村唯一一个被赶出来的外地媳妇。我想，很有必要先交代一下那个奇特而又善于孕育不幸的村庄。那是一座孤岛，四面环水，靠渡船和外界联系，有近两千户人家七八千口人，当然，她刚来时没那么多。这岛每年到丰水期会跟着水涨船高，枯水期又沉下去，极像一个在下头有一根稳固铁链子拴住的葫芦瓢。村人以种菜卖菜养家糊口，我们整个小县城的新鲜蔬菜至少有一半产自我们这座孤岛。二十世纪七十年代末、八十年代初，一些如我所在的边远省份一度沦为拐卖妇女的重灾区；本地女人被拐到外地卖掉，再拐外地女人来当老婆的事情屡见不鲜。别的村庄时常发生因看管不严而有新媳妇逃掉的事情，我们村却从未发生过。通过坑蒙拐骗到我们村的女人，一到岛上她们便可自由活动，根本无须看管。撑渡的光叔是个劳改释放犯人，那时三十多岁，因为偷了外村的香蕉坠子被关三年，回来后我爸把撑渡的活儿派给遭遇亲人嫌弃的光叔，那时我爸是村小组组长，有点话语权，他和我爸其实属于朋友辈分。我爸告诫他，外地媳妇一律不准渡船外出，除非她们的婆家允许。光叔亲眼看到不少被拐卖来的女人踏上他的船进入我们这座孤岛，我那一口陕西话的妈妈也是乘渡船进来的，不过那时不是他撑渡。我们村因此成为一个固若金汤的囚场，初来乍到时她们几乎毫无例外四处游荡，寻找可以逃脱的捷径，可是面对四面环水的处境和拒绝她们的渡船，最后几乎都忍辱求生，待儿女生下来，这时候赶她们走，也走不了，亲骨肉可怜巴巴的眼神，成为绊住她们的绳索。也有个把选择上吊或投水，成为异乡孤魂。外边人进我们村，遇见几个女人五六种外地口音那真是常见不过。更为奇葩的是，这些女人生下孩子后，教他们自己家乡的方言，孩子们玩耍起了纷争，用杂七杂八的方言相互对骂让人听得一头雾水，谁都不知道他们在骂些什么。

我十一岁读小学六年级时，她被拐到我们村，贵州人，说一些零零散散的普通话，被贩牛马发家的陆卒子娶为妻。那时候的发家致富，顶多也就银行存几千块钱罢了，但相对以卖菜养家糊口的村民们来说，陆卒子的家庭已经很了不得了。因此陆卒子娶妻着实也让村民们好奇，据说后来被我们称为陆嫂子的她，是陆卒子花五千块钱买来的。那时候买一个外地女人当老婆，最体面不过三千，若娶本地女人，上万都不止。陆卒子在村里扬着平时赶牛马的皮鞭子，说不是娶不起本地老婆，就是想尝尝外地货的味儿。村里人都被陆卒子砸五千买来的女人牵动了神经。那女人到达我们孤岛一样的村庄时是在晚上，这是规矩，毕竟不是明媒正娶来的。我们簇拥在陆卒子家门外，看到那个长发及腰、身材小巧的女人，身上的服饰很奇特，裤子和上衣都是蓝色的，裤脚、衣领、对襟、衣袖口都绲上精致花边，胸前挂一个很大的明晃晃的项圈，后来才知道这是一种少数民族穿戴。明眼人一眼就看出，这个嫩妹子肯定是外出赶集时被拐了，很俊俏，她的肤色是高山密林里人的白皙肤色，双手骨节粗大，大概是长年劳动的痕迹。马尾辫子已经很松垮了，也许是路上挣扎弄的，毫无例外流了很多泪水的红肿双眼，上翘的鼻子和嘴角显示她是个有脾气、性格倔强的女人。男人们有些幸灾乐祸地开玩笑："牛马贩子，这可不是匹好骑的马，小心挨蹄子。"陆卒子扬扬那根不离手的皮鞭，笑容蜜一样甜："兄弟们放心，明年这时候请诸位喝娃的满月酒。"那个女人扬起软塌塌的眼神，说了一句我们大致能听得懂的普通话："我要回家。"男人们哄地笑起来。被拐卖来的外地女人，都以这句话开场，然后这句话就成为她们不可碰触的隐痛，深埋在沧桑的后半辈子里了。大部分被拐来的女人郁郁寡欢地度过一生，也有少数几个像我妈这样适应力强的女人过得不错。这座被铁链子一样牢牢拴住、如今被那些吃饱了撑的人称为世外桃源的孤岛，终日弥漫着这些被拐女人的淡淡忧伤。

是我无心的一句话，使我和陆嫂子结了忘年交情。陆嫂子还没来之前，陆卒子过单人生活，扬一根皮鞭子神出鬼没在四乡八邻的牛栏跟前，常常十天半月不见人影。陆卒子娶了老婆后，第二天摆宴席请亲朋好友吃一顿，自然少不了我爸。而且我妈按照自己的惯例当起热情的"心理开导师"，亲朋好友们在厅堂里吃肉喝酒时，她钻进陆卒子的新房，对陆嫂子进行既来之则安之的开导，所以整个宴席期间我们始终没见到陆嫂子。我见到她时已经是她来我们村半个月之后了。

那天傍晚放学回家，我妈差使我到村后坡去挖野葱，她说要给我爸烙鸡蛋面饼。那是她老家的特色家常吃食，她固执认为家种葱花不如野生的入味。我在村后坡遇见陆嫂子。那地方是村里人用来堆稻草垛的，冬天当牛饲料。高大的稻草垛堆满整一片后坡，后坡过去一点是一片长满灌木的嶙峋贫地，却是野菜们的乐园。我认得很多种野菜，都是拜我妈所赐，她不见得喜欢吃，但几天不吃就受不了。长大后我猜测，也许她在老家就是吃野菜的，被拐来孤岛后却阴差阳错地来到了富庶之地，不然何以解释她兴致勃勃的生活热情？我沿着稻草垛边儿朝那片长满野菜的嶙峋地走去，目光穿梭在稻草垛之间的缝隙中，那里头通常会遗落些小孩们喜欢的东西，一截色彩鲜艳的头绳什么的。当我快要越过最后一垛稻草时，我听到一种沉闷的类似于被人捂着嘴巴后挣扎的声音，稻草也像是被碾压了，发出塞塞窣窣的声响。我估计有几个孩子在捉迷藏，我们常常来这里捉迷藏。于是我晃着布满筛眼的篮子轻手轻脚钻进草垛间。

我记得那个傍晚的夕阳特别柔和，霞光洒落在晒干的蓬松金黄的稻草垛上，干稻草散发出淡淡的清香气息。我循着响声轻手轻脚走进去，随即转身大叫一声，可眼前的情景着实把我吓坏了，几条光腿在踢蹬着，旁边扔的一条皮鞭子立刻使我想到了牛马贩子——陆卒子，他的脑袋下压着一张憋红的脸和一双圆睁的眼睛，嘴巴被陆卒子紧紧捂住了。那两个人被我的大叫吓坏了，慌忙拱起身子，陆卒子光着屁股把身边一抱稻草抱到那个女人身上，自己大笑着胡乱穿戴起来。"好了，双喜双喜。"他背朝着我大叫着，弄好后回头见到我，高兴得中大奖一样，眼见他的双手朝我伸过来要拧我的腮帮，我躲过了，朝他唾："流氓牛贩子。"

陆卒子哈哈大笑，回头看一眼稻草下的陆嫂子，指派我："小妖，等一下领你嫂子回家，叔给你好东西吃。"说完拍拍身上的稻草走了，他的脑门上还沾着一截稻草。

陆嫂子在稻草下摸索着穿衣服，憋红的脸已经恢复白皙，眼睛依旧肿胀，散乱的长发沾满稻草。我站在那里，看她在稻草下摸索穿衣服，突然对她说了一句话："我妈也是买来的。"说完这句话我就脸红了，我听见自己的普通话如此蹩脚。那得怪我们的老师，整个小学六年授课全部讲本地土话，普通话令我如此羞于出口。

"我妈，那天……进你房间说话给你……"我继续磕磕巴巴地说。

她停下穿衣服，埋在稻草垛里静静看我。

后来她和我一起挖野葱了，一边挖一边流泪，我不知道如何安慰她，渐渐薄下来的夕阳被一个年轻异乡女人的泪水染得无比忧伤。

"我要回家。"这个我们单独见面的傍晚，我第二次听到她说这句话。挖完野葱，我送她回到陆卒子家，他正在厨房里掌勺儿做晚饭，脸都快要笑烂了，他说正在给我煎荷包蛋，我瞪这流氓一眼，走了。

我们这地方有个奇怪风俗：野合生子，如若被人撞见，特别是被孩子撞见

——男孩子撞见野合，将生双胞胎儿子，被女孩撞见，龙凤胎就大有可能了。有意思的是，这混账风俗灵验度极高，村里双胞胎儿子和龙凤胎极多。因此他们的父母常常被村人拿来开玩笑逼问：到底在哪里颠鸾倒凤被谁撞见了。后来本地有些三流专家专门研究这一现象，得出两个结论：一是和这孤岛的特殊结构有关，二是和异地结合有关。不管哪一条，陆卒子被我撞见，算是撞大运了。晚上，贩子给我们家提来两只阉鸡，我妈那晚背着我爸把我数落得她自己都掉泪了，任何能生儿子的人都令她不舒服，如今别人生儿育女的好运居然是她的孩子带给的，她越发伤心不堪，她一直想给我爸生个儿子。

我和陆嫂子常常在后坡见面。她隔三岔五去那里扯稻草，也挖野菜。她扯一搂特别金黄的稻草，去掉其中夹杂的干草，然后烧掉，把稻草灰泡在水里，泡出一层橙黄透亮的水，把这层水倒出来洗头发。我把我妈的海鸥牌洗发水偷给她，她说："这个不管好！"我不理解这"不管好"是什么意思，但大致明白她不喜欢用洗发水。陆嫂子那头长发真是好，光滑油亮，极像一匹闪着幽光的黑缎子。陆卒子喜欢看她洗头的样子，一盆冒着热气和稻草幽香的琥珀色稻灰水搁在长条凳子上，陆嫂子弯下腰，把长头发浸泡进水盆里，慢慢揉搓，洗得极为细致，也很漫长。有时候她会给我拿来一只口盅，帮她往头上淋水，陆卒子总是过来夺下我手里的口盅，想融入这诱人情景里。陆嫂子直起腰，双手抓着湿淋淋的头发，瞪他，陆卒子只好讪笑扔下口盅，伸手拧一把我的腮帮："你跟你妈一样，是个人精。"他退回屋檐下，端坐着注视自己买来的女人。

我常常去挖野菜，一点红、糯米菜、松子菜、野扁菜，甚至猪头草。我拿把小锄头，在夕阳下挖野菜，我倒是喜欢这活儿。我在村里极为孤单，村里和我一般大的孩子，他们的妈似乎都很讨厌我妈，不允许他们的孩子和我玩，本地女人生的孩子，看不起我们这些"异地杂交"孩子，对我们从来都是掷瓦片和石头疙瘩。我倒喜欢跟我爸玩，可我常常连他的影子都找不到。另外我还喜欢到光叔的船上看江水，他乱糟糟的仓房里有不少好玩意儿，色彩鲜艳的石头或奇形怪状的贝壳，只是他常常把我锁在臭烘烘的小仓房里，极少让我到甲板上玩，怕我栽到江里。挖野菜倒让我惬意不少，挖着挖着，一锄头拍到停在野菜尖上的蜻蜓。

"狠娃娃！"陆嫂子撞见我屠杀生灵，她必定这番叹气。她也来挖野菜，只是她挖得极少，一小把，做一碗汤水还行，而且她只挖一种，我不晓得是什么菜，我把那菜挖回家，我妈不认得，拣出来扔掉了。

"陆叔不吃？"我瞧她手里那小把野菜，她挖得倒挺好，很肥嫩。

"你，几年书？"她答非所问，我揣测好一会儿，才明白她问我读几年级。

"六年。"我也简单地说。

"我三年，两个弟弟，双生的，和你个子高。"她拿手比量，磕磕绊绊地表达，她又说，"我有相好的。"

"相好的？"我不明白，她哀怨地看我一眼。

"我给你弄辫子吧。"她摸摸我的羊角辫子。我们坐到田埂上，橘黄色的夕阳洒在稻草垛上，成群的蜻蜓在晚霞中漫天飞舞。那时候的蜻蜓真多，低低地盘旋在人的头顶上。我们的友谊就在暮春的傍晚开始成长了，我的脑袋因此常常有各式各样的好看辫子，令我极为骄傲。我爸有时候会摸我满头花样繁复的辫子，感叹陆卒子买到一个心灵手巧的女人，我妈因此好长一段时间不允许我再去陆卒子家里。

我们这村庄的女人，其实过得蛮闲适的，菜地和岛外少许稻田全都是男人伺候，女人在家生儿育女管家务活儿，因此有大把时间花在家长里短上。我妈在村里的遭遇和我相似，她极力讨好我爸和本地女人，因此遭外地女人排斥，本地女人又不屑和她交往。她也很孤单，但她善于掩饰，见人就黏上去，说极为体己的话。陆嫂子更闲了，陆卒子家里连菜地都不种，河边的菜地除了留一块给陆嫂子种吃的，全都给他兄弟种了。陆嫂子来我们村三个多月了，依然没有怀胎迹象。她每天给陆卒子做做饭，洗洗衣裳，伺候几分菜地。更多时候我看见她小巧的身子倚在门框上，一只脚在门里，一只脚在门外，手心里窝一些南瓜子，嗑着。她的神情是闲散的，闲散中裹着一丝不易觉察的落寞。只有她低头看手心里的南瓜子，另一只手的几根手指头在掌心里轻轻划拉南瓜子时，那丝落寞才漫上来，落在她身上的某个地方。也许是那几根划拉南瓜子的手指，也许是倚靠在门框上的那个姿态。

她渐渐熟悉我们的村庄了，极少和谁交往，和我颇为亲密。她和我一起挖野菜，给我编辫子，喜欢让我带着她沿江边绕我们的村庄走。她边走边注视辽阔的江面，从这边望向那边的江岸。

"哦，你和他熟？"她指着在江里航行渡船的光叔。

"我爸管他。"我有些卖弄地说。

"我对你好不好？"她问我，摸摸给我新编的辫子。

"我要见他，你能带个话吗？而且不告诉别人。"她小声说，白皙的脸好像因为说了一件不怎么得体的事情而涨红起来。

"可以的。"我满口答应。

这件事发生在陆嫂子来我们村庄差不多半年时，夏季过去了，渐渐进入枯水的秋季，江水慢慢退下，江面逐渐变得窄小了。陆卒子眼见陆嫂子总不怀胎，弄来各种中药叫她熬药喝。陆嫂子很听话，每天摇一把扇子生炉子熬药。陆卒子相信买来的女人是正经跟他过日子了，给她打了一对金耳环并强迫她戴上。这对金耳环让我妈揪心老长一段时间。

我还有个把月就要去县里上初中了，我极为向往初中的生活，可以远离家，住集体宿舍，关键是还可以买一辆自行车，这些极富诱惑力的事情使我下了不少力在复习上。那时还没实行九年义务教育，小学毕业考跟高考一样有压力，还好，语文数学我考了 156 分，上初中十拿九稳。那段时间因为沉浸在即将上初中的兴奋里，整日去已经上了初中的学姐家缠磨她们讲初中生活，去陆嫂子家没那么勤快了，有时候我十多天都没去过她家一次。有一天傍晚，我妈又派我去挖野菜，我刚刚到后坡上，陆嫂子就从一堆稻草垛上坐起来，显然在等我。

"你不来了？"她有些担忧。

"我要上初中了，去县城。"我说，和她一起蹲在野地里挖野菜，她脸上的忧愁浓如漫天晚霞，她帮我挖，她的野菜已经挖够了。

"我、我说想见开船的，今晚可以吗？"她磕磕绊绊地说，非常信任地盯住我。我点点头。吃过晚饭后，我就跑到江边找光叔，把陆嫂子要见他的事情和他说，他吓得厚嘴唇都哆嗦了，他警告我：我做的事情如若被陆卒子知道，他定是要把我扔进江里喂鱼，我爸也不会轻饶我。我说陆嫂子只是想见见你，她说你像她弟弟。我撒了一个很滑稽的谎。光叔比陆嫂子年长十岁都不止，怎么可能长得像她弟弟？光叔站在甲板上，静静望着江面发了一会儿呆，答应了。晚上八点半收渡后，光叔按照我说的话来到后坡那片稻草垛边等着。陆卒子过了新婚期后，又开始几天几夜外出贩牛马，不过他留了心眼，叫他的大嫂过来和陆嫂子住，替他看人。晚上我到陆卒子家里时，那个也是买来的大嫂没起什么疑心，轻轻松松就让我们出门了。我们来到后坡上时，皎洁的月光把野地照得一片澄明。陆嫂子叫我在稻草垛外等着，帮看人，她和光叔进了稻草垛里。我听不见他们说的任何话，野地一片虫鸣蛙叫，他们大概在稻草垛里讲了半个小时后出来了。陆嫂子叫我帮她把身上的稻草捡拾干净，我们就回家了，我没看见光叔。

那段等待初中开学的假期，我一边忙着准备上初中的生活用品，一边时不时帮陆嫂子给光叔传话，有时候晚上还陪她到后坡去和光叔见面。我不知道陆嫂子想干什么，她已经很久没和我提要回家的话了。

临近开学那几天，我妈带我去县里买被子。在渡船上，她盯住光叔看半天，突然笑起来，用别扭的本地话问："她叔有对象了？"她一问，满船人都朝光叔看，发现他那头长年油腻的齐肩长发剪短了，杂草一样的拉碴胡须剃得精光，衣领上乌黑的汗渍也没了，稍微收拾一下，这犯人还是蛮好看的。光叔很紧张地看我一眼，我转过头，闷闷不乐地盯住有些污浊的江水。这几天我妈和我爸怄气，我爸整日不回家。他在照例进行每月抄电表收电费时，在一户人家停留过久，那户人家只有一个女人领一个孩子在家，男人在砖瓦厂烧窑子，据说在外头有相好，极少回家，巧的是那天她的孩子正好不在家。这事被一个多嘴的女人传到我妈那里，我妈因此多日让家里一日三餐全是她爱吃的野菜。我爸很不满意，借口忙村里的事整日不回家，我的自行车问题因此悬而未决，我妈最多只能做得了买些衣物被子的主，自行车这样几百块钱的大宗事情，我爸说了算。我的自行车问题一直到我上初中三个月后才解决。那时候冬天已经来临了，江水退下去很多，江面越发显得窄小。我每个周末回家看见陆嫂子在熬中药，一进她的家门，就闻到浓浓的中药味。陆卒子时常十天半月不回家，凭良心说，他是个不错的男人，陆嫂子不怀胎，陆卒子对她没有任何怨言，每次出手牛马归来，一大包吃的用的，什么都不落下。回来享几天清福后，又出门了。陆嫂子和光叔依然继续见面，只是他们得等我每周一次回来给他们打掩护才能相见。初中生活的新鲜劲还没过，我眉飞色舞地对陆嫂子絮叨那些新鲜事情，八个人一间宿舍，洗澡时能相互看见彼此初发育的幼小乳房……我哈哈大笑，陆嫂子埋头剥毛豆，偶尔抬头心不在焉地看我一眼。我记得那时候流行一种包头发的黑色网兜，类似如今的网眼丝袜，把头发箍成一个圆髻，罩上点缀有红色黄色细小珠子的头兜，真是好看。陆嫂子就兜这么一个头兜，陆卒子宠她。

进入冬季后野菜渐渐少了，不过我每周就给我妈挖一次野菜，还能对付过去，陆嫂子好像三天两头去挖，而且只挖一种野菜，那片坡地很快就要没有她要挖的野菜了。她把那些细小的幼苗挖回家，种在陆卒子家后园，当成蔬菜一样种养。我们依然在后坡挖野菜，冬季的坡地黄昏一片沉寂，弥漫着清冷的空气。

"陆哥知道了不好。"我说。

陆嫂子知道我说什么，看了我一眼，满眼哀求。

"嗯，我不会告诉任何人的。"我向她承诺，不知道为什么我老是觉得我能够帮助她，并且应该帮助她，即便她做的可能是一件错事。但不久之后我的承诺就变得毫无价值了，我用它换来一辆自行车，很有可能也换来了陆嫂子悲凉的半生际遇。

"我有相好，我想回家。"陆嫂子在这个飘浮清冷空气的野地黄昏第三次说要回家，而我呢，上初中后真是长了不少见识，连"相好"我也弄懂了。

"你是怎么被骗来的？"我问她。

"和亲戚上街，后来就迷糊了。"她的神情很迷茫，努力回忆一件她自己也很费解的事情。

"怎么迷糊了？"我瞪大眼睛问她。

"老是睡觉。"她说，然后一点稀薄的笑漫上她的脸，"我的衣服，那天，好看？我妈做的。"

"好看啊，"我开玩笑说，"什么时候借我穿穿。"

她居然笑起来，眉眼那么好看，她捏捏我的腮帮子："那是要做新娘才能穿的，你想男人了？"

我也大笑起来，说："当初你还没嫁，你不是也穿了嘛。"

她低下头，说："本来就快要嫁的。"

之后我们沉默了很久，直到我们挖够了野菜，我才问她："可你要怎么回去呀？他们不让你上船，你也游不过去的，我们村最会游水的人都没能游到对岸。"

"我有办法的。"她坚定地说，但不肯告诉我她要怎么走。她毫不迟疑的、坚定的表情使我很难过，我被一种即将离别的伤感包裹住了。

那段时间我很心烦，我的自行车还没到手，而陆嫂子时刻准备离去，这两件事情折磨得我寝食难安。我妈教我百般孝顺我爸，可我的自行车依然还没着落。我发现自己成为父母相互抗衡的一颗棋子。我妈以我在这个家里取得衣食，而我爸则通过冷落我来警告我妈不要过于得寸进尺。那段时间我很厌烦见到我父母，每周六回家，我从县城搭车回到乡里，然后渡船回家。从班车上看见沿路骑自行车回家的同学，我伤心得几乎落泪。回到家我基本不待在家里，总是往陆嫂子家里跑。我真担心哪一次去陆嫂子家时忽然就不见她了。还好，老远我就闻到那股浓烈的中草药味，简直令我欣喜若狂，自己都不可思议为何如此依恋她。

我在一次偷窥中发现了陆嫂子和光叔的秘密。有一次周末晚上，我又为他们打掩护时，偷听了他们的谈话。

"很稳的，放心，刀都砍不断，我找的竹子可靠。"光叔结结巴巴地讲普通话，我差一点笑出来。

"我放心的，还要等多久？"陆嫂子轻声问。

"快了，学生放假就好，那时最冷，水枯厉害，江面窄，我知道哪段江面最窄，你等我的话。"

"多谢你，若能回，我定寄钱给你。"

"不要谢了。"

很长一段时间再也听不见他们说话，我从稻草垛里出来，依然站在田埂边上等着她。冬天的旷野很冷，黑暗中我看见一个亮光远远地朝这边走过来，于是大声咳嗽一声，陆嫂子很快就从稻草垛里出来。回去的路上碰见陆卒子打着手电筒，他看见我们立刻笑着迎上来；我有些于心不忍，觉得陆卒子倒有些可怜呢，他对陆嫂子，是真的好。

上初中第一学期快要放假时，我盼望已久的自行车终于到手了，但却是以把陆嫂子推向灭顶般的灾难换来的。

我在一次周末回家的睡梦中大叫几声船，我妈把我摇醒，问我什么船，一定叫我告诉她梦见了什么，她相信解梦。我瞌睡得厉害，禁不住她几次摇晃，迷迷糊糊嘟哝：陆嫂子做了一只船。等我再次回家度周末时，看见一辆崭新的女士型天鹅牌自行车停在院子里，我爸和我妈和好如初，我发现我妈居然戴了一副金耳环，比陆嫂子的小了点。我在梦中泄露了陆嫂子的秘密，我妈（这个讨好丈夫心切的女人）把这秘密告诉我爸，我爸连夜托人四处找回陆卒子，最终大家在稻草垛下找出一张崭新的竹筏。陆卒子在竹筏上淋了汽油，将它烧掉了，但他不打她，却使劲抽自己耳刮子，哭着问陆嫂子到底还想要什么。我爸在这起事件中表现出来的维护自己村民"财产物品"般的行径得到村里人极大肯定，他因此威信增加不少，心情大爽，我的自行车因此到手了，我妈也获得一副金耳环作为奖赏。

陆嫂子始终没说是谁帮她做的竹筏。那年整个寒假，我极少出门，怕碰见陆嫂子。我去过几次后坡，有两次看见她蹲在野地里挖野菜，孤单单蹲在那里，裹一块蓝色头巾。我钻进稻草垛里，静静看她，很想过去和她说说话，悔恨和愧疚却拴住了我的双脚。

三

骨灰盒很小，类似装中药的小柜子，琥珀色，上面雕刻简单的花纹，装在我大如簸箕的布包里。我的布包里有钱包、手机、湿巾纸、水杯、雨伞、钥匙，几根发夹，一包棉签，唇膏、粉盒、眼线笔，还有生理期时要用的卫生巾，此时她跟这些东西待在一起。我如常背着这个超大的杏色棉布包，她的存在并没使我的包增加多少分量。生命原来如此轻飘，生前种种际遇，如花似锦也好，黯然失色也好，都只不过是如今的一把灰烬罢了。我带她回家，她没来过我的家，我邀请过，她一直拒绝。家里很凌乱，地板上的脚印清晰可见。我的丈夫正在阳台上刮胡须，高大的身板把阳台衬得很小。他转过身，脸上带着诚惶诚恐的表情，对我僵硬地笑了笑："这两天我帮你浇花了。"说着他低头看看脚边拥挤的花草。我朝他点点头。他正在等待我签字离婚。嫁给这个拖了个儿子的男人后，他闪烁其词表态，不愿再生孩子了。我吞咽下这个残酷的现实。有时候半夜醒来，我会摸索着爬起来，在黑暗中静静看着床上这个男人，会感到一阵彻骨寒意。现在，这个荒唐的男人居然在四个月前一脸悔恨地对我说，他在外头不小心，他说是不小心，让一个女人怀孕了，那个女人死活要生孩子。他权衡之下，觉得打发掉一个不曾和他有骨肉关系的女人比怀了他孩子的那一位要方便得多。他对我摊牌那天，我居然连生气都没有，没有愤怒，也没有眼泪，一股深重的屈辱感把我压垮了。我点了支烟抽起来，朝他点点头，对他说了一句："让我想想。"一直到现在。他很着急，估计那个外房的肚子已经大得受不了了。我不知道那女人是谁，他们是怎么认识的，多久了，我一无所知，也不感兴趣知道。这段时间以来，那股屈辱感一直沉重地压在我心上，我想等它消了之后再解决掉婚姻里的事情，但它一直不消。我承认，即便他残忍剥夺了我当母亲的权利，但要立刻放下，我一时难以做到，我需要一些时间。他一直小心翼翼地和我说话，并非对我还有一丁点儿尊重，他只是暂时示弱想达到他的目的罢了，他是个内心强硬的男人。他还有一层顾忌，他那位从小一直上私立学校，最后却连个普通大学都考不上的儿子跟我相处相当好，在一定程度上比跟他老子相处默契得多，他可以一个月不跟他老子说话，但会和我说上那么两三句。那是个公子哥，屁股后头整天一帮小喽啰跟着，只差没杀人放火了，某些时候也相当深明大义，这得看他的心情；想一想我得磨多少耐性和隐忍才能和他有这份交情，自己都觉得不可思议。这样的孩子一般是极自私的，如若他知道将会有个孩子和他分享他老子，天知道他会做出什么事情来。假如我愿意，他真是一张不错的牌，只是我不知道这样做有什么意义……眼前这位荒唐先生，婚后两年我们就分床而睡了，我极为害怕深夜醒来后看到身边这个连孩子都不愿跟自己生的男人，各自关上房门之后，彼此的世界就不再相关了，这算不算是某种程度的相互放弃？我想磨一磨这个无情无义的男人，让他煎熬一阵子。

我坐进沙发里，抚摸我的布包，哦，亲爱的女人，此时，我们又在一起了，你却不能再和我说一句话，我对你的愧疚永无机会说出口了。我心里酸楚极了，拎着布包进卫生间，脱掉衣服淋浴起来。我不想在这个变得陌生的男人面前流眼泪，我的眼泪与他无关。我把布包放在卫生间的椅子上，在她面前赤裸。然后，我带她去住五星级酒店，把她放在我的另一侧睡着。带她去省城逛梦之岛，去万达看电影，带她去美容院做美容，到瑜伽馆做瑜伽，到酒吧喝酒，到咖啡馆去喝一杯一百八十元的原味咖啡，还带她去花鸟市场赏花，我摸着布包对她说："喏，我们来这里，你没来过的，我带你来。"我还带她坐在我们这座城市的江边，望着日益污浊的江水默默流泪……

四

陆嫂子欲私自造船偷渡出岛的事情败露后，陆卒子变得谨慎了，把没牙的老爹接回家跟他住，他出去贩卖牛马时，老爹看住儿媳妇。陆嫂子依然悄无声息出门，去菜地、后坡，沿江边捡拾顺流而下的浮柴，老爹远远跟着，像一根看不见的绳子。我依旧不敢去见她，一个寒假过去，新学期又开始了，每周回家，我变得很孤单。我在渡船上都不敢直视光叔，他对我也不像以前那么热情了。我妈也很孤单，那些外地媳妇公然对她表示厌恶，她去码头洗衣服时，远远看见她过去，那些外地媳妇就自觉围成一堆，背对着她。我妈于是极力想融入本地女人堆里，她常常端着她家乡的风俗小吃去几个村干部家串门，和他们的老婆孩子套近乎，那些女人也不待见她，客气里夹杂冷淡，委婉的拒绝姿态端在那里。大家都觉得这些被拐卖的外地女人可怜，能逃出去也是件好事，而告密者令人憎恨……

我看到我妈的难堪，但她极力掩饰。可我无法掩饰我的孤单，我远远跟在陆嫂子身后，她一个人孤零零地在村里行走。她安静，细碎的脚步，脑后盘着圆发髻，整个人透出一种非常安静的气氛，我被她吸引着，远远望着她，从来没感到这么孤单过，那段时间我对我妈简直憎恨至极。一个乍暖还寒的周末，我又到后坡挖野菜，站在一堆稻草垛边上，往那片渐渐泛绿的坡地望去，那里空无一人，偶尔一只什么鸟从干枯的荆棘丛呼啦啦飞起，很快消失在我的视野里，空旷的田野飘浮清冷的空气。昔日和陆嫂子在这片坡地上说笑的情景折磨得我无比伤感。我蹲在野地里好半天，却没挖一棵野菜。直到看见一双灰格子布鞋移到我跟前，我才吃惊地站起来。她安静地站在我跟前，嘴角微微翘着，一个浅浅的笑容挂在她的脸上。我记得那一刻我心里涌起一股强烈的委屈，泪水顿时落下来，她有些吃惊，然后说："不怪你的，你总不来。"我很想对她解释几句，见她真没有半点责备我的意思，只好沉默。

我们又一起挖野菜了。那个春天的薄暮时分，我的孤单渐行渐远，一个内心充满伤痛的女人给予我巨大的慰藉，其实她并没多说什么，她身上的安静和一种静静流淌的力量使我内心获得安宁。

不久之后，我开始在村里听到关于陆嫂子的闲言碎语，男人们像狗捡拾到骨头般兴奋，女人们的态度则暧昧不清，同情、诋毁、嘲讽，外地女人们集体沉默，我妈有些幸灾乐祸。我对她更冷淡了，周末回家就往陆卒子家里钻，她很生气，我一直和她有种说不清道不明的隔阂。

关于陆嫂子的风言风语是这样的：这个因为男人十天半月不在家的寂寞女人，擅长勾搭男人，村里一些成家的不安分男人曾经和她在稻草垛和甘蔗地里苟合，连她两边乳房大小不一都说得一清二楚。这样的风月情事在二十多年前的农村发生是何等骇人听闻，陆嫂子在村里成为一个极神秘的女人，背后总有暧昧不清的目光像狗皮膏药般肮脏地黏着。她更孤单了，偶尔和她搭话的几个外地女人也不再和她走近，我成为她唯一可以说话的人。关于这些流言蜚语，我不置可否，这不关我的事情，我喜欢和她待在一起，就这么简单，不过听见别人在背后议论她，我还是很难过。流言蜚语在村庄里泛滥很长一段时间后，陆卒子才知道，人人都以为这个口袋里塞满钱的男人会把败坏家风的女人好好收拾一顿，然而我们却时常听见陆卒子瘆人的号啕从他家里传出来，然后就看见他满脸委屈出门，脸上濡湿的泪痕未干。陆卒子开始在家里守着女人，常常好几个月不离开村子。但那些关于陆嫂子的风月情事还是不断冒出来，花样不断翻新，陆卒子非常痛苦，他从未动过陆嫂子一根手指头。他开始喝酒，喝醉了不断捶打自己的脑袋哀号，他的哥们儿看不下去了，劝他揍女人，往死里揍，揍牲口那样，不信揍不服。陆卒子拎一个酒瓶子，朝他的杂碎朋友砸过去了。

"买来揍的吗？你们这些牲口！"他醉得双眼血红，脸上没有愤怒，只有委屈和哀伤。这个从小没了母爱的男人，也许是真心想疼爱一个女人的。多年以后回忆起陆卒子当年的隐忍，如若陆嫂子安下心来过日子，也许她的人生将会很圆满，在我认为她处于最糟糕的境遇里时，不知道她是否有过悔意。

一个周日的中午，我们又在坡地见面了，陆嫂子还挖那种我不知名的野菜，一种叶子细长、叶边带毛茸茸刺齿的野菜。我蹲在她身边，忽然有种奇怪的念头。

"你若是我姐，多好。"我望着她，她戴一顶蓝色的毛线帽，和今天大街上那些时尚前卫女孩的装扮一模一样，蓝色衬着她白皙的圆脸，一头黑发缎子般披散在身后，好看极了。那时我脸上正长些令人心烦的青春痘，非常羡慕她那张素净的脸。

"你喜欢，就叫好了。"她说，声音很轻柔地散落在柔和的春光里。我叫不出口，直到她故去，我一直叫她陆嫂子。

"你，为什么那个样子？"我犹犹豫豫地问，我想她知道我指的是什么。她抬头，目光穿越透亮的阳光，跌进坡下那条包裹着我们村庄的叫作右的江里，那条江叫右江。她什么都没说，安静地蹲在阳光里。

"陆哥很好，他不打人。"我又说，隐隐有些同情陆卒子。

"我已经有人的，卖到这里之前。"她说，"我希望他给我回家，我会给他钱。"

我有些难过，不知道怎么安慰她。

"你试试嘛，那个，洗头发。"她好像也不喜欢谈这个，指着坡地边上的稻草垛，我摇摇头。

"在学校，没办法。"我也简单地说。

"你回来，洗一次就好，我帮你。"她笑着说。

"那要脏死，一个星期一次。"我说。

"不脏的，你闻闻。"她说，抓一把油黑的头发捧到我鼻子底下。我还是摇摇头，觉得只有她这样玲珑美好的女人才配得上那样精致的洗法。

因为我和陆嫂子走得近，很多对陆嫂子的事情极感兴趣的好事之徒和我套近乎，想从我这里探听到关于陆嫂子的事情。

他们挤眉弄眼地问："那只小母鸡，怎么个弄法？"

……

上初一第二学期时，我爸当上了村委会副主任，我妈一直没能再给他生个一儿半女，她整日愁眉不展，大把大把烧香，本地的女人渐渐接纳了她，我感觉和她之间的距离却越来越远。我们很少像我和陆嫂子之间那样聊天，就连人生的第一次生理期该怎么做，都是陆嫂子教我的，我妈在无意中撞见我熟练地叠卫生纸护垫，很长一段时间沉默得都不像是她了。她其实很孤独，只是她不肯让我知道，如若她肯把泪水和忧伤呈现给我，也许我们之间的隔阂不会那么大的。在我上初二那年，村里居然开始流传我爸和陆嫂子相好的事情。很多女人幸灾乐祸，一半是看我还会不会去找那个祸水玩，一半是想看看整日把"我孩子爸"挂在嘴边的我妈怎么办。我妈极为平静，只是不爱去串门了，整天在家里收拾家务活。有一个周末回家，睡到半夜时醒来，看见一个黑乎乎的影子坐在我床边，我吓出一身冷汗，在黑暗中迅速向床角缩去。

"小妖，是妈。"那是一声哭腔，我拉了灯绳，看见她披头散发的，满脸的泪痕，我一时不知道该怎么办，心里突然剧烈疼起来。我妈面对我爸的流言蜚语，和陆卒子对陆嫂子的风月情事如出一辙，不拿当事人撒气，而是折磨自己，她动不动就躲在房间里默默流泪。那段时间我第一次觉得我妈对于我来说如此重要，她的泪水和哀伤使我意识到她才是我在这个世界上最亲近的人，彼此无可替代，我们的爱与哀愁如此息息相关。那段时间我周末回家寸步不离跟着她，下菜地，到码头洗衣裳，做饭。然而她的笑容渐渐少了，我无法意识到人生的第一次灾难在向我逼近。我不再去找陆嫂子了，我和陆嫂子的友情遭遇第二次疏远。

第二学期快要放假时，关于我爸的流言蜚语更甚了，对象不仅是陆嫂子，还有几个比我妈年轻的小媳妇；我爸去收电费，小媳妇们就娇了嗔了，我爸在她们的鬐笑之下为她们家减去不少电费……对此我妈充耳不闻，从不责问我爸。那段时间我爸对我妈很客气，劝她多逛逛街，买点儿好衣服穿。她只是盼望周末我能回家，然后带我到县城给我买很多新衣服。我们在渡船上见到光叔，我妈再也不像以往一样对他热情招呼。放假之前最后一个星期，我又像以往乘渡船回家，因为忙于复习，我已经两个星期没回家了。在渡船上，一船的人都看着我，但并未对我说什么。到达村里的码头时，光叔泊好船，叫住我。

"小妖。"他一边说，一边把撑船的竹竿插进江里。江面的水流速很快，又要进入咆哮的丰水期了，水草丰茂的季节，然而，在这个季节，我却迎来了生命中最为严重的一场霜雪——我的妈妈，在一个毫无征兆的早上，带上五百块钱离开家，直到现在还没回来。光叔犹犹豫豫地把我妈离家出走的事情告诉我，我扶在船栏杆上，心里疼得令我无法站稳，呼吸着略带腥味的江边空气干呕起来。

整整一个暑假，我没出门，也没和我爸说一句话，整个人处于一种悬浮般无着无落的虚浮中。我爸把出嫁的姑姑叫回来，叫她陪我，而他四处托人打听我妈的消息。我的姑姑整天给我说毫无意义的安慰话，我很讨厌这个一脸苦相的女人。我被一种深重的悔恨折磨着，我和我妈朝夕相处十几年，我从来没试图去理解过她，从来不关心她内心的伤痛和想法，从来没问她的老家那边还有什么人，她会不会想家，她是怎么卖到我们家里来的，我一概不知。我抱着她给我买的那堆新衣服，就像她的遗物，我连呼吸都是痛的。

初二准备开学时，我收拾好我的行装，乱七八糟地绑在我的自行车后架子上。我爸站在我旁边，除了给我准备学费和生活费，他不知道该帮我做什么。他面目极为可憎，胡子拉碴，衣领也油腻腻的，看谁的目光都慌乱而忧愁。我和他同时都明白了，这个家其实因为我妈的存在而成为家，而我们从没珍视过她，如今，我们失去她了，谁都不知道这个家今后会变成什么样。陆嫂子这时犹犹豫豫走进我家院子，她一声不响站在我身边，站了很久，然后对我轻声说，一会儿去她家里一次。

"去吧。"她说，近乎哀求的口气。这个来我们村庄一年多的名声极为败坏的女人，不知怎么的，我始终恨不起她来。我来到陆卒子家里，这个牛马贩子又喝醉了，赤裸着上身躺在地上。只要他不出去贩牛马，他几乎是以酒为伴，并且都烂醉如泥。

陆嫂子给我做糯米卷，馅是拌了糖的红豆沙。

"吃吧！"她说，把我拉到饭桌边坐下，我坐下了，却无心吃。她陪着我默默站了一会儿，转身进房间拿一把梳子出来，开始给我梳头扎辫子，我背对着她默默流泪。

"我和你爸，不是他们说的那样。"她说，我倏地站起来，扯散她给我扎了一半的辫子，转身走了。

五

上初二后我极少回家。短短一个暑假，改变的事情太多了，我妈走了，我变得爱学习起来，变得沉默寡言。我不和任何一个女同学说话，好几个男同学给我递了纸条。我的个子长高不少，一头长发散乱如麻，也许是心如死灰的缘故，我脸上的痘痘居然不再折腾我，我迅速成长起来，两篇作文上了市报，我对历史尤为感兴趣，几百上千年前的人类一路朝我们走来的过程充满腥风血雨。

"一个人是不是也这样，从出生到死亡的过程充满风风雨雨?"我帮历史老师改试卷时这样问他。那个刚从师范毕业出来，比我们大不了几岁的年轻人从办公桌另一头注视我好长一段时间。之后每周两节的历史课上，历史老师的目光常常会落到我身上。

我爸开始来学校看我了，给我送零花钱，以及每月底所需交的二十四斤大米和二十三块钱的伙食费。我们站在校门口的一棵大叶榕下，有些别扭。

"缺什么吗?"他问。

"不缺。"我说。

"下周回家吗?"他照例这样问。

"不回。"我照例这样回答。

"你妈，还没消息。"他的声音低下去很多。

"我回宿舍了。"我好长时间才回答他。

很多次我进校门都碰见历史老师，他的目光充满关切，常常使我深埋心底的委屈欲喷涌而出。我真希望这一切只是一场噩梦。

初二的第一个学期，整整一个学期我都没回家，偶尔我会想到陆嫂子。除了上课和必要的复习，大部分时间我都耗在历史老师借给我的秦汉三晋南北隋唐宋元明清的书中。放寒假回家时，我才知道陆嫂子被陆卒子赶走了，据说她勾引到大伯哥的头上，也就是陆卒子的大哥，被家嫂拿住了。陆卒子没牙的老爹无脸见人，胳膊弯里绕一圈麻绳，动不动就要上吊。陆卒子再三考虑，叫她卷了衣物走人。光叔在渡船上对我说这些，假如我能早几个星期回来，还能见她一面的。他说他给她两百块钱，那天渡她出去，一船就她一个人，很多外地媳妇站在码头望着她，但没谁和她道别，她走得很高兴，不知道能不能找到回家的路。

我在光叔的船上待了很久，甚至在他的船舱里睡了一个午觉。冬天的江面极为湿冷，我被冻醒了，光叔的被子很潮，散发一股霉味。他的枕头下有一抹蓝色露出来，在杂乱的船舱里像一缕天光一样鲜亮，我拽出来一看，是一顶蓝色的毛线帽子，如此熟悉，还带着淡淡的稻灰香味。

我妈成为我们村第一个离家出走的外地女人，陆嫂子成为我们村第一个被赶出岛的女人。两个和我密切相关的女人相继离我而去了，我被孤独包裹得如此彻底。推着自行车往家里走时，迎面碰见的外地媳妇朝我露出令我厌恶的善意微笑。我在家没待几天，从我爸的衣袋里摸了五十块钱就离开家了。我没地方可去，在街上遛了一圈，又回到学校里。我们的学校其实是在县城郊区，被一大片稻田包围其中，一堵围墙把学校和稻田隔开。在主教学楼围墙外，还有一个很大的荷花塘，如今一池破败，满塘枯槁残荷。单身教师的宿舍就在荷塘往里不远，他们宿舍的后门直接从围墙上开出来，那些上了猪肝色油漆的小木门像一只只忧伤的眼睛。

我记得那天下午的天空灰蒙蒙的，稻田已经收割过了，放眼望去是一片灰白色的稻秆，偶尔一只羽翼黑色的鸟从稻秆中扑腾起来，搅动清冷的空气飞远了。我站在枯败的荷塘边，空虚而哀伤，心情糟糕得无法收拾，泪水肆意横流。

那年我，一个在悲伤中迅速成长起来的少女；我的历史老师，一个性情温和的男人，把我迎进了他的单身宿舍。我在他的宿舍里待了整整一个星期。历史老师是贵州人，离家远，放假也不回去。我们小声说话小声地笑，其实周边宿舍的本地老师早就锁门回城里或乡下去了，因为很快就要过年了。我并不觉得我的行为有什么不对，我们彼此需要，至少我需要他，我多么需要他，他像一个牧羊人安抚受伤的羊羔一样安抚我。

一个星期后，我回家取换洗的衣服。在孤岛般的村庄对岸等待光叔的渡船时，村里很多人朝我含糊地笑。自从我妈离家出走后，我已经习惯这样的笑了。直到我进家时看见一个陌生的腰身细长的女人扫地，我才知道他们的笑已经不再和我妈离家出走有关了。我们互相对望着，我有些惊愕，只是惊愕，没有伤心和愤怒。那个女人对我挤出一个有些不知所措的笑容，我看见一缕怯意夹在她的笑里。

"是小妖吧？"她放下扫帚，过来要帮我扶好自行车，嘿，本地人，不晓得我爸这次花多少钱为自己娶了个本地女人。我把自行车停在屋檐下，我爸这时候从屋里出来了，他变得精神不少，连皮鞋都穿上了，他的表情也和屋里的陌生女人一样，有些不知所措。我离开家的这个星期，他根本就没找过我，也许连着急都不曾有，他完全沉浸在他的新婚蜜月里。腰身细长的女人转身进厨房，我听见她刷洗锅碗的声音，面无表情地进了我的房间。我爸跟进来，坐在我的床边，看我翻找衣服，一会儿他说："她不敢对你不好的。"

"你知道我这几天在哪里干什么吗？"我说。

"你不是去同学那里吗？"他说。

"你知道是男同学还是女同学吗？"我又说。

他半天没吭声。

"我要钱。"我说，站在幽暗的箱子边。他低下头摸索裤袋，然后抬头看我，"你还要出去？"

"我会回来要学费的。"我答非所问地对他说，我感觉再也无法从他那里得到更多的关爱了，也许花钱能让他感觉到我的存在。他给了我五十块钱，我的口袋里差不多有一百块钱，一笔寂寞的巨款。

那年春节我没回家，我把那些钱给了历史老师，我们在他的宿舍过了一个很温馨的年。历史老师还带我到另外一个小县城给我买了一身新衣服，他说过年了孩子要穿新衣服的。我喜欢他把我当成孩子，尽管他每天都会叫我吞服一粒半颗米粒大小的白色药丸，那药会让我早上有些头晕。

大年初一晚上，我们骑单车到大街上，想看看节日的夜晚县城人是怎么过的。

那天晚上很冷，不过还是有很多年轻人，一堆堆聚在一起，看到女孩子就朝她们扔鞭炮，惹得她们发出一阵阵尖叫。她们都穿得很光鲜，像高中生一样的女孩子，和她们相比，我只是一个幼稚可笑的小女孩。我紧张兮兮地拽住历史老师的袖子，惹得他直发笑。我们骑着自行车在大街小巷游荡，甚至窄小的小巷子也没放过，历史老师故意贴着墙壁骑单车，我的双脚几乎就要碰到墙壁上了，我发出一阵阵惊恐而兴奋的尖叫。那天晚上的公园门口热闹极了，张灯结彩，很明亮。那时候的公园还收门票，五毛钱一张，但那晚的公园是开放的，却没有几个人进去。很多年轻人聚集在公园门口，等女孩们经过时朝她们扔鞭炮，很多人站在一边瞧热闹。我和历史老师站在人群外围，我的手插在他的牛仔服口袋里，无论谁看都是一个哥哥带家妹出来瞧热闹的样子。站在人群边上，我有一种奇怪的感觉，似乎被谁盯着，我朝四周望望，没发现一个我熟悉的人。我并不怕被熟人瞧见我和历史老师待在一起，但那种感觉令我不舒服，我的目光在人群中努力搜寻着，终于在一群人的阴影里看见了她——陆嫂子！她穿得很厚，又戴蓝色毛线帽子了，简直不知道她有多少顶蓝色毛线帽子，一条麻花辫子垂在胸前。我们的目光在人缝之间曲折相遇了，我愣了一下，然后穿过人群飞快朝她走过去，我心里犹如有一股激流在流淌，巨大的委屈汹涌而来，那个娇小的女人使我有一种亲人般的温暖。

"你在这里？那个男人是谁？"她劈头就问，亲人一样。

我一把捏住她垂在胸前的大辫子，眼泪扑簌而落。

"你没回家吗？"我抽抽搭搭问她，像找到一个失散的亲人。

"没的。"她简单地说，目光依旧寻找那个和我站在一起的人。我的历史老师不敢过来，担心我碰到家里人。

"你住在哪里，我要跟你去的。"我说，担心会被她拒绝。

陆嫂子把我拽住她辫子的手拉下来，褪下我的手套，我立刻碰到她冰凉的手。

"你怎么不在家，你妈回来了吗？"她没答应我的要求。

"我妈不要我了。"我说，第一次在人前承认这个残酷的事实。

她低下头，抚弄我散乱的长发，然后又往我身后望了一眼。

"他是我的老师，我住在他那里，我不想回家。"我对她毫不隐瞒。她沉默了一会儿，告诉我明天中午我们在这里见面。

那天晚上我和历史老师说了很多关于陆嫂子的事，还把我妈离家出走的事情也告诉他，之前我一直说是和家里赌气出来的，其实他早就从本村的同学那里听说我家的事了。

第二天中午我和陆嫂子在公园门口见面，我手里提着一个塑料袋子，里面是几件换洗衣服，我打定主意要和她住在一起。

陆嫂子的小屋在一条窄小的巷子里，两边是林立的居民楼房，四五层楼高，抬头只见一线天。她的屋子是一栋居民楼里其中一间带卫生间的单间。后来我才知道这是一条在县城几乎是公开的皮肉巷子，没有门路挣钱的农村妇女租下某栋居民楼的某一间单间，为来城里长年务工的单身男人和口袋里有几个退休金的不正经的老男人服务……

我坐在她床边，把我的衣服拿出来开心地甩到床上。陆嫂子瘦了很多，原本就小的脸更小，她戴着蓝色细毛线帽子时，那模样说她是个初一女生都没人怀疑，后来我知道她比我大八岁，那年我十四岁，她二十二岁。她在一个小电炉上给我热饭菜，我看见两副碗筷搁在一张小圆桌上，整栋楼静悄悄的。

"都回家了。"陆嫂子说，给我舀鸡汤。我从床上挪过去坐在她身边，把手伸进她的胳膊肘里。

"我来和你住吧，你做什么我就做什么。"我对她说着梦话。

她把一碗鸡汤递给我，我从她的眼里看出她对我们重逢的欢喜。

"行不行呀？"我吹着鸡汤追问她。

"你要上学的。"她绕到我身后，拿下我的毛线帽给我编辫子。

"放假呀，比如现在。我不想回家，我爸又娶了新老婆。"我说，陆嫂子的双手在我的头上停顿了一会儿。

"那要把书读好，读好才能离开家。"她说。

"嗯。"我埋头喝汤。

那天中午过后，我们躺在她的小床上聊天，她一直问我和历史老师的事情，很担忧的样子。然后对我说，他们那边像我这样大的女孩子结婚的也有，她们是没书读，我有，应该先把书读好，不要急着嫁人。我哈哈大笑，几乎要翻到她的身上了，我说我没想嫁人呀。她一下子坐起来，吃惊地瞪着我。

"我只是住在他那里的。"我说。

"你傻呀你。"她戳着我的额头。

她没让我住在她那里，晚饭过后她又叫我回了，我赌气地收拾散乱的衣服，没跟她说一句话就走了，她紧紧跟在我身后，一直出了小巷子，她才拉住我。她哭了。

"不是不给你住，我那里，不干净。"她说，她很伤心，我一下子心软了。我们在小巷口道别，她不再叫我回家，她知道我一定会回到历史老师那里去的。

很多年后，我对历史老师，这个性情温和的男人依然充满感恩。在他的鼓励下，初二第二个学期我开始非常努力学习，成绩不断提高，此时，历史老师和陆嫂子填满了我的生活，孤岛上的那个家几乎被我遗忘。当初二放暑假时回家，那个女人细长的腰身已经粗壮了很多。

六

婚后，我一直叫这个和我同床共枕七年的男人为大哥，他比我大十五岁，只在他需要我尽妻子之责时，我才模模糊糊感觉到自己是他老婆。我需要他明确的生活目标，安稳地挣钱，有事情时他站在我的面前，我需要这些，我如此害怕一个人面对无常的生活。现在，那种被抛弃的感觉又如此强烈地占据我，这种感觉在我妈离家出走后曾经差一点击垮了我……我软弱的泪水在公子哥面前肆意横流起来，他端一大盘西红柿炒鸡蛋坐在我面前，嘴巴里的吧唧声令人烦躁，板寸头上至少有四种颜色，牛仔裤破洞百出，他二十二岁了。

"操，你流泪有什么用？"公子哥说，"要砍哪个你说！"街痞子的流氓豪气出来了，如此强悍，这个世界如此强悍。我摸摸我的布包，里面这把骨灰，在举目无亲的异地，如何在这个强悍的世界里活着？二十几年来我一直视如亲人的她，她的悲伤和软弱我又理解多少，包括我杳无音信的母亲，如今她们全都在我的生活里消失得干干净净了。

我换了衣服从房间里出来，开始拖地板。我从来不用拖把拖地板，一桶清水，一块旧毛巾或蹲或跪着，擦拭每一个角落每一寸地板。这个一百二十平方米的家，我如此熟悉它的每一块地板砖。我拧了毛巾，流着泪开始擦地板。公子哥蹲在我身边，跟着我往后挪。

"啧啧，"他吧唧着嘴巴，"你老公被人挖了吧？"

我忽地直起身，打掉他手里的西红柿炒鸡蛋盘子。

"我操，信不信老子踹你！"公子哥愣了一下，暴跳起来。

我从地上爬起来，冲进厨房拎了把菜刀，公子哥号叫一声夺门而出了，很狼狈地挂一身破洞奔下楼。

我哭了起来，我其实并不想把他怎么样，我只是想把菜刀拿给他，想看他怎么对我下手，难道可以随便踹人吗？

屋里安静极了，我把她从包里拿出来，放在茶几上。她从来没来过我家，我邀请数次，她不来。我继续收拾家，扫掉碎瓷片，捡起鸡蛋和西红柿，然后继续跪在地板上擦地。这个房子安放了我七年，我不能使她蒙着肮脏和污垢。

"你会怎么办？"我对她说。

"你为什么不回家？"我问她。

"我想回，你说哪里是我家？"我继续流泪。

我在文化单位上班，可有可无的一个小职员，不和谁好，也不和谁不好。很多同事知道我有陆嫂子这么一位奇怪亲戚，没有任何祖宗血源可追溯。在这弹丸般的小县城里，他们知道陆嫂子摆油条摊，实际上是个半明半暗的妓，有好多个固定的老相好，他们亦女儿亦女人地宠着她，每月给她点钱，令她难以置信地在这个混账地方活着，活那么多年。

七

整个初三，除了在学校里，我几乎都在历史老师和陆嫂子那里过，初三的复习特别紧，假期被补课占去大半时间，这倒让我高兴，可以不必回那座令我伤心的孤岛。

一九九五年，我顺利上了中师，我从没想到过此生会有这样的福报，这在我们村成为一件了不起的大事，我爸忽然有了一个四年后将会有国家工资领的女儿。开学时他摆了好几桌酒宴，我却渡船出岛，找那两个和我没有半点血缘关系，却是我生命中不可或缺的亲人。我们在一家贵州人开的小饭馆里吃了一顿颇为丰盛的饭，陆嫂子请的。她在我上中师三年后买了一小套旧房，一房一厅，三十来平方米。她毫无忌讳地告诉我，几位老哥给她凑了点钱，加上她的积蓄买下了。小房子布置很简单，锅碗瓢盆饭桌椅和一张木板床，其他没有了。我摸摸她刚刷了白石灰粉的墙壁，很心酸。

中师毕业后，我和陆嫂子的关系又疏远了。我在离县城差不多一个小时车程的乡镇中心小学当一名音画老师。出来参加工作后，我对母亲的想念几乎和她当初突然离家出走时带给我的打击一样，足以击垮我，我不知道这种无端的想念因何而来，也许来自骨肉的本能。关于她的点点滴滴，她喜欢吃的野菜，她努力要融入这个自以为可以安身立命一辈子的异乡，她费尽心思讨好每一个人，发现她几乎没责骂过我，在很长一段时间，我居然对这个本该感恩的女人怀着莫名的怨气，深重的自责和悔恨折磨得我寝食难安。我无数次回家询问关于母亲的一切相关事情，我爸居然也不知道她老家的具体地址。

"她是陕西人。"我爸背着他六岁的儿子，淡淡地说，我感觉他对我隐瞒关于母亲的一些事情，我们为此大吵一架。有两年时间，我没回过那座孤岛上的家。对母亲的思念使我痛不欲生，我一次次回到历史老师那里寻找慰藉。那段时间我的性情变得连历史老师都难以接受，但他默默包容我。有一次他试探着和我说起我们的婚事，我勃然大怒，告诉他死了和我结婚的念头。一年后他有了女朋友，我很平静地接受了。

我多方打听寻找母亲有四年之久，因为事情过去太久，我打听不到半点音信。我在乡下中心小学当了五年音画老师后，文化馆把我调上来画舞台布景。陆嫂子已经不再炸油条，她在菜市场租一个摊子贩卖莲藕，还和一些老不正经的老头来往。好几次我在菜市场买菜，远远地看见她坐在菜摊子，张望来来往往买菜的人。有一次我隔着老远被她发现了，她连忙抓起几截莲藕穿过人群朝我疾步走来。

"小妖，小妖，你等等，等等呀！"她的呼唤声穿过人缝追上我，紧贴着我的后背，我赶紧钻进人群里，陆嫂子大概不放心摊子，没再追上来。我在人群里偶然回头，看见娇小的她拿着几截莲藕，极为失望地站在人群里朝我消失的地方张望。其实文化馆离她住的地方不远，步行过去十几分钟就到了。我想到当年关于她和我爸的流言蜚语，对她产生隐隐恨意。

这样恶劣的心情一直到我二十八岁遇见我的丈夫，历史老师那时候已经结婚了，我好几年没回家，和陆嫂子也彻底断了联系。我感觉自己就是一座孤岛。我在超市买东西时因为疏忽忘带钱包，排在我身后的男人替我解了燃眉之急。后来他说，他在身后看见我的及腰长发，突然心生爱怜。也许我们初见就在彼此心中为对方定位了，他的情感成分里多半当我是女儿或家妹，而我亦是需要他这样的兄长。当初历史老师于我，又何尝不像是兄长？我不确定自己是否弄懂了爱情。交往半年后，我从文化馆给我安排的一个杂物房里搬出来，住到他那里。我们领了证，但没举办婚礼。公子哥后来跟我说，我看起来很像白痴，也许就是我的白痴相让我这个后妈在他那里勉强过关了。

八

一年前，我和陆嫂子又有联系了，光叔来文化馆找我几次，说陆嫂子想见我，她的身体不太好。光叔一直没结婚，不知道他和陆嫂子怎么又联系上了。光叔站在文化馆门外，他老了许多，依然为村人撑渡。

文化馆外有一株很高大的扁桃树，开满米粒大小的淡粉色小花，刚下一场雨，地上满是落花，很多毛毛虫爬在那些落花上。有一只毛毛虫被我踩死了，涂了一小摊黏糊糊的绿色尸水。

"我在找我妈。"我对他说。

他点点头。"你妈那天走得很平常，像去赶集，我没想到她会不回来的。"他说，"陆嫂子很想念你，她身体不太好，她不敢来找你。"我看了他一眼，突然很烦躁，不明白我为什么要和这些人搅在一起，我们身上相似的孤独和悲伤叠加在一起后被放大了，我不想再和这些人搅和了。

我淡淡地说："我有事情要做的。"光叔默不作声，然后走了。

而一年前，我已经开始为我的婚姻忧心了，我丈夫频频向我说一些无聊的谎言，常常几天不回家。我每天下班回来煮好饭，给他发条信息，回家吃饭吗？他有时回信息，有时候不回，只有我和公子哥吃饭。公子哥似乎也觉察到我和他父亲之间出了问题，但我们什么都没交流，对于这对父子，我有些心灰意懒了。陆嫂子又一次成为在我遭遇生活打击时给予我慰藉的亲人。我再一次走进她家里，我们相互望着彼此，什么都没说，然后她就进厨房给我煮汤圆了。她在厨房流泪，我看见她擦眼泪时抬起的手臂，而我倚在厨房门口哭泣。

我流着泪水吃汤圆，她变得更瘦了，脸色隐隐透出一股黑黄，我看见饭桌上散落几板甘草酸苷片，她说没什么，只是累了，肝气不顺。她静静看着我吃汤圆。

"怎么还不生个娃，也许我还能来得及给你带几天。"她说，她的话触及我的隐痛，使我无暇多想"来得及"是什么意思，我的泪水越发汹涌了。她坐在我身边，拍拍我的后背，有一点责怪我。

"结婚也不告诉我。"她站起来，进房间去了，一会儿拿出来一个红色缎子盒子。"这几年想着给你，你总也不来，以为你过得好忘记嫂子了。"她把盒子放在我面前，我打开看见一条金手链，很精致。

"别嫌弃，嫂子给你的嫁妆。"她笑。这条精致的金手链成为我唯一的嫁妆，不是我的父母给，也不是我曾经身心交付的历史老师给，而是一个在我生命中不知道扮演什么角色，但对我来说无疑极为重要的女人给的。我坐在那张颜色斑驳的饭桌前，把婚姻里的种种委屈和隐忍向她倾诉，她静静听着，偶尔充满温情地和我对望一眼。倾诉成为我以后往她那里跑的主要原因，我无暇顾及她越来越暗淡的脸色和饭桌上越来越多的药片。有时候去她那里，会碰见光叔，也会碰见不同面孔的老人。我敲门进去，陆嫂子就把他们送走了。有一次我见她气色实在不好，也吃不下饭，想起她爱吃的野菜，特意回到后坡挖了一大把鲜嫩的带给她，谁知她一把扔掉了。她有些羞涩地告诉我，这东西吃了怀不上娃的，如今她不需要吃了。我惊讶地看她好久，她说在她们那边，女娃娃来了初潮后，母亲们都会告诉她们这种野菜的作用。

我最后一次见她是在年前，快要过年时，我给她送去一些单位发的福利，糖果饼干、一箱水果和几包粉丝，还有一副喜气洋洋的对联。她安静地坐在饭桌边看着我把东西搬进来。

"过年你能来陪嫂子吃顿饭，比什么都强。"她笑着说。我感到很心酸，不知道这么多年她一个人是怎么过的。但我没法答应她，忍着愧疚跟她开玩笑："你还缺人陪吃饭呀。"她也笑起来。我替她关上家门时，站在门外心如刀割。

我要买年货送回孤岛上的家，还要打扫名存实亡的城里的这个家，公子哥的年夜饭也要做好给他，我一次次忽略了最不该忽略的她，负了最不该负的人。公子哥最近变得很沉默，身后的喽啰们不见了，整天闷在家里，我在家时偶尔会可怜巴巴地瞧我一眼，像只受伤的小兽，还突然迷恋上收集各种各样的骷髅玩意儿，整天奔下楼收快递。他网购了大量的骷髅，木雕的、铁的、铜的，有钢笔帽大小的，也有锅盖大的，挂满他房间的墙壁，他置身那堆不可思议的骷髅当中，一天到晚不说话，只玩电脑。我知道他从我包里拿过钱，每次两三百，五十块也要过。我知道他并不缺钱，他老子对他一向是开口必应的。他好像只是想引起我的注意，指望我能说点什么。我们很久没说话了。

年夜饭只有我和公子哥一起吃，公子哥闷头吃了很多，还开了冰冻啤酒。

"喝一点？"他朝我晃晃酒瓶。我摇摇头。"你们怎么了？"他问我。我瞧着他，也许该告诉他，他已经不小了，这事也跟他有关的。

"你怎么不问问你爸。"我说。

"我问你呢。"他说。我顿时打消了想和他交流的想法，他说话的口气带有不可置疑的优越性。我望了他一眼，埋头吃饭了。我打算吃完后去看看陆嫂子，不能陪她吃年夜饭，陪她看看电视也能给她点安慰吧。然而我还没吃完，光叔就给我打电话了，说我家里出了事，叫我赶紧回家一趟，他已经在河边等我了。

我爸那天脑出血，医院送得及时，捡回一条命，从此半边瘫了。起因是，我同父异母的弟弟年三十晚溺水身亡，我爸受不了这刺激，在江边突然晕倒。他在医院住院的时间倒不长，很快就出院了。他歪唇斜眼，口水横流，然而并非完全无意识。我坐在他身边，他就打盹，我要站起来，他就醒了，费劲地睁开眼睛，朝我颤颤巍巍伸手，拽住我的胳膊；我推开他的手，站起来，他便像坐在麦芒上，使劲扭动他的身体，喊一些谁都听不懂的话，朝我瞪眼睛，我只好重新坐下。我不知道他怎么一下子就黏上我了，继母要给他换掉尿湿的裤子，被他推开了，傻人使蛮力，继母有时候趔趄得要摔倒。不过我也有办法治他，我找根棍子来，在他面前甩了甩，他马上缩着脖子安静了，惊恐地看着我，搭在轮椅扶手上的两只手微微颤抖。他这副样子几乎让我心碎，我们之间冰冻已久的亲情就这样一点点被瓦解了。我爸最多能忍受两天见不到我，两天后他就开始打那些试图靠近他的人，我在单位和那座孤岛之间疲于奔命，城里的家和陆嫂子那里无暇顾及了。

九

直到今天，陆嫂子待在我的布包里，很安静，再也不打算离开我的模样，极像我的孩子。

我打算带她回去一次，这是她的遗愿。她老家的地址我从历史老师那里打听到了。他们是老乡，一些话不便和我交流，但他们之间有交流。历史老师给我提供了大概的地址，在我出发之前又找那边的熟人在贵阳等我，我需要带路的人。

"你知道她为什么不回家吗？"我拍拍我的布包问历史老师。这个性情温和的男人不见老，变得更温和了，结婚后学会了抽烟；如今是教委办的主任，他的妻子是一位县领导的女儿，右脚有些轻微地摆，性子也很温和。临去贵州之前，他送我到车站，抽了几支烟后，开玩笑地说，小妖，你一直是个坚强的孩子，一些人与事，你不一定非得理解，但必须面对。我点了点头。我们在车站聊了好一会儿，我几乎就要放弃这趟行程了，他劝了我，该完成她的遗愿，我只好上车。其实已经没必要再去了，真的没有必要，于她，那里也早已不是能给予她庇护的家了。一路很顺利。从贵阳四个小时到县里，县里三个小时到乡里，坐乡里的手扶拖拉机四十分钟就到一个叫香杉的屯子。顺利，但并不是说路好走，往屯子的路是人工劈出来的山路，司机一路鸣喇叭，好让迎面而来的车提早知道会车，能及时找块稍微宽敞的地儿避让。一路上我在心里不断和她说话，告诉她到什么地方了，如今是什么样子，问她当年是什么样子。我这一路来折腾了三天，因为中途得等车。不知道当年她从这里出发到我们那座孤岛，走了多少天。那时候应该没有这条山路，没有拖拉机，乡里也不知道有没有班车到县里，她走过的是怎样一条路，路上是如何挣扎的，我一无所知。

我让陪我的人在乡里等我，他送我上拖拉机时，犹豫着提醒我，要不要买一点东西去，我摇摇头。他好心地笑了笑。

她的父亲叫李逵，母亲叫韦万芳，他们有一对双胞胎兄弟，脸上是一样的表情，满面笑容，开朗，连额头上的皱纹也是一样的，呈一个横着的川字。看起来他们的日子相当不错，都成家了，每人两间瓦房，一对儿女，媳妇们都相当精明，两个老人单独过，也是一间瓦房，都六十出头了。我在不大的村子里转了一圈，看到两栋夹杂在村子中间破败不堪的茅草房，其中一栋几乎坍塌的屋顶破了一个大洞，另外一栋则倒了一面墙壁，站在屋前看见里面长了杂草。她的两个兄弟跟着，说这都是几十年前的房子了，当年我姐还在时村里全是这样的房子。如今这屋人全到外边谋生去了，家也搬走了，只剩祖坟留在村里。我点点头，问他们，当时你们家穷成什么样子？我知道这样问有些刻薄，但还是忍不住问了。穷嘛，兄弟中的一个说，不然也舍不得我姐去那么远的地方。我默不作声，我以为他们不知道，其实他们知道，只有她不知道，当时。在村里转了一圈后回到两个老人的瓦房里，一大家人围着我。

我跟他们说我是广西来的，她是我的家嫂。

"你说是广西来，我就知道了，这女子竟然摊上好人家。"老妇人很健谈，很瘦，脸上棱角分明，嘴唇很薄，刻薄相貌。我不知道我对她的评价是否过于主观，老妇人上下打量我，大概有我这样的小姑，嫂子过得应该不错的。

"当年她挂了电话到乡里，转好几趟才找到我，那时候嘛，连路都是没有的，不方便。她哭哭啼啼说要回来，我一口回绝了，回来我们拿什么还给人家，兄弟俩要吃饭要上学的。感情这东西，处久不就出来了嘛。"老妇人相当得意，老头蹲在她旁边，一直盯着地面，黧黑的脸像雕塑一样硬，你看不出是悲伤还是高兴。老妇人当年大概认为她是要偷偷逃跑回来的，一口回绝异乡求助的女儿，她于是明白了她的宿命。

"如今她好吧？日子好过也不回来瞧瞧她这些兄弟，忘掉爹妈了。"老妇人说，口气有些埋怨，不过神情是欢喜的。

"好的。"我点点头。坐在我对面的是她那对牵挂的兄弟，他们一直笑着看我，很和善的一对兄弟。我无法想象如若我把包里的她拿出来，这一家人会怎么样。

我没坐很久，留下点儿钱就告辞了。两个兄弟一人一边拽住我的胳膊，说家里的女人把鸡杀下了，无论如何也要吃了再走，我还是坚持走了，我吃不下这样的饭菜。

老头跟着我，暴喝一声，把欲送我的老妇人喝住了，也把我吓了一跳，他一直不怎么说话的。他坚持要送我，其实村子很小，出村口上一个土坡，就可到路边等拖拉机回乡里了。和我站在路口等拖拉机时，老头突然蹲到地上抱头痛哭起来，我从没见过老人这么哭过，我看见他慢慢涨红起来的额头和脖子，不知该怎么安慰他。最后我把布包递给他，叫他帮我拿着，我到路边一块种油茶的山坡地里去了，在里面抽了三根烟才出来。

我得带她回去，她只想回来看一眼，仅此而已，我不知道这两个地方回哪一个对她更有意义。这个地方，自己亲娘亲手把她卖掉的地方，她只想看一眼，或许，她不愿意再回到这里。

我从老头手里拿回我的布包，拦下一辆拖拉机，上去了。老头踉踉跄跄跟着追几步，朝我挥挥手，我也朝他挥挥手。

我们不再回来了，我们永远在一起。我对她说。

十

回到家时，我发现衣橱里少了好多我丈夫的衣服，我突然感到一种尘埃落定般的轻松，从此就我和她，也挺好。我平静地走进厨房，想给自己下碗面条。我敲敲公子哥敞着的房门，那里头又增添了不少骷髅，好笑的是他居然弄来颜料，给那些骷髅一律涂抹上阴森森的暗绿色，不知道他为什么这样做。他转过皮椅，面对着我。

"吃面吗？"我笑着问。好吧，我们即将不再是一家人了，应该客客气气的。

"吃吧。"他点点头。

我进了厨房。我们的厨房装的是欧派橱柜，姜黄色的，不过我并不喜欢这个广告，没那么简单的。

我烧开水，把清水面放进去，水再次开时把面条捞出来放进清水里。再重新烧水，水开时把打散放了调料的蛋花放去，面条放进去，切了葱花末，起锅前放进去，一锅香喷喷的鸡蛋葱花面条就好了。我自己盛了一碗，端到客厅，公子哥从卫生间出来，我听见马桶抽水的声音。

真好，能吃能拉，这孩子不用愁的，青春期叛逆，很正常。

我看见他从卫生间出来，我顿时僵住了，他手里拿着那个油亮的琥珀色盒子

——她待的盒子——公子哥端在手里，盖子打开，朝下在手上磕了磕。

"你包里的这盒子好看，赏我吧，装我的骷髅们。操，里面是什么鬼粉，你擦脸的散粉吗？一盒骨头渣子！"他朝我晃晃盒子。

我端着面碗，感觉有种急速向下坠的眩晕。

"东西呢？"我无比虚弱地问，抱着一丝希望。

"倒了，马桶抽水冲了。"他说。

我手里的面碗应声落地。我失魂落魄地进了房间，坐在床边。我发现膝盖上的两只手神经质一样抖起来，我握紧了双手，整个人却抖起来；我使劲用双臂把自己箍紧，身体却疼起来，说不出具体哪里疼，手、脚、眼睛，或者别的什么地方，那疼令人五脏俱焚。我有种想呕吐的感觉，冲进卫生间，马上又冲出来，跑进厨房，埋在洗碗槽里红头涨脸地干呕。

我觉得无法再在这个家待下去了，一分钟都不愿。我找来皮箱，心急火燎地收拾衣物。我发现我的东西其实很少，一口皮箱装满，一个大纸袋装进去几双鞋，这个家几乎就没有我的痕迹了。

阳台上那些花暂时无法带走，不过我不会丢下它们的。

那只空骨灰盒我也带走了。

我搬了两次才把皮箱和纸袋搬到楼底下。

是的，我回到了陆嫂子留下的那套小房间里。她的衣物，她用过的饭碗筷子，喝水的杯子，饭桌上散落的药片，都在。我在阳台上发现几团她的头发，她把落发卷成拇指大小的小团子，塞在一个割开了口子的矿泉水瓶里，有好几卷。握着那只矿泉水瓶子，我身上的痛才一点点散去。

我开始收拾房间，把她的衣物收起来，整理好放进我的皮箱里，然后把我的衣服挂进她的衣柜里。这里将暂时是我的家了。

我给我的丈夫发了条信息，告诉他我已经搬走了，若他愿意，随时可以解决他迫不及待想解决的事情。信息发出去后，我感到一阵钝疼从心底蔓延而来，我们无能为力的事情宛如数不尽的忧伤。

夜晚已经来到阳台上了，我打开屋里所有的灯火，还感觉有些昏暗，我打算明天换瓦数更大的节能灯，使屋里更明亮些，尽可能照亮那些阴暗的角落。

我进了厨房，开始准备我们的晚饭，我觉得她依然存在于这间房子里。她叫李寻暖，享年四十四岁。

| **创作评论** |

陶丽群的小说有两个突出主题：一是关注现实人生，展现底层生活及小公务员的情感经历；二是书写心灵诉求，描述城市化进程中农民受到的精神创伤，呼吁维护孩子们的纯真心灵。

陶丽群不仅追求小说主题内容的丰富性和多样性，在小说形式和技巧方面，她亦有用心。擅用延迟手法制造情节矛盾，突出人物形象，这已成为陶丽群小说鲜明的艺术特色。

——李晓鸥：《陶丽群小说的主题内容与艺术特色》，《南方文坛》2014 年第 4 期

| **作品点评** |

令我印象尤为深刻的是《寻暖》。这篇小说里，本无血缘关系的陆嫂子和"我"结下了深刻情谊，这情谊固然分分合合屡经起伏，却终究构筑起两位孤苦无依、内心叛逆的女子心中底线般的依靠。两个女人的命运间，其实存在着时间逻辑层面上的互为映射关系：陆嫂子是被拐卖来的外地媳妇，而"我"是早前另一位被拐卖来的外地女人的女儿；在此地惯常的经验中，陆嫂子本该慢慢适应这里的生活、生下另一位像"我"这般混带着异乡血统的后代，然后慢慢变成一个从内到外的本地人，或许有朝一日，还会替自己的儿孙继续买来那些哭哭啼啼、试图逃跑的外地媳妇。

而在时间推演的终点，当陆嫂子的骨灰交递到"我"的手里，两代女人之间

终于完成了某种无关血缘却胜过血缘的命运传承：她们要"难以置信地在这个混账地方活着，活那么多年"，并如陆嫂子原初姓名所暗示的那样，在举目无亲的世上日复一日地"寻暖"，带着无望之望、悲哀而又执着。

  ——李壮：《在苦痛中渴望爱——论陶丽群的中短篇小说创作》，《文艺报》2017 年 10 月 13 日第 5 版

  陶丽群的另一力作《寻暖》或许能作为母亲心路历程与日后遭际的一个参考。《寻暖》是《母亲的岛》的姊妹篇，两位被拐卖的妇女亦以出走的形式表达了对于不公命运的决绝反抗，其中一位是母亲，另一位是陆嫂子。

  ——吴天舟：《在知识分子视角与民间立场之间：读陶丽群的小说》，《南方文坛》2018 年第 3 期

龟龄老人邱一声

李约热

邱一声是我们野马镇年纪最长的老人，七十岁的时候，他的儿子阿牛跌河死了，从那时起他开始失忆。野马镇的人喜欢跟他对话，他们问他今年高寿，他永远都这么回答：今年七十。

他因长命而受人尊敬。

他不知道自己的岁数，他的岁数，由像我这样衣食无忧、整天无所事事的人惦记着。他每活过一年，我就在心里说，邱一声又长了一岁。我还学古人结绳记事，在我家的横梁上用毛笔画黑杠——九十几道杠，邱一声的年龄，把我家的横梁涂成非洲的斑马。

与野马镇相邻的九渡镇、百旺镇，还没有一个人能活到他这个岁数，有这么一个长寿老人活在自己的地盘上，野马镇的人都觉得脸上有光。

儿子刚死的那几年，他被当成野马镇的累赘，只有修自行车的张权一个人去照顾他，张权是他拐了七八个弯的亲戚，他不去照顾，就没人去照

作者简介

李约热（1967—），原名吴小刚，壮族，广西都安县人，《广西文学》副主编，广西作协副主席。短篇小说《青牛》获《小说选刊》（2003—2006）优秀小说奖，中篇小说《涂满油漆的村庄》获第二届《北京文学·中篇小说月报》奖，短篇小说《你要长寿，你要还钱》获《民族文学》（2015年度）小说奖，中篇小说《戈达尔活在我们中间》获第五届广西文艺创作铜鼓奖，小说集《涂满油漆的村庄》获第六届广西文艺创作铜鼓奖，中篇小说《一团金子》入选中国小说学会"2008中国小说排行榜"。有小说集《涂满油漆的村庄》《火里的影子》《广西当代作家丛书·李约热卷》，长篇小说《我是恶人》《侬城逸事》。

作品信息

原载《作家》2016年第3期，收入《2016中国中篇小说年选》（花城出版社2016年12月出版）。

顾了。没想到，野马镇一场长寿比赛从此开始，跟邱一声一样岁数的人，一年走几个，很多老人倒在了这场比赛的路途上。邱一声九十岁的时候，人们醒悟过来，这才把他当成手心里的宝，自发地担负起赡养他的义务，每户一天循环反复，负责他的吃喝拉撒。我也是从这一年开始在我家的横梁上画黑杠，我一口气就画了九十道杠，以后他每活一年我才画一道，这样一来，这些黑杠的颜色深浅全都一样。

不管怎么说，邱一声终于熬成野马镇的骄傲。

很长的一段时间，野马镇的人喜欢谈论邱一声的饭量，喜欢吃的菜，睡觉打不打呼噜，等等，还因为这样的话题，发生争吵。

董志国说邱一声喜欢吃肉。董志国是一个屠夫，轮到他照顾邱一声的时候，随便拣些碎肉，就能对付邱一声的一日三餐。

蓝伏龙说邱一声如果喜欢吃肉，怎么会长寿？他喜欢吃素食，青菜拌火麻，他吃起来比什么都香甜。蓝伏龙是个菜贩子，经常拿青菜拌火麻煮给邱一声吃。我不是买不起肉，只是邱一声太喜欢我煮的青菜拌火麻了，有一次我煮肉给他吃，他竟像小孩那样哭了起来。他说。

董志国不服气，轮到他照顾邱一声的时候，炖了一锅肉，邱一声吃了一碗又一碗。董志国夸张地说，要是我不拦住他，他一顿就能把那锅肉吃完。这话是对蓝伏龙说的。他说你讲假话，他哪里哭了？看见我煮肉，他还说，放八角。他口味很重。

蓝伏龙是个老实人，为了不给人留有抠门的坏印象，轮到他照顾邱一声的时候，也煮了一锅肉。整个过程董志国一家都在场，蓝伏龙希望邱一声看见碗里的肉时，也像上次那样，号啕大哭，如果董志国一家有良心，他们会主动到处传播——董志国负责跟猪肉行里卖肉的和买肉的说；他老婆负责跟街头巷尾那些喜欢嚼舌头的女人们说；野马镇有一百个小孩，董志国的小孩是个孩子王，从他嘴里传出去的话，就是小孩堆里的最高指示——这样一来，他抠门的名声就去掉了。

在邱一声家的菜板上，蓝伏龙把肉剁得山响。他有一点私心，因为他同时也准备了青菜和火麻，如果邱一声听到剁肉的声音哭了起来，他马上换菜。他们一家不喜欢八角的味道，等到煮熟后才换成青菜，这肉基本上就算浪费了。

蓝伏龙一边剁肉一边观察邱一声，他坐在椅子上睡着了，嘴角挂着一条亮晶晶的口水。蓝伏龙越剁越狠，想把邱一声剁醒，竟把邱一声家薄薄的菜板剁成两半。

董志国在一旁说，蓝伏龙，其实你应该当屠夫，空有一身力气，不当屠夫可惜了。

董志国说得对，在野马镇当屠夫，得有一身蛮力，如果一个人不能扳倒一头大肥猪，基本上就得远离这个行业。蓝伏龙精瘦，看起来不能当屠夫，没想到在邱一声家他手起刀落，竟被董志国看出了当屠夫的潜力。

蓝伏龙说他老人家牙不好，肉剁碎点好消化。

他又在讲假话，邱一声的牙好得很，很多人认为，他之所以长寿，是因为有一口好牙。

董志国厚道，没有在牙齿的问题上跟蓝伏龙纠缠，他一直在等蓝伏龙煮肉。他要让事实证明邱一声之所以长寿是因为喜欢吃肉。

蓝伏龙洗锅、生火，每一个环节都弄出很大的动静。董志国的老婆和孩子瞪大眼睛，这个卖菜的蓝伏龙，不就是煮两斤肉吗，用的力气像在煮一头猪。

火烧起来了。不一会儿锅里的肉开始冒香味，邱一声没有马上醒过来。蓝伏龙抓了一把八角要往锅里扔，被董志国拦住，董志国说你想苦死他老人家吗？他掰开蓝伏龙的手，拣了一朵八角。就放一朵。他说。

蓝伏龙往火灶里加柴火，火苗舔到锅盖上面。锅里很快沸腾起来，水蒸气噗突噗突地往外冒，可惜屋里没有风，香气传到邱一声鼻子边的时候已经很淡。蓝伏龙找来一把扇子，朝邱一声的方向扇风，这个方法果然奏效，邱一声这个失忆的老人，这个永远都停在七十岁的老人，被一阵浓浓的八角香味熏醒了，他咂巴嘴唇，说的第一句话就是：拿碗来。

董志国的老婆和孩子摇摇头，哼了一声，就出去了。他们懒得待在这里，他们想尽快去跟野马镇的人报告，蓝伏龙说的是假话，邱一声如果不喜欢吃肉，能活到今天？

看着邱一声大口大口地吃肉，蓝伏龙的情绪有点失控，他朝邱一声喊：上次你怎么哭了，好像看见我在碗里放了毒药一样。他的吼声没有吓住邱一声，邱一声低头吃肉，根本不理会他。

董志国厚道，他没有看蓝伏龙的笑话，而是替他开脱，董志国说火麻跟肉一样贵。

火麻在外面卖得很贵，在野马镇卖得不贵，董志国拿北京火麻的价钱替蓝伏龙开脱。蓝伏龙当然不满意。不是钱的问题，而是关系到自己抠门不抠门的问题。

董志国说，你不要太认真，上次是上次，这次是这次，不能说明什么问题。在野马镇，如果你拿一件事情，来证明其他的事情，到头来苦的是自己。这个道理，我们杀猪的人懂，你们卖菜的未必懂。

董志国的话让蓝伏龙摸不着头脑。为什么杀猪的人懂，卖菜的就不一定懂呢？蓝伏龙来找我——野马镇的第一号闲人，问我董志国的话到底有什么样的含义。我对邱一声喜欢吃肉还是喜欢吃青菜一点都不关心，一个失去记忆的老人，他哭也很正常，喜欢吃什么不喜欢吃什么也很正常。俗话说人活六十，过一年算一年，人活七十，过一天算一天。照此推算，人活八十，过一个小时就算一个小时，人活九十，过一秒算一秒。邱一声是活过一秒算一秒的人了，他有什么举动都很正常。我想起我家横梁上密密麻麻的黑杠，画一道上去，多么不容易啊。

我说，大概董志国觉得他见的世面多呗。

屠夫肯定比卖青菜的有想法。我当时这么想，但没有这么说。在野马镇，屠夫屠宰牲口的时候，嘴里都得念叨：天杀你地杀你不是我杀你。就是死后，超度的方法也跟其他人不一样：那把屠宰的刀，得跟供品放在一起。神仙要是追究，就追究刀好了，躺在棺材里的人，该去哪里就去哪里。想一想，一个屠夫，他每天嘴里有"经文"，死后案前有屠刀，想得能不复杂？万一神仙真要追究……

蓝伏龙说我明白了，董志国大概觉得自己高人一等。

我说你可以这么理解。

蓝伏龙说天天杀生死后下十八层地狱，还高人一等？

我没有说话。

蓝伏龙追究的是董志国凭什么比别人高人一等，我打发他走之后，想的却是董志国的话：不能拿一件事情，来证明其他的事情。

这又回到了邱一声在上次蓝伏龙照顾他时为什么会哭的事情上面。他之所以哭，可能跟吃的一点关系都没有。蓝伏龙在这件事上认真了一回，弄得自己很受伤。

前面说过，在野马镇，我是一个整天无所事事的人。我仗着父亲留给我的一大笔钱，衣食无忧，喜欢做的就是读书。平日里，我捧着一本书，在楼顶上晒太阳，书也不是什么深奥的书，一些章回小说、一些武侠小说——这辈子我就指望它们打发时间，因为喜欢看书，我显得比野马镇的其他人稍稍有一点文化。

我为什么有闲情逸致把邱一声的年龄刻在我家的横梁上面，而不是顺手刻在触手可及的柱子上面，这下你明白了吧——我把邱一声又活一岁，当成又看了一章章回小说。

我家的横梁很高，要将邱一声的年龄刻在上面，得用很高很高的梯子，踩着高高的梯子爬上横梁，很有仪式感，就像有新的工程开工，领导喜欢去剪彩一样。这样的事，除了我野马镇没有第二个人会去做。

当然，我这么做也有一些野心，或者说有一个期望，我期望也能跟邱一声一样长命，等老的时候，坐在横梁下面的椅子上，数着过去的邱一声、现在的自己的岁数，像爬一道一道楼梯，确实是一件很幸福的事情。

邱一声每长一岁，我就多一份念想，就多一份压力，我三十五，还有六十年，才够得着他——我也就是活得不耐烦了才这么想，野马镇的其他人不会这样。他们在为生计忙得焦头烂额、屁滚尿流，十五岁的人干二十五岁人的活，五十岁的人有六十岁人的心事。

现在，我琢磨屠夫董志国的话，不能拿一件事情去证明另一件事情。这让我觉得野马镇藏龙卧虎。我接下来要做的事，几乎就是为了证明董志国讲得对还是不对。

那天，轮到我去照顾邱一声。前几次我都是给钱让别人顶替，那段时间我也是闲得没有章法，书看不进去，野马镇也没什么让我感兴趣的事发生，我突然就想去照顾邱一声一天。看看跟长寿老人一起生活到底是什么样子。为了显得跟别人不同，我做了精心的设计。我不能像董志国和蓝伏龙那样，在邱一声到底是吃肉还是吃青菜的事情上做文章。我想在我照顾邱一声那一天给他过个生日，也就是做寿，所有的街坊一家来一个人，热热闹闹吃顿饭。在野马镇，一个老人七十岁以前，生日必须过在出生的那一天，可以是农历，也可以是阳历，八十岁以后就不同了，只要过在出生的那一个月就行。九十岁以后就不那么严格了，想哪一月过就哪一月过，想哪一天过就哪一天过，甚至想过几回就过几回。

我把我的想法跟张权说了，他一个人照顾邱一声那么多年，什么怨言都没有，大家都佩服他，街上的红白喜事都由他张罗。他是野马镇谁家都离不开的人物。我们这里有一个好处，不是谁钱多就听谁的，谁家里有人当官就听谁的。如果谁钱多就听谁的，那我说话就算数了。如果谁家里有人当官就听谁的，那老李是副镇长，可街上的人每一个都不尿他，他生活作风不好，老被人告。

张权说这样不好。如果你给你妈妈做寿我不反对。你给邱一声做寿，就不妥了，这样显得你很有钱是不是，大家都缺钱，你看一看，这些年有哪一户人家大操大办给家里的老人做寿？再说了，你有钱，那是你爸给你留下的。你爸短命，他留给你的钱是拿命换来的。他为什么短命？就是因为这些钱。你拿他的钱去给邱一声做寿，不合适吧。

既然张权把我爸抬出来，我不得不说一说我爸。有时我甚至这么想，邱一声为什么那么长寿，是因为有我爸这样短命的人——他们把自己的岁数贡献出来，让别人替他们活。我这样想其实也没有什么道理。人就是这样，不是每一个想法都合乎道理。虽然不合乎道理，但是你还止不住经常这样想。

我爸对人好，他开矿，每死一个人，其他矿主给一万，他给三万。野马镇的很多人都跟着他干，有人护矿，有人挖矿。挖矿的得有力气，护矿的得心狠手辣，可以这么说，那几年，野马镇几乎有力气的和心狠手辣的人都跟着我爸干。矿上每年都死几个人，有时是心狠手辣的死，有时是力大无边的死，我爸一视同仁，每人三万，没有一个人来闹。没人来闹，什么事都没有。但那一回事太大了，坑道透水，二十几个人被困在里面，凶多吉少，我爸慌了，第一时间就报告给政府，政府慌了，想捂住，要让我爸出钱私了。人还在坑道里生死未明，坑道外边，我爸就把二十几个矿工的家属找来，讨价还价。有些家属愿意讨价还价，有些家属嚷着应该先救人。如果救人，肯定就得往外张扬。我爸和政府都不愿那样干，钱就出得很高，每人十万。几乎所有的家属最后都同意了，签字画押后将钱领走。没想到一个小女孩对着矿井喊了一声爸啊，她妈妈就反悔了。扔下十万块钱就跑。事情就这样捅了出来。结果是二十几个矿工死。我爸被枪毙。县委书记被枪毙。因为是全国第一例，野马镇那一带的所有窿道，全部用水泥封死。

我不愿意说这些事情，因为野马镇出了这样的事，打那以后全国的报刊电视对矿难的报道就多了起来。

不说我爸了，还是回到要给邱一声做寿的事情上来吧。我真的很想给他做寿，甚至想把时间定在我爸死的那个日子，有人死了，有人长寿，大家都还乐和乐和，这就够了。我以为我把这个想法跟张权说之后他会赞成，没想到他一口否掉。我爸的钱就是我的钱，他短命也好长寿也好，都是。不就是街上的人一起吃个饭吗？

既然张权不同意，那也就算了。

这样一来我还有必要去照顾邱一声一天吗？

还是去吧。平时我的日子过得很虚，我得让我的这一天过得实实在在。但是只看他喜欢吃些什么，睡觉睡得好不好，我又心有不甘。问题是我不喜欢开动脑筋，我爸留给我这么多的钱，换了谁谁都不愿意开动脑筋。如何照顾邱一声，我不知道该怎么办。

这时候我弟回来了。我爸被枪毙之后，他跑到云南开矿，做得几乎跟我爸一样。他比我还爱我爸。我爸死时他哭得死去活来，我不是，二十几条人命，加上以前死去的那些人，我爸死得不冤，其他的人才冤。前面我之所以说他好，是因为别的矿上一条人命一万，他给三万。

我弟回来后我跟他说我要去照顾邱一声的事，他很冷漠，说这样的小事不必跟他商量。我爸死后他就这样，什么事都喜欢用钱去砸。这样一来，跟谁都生疏了。他这次回来要把我妈接去云南，我妈也愿意。他们都把野马镇当成伤心的地方，都想这一去就不回来了。我没有反对。我们家在这里有那么多条人命，我妈在这里一天，就多一天煎熬。她跟我弟不同，我弟是哪里让他开矿，哪里就是他家。我妈是哪里能让她心安，哪里就是她家。我跟他们又不同，我不想挣钱，那些人命是我爸欠下的，为此他抵了自己的命。在野马镇我没有欠谁的，所以我希望我像邱一声一样长寿。

我弟带我妈走没几天，我就去照顾邱一声了。

蓝伏龙和董志国都认为我照顾不了邱一声。蓝伏龙跟我说怎么煮饭怎么煮菜什么时候生火灭火熄灯睡觉之类的，这些我都懂；董志国讲的我比较感兴趣——他给我透露一个秘密：邱一声是野马镇的活化石，别看他失忆，他偶然张开嘴巴，全是野马镇的事，而且年代越远，则越清楚，越惊心动魄。这下我来了兴趣，听邱一声说过去的事，不管是真是假，都很有意思。董志国还说，他长寿，但是他儿子老婆都没了，你有钱，但是你爸没了，两个人肯定有很多共同的语言。这个董志国，别看是个屠夫，说的话还有点水平。这是我一直不敢小看野马镇的原因。

为了听邱一声讲过去的事情。我决定照顾邱一声十天。我叫我们家以前的司机方老虎把我家的大冰箱搬到邱一声家，里面塞满了鸡鸭鱼肉和青菜。张权说，你照顾他十天，你是痛快了，但是却坏了一户一天这个规矩，很多人不干。我知道那些人想些什么，很多人照顾邱一声的目的是"修阴功"，也就是通过做好事为自己的来世修些福气。我说，他们修来世，我还想修现世呢，佛说了，修来世重要，修现世更重要。其实佛是不是这样说我也拿不准。张权一听我说佛，他就头疼，赶紧走了。他不信佛，也不看低佛，也不骂佛，他和佛各走各的道。出门前他说，那我去做一做他们的工作，难得你"修现世"。你愿意修现世，我就让你修个痛快。

以前光记得在横梁上给邱一声画上黑杠杠，还真没好好琢磨他这个人。他到底是个什么样的人呢？这样一想我慌了，我跟邱一声一起在野马镇生活了三十五年，他是怎样的一个人我竟然不知道。

前面说过，野马镇的人在照顾他的时候，喜欢跟他对话。我问张权，在照顾邱一声的时候，他们都跟他说些什么？张权说，有些人拿他当开心玩具，问他到底有几个女人。有些人一边照顾他一边骂人，把自己的不愉快全骂出来了，有些人一边跟他说话一边哭，还有骂他的呢。张权说。

骂他？

活了九十五岁，难免会有得罪人的事。

还挺热闹的，这个邱一声，他在给野马镇的人"修来世"提供方便之外，还分别充当了以下几个角色：

一　消遣

拿他当娱乐对象的主要有阿明、阿卫、阿三三兄弟，他们三个人是一个娘生的。要说他们三兄弟可真不容易，阿明瘸腿，是我们小时候的开心果。那时候全民唱样板戏，连阿明这样的瘸子也得上场。唱《平原游击队》，有一个难度很大的转身动作，唱词是"夺取机枪早下手"，其他社员一转身就转过去了，阿明不行，他一转身，整个人就垮了，得用手撑住地板，才站得稳，喜剧效果非常明显，每次唱样板戏，我们都等"夺取机枪早下手"这一场。看着阿明痛苦地转身，我们笑得非常开心，因为这样，他的两个弟弟，成了我们的死对头，他们一看见谁笑他们的哥哥，就疯了似的扑上去。往往是一场戏没演完，阿卫和阿三就在台下跟我们扭成一团，两个对十几个，他们被打得鼻青眼肿。明的打不过，他们来暗的，在下大雨的晚上，他们背一口袋的小石头，跑到岭上，砸仇人的屋顶。乒乒乓乓，被砸的人家以为下冰雹……

这是小时候的事情，长大以后，哥仨的命运也好不到哪里去。阿明开始修单车，手艺是野马镇最好的，后来收购废铜烂铁，就变成了销赃犯。镇上的变压器被偷，公安来查，在他家发现变压器的铜线，把他给抓了，正好是"严打"，被判了八年。他觉得冤，一有机会就跑，一个瘸腿的人，怎么跑得了？他的刑期从八年变成十年，又从十年变成十二年，最后十二年变成十四年，回来时，人就老了。

弟弟阿卫唱歌很好，高中毕业进了县文工团的学员班，等着成为国家干部。在县文工团，他除了上台表演节目，还负责在领导吃饭的时候唱歌助兴，领导叫唱什么歌他就唱什么歌。领导在酒桌上叫他，阿卫，来一首《祝酒歌》，他马上"美酒飘香啊啊啊啊啊啊歌声飞，朋友啊请你干一杯请你干一杯"。领导说阿卫，唱一个《妹妹找哥泪花流》，用女声唱，他就模仿李谷一的声音"妹妹找哥泪花流，不见哥哥心忧愁"。没想到阿卫还能唱女声，领导像哥伦布发现新大陆一样兴奋，后来在酒桌上，他们都不叫他唱男声了，专门唱女声。后来在舞台上，他们也不让他唱男声了，专唱女声。搞得全县人民都知道文工团有一个能人，唱女声唱得很逼真。在舞台上，为了配合自己的声音，他穿花衣服，衣服里塞两个气球，一出场，就笑翻全场。他以为这样很快就能解决饭碗问题，没想到一次演出的时候，他用女声唱《我爱你中国》，唱到一半就唱不下去了，这首歌调太高，他一个男人，憋着个嗓子，突然间痛苦得不停地搓喉咙。他张嘴，啊——啊——啊，声音沙得让自己害怕。

他的嗓子破了。

他在观众的哄笑声中下台。回到宿舍找糖水喝，找醋喝，以为睡一觉后嗓子又能恢复，但是嗓子并没有按他希望的那样恢复，他唱不了了，不仅女人唱的歌他唱不了，男人唱的歌他也唱不了，还变成一个破锣嗓，讲话声音像拿竹枝扫街。

县文工团哪里容得下一个唱不了歌的人，他没有等到变成国家干部，就被辞退回野马镇。

小弟阿三不干，他跑到文工团骂领导，我哥喉咙坏了，都是你们害的，他明明一个男人，你们硬叫他唱女人的歌，喉咙不坏才怪。他以后的生活，你们得负责。文工团也还讲些情面，县里拨了一笔钱给他们买乐器，三千块钱，领导冒着被查处的危险，全部交给了阿三。当时三千块钱是一个不小的数目，阿三这才作罢。

阿三后来说，我大哥吧，当年不想上台唱戏，被逼着上。我二哥吧，做梦都想上台唱戏，最后变成个破锣嗓。我的两个哥，跟舞台有孽缘。

有一阵子野马镇填池塘建房子，需要大量的泥土和石头，把舞台挖掉是最便捷的办法，阿三比谁都积极，几乎一个人就把野马镇的三个舞台都挖掉了。

兄弟三个人在野马镇相依为命。做什么事都喜欢凑在一起，就连照顾邱一声这样的事情，也是三个一起上。

听张权说，他们照顾邱一声的时候，喜欢叫邱一声给他们唱歌，一个大盆里装满米饭和肉，阿明说，老爹——野马镇的人把邱一声叫作老爹——老爹，唱一个"夺取机枪早下手"，邱一声就一拍椅子咿呀呀唱了起来，唱的虽然不是"夺取机枪早下手"，而是野马镇一带的山歌，"妹莫忙，妹莫忙，哥哥等你做新娘"……阿明很满意，一口肉就喂到邱一声的嘴里。

而阿卫呢，就是让邱一声唱女声，邱一声哪里唱得了，阿卫就喊，唱啊，你唱啊，不唱就不给你吃。他把一盆米饭和肉拿得远远的，邱一声一唱还是男声，他不满意，说，来，我来教你。他的破锣嗓，哪里教得了邱一声，于是，邱一声家响起奇怪的歌声，平日里好听的歌声，在阿卫的喉咙和邱一声的喉咙里，变成破槌敲破鼓一样的渣渣。

阿三对唱歌不感兴趣，他叫邱一声坐在一个矮凳子上，自己坐在高凳子上，学着公安审问犯人的样子跟邱一声对话：

姓名？

邱一声记不起自己是谁，摇头。

性别？

邱一声说男！

阿三说还记得自己是个男人，不错嘛。家住哪里？

邱一声摇头。

你知罪吗？

邱一声说小的知罪。

何罪之有？

操你娘的！

阿三红了脸举手，但不敢落下去。而是抓自己的头。

邱一声又说操你娘的！

阿三嘻嘻嘻嘻地笑。他不跟邱一声认真。说，除了还知道自己是个男人，其他都答错了，下次争取答对哟。他端起饭盆。来，开饭。吃龙肉喽，吃一口富贵双全，吃两口长命百岁，吃三口得道成仙……

我对张权说，他们拿邱一声开心，你怎么不管一管？怎么说邱一声也是你家的亲戚。张权说我怎么管得了。他们每家都有一大摊子的事情，他们能来替我管一管，已经很不容易了。三兄弟你也知道，平时苦得很，这个时候还想起唱歌、断案，我不但不怪他们，我还要佩服他们有神气哩。

张权说得不错。三兄弟照顾完邱一声，又灰头土脸地出去讨生活，阿明从劳改营出来后，跟一个师傅学做沙纸，在家里搭一个工棚，收一些桑树皮，泡水、打浆、烘烤、上墙，全部是自己一个人干，一双手粗得跟树皮一样。他做的沙纸是祭祀用的，产量很少，销量也少，但是他愿意这样。弟弟阿卫给人搭手当屠户，本钱少，两个人合买一头猪，杀掉后一人半边拿去卖，赔或者赚都由自己负责。阿三以前帮我爸护矿，野马镇的山坡现在都被钢筋水泥封死了，他不想再干什么，跟我一样，游手好闲，不同的是我有我爸的遗产，他没有。

我想，可能在照顾邱一声时拿邱一声开心，是他们在野马镇唯一的乐趣。如果剥夺了他们的这个乐趣，他们活着就一点意思都没有了。这样一想，我觉得他们一点都不过分。

二 受气包

董志国的老婆阿珍在照顾邱一声时，喜欢拿他当董志国骂：你这个死砍头，我嫁给你有什么好处？天天当牛做马，起早贪黑，别人杀猪你也杀猪，别人杀猪早就起楼房了，连卖青菜的蓝伏龙都起楼房了，你一个杀猪的，比不上一个卖青菜的，你丢不丢人啊……

董志国有一个残疾的弟弟，董志国不但要负担一家人的生活，还要负担弟弟的生活，一年下来，剩不了几个钱，哪里起得了楼房。但是董志国很要面子，人前绝不叫穷，别的屠夫抽什么烟他就抽什么烟，穿着打扮，绝不比别人低一个档次，就是照顾邱一声，也不让别人觉得自己差。他的死要面子，引起老婆的反感，董志国脾气暴躁，阿珍在他面前不敢怎么样，她喜欢在背后说家里的糟心事。她一跟别人说，董志国很快就知道。所以，在董志国家，打人的事经常发生。阿珍觉得在背后说自家的事很不安全。骂个人都不安全，这日子怎么过？好在有邱一声，对着邱一声骂董志国，邱一声不会说给董志国听，这样一来就没有什么顾虑了。

也不光阿珍会骂人，蓝伏龙的老婆阿香也会骂人，在邱一声家，蓝伏龙老婆阿香不骂自己的老公，而是骂一切可骂之人。她首先骂我爸。她的亲弟弟阿水是那场矿难死去的二十几个人中的一个，别人每人十万，阿香的弟弟阿水十五万。野马镇的人帮我爸干活，都是像阿三那样护矿，阿水除外，他们家只有他一个男孩，所以我爸给十五万，比其他人多五万。就是多这五万也阻止不了阿香骂我爸，跟一条命相比，这五万也不算多，所以阿香骂我爸骂得有道理。她这样骂我爸：

这个挨千刀的喔，你前世跟我们是冤家，你原来是个鬼，跑来阳间索命。可怜阿水，我家的独龙仔啊（意思是唯一的男孩），死在我爸我妈的前头，你叫我爸我妈怎么活？你这个挨千刀的，你这个挨千刀的。你死了都不解恨啊……

她最爱骂的，还有税务所的老韦。阿香开个杂货店，老韦去收税，阿香总觉得老韦收她的税收得多，收别人的税收得少，每次都叫老韦减她的税，老韦不肯，她就骂老韦。骂了很多次之后老韦威胁她，你再骂我就告你抗税！她怕了，只好到邱一声这里来骂：

你这个黑狗，乱要我的钱。你以为我赚钱容易？每天站得腰酸腿疼，几个辛苦钱，全部交给你。我前世欠你什么债，惹得你天天来讨钱，别人你收少，我的你收多。你这个黑狗，你是个催命的妖，你这个杀人的魔……

阿香一骂人，邱一声就发抖，饭都不肯吃，喊道：作孽啊！

阿香不理解，问，为什么阿珍骂人你说好，我骂人你喊作孽啊？邱一声没有说话，下次阿香到来的时候，他的两只耳朵，塞上了棉花。他微笑着看阿香，那意思就是，你骂吧，你怎么骂我都听不到。阿香在他面前响亮地骂：你这个死砍头……这是骂我爸；你这个黑狗……是骂老韦；你这个野仔……是骂野马镇任何一个该她骂的人。

三　神

野马镇不乏虔诚善良的人，阿亮就是其中的一个，他说邱一声为什么长寿，因为他像佛。邱一声红光满面，两只耳垂像铜钱，坐在椅子上等饭吃，像是打坐的佛。

有人对阿亮说，为什么邱一声九十岁以前你不说他像佛，九十岁以后你才说？

阿亮说要成佛，得需要时间。阿亮说我还记得当年邱一声的样子，瘦瘦的，目光凶狠，像个随时跟人抢饭吃的人，现在不是这样了。他们说光看相貌就说他像佛，那他妈的这个世界佛就多了。阿亮说我只是说他像佛，又不是说他是佛，如果他是佛，我们得给他盖座庙，天天给他烧高香。

虽然没给邱一声盖个庙，阿亮照顾邱一声的时候，是按照照顾佛的方法来的。

进得门来，燃香三炷，不明白的人以为他熏蚊子，明白的人知道他在求邱一声保佑他们一家。他单腿跪地，嘴里念念有词：老爹啊，今年日子比不了去年，今年天灾，我家后背的山上一颗大石头滚下来，砸坏半间房子，死了两头猪一头牛，十年的家当就少了一半，地里的玉米挨水泡，虽然有救济，但是我家人多……

阿亮眼泪就下来了。他接着说：

唉，十年的家当少了一半，可我年纪不是十年前了啊，十年前我一次可以扛两包水泥，走一里地都不用休息，现在一包水泥在肩上，走几步就喘气，岁月不饶人，感觉是小孩没长大，我就老了。我现在最盼的，是有哪个人来帮一帮，先把半间房子修好，牛是买不起了，买一头母猪，生一堆猪崽，拿去街上卖，换米换肉换油盐。先熬一两年再说。难的是我现在跟谁借钱，我跟谁都开不了口，你说我该怎么办？

邱一声看着他，一副茫然的表情。阿亮万事不求人，叫他开口跟别人借钱，拿他去杀还容易些。

阿亮说：跟你说了这么多，你都记住了，等我发达了，我不会忘记你。

阿亮这么说之后，心里舒服了很多，在盆里倒上温水，拿毛巾给邱一声擦脸，擦身子。邱一声说：舒服。

在照顾邱一声时流眼泪的还有张权的老婆阿锦。阿锦照顾邱一声的时候，每次都哭成一个泪人。从一生火做饭开始，就抹眼泪，什么话都不说——她是野马镇唯一一个在照顾邱一声时不说话的人。她默默地干活、流泪，之后走人。在邱一声家她是个伤心的女人，出门之后在别人面前又谈笑风生，好像什么事都没有发生一样。至于她为什么哭，我问张权，大嫂为什么哭？张权说，我怎么知道，在家她不是这样，唉，她爱哭就哭呗。本来我想刨根问底，但是看到张权一副无所谓的样子，我就没有往下问。

唉，野马镇的妇女，不论哪一个都有一肚子苦水，找个没人的地方哭一哭，也不算什么丢人的事情。

这些事情都装在我的脑海里，我推门进屋，邱一声端坐屋子正中央，真的像佛。他一身布衣干净整洁，看着我，面露疑惑的表情。

老爹，我来跟你聊天。我说。

你是老李的仔？

他竟认出我。对。我说。

啪、啪。他嘴里发出两声枪响。他也知道我爸被枪毙的事。我一愣。没想到一见面他就来这么一下。估计是谁在照顾他的时候，把野马镇近年发生的事像念经一样都跟他说了。我故意跟他作对，说，不对，我爸还活得好好的，吃饭，喝酒，跟你一样。

啪、啪。他嘴巴又发出这样的声音。不一样，不一样。他急了。你说假话。他说。这个老头如此清醒，着实把我吓了一跳。我想起董志国跟我说的话，他是野马镇的活化石，我爸被枪毙是他失忆以后的事情，连我爸的事他都知道，野马镇还有什么他不知道的？

我觉得我接下来要干的事真的是太多了。

接下来他朝我举四个手指。举的是右手，很快又用左手把一个手指撸下，剩下三个手指，久久举在我面前。

这下我糊涂了。我说，老爹，你这是什么意思？一天吃三餐？我知道，你看冰箱里我都给你准备了什么。我把冰箱门打开，里面满满的全是鸡鸭鱼肉。

不、不。他摇头。三个手指举得更高。我怕他举得太久累坏了，走过去把他的手轻轻放下。他的眼泪就流了下来。他一把抓住我的手。

你终于来看我了。他像小孩那样哭出声来，他从来没有这样过。我想起蓝伏龙照顾他时说他因为不喜欢吃肉而哭泣，这下我相信邱一声不是因为吃什么而哭了，野马镇以前太穷，一有什么事情发生，首先就想到吃的。

他哭是因为我来看他。他开始的时候举四根手指，我来了之后他扳下一根，还剩三根，意思是还有三个人没来看他。这使我想起一位官员回乡，乡下的小官僚轮着请他吃饭，最后他说，请我吃饭的我都不记得了，没请我的我都还记得。

邱一声是因为这个原因哭，见到我他太激动了。

还有哪三个没来看你？我问。

朱七、王柳、许元。他说。

我的脑袋刮过一阵风暴。

这三个人已经死去很久了。难道在他眼里，我也是一个死了好久的人？我后退两步，吃惊地看他。

他是一个奇怪的老人，接下来的这些天，我该怎么办？

平时，我不知道怎么样跟人相处，从小我娇生惯养，做事说话完全由着性子来。一段时间里，我们家欠很多条人命，我内心并没有什么不安，照样扛着一张脸在镇上晃来晃去，没觉得有什么不妥。我想，既然我爸已经为此偿命，我家为此付了很多的钱，我扛着一张脸在野马镇晃来晃去又怎么啦。还好，现在野马镇没有一个人把我当仇人。

邱一声见到我像见到久别重逢的亲人，他甚至要站起来，要命的是，他双手撑着椅子两边的扶手，像体操运动员那样，但是他的腿不听使唤，始终没有站得起来。我怕他摔到地上，赶紧过去按住他。他直勾勾地看着我，有点像要吃人。他的眼光我可受不了。没有人告诉我他会烦躁，他们说他很乖。我有点后悔，后悔一时冲动来照顾他。但是打退堂鼓已经来不及，他紧紧地把我抓住，想跑也跑不了。我担心他的那一口好牙，很容易就咬破我的喉咙。

为什么到现在才来，我都要死了。他说。

原来他是嫌我来晚了。原来他一直都在念着我。估计整个野马镇的人，都装在他脑子里。

我都要死了。他说。

老爹，你死不了，说自己要死的，都不会死。有我们在，你会越来越长寿。老爹，你不是嫌我不来看你吗？我要在这里，照顾你十天。

他一直抓着我，我的话，像是在被他威胁的情况下说出来的。

他们对我不好。他说。

谁？

他们。

他们是谁？

他们。

我不再追问。我想，他说的他们，就是我们。

我有一点不满，大家好吃好喝照顾你，到头来还说别人对自己不好，哪有这样当老人的。不过我又想，不要把他的话当真。老人有老人的想法，他说不好，自然有他的理由，就阿明三兄弟那样对他，就董志国老婆那样对他，能说是好吗？好在还有阿亮和阿锦那样把他当神的人。一样米养百样人，你不可能要求人人都对你好。

老爹，你放心，我跟他们不一样。

他这才把我松开，慈祥地对我笑。我穿得太厚，这时候感觉有点热，把外套脱掉。

奇怪的事情发生了。

他直勾勾地看着我，嘴巴慢慢张开，变成一个圆圈。

这些年，你都去哪里了啊？阿牛。他说。

什么？

阿牛。他又喊了一声。

阿牛？阿牛是他的儿子。

他把我当成他的儿子阿牛了。他真是糊涂了，刚刚还把我当成老李的仔，现在又把我当成阿牛，当成他死去的儿子。我马上起了一身鸡皮疙瘩，身上冷飕飕的。我想起阿牛，他的傻儿子，三十几岁的人，十几岁人的心智，手里永远抓着一团玉米干饭。他跌河死。他死后，邱一声开始变得痴呆，他们说，儿子的魂，附上了他的身。没想到，他却活儿子没活完的岁月。

我突然就想起我爸，他被枪毙以后，没有一次出现在我的梦里，我弟虽然像他一样去开矿，心里也未必想他。爸爸死后，弟弟跟我说，爸吃亏就吃亏在没有见识，以为认识个把县委书记，天下就是他的了。看，县委书记照样挨枪毙，如果当初多下点血本，认识更大的官，爸就不会死。我不关心这些，我爸的性格我知道，死了那么多人，就是他不死，活下来他也不好受，还不如一了百了。我是武侠书看多了，喜欢干脆利落，喜欢快刀斩乱麻，喜欢一报还一报。我爸被枪毙，我家破了财，我才可以理直气壮地在野马镇上走来走去，才觉得不欠任何人的任何债。记得行刑前我们去看我爸，他从始至终没有跟我们说一句话，紧闭双眼，看都不看我们一眼，像个慷慨赴死的革命党。

现在，我突然想起他，突然觉得我们对不住他。埋他那天我妈和我弟哭，我没有哭，我想早点了事，想早点把死了二十几个人的这一页翻过去。然后该开矿的开矿，该看武侠小说的看武侠小说。

我掏出手机，给我弟打电话。打通之后我支吾半天却不知道应该跟他说什么。他以为我想问妈妈的情况，就说：妈很好，云南野生菌很多，每天我都煲汤给她喝，爸死后妈变白的头发，又慢慢变黑了。如果你想她，你就来看她。

我比较放心我妈，她信了佛，佛会替我照看她。

阿牛，你回来了啊。邱一声又朝我喊。声音很苦，他眼泪涌出来了。我给你做饭去。他从椅子下面抽出一根棍子。我这才发现他椅子下面有一根拐棍，他们告诉我他不能走路，现在一根拐棍在手，他的腿一下子年轻二十岁。

是因为阿牛。

我不想当阿牛，那个傻儿子，那个死了很久的人，把我当成他，是多么不吉利的一件事情。

我不是阿牛，我是李谦，我爸是李永强。啪啪啪，我的手变成手枪，嘴里三声枪响。我想拿我爸悲惨的下场唤醒他的记忆，让他明白，我不是他的儿子。

他的棍子就朝我的头敲过来。

你这个背时鬼，你这个背时鬼！他骂。我躲。棍子敲在我背上，很疼，哎哟，我叫了起来。他不是打我，他是打他那死了很久的儿子。

你认不得我是谁了？他气得脸都变形了。

爸爸！我不得不跪下。按年龄，我应该叫他爷爷。

就这样，我变成他的儿子阿牛。原先我想照顾他十天，现在我后悔了，我想尽快离开他的家。

我觉得很不公平，凭什么他们照顾他时想干什么就干什么，轮到我就变成另外一出了呢？

可我现在不能离开，我已经在野马镇夸下海口，要照顾他十天，如果此时打退堂鼓，那是要被人笑话的。我不能跟他较真，跟一个失忆的老人较真，是自讨苦吃。我得顺着他，如果他因为生气而出什么意外，我的责任就大了。当他儿子就当他儿子吧，只要他不生气，只要他高兴，他把我当成谁我都不计较。

爸爸。我又喊一声。他举着的棍子就放下来了，我赶紧爬起来，把椅子垫在他屁股下面。他没有坐下，说，我给你做饭去。

我不能让他劳动。爸爸，您老人家好好休息，我来做饭。我撸起袖管，就要去生火，他死死按住我，拉过他的椅子，要我坐下。

他要干什么？我顺着他，坐在椅子上。

爸对不起你啊，你不怪我吧？你说，你恨不恨我？

我不明白他为什么会这样说。

不恨，我喜欢你还来不及呢。哪有儿子讨厌爸爸的。

我用游戏来对待他的糊涂。在我眼里，他就是七月的天气，慈祥、粗暴、呆。

这些年你是怎么过的？他说。

我脑子里转不过弯，他是问他儿子阿牛过得怎么样呢，还是问李永强的儿子李谦，也就是我，过得怎么样？他的眼睛饥渴，如果不回答他，他不会放过我。

阿牛二十年前就死了。野马镇所有的人都觉得，阿牛是个累赘，迟早会害死他爹。那时我还小，阿牛已经是个大人，我还记得我用石头砸他，他抱头鼠窜的样子。我们野马镇，该怎么说呢，每一户人家都有故事。比如说我家。我爸有二十几条人命，够吓人的吧。比如说前面提到的拿邱一声当娱乐明星的阿明、阿卫、阿三三兄弟，拿邱一声当出气筒的董志国的老婆阿珍，还有拿邱一声当神来供奉的阿香，等等等等，哪一家都有长得写不完的故事。邱一声的儿子阿牛自然不例外。一想到这些人我的头脑就发涨。这么多年来，由于喜欢看章回小说，对除了书本之外的事情一概不理，我一直游离于野马镇的故事之外，已经很多年了。我爸很多条人命在身，才使我有一点点转变。而阿牛，已经变成更加遥远的故事了。

阿牛跌河死，死之前在野马镇是众人的开心果。他们喜欢从他嘴里掏出与他年龄不相符的话。二十年前我十五岁，刚刚开始喜欢看小说，喜欢薛刚反唐，喜欢薛仁贵征西。野马镇的人喜欢拿阿牛的弱智开心。对野马镇的人围观阿牛、取笑阿牛的事我一点不关心，我甚至连阿牛长什么样都忘了。有一天他们说他死了，当时我想，死就死呗。我不认为这是件多大的事。阿牛死了，野马镇任何一个人死了，我都当成是小说里又死了一个人。就是我爸被枪毙，我恍恍惚惚也有这样的感觉，要不是我妈站在我旁边，我还以为死的是别人的爸爸。

现在，我被阿牛的爸爸问你过得怎么样，他肯定是关心他的儿子，而不关心李永强的儿子过得怎么样。

我说爸爸，我过得很好。我突然想起阿牛活在野马镇的时候人们喜欢围观他，我说，爸爸，我真的过得很好。

我搜肠刮肚想过得很好应该是什么样子，整个野马镇，过得最好的应该是我了吧，衣食无忧，整日无所事事，想干吗就干吗。

我说，只要你看看我，你就知道我过得好不好。这个时候，用红光满面来形容我都不大恰当。我妈到云南后，每隔一段时间，就给我寄来冬虫夏草，叫我放在骨头汤里煲。

他的手摸着我的脸，像摸一块上好的玉。

阿牛，你不恨爸爸吧？

我心想，他什么意思？不恨！我脱口而出。

是我把你踢下河啊。他哭了起来。像哭死去的儿子那样哭了起来。

我一屁股就坐到地上，好似阿牛灵魂附体，心缩了一下。他的手赶紧来找我的脸，我感到害怕，我感到他那只手长着龟的甲。这个房子一下子变得恐怖起来。

你、你说什么？我声音发抖。

是我把你踢下河啊。他的眼泪滴在我头上，我头皮发麻。

我知道我碰到了野马镇上的又一件大事。

把自己的儿子阿牛推下河？我要不要相信他？这可是件大事。

我说，爸爸，你是怎么把我踢下河的？我很坏，想从一个失忆的老人那里知道他是怎么害死自己的儿子的。虽然他说出来的未必就是真的。

不记得了，不记得了。他说。

我努力回忆当时阿牛出事的前前后后。二十多年前，我还是个少年，阿牛这个傻瓜整日里被人拿来当开心果，只要街上少了他，野马镇的日子就少了一半生机。很多人的日子很苦，但由于有了阿牛，大家都觉得日子还不至于那么惨。夏天的时候，我妈说阿牛跌河死了。我们家里的人没有一个人感到奇怪，好像那是一个傻瓜应有的结局。后来我爸被枪毙，我也是这种感觉，好像那是一个经常拿钱买命的矿老板应有的结局一样。

阿牛死去跟野马镇任何一个人死去一样，所有的人吃了一餐饭，他死的速度太快了，所以埋他的速度也很快，仅仅一天，丧事就结束了。

少了阿牛，街上冷清了许多。我知道的就是这些。

没想到他的死还有玄机。我要不要相信邱一声？他风烛残年，脑子一下子在人界，一下子在鬼界，我刚进来的时候他还认出我是李永强的儿子李谦，我脱了一件衣服，他就把我当成他的儿子阿牛。我要不要相信他？

是真的吗？你真的把我踢下河吗？我抬头问他。

快叫张权。他说。张权是他的亲戚，他是想让张权来证明是他把阿牛踢下河的。

我打电话给屠夫董志国，叫他帮我到猪肉行边的修车铺去喊张权来邱一声家。

董志国说就你事多，知道不容易了吧，照顾一个人，不是照顾一头猪，还想照顾十天，估计一天你就累得发狂。董志国没有关机，在电话里我听到他喊张权：张权，出大事了，你快点去邱一声家。董志国懒得跟张权废话，只有这样说张权才会飞快地来到我身边。

一群人飞快地来到我身边。有张权、蓝伏龙、董志国的老婆；还有阿明阿卫阿三三兄弟，还有阿亮和阿锦。

冲到最前面的是阿亮和阿锦，刚进门，他们两个人就哭，老爹啊……他们看到邱一声在摸我的脸——他们没想到他居然能站起来，他们的口气就变了。"老爹啊"就变成了"老爹、老爹"。他们把邱一声当神，他们不容许他们的神出现什么意外。

接下来是蓝伏龙，刚进门他也喊，这个时候还没煮饭，你想饿死他呀？看见邱一声摸我的脸，他后退了一步，他从来没有看到这样的情景，他以前看到的，不是睡在床上的邱一声，就是坐在椅子上的邱一声。蓝伏龙说，吧，返老还童了。

阿明阿卫阿三显然是来看热闹的，看见邱一声没事，脸上有一些失望。他们把不满撒在董志国身上，阿明说，这个董志国，提供假情报，以后他的话不能信。说完他和他的两个弟弟就走了。因为他们知道邱一声不喜欢他们。他们再待在这里一分钟，已经站起来了的邱一声不知道会有什么疯狂的举动。

董志国的老婆跟在后面，她一脸茫然，这是野马镇的公共表情。这样的表情进可攻退可守，如果邱一声有事，你可以认为那是悲从心中来，如果邱一声没事，你也可以说那是成竹在胸一切尽在掌握，是一种比较稳重的表情。其实这是被生活逼出来的。这种表情我比较熟悉，当年我爸被枪毙，很多人都是这样的表情，你都搞不懂他们是高兴还是悲伤。董志国老婆在照顾邱一声时不停地把他当董志国来骂，也是被逼无奈，如果不那样她就会疯掉。

张权背着手最后一个到来，慢吞吞的。他是照顾邱一声的元老级人物，在镇上地位很高，镇上的红事白事都是由他来指挥，你可以得罪镇长，你不能得罪他。

邱一声看见张权，指着我说，阿牛，阿牛。

听到邱一声说阿牛，所有的人都吃了一惊。

蓝伏龙说，怪不得站了起来，是想阿牛了。

阿亮和阿锦看着我。一个说，他是把李谦当阿牛了；一个说，李谦，他把你看成阿牛，你干脆把他看成你爸，两家人变成一家人算了。

蓝伏龙说，李谦，别人照顾他一天，你照顾他十天，他把你当亲儿子了。

只有张权知道这是为什么。他走过去，把我刚来到邱一声家时脱的外套扔给我，说，穿上。我不知道他为什么要我穿上，他怎么说我怎么做，我穿上外套。

张权指着我问邱一声，老爹，他是谁？

邱一声跌在椅子上，说，老李的仔，啪啪啪。他把手当枪指着我喊了三声。

原来，他只认我外套里面的黑色毛衣。他把穿着黑色毛衣的我当成他的儿子阿牛了。我脑子里马上晃过阿牛的身影，他活着的时候，都是穿着黑色的衣服。你很少看见他穿其他颜色的衣服。邱一声只认衣服不认人。为了证明这一点，我很快又脱掉外套。邱一声马上又从椅子上站起来，喊道，阿牛啊，又举着手来摸我的脸。没等他的手伸过来，我又飞快地把外套穿上，他又颓然坐下去。

这真的是太有意思了。接下来怎么办？是脱掉外套继续当他的儿子阿牛，还是当来照顾他的老李的儿子李谦？

张权说，我忘记告诉你，不要穿黑衣服来照顾他，他会把你当成阿牛。这些年，你看见我穿过黑衣服没有？张权修自行车，成天一张蓝色的围裙挂在身上，穿什么衣服谁看得见。就是照顾邱一声，他也是一副修自行车的打扮。

估计张权也曾遇到像我今天遇到的事情。在野马镇，照顾邱一声的人多了去了，身边就有阿亮和阿锦、蓝伏龙和董志国的老婆。他们都没遇到过我跟张权这样的事。

张权说，他天然觉得我们亲。不是每一个人他都当成阿牛。不信你让阿亮和蓝伏龙穿上衣服试试。

我把黑毛衣递给阿亮，阿亮穿上后往邱一声眼前一站，他用怀疑的表情看着阿亮，没有上当。

阿亮脱掉黑毛衣，递给蓝伏龙，蓝伏龙穿上后邱一声一点反应都没有。我马上醒悟过来，张权说的他天然跟我们亲也不对，谁天然亲，谁天然不亲，又不是章回小说里面来路不明的武功。再说了，这样说对身边的阿亮和蓝伏龙有点不公平，他们辛辛苦苦照顾邱一声，也换不来他把他们当儿子看的那份情。邱一声之所以那样把当年的张权以及现在的我当阿牛，是因为当年张权开始照顾他和我现在开始照顾他的时候，我们的年纪跟他死去的儿子，也就是阿牛的年纪是一样的。他的儿子阿牛，在像我这样年轻的时候死去。年龄就像另外一件黑色的衣服，电了邱一声一下。他就把我当成阿牛了。

这个发现让我感到一丝庆幸。联想到他刚才说的他把阿牛推下河的事情，联想到我爸手上有很多条人命，最后被枪毙的事情，我觉得自己活得挺好。

你叫我来就是因为这件事？张权说。

这下我才意识到，我差点忘了张权是我打电话叫来证实阿牛是不是邱一声推下河的。

不是因为这个。我说。我想跟他耳语，说邱一声刚才跟我说的他把阿牛推下河的事，但转念一想，还是由邱一声跟他说吧。那件黑色的衣服还套在蓝伏龙身上，我把衣服从蓝伏龙身上扒下来，套在身上。

看到穿上黑衣服的我，被打断的剧情又重新续上。邱一声站起来了，他的手紧紧贴在我脸上，冰凉冰凉。

张权，你说，是不是我把他推下河的？

张权脸色大变。但他很快又变了回来。

胡说，你胡说什么！胡话，他在说胡话呢！都怪你，没事穿什么黑衣服，惹得他激动，他如果有什么意外，你就出名了。张权说话的重点一下子在邱一声身上，一下子在我身上。他说得不错，如果他因激动而出现什么意外，不说别人，我身边的阿亮和阿锦肯定不会放过我。他们把他当神。刚这么想，阿亮马上过来剥我的黑毛衣。

以后你不要再穿黑衣服了。阿亮说，如果你觉得亏，我给你钱。在野马镇，除了我爸我妈对我说我给你钱，还没有第三个，现在，阿亮是第三个。

阿锦说，李谦，如果你怕麻烦，我来替你照顾老爹。你回家看你的小说，好不好？

但是晚了，阿亮虽然剥掉了我身上的衣服，邱一声却没有再像刚才那样坐回椅子上，他的手紧紧贴住我的脸。

阿牛。他是铁了心把我当阿牛了。那件黑色的衣服这个时候失去功效。我就是不穿那件黑色的衣服，他也把我当阿牛了。他脑子里的那根弹簧弹过来后就没再弹回去，像根绳索一样把我绑成他的儿子。

蓝伏龙说，他没有儿子，你没有爸爸，这就是缘啊。

这下我紧张起来，接下来我该怎么办，我觉得这个屋子阴森森的，眼前的邱一声有点像索命的鬼魂。我战战兢兢地说，老、老爹，我不是阿牛，我是李谦，我爸是李永强——啪啪啪！我把三颗子弹的声音喊得很绝望。

是我把你推下河哟。邱一声哭了起来。

瞎说什么你！张权冲邱一声说。

屋里面只剩下我、张权、邱一声三个人。我脑子里嗡嗡响，都不知道张权是怎么把阿亮和阿锦支走的。

邱一声已经认定我是他的儿子阿牛，他的手一直摸我的脸，我非常的害怕，感觉他手上有龟的甲。我一只手紧紧抓住张权。张权安慰我不要害怕，他在我耳边轻轻说，你都变成他儿子了他还能把你怎么样。

我没有害怕他成为我爸爸，我害怕他说的"是我把你推下河哟"。阿牛当年死于洪水，没人知道他是怎么掉下河去的，如今他爸爸说是他把他推下去的，这让人头皮发麻，我是怕他突然从凳子下面抽出一把尖刀，捅在我这个"儿子"的胸口上。我是怕这个。我说张权，你也听到了，阿牛是他推下河的。是真的吗？

邱一声听懂我的话，他望着张权，似乎在等张权的确认。

我还是第一次看见张权发飙，他突然之间变了一个人似的，把邱一声的手从我的脸上拍掉，吼道，你是活得不耐烦了，老不死变成妖，你还想怎么样！这样闹以后谁还敢来照顾你。快点坐下！

邱一声被张权按在凳子上面。

我七十了，活得太久了……邱一声说。他还是把自己当成七十岁的人。

张权说，你不想活，很简单，李谦，我们走！张权把我拉出邱一声家。我没想到张权会这样干，大概他从来没见过邱一声这样反常，想吓唬吓唬他。他一直拉着我，都快把我拉到我家门口了。我突然觉得有点蹊跷，觉得张权大概是怕邱一声跟我这个他刚刚认下的儿子说些什么不该说的话。我不再往前走。这时候从邱一声家传来绝望、哀求的喊声：阿牛，阿牛啊，你不要走啊。

我得回去。

张权，把他一个人扔在那里，出什么意外我担当不起。我说。还有另一层意思我没说出来：如果邱一声不拿一把尖刀对准我，我还真的希望他跟我说些我不知道的事情，不管是真是假。

好吧，你去吧。他不会害你，他很爱很爱他的儿子阿牛，阿牛也很爱很爱他爸爸。你要相信我。张权说。他用手抹眼睛。他流泪了。张权说，阿牛死后，他总是跟人说是他害死阿牛，说多了就跟真的一样。

我快步来到邱一声家中。张权跟在我后面。邱一声像亲人一样迎接我们。他拄着拐棍站在门口。在自己家，他第一次走这么远。阿牛，你又回来了。他说。

第一次进他家门的时候，我是死刑犯李永强的儿子李谦，第二次进他家门的时候，我是他的儿子阿牛。

没办法，从今天起，我是邱一声的儿子。

我想，我作为邱一声的儿子阿牛，显得太过聪明。我在脑子里回忆阿牛在野马镇的点点滴滴，开始的时候我感觉自己有点掉价，像章回小说里的五品官被降成七品官那样不舒服。后来想，我面对的不是所有野马镇的人，在一个黑屋子里当儿子，就是当孙子那又怎么样，反正别人不知道。

我对张权说，你不要跟镇上的人讲。

张权说，讲什么？

讲我被当成阿牛，一个活着的人被当成死去的人，总归有些不吉利，我还想长命百岁呢。

张权说，你肯定能长命百岁。

邱一声的手又一次擦着我的脸，我很讨厌他这样，我受不了他的款款深情，他的手上依然有龟的甲，为了躲这龟的甲，我说，阿牛先给您做饭。我把自己叫作阿牛。这一招很管用，他的手从我脸上滑落，但是马上又指着我离开他家时落下的那件黑衣服，说，冷，穿上。几乎是命令的语气。他是怕我冷才叫我穿上。可我有另外的一种感觉，那就是穿上这件黑色的衣服之后，我才更像他的儿子阿牛，跟一个演员穿上戏服，才可以上台表演一样的道理。我飞快地穿上衣服。

阿牛。他说。

哎。我应了一声。邱一声这才挂着拐棍摇向自己的座椅，安然坐下。

我拉开冰箱的门，里面满满的鸡鸭鱼肉，我说，您想吃什么？阿牛给您做。

他说，玉米饭。

玉米饭？我说玉米饭怎么做？我们家从来没吃过玉米饭，所以我不知道怎么做。

张权说，我来教你做，你赶紧烧火。张权在一堆旧东西里扒拉出一口铁锅，拿到天井的水龙头下面刷。等我把火生好，铁锅也稳稳当当地架在火灶上面。

火很旺，铁锅里的水很快就开了。张权两手捧着玉米粉往里撒，我拿着竹子做成的搅粥棒不停地搅，玉米粉越放越多，锅里的粥由稀变稠，最后稠得根本搅不动。张权从我手里拿过搅粥棒，上下翻动，一股香甜的味道扑鼻而来。张权盖上锅盖，从火灶里取出两根燃烧的柴火，火变小了，锅里漫出的水汽越来越香。这就是玉米饭。

张权说，当年，玉米饭可是很久才吃得起的东西，一年到头，也就几餐。他如果不把你当阿牛，他是不会喊煮玉米饭的。

原来如此，他真的把我当阿牛了，他把今天当成个重要的日子来对待。对我来说，玉米饭是一种新鲜的食物，但对已经死去的阿牛，那可是天下难得的美味。

做好饭，我给邱一声舀了一碗，给张权舀了一碗，我自己也舀了一碗。回到饭桌前，看见邱一声用两手抓碗里的玉米饭，捏成一个饭团，正觉得奇怪，邱一声把饭团递给我。吃啊。他说。

我没有接。吃啊，阿牛。他又重复了一遍。

我接过来，啃了一小口，又放回他碗里。嘴里说，好吃好吃，心里本能地抗拒他那只手递过来的饭团，因为上面有龟的甲。

邱一声不干，又捡起来递给我。张权说，吃吧，你不吃，他是不会吃的。又小声地说，当年阿牛就是这样啃，还到处在街上炫耀。他是完完全全把我当成阿牛了，可我依然把他当成邱一声。

我硬着头皮把那团玉米饭啃完，邱一声脸上才露出满意的笑容。我把那碗饭推到他面前，他又拿起来捏成一团，再一次递给我。我拍拍我的肚子，说，我吃饱了，你吃吧，他这才掰一小块放进嘴里，又掰一小块放进嘴里，像一个老狒狒，在小狒狒吃饱之后才放心地进食。我短暂地想起我的爸爸，在我的印象里，虽然他几乎没怎么管过他的儿子，但是他拼命地挣钱，让他的儿子衣食无忧。他也是个老狒狒。我弟现在像他。这是他们的命。我突然担心我弟，想劝他不要太疯狂，我退到一边给我弟打电话。我弟正在训他的手下，他一边训他的手下，一边跟我通电话。

你们想要我的命是不是！这是跟手下说的。

你怎么样，怎么想到要打电话给我？这是跟我说的。

三天之内，一定要把人招齐，没有人，我们所有的事都是白忙！这是对他们说的。大概他的新矿井招不到人，在跟他们发火。

忙完这段，我带妈去欧洲旅游，你也一起去。他跟我说。

拿钱砸！每个人先发一万，存在卡里，密码由他们设，卡和身份证你们管好，干满两个月，身份证和卡发给他们。

我弟也不容易，现在挖矿，比我爸那个时候挖矿难多了。

我不管这些，我说，弟，我现在在邱一声家。

都听到没有？如果这样的条件还招不到人，你们就是猪！你在邱一声家做什么？他说。

照顾他十天。以前都是给钱，现在来照顾照顾他。我说。

我们从野马镇来到这里，每个人都脱了一层皮。这一关过去，万事大吉！这一关过不去，统统完蛋！他说。

你怎么想到这一出？干脆过来帮我照顾妈，有时候她说起你和爸爸，会流眼泪。他说。

也是闲着无事，我就是想待在这里。告诉你一件好玩的事，邱一声把我当成他儿子阿牛，死了二十年的阿牛。我说。

陈耀、老马、老枪、继民，每个人找二十人，不管什么人，亲戚朋友，就是乞丐，也要三天内给我拉过来，其他人每人负责十人，我一百万人头费都准备好了，现在去找大头领钱。他说。

他这是老糊涂了，他这是想儿子了，你这是在跟他玩过家家。他说。大概他的手下都找大头拿钱去了，他有充足的时间跟我讲话，这个时候他反而不想跟我讲了。你打电话的目的就是为了告诉我邱一声把你当儿子了？

我说是，这大概是野马镇第一回有这样的事吧，让我赶上了。

你悠着点，不要出什么事。我弟最后说。

你也小心点，不要出什么事。我说。我再出什么事都是小事，我弟出什么事，都会是大事。

知道了，我不会像爸那样的。他说。

跟我弟通了一个电话之后，我的心情平静了很多，跟他说邱一声把我当成他儿子阿牛之后，照顾邱一声就成了一件已经跟人许诺后必须要做好的事情。这种感觉非常的奇怪。好像是为了我弟弟，我必须做好这件事情一样。其实我弟跟这事一点关系都没有。他在云南，还非常疯狂。

我回到饭桌边，拿一张毛巾给邱一声擦嘴。

他说，烧水。

我一怔，烧水？

张权说，他想洗澡，他给你捏饭团，你帮他洗澡，以前他们两父子经常这样干。我想起小时候在河边看见邱一声和阿牛互相搓背的情景，邱一声真的又回到了从前。

天那么冷，行吗？我说。

他怎么说你就怎么做。不然他会闹。张权回答。

我往灶台上架上烧水的锅。水烧热后，把家中所有的门都关严了，还在天井旁边燃了一堆炭火，这样，给邱一声洗澡时，他不会觉得冷。

先洗头，厚厚的衣服仍然穿在身上，邱一声坐在小凳子上低着头，我试了试水温，刚合适。往他头上淋水，在手上抹香皂，轻轻搓他的头。他的头轻轻晃动，服服帖帖。洗好头，擦干，赶紧给他套上帽子。

我一件件帮他脱衣裤。满身皱纹，被水蒸气包裹，我的手在上面搓，像搓湿了的干草，家里热气腾腾，我一面搓，他一面说好。我这是第一次给人洗澡，以前看见有人给婴儿洗澡，我很担心，万一被水呛着了怎么办。

给邱一声穿上干净的衣服，午后的太阳光穿过天井，打在他身上。这冬天的暖阳，如果放到章回小说里，预示着重要人物将要出场。阳光下的邱一声满面红光，像身怀绝技的帮主。

张权说，他今天很舒服嘛。

我很得意，感觉在照顾邱一声方面，自己比野马镇的人做得都要多。

算是安顿下来，张权放心地离开。临走时他说，你们父子两人久别重逢，好好聚一聚，我干活去了。又单独对我说，记住，你现在是阿牛。

阿牛就阿牛吧。

阿牛。邱一声喊。

我应了一声。

你不会走吧？他说。

不走，这里是我家。我是阿牛。

我七十了，阿牛。他说。

邱一声还停留在阿牛死去的岁月。我在脑中飞快地搜索有关阿牛的点点滴滴：他拿着饭团在大街上走，他在河边帮他爸爸搓背，有点痴呆，谁拿他开心他都不生气。我试图跟阿牛对上暗号，发现自己对阿牛知之甚少。

灯，点灯。邱一声说。

点灯？灯不是亮着吗？荧光灯发着惨白的光，照着两个孤单的人。是的，孤单，在邱一声家，我突然感到前所未有的孤单。不止是孤单，我还感到害怕，因为不管怎么样，我现在是以一个死人的身份活着。

冷风从天井上刮下来，远处有狗在叫，风声和狗叫声以前我是不理会的，但是这个夜晚，我觉得这些声音非常的刺耳。

灯，点灯。邱一声又说。

你看不见我吗？灯那么亮。老爹。

你说什么？

哦，爸爸，灯不是亮着吗？我说。我虽然叫他爸爸，但是我感觉我跟他隔着万水千山。

他拿起身边的拐棍，朝神台指。野马镇的每一户人家都有一个神台，逢年过节烧香给祖宗。哦，原来他叫我点煤油灯。

我走到神台拿过煤油灯，划上火柴点上。

关，关。他指着荧光灯。

啪嗒。我关掉荧光灯，邱一声家的夜晚被煤油灯微弱的光撑开，顿时，一所古怪的房子，住着两个古怪的人。

我知道他为什么这样做了，煤油灯肯定是他找回以前的又一个重要道具，煤油灯时代已经过去很久了，大概邱一声认为这样的光亮才适合与儿子阿牛重逢吧。

果然，他说，阿牛，我又看见你了。来，你来。

我走过去。

烤火，烤火。

我把火盆拉到他身边，一个竹笼罩住火盆，一张破布罩在竹笼上，罩着我们的半身，所有的热气都跑不掉了，我们的身体热气腾腾。他在破布下拉我的手。我的手本能地躲他的手，没有躲开，被他死死握住。这个时候，我突然想起我爸爸。小时候，我最享受的是冬天的时候跟我爸爸在火盆边烤火了。后来很突然地，我老是见不到我爸爸，我曾经跟我的妈妈抱怨说爸爸是不是不爱我们。那时候我刚喜欢看书，只有喜欢看书的人才会那样问。野马镇其他的孩子，想爸爸时就会哭。

你怎么说走就走呢？也不等等我。他说。这是对他儿子阿牛说的。

我该怎么回答呢，我和他隔着万水千山。我不知道阿牛如果真的出现在他面前该怎么跟他说话。

我说，我没有去哪里啊，爸爸，我现在不是跟你烤火吗？

我七十了，我怕我照顾不了你啊。他说。眼睛突然闪亮起来。我用手抹他的眼睛，我的手湿漉漉的。原来他哭是怕自己年岁太高照顾不了他的儿子阿牛。我的眼眶一下子就发热了。我想起我爸被枪毙前我们去看他的情景，他双眼紧闭，一句话都没有跟我们说。当时我妈一个劲儿地跟他说，再看一看你的两个崽，他毫不理会。当时我想，我爸真是铁石心肠啊，临死前都不看一眼他的儿子。其实天下的父亲都是一样的，我突然就理解了我爸爸，他未必不爱我们，他紧闭的双眼下面肯定有浓重的不舍。他是怕我们看见啊。这么一想，我的眼泪也流下来了。

我七十了，我是怕我照顾不了你啊。他又说了一遍。他的话把我拉回来。我想，多年以前他和阿牛肯定有这么一个夜晚这么一场对话，这个夜晚我要做的是努力当好他的儿子阿牛。

爸爸，现在是我来照顾你啊。我说。

照顾我，照顾我……邱一声哭了起来。是我把你推下河，是我把你推下河。他边哭边念叨。我一下子就慌了。

爸爸，你不要哭，你不要哭。他哭得多么伤心啊。

我想还原多年前父子俩之间到底都说了些什么，看来是不可能了。现在是父子重逢啊。我心里想如果我真的是阿牛现在我该怎么办呢。

我突然有一个念头，他既然把我当成他的儿子阿牛，那我干脆就把他当成我的爸爸李永强，我在倾听的同时，大声地跟我爸爸说话。今夜不是一对父子重逢，是两对父子相聚。要不然我真的不知道怎么办才好。

他说，阿牛，这场雨真大呀，河水满了没有？你怎么去这么久才回来？

我说，爸呀，弟弟在云南，他过得很好，妈去那边跟他，天天吃野生菌，头发变黑了。

他说，阿牛，你不相信我能照顾你，我是能照顾你的。现在不行了，我七十了。

我说，爸爸，你也不要担心我，我还有好多好多钱，只要有钱，什么都不怕。

他说，他们，他们，对我不好，我天天都在想你啊。

我说，爸爸，野马镇以前很多人恨你，现在他们不恨你了，你就放心吧。

他说，也有好的，张权、阿锦、阿亮，是我的好朋友，你可以相信他们。

我说，爸爸，我现在又多了一个爸爸，他是邱老爹，我来照顾他，他把我当成他的儿子阿牛了。

他说，阿牛，野马镇天冷了，你在水里冷不冷啊？

我说，爸爸，我现在就在他家里，跟他一起烤火呢。

他说，阿牛，你的衣服在楼上的箱子里，放了臭珠（一种防虫用的白色药球，野马镇称为臭珠），虫不会咬的。

我说，爸爸，今天我给他洗澡了，还煮了玉米饭，玉米饭很香，下次上坟，我拿去供你。

他说，阿牛，以后有什么事，你要靠自己了。说完这句话，邱一声又拿手来摸我的脸。

我说，爸爸，他现在拿手摸我的脸呢。

他说，有太阳也要靠自己。

我说，爸爸，邱老爹说有太阳也要靠自己。

他说，下雨也要靠自己。

爸爸，邱老爹说下雨也要靠自己。

他说，什么都要靠自己。

我说，爸爸，邱老爹说什么都要靠自己。

他说，死也要靠自己。

我说，爸爸，邱老爹说死也要靠自己。爸爸，你死前为什么不看我一眼啊，为什么！我突然就哭出声来，不知不觉就往邱一声身上靠……

这一晚，我跟邱一声睡在一张床上，我辗转反侧，他很安静地睡着了。

第二天一早醒来。我一看身边没人，赶紧下床去找邱一声，借着透过屋子的晨光，我看见一个人影吊在横梁上。啊！我大吃一惊。是邱一声。我以为自己在做梦，用头狠狠撞墙，疼痛难忍。啊——我惨叫，去托他的腿。

张权！张权！出大事了！我下意识地喊。我一手托邱一声的身体，一手摸手机，打给董志国：快叫张权，出大事了！喊过之后，我感觉魂魄离我而去，所有的一切都变得恍恍惚惚。

恍恍惚惚中，很多人飘到邱一声家里，我很快被人掀翻在地，他们一上来就撕扯我。恍恍惚惚中，我看见一部分人料理邱一声的后事，他们是张权、董志国、蓝伏龙，还有阿明、阿卫、阿三三兄弟；一部分人撕扯我，阿锦、阿亮、阿珍以及野马镇的三姑六婆。两拨人都在哭喊。好像这个屋子死了两个人。我清醒过来，大喊道，你们不要怪我呀。同时拨开人群，冲到邱一声的身边，我冤枉啊，我冤枉啊，昨天你把我当成你的儿子阿牛，你怎么这样对待阿牛呢……

阿锦说，你本来就不该来，你本来就不该来嘛。

阿亮直接就翻译了阿锦话里面的话，你家那么多条人命，你杀气重啊。那么多人那么多天照顾他，他都好好的，你一来，他就上吊了，这么高的地方，他怎么吊得上去？

他怎么吊得上去，地上横着一架楼梯，他是踩着楼梯上去的。

没有照顾好邱一声，我成了野马镇的罪人，阿亮扯着我的衣领，往邱一声家的门外拉。没有一个人拦他。

回到家里，我看着横梁上我画上去的九十五道杠杠，它们的颜色深浅几乎一样，我哭了起来，感觉我们家又多了一条人命。

我打电话给我弟，我弟说，你赶紧来云南吧，野马镇你是待不下了。

我收拾好行李，好几个大包包，我们家以前的司机方老虎很快开车来到我家门前，他帮我把那些大包包装上车。后来我想，这些包包我也不要了，因为它们带着野马镇浓浓的气息，带上它们会非常的不吉利。我叫方老虎一个一个把它们卸下来，除了带上我爸给我的银行卡，我什么都不带。我想我再也不回来了。

正要走，张权来了，身上披着重孝。看到我要走，他说，你怎么就走了？他一直在忙邱一声的后事，没有时间理睬我的委屈。听方老虎说，他们后天安葬邱一声。大概准备得差不多了，张权有空来找我了。

阿牛，不给你爸送葬就走了，这样做不对啊。

他这么一说我生气了。我是李谦，不是阿牛，老爹的死不能怪我。我说。

他死前，可是把你当成阿牛的哦。张权说。

这我管不了。我说。

我回忆昨天晚上的点点滴滴，突然记起邱一声说的，死也要靠自己。头皮一阵发麻。原来他早就想这么做了。

我把昨天晚上的情形说给张权听。听完后张权摇摇头，说，这两父子，真是天生的一对。他边说边从口袋里摸出一个小布袋子，从小布袋子里倒出一些硬币。叮叮当当掉在地上的硬币看起来不超过一元。最后一张纸条飘了出来，我捡起来一看，歪歪扭扭的几个字：帮我照顾我爸爸。

张权说，这是阿牛当年写的，把小布袋扔到我家院子里，就去跳河了。他怕自己成为他爸爸的累赘。这么多年来，我还是第一次告诉别人。

我脑袋嗡的一声。脑子里浮现阿牛迟缓的身影，他一个接一个把硬币塞入小布袋里，然后迟缓地来到张权家门口，用尽力气把布袋投入张权家的院子，又迟缓地走向河边……接下来是邱一声，他夜半越过我的身子，吃力地拄着拐棍走向那架梯子，对他来说，那是走向天国的最后一级台阶。他们父子俩的身影在我眼前重合。

我轻轻地念叨，他以为阿牛回来了，他也可以死了，这个老爹。

是的。张权说。

后来我没有离开野马镇。我作为邱一声的孝子阿牛，披麻戴孝，走在送葬队伍的前头。邱一声的坟墓前，重重地立着一块碑：

慈父邱一声之墓　儿子阿牛立

| 创作评论 |

李约热许多小说都有意用一个名叫"野马镇"的桂西北乡村为背景。偶尔也用别的地名，但历史背景与生活习俗跟"野马镇"如出一辙。这里的村民大体愚昧贫穷，又充满稀奇古怪的激情与幻想，这些激情与幻想导致他们陷入更深的穷贫愚昧。李约热小说因此总是带着一种凄清、暗淡、荒诞、怪异的基调——但仔细辨析，又并非没有自身微弱的光亮和奇特的逻辑。

——郜元宝：《"野马镇"消息——李约热小说札记》，《南方文坛》2018 年
　　第 3 期

邱一声是"野马镇"一位普通的孤寡老人，因为长寿而受到村民的敬重，大家尽心尽力轮流供养老人。"我"父亲因为开矿，导致几十名矿工葬身地底而被枪毙，"我"却靠着父亲留下的大笔遗产养尊处优。无聊和空虚驱使"我"加入照顾老人的行列。阴差阳错，老人把"我"误认作死去多年的儿子，一度神志清醒，这就让"我"有机会探听到老人自己和供养他的村民们的许多秘密。

原来老人过去一直处于痴呆状态，因此村民在他面前毫无顾忌，他们或者因生活过于痛苦，把供养老人当作一项没有恶意的娱乐消遣，变着法子开老人玩笑，而这些玩笑大多也是苦中作乐；或者把老人当作最安全的受气包，将平时对他人和社会不敢出口的满腔怒火一遍又一遍向老人倾泄；或者因为老人高寿，就当作神明来供奉，在老人面前烧香、磕头、忏悔、祈求；或者什么也不做，自始至终号啕大哭。但殊途同归，不管怎么做，当村民们离开老人时，精神面貌都焕然一新。小说借老人与"我"时断时续的交流，用略带夸张幽默的现实主义笔法描写了"野马镇"众生相，展现这个平凡的中国小镇许多家庭和个人深藏不露的隐秘。

——郜元宝：《"野马镇"消息——李约热小说札记》，《南方文坛》2018年
第3期

虎妹孟加拉

陈谦

一

老树驾着银色老丰田，从伯克利北边山腰林间的家里一路飞驰而来，刚下高速就连遇两个红灯。情急中，平时绝少冒脏话的老树忍不住连骂了几声娘。他盯着高挂在前方路中间的那团鲜红，双眼发花。暗夜里，路口交通灯的控制程序将优先权给了横向交叉的大道，弄得红灯一亮，通往奥克兰山上的车子简直要等到永远。老树张嘴透着大气，浓重的鼻喉音"噗噗"地携着不知哪儿来的风，听上去竟像发自一只夜行老虎的鼻孔。"老虎"，这个念头让他心口一紧，抹了把额头——很凉，没有汗。他下意识地摸向皮夹克的内袋。嗯，救心丸在。Stay calm（镇静），stay calm，老树轻声咕哝着。都熬成老树墩子了，遇事还这么沉不住气。这让他相当意外，对自己还有点失望。

既来之，则安之——老树喃喃，又用最近在"正念禅修"讲座上听来的方法，提醒自己以全盘接收的不抵抗态度面对眼前的危机——玉叶失踪了。噢，不是失踪，是逃逸！——警察刚才给他这位玉叶在美国的头号紧急状况联系人打来电话，

作品信息

原载《北京文学》（精彩阅读）2016 年第 11 期，《长江文艺·好小说》2017 年第 1 期选载，《长江文艺》2017 年第 2 期转载，《中篇小说选刊》2017 年第 1 期转载。

是这样纠正他的。警察口气平静，语调坚定。今天傍晚，19岁的玉叶竟从坐落在加州与内华达州交界处的"绿洲珍稀动物收容所"里将一只一岁半的孟加拉虎盗走，眼下去向不明。"盗窃"也是警方用语。玉叶已经成年，盗窃罪会被追究不说，更要命的是，她弄走的是一只会严重危害公共安全的猛兽。要是被定了罪，只怕要被遣返回国。

到目前为止，老树的手机已鸣响两次，跳出加州警方通告。他刚才在高速公路上也看到了巨幅电子告示牌上警方发出的紧急告示。那串快速闪过的橘色光点，火苗般在他眼里乱窜——"2015年黑色路虎LR4SUV，车牌YUYEWEI，挟持孟加拉母虎逃逸中，如有信息拨打911。"车里的音乐台也在插播这条新闻，相信网络和电视台此刻更不会闲着。人咬狗才是新闻，这下蹦出个"少女盗虎逃逸"，相信很快就会发酵成耸动全国的新闻。

老树眼下最担心的是玉叶的安全。事发地点周围，眼下正是暴风雪季。旧金山湾区那些在加州连续数年大旱里憋得抓狂的滑雪爱好者们，近来都为内华达山脉的连场大雪激动不已，周末一到，就一拨拨奔往那边的滑雪胜地。此刻本地电视新闻的画面，竟是加州和内华达交界处及太浩湖附近高速公路上在暴雪中龟行数十英里的车阵。玉叶在这样恶劣的天气里带着一只凶猛的老虎要去哪里？又能去哪里？

老树去年夏天曾去看过在"绿洲"当暑期义工的玉叶，见到了可爱的孟加拉。孟加拉当时就有八九十磅，现在肯定超过了玉叶的体重。孟加拉是玉叶给她收养的孟加拉小母虎起的小名，有时她干脆叫它"虎妹"。这倒是她壮乡老家的习惯，在那里，人们对村里未出阁的女性，无论长幼，都以妹相称。玉叶接养孟加拉后，整个人变得开朗起来，让老树感到欣慰。没想到去年入冬后，孟加拉的状况忽然变糟。先是撞坏铁笼，最近更两次袭击了饲养员——第一次是咬住饲养员的长筒水靴，任饲养员厉声喝令都不松口，还甩动身体，蓄力发飙。好在饲养员灵光，迅速脱鞋扔远，才令孟加拉掉头离开。第二次更过分，孟加拉已咬住饲养员手腕，待闻声赶来的其他饲养员抄起电棒击打，它才松口。这表明孟加拉的暴力倾向越来越严重。"绿洲"一边与被袭饲养员沟通，希望双方达成和解，尽量降低赔偿费；一边则按之前双方签下的认养合同里的相关条款通知了玉叶，说"绿洲"在走法律程序，正请兽医和动物心理医生给孟加拉做检查，一旦确认有问题，按规定就要给它安排安乐死。

路口的灯终于变绿，老树却没反应过来。后面的车子不耐烦地摁下喇叭，他才猛地一踩油门，老丰田"噌——"地一蹿，突突地抖了两下，加起速来，往上山的岔道冲去。老树摇摇头，脑子里仍甩不掉玉叶那张愁苦的小脸。

接到"绿洲"的通知后，玉叶已经哭过好几次。作为加州大学伯克利分校生物系二年级学生，玉叶的职业志向是将来当兽医。她打算读完本科后，到加大戴维斯分校攻读该校排名世界第一的兽医专业博士学位。出于爱好，也为了积累申请读博时学校所看重的工作经验，玉叶平日里哪怕要熬夜赶作业，周末也一定抽出时间去伯克利城里的宠物店、宠物收容所打工。大学的第一个寒假里，她就获得了去"绿洲"做义工的机会，接下来的暑假又去那儿工作了近三个月。玉叶正是在那里遇到了被人遗弃后由"绿洲"接收的孟加拉，随后办理了接养手续——为孟加拉提供专项饲养赞助费。

刚认识玉叶不久，老树就知道了她最想养的宠物是老虎。他起初根本没上心。在老树的印象里，将老虎当宠物来养的，不是迪拜的那些土豪，就是欧美影视娱乐界巨星或者 NBA 球星。跟苍白瘦高、说话蚊子叫一般躲躲闪闪的玉叶完全不搭界，他便只当是个内向女孩的白日梦，说说罢了。后来发现她到处搜集资料，还真做起研究，不时分类打印出一沓文章带来给老树看。作为劳伦斯国家实验室的资深高能物理学家，老树对玉叶这股认真劲儿有种本能的欣赏。

他和玉叶探讨起动物。玉叶告诉他，在美国想弄只老虎并不难，通常千把或两千美元就可以从非洲买到小虎。入关的费用不贵，手续也不很复杂，还不时能有机会在美国找到免费的老虎呢。见老树一副不可思议的表情，她又说，人们多是一时头脑发热，待真的将老虎接到手里，才知道养只老虎可不容易。很多的事情要打理，更别说还得花不少钱，光是吃那么多的肉就让人的荷包吃紧。若老虎再生个病什么的，那更不得了，要花钱请人用专用的车子运去兽医院不说，看病用药都超贵。七七八八一加，比养个孩子还厉害，一下就会觉得扛不住了，到头来宁肯免费出让呢。玉叶平时话很少，可一说到老虎就刹不住车，一对细细的小眼睛发出光来。老树难得见她那么开心，再听到她说将来要养老虎，就由她去了。

到了孟加拉出现，她真的来说要办接养手续时，老树还是吓了一跳，赶紧也去做功课。这下感觉就像个本来低头走在昏暗走廊上的家伙，以为只是随手推开边上一扇门，没想到一头撞进个崭新的世界。老树这才发现，在美国要养老虎虽不像他原来想象的那么复杂，可也没玉叶说的那么简单。比如加州跟美国其他很多州一样，州法是禁止私人养猛兽的。就算在允许养猛兽的州里，政府监管的条例也非常严格，从居家环境到猛兽的住所、怎样带猛兽出门去看兽医等等，各种细节都有细致而严苛的规范和要求。待将那些条款仔细读了，老树意识到，在美国要养只老虎之类的猛兽，门槛其实很高。连专家也提醒说，在所有允许民众养猛兽的州里，各级政府部门在实际执法过程中的监管比规定的更严，说不好听点就是变着法子让有此念的民众趁早放弃。老树把自己搜集到的信息告诉玉叶，她总是安静地听着，也不反驳。最后总是说，她将来会去允许养猛兽的州生活，比如邻近的内华达，这样她就能和孟加拉朝夕相处。

玉叶从来没担心过养育孟加拉的花费。对她而言，所有的费用都由她在广西南丹拥有两座大锡矿的父亲博林买单，那不过是银行卡内存款数的小小变更而已。玉叶觉得，只要等到将来自己做了兽医，孟加拉的所有问题就可由她自己解决。老树听了摇头，说，你讲的是自己一辈子的规划，可老虎的寿命长不过30年啊。玉叶淡淡看他一眼，不紧不慢答道，30年啊？我六岁就离家了！老树就说不出话来。玉叶从懂事起，就在一个接一个的寄宿学校间流转，一路从南宁的贵族幼儿园到贵族小学，又到广州的国际学校上初中，再到美国得州达拉斯读高中，现在又到伯克利读大学，一直远离家人，且越走越远。而老树从自己儿子泉泉出生起，多年来父子俩也是聚少离多。他只能同意玉叶，若能30年在一起，真是很长了。

车子冲过交通灯后，上坡的道口是个急转弯，老树车速太快，车子有些打不过去。他放开油门，回了把方向盘，将速度减下来，提醒自己不要急，不能急，却仍然感到手心有点湿。

老树在去年夏天将要结束时，专程开车去看了趟在"绿洲"打工的玉叶。虽然之前看过玉叶传来的好些"绿洲"照片，到了那里，老树对四周荒凉的环境还是相当意外。"绿洲"其实就是铁丝网圈起来的一片沙地。办公室和仓库等都在低矮的平房里，四周沙漠寸草不生。动物们被圈养在一块块由铁丝网拦出的地盘上。"绿洲"作为非营利性机构，资金有限，设施只能讲功用，跟城市里那些修得漂漂亮亮的动物园完全不同，看上去简直可说简陋。

玉叶出现的时候，穿着一套淡橄榄色工作服，看上去像个女兵。又因为太瘦了，工作服松松垮垮的，整个人看上去小了一号，很有点滑稽。脑后的马尾松松地盘起来，让她看上去成熟了几分。老树由她领着在所里转，看了狮子、斑马、羚羊等。玉叶像变了个人，主动跟每个碰到的人打招呼，偶尔还逗个乐，让老树看得心下轻松起来。

孟加拉在"绿洲"最靠边的一个大笼里。笼外两棵松树被沙漠的大风吹得歪斜地半倒着；笼里一角有个低矮的棚屋，想必是孟加拉睡觉的地方。笼里沙泥地上有些彩色小球、水枪、动物玩具，看上去像是小孩子的住所。一位30多岁的白人女饲养员正给孟加拉弄吃的。远远看去，笼边小小的水泥坪上的孟加拉像只猫，但比猫大不少，是只中小德国狼犬的尺寸。杏黄的毛色带着光泽，好像刚洗完澡，又用电吹风吹干了，蓬松洁净，长短交错的纵横黑纹将深杏黄的毛色衬得特别明晰。玉叶跟女饲养员打招呼时，孟加拉的耳朵一下竖起来，头一扬，"哗"的一下，绕过装食物的铁桶，一个跳跃，短小结实的身姿在空中划出一道漂亮的弧线。老树脑里闪出"虎跃"两字，嘴还未合上，就看到孟加拉落到了玉叶的臂弯。玉叶低下腰，孟加拉立起来，两只前爪在玉叶面前比画，玉叶双手递过去，和孟加拉手拉手摇着。

玉叶很快就搂住孟加拉，"宝宝""好虎妹"地叫着。孟加拉好像能听懂，欢快地往她怀里蹭，摇着短短的漂亮尾巴。老树站在铁笼门口，能听到孟加拉"呼呼呼"的急促喘气声。玉叶将头贴上去，跟孟加拉额对着额轻轻磕碰，像一对亲密的姐妹，看得老树的鼻子有些发酸。后来玉叶来说"绿洲"要处理孟加拉时，老树就想起这场景，还有玉叶将孟加拉的前爪抓起放到他手里时的那暖暖的感觉。

孟加拉双眼很圆，黑黑的瞳仁其实很小，眼核是透明的带点棕的墨绿色，让老树想起前妻玛佳总是戴在无名指上的那颗碧玺。孟加拉的耳朵特别圆，一圈短粗的白胡须，脸上额头的黑纹如同毛笔画般的好看。只是它张嘴时，口里那团鲜嫩的粉红让老树一惊。他转眼看到铁笼深处，女饲养员弄好一盆血红的杂肉块，刚一放好，孟加拉就甩下玉叶，又"唰"地一跃，向那盆血肉扑去。老树有些失望地朝玉叶看去。她仍是盯着孟加拉，专注的神态让老树想起前妻初为人母时抱着儿子的表情。他别过脸去。

从孟加拉的笼子出来，老树惊异地说，我感觉到孟加拉明显对你更亲，按说那白人女饲养员跟孟加拉认识的时间更长，相处的时间更多，经验也更足啊。玉叶淡淡一笑，说，我跟孟加拉有缘呗。它被遗弃在野外，被人发现抓到后，转了好几处临时收容所，最后才到"绿洲"的。我正好也是刚来。那时它看上去总是很惊恐，时刻处在自卫状态。可它从一开始，对我的接受度就很高。据他们讲，因为孟加拉是个娃娃，又从野外来，对人很有戒心。美国人个个人高马大的，它更怕。我个子小，走路和动作都轻，它能感受到的，对我没那么戒备。所里就同意我去管它的那个组，我一上手就很顺利，它从一开始就跟我很要好。

老树想了想，说，我觉得还是要注意安全，它毕竟是老虎啊。玉叶抬抬眉，一拍右腿，"啪"地从裤子侧袋里变戏法般掏出一个小手电似的粉色瓶子，在老树眼前一晃。老树知道那是超市里几美元就能买到的防身用的辣椒喷雾剂。这是防色狼的。老树笑笑说。效果一样的啊！刺激性那么强，虎狼一下会顶不住，就能争取到机会逃生。玉叶轻声说。老树摇头：你还是得小心，保安和饲养员里应该有人佩枪的吧？记得前两年在加州中部的猫科动物避难所，出了件女实习生被一只四岁狮子咬死的新闻，当时笼里还有另一位工作人员呢，得等到警察赶来用枪打死狮子才能进去。我觉得工作人员应佩枪，可惜你还不到年龄，那也该配把麻醉枪。玉叶一歪脑袋，有些得意地说，你忘了我爸弄了把来复枪给我，说是用来看家护院的？不用那么紧张啦，虎妹还只是个娃娃，而且特别善。老树记起博林是给她买了把双筒猎枪，还带她去靶场练过，就点点头，认真地说，你看到它扑食的样子了？很猛啊，到底是野兽，千万不能大意。玉叶应着，说，那是，每天要吃好多肉。其实比蟒蛇好些，蟒蛇是只愿吃活物呢。"绿洲"只是个收养中心，人手不够，资金也有限；还有，是理念的问题吧，不会训练动物扑食活物什么的，还是蛮安全的。

此时想到这些，老树一个激灵——但愿玉叶这回能想起带上她的来复枪。那枪虽然笨重，打两枪就要再上子弹，但跟猛兽在一起，有支枪防身总是要好得多。

自去过"绿洲"后，老树对玉叶接养孟加拉的事放下心来。没想到了去年深秋，孟加拉就出了事，弄得老树也跟着坐立不安。

接到"绿洲"就孟加拉的命运发来的通知后，在短短两个月里，玉叶专程飞了几趟，去看她心爱的孟加拉。她在"绿洲"干活的那个暑假里，认识了几对在"绿洲"附近湖边拥有度假屋的老美夫妇。那些个处于退休或半退休状态的硅谷老鳄，不时开着私人小飞机在硅谷和太浩湖间通勤，周末或节假日就躲到太浩湖的湖汊里休假，甚至平时也会在那边办公，有重要会议时才飞回湾区。他们的太太或女友多是"绿洲"的热心赞助者，不时也来做点义工，在那儿认识了玉叶后，邀她去度假屋参加烧烤派对。他们有时从那儿开车出游几天，到什么地方打打高尔夫，就让玉叶住过去帮忙照顾家里的狗猫或后院的马。玉叶内向寡言，做事小心翼翼，让他们疼爱又放心。他们后来干脆将家里的钥匙交给她。他们的私人飞机就停在"绿洲"所在小镇的小机场里。玉叶由此得以蹭坐他们的私人飞机，周末在旧金山湾区和"绿洲"间作空中穿梭。

玉叶每回从"绿洲"回来，都说孟加拉见到她很乖，非常温顺，还会往她怀里钻，不停地撒娇，好像有什么话要跟她讲。玉叶说着就皱起眉头，说她怀疑是不是虎妹平时被虐待了。她还告诉老树，每次她要走时，孟加拉都会追到门口，冲她嗷嗷地叫，就像个小孩子。让她想起自己小时候刚上幼儿园时，父母来看完她走时的情景。只是她不如父母狠，总挪不动脚。

玉叶坚持说"绿洲"的处理方式有问题。动物聪明得很，你跟它敌对，你的紧张气场，它们能感受到，也会当你是敌人。玉叶强调道，我总是用朋友、姐妹的态度对孟加拉，它就完全没问题，要不我也不会接养它。我不会像他们那样，什么不能做这动作，不能过那个线之类，我就跟它随便玩。它的手搭上我的肩头，我就让它搭啊，跟它拍着玩，引它移开就是。不用像他们那样，立刻拨开，还大声凶它，接着体罚。他们只按所谓"规则"做事，根本不把动物当朋友。老树说，那些规则是经验的总结，肯定是有道理的。玉叶就顶回来，说，咬个鞋子算什么事？孟加拉也咬过我的鞋子，我就让它咬啊，那是在跟我玩。老树一听，马上说，如果按规定是反常行为，你应该向"绿洲"报告，才能尽早防止孟加拉更出格啊。玉叶重重地叹了一口气，反复说，真是特别希望自己有条件将孟加拉带在身边，那样就什么都好办了。她觉得孟加拉只不过是在长身体，可能活动的地盘太小，有些焦躁。她甚至担心孟加拉得了抑郁症，正请求"绿洲"给孟加拉换个大点的地方，并愿意将赞助费从目前的每月250美元增加到350美元——这些钱当然都是从父母给她的卡里划出的。

老树从资料里了解到，小虎到了十六七个月，正是要跟母虎分离、独自外出觅食的时候。孟加拉眼下的表现，应该是基因在起作用。他心里有些着急，觉得该去"绿洲"亲自看一下。但因早些年做过心脏搭桥手术，一到冬天总是有点不适，感恩节到新年那段时间，又因重感冒引发心肌炎，还给送急诊，住了几天院。玉叶来看了他两次之后，就不怎么再提孟加拉了。老树打不起精神，见玉叶看上去情绪好多了，也没多问。没想到她竟不声不响地一下子闯出这么个大祸，惊得老树都觉到了心脏缺血。

想到这儿，老树摁了摁胸口，重重地吐出一口长气。是的，黑色路虎，车牌YUYEWEI，就是她了。个性化车牌是玉叶花了比普通车牌贵双倍以上的价格，为父母送给她的高中毕业礼物——森黑色巨型路虎SUV——专门定制的。那"巨型"是让玉叶瘦弱的身材对比出来的。按说她这个年纪的美国女孩，喜爱的大多是色彩明艳、造型小巧如玩具般的车子，玉叶却从一开始就心仪大个头的路虎。博林后来跟老树说，他也觉得这车和玉叶的身架骨不搭，可老韦家祖祖辈辈泥腿子，玉叶很了不起，不仅是家里第一代留学生，还能考上世界一流名校，别说买台路虎，如果能摘得到天上的星星，他也一定要给她去摘呀。老树平日里看到瘦弱的玉叶面对着巨大的路虎爬上爬下，忍不住叹气。却听玉叶说，这是她的坦克，坐在里面特别有安全感。老树就又想，这倒也是，小孩子开车总是让人担心，弄台分量够大的家伙，遇个事故，撞起来什么的，安全系数就高得多。这不，眼下想到玉叶的车况，老树倒有些庆幸。

手机这时"咚咚"跳响。老树抓起一看，是博林的微信语音留言。点开一听，说是已订票，最早后天中午可到旧金山。傍晚跟警方通话后，老树立刻拨通博林的手机，报告了玉叶的情况。

1970 年春天，刚满 16 岁的老树从南宁来到位于桂西山区的南丹县插队，落户到村子里的韦姓壮族农家。第一眼看到的博林，还是个被丢在破烂的矮木床上、不时嗷嗷哭叫的小娃仔。老树在大山里插队近八年，种地打柴，捣鼓修小水电站之余，看书、带博林，是他最重要的生活内容。青葱少年的他，哪里想得到自己手把手带着在泥地上画鸡描狗学拼音识字算数的博林，未来会成为坐拥两座锡矿的大矿主。当然，他更没想到自己有一天会成了留美博士，美国国家实验室的高能物理学家。

博林接到老树的电话，反复说了几遍：你看你看，我这几天心里很不踏实，果然就出了大事。我总跟她讲，我反对养老虎。钱不是问题，你哪怕再养条蟒蛇都好啊。我们中国人讲养虎遗患。养虎遗患，这念头想到就可怕！她就是死犟，这下闯大祸了吧！没等老树说话，博林在那头又说，自己眼下正在南丹大山深处，陪同自治区安全生产监管局的检查组在做矿区安全巡检，若有差错，矿区就会列入"去产能"名单。再讲就算马上出发，折腾到广州或香港，再转飞旧金山，路上头头尾尾一加，最快也要两天才能赶到。博林越说越急，高一声低一声"老哥""老哥"地叫着老树：你就把她当你自己的女儿吧，我们拜托你全权做主！

我和她阿娘绝对放心。我这边尽快弄好就飞去。

老树听得发呆。这几年来，他把玉叶当女儿一样看顾。他能感到自己成了玉叶最信任的人。他想，在这交往中得益的并不只是玉叶。玉叶从喜欢老虎，到想养老虎，再到接养孟加拉，并打算将来当兽医，一步步走来，都有他作陪。他一直觉得自己是在帮玉叶堵她心里那个透风的空洞，而孟加拉正巧是一块有效的填料。而且他确实见证了那个空洞在缩小，玉叶并由此强壮起来。可惜他也糊涂得忘了孟加拉不过是只猛兽，想要靠它来拯救人心，弄不好就可能摔下深渊。想到这儿，老树心口阵阵发紧。

二

前方小道口又一个红灯。好在老树车子靠近时，灯一下就变绿了。老树心下一喜，用力踩了脚油门，老丰田一个短暂而明显的延迟后，"轰"地往前冲去，竟有点刹不住，哐当哐当沿着斜向山边的小路冲去，三转两转拐上了玉叶门前那道长坡。右侧车窗上渐次映出远处海湾里的灯海。早春里夜风很急，将湾里的雾气吹散了，星星点点的灯火亮得有点失真。车子一路"哐哐哐"地上去，终于在坡顶碉堡似的钢筋混凝土楼前停稳。车库门上的感应灯"啪"地亮起，在灰白的水泥坪上打出一片幽暗冷光。老树熄了火，靠到椅背上刚吁出一口长气，就看到正前方"唰"地亮起一道光柱，随着引擎的启动声，光柱掉转过来，直打到老树的前窗。

光柱是从一辆警车的顶灯打出的。老树微低下头，后视镜里看到山墙一侧停着的另一辆警车顶上的红蓝灯也一齐亮起，呼应着向老树逼近的警车。与此同时，坡底侧街蹿出一辆深色箱形车，沿坡而上，紧紧堵住老树的退路。老树拧开车里的灯，安静地坐着，等警察过来敲他的车窗。

手电光打来，将老树暴露在一圈清亮中。他瞄到反光镜中的自己，花白的平头收拾得整整齐齐，眼角的皱纹密集而妥帖，清癯的面容虽看着有些疲倦，镜片后的目光却很淡定。嗯，像个好人，老树在心里给了自己一个赞，淡淡一笑。

一个年轻白人女警察走近了，弯着腰将脸贴上来，老树按她的示意，在晃眼的手电光里摇下车窗，清楚地向女警察打了招呼，同时瞥到女警察搁在腰间的左手，知道她在为随时拔枪做准备。凉风呼呼灌入车里，老树哆嗦了一下。

警官史密斯。女警察说着，晃了一下手里的警员证。请出示身份证和汽车注册文件——脑后拖着条法式辫子的年轻女警官又不动声色地说，同时将手电转向车里，很快地照了一圈。老树掏出钱夹，抽出驾照，又翻出车子注册单和保险单一并递上。女警官收了老树的驾照和车证，回到自己车里上联网查实去了。身后警车里走出了一位高大的男警察，双手在胸前交叉着立定，保持一定距离监视着他。

你已经知道发生了什么，对吧？女警官走回来，问着，同时将驾照和文件递还给老树，又在手里的平板电脑上划拉着什么，问他和玉叶最后一次联系是何时。应该是上周三吧，她完全没有、没有说要去那边。老树答着，声音越来越低。女警官停下手来，盯着老树问：她出事后没联系？老树的声音高起来，肯定地说，接到警方通知后，我一直都在给她打电话，都没打通，这你们一定也知道。

这是我们守候在这里的原因。女警官的口气明显温和多了，又向老树点头，示意他可以出来了。老树从车里一出来，身后那高大的男警察也过来了。他们互相点头致意。这时，停在更远的箱形车"砰"地一响，一位穿着浅色制服的中年男子从车上跳出，老树想那应是动物管制机构的工作人员，想到他在等玉叶和孟加拉的出现，不禁苦笑。他走过来跟老树握手，说叫泰德。老树问，有最新的消息吗？

女警官摇头，说，没有更新的消息。现在内华达警方也加入了搜寻。情况非常危急，马上将有新一轮风暴，那一带所有的滑雪场都关闭了。这女孩才 19 岁，现在独自与一只猛兽在一起。男警察咕哝着说，是啊，这姑娘的胆子也太大了！泰德便说，她带走的就是去年初新闻里报道过的那只被人扔在马林县山边，后来被一个晨跑的姑娘发现的小孟加拉虎，现在有 100 多磅了，厉害着呢，可不是开玩笑的。

两位警察好奇地看向泰德，女警官问，噢，记得记得！后来弄清小老虎是怎么来的吗？

泰德摇头，说，当然不知道。加州法律不允许养猛兽，谁敢出来认呢。最可气的就是很多人其实并不知道养个老虎需要付出多少，也不想了解，脑袋一热就来。负责的，养不了就捐到动物收容所去，这样乱扔到野外的，就太过分了。我们真为这姑娘的安全担心，何况这老虎在犯病，收容所正考虑让它安乐死，你知道的？泰德说到这里，望向老树。

晓得的。那小老虎我也见过，很漂亮，好可爱，说它出问题，我们都很震惊。听玉叶说，小老虎跟她在一起的时候特别乖。老树说着，小心地看向泰德。泰德挥挥手，说，永远不能忘记野兽就是野兽。野兽可以训练，但无法驯化。而且虎是独行兽，有强烈的领地意识，兽性发作时，血亲都要拼得个你死我活。现在的人，迪士尼的片子看多了，会出问题的。你们很难相信，现在美国民间大概有五千到一万只私养老虎，而全美其实只有五个州允许私人养猛兽，所以很多都是非法饲养的，问题很多。这女孩带走的那类来历不明的动物，更要特别小心，一旦有苗头，就要尽快处理。"绿洲"不知怎么回事，拖得太久了。泰德的口气愈发凝重，两位警察也安静地听着。

老树小心地接上去，说：玉叶自幼的生活经历，确实让她对这只孟加拉小母虎产生了非常特殊的感情。她有点拔不出来，我正要建议她去看心理医生。哦——三人一致看向老树。老树确定他们都听明白了，放下心来。他知道，玉叶将来若要出庭，这些细节会对她有利。

老树又小心地说，如果放下公共安全这一项，这小老虎算作她的私人财产，她确实是签了接养合同，为小虎提供着生活费。她打算等大学毕业，安定下来就办手续接走小虎，这点收容所可以作证。

泰德摇着脑袋，说，不行啊，现在老虎还是所里的财产，要办理了正式的法律手续才可过户。听他们说，最后一组的专家鉴定也已经完成，所里已在着手安排具体的执行日期，也就在一周内了吧。这女孩因为跟所里人头熟，又是那儿的在册义工，值班的人以为她是去干活的，就没留神，没想到她是去偷老虎的，装了笼子就从侧门运走了。现在最要紧的是找到她。她能将老虎带去哪儿呢？就算可以将它运进允许私人养猛兽的内华达州，也得严格审批后才可取得收养资格。何况这是只有严重问题的老虎，这可跟劫持死刑犯差不多啊！

老树心里"咯噔"一下，哦，内华达，这就对了！玉叶会不会正去往内华达呢？那些个给她搭顺风小飞机的硅谷老鳄的度假屋，就在太浩湖边，她至少有两家的钥匙。去年夏天老树去看她时，玉叶还带他到那里看过。想到这里，老树叫起来：等等！玉叶不会将老虎带回加州，也不可能带到山下的大赌城雷诺，我觉得最有可能是往内华达境内的太浩湖边去了。玉叶认识那边几个硅谷去的家庭，还有他们度假屋的钥匙。可惜我没有他们的联系电话。我记得有个叫托尼·安德森的，说是硅谷很有名的 VC（风险投资者），太太玛丽也在"绿洲"当义工，他们是硅谷帕罗拉图的居民。"绿洲"方面肯定有玛丽的联系方法。

太好了！女警官应着，从腰间拔出电话，急速拨打起来。老树无法猜测对方的回应，只听得她在"嗯""嗯"地应着，面无表情。终于等她收了线，见老树他们齐齐看向她，女警官耸耸肩，说，总台会马上联系"绿洲"和内华达警方。我们从这边去找帕罗拉图的托尼·安德森。有任何新线索，随时给我电话。说着，她掏出名片递上。泰德他们的表情看上去也轻松了些。

好的。如果没有什么事，我要进去了。老树一边接过女警官和泰德递来的名片，一边说。他们三人快速交换了眼色，几乎同时抬头看向前方那座堡垒般的高楼。老树知道，如果警察没有拿到法官签发的搜索证，他们不能进入玉叶的住宅。

老树退避到路边，看着他们的车子沿坡鱼贯而下，在坡底闪出几束飘忽的光，渐次灭了，还给长坡一派清冷的幽暗。

老树坐回老丰田里，摁下后视镜底的遥控器，前方左侧车库的门"哗"地应声卷起，车库顶灯顿时大亮。三个车位全空着，在暗夜里显得特别空阔。玉叶真的不在。老树得到再次的确认，胸口隐隐发疼。他将车子开进车库停稳，走出来抬眼望去，三个墙面的白色木架上整整齐齐地码着大小不一的透明塑胶盒子。盒子的右上角都贴着标签，列着盒里物什的清单。玉叶有这么多东西，倒是他以前不曾意识到的。另一边是博林和他朋友们的高尔夫球袋，黑白相间地倚墙一溜排开；门边二三十顶各色高尔夫球帽、棒球帽、太阳帽，齐刷刷地挂成方队。想到那帮人只来过两三次，就能弄出这么些东西，老树不禁摇头。

玉叶平日里偶尔到老树家转一圈，离开后，老树就会发现桌面上原本散乱的铅笔，已按长短排成一排，书本纸张也按大小依次叠齐，厨房里各种杯子和碗碟刀叉筷子，变魔术般地各就各位。老树本来已算是很整洁的人了，可还是到不了玉叶这般规整。他有次说到这事，玉叶忽然手心朝上地递过来，轻声说，小时这手心给打过多少次啊，都以为贵族学校是什么呀，哼！没等老树说话，她又问，那你小时候在干什么？老树掩饰着心中的惊诧，说，在你家乡种地、养猪呗。玉叶皱起眉，表情很疑惑。自她记事起，家里开始发迹，到处都有房子，她对到底哪儿算家都说不太清楚，更别说家乡了。她爷爷当年在南宁病重，一定要死在家乡，闹着让博林一路送回乡里，玉叶才跟着去过老家一趟。她记得住进了一幢空空的白色碉堡——那是博林阔了之后回乡建的四层钢筋混凝土大楼。玉叶每回说到这些话题，表情都带点轻慢，让老树伤感，可这是玉叶的来路，他没法改变。

老树回过神来，摁下墙上的开关，车库门在身后缓缓落下。他走上台阶，在门边的电子锁上摁下密码"96yuye96"——玉叶生于1996年。

电子锁闪过一串冷冷的蓝光，"啪"的一下开了。老树推门而入，下意识地叫起来——玉叶！没有回响。他又叫了一声，听到自己的声音在空旷的大厅里走远，在朝向海湾的那排落地玻璃窗上清脆地弹响。他"啪、啪、啪"地拍着门边的一排开关，厅里霎时灯火通明。一眼望去，宽大的起居间里博林海运来的那条酸枝木长桌上，所有的物品都摆得整整齐齐。

老树快步走向长桌和吧台，又一路拍着厨房台面和冰箱门这些他能想到的玉叶可能留下文字的地方，却什么也没发现，更不要说有联系人的电话号码了。老树退出来，安静地站在大厅中央，远远望出去，旧金山湾上空的云雾又被风吹起，山下的灯海看上去时明时暗，让他有站在一艘大船上的错觉。他走到落地窗前站了一会儿，忽然想到什么，急步去在大厅侧道深处的玉叶的房间。

玉叶的房门半开着，老树一推，摁下门边开关，灯光大亮。他扫了一眼屋子，书桌上连半张废纸也没有。对！来复枪。她带来复枪去了吗？老树脑子"嗡嗡"响着。他记得博林带他看过那支为玉叶买的双筒猎枪，是锁在玉叶衣帽间的一个小铁柜里。加州随联邦法律规定，年满 18 岁就可合法拥有来复枪类枪支。博林觉得这种一次只装两发子弹的玩意儿，没什么太大危险性，但实用，就买了一把给玉叶作防卫。说也就能轰只把野鸡，没关系的，那口气随意得就像帮她买路虎。博林带玉叶去靶场练过几次，玉叶回来说除了枪笨重了点，打起来并不难。后来就没再听她讲了，好像是会用后就锁了起来，老树也就忘了这事儿。他也从没在她的车里看到过。按加州的规定，她若携带来复枪出门，是不能藏起来的。

老树走进玉叶的衣帽间，一眼望过去，宽大的原木色衣橱门都开着，不多的衣裤按白灰米黑的色调，松松地排挂着，没一件带有花色。木格架上叠放的衣裳整齐得恨不得能看出棱角。老树直接走到左边，"哗"地将木门一拨，看到衣橱深处那只墨绿色长铁柜的门半开着。看来枪给带走了，他想着，走过去将柜门打开，果然是空的。太好了！老树握着拳，又轻叫了一声：Good girl（好女孩）！这可比粉色辣椒水管用多了。看来玉叶是跟那些美国人学来的带枪习惯。美国人家里有几把枪太平常了，开车出个远门什么的，带支枪防身再自然不过。想到玉叶眼下带着一支枪，老树吐出一口长气。他退出来，走到后院去。天庭四周的地灯已按设定的时间亮起，打出一圈冷暗的光带。泳道用厚厚的墨绿色帆布盖上了，藤制的庭院家具也罩得很牢实。

玉叶前年秋天如愿进入加大伯克利后，博林就决定在这儿买房子。经人介绍找了个房产经纪，博林来时，就拉老树陪着看房子。玉叶却很少说话，直到看到这栋在伯克利与奥克兰交界处的山间大宅，她脱口就说，这简直就是爷爷的碉堡。这一说不打紧，博林当即附和，决定拿下。

前房主是建筑工程承建商，买下人家抛售的地基，本想建屋自住，不想房子建好后没住几年，湾区房价暴涨，建筑商便决定抛售套现。在老树眼里，这房子像在坡顶垫起的一个大方盒子，毫无美感可言。博林却能看出道道，说料下得很足，工也做得特别扎实，沿着坡面浇筑的钢筋水泥地基，那么大一块是整个儿浇的。房里各处用的也都是实打实的好材质，比那些花里胡哨、样样摊在脸面上的所谓豪宅更合他心意。博林的意思，自己到了这个身家，买栋这种价位的房子，涨跌无所谓，只是将财产做些分散投资。经纪人马上说，在旧金山湾区这种长线只见涨不会跌的地区买房，加上玉叶又在这里读大学，他们来看她也方便，一举两得，很值得买。博林又听理财专家鼓动，很快就从国内调来 275 万美元，用现款将这房子买下。交房时，博林夫妇都没来，交由老树全权代理办接收手续。整个过程都那么干脆，乐得那一口京腔的女经纪人，一定要在旧金山城的米其林餐馆请老树吃一顿。

玉叶入读伯克利后，按规定先住了一年的学生宿舍，去年夏天才搬进这里。博林本来打算让双胞胎儿子也到美国读高中，姐弟仨可住一起。玉叶的母亲阿凤想来想去又不舍得，还是将双胞胎儿子送到了广州的国际学校。阿凤也随着儿子搬到广州，好让双胞胎在周末能喝到她煲的汤，吃她炒的菜。

老树在玉叶带着她心爱的孟加拉去向不明的时刻想到这些，心往下沉。博林每每说起，总是唠唠叨叨地感谢他对玉叶的照顾。老树此刻回想着，其实玉叶这些年的陪伴，带给他的安慰，比自己意识到的要多得多。他从皮夹克的内袋里掏出 iPhone 拨打起来。玉叶的手机仍处于关机状态。

老树折回前楼大厅里，跌坐到窗边的沙发上，这才感到了疲惫，肚子还有点饿，他起身从冰箱里取来一盒蓝莓酸奶吃着，忍不住又去看 iPhone 上的天气预报。"绿洲"一带刚迎来新一轮风雪，让人心焦。如果按他猜测的，玉叶是开往湖边去的话，她现在会到了哪里？老树在 iPhone 搜着"绿洲"的地图。从"绿洲"的那个红点上划开，再划开。土色之外，绿色渐次加深，那就是进山的林地，再出去，太浩湖由点至面扩展，蓝绿交界是大大小小的湖汊，进出这一带的道路不多，穿插的小路倒还不少。

去年夏天去那里看玉叶时，玉叶领他游览了安德森度假屋所在的湖畔。记得从"绿洲"出来，离开沙漠地带之后，就进入了太浩湖区的大山，手机信号时强时弱，有时还会断掉。玉叶摇下车窗，混着植物清香的凉风涌进车里，路变得弯曲起来，越来越窄，车子直接驶进了森林中。风声很大，玉叶的声音越来越高，说着她在"绿洲"的生活。老树记起来，有个瞬间，她的手臂伸出去，朝树林的方向比画着，说，将来就到内华达来生活，你看多么自然，多么美。老树点头，说，你是说可以离孟加拉更近吧？玉叶笑笑，没说话。老树看到一路弯曲的山道边上不时有岔出去的小路，通往露营地和家庭旅宿车的停车场。玉叶告诉他，这些地方夏天都很热闹，冬天则大部分会关闭，要到山下近湖边一带，才会有特意来看雪的人们进住那些出入方便的小木屋。

老树记得那次玉叶的车停在一个叫"红马"的县辖露营地，就在进山不久的路边。车子进去时，林子里架着好些帐篷。玉叶熟门熟路地将路虎开到营地边缘卫生间旁的停车场。老树看到离卫生间不远，是些供人租住的简易小木屋。玉叶告诉老树，这里一般只有本地人来玩，她就是"绿洲"组织义工烧烤露营时来过。卫生间里还有供热水的淋浴间，营地一年中只从5月初开放到10月底。

老树的脑袋在这儿顿了一下。他记得玉叶来回带他走的都是穿过山脊的这条路，还停过其他几处。玉叶现在会不会就是选这条路？从"绿洲"到湖汊边的直线距离不长，但车道基本是弯曲的山路，晴天里最快也得开近40分钟。眼下说不定都被暴雪封路了。

老树拨打史密斯警官的电话，对方没接。老树正等着给她留言，忽然感到手机在振动，拿开一看，竟是玉叶的号码。他马上转过去，就听到玉叶断断续续的声音，听不清在说什么。老树焦急地说：玉叶！你现在哪里？哇——玉叶的哭声一下清晰起来。老树还听到了呼呼的风声。玉叶哭叫着说，我们想翻过山去湖边躲一下，可才进山，雪就越来越大了，已上了雪链，现在根本跑不动了，可没雪链就更不行啊。现在全黑了，孟加拉该饿了，快没吃的了，我以为很快就能到的。怎么办啊？喔——她又哭出一声。老树叫道：玉叶，不要哭！你说才从"绿洲"

进山不久？那么离我们去过的"红马"露营地应该很近？不要哭，你想想！噢，应该不远——玉叶的声音平静些了，背景里的风声显得更大了。好，你现在就先将车子开去"红马"，那里有木屋，还有卫生间，总比在野外安全得多，可以躲一躲。你和孟加拉要分离，把它放到男卫生间。你现在就开去，路上当心，开慢点，刚下雪，应该还行的。到了"红马"马上给我电话，我这就去跟警察联系，他们会尽快赶到。

千万不要找警察啊！求求你！他们会打死孟加拉的。孟加拉乖得很，可怜死了，它眼泪汪汪地正看着我。玉叶那头又带上了哭腔。好的！不多说了，你马上去"红马"，有雪链还是很管用的，要镇定，你行的！玉叶在那头只说了一声"好"，线就断了。老树马上转线去找史密斯警官。史密斯警官在那端安静地听完老树的报告，镇定地说，太好了！我们正试图跟在南美度假的安德森夫妇联系；会马上跟内华达警方取得联系，随时联络。老树挂了电话，陷在沙发里，这才感到累得有点发虚，他靠到沙发上，闭上了眼睛，慢慢吐着长气，努力让自己放松下来。

三

老树第一次见到玉叶，是在前年初秋。他那阵子在赶能源部的一个年度报告，每天总是很晚才回家。听到在壮乡插队时老房东的儿子博林的电话留言，已是周五的深夜。博林说，他过来看在伯克利上学的小女玉叶，马上就要回国，今天跟在纽约的老树当年插友老猫联系上，才知道老树也在伯克利。这么多年没见，非常想念。他留了手机号码，希望老树给个地址，他好带小女登门拜访，或请老树周末到旧金山城里酒店碰个头。

接到博林短信，老树很是惊喜。他90年代初从普林斯顿拿到博士学位后，从新墨西哥州的拉斯阿莫斯国家实验室，瑞士、法国国家实验室一圈转下来，做完博士后，成了伯克利后山上劳伦斯国家实验室的高能物理学家。

当年从插队的桂西大山区南丹乡下直接考上中科大读研究生后，老树经人介绍，认识了在广西人民医院高干病房当保健医生的玛佳。玛佳的父亲时任广西军区副政委。父母都是胶东半岛人的玛佳生得高挑白净，是广州第一军医大学的工农兵学员。老树喜欢她那带点不食人间烟火的清高劲儿，从不会在婆婆妈妈的细节上纠缠。没想到，玛佳到了 90 年代初带着年幼的儿子泉泉来美国陪读时，那仙气还在口里含着咽不下。人家陪读的太太不是打工就是在学英文准备上学，玛佳却三天两头说自己在美国住不惯。她对自己在国内拥有的一切相当满意，要将它一画清空，来美国从 ABC 捡起，再奋斗，一没信心二没体力不说，还觉得不划算。唠唠叨叨过了大半年，就闹着回国继续当她的高干保健大夫去了。那时老树正为博士论文赶做实验，忙得半夜也要去实验室打个转看结果、调设置，玛佳就将泉泉也带走了，之后无论老树怎么动员也不肯再来。

两人的事这么一搁，只得以离婚告终。玛佳带着泉泉在军区大院的小楼里陪着父母老去，却也跟老树一样，没有再婚。泉泉小时候每年暑假都来美上夏令营，前后跟老树生活几周，总是还没热乎起来就又回去了。泉泉在中国读完医科大本科，申请到霍普金斯大学读博，现在马里兰的国家健康研究院工作。父子间总是客气多过亲密。老树虽不愿接受，也同意玛佳说的，自己确实没做过真正意义上的父亲。

老树如今住在伯克利半山上一座百年老屋里。四周是树龄比房龄更长的老红杉，让他有出世之感。他通常望着海湾的晚霞，在堆满书报的长台上吃着由冷冻半成品做出的晚饭，看看书报，上网浏览一圈，然后睡去，业余几乎从不社交。他喜欢这种跟青年时代山乡生活接近的日常状态。他在前些年做过心脏搭桥手术后，身体明显差多了，自我感觉是走在街上时跟中国城里的广东乡下老阿伯已没啥大区别，就更不愿出远门。父母去世后，他没再回过广西。之前只听偶有联系的当年插友老猫讲，老房东的独子博林，如今在南丹开矿发得一塌糊涂，乡里乡亲都用"富可敌国"来形容博林和韦家了。又说博林在矿上安置了四乡八里好多家乡人，乡里都很夸他仗义有担当。这回忽然听闻博林到了旧金山，老树手指一扳，算来已有三十多年未见，马上回复，与博林约好周末到城里一见。

老树周末坐捷运进城，寻到博林入住的市中心皇宫酒店。按短信的指点，刚转进旧金山地标之一、拥有阔大阳光穹顶的花园阁餐厅时，就听得博林"老哥！老哥！"地叫着迎上来。老树握着博林厚厚暖暖的手，不敢相信当年那个光着脚丫，裤管一高一低的壮家小娃仔，如今出落得圆头圆脑，欢喜佛似的。两道小时疏淡的眉毛变得浓而短，脸色红润，连老树这样的书呆子，都能看出他一身上下挺括括的衣衫高档精良。博林拉着老树的手摇着说，老哥你真是青春永驻，一点都没变！这明显的恭维让老树尴尬地笑了笑，一下看到博林眼里亮亮的光，有几分小时趴在自己膝上学字的样子，心下生出感动，侧身拥抱了博林。

老树随博林走向中央水晶大吊灯下的圆台，没想到那儿已团团坐了一圈人。博林介绍说是他的生意伙伴，从广东、云南等地组团过来打高尔夫，在旧金山撞上，明天就要走了，只好一起聚聚。老树正跟着寒暄，忽然看到人群后有个细瘦的女孩，表情畏缩地偷偷打量他。博林冲那女孩招手：玉叶，快点过来，过来。女孩动作有点慢，博林就去拉她，说，这就是我总跟你讲的老树伯，你的偶像啊，留美博士，大科学家！老树没想到博林如今好话开口就来，只得轻轻咧了咧嘴。

小女玉叶。博林揽过女孩，转身向老树说。老树记得早年玛佳给她看过博林长女金枝的照片，跟这玉叶不太像。圆头圆脑的金枝那时犯有严重哮喘，由博林夫妇带到南宁，找玛佳请专家看过病。

玉叶简直只有博林三分之一的身宽，非常瘦。窄小的脸有些苍白，带点雀斑。她的眼睛不大，这点像母亲。大热天的，玉叶穿一件月白色的麻布背心，细细的胳膊黝黑而修长，一条洗得发白的牛仔面料的短裤，黄麻色的马尾高高翘着，身上没有一件饰品，跟富丽堂皇的四周完全不搭调。老树高兴地向玉叶打招呼，恭喜她考上伯克利，说，那可是很不容易啊。博林听了开心地大笑，拍了拍她的肩膀。玉叶耸耸肩，脸上的表情有点怪，说不上是发窘还是害羞，目光躲闪。博林推了她一下，她才轻声道谢。老树又问，打算学什么专业？玉叶轻声说，报的是生物。老树点头，说，学生物很好啊。

一圈人在博林的招呼下落座。老树左边是博林，右边是玉叶。博林张罗着点了酒菜，一桌人就开始聊高尔夫，只有老树和玉叶插不上话。玉叶看上去恹恹的，也不玩手机。老树忽然转头，就会发现她在偷偷打量自己。两人的目光一交集，她又立刻缩回去，像只蜗牛。她只扒点沙拉，吃得很少。老树问起来，博林忽然转头大声说：人家爱动物，吃素。我们都讲她上辈子是尼姑，这辈子降临我们家当福星啦！说着大笑起来，表情自得。玉叶的脸冷下来，盯了博林一眼。老树赶忙岔开话题，问她是否习惯大学新生生活。玉叶慢声说，从小就这样过来的，习惯了。老树一愣，又问之前在哪里读的高中。玉叶回说在达拉斯。没等老树回话，她将左手伸过来。老树定睛一看，只见她食指上戴的银戒指是条盘着的蟒蛇造型。

伤心达拉斯，唉！这是我的蟒蛇贝贝，就是在达拉斯被他们搞死的。玉叶没头没脑地说。老树一惊，问，你住校怎么能养蟒蛇？玉叶撇撇嘴，说，之前是有住家的。老树没反应过来，就听玉叶问，你好像也很怕蟒蛇？老树在走神，玉叶轻轻一笑，有些羞涩地说，你们都搞错了，蟒蛇其实比人好多了。我带贝贝去学校给同学和老师看，大家都很喜欢她的。说到这儿，她将手里的银戒指转着，轻轻叹口气，闭了一下眼睛，表情有些痛苦。博林的一个生意伙伴这时说到刚在加州著名的卵石滩球场打出了一杆进洞，大家"哗"地哄笑起来，又咋呼着下一程到夏威夷的毛伊岛 PK。玉叶皱起眉，瞟了那些人一眼，忽然冒出一句：贝贝是住家给搞死的，所以人才是最坏的。老树心下吃惊，没答她的话。

一顿午饭吃到下午两点多才完，轰隆隆一行人出来。博林对老树说，真不好意思，都没跟老哥说上几句话，能不能一起喝杯咖啡？老树点头。两人随着那些说说笑笑的人，走到大堂道别。博林跟那些人约好第二天飞夏威夷，转头打发玉叶回房歇息。玉叶有点不情愿，博林便推她，说自己跟老伯那么多年没见了，要好好说点话。玉叶脸色一暗，只得向老树道别。老树笑着说，我们伯克利见！就看她随在博林的生意伙伴们后面离开，像一只被轰隆隆的马队拖上的没吃饱的白鹭。

博林和老树换到酒店的咖啡座里。下午时分，咖啡座里非常安静。两人喝着咖啡，说起这些年来各自生活的种种，最后说到了玉叶。博林重重地叹口气，说，她学习倒一直蛮好的，这点没让我们费过心，比她两个弟强多了。那对活宝，从小学一年级起就要请家教补习，还总是跟不上。她姐金枝身体不好，读了个财会中专，现在矿上帮忙，倒很顶用。四个崽女中，玉叶是最会读书的。但她特别怪，很夹生，不晓得怎么搞的。一个小妹仔，弄得像那种嫁不出去的老姑婆，怪头八脑的，成了我和阿凤的心病。特别是前两年，在达拉斯住家里弄了条小蟒蛇。哦，她刚才讲到了。老树有点迟疑地说。博林摇头，说：唉，那家美国人也是怪，不仅同意她养，还帮她养，家里反正六个小孩，巴不得多找点事给他们忙。我去看过，那蛇就在她屋里爬来爬去，想起就吓人，我和她娘都很担心这是什么毛病啊。要讲她从小就爱看《动物世界》，说是爱动物嘛，你让她养个猫、狗的，她就没兴趣。好在那蟒蛇没长多大就死了，真是死得好！要不停地买活物喂的，你说恶心不？她跟住家闹，说是人家弄死的。好在她没成年，家长可以做主，赶紧让中介帮她转学到寄宿学校，看她还养什么！她这才没了脾气，最后总算还考上了伯克利。博林说到这儿，挠着脑袋重重地呼气。老树给他添咖啡，劝他别生气。博林点头，接着又数落起来。

博林高中毕业回乡务农不久，前面几个姐姐相继出嫁，家里托人做媒，迎娶了后山弄里的壮家妹子阿凤。阿凤是干活的好手，田里做完，养猪喂鸡挑水做饭，完全闲不住，转年就怀孕生产了。让博林家老人失望的是，第一胎生下的是女儿金枝。金枝才断奶不久，阿凤又怀上了第二胎，没想到在田埂上摔了一跤，肚里的娃仔就流掉了。这一流产不打紧，阿凤的肚皮一歇好几年没动静，直到金枝快五岁时，才又生下二女儿玉叶。

博林和阿凤决计接着生。他们将多病的金枝和幼小的玉叶丢在乡里跟老人，夫妻俩躲到十八弄外的一个小镇上，一边开个米粉店，一边准备怀孕生儿子。米粉店惨淡经营了两年，阿凤的肚子也没动静。这时，博林的母亲身体开始不行了，他们只得回乡将玉叶接来带在身边。就在那时，南丹大山里发现了好些锡矿资源，人们从四面八方涌入，粉店生意火爆起来不说，在邻县国营大矿上当技术员的表哥也辞了职，拉博林一起去开矿。表哥有门路办到开采证，需要博林在资金上支援。博林跟着表哥折腾几年下来，锡矿的规模就出来了。博林做梦也没想到，自己成了实业家。真是想不到啊，玉叶一来，我们就转运了。说到这里，博林强调着。老树一笑，说，你那是赶上了中国人WTO后经济起飞的好时机，原材料需求高涨啊。博林一愣，表情有些茫然，随即摆摆手，说，就是因为玉叶，这点我很肯定。

阿凤将粉店盘出，也到矿上帮忙。矿区在大山里，孩子上学成了问题。表哥决定将孩子送到南宁那所全区闻名的"精天才"贵族学校，说那里连学前班的英语老师都是科班出身，很高级。表哥让博林也送孩子去。表哥有文化又有远见，说的话博林很要听。可惜金枝身体差不能离开人照看，博林夫妇便决定让玉叶去。

博林和阿凤亲自将6岁的玉叶送去南宁上学前班。这来回一趟，多年不孕的阿凤竟又怀上了，一查，还是双胞胎儿子。真是太神奇了！博林摇头，一副不可思议的样子。见老树不响，他又说，我们真觉得玉叶就是个小菩萨啊，怎么供着都不过分。老树好奇地问双胞胎儿子叫什么名字。博林掏出钱夹，抽出一张虎头虎脑双胞胎儿子的照片递给老树，说，这就是元宝和大吉。

玉叶在"精天才"从学前班念到小学毕业时，博林的锡矿开到了两家，样样都顺风顺水。博林像表哥一样，又将玉叶送去广州读国际学校。老树听着摇头，说，一个小女仔，你们也真舍得。博林脸色一暗，说，还不是为了她好？开始送南宁时，老实讲，我们的钱还是有点紧的，咬牙送的啊，觉得那是我们可以给她的最好教育了。唉，现在不就更远了？这妹仔不管是念书还是自己生活，都还可以，就是跟爹娘不亲，跟她姐和两个弟弟也没话讲。老树想起自己的儿子，跟着叹：娃仔是要自己带的才会亲啊。

这我和阿凤也认了，只要她过得好就行，但她太怪。这话跟老哥你讲没关系。她什么都拧着来。在达拉斯，为她养蟒蛇的事，我和她吵，你猜她讲什么？她讲养蟒蛇是没办法，将来她还想养老虎！不管养什么，都比你们好！我听得汗毛都竖起来了。这是小孩子的话呀？我都不敢告诉她娘。现在每回想起，还是很不安，总怕会出什么事。平时我们的应酬她是不肯参加的，今天跟她一讲是来见你，她就要来，还催问了几次，从来没这样的。老树笑笑。博林就接着说，跟我过去一有机会就跟她讲你的故事也有关。她读书很用功，很爱读书的。我总讲，你小小年纪就从南宁到我们穷山沟里劳动，没吃没喝，白天干完农活，夜里还看书学习，所以后来才能当美国博士啊。我讲别的她听不进，讲你的故事，她就听得很认真。今天看她和你聊得蛮好，我就放心多了。凡事都讲缘分，她来伯克利是来对了。以后就拜托老哥你多多照顾了！

老树点头，说，看上去是很好的孩子，读的生物，也很不错，慢慢会成熟的。博林赶忙摇头，说，讲到专业，我也很不爽。留学顾问说学生物在美国很有前途，将来可以学医，还可搞研究，或到药厂做事。女孩子将来学医当然最好啊。老树说，就由着孩子的兴趣吧，大学生了，大人要放手才好。博林声音一下高起来，说，老哥啊，不是这样啊！你猜她跟我讲什么？老树摇摇头，就听得博林叫起来：她讲将来要去当兽医！当然中国现在也有宠物医院这种新花头了，但你想想，我们乡下兽医不都是在配种站干活吗？你一个女娃仔干什么不好，当兽医？听得我活生生要给气背过去。博林的脸都涨红了，老树赶忙示意他低声些，轻声说，这事你要想得开，如果真是孩子的志向，那还是要尊重的。再说兽医在美国的专业前途非常好，是很受人尊重的职业，想读兽医还真不容易，竞争很激烈。博林虽没再争执，看上去仍不开心，停了片刻，才对老树说：老话说女大不由娘，就这个意思了。老哥，我就听你的，这个女，一直跟我不亲，现在来到你跟前，也是天意吧，拜托了。说着，抱了抱拳。老树心中诧异，转眼看博林眼睛红了，赶忙安慰说，不要急，玉叶是个好孩子，慢慢来，这年纪的孩子可塑性还很强。

四

见过博林之后，老树就到东部出差去了。回来的第一个周末，便约了去看玉叶，顺便带她去吃素菜。

1413

近午时分，老树一路从伯克利后山上走下来，按约定去往伯克利加大著名的萨瑟大门。那一带街区永远熙熙攘攘。远远的，老树就看到玉叶从大门边的栏杆后跳出来，姿势轻盈得像只羚羊。一落地，她就高举起细长的手臂，马尾在脑后甩着，向老树摇着走过来。她穿一件黑背心，白色牛仔短裤，背个很大的双肩包，脚上一双人字拖。

你看上去非常伯克利啊。老树走上去跟她握手，笑着说。玉叶听了笑起来，带点羞涩，却没上回那么紧张了。老树领着她一路向几个街区外的素菜馆走去，同时问她的生活和功课。玉叶回答得很简单，她轻轻的声音几乎要被四周的杂音淹没，老树最后听到这句：反正比在中国上过的所有寄宿学校的条件都好得多，只用对付一个室友。

说起室友，玉叶话多起来，说，她很爱干净，这点我们特别合得来。她父母分居，所以她很不开心。我在达拉斯的同学有一半以上来自离婚家庭，但他们看上去都挺高兴的啊。玉叶叹气。这话题让老树支吾起来，玉叶又问，她家里是天主教徒，不是不允许离婚的吗？老树叹口气，说，道理上是的，唉，生活太复杂。玉叶摇头，说，所以你觉得小孩不懂？噢，阿爸讲你也离婚了，还讲伯母以前帮我阿姐看病，好善的。那是为什么呢？老树皱起眉来，勉强答说，性格不合，没办法。玉叶甩了甩马尾，说，唉，如果我阿妈不是给阿爸生了那对活宝儿子，肯定早就给休了。她那口气很轻慢，让老树一愣。他有点不快地说，你怎么可以这样讲自己爸妈呢？玉叶吐了吐舌头，没回话，表情仍是不屑。

老树很久没在周末到伯克利市中心来了，一眼望去，家家饭馆咖啡厅人满为患，年轻人一边吃喝一边在看电脑玩手机，互相也不大搭理。他好奇地问玉叶周末一般怎么安排。玉叶说，我自己是新鲜人，还在熟悉环境，周末做完作业，洗好衣裳，就会去动物园。

老树这下想起博林说她小时最爱看的就是《动物世界》，问去哪个动物园？奥克兰动物园最近，一般都是去那里。玉叶明显兴奋起来。那你去动物园看什么呢？老树又问。他记得儿子泉泉上初中后就对去动物园没了兴趣。

什么都好看啊。玉叶表情愈发生动起来，讲起她在美国看过的动物园，见过的珍禽异兽，简直刹不住。她说奥克兰动物园的小猴子特别多，非常活泼淘气，好玩得很。又说这边的动物园虽没大熊猫，但黑猩猩养得很好，精神足，特别愿意跟人互动，她可以在那儿一待半天，跟它们逗乐子，就像跟一个聪明的小孩子玩耍。老树笑，说，那当然，黑猩猩通常有 5 岁孩子的智力呢，聪明些的可以到八九岁的智力，是很可爱。玉叶马上说，我要养只黑猩猩就好了。老树马上摆手，说，这不行。黑猩猩是跟我们人类最相像的动物，怎么能将"亲戚"当宠物呢？美国还专门弄了个岛，安置那些为人类试过药的黑猩猩，让它们退休后去那里安度晚年，回归自然。黑猩猩有喜怒哀乐，还有自我意识，又能制造工具。嗨，现在人跟动物的分界越来越模糊了，就像连续光谱，很难说两种颜色之间的分界在哪里。

玉叶瞪着那双小眼睛，说，你刚才说黑猩猩有自我意识，这是怎么知道的？老树说，一般的动物，你让它们看镜中的自己，它们认不出来的，比如狗会冲镜中的自己吠，只当那是另一只狗。猩猩、海豚等智商高的动物就不一样。科学家在猩猩额头上点个红点，它照镜子时看到，会去摸自己额上的红点呢。玉叶叫起来，哇，你都是从网上看来的吗？老树笑笑，摇头说，我通常是从学术杂志获得这类资讯的。玉叶吐吐舌头：哦，你是大科学家，我怎么忘了呢？杂志里有没有说什么人才能到那个岛上工作？老树笑了，那岛上平时只有猩猩没有人。玉叶一口气就泄了，叹口气说，说是"亲戚"，要亲近也不容易啊。

老树笑笑，问：你去动物园主要是看黑猩猩？玉叶赶紧摇头，说，当然不是，我喜欢看狮子，我很喜欢旧金山动物园的北极熊、大河马，可惜奥克兰这边没有。老树说，嗬，你喜欢的都是大家伙。哦，想起来了，你还喜欢蟒蛇呢。我不看蟒蛇了，看了伤心。噢，你不觉得蟒蛇和狮子其实很像吗？玉叶问。老树不知她指什么，一愣，就见她得意地笑着说，它们不动时，看上去很温顺，有时甚至蔫蔫的，眼神还很温柔。但当它们拿定主意要出手时，那可不得了，"唰——"玉叶双手举起，闪电般在空中一抓，哼，就是我们语文书上说的迅雷不及掩耳之势，猎物就进肚子了。我特别佩服这种气质，以柔克刚，是不是？

老树惊得张了张嘴，说，没想到你口味那么重。玉叶"咯咯"笑了几声，才说，其实我最喜欢的是老虎——美国是可以养老虎的，将来我要能有一只老虎就好了。老树问：刚才还说了想养黑猩猩，还养过蟒蛇，还要养老虎？你小时候看过很多《动物世界》吧？玉叶支吾起来，说，那时多无聊啊，想起来还做噩梦。不看《动物世界》看什么？一看到那些动物就很开心，肚子饿了都不觉得。

电视里节目好多的啊，少儿节目也不会少，为什么只爱看《动物世界》呢？老树好奇地问。玉叶摇头，说，我不爱看那些，少儿节目主持人一叫"小朋友"，我就紧张，会想起学校里那些总是讲大道理的老师。动画片再好看，动作是动物的，思想还是人类的。你看，熊猫那么孤独的动物，阿宝却在《功夫熊猫》里整天找爹娘。哪有《动物世界》真实？老树不解地问，就算你喜欢大家伙，可为什么不是狮子、大象？玉叶撇撇嘴，说，我不喜欢一团团的家伙，狮子总是一群一群的，大象也是，跟人一样，爱扎堆，又互相打来打去，很蠢。老虎最像我了，独来独往。老树想到她刚才那"迅雷不及掩耳"的手势，倒抽一口冷气，掩饰着说，你其实更像羚羊。玉叶声音尖起来，说，我不喜欢羚羊，可怜得很。老虎多神气！老虎一出来，只要吼一声，整个草原就鸟兽散了，真不愧是百兽之王，多威啊，真威！说着双手扯了扯双肩包带，挺直了腰。老树这才注意到，玉叶左手食指上的那个蟒蛇造型的戒指不在了。

老树之前接触过的亲友送来美国上学或旅游的女孩子，印象里她们最大的兴趣是淘买各种名牌，打扮起来不是韩风、东洋风就是浑身芭比味儿。只听她们要娇要美要哆要萌，从没听过要威的。那些小姑娘要养宠物也不过是兔子狗狗猫咪。老树这下拧了眉，说，你刚才说到黑猩猩可爱，像小孩子。孩子到处是啊，你可以留心多交朋友——老树找着词。玉叶的表情冷下来，说，人怎么能比？看我弟弟他们，还有我姐，只要一出现，我跟阿爸阿妈都难讲上一句话，烦死了。我在达拉斯的美国住家有六个小孩，分分钟都在吵。我对付不了他们，也习惯了不去对付他们。在学校里也是，你对同学太热情也不行，在美国也是，好心请大家吃一顿，肯定是觉得你傻，再邀就不来了，人真的太麻烦了，怎么都不对，真头痛，从小没学会，算了。老树说，那应该是中美文化不同，年轻人不挣钱，一起吃饭，他们流行 AA 制。玉叶皱起眉头，说，反正跟人在一起就头痛。老树有些意外，问，你从小就上寄宿学校，周围不总是很多人吗？

唉，那些同学都有家的，星期五下午早早就给接回去过周末了，楼道静得吓人。跟他们在一起也不好玩，都是讲吃讲穿，天天看那种没脑的时尚杂志，学老女人穿名牌，流着口水看韩国小男人，土死了，我不要跟他们玩。我看猩猩、老虎、狮子、蟒蛇，它们多可爱啊，只要喂饱它们，它们就跟你玩。老树说，不好这么比的。你讲的是动物的本能，可我们人是有思想、有心灵的，我们可以爱动物，但……玉叶打断他，说，那太不一样了。如果我阿爸没钱，还有那么些阿猫阿狗围着他？那些讨厌的人如果没权，阿爸哪会哈巴狗似的去巴结？动物就不会这样。

老树想起刚才她说到父母婚姻时的冷淡，不知从何劝起，就说，不过你要特别小心，旧金山动物园前些年发生过老虎咬死人的事情，一死两伤，都是高中男生呢。玉叶点头，说，我听说了，也问过动物园的人，说是一只四岁的西伯利亚虎，是那几个男生激怒了老虎。现在加强了安全措施。老树摇头，说，我本来就对那个动物园没好感，感觉管理混乱，孔雀呀小动物呀就在路上乱走，让人不舒服。玉叶争辩道，他们的理念跟圣地亚哥动物园那种弄得漂漂亮亮的动物园不一样，讲的是尽可能地自然放养。老树插话说，圣地亚哥还有个野生动物园，像肯尼亚那种的，你去过吗？玉叶哈哈笑了两声，说，我留着胃口将来去非洲看。哦，旧金山动物园现在严多了，动物给关得很紧，弄得老虎经常在睡觉，不睡的时候也没精打采。奥克兰这儿的是孟加拉虎，毛水金黄的，很漂亮。老树点头。

老树带玉叶去的素菜馆，人多得漫出来。他们坐到了临街的露天台座上，穿得乱七八糟的行人就在座位的栏杆下来来往往。玉叶很兴奋地说，她就是喜欢伯克利这种无处不在的嬉皮气息，穿了一辈子那么蠢的校服，真是大解放啰！她晃着脑袋笑。老树看她这么活泼，也高兴起来。玉叶点的是甜菜头花园沙拉，很少的一份，就着两勺糙米饭，却吃得津津有味。后来老树知道她每天起床第一件事就是上磅秤，对体重有着近于严苛的要求。老树有次跟玉叶说起要注意补充蛋白质，不能走极端。又感叹说，青少年在长身体，一般胃口都很好，能对美食这样刻意拒绝，是很要意志力的。玉叶就苦着脸说，嗨，人家以为我从小上什么贵族学校，其实连老师心里也觉得我们是砸钱来混的，讲的话不知有多难听。你要让老师真的看重你，得比最努力的人更努力，这点克制根本算不了什么。老树问，这些你跟家里讲过吗？玉叶摇摇头，当然没有，讲了他们也不懂。

老树转了话题，问她课业难点。玉叶说微积分和普通物理有点吃力。没等老树回话，她又说，都说美国大学宽进严出，是真的。伯克利的新生在头两年有百分之三十的人会因为成绩达不到要求，被踢出学校。她进校两个月，身边同学都很优秀，蛮有心理压力的。老树做出很随便的样子，问了她几个数学问题，又聊了聊她的物理课内容，心里就有了数，知道她有些基本概念没有完全打通。他告诉玉叶，自己可以帮她做些辅导。玉叶听了叫起来：哇，有大科学家给我当家教啊，太牛了！老树看她天真的样子，忍不住笑起来，说，你真是个孩子。

从那之后的大半年里，除了老树偶尔出差、外出开会，每个周六的早晨 10 点，他们都准时出现在伯克利僻静一角的"飞豹"咖啡屋。老树发现玉叶的理解力比少年时代的博林强不少，只要将概念讲明白了，她举一反三的能力很强，这让老树很是欢喜，就不时给她加料。玉叶得到老树的赞赏，高兴地说，美国就是给力，你穿个破 T 恤出门也会有人夸，我也相信表扬使人进步了。她果然更用功了，总是将书上的习题全做了，还按老树说的，看到有趣的题还试用不同方法来解。每次上完课，他们总会一起喝咖啡，聊会儿天。除了功课，玉叶最爱讲的还是动物。想起博林跟他说的那些话，老树隐约有些担心，觉得她似乎有那种他听闻过的"移情"症状。平时阅读期刊文献时，他就留心帮玉叶搜集动物研究的前沿性文章，将链接或扫描件传给她。老树不愿玉叶陷在对猛兽的偏爱里，有意广选动物种类，飞禽走兽、海洋生物什么的，都会关照到。他总跟玉叶讲，要从研究的角度进入，学到更多的关于动物的深度知识。玉叶果然会将那些文章认真看过，补习后喝咖啡时就会来讨论。老树为了能跟她对话，逼着去查相关资料，动物知识跟着大增。到了玉叶后来再跟他讲，她确定将来要学兽医，老树就觉得那是成熟的决定了。

五

玉叶从不主动提起自己的父母，也很少谈到姐姐金枝和她的双胞胎弟弟。这跟媒体上那些关于新一代中国留学生的说法——他们有"直升机"父母，难以心理断奶，很多人天天要跟远在国内的父母微信、视频——完全不搭界。老树偶尔问她想不想家，有没有经常联系父母，玉叶就耸耸肩，说，太忙，没事有什么好联系呢？老树就说，你这样他们会担心的，还是要经常报个平安才好。玉叶苦笑，摇头说，最需要的时候已经过了。我那么小就离家，周末都没家可回，讲不好听，有很长一段时间，对爹妈的概念都很模糊。隔很久突然来一对陌生男女，说是你爹妈，领你出去吃吃汉堡，坐坐木马，逛圈游乐场，又不见了，下次又不晓得几时来。你敢在学校宿舍里哭？哭了就关小黑屋，等到你哭不动了睡着，醒过来再哭，再睡。整过几次，就什么都行了。现在成年了，反倒要跟他们天天视频、微信？人比动物差远了，动物可是一断奶就要独立的，你不走爹妈都不答应，要赶你出去。说着笑出声来，耸耸肩说，再说我又不是儿子，别自作多情了吧。你晓得吗，他们来这里买房子，就是为了以后我那两个弟来用的。如果他们来，你看吧，不仅我妈会来陪，还会带上保姆和司机的。玉叶，老树打断她，说，你父母当年很苦，很不容易，你要……玉叶手一摆，说，老说当年有什么意思呀！老树想了想，叹气说，唉，等你长大了，有了自己的孩子就懂了。玉叶翻了翻眼皮，说，我可不见得要有孩子啊。就算将来真有孩子，那我得自己带，尽最基本的责任，是吧？老树给噎住了，心下一酸，不再说话。

他们总在午后道别，各自离开。有时老树走出去，忽然回头，看着玉叶背着双肩包穿过马路的瘦削身影，心里就有些难过。他知道，玉叶多半就直接去动物园或宠物收养中心了。她还是没办法，也不想去跟人交朋友。老树也看得出，她在人群中确实有一种说不出的尴尬，与校园里随处可见的时尚光鲜的90后中国留学生相比，她浑身上下几乎没有任何装饰品，更没见她穿过一件色彩鲜艳的衣裳，乍一看甚至有点寒碜。直到有一次讲完作业，玉叶忽然说起没牛仔裤穿了，掏出手机一搜，两百美元左右一条的牛仔裤一下就订了半打。老树惊问，什么牛仔裤会要两百多美元一条，让她确认是不是看错了小数点。

玉叶"咯咯"笑着，说她自从试过这牌子的牛仔裤就不再换了，弹性那个好，贴得就像你的皮肤一样呢，不像别的牌子，那么硌人。知青出身的老树就算买得起，也想不通让布料硌一下能便宜百分之九十，何乐而不为。再看到玉叶在街角看到一只两百多美元的陶罐，会忽然起兴要买个泡菜坛子，就大票子一放，随手拎起，拿了就走。平时看个演出什么的，想都不想，总是直接就订最贵的座位。出门哪怕坐短途飞机，只是为了安检和登机的优先权，就总要买头等舱机票。这也让她很难跟大部分中国同学打成一片。

认识玉叶后的第一个感恩节，老树决定带她去住在伯克利山上的美国同事家参加感恩节晚餐。老树没有家庭，工作之余基本无社交，跟这位同事虽然住得很近，平时无事并不走动打扰，只会按美国人的习惯，在这开放门庭、给人送温暖的感恩节期间接受邀请，去这位同事家过节。玉叶早早就到了。老树领着她沿坡走向同事家。看着一家家庭院门口的感恩节南瓜灯，金黄火红的种种装饰，玉叶很兴奋。她说自己并不吃火鸡，但还是很喜欢这个节日的气氛。

玉叶一路又说，我在达拉斯的时候，感恩节一到，住家都会邀请很多人来，甚至是陌生人呢。从早上就开始烤火鸡了，特别开心。哦，我今天早晨给达拉斯的那家人打了电话，他们好高兴。老树开心地点头，说，电话打得好！这就是感恩节的本意啊，大家一起取暖，一起感恩。玉叶点头，说，特别要招待远离家乡的孤单人。老树一愣，看看她。玉叶有些调皮地点头，说，我们在今天，要算"同是天涯沦落人"哦。

他们到达时，老树的同事家里已坐满了人。等火鸡端上来，大家都围到了长条餐桌边。玉叶要了沙拉和南瓜饼，微笑着挤在中间，很少言语。女主人说完开场白后，大家按顺时针方向，随意说起感谢的话来。老树没想到，轮到玉叶时，她并没有一点迟疑，先感谢了男女主人，然后侧过头来看着老树，说，我还要特别感谢老树伯伯对我的关照，让我作为一个伯克利的新鲜人，没有孤单和害怕。一屋子的人照例拍起手来。老树微笑着看向玉叶，点点头，玉叶笑起来，向他抱了抱拳。

看来我不会被踢出去了。第一学期结束时，玉叶得意地告诉老树。他们不再每个周末约见补习。老树偶尔会在周末到玉叶干活的宠物店里看看她，再一起喝杯咖啡聊聊天。玉叶动员他上 Skype，说这样方便请教。老树装上 Skype 后，玉叶两三天就会上来跟他聊几句，却基本没问过功课，东拉西扯说些学校里的事，谈得最多的还是老树传去的那些关于各种动物的文章，有时还会为一个细节讨论很久。只要说起在宠物医院、宠物收养中心当义工的见闻，玉叶的兴致就很高。她自从干义工后，动物园就去得少了。

玉叶在去年春假里申请到了去"绿洲"做义工的机会，在那儿遇到并收养了孟加拉。之后，老树见到她的时候就更少了，每回在 Skype 上碰到，她都是显得匆匆忙忙，说得最多的是孟加拉。她传过孟加拉扑球的视频让老树看，那动作真是太漂亮了，简直是向球飞去一般，扑到后还将球摁在地上，一只脚踏上去，再甩甩头。有一次，玉叶忽然说，她做了实验，孟加拉也有自我意识。说她买了个折叠的穿衣镜带去"绿洲"，孟加拉单独照时，似乎很警惕，很紧张；但她抱着孟加拉一起照时，孟加拉不停地拱她，还朝镜中的玉叶笑。老树说，科学家下结论很谨慎的，要有很多验证步骤。玉叶也没争辩，只叹气，说，唉，连你也不信。老树就说，科学家是个共同体啊，共同体有共同的行事准则。玉叶就不响了。她还不时送几张孟加拉的照片。听到老树夸两句，玉叶总是满足得像个新生儿的小母亲，得意地笑出声来，让人感到她整个人开朗多了，生活得很充实。老树放下心来。没想好景不长，老树去年夏天去"绿洲"看过玉叶和孟加拉后，一入秋，孟加拉就开始出现问题，"绿洲"方面来的消息都是负面的，玉叶的情绪也跟着大幅波动。在 Skype 碰到，都能感到她老在走神。

到"绿洲"考虑让孟加拉安乐死时，老树一边开导玉叶，一边着手做研究，给她出主意。当他也得出结论，开始提醒玉叶考虑放弃孟加拉时，老树自己却在感恩节后由重感冒发作成心肌炎急诊住院，气喘不上来，病情一度很危急。儿子泉泉又在欧洲开会一时赶不回来，老树让医院通知了玉叶。

玉叶出现的时候，老树的心悸和呼吸困难已得到控制，给送进了观察室。玉叶脸上的表情是惊恐的，紧咬着发白的嘴唇，这让老树意识到她还是个孩子，后悔叫她来。她看上去更瘦了，眼圈发黑。这在 Skype 上没看出来，老树想。他躺在床上，努力笑笑。玉叶搓着手坐在他边上，连声问：感觉好受点了吗？换班的护士进来见到玉叶，高兴地说，女儿终于来了！老树凄凉一笑。玉叶轻声说，她刚一接到电话就让人家搭她飞回来了。老树闭了一下眼睛，感觉没有力气过问孟加拉的事，只抬眼等她的话。玉叶轻声说，孟加拉可能难逃一劫了，要看能否再想办法，或者转个地方。老树心一紧，赶忙张大口用力吸气，玉叶紧张地握住他的手，眼睛里带着惊恐，说，你可不能死啊！老树想笑，没笑出来，拍拍她的手，说，我刚躺倒时，想到如果死了，葬礼恐怕都没几个人赶得过来，那种感觉真的挺糟的。玉叶铁青了脸，很轻却很清楚地说：不要乱讲！将来不管我在哪里，我都会赶来参加你的葬礼。老树闭上眼睛，好久没再说话。

在这个玉叶下落不明的夜里，老树想起这些，在沙发上坐直起来，抹了抹眼睛。iPhone 忽然振响，老树按下接听，就听得史密斯警官在那头说：这是史密斯警官。帕罗阿图警方已经联系上安德森夫妇，他们非常配合，确认了认识韦小姐，也都见过那只小母虎。他们还提供了其他线索。说到这儿，她一个停顿。什么线索？老树焦急地问。他们说，感恩节前，玉叶跟安德森的一个朋友签了一年的约，租下了他的度假屋，离安德森家不很远，你知道这事吗？史密斯警官又问。老树一愣，说，这我可不知道，她从来没谈起过。看来她是想将小母虎带去那个地方藏起来。史密斯警官又说，还有，她有一支来复枪，这你知道吗？老树答：是的，我想起来了。他犹豫了一下，又说，我在她家里没找到那支枪。史密斯警官答：

知道了。内华达警方已经派人分头行动了。

最要紧的是先去"红马"露营地，玉叶确认正去往那里了。只是风雪那么大……老树说着，史密斯警官打断他，说，警方会有他们的安排和办法的，等雪小点，直升机就能过去。随时联系！谢谢！就将电话挂了。

老树从沙发上站起来，想起自己刚才忙乱中竟没有向玉叶确认枪的事，更没有提醒她要记得带着防身，现在她毕竟是单独跟孟加拉在一起。他又走进玉叶的房间，转进衣帽间，再次确认了铁柜是空的，衣帽间里也没有来复枪，才退出来。

从衣帽间进卧室的这个角度看出去，老树注意到里侧床边矮柜上倒放着的一个黑色东西，边角有微弱的光在闪，这是他早先不曾注意到的。老树赶紧过去，看到是一个反扣着的电子相框。他将它翻过来，拿到手中，画面上立刻跳出孟加拉明艳的大头像。一幅，又一幅，再一幅，全是孟加拉，像在眼前跳跃而行。真是女大十八变啊，虎妹出落得这么漂亮了！老树嘘出一口气，有点回不过神来。去年夏天看到孟加拉蜷在玉叶臂弯里时，还是小狗似的，毛很短，色也比这淡不少；眼睛虽有神，但还带着生怯。此时相框中的孟加拉真不一样了，金褐色的毛发看上去发亮，可见营养很不错。宽窄不一的细长黑色斑纹变得十分清晰，额前到脑后的那些纵横交错的纹道对称妥帖，特别是腮边那一圈，将它圆圆的脸盘勾出。绕着两只大眼的黑色眼线，令它警醒的眼神被衬托得生猛又清灵。鼻下那些从嘴边向两侧对称发射的黑色短斑线，让它看上去带着凛然的威风。唇边原来那些稀短的白色须毛变长了，坚硬地翘起，钢刷似的，很神气。原来两只圆短的耳朵长长了，直挺地立起，像是两只神气的角，耳廓里生出密密的白毛。两条前腿一水干净的丰美黄毛，没有一条纹线。而后面两条腿上，则是一圈圈间距不一的横纹线，像穿着长筒袜。早前圆短的尾巴变长了，黄黑相间，弯弯地翘起。照片应该是玉叶用长焦镜头拍的，背景被虚化了，一片朦胧的土黄和淡青。玉叶给老树在 Skype 看过的那些孟加拉照片，画面都比较小，老树眼神不好，总是匆匆扫过，随口赞几句，真没意识到孟加拉已出落成了小美人儿，老树看得都有点入迷。

他叹着气，再一划，就看到了玉叶搂着孟加拉的照片。他转身去拧亮床头柜的灯，将照片拿到灯下仔细看着。这应该就是去年秋天拍的。玉叶穿着一套深姜色绒卫衣，高帮登山鞋，一头黑发。可以看出是傍晚拍的，光柔和地打到她们身上。玉叶蹲着，靠着趴在地上的孟加拉身边，手搭在孟加拉颈后，她那瘦削苍白的脸上有一种罕见的放松，嘴角轻抿，表情可说是甜美。一直以来，用她父亲博林的话说，她"总像只惊弓之鸟"，身体绷得很紧。孟加拉的姿态也很温顺。老树盯着照片的双眼有点发热，不要说玉叶不能接受，他自己面对这样的照片，都很难赞成将孟加拉处死。

老树将电子相框扣回玉叶的床头柜上。他要让玉叶回来时看到一切都是她离开时的样子。只是老树想象不出玉叶将相框放倒时的心情。他摇着头走了出去。

从大厅里看出去，远方海湾里的灯火好像灭了一些，夜色看上去更浓了。老树站到窗边，眼里跳出玉叶搂着孟加拉的样子。这时，老树听到 iPhone 的振动声，是玉叶的号码。老树点开，未及说话，就听到玉叶急切而嘶哑的哭声。老树对着电话叫：玉叶，Stay calm！（镇定）你在哪里？到了哪里？玉叶的哭声更大了。老树大声问：你在哪里？到"红马"了吗？玉叶的哭声小下来，呜咽着：我们爬到"红马"了，太恐怖了，我从来没在这么大的雪天开过车。老树急问，现在状态怎么样？玉叶抽着鼻子说，我没事，刚进女厕所休息。

这时，老树听到了一声悠长的虎啸，先是轻微的，忽然一个大爆发，他感到耳膜都在震动，一下愣住了。老树从来没想过孟加拉的啸声会这么阴森凶猛，他冲着 iPhone 叫：你安全吗？玉叶断断续续抽泣着说，我好不容易把孟加拉关进了旁边的卫生间，它是在笼里的，可能是饿了，给它带的食物都没了，本来以为可以赶到下个小镇上去买的，它怎么吃这么多啊！啊！它在撞笼子，如果撞开了怎么办啊？它从来没这么凶过的啊！老树又听到了一声长啸，伴着"哐哐哐"的撞击声。老树急叫：你听我说，你不能再对孟加拉抱幻想。马上跑出去，越快越好，到车里打起火取暖。我已经报告警察，等雪小点了，直升机就可以过去，你现在最要紧——

啊——一声尖利刺耳的叫声响起，玉叶哭喊起来，它、它好像冲出笼子了！

啊?！玉叶，你安静一下，听我讲。你不是带着枪吗？拿好你的枪。出去从外面将孟加拉那边的门顶上！

我有枪的。好，哎呀，雪都封门了！玉叶又在那边叫。你是人，想办法！出去，从外面顶住孟加拉那边卫生间的门，然后往车子跑。好，好！我出来了。啊，它在那边拱，它那边门的雪更多，怎么这么凶！啊——玉叶凄厉的尖叫又响起来。

往你的车子跑，快啊！老树叫着。"乒乒乓乓——"的撞击声和着惊人的虎啸声响起，伴随着玉叶的尖叫声，那叫声落到了空旷的背景里。信号有点不稳定起来，跑！使劲跑！别回头！老树冲 iPhone 叫。

这时，他又听到了一声清晰的虎啸。啊——虎妹也出来了，它追过来了——玉叶哭出声来，大叫。玉叶，镇定，它在饥饿状态，你必须开枪，趁它还没靠近，快开枪！你手里不是有枪吗？老树叫，一个停顿，老树就听到了一声沉闷而刺耳的枪声——"砰！"

一个短暂的静场，那边传来更大的爆发声：天啊，出血了！它在看我！玉叶哭着叫。信号更不稳定了。啊，它倒在地上了，哇——玉叶的哭声大得让老树不得不将 iPhone 拿开了一些，啊，你看！孟加拉站起来了，它在地上打转，甩着身上的血，可怜的虎妹，我都……老树冲着 iPhone 吼起来：玉叶，你现在要做的……啊，它跑了，它带着我给它的枪伤，往那边，往、往树林里跑走了！

老树这时才觉到有些气短。这时电话又振起来，是史密斯警官在另一端，老树没接。他怕放下玉叶，就再连不上了。他的耳朵里充满玉叶号啕的哭声：它最后看我的眼神，那眼神！它是要过来跟我一起取暖的啊！你们太坏了，人真的都太坏了！你和他们一样，都是骗我的。你也是骗子。你给我看的那些文章都是骗人的，说什么动物跟人没界限，其实你心里就是觉得动物比人贱的。呜呜呜，我——玉叶的哭声那么凄惨，听得老树鼻子一酸，说，你的安全最重要，现在马上回到卫生间去，锁紧门，警察很快会赶到的。

我不能让虎妹进森林，它是孟加拉虎，受不了冻的，还带着伤，我去找它了。

你不要叫警察来，他们会打死它的——玉叶哭叫着。玉叶，你千万不能跟警察发生冲突！老树也叫了起来。你们这些骗子！玉叶又哭出一声，信号一下就没了。

老树的手抖着，头在发晕，想摁911，手指却像点在云朵上一般，使不上劲。他将手机松开，去抓皮夹克内袋里的药。眼前的灯光全暗了，没有一点光亮。

| **作品点评** |

玉叶此时的出走是对家庭、社会的拒绝，对现实"失语"的愤怒，不关乎女性自我，亦无更多的人生意义，体现的是两代人在跨越双重时空的冲突中无法交流，老一辈不假思索地要"前进"，年青一代却在拥有了丰富的物质生活后要"回归"、要"移情"，人与人、人与动物、人与社会的关系微妙而耐人寻味。其中包含了作者对中国过去与现代的反思、历史因果沿袭与如今飞速发展社会下的"人"精神困境的思考。对于玉叶出走的结局，尽管作者最终给读者留下了一个悬疑开放式的结尾，但她的出走可以说是无效的。

　　——曾思榕：《出走的"虎妹"——评陈谦新作〈虎妹孟加拉〉》，《名作欣赏》2017 年第 20 期

读《虎妹孟加拉》，想起狄更斯的《大卫·科波菲尔》、塞林格的《麦田里的守望者》与阿兰·霍林赫斯特的《美丽曲线》等，不同时代的文学对孩子的成长都有精彩的演绎。青春成长期有好有坏，或激情进取、勇气超人；或消极颓废、剑走偏锋，而叛逆更是一种极端的呈现。走进社会，跨越成人门槛，任何时代的青少年都不能避免成长之痛，表现出不同的姿态与行为举止。《麦田里的守望者》的男孩霍尔顿，同样是十六岁，"他看不惯周围的人物与世道，厌恶黑暗的现实，甚至梦想逃离这个社会"，"却只能苦闷、彷徨，用种种不切实际的幻想自欺欺人"。《虎妹孟加拉》中的玉叶不同于大卫、尼克与霍尔顿，个人奋斗、反英雄的姿态渐成过往。玉叶更为典型地表现出当代青少年成长中的特征。身处物质与科

技高度发达的现代社会，物质生活优裕，求学一帆风顺，享受良好的高等教育，在当今社会背景下，她虽然学习优秀，有理想与追求，却局限于个人的视野与喜好，缺少人类命运意识和社会担当精神。她的心智并不成熟，未经受过苦难的挫折、风雨的洗礼、人生的磨炼。她个性张扬，极端自我，特立独行，渴望实现自我价值，不满社会现状。不懂得人是属于社会的，人生活在社会现实之中。

  ——江少川：《断翅方识沧桑道——读陈谦的中篇〈虎妹孟加拉〉》，《名作欣赏》2018 年第 13 期

重返梅山

光盘

爷爷再次重返梅山的愿望没有实现。也就差一点他能实现了。可是在成行前几天他病倒住进医院，再也爬不起来。临终前爷爷对我说："我要去梅山，借你的眼睛看看梅山。"

多年后的春天，我手捧爷爷大幅照片，带上爷爷的灵魂，去往梅山。我不知道逝者灵魂有没有眼睛，不管有没有，我就是爷爷的灵魂之眼。爷爷的灵魂应该是趴在我身上的，因为我感到身子重了许多。

爷爷给我留下一本手写回忆录，非常珍贵，以前我没有认真翻阅，生怕翻坏。今天在去梅山的路上，我翻开爷爷的回忆录，特意翻到描写梅山的章节。爷爷在梅山待过多年，早年当土匪，后来成为抗日英雄。他如实记录自己的土匪生涯，我跳过去，我不喜欢爷爷当土匪的故事。我只对中日梅山之战有兴趣。爷爷写道：

他递给我纸条后倒在地上牺牲了。他全身是血，鲜血染红怀里的字条。

还好，我能认出鲜血浸染过的字迹。这个用生命换来的情报十分重要：鬼子有异动，正集结部队。1945 的春天特别阴冷，风吹来，我们身子颤抖不停。我判断鬼子要冲破梅山向西南去。两

作品信息

原载《民族文学》2017 年第 8 期，《中华文学选刊》2017 年第 10 期转载。

路情报人员立即带着我的情报向驻扎梅山东西两边的国军、共产党武装汇报。梅山一带自古为战略要地，东西狭长山脉夹出一条走廊，走廊里不时出现一座小山，走廊像起伏的波纹。梅山是横在走廊里最大的一座山，翻过梅山，便为平缓的丘陵。

我领导的这支地方武装不归属任何一方。全面抗战前，人们称我们土匪。我们的土匪窝在梅山。受川军出川抗日、桂军北上抗日启发，我带领部队北上。出了梅山才发现，我们与鬼子力量悬殊。我们在抗日前线外围配合国军共军抗日，1944年10月重新回到梅山。重新回来的队伍洗掉了土匪帽子，队伍得到壮大。

我对鬼子异动的判断准确，东西两边国共军队也得到跟我一样的情报，做出同样的判断。还没等国共武装移到梅山，我已完成战斗部署。我千余号人马分成三部分，东西侧翼，南边正面迎敌。国军以及共军武装离梅山都有20公里以上，道路艰险，他们作为正规的有组织的队伍，还需要向上级汇报，得到批准才可行动。我们不能等，哪怕我的人打光，也要跟鬼子血拼到底，拖住鬼子，让国共武装来收拾。国军在我们打响第一枪后，赶到东边，李师长把兵力分配在东边和南边乌岭，打西边赶来的共军武装卡住西边。这是国共双方之前商量好的合作。三股力量形成合力，居高临下，形成一个倒U字锁口。梅山（其中最重要的一座小山就是乌山）是战场正面，李师长布下重兵。

山上林子厚，给攻防都带来不便。对我们更有利些。我们的队伍尽量接近山脚，以密林隐藏身子。鬼子先头部队进入我们的埋伏圈，我们按兵不动，那时，国共的部队都还没有全部完成部署。鬼子用机枪扫射东西两边，林子被打得哗哗响。小林光一知道梅山有埋伏，他必须强行突破。他想以占领梅山来突破梅山，为更多鬼子转移西南打开通道。鬼子先头部队进来后不是向前冲，而是向两边进攻。我部队的枪声不得不提前打响。抗日好几年，我们还是头一次跟鬼子正面交火。梅山是我们的窝，鬼子侵犯我们的窝，他必须付出代价。我的部队异常勇猛，对鬼子实行点射。鬼子武器好，战斗力比我们强很多，也就不到半小时，我的部队顶不住了。鬼子占领山脚继续往前攻击时，受到国共两军猛烈的痛击。小林光一估计得到东西两边国共两军的扼守，但他没想到有这么快。当他争分夺秒赶过来抢占要地时，受到的抵挡超出意料。他低估了我部队的情报和战斗实力，也低估了国共两军的合作和速度。驻扎在梅山东西的国共两军曾有过多次摩擦，出现过共军陷危国军不救的情况。小林光一只知道前面的情况，却不知道今天上午的情况，上午，国军换将，李师长挂帅。李师长对共产党一直有好感，他一到位就给共军发出友好的信号。紧接着，接到了鬼子要突破梅山的情报。

中国联合部队兵力是小林光一的好几倍，我们的战斗力武器比敌人差。小林光一似乎有用不尽的弹药，炮弹不间断地向山两边飞来，大颗的机枪子弹下雨一般穿越到我方阵地。鬼子一点点向前推进，一点点占领东西山岭。我们武器不好，但有有利的地形，有不怕死的战斗精神。双方争夺异常激烈，炮火打掉树枝，密实的林子逐渐削薄。鬼子与中国军人拉锯，每拉一次，留下一片尸首。

相持时，我移动步子寻找我的部队，剩下的人不多了。"司令，我不怕死！"每一个活着的人都发出同一个声音。"你不会死，我们都不会死，鬼子还没消灭，我们谁也不能死。"我拍拍他们的肩膀。战场上硝烟弥漫，熏得喉咙发痒难耐，为了不出声，我们捏住喉咙不让咳出声来。山上有泉水，但是被鲜血染红了，渴得要命，我悄悄往山顶方向爬行。还没找到源头，哪怕是找到没有鲜血染过的泉水，战斗又打响了。我顾不得血泉水，捧起来就喝。

小林光一的部队全部押上，阶梯似地进攻突围。敌我双方都没有援军，援军自身难保，除了梅山，周边同时还有好多战斗在进行。打到第二天下午，战局发生变化，敌我双方都有了援军，双方援军之间再度进行惨烈战斗。梅山伏击战演变成一场大战斗——可是，后来在各种历史书上几乎见不到记录——我的左臂就是在战斗结束前那场恶战中被鬼子炮弹炸掉的。

爷爷详细记录了参战部队番号和大小指挥官名单，这些数字和资料都是爷爷经过几十年收集得到的。正在修路，小车颠簸不定，眼睛晃得厉害，我跳开爷爷记录的那些资料数字，直接看打仗的内容。

梅山伏击战打了三天三夜，以小林光一撤退为战斗结束。我的人牺牲得只剩下我一个。部队没了，我左手臂没了，但是梅山的鬼子没了，划算。梅山各山岭朝气蓬勃的树木野枝被削光，留下无数大大小小的弹坑，泥土被掀翻，有的弹片深插进泥土，山上山下尸首遍地。历史上梅山常发生战斗，在冷兵器时代，最惨烈的不过是火攻焚烧山林，比不上中日这一战。

我的部队打光后，我再没有去组织力量，因为没有必要。待我从国军部队医院出院，鬼子已投降。我回到生养我的城里，在一家酿酒厂学习造酒。他们都说我是当过土匪的英雄，没有恶意，就是闲聊着玩。

梅山伏击战算历史上最大的战斗吗？算是算，但炮火将梅山各山岭剃成光头并挖地三尺的还是1948年春天国共两军的战斗。双方都使用了重炮，山顶炸低了几公分，山上草木全无，弹片堆积得有好几寸厚。

1948年夏天，我离开三年后回到梅山。山上山下无一藏身之处，泉水断流，村无片瓦，满目疮痍。我伤心地蹲在地上，战争就是战争，有其必然的因果，任何假设都苍白无力。"梅山，再也不会生长草木了，山清水秀一去不复返。"我听到一个声音，我没抬起头。我不想见到这个说话的人，他把我心上的伤口再次撕裂……

我的心如同被驴踢了一脚，痛了。我合上爷爷的回忆录。我心疼痛，不是因为爷爷的描述，而是心灵的伤口再度被刺中。这些年我在躲避梅山，以及梅山这个字眼。通往梅山的道路从来没好过，无论花多大力气用多高标号的水泥修建，隔不了两三个月，路又坏了。那么，就让它坏下去吧。坏得人没有脾气最好。岔往梅山，行走不多久，我的越野车落上厚厚一层尘土，司机小李用雨刮反复清洗前挡风玻璃。"董事长，尘土太大，雨刮器的水用尽了，怎么办？"小李侧问我。我说："没水就干刮，刮坏了不怪你。"坐我右侧的女秘书雨晴说："我们非得去梅山吗？你早已放弃了的呀！"

"决定了就去，爷爷离世这么多年，我一年年拖。就是因为下不了决心。今天，困难再大也不改。"我说。

雨晴说："这一路都是大车，没见过一辆小车，真是奇怪。"

雨晴的话我和小李都没细想。行进两三公里后，路边有一块指引牌：洗车前方 100 米。小李按提示开进洗车场。那里停放有一辆小车，"这不是小车吗？"小李反驳雨晴。雨晴不服气："路上你见过小车吗？"这两个紧跟我身边的青年平时就爱抬杠，我都习惯了。一旁还停着几辆城市洒水车，人都在往车上装水。

"从董事长，你好！"停放的小车是袁世和的，我们多年不见。他的小车是辆小集装箱车，里面搁着好几只水桶。袁世和解释说："我顺道来买水，这不，村里要过节，兄弟们都回了，水严重不够用。"我们站在离飞尘远一些地方，他问我去哪里，我告诉他回梅山看看。袁世和激动起来："你早该回来了，你不能仅仅回去看看，要继续搞开发，带领梅山人奔大康。"我岔开话说："近年你在哪里发财？""发什么财喽，讨米罢了。不过，非常感谢从董事长当年送给我第一桶金，没有你就没有我的今天，更没有梅山的今天。"

袁世和的话我听来非常刺耳。

"去梅山都不走这条路了，"袁世和说，"你们是有意还是无意走到这条路上的？"

我傻着眼，袁世和笑着说："看来你真不知道。"

洗好车，袁世和带我们返回国道，在这条老路岔口北边五公里的地方，新开辟了一条通往梅山的水泥路。走完刚才的老路，我的车又脏得不行，小李把车开到附近河边，用河水清洗。河水并不清，被污染过，但总比没有水强。袁世和对小李说："来，用我的水洗。"刚才他装的水来自一股泉眼，据说水质特别好。附近许多人都来买水。水价特别贵。前面见到的洒水车买了水又卖给别人，吃差价。袁世和卸下一大桶水，回身拿来一只水瓢。雨晴好奇，舀水喝，她夸奖水好，建议我也来一口。我接过她的水瓢，试着喝一小口，真的甘甜，又喝了一大口。"槽凹的泉水好甜啊！"这是爷爷写在他回忆录里的一句话，它突然蹦出我的脑海。槽凹为梅山一个小地名，那里曾经有一口漂亮的泉水。雨晴在河边拍照发微信，袁世和问我雨晴是不是我的情人，我回答说不是。雨晴是我的贴身秘书，我们一起出差时住同一间房，各睡各的床，从不干那事。雨晴纯美，我不忍污染她。我们除了床上的事不聊，别的什么都聊。不说床上事不干床上活的男女自然不能算情人。我俩正当地搞着男女关系。袁世和不信，我不想跟他辩解，没意思。袁世和从前很好色，他们说他三天两头进城去嫖娼。那是私事，我也管不着。袁世和给我讲梅山近年的事，我想听又不敢听。

回到车上。水泥路干净，两边风光挺好。刚才袁世和告诉我，老路沿途正在搞建设，搞开发，为了上级领导到梅山参观，于是就有了这条新路。待建设开发都搞好了，老路要修高等级公路的。眼下，这路要爬山，要拐弯，但因为风光不错，干净顺畅，人们不再走老路。雨晴要我讲梅山的故事，我递给她爷爷手写的回忆录。她推过来说："我不看文字，要听你讲。"

"爷爷年轻时在城里犯事，躲进梅山当土匪，由于心狠手辣，不出一年当上土匪头子。他的队伍以梅山为根据地，干了许多伤天害理的事。梅山风光好，山清水秀的，物产也还算丰富，是理想的土匪窝。但是，后来爷爷走正道了，鬼子大面积进犯中国后爷爷变了。"我说概要，不展开说，雨晴不满意，我让她自己看爷爷的回忆录。爷爷的字写得工整，像以前刻蜡纸一样一笔一画清楚明白。退休后，爷爷因为写回忆录，生活过得有滋有味。爷爷回忆过去是咀嚼历史，没有公布天下的野心。年轻的时候扎扎实实地生活，老了一点点回忆，用心重新走一遍，倒是一种健康的人生。车里静下来，我目光投到车窗外发呆。

小车在我陌生的路上爬行，终于到达山顶，我看到山下梅山村的风貌。新公路从西边进入梅山，当年共产党领导的武装力量就是从这西边山岭赶到梅山与小林光一恶战的。远眺，梅山山山岭岭呈翠绿色，跟我推测和获得的不良信息不一样，我的心突然松弛开来。袁世和车停在前方，这是一个观景台，梅山风光尽收眼底。

"梅山长草木了。"我兴奋地说。

"是的，"袁世和说，"你看好绿。梅山是县市两级政府新农村建设的典范，为本地外地领导参观学习的典型。整洁的洋楼，美丽的乡村啊。"

有几辆小车跟上来，见到我，都停下。他们都是梅山村的人，他们热情地向我打招呼。几辆装着水的皮卡车从我们身边经过。我从车上取下爷爷的大尺寸照片，举着爷爷环视梅山风光。"爷爷，我们回到梅山了。你看，梅山多漂亮！"爷爷的照片是"死的"，但我相信他的灵魂是活的，爷爷已经附在我身上，借我的眼睛享受梅山的美丽。

在场人不知道我爷爷是谁，他们集体认为我举爷爷照片是带爷爷旅游来了。

"谢谢，谢谢你们！"我跟梅山人一一握手。

"从董事长，你是梅山的恩人，我们应该感谢你！"

他们不知道爷爷当年的故事，我对梅山人从来不提爷爷。我到梅山开矿采石材也没有告诉爷爷。爷爷知道我开着公司，并不知道我的公司是干什么的，在哪里正干什么。听了我的劝，我父母兄弟也没有一个人告诉爷爷。

"山上的草木什么时候长起来的？"我问袁世和。

"长起来两三年了，对，快三年了。"他们抢着回答。

车队继续前进，回梅山的车越来越多。公路在西边山顶南行，到达乌岭——也就是当年中日梅山之战的阻击主战场后，公路来个180度大掉头。乌岭整座山几乎被我当年的公司铲平，因为它藏的石材太丰富。石材换来的钞票堆积起来应该与乌岭一样高。

先期回到梅山的村民聚集在村头欢迎我，以最热烈的鞭炮欢迎我回来。乡村人的鞭炮就像欢迎外国元首的礼炮，那是最高礼数。乡亲们围住我，向我伸出热情的手。我握不过来，但我握得耐心，准备每一个人都握到。大多数是年轻人，我不认识。对不认识的年轻人，我问他的父母或者爷爷是谁。他们的长辈我全认识，那些年，梅山大人小孩家里的狗，我都认识。这些年轻人的长辈过早地离开人世。那时，梅山四处是采矿机，到处是开发的身影。石材加工污染了水源，采锡矿铜锌矿采出了砷和重金属物质，选矿产生的废水尾矿污染了良田。村里人喝了有毒的水吃了有毒的蔬菜粮食，都患上怪病，一个接一个相继死去。等查明是水的原因时，已经来不及。梅山开发我是头，不到半年死了这么多人，我吓得半死，我躲到别的城市，一见到警察双腿便发软。躲了差不多半年，什么事也没有。梅山人没有告发我，当地政府也没把这个死人事件当回事。躲过这场劫难的是住在山上采矿的人，山上的水还好，越往山上越好。村里的劳动力全是我的工人，每个不是劳动力的梅山人年底也能分到红利。梅山迅速富裕起来，家家户户建起小洋楼，统一规划建设，材料用得好，十年过去还是那么新。遗憾的是，有的小洋楼主人没了，全家因患怪病绝症死亡。没死的人后来全部搬离梅山，有的去城里买房。平时梅山是一座空村，只有到了传统节日，他们才带着水和食物赶回来。今天巧，是他们的一个"祈福节"。这个节日在春天，在春天里祈福全年才真的有福。节日特别重要。在梅山，祈福节清明节比春节更重要。这些散落在城市各个角落的梅山人，不会在城里过祈福节，他们忘不了自己的根。

"从董事长，回来吧，我们还跟你干！"他们拉着我的手恳切地说。

我说："都散了吧。"他们分别走向自己的车，将一桶桶水提进家。有的人买回许多水，看样子要住上一两夜。

袁世和请求我在他家午餐，我答应了。那些没得到我答应的人鼻子酸酸的很失落。

我带小李和雨晴去墓地，那是占地很宽的山坡墓地，埋着中毒死亡的所有人，年纪最小的还不到半岁。我把纸钱香烛搁在两个大箱子里，墓地鬼多，两大箱子都不能满足他们的需要。小李扛一个大纸箱，我和雨晴抬一个。纸箱重，我和雨晴走一段休息一段。小李问我墓地在哪里，我指一个方向。小李扛着纸箱快步朝墓地方向走，他准备回头来扛另外这个。一个半大孩子走来，我问他是谁家孩子，他说是袁世和家的。袁世和让他跟着我，别让我被别人家抢夺去午餐。我说："答应你爸了，我不会改主意。你过去给前面那个叔叔带路去墓地。"

我们坐在水泥路上，路两边种着树木花草。"梅村绿化很好，"雨晴赞美说，"是好地方。我想在这住两夜。"我没表态，我朝东边的山岭眺望，那些因采石被我公司弄矮了的山岭披上绿装，深坑已由绿色植物掩盖。我跟村里签订了三十年开采合同，我只开采了十年，停了十年，还有十年的开采开发权。梅山之地宝藏丰富，谁开发谁发财。我曾经的采矿工程师说，按我当时的规模进度，至少还可以开发三十年。这里的石材特别漂亮，质地细腻，天然的花色像泼墨、写意一样，富有装饰感，极受市场欢迎，在同类产品中我公司的价格要高出两三倍。城里高官富商都用我的产品——地板、餐桌、地脚、茶几、茶盘、碗筷，全套。公安局范局长还有一张大理石床，是我公司为他特制的，没收他一分钱。他有一天喝多了对我说："睡石床，性功能增强了一倍。"我们正准备为他情妇制作石床，大面积死人事件发生了。美好的日子太过短暂。我决定离开前，炸毁采矿窿道石材加工厂选矿厂。

雨晴在附近拍照发朋友圈，年轻人走到哪拍到哪发朋友圈到哪。微信上信息鱼龙混杂，我不爱上去点链接查看朋友圈。雨晴发了微信，第一个抢过我的手机给她自己点赞点评，一个人在那里互动。现在年轻人自恋，我辈看不明白。

小李返回扛纸箱，"坟场一个人没有，好恐怖。"他说。梅山人清明节上坟，大年夜黄昏也上坟"封岁"，除此，不去墓地。我站起来拍拍屁股上的灰。水泥地干净，没灰，也可能昨天下雨冲洗过。"雨晴，走喽。"我喊她。雨晴奔回来，一路上她让我看她刚拍的照片。"这树好绿，假的一样。"雨晴调出一张图片后说。袁世和的小孩捂嘴笑。

我们三人分别管理一堆火，往火里扔纸钱，烧化成阴币，愿意外离世的梅山人灵魂安宁。这十年来我养成了每月十五进庙烧香的习惯，我一方面忏悔请求菩萨原谅，一方面给梅山村死去的人补充钞票。出差旅游碰上大寺庙，我必定为他们烧香，祈求饶恕。之前，我不烧香不拜佛。"你们俩听好了，"我对小李雨晴说，"烧纸的时候要默念，请求梅山人原谅我。念出声也行。"雨晴替我说一大堆好话，像玩朋友圈一样认真。

烧完纸钱，我带雨晴走向山脚，我想去看看长起来的植被。我发现异常，地上的草不像植物，像塑料。蹲下去触摸采摘，果真是塑料做的假草。我掀开塑料，下面是黄土，贫瘠的黄土碎石。

我站起身眺望远山，拉过袁世和儿子的手说："那些，全是假的，是吧？"孩子点头，"都是像绿草一样的塑料铺的。"

我头针扎一般疼痛。"由此推理，刚才那棵树，就是假的。"雨晴说。我向山坡走，提醒随行者小心坑洞，当年采石，留下深浅不一的坑洞，还发生过掉下坑洞摔伤人的事故。我选择性地掀开假植被，下面跟十年前一样寸草不生。孩子说："山上铺得稀。山上的绿色是网一样的塑料做的。"

袁世和生怕我跑掉，让孩子看守还不放心，亲自过来接我。我指着塑料草说："小袁，你怎么解释？"

袁世和低下头说："是镇政府的主意，梅山村只花了少量的钱，大部分资金都是镇里出的。"

"这是一笔不少的资金。"我说。

"镇里有办法，他们立项目向上面套取资金。"袁世和跟大部分存活的村人一样住在县城，眺望故乡的泥土。

"铺在裸露山岭上的不全是塑料草绿色网，还有涂了绿色油漆的帆布。"袁世和继续说，"没什么好大惊小怪的。梅山的土地不争气，不长草木了嘛。"

我全身无力，心里满是恶臭的污水。午饭后我躺在袁世和家的床上休息。今天过节，村里有人气，"偶尔回来，村里空的，阴森恐怖。"吃午饭那时袁世和说。梅山像一座野庙，香客一走便冷清下来。人逢坏事精神垮，我大约是这样的。我靠在床上，打开爷爷的回忆录。我接着从1948年春天国共两军恶战读起。爷爷写道：

战争不是好事，才三年梅山泥土再次被战火烧焦。泥土像人的皮肤，严重烧伤后再长不出皮肤毛发，还会危及生命。我虽不生长在梅山，但梅山就是我的故乡，从当土匪到抗日结束，我在梅山待过好多年，我爱梅山的草木甜泉。望着梅山的惨状，我失去的左臂剧烈疼痛。我哭着离开梅山。许多年后，梅山是我的霾梦，她的惨景时常将我从梦中吓醒。噩梦做了十年。1958年，全国大炼钢铁，此时我已经从酿酒师傅成为炼钢工人。我有义务责任指导梅山人炼钢。趁人不备我溜出钢铁厂折腾回到梅山。梅山山山岭岭变成绿色，我抹眼看，还是绿色。烧焦的土地十年后长出了草木。我高兴地跳起当年流行的舞蹈。

梅山有三个炼钢炉，我告诉他们我会炼钢，他们不信，他们还是老印象：我只会扛枪打仗。梅山比别的村镇条件好，两场大战后留下了许多钢片碎铁。但是梅山人大叫缺原料，家里的钢铁制品全部收归生产队，远远不够。我提醒他们山上有原料。梅山人想到过，山岭草木好不容易长起来，杂草还很厚实，战争留下的金属残片淹没于草木之中。要刨原料，必须先刨草木，残片埋得深，刨到它时草木的根基就受损。

上面下达的钢铁指标重，梅山人犯愁，怎么做假都过不了关。我说："上面指示精神重要还是草木重要？草木毁了还会再生，上级命令不执行就是犯罪。"听了我话，梅山人动起来。十天之后刨出堆成小山的金属残片。炼钢炉不合格，燃煤不足，梅山人用木柴，远远达不到熔化金属的温度。尽管我带给了他们技术并且亲自指导多次，梅山人还是没有炼出一炉好钢，全是废品。有废品也很不错了，梅山跃居全县炼钢大村，成为第一典型。一年时间梅山的山岭被刨地三尺，像剃光头发的不规则脑袋。砍光不要紧，春风吹又生。我对梅山有信心。

二十年后的1978年，我退休，又回到梅山。梅山青山绿水好风光。我们当年的土匪窝遗址还在，槽凹泉的水还是那般丰沛甘甜。我在梅山住了一周，跟村里老人上山打柴下地种菜。又是十年，1988年冬天我再次回到梅山。这个冬天冷，梅山后生和身体健康的老人正在合围两头野猪。山岭草木深深，曾经一度绝种的野兽出现在梅山，不光是野猪还有野羊、麂子。山村的日子有他独特的快乐。围猎取得胜利，梅山人猎取到两只野猪，一公一母。是对老野猪，皮肉硬，猛火炖后，软绵鲜美。我在袁崇敬家吃饭，他那个刚上小学的孙子袁世和抢走他的猪鞭躲起来啃。袁崇敬很生气，他原计划是与我平分享用的。我对野猪鞭好奇，可惜没尝到。我对袁世和心生怨气。我俩借着怒火，一杯接一杯地喝羊奶子酒（一种植物的果实，形状酷似羊奶子得名，熟透后呈淡红色，生吃酸酸甜甜），喝光了羊奶子酒，又喝野生猕猴桃酒。也许老野猪肉能解酒，我们喝了超量两三倍的酒，只喝醉了，没有喝死。太神奇了。

离上次回梅山又过去十年了，好想梅山啊。梅山，我还要回来的！

纸上有水迹，可能是爷爷老泪滴在上面留下的。爷爷年纪越大越想念梅山，我们越不放心他回梅山。父亲做过多次计划，被我否了。父亲不会开车，如果包车坐班车都是费事的事。父亲把任务交给我，我满口答应，就是不行动。我感觉爷爷就将离开人世时，跟爷爷商量载他回梅山，爷爷坐在轮椅上兴奋得手舞足蹈。可是第二天他就病倒，没有再爬起来。

我下床想看看当年偷吃爷爷野猪鞭的袁世和在干什么。家里没人，都做祈福活动了。小李雨晴跟去看热闹。我参加过祈福活动，熟悉所有流程。看完爷爷关于梅山章节的回忆录，我变得无聊，体力似乎也恢复了些。祈福活动可集体可个人，如果没人组织就各自进行，或者以家族为单位。今年村里的活动没人组织，各自为政。祈福活动有讲究，不可随意划一块地方叩头烧香。每年有一个方位。方位是谁定的？村里德高望重的师公，或者附近村庄师公。师公间有时候测得并不一致，有的师公定为南方，有的定为西南。信谁的呢？各人自己定，相信哪个师公就信哪个的。拿不定主意的可以朝不同方位祈福一遍，有益无害，礼多神不怪。祈福现场安静无比，不许放炮，放炮要等到晚上的某个时辰，该时辰也是师公定的。放炮后，意味着福气已稳固留下。梅山师公袁崇安最有权威，但他第一批中毒死亡。

袁世和一家在村东南方向祈福，仪式做得庄严肃穆。他用石灰划出两三平方米，那是块裸露的泥土。必须要用裸露的泥土，祈过福的这块地一年之内不许种植。这块地可大可小，没有强行规定。他家人跟在他屁股后面，弯着腰，虔诚地跟着袁世和朗诵祈求语。每个祈福人的语句不一样，意思都一样：平安健康发财顺利。也有具体的，那要看当年的重点是什么，比如祈求顺利生二胎，孩子顺利考上大学，做了坏事的请求宽恕以逃避责罚。

受气氛感染，雨晴小李双掌合十，向上苍祈福。我没想别的，我轻声对爷爷说："爷爷，我们也来祈一个。""让老天保佑梅山生长草木。"爷爷说。"好的。"我说。我和爷爷祈祷时，袁世和一家完成了仪式。

"你这样祈福没效的。"袁世和说，"之前你没来，我没把人数身份上报。你的祈福上面收不到。"

"我说，你带着我重来。"

袁世和说："好吧，估计上面不会生气。我要先烧一把纸钱通路，从董事长你也别闲着，快上香。"

"有这规矩吗？"我说。

"规矩人定的。我们这个程序很合理嘛。别出声。"袁世和用手势阻止我说话。

"我祈福内容跟你们不一样，"我还是说话了，"请求苍天给梅山撒一把种子，长出茂盛的草木，那些采石坑洞自动填平，采矿窿道自动闭合，泉水重流，质量第一。"

"你的要求挺多啊。"

"就是一句话，梅山回到 2004 年。"

"你这个愿望不好。2004 年我们多穷啊，而且回到 2004 年，我们后来赚的钱是不是也得回去？不成，你这个愿望我不答应。"

"你又没权利答应不答应，我求的是苍天。我求苍天不收回大家的钱，只长出草木，回到青山绿水时代。"

"这还差不多。但是，你跟我们梅山人还是不一样，祈福内容怪怪的，毕竟不是我们梅山人。"袁世和回到圈内，认真做起仪式来。我没跟着他说，他说他的我默念我的。听话的小李和雨晴跟着我默念。

我总以为毕富生死了，可他没死。我祈福完毕，回身时见到了他。袁世和挥手示意毕富生后退。毕富生听话地后退半步。

"这不是从董事长吗？"毕富生又前进一步，他热情地手伸向我。我迎上去。袁世和拦住我，大声对毕富生说："离开点！"

我责怪袁世和说："你这是干什么！"

"毕富生是毒人！全身是毒！跟他握手你小心中毒！"袁世和说。见我不解，他进一步解释，"毕叔是第一批中毒的人，他死里逃生，别人死了，他活了下来。他必须喝井里的毒水吃毒水种植的蔬菜稻米才能活下来。否则就生病。"

毕富生尴尬地站在原地难看地笑："这一两年井水溪水营养不够了。浸泡在水源的营养物质越来越稀少了。这下好了，从董事长回来继续开发，我有救了。"

"听到了吗，从董？群众强烈的呼声。"袁世和说。"毕叔年纪大了，他种不了田，为了帮他买毒大米，村里人费尽心机。只要听说哪里的粮食重金属超标，我们就去哪里购买。有时候能买到一年的粮食，有时候等赶去时，被当地政府封存了。信息不对称，购买毒大米是梅山人最头疼的事。"

"毕村长体质适应了重金属，整个体质发生了变异，"我说，"酒精中毒的人，一杯酒下去，手不抖了，精神了。就是这个道理。"

"毕叔是个奇人，他没有在重度污染的水质中倒下去，站立得更坚挺了。梅山人人佩服他，十里八乡人人佩服他。"袁世和说。

"握个手就中毒，有些夸张了。"我说。

"小心为妙。我们带回的狗猫吃过他吐出的骨头都中毒死了。现在，谁也不会把家里养的猫狗带回梅山。"袁世和说。

梅山人对毕富生佩服而友好，他们轮班回来照顾毕富生。他们希望毕富生健康长寿，村里哪怕只有一个他，都不是外面人说的空村。毕富生当年带领大家跟我发家致富，梅山人忘记不了他。轮班回来照顾毕富生的人设法买到毒大米毒猪肉蔬菜。实在没把握，就把买回的菜浸泡在尾矿池或者井水溪水里，让它们充分吸收"营养"。那些残留农药超标的蔬菜，都不舍得清洗，一洗"营养"就要洗跑掉好多。毕富生宁可吃带沙子的蔬菜，他一般多加些水，泥沙沉底，"营养"还在汤里。除了泥沙，他把汤全部喝掉。后来梅山人研究出一个方案：清洗过后的蔬菜用农药水浸泡，比例上当然也要控制好，刚开始浓度过高，"营养"过剩，害得毕富生差点死去。最理想的还是浸泡在村里的水里，纯自然的，不用费心劳神。

还没轮到袁世和照料毕富生，今天趁回村机会，袁世和给毕富生买回一大块牛肉。上回听说毕富生想吃牛肉，袁世和记住了，袁世和是个有心人。那块牛肉袁世和浸泡在溪水里，但泡久了，牛肉味道泡没了。毕富生要取回来，"泡的时间不够没事，我煮牛肉时滴一小滴农药进去就可以了。"毕富生笑着。袁世和带毕富生去取牛肉，为防止蛇鼠偷吃，他搁在一个铁笼子里。这个方法好，一提笼子绳索就可以了。春天开始不久，万物复苏。但是梅山人是习惯性思维，村里已多年不见蛇鼠之类东西了，山上植被没了，环境恶化，没有动植物生存的条件。蛇鼠之类已迁走。我们跟着去，我轻声地唤爷爷，叫他看看梅山。爷爷的照片我没带，解释起来是挺麻烦的事，不想让梅山人知道我爷爷与梅山的渊源。袁世和让我们与毕富生保持一定距离，不要太靠近对他讲话。毕富生还跟从前一样说话容易激动，唾沫四溅。他的唾沫星子带毒，嘴巴像个喷毒器。梅山人敬重他照料他，也都躲着他。毕富生很自觉，他主动与人保持距离。我跟毕富生多年不见，刚才突然见到我，他激动，才有走向我的举动。

牛肉在水中浸泡时间过长，颜色变了，这种做法一边是注入"营养"，一边又是损失牛肉鲜味。什么是最好办法？往牛肉锅里滴农药。毕富生弯下腰提起铁笼，凑近鼻子闻闻说："没牛肉味了。世和你以后不要再这样搞。"毕富生满脸不高兴。"毕叔近年脾气越来越古怪。"袁世和低声说。

太阳朝山下落去，傍晚来到梅山。梅山上空不够明亮，空气也不好。梅山草木不生，失去了肺。南风起时，将南边老路上沿途开发的雾霾吹过来。

"我就不请你吃饭了。我多想请你吃饭，从董事长。"毕富生流露出歉意。我们站在远一点的地方看他做饭，跟他说话。"你一定要把公司拉回来，一定啊一定！"毕富生说，"我没几年活了，我想再看看梅山热火朝天的开发场面。"毕富生家里死得只剩他一人，无依无靠，怪可怜的。幸好他年轻时做了许多好事，梅山人感恩，没有丢下他。

晚饭时，袁世和家里来了许多人，他们把自家的饭菜提过来，跟我聚会。"我们坐吃十年了，从董事长你再不继续挖矿采石我们都得喝西北风。"当年每家都分得很多钱，我带他们开发十年，家家户户富得流油。梅山水土污染，死了好多人，我良心再也过不去，公司当即决定撤离。决定撤离那天，几个医院不收治，抬回梅山的重症病人用尽力气给我下跪求情。他们愿意以死换来梅山的富裕，愿意牺牲梅山健康的环境来换取钞票。我果断地炸毁所有设施，解散队伍。我把在梅山赚来的钱全部分给他们。后来有的家庭因为全部死亡，巨款仍然留在存折上。梅山人曾经想清理绝户存折，最终觉得不妥。那是死者的钱，不经同意，不可乱动。梅山人也不是想贪那些巨款，是想取出来为死者做些他们能享受到的事，比如把墓地建设得漂亮些，每年烧香纸更多些，等等。我公司没有解散，至今沿用恒通公司的名字。在梅山开发十年，我最终将梅山人弄死一大半，空手而归。这是我一生中最大的错误。爷爷现在借我的眼睛看到了我公司那些年在干什么，干出了什么结果。我太令爷爷失望。爷爷一定在那边对我发脾气，挥动烟斗批斗我。

关于死者那些"死账"，今天梅山人重新提起。不管怎么着，"冻"在银行都是损失，能不能想办法取出来当做集体资金？他们问我有什么办法，我不知道。这个要问银行要问律师。死者已去，那些钱分给活着的梅山人，合乎情理，我是赞成的。因为无法生存，梅山人除了毕富生都迁走了，他们散落在县城或者别的地方，有人继续发财，有人日子过得艰难。经聊天得知，有一些梅山人到老路开发区打工，早上出门，晚上回县城住，收入不高，糊糊口。

"唯一的出路，唯一让梅山人过得有面子，就是再次开发。苍天给了我们无穷的宝藏，我们不开发，老天不答应。"袁世和说。他得到大家一致响应。他们热烈讨论时，毕富生坐在安全距离外，他听力差了，听不清楚时，他会大声喊："说话大声些，一个一个来。"人们听他的话，讨论时轮流发言，但重复的多，有见地的少。核心内容就是重整梅山雄风。毕富生也发表了自己的看法。"老村长都发话了，我们还等什么？从董事长，快下决心啊！"

梅山人是讲道理的，他们没有擅自开采大理石矿产，因为我有合同，签了三十年。除了我，没人有资格开发。谁再有钱也没用，除非我撕毁合同。

中日梅山之战，国共梅山之战，史书上记录很少，地方志上有简短的记录。人们都不太记得了，记得的人都离开人世。梅山人不会管这个，就是带来参观的当地大小官员也没有这个知识，因此就少了介绍战争的这个环节。按爷爷的描述，中日梅山之战是值得大大宣扬的，战场也值得建立纪念碑园。听着他们蚊子嗡嗡叫一般的讨论声，我脑子闪出一个主意：投资拍一个梅山战场纪录片，或者一部电影、一部三十集的电视剧。

梅山人讨论到很晚，我声明要睡了，他们还赖着不走。我起身走向袁世和为我安排的房间。袁世和的老婆正在烧水，雨晴跟她说话。我靠在床上，翻看手机。二十来分钟后，梅山人离去，没有我旁听，他们的商议没有意义。雨晴推开门问我："水烧好了，你先洗还是我先洗？"我叫她先洗，我静一会。雨晴洗完脸擦完身子，给我留了两大桶热水。我问袁世和老婆水够用吗？她说够了，不够也得够。我表示只要一桶水就够了，另一桶留给小李。小李声称他不用洗澡。你怎么能不洗澡呢？我臭骂小李。小李申辩说为了给主人家节约水。我提了一桶进洗澡房，雨晴洗澡后留下许多热气，还没完全散去，洗澡房暖和。关于在梅山洗澡爷爷回忆录里也有写到。他说的是夏天，用竹筒接了泉水淋浴，水量大，洗得痛快。我以前在工厂上班住厂宿舍，时常自己用"热得快"丢进锑桶里烧热水，提到洗澡房。我能用一桶水将身子洗得干干净净。年轻时候的经验闪出脑海，我按照那时的办法洗净身子。

"水太少了，不够洗。"雨晴向我抱怨。她两桶水都不够，说明她没有过一桶水洗澡的经验。"你够吗？"她说。"够，我一桶水就够了。"我说。雨晴不信，她剥开我的衣服嗅嗅，我身上没异味，她表示默认。

"以前，梅山有好多支从山上流下来的泉水，可以淋浴，也可以在水池里洗。"我说。

"你怎么知道？那时你这么干过？"雨晴向我靠过来。

"爷爷回忆录里说的，爷爷那样干过。他们还在深处的小河里游泳。"我说。

雨晴从床头拿去爷爷的回忆录，说："在第几页?"第几页我不记得了，反正在记录梅山的章节里。我叫她翻开目录查找。爷爷写回忆录前设计过提纲，目录是回忆录完成后加上的。他给目录留了足够多的地盘，现在目录后面还空着两页。雨晴查到篇章后，袁世和敲响房门，"从董事长，我想向你汇报汇报。"我说太晚了，明天吧。但我拉开了门，他抱歉地搓着双手。我说："我不是你领导，你汇报什么?""你是我的领导，我是恒通公司的人，死也是恒通公司的。"

"那是以前。以前梅山人都是我恒通公司的，包括刚出生的小孩——年底任何人都能分到红利。"

"我做梦都想回恒通公司干，我现在就正式报名。开发梅山的工作，必须马上启动，我们一分钟都等不起。"

"睡吧。"我说。

"毕叔刚才让我带给你话，他做不了队长，想做队长助理，帮助你做些管理工作。毕叔都还能做管理人员，我更能行。"

我转身离开。

雨晴看到爷爷记录梅山山水的地方，她合上"书"说："爷爷只有文字没有图像，可惜可惜，无图难以呈现真相。"她搂着我，想跟我亲热，我说："爷爷看着呢。""在哪儿?""在我身上，他的灵魂附在我身上。我在梅山所有见闻都进入了爷爷的灵魂。"

白天见到的墓地强烈地扎在我的脑子里，我闭上眼就是那些坟茔。死去的人都站在坟头，朝我怪笑。我不敢闭眼，但是睁眼他们也不放过我，他们出现在我的眼前。他们不怪我搞坏了梅山的环境掐灭了他们的生命之火，却责怪我撤销这个项目逃走。雨晴闭着眼，轻轻地呼吸，我不知道她睡着没有。

袁世和老婆轻敲房门。我一动身子，雨晴就醒了，"这么晚，她想干吗?"雨晴搂紧我，我动不了。我拍拍她身子说："我去看看。"

跟袁世和老婆站在一起的还有两三个男人，我不解地看着他们。"从董事长，你什么时候回来开发？"

我不知道该如何回答，如果说不开发了，他们一定对我纠缠不清。"我们不能再破坏梅山了，"袁世和老婆说，"十年了，被破坏的山岭都没长出一株草一棵树，我们子孙后代怎么办？"旁边的三个男人附和。"这个意见，今晚你们为什么不提？"我说。

"不能提，提了要遭他们反对和谩骂。"

"我明白了。"

"你千万不能再回来了！你就积积德吧。"

"我听你们的。"我说。

外面人的话雨晴听得真切，我回到床上后她没问我，而是评论说："刚才这几个人的意见你并不一定要听。发展经济可以不破坏环境的，不要一听搞开发就是对大地的撕裂。办法是人想出来的，以前你们是没有想办法。"

"不是没想办法，脑子里根本就没有这根弦。"

"现在你有了，可以避免破坏环境了。"雨晴说，"你投入那么多钱，奋斗十年，结果空着手回去，不值当。我替你打抱不平。"

"梅山哪还有环境可言。"我说。

"这不更好？没有环境就不存在破坏了。"

"你支持我回来挖矿采石？"

"支持。你是商人。躺在地上的钱你不捡，我也想不通。在梅山开发，你几乎没有阻力嘛。"

"袁世和老婆他们就是阻力。"

"这几个人像大海里的泥鳅，一个小浪都能打个肚皮朝天。"

我不能在梅山住两夜，我受不了。雨晴也不吵着住下去。回到梅山的村民分别要回到他们生存的地方，生养自己的故乡都不能生存，他们内心不知道有没有挣扎。他们都是要一早或者昨天就离开的，因为我回到的原因，都推迟了。昨晚我睡得晚，又困又睡不着。我主要是不敢睡着，我怕坟地里的梅山人走进我的梦里跟我纠缠。天快亮我才睡着。雨晴一直就是个爱睡懒觉的人。昨天的墓地祭祀，她没感觉。她的爷爷奶奶以及许多亲人都埋葬在公墓里，这种场景她见得多，不惧怕。因为她不认识生前的他们，不知道那些生龙活虎甚至幼小生命半年之间就命丧毒水，心灵没有受到震撼，因此她睡得很平静。

我走出袁世和家大门，见到他们散集在外面，还有一些人聚集在村头停车场上。他们向我围拢，向我告别。他们真的太客气了。他们要求加入我们公司，希望恒通公司像从前一样惠及梅山每一个人，他们已经在一个作业本上留了电话，电话本由袁世和管着，一旦准备开工就通知他们。

"你们先走吧，我还要到处看看。"我说。他们要求留下来陪我，我一一打发他们离开。袁世和一家我也劝走了。袁世和老婆用特别的眼光看我，我对她点头。

梅山村空下来。毕富生躬身站在安全距离外向我招手。我向他走去，他后退。我进一步，他退一步。我说："毕叔，我们还可相距近一些。"毕富生说："我一身是毒，靠近了对你们没有好处。""平时你一个人在这么大一座村里，你怎么打发日子呢？"我说。"我到处走，我唱歌我说话。""你不寂寞吗？"

"寂寞。"他说。

"跟我们去城里玩玩？"

"不。"毕富生后退，小跑，逃离。我追上去。"别过来，"毕富生求我说，"你要是心疼我就赶快把队伍拉进来，重新大干一场。水中毒了不要紧，我们不用村里的水做饭种田种地。水的问题不是问题，买水进来，用水管从别的地方接自来水。有了钱，什么事都办得成。"

我们的车离开梅山村到达东边山顶上时，遇上一辆大巴和一辆小车。从车上下来一群人。我叫小李停车，我下来看看。他们是县里的客人，由县里安排参观新农村建设。他们是外地人，说的方言我分不清是哪里的。

"你们是梅山村的吗？"有人问我。

"不是。也是。梅山是我的亲戚。"我说。

他们远眺"绿色"的山岭，俯视山下的村庄。"这个村是靠什么致富的？"客人问。

回答问题的是当地的干部，可能至少是副县长，"以前采石材采锡矿铜矿。现在——"他停了一下，回头看镇里的干部。机灵的镇里干部接过话说："现在他们种铁皮石斛，看，对面山岭上泛绿的都是。"客人们点点头。他们提出要下村去看看，副县长说："这次时间不够了，欢迎下次来参观。留点遗憾，留点遗憾。有遗憾才有美。"这里不仅是观景台，还是一个停车场。这里是参观新农村建设的终点，看完这个点，就折返。县里的大巴已经掉好头，副县长及工作人员礼貌地催促客人们上车。

下山途中，要经过一些村庄，每座村庄都有漂亮的洋楼。县里也不全是做假，这一带有真正的经济作物。风光特别美，参观者都会喜欢。到达一个平缓的村庄，我叫小李停车。我们也来个参观新农村。村上没什么人，村上几个闲聊的老人狐疑地看着我，他们并不友好。我打消了参观的念头。参观不参观都没有关系，我不是政府干部，不需要取经，无论是取假经还是取真经，都不需要。但是在村头的宣传栏里，有梅山村的照片，当地当权者将梅山村貌移花接木到这个村。后来我才无意中知道，县乡里的宣传片中都有梅山的村容村貌，跟一些似是而非的经济产品组接在一起，给人联想和赞叹。

我举头向大山上看，"当年共产党部队具体驻扎在哪里呢？"我自言自语。雨晴接过话："肯定在半山腰甚至靠近顶上，前面是比较开阔的丘陵，书上都说共产党的武装力量打游击，通常驻扎在条件艰苦的地方。""就算驻扎在半山腰上，能够在那么短的时间聚集起来赶到梅山战场跟小林光一决战，真了不起。"

"人的潜能一旦激发起来不得了的。"雨晴说，"比如说梅山村的假绿色。"

提起梅山我的心疼痛起来。袁世和打过来电话问我到哪里了？他在县城等我，请我吃饭。他已邀了许多梅山人，大约有三桌。我说："昨晚不是一起聚过了吗？"

"不一样的。"

我谎称已经过了县城，上了回市里的高速。"恒通什么时候回到梅山呢？"袁世和急切地问。

"等我消息吧。"我说。

"要不，你把梅山项目交给我吧。秘书工作，我帮你物色一个人，保证比我年轻漂亮能干。我在你身边这么多年，学到了许多东西，一定能胜任梅山项目。"雨晴说。

"你敢！"我呵斥她。

"你这么大声干什么！"雨晴仗着跟我亲近，有时也反过来跟我发脾气。她比我小十二岁，整整小一轮，我俩同一个属相。很多时候我拿雨晴没办法，她再怎么冲我发脾气我都不能开除她，我下不了手。雨晴工作能力算不上优秀，比起我的总经理副总经理来她差一截，她的强项是漂亮通达对我体贴。她也许有过上位的想法，但从没行动，我跟妻子好好的，不想节外生枝。为了不给她把柄，我控制着不跟她做那事。只要我不那个她，她即使有心动最终也注定要失败。也许，这是她最恨我的地方。

我暂时不想跟她说话，闭上眼睛假寐。雨晴从我包里拿走爷爷的回忆录翻阅。我的包没有秘密，她随时可以翻看，也有权利翻看。

回到市里，几天来梅山人轮番给我打电话，要求恒通公司尽快进驻梅山，他们严重干扰了我的工作。我关掉这个号码，启用一个新号，这个号我只告诉中层以上管理人员。梅山人执着，打不通我的电话，他们派出代表来找我。袁世和带的队，来了五六个人。我逃离梅山十年来，不跟梅山人联系，他们本已习惯，都是我携爷爷灵魂回梅山的错。我多么希望双方互相消失。我不见袁世和都不行，他们太能来事，不见，他们就蹲在我的办公室、堵在公司电梯口。我不能拿他们怎么样。雨晴受我指示把他们安排进小会议室。袁世和会抓问题关键，他向总经理和我的三个大股东讲述了梅山的产业，梅山的矿藏化作金子钞票摇动了股东们的心。现在的股东以及总经理都是我离开梅山放弃梅山项目后来到恒通的，他们对当年梅山产业不知情很正常。这些股东跟着进入小会议室。

"恒通在梅山空转十年了，公司损失巨大，梅山人损失巨大。"袁世和说，这个小时候偷吃过爷爷野猪鞭的人非常激动。

"恒通有十年未交给梅山承包费了，"有一个声音说，这个小伙子我不认识了。十年前也许他还小，他没有中毒我倍感欣慰。

"这个小伙子说得对，"我终于说话了，"恒通欠梅山十年承包费，我立即补上。"

"用不着，不着急，现在问题的重点不是承包费。"袁世和瞪一眼那小伙子。承包费，我一直没忘，头一年我按时打入他们的账号，但已经是空号。村里的账号由毕富生掌管，账号空，我以为毕富生已经去世。实际情况是毕富生死里逃生成为毒人后，村里由袁世和牵头换了账号，注销了原来的，而没有及时告诉我。相对每个人的收入承包费算不了什么，梅山人眼睛几乎不盯着集体的那点承包费，他们相信我不久会重返梅山——我是商人，不会不取眼前的肥肉。他们都想错了，多年的失望使他们只留下空想。

我叫雨晴记下账号，向梅山人保证尽快付清承包费，还会让银行帮算好拖欠款利息，一并支付。

场面有点乱，股东们做梅山人工作，劝开他们。总经理做主安排好他们的生活。应三个大股东要求，我们召开临时股东会。股东们一致要求启动梅山项目。我不同意。现在的恒通不是当年的恒通，我有权阻止任何我不愿做的事。股东们反驳我："不管是什么时候的恒通，公章是恒通的，恒通任何时候签的合同都代表着恒通，都与各位股东休戚相关。"

梅山出现大面积中毒死人事件我撤离，不可能更改公司名称，尽管十年的梅山奋斗最终打了个平手，我也不能解散公司，里面牵涉到太多的具体事情。当时公司资金紧缺，我想了许多办法才融资成功，才有新的股东和总经理。恒通在梅山还有十年承包权，恒通重新启动梅山项目合情合理。问题是我必须说服他们。我让雨晴将爷爷记录梅山的文章复印数份，将前些日子在梅山拍到的照片视频资料制成一个文件发给股东们。我想对他们动之以情晓之以理。雨晴似乎很想启动梅山项目，她有意拖。那天我们俩在办公室睡午觉时，她还说："环境是环境，合同是合同，事业是事业。美国知道核武器不好，却从来不会停止研发。人类，就是这样的，别犟。听话。"她燃烧起我的怒火，我忍不住打了她一巴掌。她没生气，继续做劝说工作。

迫于我的压力，她还是制作出梅山的资料交给总经理和股东们。雨晴要么不做，一做都是很认真的。我看了一遍，我的心跟着流血。镜头扫过墓地时，有一把钝刀划我的身子。股东们看后都很感慨，但并不同意放弃梅山项目。他们的想法跟雨晴高度一致，我怀疑他们这一拨人私下开过会，通过气，统一过口径。

财务和银行帮我算出了梅山十年的承包费及利息，我让办公室打个报告我签字后交给财务。财务总监说："这钱不能汇，需要董事会开会通过。"按规定，超过一定数额的开支必须交由董事会讨论通过方可执行。我不是不懂，我是不想开这个会。财务总监执行公司规定没有错，我不怪她。我打电话问妻子家里拿不拿得出这笔钱？妻子粗暴地说："拿不出，你开公司这么多年给了家里多少钱？！"我记不得了，开公司做生意都是在玩钱，挣了、花了、套着，现金是见不到多少的。作为一家比较优秀的公司董事长，被这百多万难住了。我向雨晴借钱，她不借，她倒是存有150万，但一分也不会借给我。"要是你借来启动梅山项目，哪怕你拿来嫖娼养小蜜，我都会借给你。"她说。我说我就是用来启动梅山项目的。她哼哼笑着说："我也是上过小学的人，你骗不了我。"

这百多万显然不能向别的朋友借，原因是不好说明原因。小有名气的恒通不可能缺百多万付承包费，一旦他们知道真实原因，绝对会劝我启动梅山项目。

董事会不给我面子，他们反对公司支付承包费。梅山人也没有催我，只要我启动梅山项目，他们宁可不要前十年的承包费。我是良心过不去，我想做一个说话算数的人。"人家没有责怪、没有笑话你说话不算数嘛。"雨晴说。

他们反对我支付承包费，我反对启动梅山项目，双方僵持着。梅山项目在公司传开了：公司原来还守着这么大座金山啊。他们热议，股东们希望员工议得越热越好。股东们趁机发动员工给我写建议信，我给他们回信说："宁可解散公司，也不启动梅山项目。"好在梅山项目传出去后也没什么反响，别人才不管你什么项目。商场上朋友和对手都不希望我启动梅山项目，他们见不得恒通发达。

　　我筹措了一点钱，想给梅山战场做个纪录片，先做抗日战争时期的，下一步再做解放战争。通过人托人我认识了电视台退休的老刘，他长年在电视台做专题片，以纪实为主。老刘建议我跟电视台合作，否则做了节目播不出。我说可以不播出，我是留资料，可以免费送人。老刘制作专题片有经验，但手头没设备。他带我去找台长，台长问了我的经费后笑起来，"你这点钱还不够塞牙缝的。你的公司需要多放点血。"我告诉台长，这是我私下的事，跟公司没关系。"董事长都不能私事公做，不是窝囊吗？"台长直言不讳。我退出来，我不能到处跟人说公司里的事，谁家还不有点秘密啊。

　　纪录片还是要做，那是一场被好多人遗忘了的战斗，我想不明白为什么史学家都不重点提起。有一天我突然明白，指挥那场战斗的共军高官，后来成了反革命，而我爷爷又是一个土匪成长起来的微不足道的地方武装小司令。国民党那边呢？更不消说了。史学家不应该这样，林彪后来不也是反革命，还是头目，他抗日的事迹现在都提及了呀。那么，我就来填补史学家的这个空白吧。我一边叫雨晴根据爷爷回忆录写成文章给报刊投稿，一边寻找纪录片制作者。老刘对本市影视公司熟，他在位的时候跟这些民企合作干私活，电视台收入不算高，但每个采编人员收入都很高，他们利用公家资源干尽私活。本市的影视公司都不大，搞些小影视帮人拍点宣传片之类，公司小人也少，效益都还过得去。

　　老刘帮我联系上了一家叫好时光的影视公司。他们的报价比我预算的还少，再经过我的压价，预算富裕。制作质量上，老刘打了包票，不会比电视台做得差，因为他就是电视台的。老刘介绍自己说他不仅能编导摄像还能写，写才是他的强项。他制作的专题片大部分脚本出自他之手。为了证明自己能写，他提供了许多证明材料，还送给我两本散文集。他获过许多全国性的电视专题片奖，奖算不了什么，但也是一种旁证。我将任务分配给雨晴。雨晴是我的私人秘书，我可以分配她做任何事，如果我愿意包括帮我生第二胎，而不需要经过董事会。雨晴跟老刘接上头，立即开展工作。好时光影视公司有从艺术学院播音主持专业毕业的男孩女孩，他们很快成立一个班底。我看老刘对雨晴的眼光与众不同，估计年轻时老刘也是个好色之徒。但雨晴眼光高，看不上他的。我放心。看上了也没事，人各有志，你能咋的。

关于梅山战斗，爷爷的回忆录写得比任何资料都详细，爷爷是综合了所有资料。参战部队连长以上都有姓名，一些战士也有名有姓，每一个人都是真实的，每一个细节都是真实的。这不是一次战斗，是一次决战。中国三方武装力量联合对抗小林光一部队，中国方牺牲巨大，但挫败了小林光一的计划，打残了他的部队，是一次了不起的胜利。老刘在细读爷爷的回忆录后概括出几个高档的关键词。老刘是行家，他提炼的主题令人激动信服。老刘亲自写脚本，他准备把我也纳入镜头，因为我是爷爷的孙子。老刘想以我爷爷的视角来讲述这个抗日故事。这个人了不起，他的马屁拍得我服服帖帖。我一激动就开口给他另付稿费，高额稿费。只要拍得好，多少钱我舍得花。我把爷爷喜爱的梅山风光破坏殆尽，必须拍一个纪录片来向爷爷致敬，拍爷爷的马屁。不管能不能补偿爷爷对我的失望，我都要这么做，补一点算一点。

可惜的是，梅山村老人都因为水质污染，提前离开人世，不然，我的爷辈父辈一定能说出梅山伏击战许多故事来，他们能出现在镜头里那是多好的事情。主创人员去梅山体验生活，我亲自陪同。我们走新公路，平坦的老公路仍然粉尘滚滚，从扬尘看开发力度，老路沿途正走在经济腾飞环境毁灭的路上。爷爷详细记录了当年共产党领导的武装力量驻扎地点，当年他现场考察过两三次。他在回忆录里有提到，是我没认真看忽略掉了。根据爷爷提供的线索，我们找到了。这支武装力量也有上千人，跟我爷爷领导的那支民间抗日武装不一样，他们隶属新四军领导下再领导下的一支力量。爷爷第一次来到这里，是1978年，武装力量留下的痕迹清晰可见，从1945年至1978年三十三年间，周边几乎没有变化，附近村庄还流传着这支武装力量许多英雄事迹，准确说是一支游击队，一支队伍庞大的游击队。主创人员打开摄像机拍摄已无痕迹的遗址。当年的指挥所兵营，都成了稻田或者果园，有的建起洋楼。在村里打听时，为数不多的村里人一个也不知道当年的情况。快要离开时，有一个中年人给我们说起他爷爷讲述的故事，我们抓住这个机会采访他。他提供的与爷爷记录的基本吻合。不管怎么样，在游击队遗址上我们的收获还是不少的。

到达梅山西边山顶，我提醒主创人员拍梅山全景，我进入他们的镜头，代替爷爷向他们介绍各个山头，讲述敌我四方布兵情况。"乌岭呢?"一位姑娘问。"铲平了，当年是阻止日军前进的天然屏障。"我说。有了现场的体验，老刘写脚本就有了感觉，他掏出指南针定方位，根据资料复原那场战斗。我们在山顶待了差不多一个小时，把想到的都做了，尽量以后少补镜头。主创人员都很敬业，我当场表示，只要制作的质量上乘，我会额外奖励。"下一步，恒通公司打算拍一部电影一部电视剧，这回干得好，下次你们还是主创人员。"我说。我的设想大大激励了这群年轻人。一直比较严肃的老刘对我竖大拇指。据别人说，老刘一进入创作状态就一脸苦瓜相。

下到梅山村。村头停着一辆摩托，是为毕富生送大米肉菜的人的，值日生没空，他请配菜公司送进来。送货人将食物搁在一个地方，通知毕富生来取。毕富生见到了我，他大声喊我。"你就是恒通公司的董事长?"送货人听说过我，此人是袁世和老婆外家人的远房亲戚，与袁世和有交集。我回答说："不才是我。""你们已经启动梅山项目了?"他说。我含糊其词。见我撇开他跟毕富生说话，他骑着空摩托车离开。

我给主创人员宣布三条铁定的纪律：不要碰这里的水，不要踩水田里的泥，不要挨近毕富生。它们都有毒。我简单向他们解释了一下，他们明白了。主创人员向前走时，毕富生主动退到安全的地方。

"你终于又准备开发梅山了。"毕富生说。他狂笑着奔跑。

梅山的每一座山都遭到严重破坏，爷爷他们的老窝我们找不到，根据爷爷记录的兵力分布也落实不到现在的土地上。这个不碍事，不需要那么具体，只要主要事实真实清楚就行了，我们怎么拍观众怎么看，都不会怀疑。老刘是这个意思，他的意思决定了剧组的工作走向。槽凹泉自然更是难以找到，老刘说可以拍别的泉水制作成槽凹泉，当解说词里说到槽凹泉镜头里出现一口活泉就可以了。抗日是主体，别的都不是那么重要，不必较真。

"我们需要一些当地民众入镜。"老刘说，"毕富生本来是可以的，但是因为不能靠近他，不好跟他说戏。"我说："下次我提前约几个梅山中青年。"我脑中闪出袁世和等人。

我们爬山，踩着假草假绿拍了许多镜头，我一次次提醒，还是有人掉进坑洞里。好在没掉进深坑，那可是要丢掉性命的。我们不能被眼前的假草垫子和绿油漆帆布迷惑，必须用拐杖探出安全的路线。摄像师镜头扫到墓地，说："那是抗战英雄的墓地吗？好大一片啊。"抗战那次留下的尸体后来由我方军人及梅山村民掩埋，尸首太多，不可能一人一个墓坑，日本鬼子的后来他们举着白旗来拉走了，据说清点好后焚烧掉了。中方牺牲的，埋在几个大坑里。爷爷后来出院想回来寻找自己的左手臂，有关方面告诉他，不可能找得到的。1948 年夏天，爷爷又回梅山试图寻找自己的左手臂，他每次回到梅山都有寻找自己左手臂的念头。没人告诉他打扫战场收尸时发现过一只左手臂。即便在自己的老巢，爷爷也找不到丢失的左手臂。

"可以说成抗日烈士墓地吗？"摄像师问。

这怎么可以呢，玩得太假，一旦揭穿我的名声扫地。我何尝不希望那就是英烈墓园。老刘接过话说："可以说得含糊的。纪录片里时常这么干，为了凸显主题，为了美，移花接木的事经常干。"

"这个不可以，"我说，"这是底线。镜头不去扫墓地不就完了吗？"老刘摇着头，他创作状态那个苦相一成不变。"制假，全方位。"雨晴插话说。老刘得意地说："你以为呢！"

我们吃了干粮，准备再拍一些镜头就返回到县城住下来。村里突然进来好些车辆，袁世和他们回来了，有二三十人吧。毕富生用手机给袁世和通报情况：恒通公司开进梅山了！这个假情报沸腾了袁世和他们的热血，他们立即联络赶回梅山。毕富生不识摄像设备，他把它们作了测量仪，勘测矿藏的先进仪器。

袁世和他们闯来，正好可以拍当地村民入镜的戏份。老刘跟他们说戏。袁世和一脸茫然，老刘跟他耐心解释。老刘的话袁世和听明白了，"原来是拍电影（他也分不清什么纪录片之类）啊，从董事长，梅山项目什么时候启动呢？"

没有得到我正面回答，袁世和一群人失望地蹲到地上不配合老刘。我问老刘非得要这样的戏份吗？老刘说有了这样的戏份效果好些。我是外行，为了纪录片质量我听老刘的。我对袁世和说："只要你们配合，就能当场得到报酬。"

"报酬算什么？开发梅山才是正事。"袁世和一群人埋怨毕富生提供假情报，害他们浪费时间。他们开着车走了。

我们也必须走了。剧组里的年轻人吃干粮抵不了饿，想吃大餐。毕富生对我高声大喊："从大义，你变坏了！我要开除你梅山荣誉村民资格！"经梅山人提议我同意，那天，我正式成为梅山荣誉村民。他不提我倒忘记了。

重启梅山项目，开一次董事会，董事要提一次，中间立场的少，与我相反意见的多。我们双方要耗掉一个小时左右时间来扯皮。项目是稳赚大赚的项目，可那是伤天害理的项目，他们没有亲历，体会不到，脑袋空间被金钱占满。

雨晴从外面带回两个乡干部，自称是广坪镇的，管辖梅山村。在那一带，梅山是大山区，占有的山林最多，资源也最丰富。两者分别为肖镇长邓组织委员，雨晴上好茶后，我叫她回到外间她的办公室关上我的门。当年我跟广坪镇里领导打交道时，他们还不知道在哪里。肖镇长说明来意，希望恒通公司重新启动梅山项目。沿途所有村都在热火朝天地搞开发，梅山却停下来，不符合当下形势，梅山这个龙头要重新昂起来舞起来。

"重不重启，什么时候重启，公司有考虑。"我说。

"据我们所知，公司里就只你一个人反对。"他们的消息灵通，肯定有内线。

"虽然还叫恒通公司，但是此恒通不是彼恒通，前面恒通签的合同，跟现在的董事会没关系。"我说。

"按照国家规定，一个项目三年不启动，当地政府有权收回项目。梅山项目，恒通闲置十年了。"肖镇长说，邓委员附和。

"有这样的规定吗？拿文件出来我看看。"我说。

"这不明摆着吗？房地产老板拿的地块，企业拍得的项目都是如此。"肖镇长说。

"梅山死了那么多人，是开发造成的。教训还不够深刻？你们是当地政府干部，心灵没一点震撼？"我说。

"经济发展过程中难免有失误，有阵痛，有牺牲。我相信重新启动后，死人的事件能够规避。医院天天死人，就不去治病了？"肖镇长说。

"事件过去已十年，人们开始淡忘。重要的是，梅山村人没有责怪，我们政府也没有责怪，那年恒通放弃项目，当地政府和梅山群众睁只眼闭只眼，为了暂时过渡，冷却处置。时间是最好的疗伤药，现在是伤口愈合的时候了。"邓委员说。

"你一天不开发，我们政府就少一天的税收，那可是块大肥肉啊。那时候广坪政府富得流油，正因为百分之七八十的税收来自恒通。恒通在梅山不开工，占茅坑不拉屎的行为我们镇里表示愤慨，我们有一万个理由跟你撕毁合同。"

"合同不是跟政府签的，你撕毁不了。"在外间的晴雨耳朵一直在听里面的谈话，她冲进来大声地说。

"虽然不是跟政府签，但梅山签合同是经过广坪政府研究同意的，这里面有广坪政府的事。"邓委员年轻气盛。

肖镇长摊开手叫双方住嘴，他说："我们这次来不是来吵架的，是来解决问题的。恒通梅山重启项目是最好的选择，机械一响黄金万两。没有一个商人那么傻。"

"送客！"我愤怒地说。我走出自己的办公室，向顶楼走去。这座城市灰蒙蒙的，直插云霄的高楼像电视里的仙境。"从董事长，你不是要跳楼吧？"雨晴站在我身后，捂着嘴笑，"肖镇长他们已经离开了。他放下话说要收回项目。""他们没权利收回，我不慌。""那你慌什么？""我慌身边一只只饿狼。"

梅山人推举袁世和为村长，村里的大小事情由他掌管。会议是在县城召开的，梅山人不在梅山却在外地开重要会议，说来叫人心酸。袁世和刚上任，便炙手可热。具有开采锡矿经验的红山公司首先找到了袁世和，唆使他跟恒通撕毁合同，跟他们签订合同。只要合同一签，他们立即到位，梅山村的毁约金红山公司承担。红山公司给的条件优厚，恒通当年做到的，红山一样不少，在原来条件基础上还有优厚。红山公司在云南广西一带开矿多年，资金雄厚，他们提出在县城购地建一座梅山村。梅山人住在梅山村，工作日到梅山工地上班，早出晚归，包中餐，公司配通勤车。十八岁以上的梅山人，只要愿意都是红山公司的工人。袁世和召开村里人会议，他们没有议论跟不跟红山公司干，而是责备恒通为什么不重启梅山项目。梅山人只想跟我干，别的公司他们把握不住，信不过。袁世和打不通我的电话，亲自到市里来向我汇报他们的决定，我悄悄擦掉泪水对他说："我也是梅山村人，你算是我的领导呢。"

另一家公司是开采石材的，他们查明梅山还有许多石材，一座村庄既有大理石又贮藏锡矿铜矿，特别难得。这家公司提出承包开发梅山石材，只要梅山人答应，别的事他们去搞定。

"我们不答应，红山公司我们都没答应。我们只跟恒通合作。"袁世和代表全梅山人强硬地拒绝。

梅山人好多年没想起我是他们的荣誉村民了，我说我是梅山人，他们特别高兴。

我家跟梅山的渊源从我爷爷在那里当土匪开始，关于我爷爷与梅山的情缘我还是不想跟他们说，但他们迟早会知道的。我们的纪录片完成了拍摄，正在后期制作。我初步跟市电视台联系，他们不仅不买播出权，还要我给广告费，否则不上节目。我正在考虑要不要付给他们广告费，这个有价值的公益片他们收取费用，我不能接受。专题片制好后，我会寄送给政府许多部门，我希望更多人了解中日梅山之战。梅山人我当然也会送的，一家送一份。

是的，是到了重启梅山项目的时候了。但我不是去开矿采石。我叫雨晴通知有关人员召开股东扩大会议，近期股东和一些员工对我意见大，私下说难听的话，有股东流露出抛股念头。听说召开股东扩大会议，好些股东不愿参加，雨晴进一步说是关于启动梅山项目的，他们立即就来了。到会后，股东们失望了。会议主题是梅山绿色开发，给光秃的山岭种草种树。股东们反对，我强硬地发话：哪怕股东全部跑掉我也不改决定。他们听出来了，我不是来听他们的建议而是通知我的决定。

会议结束后，我立即成立梅山绿色开发组，雨晴牵头。"你不是希望当梅山项目头儿吗？机会来了。"我对她说。她向我吐舌头，"可你这是什么项目啊！"雨晴再怎么反对最终也会听我的。我带着项目组直赴梅山。听到汽车声音，毕富生走出家门，见到我们的人马，他无动于衷，他不相信我们重启了梅山项目，以为我们还是来干与他无关的事情。因此，他懒得跟袁世和他们汇报。

项目组人员在我指示下掀开假草垫，撕开涂满绿色油漆的帆布。下面是裸露的石灰岩和黄色泥土。那些采石材留下的大坑洞重见天日。经过勘查，我们有了初步想法：用土填平大大小小的坑洞，在岩石上铺上厚厚的优质土，然后撒草籽种树苗，也可以结合实际情况种经济植物。岩石不长草不长树苗不奇怪，黄土也不长就奇怪了。我们不是专家找不到答案。我们取了土样准备送给专家分析，听取他们的良好建议。西北沙漠都能种植物，梅山的黄土为什么不能？只要有心，办法一定会有的。

梅山绿色开发需要很大投入，股东及一些中层意见大，一股抛股潮在公司生长。我建议雨晴拿出积蓄来买股，资金不足向别人借向银行贷。我尽力把他们抛弃的股票买下。我很高兴他们能退股，退的越多阻力越小。

梅山大部分人同样失望，他们兴冲冲回来又带着怨气离开。袁世和老婆带着几个梅山人加入我们绿色开发项目组，给了我们极大的鼓励。过了两天，袁世和回来讨伐项目组：当年合同签的是采矿采石，不是种树，恒通没有履行合同，恒通必须履行合同，否则我们绿色开发做不成。他刚把话说完，他老婆就上去打了他两耳光，"你告诉所有梅山人，谁要再提采矿采石材，我给谁耳光，不管他是长辈还是晚辈！"袁世和老婆叫喊。雨晴习惯性地拍了视频传给我，我存下来，立即发到我的朋友圈，发到公司微信群。

绿色开发如果只有十年时间是不够的，十年就想修复梅山做不到，需要三十年五十年，甚至更长。肖镇长他们有所耳闻，他对我们的项目不满。广坪镇土地宽广，即使方圆三十公里都是秃山也影响不了广坪的绿，只要经济上去，光秃又怎么样？他在班子会上宣扬这种观点，命令各条块加紧开发。

我脑中涌出一个新的主意。我带着雨晴去见袁世和，袁世和受宠若惊，我希望他回到梅山参与绿色开发，我可以给他安一个副组长职务，条件是带回所有梅山人。让他们回到梅山村，公司想办法给梅山安装干净的自来水。袁世和说："我们可以回梅山，但是恒通必须启动以前的项目，那才是挣大钱之道。"他提出一边种树种草一边开采石材挖矿，我不同意。一开采，绿色开发就只能落空。我来找他主要还不是让他回梅山，我要延长开发时间，续签合同。将剩下的十年再加七十年。袁世和不答应，我只能欺骗他说："种十年树后，我们就开矿，然后分期分片开采石材。"做了两个小时工作，他初步答应，但他为难说："现在签合同要经过镇里批准了。肖镇长对我发过话，没他点头签字，一切合同无效。"

我带着雨晴立即找到肖镇长，说明来意，用欺骗袁世和的话欺骗肖镇长。肖镇长是只狐狸，他才不相信我们的话。对付他，我早就想好办法了。

"我给镇里交'空税'，即使不产锡矿和石材恒通公司也交，税额双方商定。"我的话果真有效。肖镇长毕竟是政府的人，知道环境问题是个重要问题，环境没控制好，有可能下课。"空税"，一举两得。

我顺利地跟梅山村签下延长四十年的合同，从现在开始还有五十年。虽然对方不同意增加七十年，也是一个了不起的成就。

消息传到公司，公司炸了锅。

"恒通很快就破产了。"他们说。公司刮起辞职风。一周不到公司员工走了一半，恒通原来的金融外贸等业务做不下去了。剩下一半员工在观望，估计过一两个月还会走掉许多。公司面临人才资金的严重短缺，我决定公司做战略收缩和转向，以梅山绿色开发为主业。

"恒通垮掉，不出一年。"雨晴说。

"如果真垮掉，我就带领袁世和老婆他们十几个人慢慢填土种树种草。你愿意紧跟我吗?" 我说。

"想得美!" 雨晴对我笑,搂过我,亲了我一口。

| **作品点评** |

　　小说没有给村民的发展狂热原因以强有力的说明,而"我"却是众人皆醉唯我独醒。这从资本的逐利本性而言是自相矛盾的,因为"我"在小说中成了一个有着长远关怀的良心商人,甚至为此不惜触犯股东、牺牲公司的利益。这在现实的功利逻辑中是讲不通的,唯一可以解释的就是,"我"实际上成了一个理想主义人格。促使"我"改变的除了由于造成村民死亡带来的道德与良心谴责,最主要的是爷爷的回忆录所带来的教育与教训。小说情节的驱动力只有从这个方面理解才能构成合理性的进展线索:历史照进现实,历史中的经验反衬出现实中过度与无节制开发的恐怖与邪恶,历史上梅山的美好景色也召唤着重回青山绿水的冲动,历史里屡经戕伤而终究再次获得生机的生态循环也预示了如果封山保养,可能会迎来新一轮绿色的希望。

　　——刘大先:《历史记忆与发展的幻象——读光盘小说〈重返梅山〉》,《民
　　　族文学》2017 年第 8 期

　　光盘(瑶族)的《重返梅山》则是一个极为另类的"回归"故事。在一个"自我"无限膨胀,而这个"自我"又被压缩到只考虑经济和消费、只顾眼前利益甚至就是赚钱、赚更多的钱的时代,作为公司董事长的"我"竟然以"缴空税"的形式,获得梅山的开采权,只为了不再采矿,而是种草种树,恢复梅山被采矿破坏和污染的生态环境。显然,商人放弃逐利的"本性",这是不可思议的事情,作品为了使这一行为显得可信,设置了一明一暗两条线索来让其合理化:一是曾在梅山当过多年土匪后又成为抗日英雄的爷爷总是想重回梅山,"我"阅读他的日记感受到前人对梅山的热爱和期望,用今天的话说,就是人民对美好生

活的期望；二是恒通公司十年前的开发让梅山无数人中毒死去，让"我"有负罪感。小说延续作家荒诞即现实的风格，特地写梅山只留下了一个人毕富生（想想这个名字！），他因为全身是毒，必须喝毒水吃毒物才能活下去。活在梅山的人需要毒！在这个残酷的黑色幽默背后，我们可以品味出作者的激愤。小说由此引出第二个诡异的描述，梅山开矿明明导致大量人口的死亡，可是那些活着的人还强烈要求恒通公司加大投资力度，重新开工生产，当地政府更不用说，因为只有开工了才有税收。作品以各种不合常理刺激我们，警醒读者，什么才是真正美好的生活。我们也可以进一步追问，"我"的行为毕竟只是个人意志的结果，如果没有一种普遍的觉醒，特别是发展思路的调整和与之配套的制度安排，恐怕梅山生机的恢复只能是杯水车薪。可以安慰读者的是，这是一个好的开始，小说毕竟想象了一个资本家的良心发现。

  ——张柱林：《多元叙事的限度与可能——2017年〈民族文学〉小说述评》，《民族文学》2018年第1期

一天

田耳

一

比头茬闹钟更早的电话，一般让人心惊肉跳。只响两声，我将手机接通，屏上蓝幽幽的来电显示，是我妻于碧珠。我起床往外走，不忘扭头看看床头，女儿小萤在睡，嘴角挂笑，显然做着好梦。她已三岁，开始做梦，好梦噩梦都有相应的表情。妻在县医院当护士，昨晚的夜班。这个时候，通常不会打电话来，怕惊醒女儿。她上班前哄小萤入睡，待次日小萤睁开眼，又能看见她。

像大多数俱城人家一样，私建小楼房，我住二楼，楼下住了老父母。楼下座机也在响，两边电话同时地响，这时，我隐隐感觉到某种关联。

"你堂哥家的女儿又出事了。"妻开宗明义。

"哪个堂哥？"

"还能有哪个堂哥？"

作者简介

田耳（1976—），原名田永，湖南凤凰县人。广西作协副主席，与朱山坡、光盘并称"广西后三剑客"。1999 年开始写作，2000 年开始发表作品，2004、2006 年两度获得台湾"联合文学新人奖"，中篇小说《一个人张灯结彩》获第四届鲁迅文学奖，长篇小说《天体悬浮》获第 12 届华语文学传媒大奖"年度小说家"奖，短篇小说《金刚四拿》获第四届郁达夫小说奖短篇小说提名奖。作品多次入选《新世纪获奖小说精品大系》《2008 中国中篇小说年选》《21 世纪中篇小说排行榜》等多种文学选本。现任职广西大学。

作品信息

原载《钟山》2017 年第 5 期，《思南文学选刊》2017 年第 6 期转载，《长江文艺》2017 年第 24 期转载。

"跟我共一个爷爷的堂哥，有五个。"我提醒，于碧珠未必个个认全。我又说，"我晓得你是讲哪个？"

"还能有哪个？"

"三凿（凿读"着"的音）？"

其实妻讲了头一句话，我便自动想到三凿。曾经，堂哥三凿有两个女儿，一个儿子。两个女儿是双胞胎，名字还是进城跟我父亲讨来的。我父傅桐川，曾是莞头村头一个大学生，毕业分到县城工作，有文化。父亲给这一对侄孙取名傅单妮、傅双婕。"婕"字难写，后改为"洁"。后来，三凿家里只有一儿一女。

我呼吸顿时有些浊重，清早时分，空气很潮。远处看去，六点半的光景，山的轮廓已然明朗，鸡也鸣狗也叫，河对岸的马路有了不少车辆。楼下的电话有人接，不出意外，是我父亲。母亲有眩晕症，不是随时能起身。

五点多，天还浓黑，下面救护车声音又紧了一阵，ICU 收来县高级中学送的重病号，说是一女生从五楼跌下。是否跳楼，尚无定论。这样的事件，隐藏有故事，自是得到最快的传播。我妻在内一科，听人讲起。当时她正往多份病历上填写测查数据，错一项都可能是医疗事故，不敢分心。忙完那一阵，她才问起那女生的情况。一个同事说，女学生名叫傅单妮。妻有印象，赶紧再去打听。ICU 大门紧闭，家属还没赶来，学校只有管女舍的阿姨和几个帮着抬人的老师，个个一脸错愕，尚未回过神，问什么全不肯说。稍后 ICU 门敞开，那女学生被推车推着跑，好几个医生护士护住，不让人靠近。后面就转了院，转到地市人民医院，那里有更好的医疗设施以及水平。"女孩盆骨都骨折了，我们不敢乱动。"ICU 的凌医生跟那些老师解释："她还小，我们技术不过硬，要是没接上来搞成残废，那真叫抱憾终生。地市医院水平比我们高，希望更大。"

摆了基本情况，妻便依照经验，又讲起她的看法。"……显然，凌医生讲话是有策略。他怕惹麻烦，只肯讲骨折。他找一堆理由，把事情推给市人民医院。真实的情况，肯定要比这严重。"

"有没有生命危险？"无疑，此刻，这是我最关心的问题。与此同时，脑里浮现着八年前的画面，犹在眼前。

"这不好说。"妻迟疑了又说，"换是以前，院长还是王景旷，没人会把这种病人往外推。王景旷维护下属，出了事他一人出去顶。那时遇到垂死的病号，医生敢接，毕竟抢救费用高，救不活也有几万。王大胆去年年底出事，现在邹院长不敢担责，放话说谁的病人出事故，谁自己认赔。这一来谁还敢给自己找麻烦？稍微有风险的病人，都打发去市医院。"

"你是说，要是王大胆还当院长，医生拒收单妮，情况反而凶险；换了院长，同样拒收，单妮可能还有得救？"

"只是猜测，凌医生不肯讲真实情况。这种事谁会跟人讲？"妻不由感叹，"现在当医生，随时可能惹祸上身。"

"家属来没来？"

"三凿两口子赶到时，救护车正要出发往市医院去。他俩也上了救护车，堂嫂上车就哭，被拉下来，止了哭再爬上去。"

"你再去打听，随时跟我讲。"

"你和爸肯定要过去，帮着处理情况。"妻想得周全，"我跟他们打个招呼，马上赶回家，你直管去。"

我从侧梯下楼，站到一楼门口抽烟，刚扔掉烟蒂，门打开，他走出来。我父七十五，头发依然油黑，平时梳得丝丝不乱。现在，那一头零乱的发，像临时添加了几笔岁月的风貌。他脸纹深密，有如木刻版画。

"碧珠跟你讲了？"父亲问我。

我说："三叔打来的电话？"

"他叫了癞叔开车，正往城里赶。"

"半小时能到。"

"我去换一换衣服，你等下陪我去市医院。"

"不用讲。"

母亲不知几时已起床，站在门口，一手扶门，听着我俩讲话。父亲嗓门大，刚才电话里讲了一通，同时母亲一定在床上挣扎，好将自己尽快弄醒。母亲每一次早醒，都有如休克后的苏醒，需要十来分钟。在半梦半醒中，她大概了解情况，还是问了一句："单妮到底怎么样？"

"不清楚，要往市医院去看。"父亲又说，"要有思想准备。"

"了了。"母亲随时一张苦脸，所以她难过的时候，表情反而没有太多变化。稍后她冲我说："我上去看着小萤。"

"你直管看着，她醒也不要抱她，让她躺床上。碧珠很快到家。"母亲有一次正抱着孙女，忽发晕厥，倒地时小萤也狠狠摔在一旁，从此有点害怕奶奶。

"我知道！"

二

"当年我就眼皮跳，晓得这种事情还没完。"

我父嘴中的癫叔，我要叫爷爷。癫爷一边开车，一边用拳砸喇叭。他的长安羚羊，车虽破，嗓门却是不小，一路狂啸着，超了一辆大切，又超一辆大奔。大奔当然不服气，在后头追。癫爷就点评："这杂种，买台大奔以为自己会开车。"

癫爷年纪刚到五十，大我整轮，都是属龙。但在乡村，字辈就是律法，该怎么叫还怎么叫。记得有一晚，我和几个朋友路边拦下一辆的士，逐一钻进去，没想到是癫爷的车。我坐后排，所以也没在第一时间认出他。他等我喊他，我也没及时喊。他将车开一阵，叫了我名字，我才意识到是他。"叫爷爷！"他那么说。我没吭声。他说你爹见我赶紧叫叔叔，你不喊？我只好喊，要不然，这事情会在菟头村传开，我若再回到那里，会被人指指戳戳。其实就叫了一声爷爷，那几个朋友都乐不可支，纷纷冲我说："叫爷爷。"我说："我去，他真是我爷爷。"癫爷也满意地说："哎，这就对了。"但以后我就留了心眼，看见他的车，不会招手。我年纪也是不小，叫一个爷爷开车，自己在后排端坐，心里总不踏实。

而我三叔塔佬说："小孩家贪玩，只是不小心跌下来，哪可能……哪可能

......"

我父说："县医院讲是怕她残废，命应该是有。送到市医院，水平高，设备也全是进口，搞不好还能恢复一个完人，能跑能跳。"

癞爷说："那是，现在医疗技术高，不比以前，女人一生孩子，家里人心子就悬起来。要么死大的，要么死小，要么大的小的一起了，家常便饭。"

"我们乡下人，残就残点，先把命保住。"三叔强自地笑，又说，"单妮长得好，个子也高。"

三叔诨名塔佬，自是身板高大，在兜头村，和谁讲话都要勾起脖子。村里人推选他当村长，当满一届，他不想干。人们纷纷说，塔佬，你找个个子和你一样高大的，把你代替了，就可以不当。现在营养好，也有后生不断长得高大，但身条子没抽完，都一头往外面扎，哪肯留在村里。三叔只好一直当这个村长，当了很多年，村人便说，左瞧右看，也只有塔佬长一脸官相。他是九七年当的村官。九六年他找到我，要我带他去市里看火车。"我从来还没看过火车，白活这么多年。"他一脸忧伤。我便找车站的朋友帮忙，进到里面，他蹲在月台，将来去的火车看了一整天，将上下旅客的脚杆看了一整天，中午还是我送去盒饭。二〇〇二年，作为优秀村干，他有机会去北京学习访问。去是坐火车，摇晃一整天，回来坐飞机，只消两个多钟头。他给我带来一条（一百支装）毛主席纪念堂的专供烟，表明和毛主席打过照面。但那烟不好抽，纪念品大都不是好东西，只是用于纪念。"几年前我还没见过火车，今年就坐了飞机，两个钟点就能回来。说实话，这一趟来回，我再也看不上火车。"

癞爷将车一拐，过了收费站，驶上高速路。俷城和地市很近，通高速后，三十分钟就可到达市区的南城，市人民医院设在那里。三叔是个话痨，高声大气，将各种平常的事情，当成稀奇讲。听的人，起初觉着好笑，慢慢地就会受三叔感染，随着他大惊小怪。上了高速路，三叔又感叹，回想二十年前头一次去市里，从俷城上车，走走停停大半天，中间很多妇女在车上啰，很多同志跟司机申请下车解手。司机不是人，女同志说话就给方便，男同志一概不理睬。"后来到市里，我找到一个厕所，一口气尿了三个啤酒瓶。"

三叔看着车窗外迅速移动的风景，抚今追昔一番，又要回忆单妮。单妮是他和三婶带大的，三凿两口子一直在县城务工，很少回家。对于陌生的高速路，三叔能说一堆话，那么对于单妮，讲个几天几夜是没问题。这时，他接到一个电话，嗯啊几声，便陷入沉默。

我们老远看见市人民医院。这时天已亮透，市医院主楼是双塔结构，很高，顶楼几个霓虹字仍然闪烁，但光迹黯淡，像即将燃尽的煤饼。很快，车子开进院内，找到急救中心，下车。

三凿，我的堂兄，在门洞处等。他大我两岁，看上去脸纹和我父一样稠。他安静地站在那里等，身体习惯性瑟缩、佝偻，挟一支烟，有一口没一口地抽。我们朝他走去，谁也没有喊他，他呆钝地发现我们的到来。他想了想，脸色陡地一变，还没出声，眼泪已经喷涌而出。我下意识地去扶三叔，他个子大，如果腿脚发软，会是一次坍塌事故。三叔原地站得稳。我仍然扶他，但已感受到三叔的平静。那种平静，异乎常理，却又如此真实。我这才想到，三叔在车子上定然颤抖了好久。他坐我身边，只不过车的晃动掩盖了一切。

一切太快。

癞爷也过来，扶住三叔的另一侧。再往前走，走廊尽头那扇大门打开，一伙女人出来，都是在哭，合唱一般整齐。她们都是菟头村人，随着丈夫在县城打小工。某种程度上，进城较早的三凿，等同于他们的工头。即使打小工，多年下来，也积攒了一定的口碑。雇主将电话打给三凿，他再往下派工，要兼顾每个人的利益。今早三凿两口子搭了急救车赶来，他们也叫辆面包车，往里面塞人，挤得紧紧巴巴，再多一条腿都搁不进去。面包车随后赶到，门打开，有那么多人不可思议地拥出，瞬间便制造了紧张气氛。他们怕吃城里人的亏，遇到事情，尽量抱团应对，图个人多势大，或者法不责众。

男人和女人相向而行，眼看即将汇合一处。我知道更大的集体哭泣即刻爆发，脑心一紧，往左侧一条走廊钻去。一切如此熟悉，八年前，我已遭遇过一次。我害怕集体的哭，那对不哭的人是种强迫，仿佛你会因此失去为人的资格。我其实容易落泪，但众人皆哭时，我偏就哭不出来。

上一次，死的是双洁，双胞胎里的妹妹。双洁晚出生了几分钟，就变成妹妹，脸上随时挂起委屈的模样。正好，亲人们依赖这一特点区分两姊妹。

双洁的死，可说是一次意外，一次疏忽。

那年这一对小姐妹同是八岁，弟弟傅家顺五岁。三凿两口子进了城，务工赚钱。家里有儿有女，父母帮着照看，自己在外面每天挣钱，到手纵是不多，远远强于在家种稻。三凿分明是看见好日子在跟自己挤眉弄眼。乡下小孩都要带弟弟妹妹，这对姐妹也一样，从小围着家顺转，处处留了心眼。她们已经知道，家顺比她俩都重要，裆里夹着的可不光是小鸡鸡，也是"香炉碗"。我亲眼见到这样的场景：我去三叔家，带了巧克力。三叔悉数接过去，先不让小孩看见。然后，他拿出其中一块，在三姐弟眼前晃。"只有一块黑饼干，该谁吃？"姐妹俩几乎异口同声："家顺。"三叔还要问一句为什么。姐妹俩答案就有了区别。一个说家顺是弟弟，一个说家顺是男孩。"都对，你们真是聪明。"三叔又掏出两块"黑饼干"，每人一块。我在一旁，忍不住说："这样讲不好吧？""有什么不好？你们城里人拐弯抹角，一样的意思，偏要讲出不相干的大道理。"

"我要只有女孩，也高兴。"

"你有单位，老了有国家养着。"

我要再往下说，在三叔看来，都是大道理，是拿他的错，只好闭嘴。那是黄昏，逆着光，我看着姐妹俩神情的一系列变化：先是克制，因为三块巧克力的出现，眼眸重焕了光芒。她们拿着各自的一块，走到前面一棵铁青色栎树下。夕阳在她们那一侧，我记取这一场景，有如剪影。

一次平常的嬉闹，家顺突然发力一推，双洁没防备，跌到屋前的陡坎下。陡坎两米多高，双洁左颅先坠地，幸好只是硬土，没撞上岩石。双洁说疼，家人没及时送医，只是土法上马：胡萝卜拦腰切开，蘸桐油，烤热，抹搽、揉搓肿起的地方。后面，张医生说，这加重了颅内出血。

我们知道情况已是次日午后，三凿打来电话，夹杂隐隐哭声。他说双洁脑袋疼了一夜，现在正搭兵哥的蚱蜢车，往县城赶。（后面张医生说，搭乘蚱蜢车，也是严重失策。但乡下人除了计生政策，哪还顾得上别的"策"？）三凿问我有没有熟悉的医生，要尽快联系好。我问怎么搞的。他说跌到屋坎下面。我说这个先去急诊科，让医生看下一步怎么搞。

我们赶去时，双洁左边头顶已经肿大，时而剧烈呕吐，呈喷射状地吐，是由脑疝引发。急诊科不肯收治，往市医院推。我母亲感觉到事态严重，找到外科主任张朗维，要他帮帮忙。"送去市医院来不及……现在什么措施都来不及，只有开颅。你们签免责书，我只能尽力而为。"张朗维是有名的外科医生，全县头把刀，市里调他，省里调他，都不去。他的理由是，三十年前，一分到这个医院，就从没想到要调走。人为什么要调来调去？他感到莫名其妙。

母亲自然信得过他，鼓动三凿签免责书，之后，双洁以最快速度推进手术室。

我第一次感受在手术室外的等待。我记得，影视剧里守候手术室的场景，根据情节需要往下发展，绝大多数都是有惊无险，偶尔会是最不堪的结果。

走道里，钝白的光四处流溢。不知什么时候，我见自己嘴里念念有词。当我意识到这点，就抬眼看别人，很多人都这样，堂嫂、三叔、癞爷、我父、我母，当时尚未远游的我弟……我掐表看的，双洁被推入手术室，是下午三点一刻。三点四十二分，手术室的门第一次打开，是张朗维本人走出来。大家凑过去。张朗维摘下口罩，摇摇头。

真实的死亡，总是意想不到的快。

那一刻，我感触到一种异常坚硬而冷的东西，塞在喉头，憋大了脑袋。而此前，影视剧总是反复告诉我，死亡是一种有弹性的东西。人们的心情，人们的祈愿，可以促使垂危的人一次次缓过气来；可以促使奄奄一息的人，在下一集便恢复做爱能力。坏人只能是枪靶子，好人总也打不死。而我们，谁又自认是坏人？

那一刻双洁被宣告死亡，死亡在我印象中也失去所有弹性。死亡就是死亡，死亡只能是死亡……堂嫂秋娥的哭声，止住我所有的想法。她哭得凄惨至极，以往定然从没发出过这种声音。忘了说，我们同是土家族，纵然时代不同，女人不用练习哭嫁，显然也比别族更多一些哭的天分。或者，这是来自族群的基因密码。堂嫂还把声音一再拔高，在她潜意识中双洁尚未走远，可待唤回。三凿咬紧牙关，一把抱住他妻。此前我从未看过两人的拥抱，包括他们当年冗长的婚礼。

那时候，他俩进城务工才一年，不太吃得开，认金柱乡一个姓顾的人当大哥，好有照应。顾大哥懂当大哥的责任，当天领来不少人，聚到手术室门口。一个老护士便守着他们，不让吸烟。顾大哥打断了这对苦难夫妻拥抱，执意将三凿拖至廊道转拐的地方，咬起耳朵。

稍后，三凿朝我们一家走来，脸上显然有了主张。他站定，用目光找准我父的脸。

"大伯，我们要闹。"

"怎么说？"

"就是要闹！"

在家中，我父从来低头干事，我母专管抬头面客。母亲往前面一站，问："为的什么？"

顾大哥领的一帮人围过来，呈扇形分布，排列在三凿的身后，一看便是他坚强的后盾。三凿便说："双洁不应该就这么死。"

"昨天及时送来还有希望，今天送来错过治疗的时机，总不该是医生的责任？你应该看到，CT片上，双洁的脑中线已经严重偏移。颅内大出血，脑线严重偏移，哪家医院敢收治？张医生还愿意开刀，已经是学雷锋做好事，你们还闹。"

"我们没有文化，看不懂底片！"

"来的路上，双洁剧烈地吐，那就是脑疝，你总是知道。人一旦出现脑疝的状况，往好了说，九死一生，说直接点，必死无疑。这个情况，你们要不信再去别的医院，任何一家医院，问别的医生。"我母久病成医，知道一些医理，刚又听了别的医生分析病情，此时讲话便有几分专业。

三凿一时语塞。他从小不善言谈，更别说与人理论。顾大哥将他抹开，冲我母亲说："我们不要讲那么多。大家都看到，刚才人送进去是活的，还没半小时，就死掉。你不觉得太快？"他背后有个兄弟，又添一句："杀牛宰羊，血放干了，还要在地上打半个钟头冷摆子！"顾大哥扭头止住那小弟。顾大哥极力维持一种很懂分寸的形象。

母亲问："你跟我说说什么是快，什么是慢？一次死亡，要持续几分几秒才符合法律规定？"

顾大哥不语。

"刚才已经签了免责书，有法律效力，不是开玩笑。"

"三凿签的，他可以一边站着。他老婆没签。"顾大哥说，"道理我也懂。"

"你是小顾，对吧？我听三凿讲起过你，你是懂道理的人。"母亲虽然个小，毕竟乡镇混过，单位里当了多年小萝卜头，处理过很多问题。她又说："一人签字，就代表一家人的意见，你最好找个律师问清楚，不要开口瞎讲。再说，这是我家里的事，你毕竟是外人。现在已经出了事，我们家里人先商量。这个时候，你还不方便多讲。"

顾大哥既不回应，也没有要走的意思。母亲冲三凿说："你不相信医生，总要相信大伯和伯娘。我们会不会害你？闹事总是一大帮，擦屁股只能自己来。要真闹起来控制不了局面，造成什么后果……你自己有脑壳，你更有自己的脑壳。"

三叔在那边哭，我父离开这边的人群，走过去，好歹将他劝停。两人走过来，站在我母亲两侧。被我母亲一衬托，三叔的站立，就像是耸立。他说："三凿，做事讲道理，做人凭良心。医生还是你伯娘的熟人，认识好多年，今天才肯出手。他凭什么要害双洁？你只要找出一个理由，讲出来。要不然，恩将仇报我不答应。"我一听这措辞，夹杂我父一贯的腔调。

场面一时静默。张医生这时开了腔："我也难过。当然，你们见到一次，我已见过成百次，所以，请原谅我没法和你们一样哭出声来。出于人道，我们医院免去所有抢救费用，马上联系车，免费把人送回家。"

小小的尸体很快包严实，用担架抬上车。我代表我这一家，上车护送。那是阳历七月十五，我清楚记得半路一场疾雨，到村头雨顿住。三叔的院子里已经搭好雨棚，在村尾，而灵车只愿开到村头，不往里开。不少人聚在村头，尤其是女人，相互搀扶，看向进村的路口。乡村的女人，为彻夜长哭，都已蓄力，并找定各自节奏，在夜色中亮出一点就燃的神情。男人大都拎着蓄电池的灯，一笔笔光柱很长，光柱里浮游了蚊虫。有几个男人还是用矿灯，灯在额头前亮起，巨大的电池别在腰间。

我想起我曾将单妮和双洁一手一个，抱在怀中。那时候，她们那样地轻，她们一样地笑，以致我分不清。我问谁是谁。她们挤着一样的眼神，一个说，叔叔你猜；另一个捏着我鼻头，说你可以猜三次。

车已停。我扭头一看，裹紧的尸体，说不出的小。在我另一侧，三凿的老婆秋娥已是休克状。她是她母亲，黑发人送黑发人。外面一张张脸，贴向车窗，一时，我从未如此近距离地看清乡村群像，他们暗沉的脸被夜色进一步放大，陡然清晰，马上又潊入无边的模糊。

车的后门一开，几条汉子接住担架顺着光走，司机揪着我说："快点把担架还回来！"

三

起初，高级中学是有五人在场：四个老师，两男两女；一个宿舍管理员，当然也是妇女。医院廊道总是深长，墙壁和地面都散漫地反射着顶棚上惨白灯光。他们本是坐在尽头的条椅上，一时都站起迎接，神情木然、客气、恭谨，有男老师给我们打烟。倒是那个女舍管，姓欧，双手垂膝，在扭头时眼仁忽闪一下，显然浸过泪光。我当时就想，是不是，她觉得这事跟她关系最紧？我看着她时，她身体仍有微颤。

女舍管欧春芳近五点听到女生的尖叫，不敢怠慢，打了电筒，循着声音跟着光晕往前走。看到地上的人，她说她也尖叫一声，脑袋有些发蒙。地上躺着一个人，旁边站着两个女孩，这两个女孩并不认识地上的人。稍后，欧春芳向人打听单妮属哪个班。她又不能亮起舍灯，只好一间一间去查。不少女生已经醒来，站在寝室门口张望。一刻钟后，得知这女孩是高二7班的，叫傅单妮，从而拨通班主任宋奎元电话。

"……我当老师十八年，当班主任五年，第一次碰到这种事。"宋奎元瘦高个，是教体育，非主课，本来可以不当班主任，但老婆是半边户，收入捉襟见肘。他反复争取当班主任，多拿津贴。一个体育老师当上了班主任，纵有些励志，又显意外。宋奎元本人表示，班主任的课会让学生格外偏重，他管的班学生身体素质一好，语数外便得到齐头并进地发展。宋奎元本是要讲单妮的事，一岔神便讲起自家事。很快，他发现说话脱题，回头又谈单妮。"……在我印象中，她是个很阳光的女孩，热情开朗，虽然成绩不算很好，但班上同学对她评价都不错。我还想着下次改选班委会，让她来当生活委员非常合适。她腿长，能跳能跑，很快运动会要开，非常需要她。"宋奎元长叹一口气。

不远处的路灯在众人的恍惚间同时熄灭。

那是最大的一间急救室，一溜过去四张床，床头上方密布各种插口，可接各式管线。在妻的科室，我经常见到插满管线的病人，经常误以为，那病人是正待成型的某种工业产品。单妮躺第二张床，其他三张床都放空。一张白色薄被，盖了浑身，却露出左侧的一只手和一只脚，失血蜡黄。一众女眷围在床畔，当然是要哭，一旦哭起，便忍不住要用哭腔念白。土家女人，"哭诉"是一种习惯，特别在乡间，时时处处用得着，会哭的女人往往好嫁。有一戴眼镜护士守在一旁，不断提醒，不要大声，不要影响别的病人。有人恨声说："人都死了……"护士娴熟地答："不要为难我，这是医院。"那表情分明在说，死人了不起？她委实看得太多，也许在她眼里，隔几天没见死人，才是怪事。护士前脚一出门，女眷们哭声骤响。

我在病室站一会儿，不知能干些什么。这时，有个姓岑的男老师主动过来跟我聊，发烟，我就跟他出去喷几口。他说当年复读，我读文科班，他理科班。他对我有印象。我说原来是你，其实脑里根本翻找不出他当年模样。我俩聊一会儿，得来却是失望，他没有提供新的信息。他住在学校，被宋奎元拍响门窗，叫他一块儿去帮忙。他赶到，前面的人已经将单妮弄上一个担架，他帮着抬，一边走，一边听别人纷乱的交谈。

"应是……自己跳下来的。"岑老师看看我，又说，"她是住女生宿区第二栋二楼，却从第五栋的第五层跳下来。女生宿区一共五栋楼，就那个位置，最适合自杀。"刚才，我四下里走，同样的说法已经反复听进耳里。我想问，你怎么判断哪个地方适合自杀。我们眼神碰了一下，他便说："你到地方，看一眼，自然明白。"其实还有诸多问题，比如她为什么到那里去；是她一人，或者还有别人？真相必然要对所有的疑问做出解答。岑老师承认自己知道的都讲，不必藏掖，又说，"现在正在调取监控，监控最能说明问题，到底怎么回事，等下全都清楚。"我点点头。我经常看央视 12 套的《天网》，看各种案件，早已得知，现在警察破案，十个有九个半要借助摄像头。"天网恢恢"，早已不是形容之词，是每个人身边存在的基本事实。

岑老师能说，又回忆复读时候的事，但我不想听那些。老师总是很能说，或者一个不能说的人当上老师，只好将自己变得能说。我斜眼看向那边，现在我知道她叫欧春芳，是高级中学资深女舍管，工资却非常低，以前靠门卫室一部电话赚外快，打出去按时计价，打进来五毛钱呼叫费（学生管这叫口水钱）。有学生煲电话粥，她便掐着表，每十分钟加收一块，也是理所应当。现在人手一只手机，这项外快也断掉。我一直看她，也不知为的什么。她个挺高，此外并不吸引眼球，何况是在这种情况下，我没有任何理由去鉴赏一个女人的样貌。岑老师发现我并不在听，又递一支烟，咕哝着走开。欧春芳便走了过来，勉强地一笑，说你是傅浩森傅老师，你篮球打得好，以前"五一"节，我最喜欢看你打球。我一笑。那是十多年前的事，我二十几岁，能弹能跳，靶子准，因打球得以调回县城，平时去城北农贸市场收一收摊位费，主要的工作却是代表单位打球。并不是我打得有多好，小县城扒拉一遍，能找出一堆高个，但身体僵硬，最缺乏能将一支球队盘活的控卫。我打球时，经常会想起一部叫《僵尸肖恩》的电影，我当自己在陪僵尸做游戏。欧春芳还提到曹云丽和蒋薇，看来对我真是有几分了解，作为县里小有名气的控卫，年轻那阵，我也免不了造下几段绯闻。后面 NBA 不断篇儿地直播，本地人打球，再也找不来观众。后面我就结了婚。她讲起两人的下落，无非是恋爱并结婚，生下一个小把戏，男人对她们并不好，但也只能将就着把日子过下去。身在小县城，能有什么新鲜活法？我还不是一样？

这时，去回忆往事，显然不是时候。我目光四下游走，看见三凿。他一人站在一个角落，挟一支烟，刚抽进去又吐出来。他是强自镇定，身体却像不断遭到强电流击打，一阵阵抽搐；而他脸上，只是越发地皱，皱纹严实地掩盖了哭。有人向他走近，似要安慰，他便扭头往厕所方向走。他是个闷人，不爱说话，偶尔有了心情，便唱起动听的山歌。

很快，欧春芳跟我聊了半个多小时，准确说是我一直在听。我想着彼此人生中也只这一次交集及交谈，便耐心听，眼一直往那边瞟。这期间三凿连上三个厕所，进去又出来，进去又出来，又进去。

三凿人生最辉煌的时刻，是十年前，一个美籍华人音乐家来小城搞音乐会，全县范围搜寻两百来个山歌手，有老有少，有男有女，排好队，密密匝匝地站到江心临时搭建的高脚架台，给一个北京来的民歌手当背景墙，唱几段和声。我当然是要捧场，音乐会散场请他消夜。他问我听没听到他的歌声，我说听到听到，在两百个声音中，我能精确地搜寻到、接收到并清晰听到他的声音。他的声音和北京来的民歌手珠联璧合，此起彼伏。三凿自是振奋，充满感激，用山歌劝我再猛搞一口。

九点刚过，急诊科外一阵喧哗，两男两女四个老师整齐地往外奔，迎接来人。来人是县高级中学教导主任范培宗，岑老师已介绍过，这位是学校五把手，将带来从监控里查看到的情况，是否有别人在场，如何往下跳，都将得到明确解答。我也不知一个学校里领导如何排位，在我看来，是很高冷的知识。来个领导，气氛是有不同，当教导主任被他们簇拥着走入，家属一方，我父、三叔、癫爷还有一帮女眷走出来，自然排成队列。范主任在宋奎元介绍下，一一握手，排序当是有经验，首当其冲应是三凿，可能又去了厕所，下一个便到三叔，再到我父，然后是癞爷……宋奎元不忘用目光找我，我过去，同五把手握一握。走近了，闻见一鼻子男性香水味，很有意外。这教导主任实在是个潮骚的人物，年纪比我大，头上戴的饰帽很像毛主席井冈山时期戴的八角帽，发脚剪至齐耳，外套常见，里面穿的却是V领的海魂衫……还有，裤脚阔大的八分裤。如此穿着，混在一个县城教师队伍中，又被一众人簇拥起，有那么点鹤立鸡群。他长得像某个旧日的影星，达式常郭凯敏那一辈里头的，具体我想不起来。"我对你很有印象，你会后仰跳投，很准。""是吗，好久以前的事。""我也打球，也司职后卫，但我俩没碰过。""现在找不动了。""是啊，打不动了。"手一握，竟有些唏嘘。他用了"司职"后卫，我没听岔，便怀疑是教语文出身，找人一问果然是。

他用目光检点在场的人，又四顾一下环境，说我们到外面坐着讲。于是，进来时四五人，这时往外走人头就攒动，他走在最前面，健步，沉稳，显然摆平过很多头疼的事情。地点已经找好，在一丛月桂树下，有花坛，水磨石的坛边缘已被屁股磨得溜光，坐下去，冷气幽幽钻入肛门。他一安排，众人皆坐，像是被人按下双肩。他却站着，开口前，目光要在每人脸上刷一遍。

"我刚才迟迟不来，一直在看监控。"范培宗轻咳一声，"多亏现在有监控头，每一层楼都有，有图像，这是我们最可以相信的东西。根据女生二栋二楼监控的记录，傅单妮同学是两点十五分第一次走出来，两点二十三分回宿舍；又于两点四十分再次走出。这两次出门，身上着装不一样，显然是有意识地换了衣服。换到五栋五楼的摄像头记录，傅单妮同学两点五十分进入画面，在楼梯口徘徊一会，三点过七分下楼。有跟踪显示，她下到二楼，又重新往上走。从三点过十分开始，傅单妮同学一直坐在楼梯口，基本一动不动，犹如她上课，也是一动不动，经常受到老师们的普遍好评。楼梯口旁边有个小窗，监控画面无法显示。三点二十分到三点四十二分，傅单妮同学出离监控画面，是走到了窗前。楼下电杆上的摄像头可以看见五栋的侧面，调出查看后，发现她有数次将头探出窗外，朝下面看。

同时，她应该是在吸烟……"

"我家单妮从不吸烟！"秋娥听不下去。

"对不起，人在这种状况下，干一些平时没干过的事，并不奇怪。刚才，我们在窗前找见几枚烟蒂，应该可以作为佐证。之后，她又回到楼梯口，一直坐着，可以猜测，这段时间她心里一定想了许多事情。四点十一分，她再次去到窗前，纵身往下跳。经两个监控画面比对，这次她没有犹豫，可以说是……一气呵成地跳下去。整个过程中，只有她一人在场，别无他人。这一点，也可以肯定。"

范培宗说完，目光含有期待，准备答问。现场却是一片枯寂，三凿拿眼睛找我父，之后又找我，希望我们问一些恰切有效的问题。这时，他脑中定然千头万绪，却不知从何问起。

于是我问："你讲的监控画面，家属可不可以看到？"

"这没问题。眼下还要等一等，我们报了案，公安已经介入，不但查看视频监控，还调取傅单妮的手机信息和QQ通话记录。很快会有结果，你们要相信警察，现在他们办案手段专业，效率很高……"

"为什么报案？"一个老乡脱口问出，人却没有站出来。这一问，像是被风从远方吹来的声音。

"问得好！"范培宗表情再度沉重，又说，"因为傅单妮的同学汇报一个情况，引起我们的重视。傅单妮一年前和一名省城的男子进行了网恋……"

"这怎么可能？"

"请听我说，先请听我说……这种事，我绝不可能开口乱说，一定是有根据。事实上，在傅单妮的日记和QQ通话记录中，已经找出相应的证据。这一情况，她身边几位女同学都是知道的。"

又有个声音，从人群中冒出来："我们单妮，是不是被那个狗杂种祸害了？"

"两人没有发生性关系。这一点，我相信你们都清楚。具体的情况，马上公安局会有人跟大家说明，我也不方便多说……我知道的，暂时就这些！"范培宗将话讲完，还搞一个双手合十。

事实上，我们刚来时，也从医生口中得知单妮的伤情——浑身多处骨折，同时多个脏器破损、衰竭。一并告知的，还有对她私处的检查，处女膜完好。急诊科的医生显然有经验，见跳楼者是一位花季少女，不需交代，就进行相关的检查。他们有经验，这必然用得着。这当口，我松了一口气……对的，我竟松了一口气。万一单妮不是处女，事情是否会变得复杂？即使她与网上恋人发生过性关系，这又能说明什么？我如何跟三凿解释，即使她被那个狗杂种祸害了，只要跳楼时那狗杂种不在场，你就没有理由去找他的麻烦。如果我敢这么说，三凿一定用眼神质问：你跟那狗杂种一伙？

我偶尔和他们喝酒——三凿，还有和他一同干活的兄弟姊妹。稍微多喝一些，不免要讲到城里人，嗓门势必抬高，会开骂。有次他们争起来，有的说城里人大多是狗杂种，有的说城里人正好一半是狗杂种，有的说，讲句公道话，在我看来，只有少数个别城里人，算是狗杂种……总之，仿佛这只是个比例问题。说到欢畅，有人一瞥我也在场，就拍拍我肩说："当然，浩淼，我们讲的不包括你。"

四

那戴眼镜的护士隔一阵进来催一次，叫我们把死者挪开，把病室留给层出不穷源源不断前仆后继的病号。后面她也心烦，冲我们喊："有点公德心好不好？医院又不是你们家办的，床位又紧张，你们不能老占着不走。"秋娥跟她哭诉："我没有公德心？我女儿死了，情况还没搞清楚，怎么能挪来挪去？"护士低了声音，又说："又不是我们医院害她，你们要讲道理。"一个女老乡来帮腔："你们抢救一个小时，赚了一万三，人还是死了。借你们地方躺一躺都不行？你们是拦路抢劫？"

"又不是我赚这个钱。"

"那你这么高的工资哪里来？"

"我工资很低……"

"有多少，你说！"护士不说。但我知道，收入在本地区真不低，于碧珠因此对我任性使唤。

抢救不到一个小时，就已宣布死亡，抢救费用是一万三。虽然校方已经声明，所有医疗费用都由他们支付，但在乡亲们看来，医院又一次趁火打劫。

隔了一阵，护士用微乎其微的声音说："你们总是要讲道理。"这引发一个男老乡的声音："道理？道理就是，有种你来挪我家侄女试试，有种你挪她半寸试试！"声音不大，字字清晰。

"欺负女人算什么本事？要闹，我们这里有保安。"

"你去叫保安！"

"你们用不着这么欺负人……"护士且说且退，后面再不见进来，亦无保安前来交涉。医院固然不是我们家开的，而保安，也不是她家养的。

后面，一直再没有人催我们腾出病室。

接下来的事情，有点按部就班，快十点，公安局来了一名警察，没睡醒的样子。他带的消息，只不过是将范培宗讲的情况进一步细化。比如说，原讲一年前单妮就与人网恋，现精确到九个月以前。比如说，原讲的省城男人，其实待在省城所辖的一个县城。他讲起单妮曾有一次远行，奔赴省城和那男人私会。一路上，单妮与该男人保持着通话，但当单妮赶到约会的地点，那男人却将手机关闭，不愿见面。警察说："这事对女孩打击很大。怎么说呢？我估计……我们估计，就因为她长得很漂亮，所以根本没想到，自己会碰到'见光死'，毫无心理准备。她毕竟年轻，这种事……"警察还说："现在可以确定，是自杀，用不着立案侦查。"警察用力遮掩，还是打起呵欠。我给他递烟，他不接，坚持抽自己的。

三凿问："那人，叫什么名字？"

"这个不能说，有规定……他没有犯法，即使犯法，也有我们处理。你们打听到名字也没用。"

三凿嘴在抽，没吭声。

十点半，高级中学校长禹怀山赶到。"前面来的都没用，这个官才是讲话定板的。"在我身畔不远，癞爷跟三凿如此交代，要他打起精神。三凿却依旧恍惚。这几小时下来，他定然无数次暗示自己：这一切都不是真的，不是真的。一晃眼，单妮还好好站在眼前……就这么几小时的事情。过去的事，像一条扭头便看得见的路，却怎么也踩不上去。

禹怀山有备而来，一行好几辆车，到地方，停稳，车里钻出来的人，让我父和三叔都小有意外。我父看见的是江道新，县教育局副局长。

我父一直强调，江道新帮了我家不少忙，彼此关系极好。事实就是，江道新几乎是我父熟人中级别最高、能力最大的一个。我父认定江道新和自己关系最为紧密，但在江道新看来，最好的朋友，只能是另外一些人。此时，江道新下车，我父亲隔老远叫他一声，他装作没听见。待一会儿，走近一些，他定然又表现出意外的亲热。

伍乡长倒是率先朝这边招手，嘴里叫一声，塔佬！三叔逢人便说，伍乡长是他遇到的贵人，不但让他连任村长，而且提拔他当上优秀村干，去了一趟北京，去了一趟韶山冲以及井冈山。有一次我去到三叔家，正碰上伍乡长下村检查工作，三叔将伍乡长硬生生拽到家里，宰了鸡鹅，一定要请吃酒。三叔酒一喝，一定要给伍乡长唱山歌。伍乡长起先还鼓掌，三叔一唱没个完了。据他自己说，会唱三百多支山歌，调门相同，歌词都不重样。后面伍乡长到底拉下脸说："你再唱一句，老子讲走就走！"三叔这才闭了歌喉。

这一次，这边的农民兄弟已经有了经验，不再迎上去，任一帮领导就那么走过来，每一张脸上皆是平易近人的表情。倒是我父，站起迎住了江道新，两人握手好半天。伍乡长和三叔平时老在一起，上下属关系，也不好显得太亲密。

"……你家里的事情，我刚知道，来晚了，来晚了。"

"不不不，你还亲自……"三叔毫不掩饰感激之情，甚至眼角有些湿润。是的，我看得清楚，而且时日一久，我看得出来，某种程度上这就是他一种技能。去村里次数一多，我就知道，在一群神情麻木的男人当中，表情稍显丰富的那几位，必是能人。

伍乡长搂着三叔的肩，把他往一棵桂花树下面带。而我父，也随了江道新，且说且走，去到墙角垃圾桶旁边。江道新烟瘾大，又身居显位不能乱弹烟灰，所以到一个地方就要找垃圾桶，就像公狗撒尿一定要找电杆子。而我此时看到这种情势，想到的却是打篮球，搞盯人防守。

我提醒自己不要想太多。这是个悲伤的日子。

那边是盯人，这一头的禹怀山，就要面对一大拨人。他摆出体察民情、嘘寒问暖的模样，身形几晃，扎进一堆农民兄弟当中。他个高，估计一米八五，而这帮农民工大都在一米七以下。领导总是要摆平各种状况，若有一副好身板，确也省了很多口舌。一开始，他只是听，还吩咐身边那人，据说是校长助理，姓满，拿出小本子记笔记。三凿本不愿讲话，但这架势摆出来，领导都扯起耳朵，还有人拿了纸笔要记，不敢不讲。他讲家里的状况，当然是突出如何困难；讲在城里打工的不易；接着就讲起自己的儿女。"本来我有三个，两个女儿，一个儿子。八年前死了一个女儿，现在又……"

"八年前死了一个？"

"嗯是。"

"怎么死的？"

"不小心跌下岩坎，就死掉了。"

"哦，那你这两个女儿，哪个大？"

"她俩都是……"

这时，我觉得我应该站出来。我觉得对方是有备而来，而这帮农民兄弟，他们纵是人多，却只能围成一个圈发呆。劳心者治人，劳力者治于人，总是颠扑不破的道理。我把三凿一扯，回答说："这个是大女，前面那个是老二。"

禹怀山睃我一眼，说："我看过你打球。"我正要说谢谢，他脑袋已然偏转，重新面向三凿，接着问："那个是八年前……死的，那时候有几岁？"

"双洁八岁。"

"傅单妮今年十六，那你两个女儿是同岁？是双胞胎？"

"是双胞胎。"

禹怀山就点点头，那边小满笔头飞动。有人说："少记这些没用的，孩子死在你们学校，你们赔多少？"我耳根子一抽，意识到，这是当天头一次扯上了正题。说话的是三凿的小舅，叫老海，年纪比我大，一直未婚，光棍看来要打足这一辈子。禹怀山装作没听见，于是，又有人问他："你们到底赔多少？"他们发现禹怀山在回避这个问题，便要追着不放。他们每个人的声音都大，但可以像回音一样，将同样的问题一嘴一嘴传下去。

"你们说要赔多少？"禹怀山目光扫视一圈，又说，"我们不是敌对的双方，出了这样的意外，更要团结，要一起商量，妥善地解决处理。现在，死者为大，我奉劝各位都要有大局观，谁要挑起矛盾，谁就是让这孩子不得安宁！"他的声音像是从中置环绕音箱里喷出来，沉甸甸的。场面一时又回复安静，空气中已弥漫起禹怀山的气息。我父和三叔拢过来，江道新和伍乡长仍旧陪在身侧。见人都已到齐，禹怀山就请江道新讲话。江道新讲："我不讲，老禹你讲。"

于是禹怀山接着讲。

"大家都不愿看到的事，到底还是发生了。一个年轻的生命，就这样突然完结，你们家长亲戚痛心，我们做老师的何尝不痛心？你们作为亲人，是第一次，或者是第二次，而我从教几十年，毫不夸张地说，已经历了几十次这样的痛。痛定思痛，这么些年我意识到，这里面有个比例的问题：孩子都是祖国的花朵，家庭的花朵，同样也是老师的花朵，我们给他们阳光，我们总想把最好的都给他们，但是，总有一些花朵，却躲藏在阴影里。自杀的学生，普遍都患有抑郁，你们无暇顾及，我们学校的心理疏导工作，也没得到完善。当然，及时检查、发现学生的心理状况，及时疏导，这在我们整个国家都刚刚起步，落后地区，才刚有这样的概念。而且，今天发生的事情，又是特例，得知你家两个女儿，双生的姐妹，前后八年相继离去，我心里的悲痛也在翻倍。我能想象这种悲痛之深重，之惨烈，恕我没有资格，像你们亲人一样完全体会这份疼痛。出了这样的事，你们受害，我们学校同样也是受害者，也是意外地卷入其中。这一点上，我们彼此应该予以充分地体谅。老话说，双生共体，同去同归，以前讲是迷信，但我作为一个基层的党员，也不得不说，总有一些事情，在我们理解范围之外。事情已经发生，一定要有个解决。熟悉我的人，都知道我的行事风格：决不逃避责任，在合理的范围内一定兼顾人道，多为对方着想。对于这件事，我表态，虽然事情出于个人情况，发生在深夜，主体责任不在我们学校，但我们负责所有医疗费用、丧葬费用，以及出于人道精神，给予家属一定数额抚恤金！"

他几乎是一气呵成。

具体讲数额，范培宗又站出来，医疗费马上结付，丧葬费付两万，抚恤金四万。那边催家属表态，这边聚一起小声商量。"我觉得少。"三凿说。三叔便问："那要多少？"三凿说不出来。三叔又说："人是自己跳下来，学校没有责任，他们能这么做，对得住人。"三凿便一直沉默。

两边的人再次脸对脸。我父先表态："学校能这么处理，我认为是合情合理，都不容易。"癫爷也跟一句："我也没什么意见。"三叔说："做事讲道理，做人凭良心，学校能这么想，这么做，我也不好有什么意见。"

要三凿表态，他什么都不说。三叔便拍他一下："再怎么，你要说句话。"他便掩面哭泣。

三叔抚着三凿的背，洪亮地说："我是他爸，是单妮的爷爷，我可以说话。就这么办。"

对于校方，事情显然意外地顺利。范培宗跟禹怀山对对眼神，又说："难得你们一家人都这么通情达理。遇到找麻烦的我们不怕，遇到你们这样的，我们着实又不落忍。我们再加五千，不是学校的，是我们在场几个领导的一点意思，聊表哀痛之情。请一定收下！"禹怀山指示小满去弄一份文件，打印出来，将处理意见和责任认定都写明白。小满又往小本子上写字，禹怀山呵斥说："别记了，赶紧去弄！"

五

"……痛风了？那好，你家保禄能不能来？……跑这么远去？不是说他的腿脚有伤吗？不要到处乱跑。……你两个儿子两个女儿，至少要来一个嘛。一家人，这时候不来，要等哪时来？"

我父走到桂树底下接大姑电话，他的声音随风吹来。他挂了电话，叹气，脸上涌起重重无奈。接着他又打小姑电话。小姑家的人来得也不利索，后来小姑父突然想起，大女婿肖石辉正好在市里，马上通知他。打了两个电话，我父感到累，便走过来，说还有个电话你打。他是指联系五叔。我很快打通，耳里泛起五叔闷坛子跑气般的声音，风声也大，好半天才听清他是过了广林县，已进入马坳镇。五叔没耽搁，但接到消息已经快八点。他在相邻的广林县一家苗圃当工，请假，赶了最早的县际班车，到这最快也要十一点。

我父和三叔、癫爷又站一堆，出了大事，少不了几个老汉凑一起拿主意。即使他们处在下风口，我父的口音仍依稀传来，听得出，他们又扯起了五叔。五叔一直是个话题。我父五兄妹，他居长，两个姑姑居二居四，我叫成大姑小姑，都嫁到远乡穷门敝户，日子一直紧巴。两个叔，就按这生序，叫成三叔五叔。我奶奶旷日持久地生下他们兄妹五人，我父与五叔，一首一尾，差了二十多岁。中间有夭折的兄妹。一次酒后，我父与三叔各执一词，一个说折了七个，一个说折了八个。两人掐指核对，是三叔记得更牢，我爷爷奶奶旷日持久地生过十三个孩子。往下，两人只说一个妹妹，叫桐蛾，七岁时夭折。讲起妹妹走之前般般征兆，临走之时种种细节，再核对一下彼此记忆的出入，两老汉一同滚出浊泪。我父还感叹，当年还好，接二连三地死，都已习惯；换是现在，哪个父母忍受得了？

五叔傅桐光，在我父看来，是个自毁前程的家伙。"本来，他是可以不做农民。"讲到五叔，我父先来这么一句，定下调子。

我对五叔印象深，没别的，小时被他带着玩。八十年代初，我还没上小学，我父便把五叔带到城里读书，指望他混上一份工作，变身城里人。某种层面上，我父是拿这个弟弟当儿子看。那时候我两兄弟还小，若被坏小子欺负，五叔一出手就很重，拿城里小孩该当乡下小孩练。我父斥他教训小孩可以，出手太重不行，要赔礼赔钱。五叔说："小心着的，又没见血。"他觉着委屈。打人的事传出去，那些坏小子都说我家忽然多了个大哥。但五叔不是拿来读书的料，高考后哪里都去不了，直接卷铺盖回了蒐头村。我父当时在农机公司，跟领导磨了几年，好不容易搞下一个指标，又把五叔送到市农机校读书。按我父规划，两年以后，五叔可以签订用工合同，去乡镇农机站混饭。没想五叔高考失利后，一回到村里，就找个妹子谈起恋爱。去到农机校读书时，两人爱情已然胶着。那妹子生怕五叔哪天变了城里人，说翻脸就翻脸。五叔赌咒发愿，妹子哪里肯听。两人草丛中呢喃时，谷堆里打滚时，妹子一个劲要五叔放弃学业，回村娶她。五叔起初不肯，耐不住妹子恩威并举地要挟，终于一咬牙，再次卷铺盖回了村。"……他还怕我找到，揪他回学校，就去稀树沟烧了半年炭，把自己搞得不人不鬼。"我父每说到此，眼里涌出许多失望。那时候，当城里人绝非易事，若五叔听从安排，两兄弟都进城，总是多有一份照应。

我一直站在急诊科门洞附近想事，抽烟，看往来的人。将五叔回忆一番，突然意识到有些偏题。我也想回忆单妮，才觉有关她的记忆非常有限。

八年前，双洁躺在运尸车中间，我们坐在两边，护送回蒐头村。夭折的小孩，尸体不能进入房内。到她家，院里已有帆布遮成了一个雨棚。用四根撑木撑着墙，形成三角，帆布就搭在上面。棚内摆了块门板，下面铺着床单。尸体摆在上面，被人七手八脚地换上新买来的衣服。那衣服布料很差，估计衣裤合起来只三四十块。买了两身，另一身放在旁边，说是换洗用。再在尸体身边摆两个很小的塑胶娃娃，仿芭比造型，但很便宜，五块钱一个。单妮凑过去，看看躺着的妹妹，又想拿起其中一个塑胶娃娃，被大声训斥了。此后单妮一直安静地躺在某个角落。乡下小孩爱热闹，这夜，突然这么多人拥入自家院子，比过年还热闹，单妮脸上时不时还浮现出笑，我看在眼里却有一种诡异，说不出的难过。我想，过了今夜，单妮慢慢发觉少了一个姊妹，一个跟自己长相一模一样的人，心会慢慢地痛。这会是长久的事情。但当时，也就这么想想，更让人担心的，是家顺。虽然才五岁，他已将自己哭得一败涂地。出了这样的事，没人呵斥他，但他一定意识到，以前被家长不断呵斥，说明犯下的只是小错。对于五岁小孩，这样的意识远远超过感知的范畴。

三凿两口子长期在城里打工，长期租住城北冷风坳。有一年，他们和顾大哥扯皮，闹个不欢而散，此后三凿就带同村的人另立门户，当起工头。纵是当工头，三凿脸上依旧挂着不知所措的表情，可想而知，跟他干的人经常觉着不爽，纷纷投靠别的大哥。多年下来，跟着三凿干的仍然是那几个最亲密，也比他更蔫的老兄弟。我现在很少打球，也没有别的爱好，没事喜欢找人到街边喝几杯烂酒。我父时而提醒："找谁喝都是喝，你多去看看三凿。"于是我经常拎了酒，买一提卤菜，去冷风坳找三凿。冷风坳是个古怪地方，传言说这里有放射性矿物，水和地里种出的蔬菜都不能吃，原来一些住户也纷纷搬离，空下一幢幢宅院租给农民工，价极便宜。我结婚没两月老婆就跟我闹离，原因至今不明，而且旷日持久，给人感觉只是长枚痤疮，却恶化成癌。所以我也去冷风坳租一套房，住了有半年时间。那一阵经常邀了三凿和一众乡亲喝酒，小院宽敞，喝至夜深，月白风清，人也就舒坦过来。聊来聊去，少不了要聊那一对姐弟。自那以后，家顺性情一直孤僻，脾气也暴，喜欢揍班上同学，经常见血。现在不比从前，打架是高消费，三凿辛苦赚来的钱，没少赔出去，还帮家顺转了两个学校（也是靠我父走了江道新的门路）。

至于单妮，三凿说："我这个女儿，倒是罕见地懂事，见人随时都带微笑，老师个个夸她。"我住冷风坳时，常在院里摆酒菜，三凿两口子来，家顺不来，单妮不时过来陪伴。果然，她的表情阳光、明媚，微笑地看我们喝，听我们说。有时我们喝得来劲，她还配合着，主动斟酒，给我多来一些，给三凿少倒一些。三凿批评她："倒酒最讲规矩，一定要公平！"我就笑他上纲上线，他三两的量，少倒一些原本应该。我还夸这妹子做事心里有底。去年单妮身体忽然抽条，十五岁已经有一米六五。三凿两口子个都不高，显然是隔代遗传了三叔的基因。有一次她跟我说，班主任一定要她代表班级打篮球，但她拍球都会拍死。我说这，要说打篮球，你叔在全县都是狠角。有空我带你打。她说好，脸上又进一步灿烂。但她后面没提，我也把这事忘掉。

一年前单妮初中毕业，面临选择。她成绩不好，只想找一家不需考试的职业技术学院，读个三年五年，出来当护士或是幼师。女孩找工作，护士和幼师是最大路的选择，往往也最安稳。三凿为这事又找我商量，而我也捡了父亲的性格，好当师爷。那次，我俩关着门喝酒。

"你要劝单妮读高中。现在不比以往，至少要读个高中。大学来得容易，都在扩招，只要高中混到毕业，大学都有的读。"

"她自己不肯。"

"你们父母要拿主意，她毕竟太小。其实读什么学校，就是给自己贴一块什么样的招牌。"即使就我俩喝酒，还是咬起耳朵。"凿哥，我跟你往俗了讲，单妮脑袋不是很聪明，读书出不了头，但人脾性很好，长得又高又漂亮。对她来说，以后能改变命运的，就是婚姻……身份这东西，我们小时候不讲，只讲人人平等。当然，现在也这么讲，意思没有错，问题是，你肯信吗？事实明摆着的。以后要是有好小伙看上你家单妮，再一看她职院毕业，心里就打鼓。职院毕竟是什么也考不上的学生才去读，这也是明摆着的。你让单妮咬牙坚持几年，只要读到二本，以后谈起恋爱，可以选择的面就一望无际了。"

"一望无际？"

"就是……很好的人家，她也有资格嫁进去。都说知识改变命运，也有这个意思在里头。"

"看你讲的，那我们不就是《流浪者》那个世道？"

"你还以为不是？现在有个名牌大学，专门招一个礼仪班，招一帮德智体美劳全面发展的妹子，都是要备着嫁入大户人家。事情不是你想的这么庸俗，那些大户人家，挑个媳妇，就要比平常的妹子懂事，这才能保证家业兴旺。"

"我听你这话，倒有点像穆仁智，左手一根拐，右手一个筐。"

"你不爱听我也要讲。你也少拿自己当杨白劳，当来当去还真会当上。"

"妈的这世道，喝一个。"

三凿到底是听了劝，一定要单妮读高中。高中课程紧张，单妮考试排名往下掉得厉害，厌学。她跟三凿提过不读书，直接去打工。三凿不允许，单妮便也继续读。现在想起这些，我自问，当初是否瞎建议，那么单妮现在出事……我知道，这就叫矫情了，我哪曾真的把这事牵扯上自己？我只好冷笑。

正无边乱想，忽然，目光被几个人牵动。一个，两个，三个……后面又来一个，都是妇女，她们聚到百米外一个配电室后面，再走出来，就统一着装，换上蓝色护工服，还用长舌帽压住发髻。她们又鱼贯而出，整出一个队列。其中一个斜肩女人呵斥着一个胖女人，胖女人总喜欢把帽舌一撇，像嘻哈歌手一样偏着戴。斜肩女人两次将她帽子扶正，并提醒她"放明白点"，否则"你不想干有的是人"。再近一些，斜肩女人就噤声了。她们从我身边走过，往里走。

既然事情已有处理方案，护士再进来要求腾出床位，这边不好再拖。女眷们商量，由谁去买衣裤，由谁帮着擦洗身体、换衣服。这些都是女人做的事。买衣裤的女人已往外走，她们只知道城南农贸市场，那里有数不清的衣裤，看着都像刚上过油漆一样鲜艳，价格也不贵。这时那四个穿护工服的妇女呈队列走进来，又呈扇形散开。

斜肩妇女说："你们不要动，这事我们来弄。你们出去。"

女眷们愕然地看着来人，她们统一着装，都用帽子压住头发，其中两人还戴着蓝色滤纸口罩。那半脸蓝色，给人感觉是刚消过毒的。

"你们可以出去。"斜肩妇女又说一次。

秋娥就问："你们是哪里的？"

"就是医院的。这些事都统一归我们做，你们不要操心，到外面休息就行。"

这个在说话，另三个也不闲，她们围住那张床，用身体形成屏障，将单妮与众人隔开。她们个个戴起医用手套。女眷们看这阵势，看着对方专业的动作，自愧不如，阵列便显出松散迹象，有人准备往外走。

这时，我走过去。我准确抓住一只戴了手套的手，它正要摸向单妮的脑门。

"你们是医院的？"

"我们都穿着工作服。"

"你们是医院的？"

"把我手放开。"

"那你先不要动她，不要随便乱动，这不是开玩笑。"我头一扭，朝那边说，"叫个护士进来，问一问。"护士就进来，还是戴眼镜那个，她倒直来直去，说："不是。"斜肩妇女就冲护士喊一声："小戴！"于是护士又说："她们随时都在我们医院。"说完她就转身离去。

"……我们把这里面的……这种事情，都承包了。"不知什么时候，三叔身边多出一个老者，穿着医生一样的白大褂，但一部胡须把脸挤榨得可有可无。老者又说："事情要讲个专业，我们就是专业处理这种事情，乐意为你们效力，你们用不着操心。"

"我自己的女儿，我不操心要你们操心？你们凭什么帮我操心？"秋娥说。

"管你们卵事！"三凿简明扼要地发表了意见。

老者习惯了这场面，只说："我们确实已经承包下来。我们就是专业搞这一行，从穿衣洗澡、香火纸钱、入殓化妆到送人回家，我们都能弄好。我们有车，就停在外头，别的车不能送亡人。"

"你们要多少钱？"

三凿示意秋娥不必说话，女人一生气，说话总是不得其要。他问："你们承包了？你敢说，把我女儿也承包了？"

但老者选择秋娥的问题回答："这个你们也不要操心，情况我们都已经了解，钱的事我们直接和校方联系。"

一个女眷说："两万块钱都给你们？"

于是，我又一次开口："你们有什么资格和校方联系？丧葬费是由家属支配，你要是不清楚，我提醒你一下。"

三凿说："你们可以走了。"

老者一怔，一时找不到理由应对。就在这一刹那，女眷们又拥上前去，把那四个着护工服的妇女挤到一边。她们不走，只挪到房间一角，在等待，也是窥伺。事到这一步，似乎剩下的口舌之劳都归于老者。她们站成一排，也摘除了口罩，我可以将她们作为一个整体打量，于是，一股诡异的气氛便扑面而来。我是说，这四个女人，身体总有一突出的部分，比如说，斜肩、罗圈腿，或者并非怀孕而凸起的将军肚。如果她们任意一位，走在街上的人流中，也不会如何惹眼，但现在她们并排站到一起……还有，长相纵有差别，神情却意外地统一：虚白脸色，垂塌的眼皮，还有五官七窍处处皆在的呆滞。她们操持的是一份难以示人的职业，习焉不察的日常生活中，我们几乎从未意识到这一类人的存在。

老者很快缓过神，他绝非轻易打发得了的主。显然，在这支队伍当中，他的地位相当于红色娘子军中的洪常青。他沉默一会儿，准确地走向我这头，拨烟给我父、三叔和癞爷。只有癞爷接过烟，并朝我一指。是丑烟，三块一包的"大鸡"，不接过来便是狗眼看人低。我抽也不是，不抽也不是，说实话我调进城北工商所好烟还是管够，嘴巴抽细了。幸好老者的目标不是我。

"我也是佴城人，我也姓傅。"老者说，"不信可以看我身份证。"

我父说："为什么要看你身份证？"三叔也补一句："随便看人家身份证是非法的，要讲政策！"

老者一笑，把烟喷得一部胡髭满是灰，又说："我们是给医院交了钱财，所以别的灵车进不到里面。我们交得不少，一天要合一百多啊，不容易。今天都到吃中午饭了，才……"

"这跟我们没关系。"

"是没关系，我就这么说说。"老者有了悲哀的眼神，默默抽一会儿烟。再一开腔，他眼神直勾勾看着三叔。"你们都是有身份的人，这些事，用不着自己做，我们更专业。"

"这些事情有什么专不专业？哪个妇女做不来？"

"你看，现在确实什么都要讲专业，跟以前不一样。就算种田，有专业的插秧队、锄草队、灌田队和收割队，用不着自己样样动手，花点钱，具体每样事都比自己做得更好。"

癫爷说："要是来一帮男的，有不方便，一定找你们。你看，今天我们也来这么多妇女，一个干两手，事事都妥当。"

"这毕竟是……毕竟不是人人都愿意干的事情。我们先前也不打招呼，闯进来，确实冒犯了你们。但是，就连这种别人厌弃的营生，我们还要想尽办法争取到手。你们看看这几个女的，全是猪不吃狗不要的剩货，她们只要能找到别的事情，哪肯来干这个？天天干这个，你以为男人不嫌弃，儿女出门不丢脸？只是为吃一口饭。"

老者眼光巴巴地看着众人。顺他所讲，我一想也是，那几个妇女，已经吃上这碗饭，哪里还有别的选择？有的人吃饱饭就去干理想，有的人理想就是吃饱饭，又何苦为难？众人沉默中，老者的目光又一阵搜索，接着他专拣了三叔，叫三叔垂下脑袋，耳语一番，如此这般。两人耳语时的样子引人注目，因为两人都是如此吃力。老者要将开胡须找出嘴，才能清晰地讲话。三叔高老者一头有多，脑袋一勾，背脊就起一柱驼峰。

"三凿，你过来一下。你过来。"三叔朝那头招手。

三人去了卫生间。卫生间比通常的大，空空荡荡，如果外面有护士看守，人就得到里面吸烟。刚进去时，都听见三凿吼了几声，后面便静下来。过一刻钟，卫生间门一敞，三人又都走出。老者走在最后。"现在要换衣服，各位请移步。"老者发话。秋娥一脸的不解，三凿拽紧秋娥，随着人流渐次离开急救室。

六

我们待在门洞处，正吸着烟，五叔身形突然晃入眼皮底下。

我有一年多没见他，这时得见，他高一脚低一脚，竟是有点跛。才想起，三叔先前提过，为让小儿子李李及时结婚，五叔独自一人建了一栋砖瓦房。他性情孤僻从不换工，现在建房找不着人帮忙。下至打基脚挖硬土，上至毡顶加盖钢瓦棚，都他一人完成，磨磨蹭蹭两年多。本来，这两年里也不闪腰不崴脚，算得顺遂，房子建起后，他一只脚竟慢慢见跛。他也不去找医生，说自己一把年纪，任务完成，瘸条腿正好少走山路。其实他五十刚过，已然秃顶，看上去和我父也差不了几年。他现在既当外公又当爷爷，到了该享福的年纪，但有嫁接技术，憋得手痒，又出去找工。

同来的还有李李，我最小的堂弟，才二十冒头，一脸不想事的模样。刚才班车一下高速，五叔便下车，李李已经骑了摩托在那等，这样保证最快时间赶到市医院。"我来晚了！"这是五叔第一句话。三叔就答："没有人及时赶到。"五叔走到我父面前，叫一声大哥，仍旧一脸怯生生，仿佛一直寄住我家。我父嗯一声。接下来是癞爷，是三叔，重点是三叔，予以安慰。三叔说："这个我想得通，是个撇（报应）爹的，没有办法。"三叔拍拍五叔的肩，也像是劝慰。

"不是这么讲，不是撇爹。她总有原因。"

"不这么想，还能怎么想？"

"事情弄清楚了？怎么先从单妮身上找原因？"五叔三叔一个村住着，关系却不是太好，前面在处理我爷过世的事情上，就有争执。另外，我觉得跟我父也有关系。虽然都一屋子做兄弟，但关系有亲疏，三叔经常与我父喝酒说话，两家的来往自是更显着亲近。五叔性情孤僻不爱与人往来，加上陈年旧事压在心头，所以老认为我父有所偏袒，遇事说理向着三叔。毕竟一家人，一年总有几次碰头喝酒，说着话，起茬抬杠是常事。

但此时此地，三叔就提醒："怎么没弄清楚？这毕竟是我家的事，你刚来，情况慢慢了解，少参言。"癞爷也补一句："警察已经明讲，是自己从楼上跳下来！"

"好嘛，你家的事！"五叔仿佛如梦初醒。他左右看看，又问怎么不见三凿。癞爷就指一指不远处的门，说："在里面。已经把人穿戴了，马上要抬出来。"

"包好抬出来？抬出来然后呢？然后怎么个弄法？"五叔一着急，讲话就前后黏滞，滚动播出。

"这还能怎么弄，先送回村里再说。"这时，只好是三叔发话。

五叔说："单妮学校来领导了吗？领导来的几个，来了校长吗？你们这么快就把这事解决，那学校都承担什么责任？"

我父说："这个你不用担心，刚才都已讲妥。学校虽然没有责任，出于人道主义，医疗费用、丧葬费用全掏，还要给抚恤金。"

"讲妥是吧？那好，讲妥都给多少？"此时，五叔直直地盯着我父，说话也是发冲，用俫城话说，杵头戳脑。我父一怔。此时，他定然没想到这老五——他曾视为儿子的人，突然在自己面前摆出这样语调。我父调整着自己，回答说："医疗费不少，一万多，丧葬是两万……"

"这些都没用，这些都是花出去的钱。一条人命，他们到底赔多少？"

"……不说赔，抚恤金是四万。"

"不说赔，还是他们打赏的？"

癞爷拽五叔一把："后面又主动加了五千。"

"四万又加五千，我的妈，四万五千。我没说错？"五叔眼皮子一翻，往上面看。此时天空，竟然明媚，一道道阳光洒布下来，但这时节，也生不出暖意。五叔又一个冷笑，并不吭声。"老五，老五！"三叔巨大的身形往这边挪，一手搂着五叔的肩。五叔甩开人，又甩开三叔，往病房里走，并叫喊三凿的名字。单妮已摆上担架，那几个穿护工服的妇人正待抬起。五叔抢前几步，一把摁住。

"放回去！"

于是又放回去。

三凿说："怎么了五叔？"

"怎么了？怎么怎么了？"五叔手一指，"她是谁？"

没人回答。三叔总是慢一步，但不会闲着。他再次拦住五叔："老五，你刚来，事情还没弄明白，不要多事。"

"我只晓得，一个活人，死在学校。这就够了。"

"你要搞清楚，单妮去了，我们家属是受害人，学校碰到这样的麻烦事，也是受害人。"

"好的，都是受害人，都吃了冤枉，那到底谁在害我们？难道是单妮？"

三凿说："妈逼的刚才我也这样想，学校哪个狗日的再也讲他是受害者，我就我就……"下面有人接一句："叫他狗日的也跳楼！"

"哪个敢说是学校害死单妮？哪个站出来这么讲！"我父瞪着五叔，又说，"有事情先商量，你不要一来就把事情闹大。"

五叔又是一个冷笑，他说："闹大就闹大。我可以摆明了说，警察要抓抓我，要死死我。"

三叔说："不要动不动就讲到死。谁要你死了？"

"我们这些乡下人，再不敢死，只好一直被人当大脑壳摆弄。我有儿有女，我德行好，人丁兴旺，死了我也不亏。"

"单妮自己跳的楼，怎么是被人欺负？你把话讲明白。"我父意思还是要摁住五叔脾性，但话音已减小。此时，我父显然意识到，老五变得不一样。只是建了一幢房，怎么人的脾性也变了？乡下倒是有一种说法：娶一门亲，受三年穷；建一幢房，脱三层皮。

"怎么不是欺负？大家讲讲，死的要是城里人的仔，四万五，摆不摆得平？"

五叔竟然搞起互动环节，场面顿时炸开，在场众人马上参与讨论。有的说八万，有的说怕是要十万，有的麻起胆子说要二十万，就像拍卖不断竞价。斜肩妇女插言说："上月永靖县有一个死的学生，也拉到这里，后来学校赔了二十三万。"这就不是猜，是明摆的事实。她们干这个，自然掌握更多的事实，而事实胜于雄辩，于是激发出更多诧异之声。

"二十三万还是打发老实人，要碰到有背景的，四十五万都摆不平。"

五叔的说法引发一片哗声。他口中道出的，显然比大多数人心中估想的数目更大。五叔又说："单妮为什么在学校跳，不是在家里跳？学校不收钱吗？你收了钱，我一个活人送进去，你让人躺着送出来，你还说你是受害者？你没有责任？这还是人话？你们竟然肯信？三凿，尤其是你。"

三凿说："我也是这么想。"

"你也这么想？对啊，你当然这么想。"五叔冲着三凿吼起来，两人默契地愿打愿挨。五叔嘴停不下来："上次双洁就那么死，抬进手术室没一个小时就横着出来，医院竟然又是没责任。要是我在场，绝不会有这种事。"

"当时我在场！"三叔说，"是的，当时是我不准他们闹。双洁是我孙女，我是她爷爷，我会向着哪边讲话？到底医生有没有责任，我看得明白。"

"选你当个村长，你就真的把自己当成领导。向着哪边讲话，你自己其实也有点搞不清楚。"

我父说："老五，你不要把事情越扯越复杂。"

"是的，总是我们乡里人把事情扯复杂，你们城里人就喜欢简单处理。"

"傅桐光，你什么意思？"

我父资深高血压患者，年纪纵有一大把，火气从来压不下去。我们——三叔、癫爷还有我，赶紧将身体拼接成一道屏风，将我父和五叔隔于两侧。我父怒目相向，但也没用力挤过去。五叔则收住嘴，闪入人群稠密之处。他要讲的已讲完。他拆一包烟，一包王芙，交给李李要他见人就发。五叔自己不抽。

高级中学的领导见事情讲定，又讲一堆安慰的话，稍后便有条不紊地离去，留了宋奎元陪同这边。宋奎元刚才还做解释，市教育局就在医院不远，领导要过去一趟，有别的事情着急处理。但是有人问："是去吃早饭了吧？"刚才领导们也请大家出去吃点东西，估计到这时分，所有人都还饿着肚皮。宋奎元面露尴尬，说我也不吃的。

众人摆开等待的架势。宋奎元看一看这情形，便往外面走。有人在后面喊，吃完早饭就带点回来。宋奎元说好好。又有人说，多带一点。宋奎元又说，好好好！走到转拐就将消失的地方，他还扭身朝这边，拱手作了个揖。

等得一会儿，倒是校长助理小满先过来。他从另一个方向来，医院也有类似商务中心的地方，提供打印服务。他写好了协议，打印成文，一边往这边走，一边还捧起来看看，敝帚自珍的样子。后来知道，二十分钟前他就写好第一稿，禹怀山瞅一眼，这里那里还有那里都不行，骂了他饭桶，要他改过来，再把全文梳理一遍，标点符号都务必标准使用。

后来，不消说，禹怀山为拖延这二十分钟悔青了肠子。

而从宋奎元消失的拐角，范培宗又及时地出现，抢跑几步，和小满走成了并排。然后，两人就到了一堆人眼前。小满不合时宜地笑一个，而范培宗，作为一个领导毕竟训练有素，他的不苟言笑非常适合处理这些突发事件。他从小满手中拿过协议文本，找准三凿，跟他说："这个你先看看，有什么不合适的地方再改。"三凿没接。范培宗似有准备，又转身递给三叔。

这时，三凿冲他说："不合适的地方很多。"

"呃，你讲你讲，小满你都记下来。"范培宗及时回到原处，看着三凿，眼内怀有期待。

"把你领导叫来。"

"我……你跟我讲就行。"

三凿便是一个冷笑，这样的笑，竟有点像五叔。三凿的笑，也像是放出一个信号，乡亲们会意，配合，或者像是捧场，纷纷地笑。且有人说："教导主任，敢把自己当领导。"又有人说："五把手!"激起更多声部的笑。范培宗也赔一个笑，看看情势，还是转身去找三叔。三凿朝他背影提个醒："字是要我签!"

三叔说："三凿，少讲一句要死?"

"我不吭声照样要死。"

范培宗犹豫一下，还是把打印的 A4 纸递给三凿。于是，正如我与大多数人预料，纸被捏成了球，一个弧线飞向垃圾桶。又是笑，冷不丁地冒出，又悄不觉地戛然而止。范培宗看看情形，嘴里说好的好的，转身往外走。小满也走。有乡亲吹起一声呼哨，我一听是冰暴。冰暴豁牙，吹呼哨有漏气的声音，却霸蛮地钝响。

三叔这时说："三凿，我只问你一句，我讲的话你还听不听?"

"你是我爹，这次事情办完，回去你可以打我。"三凿一指病房的方向，"但我又是她爹，我不帮她申冤，就不是个人。"

"有什么冤情？"

"我冤了八年，双洁死的时候，我一声不吭。现在单妮又走了，我还要一声不吭？我还要等下一次？"他用眼睛在人群中搜寻，家顺还没赶来。

"你这么想，要出事。"

"我回去给你跪，这辈子你是我爹。"

众人又摆出等待的姿态。李李又一次发烟，我也走过去发烟。李李从右往左，我从左往右。人们接过烟，点上火，脚步轻微地挪动，可能每人皆是无意，但一圈烟发下来，再一看有了扇形的队列。不少人面部拉紧，像是要等待一场火拼。跟红白喜事上放的港产电影不一样，即使面部拉紧，也拉不出酷炫狂的造型。平日他们只是一帮沉默寡言的乡里人。

再过一会儿，禹怀山领着学校的人，又走进来。他们有十几人，江道新已离开，但伍乡长仍紧密地站在他身侧。有两三人皆拎了便当盒，一盒重一盒。宋奎元端了一只大号铝锅，费力地端着，看样子是将哪家铺子一锅热粥包圆。有人和他搭手，他不要。他是体育老师。

这一头，五叔率先迎了上去，别的人也跟在后头。五叔腿脚不便，走得缓慢，后面的人也有意压住步子，只是跟随。于是，一个跛脚人打头，艰难的步伐，陡生一股凛冽。

七

三老坐在走廊的椅子上。我父、三叔还有癞爷，他们态度明确，没有加入那堆人里头。三叔还念念有辞，不该拿的钱，打死我也不拿！癞爷拍拍他，这当口，最好是拿眼睛看，不必叽咕没用的话。我也没有过去，站在门洞，那里高几个台阶，看两伙人渐渐靠拢，视野能有整体效果。不是我不想参与，我清楚，此时我应该跟他们走在一起。但是，必须承认，我只是一个三岁女孩的父亲，突然介入一个十六岁女孩的死亡事件。这个上午，有些事情看上去仿佛明白，再一琢磨又总不得要领。

我不敢轻下判断，因为自己身处当事一方。我清晰记得两年前一件事情，在妻工作的县医院，突发一起医闹事件，闹得很凶。一个八岁小孩，割阑尾意外死亡，院方公布死因是"术中突发恶性高热"，并表示"出于人道主义给予适当补偿"。死者父母，老实巴交的农民，在乡亲簇拥下冲到医院，拉横幅，敲锣打鼓，哭天抢地……这样的事，我主要听我妻的说法，印象中，她也没少说她们医院的坏话，给我一个处事公正的印象。"……死亡原因是要有依据，哪能乱说？只要懂一点医学常识，就不至于闹事。"妻说得铿锵，我仍有疑惑，因为百度了一下。"恶性高热极为罕见，几率极小，全国只有几十例啊。"当时，妻斜也我一眼说："几率再小，撞上了也是百分之百！"这近乎诡辩，一时又找不出漏洞。我还是偏向于医院的说法，而死者亲属的医闹确实也在变本加厉，后来还不是警察摆平？有志愿人士掏钱，帮这意外死亡的小孩作第三方医疗鉴定。数月后终于有了结果，这小孩死于"术后猝死"，而医院先前给出的"恶性高热"未获支持。院方须对这起意外死亡事件承担全责，予以经济赔偿。后面县医院赔了一百多万了事，一条人命。

那以后，处事中，我就会反复告诫自己：不要以为自己懂，不要不懂装懂。其实，你他妈确实不懂！

冰暴和莫生民冲我走来，不由分说，一左一右拽住我，拉我融进队列。

此时，两拨人已经碰在一起，其情形，既不像井冈山胜利会师，也不像港产黑帮片里的风云际会。面撞面眼瞅眼之时，彼此都有些哑然，毕竟，彼此都不是街面混混，想要发狠，脸上挤不出有威慑的神情。稍后，禹怀山说："你们先吃点东西！"另几个老师便将一个个泡沫饭盒分发过来，殷勤、体贴。我肚皮不争气地叽咕起来，一打开，是两只包子。我闻见添了许多调料的猪肉馅隔着皮喷出的贼香。宋奎元用塑料碗给我们分粥。很快，响起吸溜粥皮的声音。到这钟点，人再硬挺，肚皮已经造反。

三凿两口子没吃，五叔不吃，还有李李不吃。李李来之前吃过了。李李在一片嘈杂的吸溜声中悠然地抽烟，有那么点遗世独立。

趁这工夫，禹怀山指使范培宗跟五叔单独讲一讲情况，范培宗又摆出刚才我们熟悉了的架势，随着讲述，一枚枚手指渐次屈起来。显然，这一阵他将整个事情又做了归纳，有了第一点第二点。五叔耐心地听，不时将头一点。

这帮干活的人吃饭快，饭后大伙自动聚拢到五叔身后，照样是扇形的排列，听范培宗到底要讲什么。

"……情况大概是这样。"范培宗滔滔不绝良久，煞个尾，抿一口自带的茶水。稍后又说："大家都是要讲理的，你也知道，你们死了亲人，我们学校失去了优秀的学生，同样难以接受，同样悲痛欲绝……"

"你们当官的悲痛个鸟，还妈逼欲绝！"是冰暴的声音，就在我耳畔响起。

禹怀山个子最高，威严地说："有这么讲话的吗？谁给你骂人的资格？我们不是仇家，我们是一齐商量怎么解决这个事情。"

三凿也说："不要把话题岔开。"

这样，范培宗得以往下讲。"我们学校的安保措施在全县都是做得最好，晚上有宿舍管理员通夜值班。但女生宿舍上千人，一两个管理员守着。谁又能在三更半夜守着她一个人，盯着她的一举一动？"

五叔不吭声。

"你说是不这个道理？"范培宗说着还把一只手往五叔肩上搭。但五叔就是五叔，他将范培宗的手隔开，并说："不讲明天的事，只讲今天的。人是死在你们学校了，你认不认？"

"这个……这是当然。"

"那我再问你，我佄孙女前天赶到学校时，是活的是死的？"

轮到范培宗一声不吭，他猛然醒悟，刚才那一通苦口婆心，全灌了聋子耳朵。

禹怀山说："刚才已经说好……"

"你们给钱了吗?"

范培宗说:"你们还没签字,怎么给?一签字马上给钱。是这个程序对不?"

禹怀山马上补充:"我们把钱拿来,先给你们。"

"你的意思是,多少?"

"讲好的嘛,六万五,一分不会少。"

"六万五买我家单妮一条命?"

"话不能这样说,老弟。"

"我现在不要钱,我要一个活人!"

"我们都是过来人,不管什么事情,都要讲道理。"

"你有你的道理,我也有我的。我一个活人送到你们学校,现在要你们学校送一个活人回来,天经地义!"

"小兄弟,你的心情我理解,但人死不能复生。"禹怀山摘下眼镜,掏出手绢(一块手绢,而非餐巾纸)擦一擦。他又说:"我的情况跟你一样,去年,我儿子也死了,比你这个要大,还在广州读大学……"

"也是跳下来?"

"不,是得病,直肠癌。"

"是死在学校里面?"

"是在医院。"

"那你不要转移话题。"三凿再次强调,"不属于我的,我不会要。我只要一个活人!"

"那好,你说我怎么赔一个活人?你说得出,我就做得到!"禹怀山不比范培宗,一把手有一把手的硬气。副职总是负责委曲求全,正职必须在适当的时候拍案而起。禹怀山把眼睛一鼓,凛然不可冒犯的模样。但在那一刹那,我忽然感觉禹怀山并不是一个难对付的人。

三凿和禹怀山眼对眼脸看脸时,五叔也靠过去,和三凿并排,眼睛也瞪起来。禹怀山一只眼盯一个人,也毫不落下风。他个子和三叔有一比,比五叔高半头,比三凿高几乎一头。他要保持一只眼盯一个人的态势，脑袋少不得略微地一偏。

对峙之后，又是五叔率先打破僵局。"就要赔一个活人！"他的叫喊了无新意，问题是，他一手捏拳，举高了一挥。他那么一喊，有发号施令的意思，后面不少人便跟从，像是某种条件反射。

就要赔一个活人。

就要赔一个活人。

就要赔一个活人！

一开始众口不齐，喊声交叠零乱，稍微喊了几声，步调便得整一，声音和声音的重合形成声浪。稍微喊了一会儿，气势便落下来，声音渐低。五叔再次振臂一呼，后面的人又接上。

禹怀山示意安静，但他两只手做出的手势，比不上五叔一只拳。他喊了几嗓子，被范培宗和一个不知几把手的校领导拉住。五叔往前进一步，这边众人的阵形也整体往前推进一步，那边的人，只好往后退。

那边三老也没法坐安稳，这时已走到核心地带。我父说："老五，你今天是不是要造反？"我父这么说时，一枚手指当头指了过去。

"人死了都不能喊，还要等到几时才喊？"

"有理不在声高。"

"声音小了，这些聋子耳朵听不见。"

"你跟我走到一边讲。"

"就到这里讲！"

"老五！"我父好歹将声音压住，又说，"你今天最后听我讲一句，明天你认不认我这个哥，就是你的事。"

五叔还待争辩，癞爷一只手已经搭在他肩头，并把他拖向一边。癞爷年纪和五叔差不多，但有这样一个辈分，五叔多少还是要吃他几分脸色。癞爷拽一下没拽动，再次发力。五叔便像一棵小树，禁不住大风，多摇晃几下就松了根基。

与此同时，三叔也将三凿拉到月桂树底下。虽然想离人远点，声音倒听得清晰。三叔无非老调重弹，冤有头，债有主，自己再有痛苦，甚至是有冤情，也不能找不相干人的麻烦。三凿抗声说："怎么不相干？不扯上他们，他们这时会赶过来？"三叔作为多年的村干，讲理也头头是道，把那些领导赶来，讲成是体察民情、嘘寒问暖。又反问："人家赶来你就讲是有责任，就找人麻烦；人家不赶来，你拿石头砸天？"

"他们就是有责任！"

"有什么责任，你跟我一条一条讲清楚。讲不清楚，你还闹，今天你从老子身上踩过去。"

"单妮是死在他们学校。"

"怎么死的？你先讲怎么死的？"

"反正是死在学校。"

"那你讲讲，到底怎么死的重要，还是死在哪里重要？公安破杀人案，是不是根本不要查是谁杀人，只管问死在哪里，死在哪个家里哪个就抵命？"

三凿平日只会低头干活，讲理讲不赢，只好承认："你是我爹，我讲不过你的。"

"那好，那就不要闹。"

"……只是，他们给得太少。一条命！"

这时我心口一咯噔，有同感。当范培宗主动表示加五千，那一刻，我便有怀疑，他们给少了。范培宗说这五千是领导的意思，也许是吧，但这钱总是要学校来掏。为什么要主动加这五千？我不惮于往坏处想，这叫做贼心虚。一个中学几千人，每年不是这个死，就是那个死，如禹怀山所说，学生的死就是个概率。他们对处理类似事件早有经验，我们根本没有。今天又摊上这样的事，他们心里面早已拟下了数目，这说明他们的确负有责任。但责任在哪里？我承认这也是很专业的事，超出我的经验范围。我只知道，六万五低于这帮领导心里的数目，说不定，是远远低于，所以，这五千块钱欲盖弥彰。

我已百度不少关键词，没有找出相应的处理措施，稍后又想到老同学钟程。

1503

他早几年也在高级中学干过，似乎快混到教主（教导主任）的位置，因为有一阵"教主"是他最新一款绰号。但节骨眼上，高级中学一把手突然换成禹怀山，一朝天子一朝臣，钟程只好滚去县职业中学。电话打去，他不接。他经常半夜看足球，白天来补觉，生物钟都紊乱。有时下午叫他出来喝酒，他惺忪地回，这么早啊？濒临倒闭的职业中学，不点卯不查岗，倒是由了他任性。

在我父和癞爷劝说下，五叔慢慢勾下脑袋，只管听，不吭声。那边也是一样。再怎么说，五叔不能不认大哥，三凿也不能从爹身上跨过——只要爹不死，他就跨不过去，死了也不能跨。他俩都变得安静——他俩都同时变得安静，别的人也不好再起哄。射人先射马，擒贼先擒王，这比喻并不恰当，但事情总是这样。两拨人像学生下课一样站在一起休息，都看向五叔，或者三凿。这样，大概过去半个钟头样子，我父走在前面，癞爷依然攀着五叔的肩，回到人群中心的位置。三凿的情况也是一样。

禹怀山就主动握手，握了我父、癞爷还有三叔。五叔不肯握。

三凿说："我也没这个习惯。"

"那没关系。"禹怀山冲着三叔说，"我和伍乡长已经商量，鉴于你家的特殊情况，我就跟你来个痛快的。十万！"他还配以手势，左右食指在空中交叉。

伍乡长说："老傅，禹校长什么样的人，我清楚。他做事一向都硬扎，讲话从不松口。"

"这个这个，我也来句痛快的……"三叔扭头，又冲三凿说，"十万。"三凿啪啪地嗒一只烟屁股。

"十万。"三叔伸出两根食指，冲五叔交叉成十字架。

五叔回："好多！"

禹怀山叫范培宗和小满赶紧将协议重打一遍，两人忙不迭地走。这一次丝毫不耽搁，转眼就回。三凿和三叔各捏住 A4 纸一角，一块儿看。

"可以签了不？"

三凿看了半天，抬头又看看五叔。五叔说："这有什么好催的？"

这时，从急诊科走出彪人马，为首的是男医生，一看至少是个科长。后面跟了护士，以及保安，保安有七八个。医生说："已经一点过，我们一号病室你们已经占了几个小时，是不是应该把人先抬出来？"

禹怀山冲三叔说："事情我们两边商量，不要影响医院正常工作。"

三叔一点头，连鬓胡的老者和斜肩妇女便又现面。他们五个人，一直都在，但只要没他们的事，便隐藏在所有人都视而不见的角落。这仿佛是他们必须谨守的职业道德。老者说："还是我们来弄，你们尽管商量。"

三叔对五叔说："说好了，现在不作兴自己动手，要有专业人士弄。他们有车，提供寿木。"

"才十六岁。"五叔说，"哪算是寿木？要叫棺材。"

"你讲了算。"

三叔一挥手，老者就带着四个妇女往里走。一辆依维柯开到台阶口。这车经过专门改造，前面留有两排座椅，后面全部掏空，后门打开，已摆有一具棺材，看上去比通常的要小一号。我知道，被包裹的单妮也会比以往小一号。我记得她细腿长身的样子。今年过年时候三凿问她要买什么，她想了想，说要高跟鞋。三凿不肯买，但他理由不是通常家长会说的"你正长身体，不合适穿"之类。他说："不行，你一穿高跟鞋，就比我还高！"单妮笑一笑，也就放弃。

入殓之前，妇女们又放开了哭，那种满是乡野气息的哭。哭得不久，三叔冲她们说："还没封棺，回去有的哭。先忍一忍。"

一停都停了。

纸和笔再次递到三凿手里。此时，三凿神情有些不一样。他一贯不知所措的模样，这时突然敛起，面部有坚毅的神情。

三叔说："现在总可以签了？"

"我没签过字。"

"你会写字。"

"是不是要用这只手签？"三凿举起右手。

"你又不是左撇。"

"好的。"

三凿就将右手一直这么举着，走向那边花坛，随手就摸起半块砖。城南这些年日新月异地搞建设，哪里都不缺这半块砖。然后三凿蹲下去，将右手铺在地上，左手举起断砖一次一次往下夯。他口中念念有词："看你妈逼敢签字，看你妈逼敢签字！"他砸自己的手，左手砸右手，右手很配合。

秋娥跑过去阻止时，三凿已经砸了自己五六下。

三凿站起来，再次将右手举高，像举起一面红旗。

八

小彤是开着车来，一辆宝蓝色雪佛兰，后面还跟着一辆丰田霸道。前面是小彤走出来，后面那车下来一个壮实男人，嚼槟榔，抽一支和天下，边嚼边喷。小车下来个娇小女人，SUV 来个壮硕男人，配搭十分妥帖。

我已有好久没见到小彤——三年，或是四年。她是我最小的堂妹，但是这么多年，几乎是几年能见一面，几乎没跟她说过话。在她小时候，我能每年见到。那时我们爷爷奶奶都在，过年要聚一起吃团圆饭，三叔五叔都来，带着各自子女。我父照例要发压岁钱，叫这一帮侄儿侄女排好了队，排队时就不忘应景地教训起来：大的让小的，小的先来。李李是最小的一个，欢天喜地跑过来拿钱。

"我是谁？"

"你是大伯。"

"声音小了，听不见！"我父手搭在耳郭后面。

李李就扯起嗓门喊："大伯！"

"好的，李李听话。接压岁钱时，你要跟大伯讲什么？"

"恭喜发财！"

"你大伯能发什么财，呵呵。拿去，少买鞭炮。"

家族内的小孩发钱，外姓的就发糖果。一过年，乡下小孩都盼着城里亲戚回乡探亲，他们都不会空着手来，他们都是衣锦还乡。我父从不会将钱或者糖果一把塞过去，会将每个小孩都盘问半天，细细打量他们渴望又无奈的脸色。说实话，我在一旁看得难受，我知道乡下小孩想拿到糖果或者一点压岁钱，要付出怎样的心理成本。但没法和我父理论，这可能来自他本人童年期的经历。从小到大，父亲经常跟我讲起他童年期受过的窘迫，试图让我珍惜眼前的美好生活，但我往往珍惜了数秒钟，生活依旧了无生趣地续杯。

轮到小彤拿钱，她通常见不着人。五叔难为情地说："这妹仔怕生，有钱也不好意思拿。"我父说："叫她来。她人都不来，我怎么给？""我去叫。"很快，屋外响起了五叔的叫唤，从洪亮变了凄厉，还带了愤怒，小彤仍是不露面。最终，我父也没法，将小彤那份递到五叔手里，要他转。其实压岁钱一无例外都是家长代管，小彤大概早已看透。

小彤初中毕业，想出门打工，我父叫五叔死活将小彤劝住。我父说："才十五岁，怎么进入得了社会？这是造孽！"五叔说："不怪她，我自己读书都读不上去。"我父说："我帮她找个学校，先拖她几年，拖大了再说。"他又走江道新的关系，让小彤就读市里的商专，学会计。小彤有了会计证，大施手脚，几年之后便在几个公司里面挂职，同时挣好几份工资。二十多岁，小彤就成为菟头村最有出息的年轻人，乡亲夸她，都说："一个妹仔，比她大伯更有能耐。"而我父慢慢看出来，小彤对他并无半分感激。"是条白眼狼。"我父说，"要是没有我帮她，她在外面打几年工，长得又有模样，说不定早被人拖下水了。现在既不来看我，撞面也喊都不喊一声。"我父深深地失望，他印象中，乡下人更善于挤出一脸感恩戴德的表情。我不这么看，乡下人也不能一概而论。小彤显然是条狠人，从小就是。这样的性情，不容易感恩戴德，只会痛恨命运不公。

和眼下的成功女性一样，此时小彤浑然一体民族风，身上有大红大绿的颜色，手上有好几串材质不明的手串，脚上蹬一双尖头的绣鞋。那男人脖子上的土豪金照例肥硕，随时贴在小彤身侧，粗手大脚，却又透着体贴和周到。小彤几时谈了男友，我也从没听闻。我们两家几乎是断了消息。

小彤先是走到五叔面前。五叔言简意赅："单妮死了，他们学校就赔六万五，现在加到十万。"

"加到十万。"

"他们认为十万很多，简直是仁至义尽。"

"仁至义尽。"

"这种事情，你也知道，我们乡里人只要不敢吭声……"

"他们哪个讲了算？"

五叔指一指禹怀山。

"叫什么？"

"禹怀山，高级中学的校长。"

"好大哟。"

小彤冲禹怀山走去，那男人紧紧跟随。刚才我听五叔叫他"三皮"，估计牌桌上混来的绰号。显然，刚才五叔用一招缓兵之计，所以三凿一只手光荣地负伤。但这争取到了时间，小彤得以从繁忙事务中抽身，并及时赶到。小彤完全可以当成男人用。

小彤走到禹怀山前面，禹怀山脑袋自动勾了下来。三皮挨近了后，禹怀山的脑袋又抬起来。李李也赶紧往那一堆人里走。这个既是他姐姐，又是现任老板，亲上加亲。三皮和李李左膀右臂一般站在小彤身后。

小彤就开了口："你自己是哪个学校毕业的？"

"你问这个干什么？"

"老娘要弄明白，哪个学校哪个老师教给你说，一个人死了只值十万。"

"按年龄，我足够当你爸爸。"禹怀山沉痛地说，"你要是来讲道理的，我们就往下谈。"

"你配吗？"小彤笑。

范培宗挤了上来："小姑娘，我还不知道你是谁，但我们都是你长辈……"

兵来将挡水来土掩，三皮赶紧去用肚皮顶范培宗。小彤一拽三皮的皮带，稍一用力，三皮就往后退，仿佛小彤天生神力。小彤说："没你什么事，你站远点。"三皮说："你是个女的。"小彤扬起声音说："未必哪个敢打我?"三皮闻言点了点头，脖颈后面的肉便一耸一耸。

这边正待热闹，又陆续有人赶到。小彤和禹怀山一撞面就不合拍，正好稍做歇息，看新人闪亮登场。一个骑着野狼摩托的男人，将车停在离人群不能再近的地方。车屁股绑有巨大的酒桶状的东西，其实只是个音箱。可想而知，车主平时也是一路制造噪音。那是小姑的女婿肖石辉，以前见面我俩也打招呼。他叫我森大，我叫他辉哥，英雄相惜的调调。我一直不知他干什么，这么多年，没听人讲他上过班打过工，或是做生意，手头却从不缺钱。人倒是仗义，有时候我遇到个事，他一听到消息主动把电话打来，问我："森大，要不要我帮你喊两车人"?

肖石辉一来，场面一时安静。他偏腿下了摩托，个不高，打扮也属平常，但就是引人注目。他眼很凸，却空洞无物，给人感觉随时会干一些意想不到的事。这回他不好造次，被岳母娘吩咐过来，情况并不清楚，要先找人问一问。他看到我，就朝我这边走，问我怎么回事。我怕自己讲不明白，事实也是这样，我一直在看，在想事，就是要搞个明白。我叫他去找别人。于是他去找别人。

经过这次打断，禹怀山有机会坐到花坛子上抽烟。他脸色苍白，范培宗要递烟，要帮他点，也严词拒绝。他手下人多，一旦交锋，却又变成他一人。像京剧里面的阵仗，两个将军各自带着一彪人马，鼓乐响起，将军搞单挑，属下全在一旁吃喝闲看。

大门处又走入一个矮胖女人。我一眼认出来，是三凿的四姨、单妮的姨婆杨环秀。杨环秀是个能耐人物，四乡八村的人都知道她名头。她家住在水汊口，和菟头山上山下相望。数年前，县城一家化工厂迁至水汊口，排污把鱼虾弄死，连河底卵石都逐个变褐、变黑。是杨环秀起头，联络了水汊口仅有的四五户人家，到县城不断上访，最后是请人在晚报发了文章，将这事情彻底造大，导致化工厂搬迁，去污染更偏僻且没有杨环秀这号恶人的地方。那以后，村里人把杨环秀当成杨青天。

杨环秀一来，是有名人效应，人们隔了老远叫她杨总。她没法像平时一样和蔼可亲，一一回应，只是伸手招了几招，气场便远远盖了前面肖石辉。挡在她前面的人自动闪开，辟出一条路，径直延伸向禹怀山。杨环秀离禹怀山还有两三丈，他就站起。杨环秀却不是冲着他，左右看看，随口就问："单妮在哪？"前面的人又重新让出一条通向依维柯的路。杨环秀脸上涌出许多悲伤。

这时候，又有一个妇女朝这一大堆人靠拢。我还以为又增加了个火力点，一看瘦高身影，只能是舍管员欧春芳。她仍旧一脸忧戚，看上去定是死者家属。

杨环秀的哭声像一顿沉闷的鼓，不是很响，却激起与之不相称的一片声浪，涟漪一般一圈一圈散开，钻进每个人的耳朵眼。虽是初次听她哭，入耳又觉熟悉，先前已听过传闻。她男人雷猛子，性情粗暴，既然娶到一个老婆，本想有事无事打着解闷。杨环秀矮肥，一看就是上好的移动靶。婚后没恩爱几天，雷猛子就拿她开练。杨环秀知道还手会挨更多的打，没用，便哭。哭声起初也不大，没想后劲十足，隔河的朱家和山背后的孤老石老六听得一样清晰。她可以哭上整夜。后面她跟人说："谁打我，我就给他哭丧，越哭越来劲，想停停不了。"雷猛子终于受不了，再听她哭，就往屋外跑。屋外是条河，他一头扎进去，潜进水底，耳朵才消停。雷猛子还跟人解嘲地说："这婆娘哭起来有用，第二天一早，河边总是能捡到一堆死鱼。"后面两口子感情很好，杨环秀要雷猛子抽三块钱的大鸡，他就绝不敢抽五块钱的盖白沙。

在这敲闷鼓般的哭声中，高级中学一干人等都坐不住，站直身子，围作一团，一齐朝着喷发声音的依维柯张望。小彤此时也退到一边，双手交叠在胸前，后背倚着三皮。她是狠人，更是明白人，既然杨环秀出马，就不劳本尊了。

杨环秀的哭声带动了别的妇女一齐哭，既有鼓动，又有胁迫。本来，这帮妇女个个都是哭的好手。当她们都被带动起来，齐声哭泣，杨环秀便将自己哭声打住，下车，由秋娥带领，走向她应该就位的地方。人群又紧了紧，围成圈。

九

三个老汉默默坐到走廊里。杨环秀来时，三叔就皱起眉头说："她来了又要当领导。"这么多年，三叔一直对杨环秀心存忌惮。三叔和三婶结婚数十年，纵然都是老实人，少不了会有龃龉。三叔一张嘴到哪都要聒噪，三婶却是一个闷人，所以一旦闹起矛盾，看上去就是三婶吃委屈。娘家人要给她撑腰，只好这个杨环秀来，指着三叔的鼻头就骂开。三叔一开始还要争辩，慢慢也就由着杨环秀数落。客观地说，三叔两口子这半辈子过去，都还风平浪静，杨环秀功不可没。

刚才在众人簇拥下，杨环秀朝着禹怀山走，别的老师又摆出掠阵的表情，禹怀山只好扔了烟屁股，硬起头皮。三叔就嘀咕："环秀是个人来疯啊，摆起这么个阵势，她都敢咬人。"他毕竟是富有责任心的村干，正嘀咕着，人便往那边走去，拦住杨环秀的去路。

"环秀，事情已经讲清楚……"

杨环秀收住脚："你往一边站。"

"环秀……"

"让开！"

三叔一怔，杨环秀身体看似在滚动，却像一缕风从他身边绕过，走到禹怀山面前。杨环秀和禹怀山对视起来，身高落差加长了目光的距离。杨环秀有几秒钟只是瞪眼，像是突然忘了如何开头。这时三叔拽她一把，正好让她有开口的机会，索性扭头过来冲三叔说："你有什么用？塔佬，你自己说你有什么卵用？"

"环秀，你跟我讲话怎么能带臊（脏字）？"

"又不是头一次，你自己都搞不清，只好由我当着别人打你脸。"

杨环秀要打三叔的脸，除非跳起来。我相信她跳得很高。

"我怎么不清楚？"三叔喃喃地说，他已习惯性被杨环秀压制。

"孙女都死了，你自己是哪边的人都搞不清。你滚一边去。"

"你怎么……"

三叔的话还没说开，癞爷就架起他一条胳膊，另几个乡亲又架起他另一条胳膊，拉着往后走。仿佛是在扯劝，其实有人心向背在里头。三叔哪能不明白，便也不发力，任人拖走。走离人群，便只有癞爷和我扶着三叔。癞爷此时说："你也是不看场面，人家在帮你家争，你自己却还拖后腿。"三叔说："不该拿的钱我绝不拿。"癞爷便说："不该拿的钱？你这一辈子就没拿过钱。"

杨环秀到底是见过世面的人，刚才把架势拉起来（所有人都如此配合着），仿佛一场遭遇战在所难免，其实只是虚晃一招；一转眼，她却和禹怀山摆起交心的样子。禹怀山勾起头，两人不紧不慢摆起道理来。围在旁边的人，慢慢也就散开。双方看似亲切交谈，谈的却是一条人命值多少钱，彼此自是不敢掉以轻心。看这情势，要拖不短的时间。这当头电话又响起，是碧珠打来。

"怎么了？"

"单妮的病历我拍到了，用彩信发给你。"

手机屏忽闪几下，一页病历纸呈现眼前。平时我认不出医生的字，此时全神贯注，我仿佛无师自通考释甲骨文。是这么写：头部七窍流血，左枕部肿胀；双眼熊猫眼征，左耳后乳突区皮肤有小片状青紫，为颅底骨折的征象；双眼圆瞪，瞳孔始见散大，未固定。胸廓严重变形，挤压后可听见骨擦音；腹部皮肤膨隆，挤压有振水音，考虑肝脾内脏破裂出血所致；骨盆挤压后有骨擦音，应为骨盆骨折；大腿见假关节形成，为骨折所致。综上应为身体左侧平行着地。心跳紊乱，颈部动脉、腹股沟动脉扪及微弱脉搏……

有些字结合前后文意蒙出来，所有的标号都是一个点，但意思很明显，我一个外行也一眼看出来。我把电话打过去，问碧珠："这么看，送到你们医院，医生一眼就得出结果。"

"必死无疑。"碧珠说，"到市医院竟然还有一口气，他们又多赚了一笔钱。"

"一万多。"

"他们有安保搞得好，敢收治，我们医院不敢。接这样的病人，一般都是惹祸上身。"

"也未必，医疗费是学校出。"

如果死在半路上，市医院就没有理由进行最后的抢救，他们最后要做的，仅仅是让家属看到他们已尽力而为。其实学校何尝不需要这样的场景？这厢已然悲恸，那边却做了一笔不错的生意，一个愿打一个愿挨。

来不及多想，那边的谈判似乎再次陷入僵局。杨环秀的声音陡然高拔，禹怀山也并不镇定，回以咆哮。我赶紧往那边走，人群已重新聚拢。我挤入人堆，见杨环秀已一手拽住禹怀山胸襟的衣服，禹怀山把身板一挺，杨环秀两只脚就得踮起来，但她手上有劲，拽得铁紧。

她说："灵堂就要设在你们操场。"

"操场要上体育课。"

"设在你们学校大门口。"

"你放开！"

"有种你推我一下试试。"

"你就是个泼妇。"

"你们有文化，弄死别人家孩子，还假装自己是受害者……"

也有一个老师试图救驾，想将杨环秀的手掰开。杨环秀冲他喊："你们人多是不是？你们仗着人多是不是？"

禹怀山冤屈地争辩道："到底哪边人多？"

一旁肖石辉冲那救驾老师喊叫："把手拿开，我俩单挑。"

那老师愕然，手却不松，掰得更使劲，几乎掰开，但杨环秀换一只手，又拽起禹怀山的衣襟。那老师继续掰，即使像猴子掰苞谷，也要掰。肖石辉就喊："你妈逼来劲了是吧？"他冲过去搁了那老师一手，老师扔不撒手，肖石辉拳头就挥起来，予以恫吓，似乎开始倒数三个数字。肖石辉手上没轻重，我堂妹两番住院，他事后总是争取一个态度好，跪地上把老婆接回家。我早盯着他，心想着自己也该发挥作用，纵无能力把事情解决，却有义务不让事情变得更糟。以前打球的底子还在，我挤过去，趁肖石辉还没数到三，情绪正持续高涨，出肘自后面勾住他脖子，掰歪，先卸掉他的力气，再将他拽出人群。

"怎么了哥？"他一脸壮志未酬。

"你现在打人，就是打钱。"我给他拨烟。

还有几个老乡围拢，从我这自行拨烟，纷纷表示赞同，并冲肖石辉说这时候不能打架，要打也等到对方赔够了钱。

"赔了钱更不能打。"我提醒他们，"打人就是犯法。"

他们也纷纷表示赞同。

杨环秀仍在和对方力争，不说钱，只说要求死者要在高级中学停灵三天，要全校同学参加追悼会。对方当然不同意，反复声明这会影响学校正常的学习安排。双方时不时飙出高音，杨环秀也想继续拉扯对方，但范培宗和另一男老师护在禹怀山身前，杨环秀很难触碰到对方。

"你看好了，"我跟肖石辉说，"说归说，动手是女人的拉扯，人家都有分寸。就你一把年纪，手上还没轻重。"

肖石辉笑，说这些都没鸟用。我问这话怎么说。他说不专业。我问你动手打人很专业？他就不吭声。他一般不服哪个管教，在我面前算得驯顺。他以前看我打篮球的时候才长鸡巴毛，没想后面变成我堂妹夫。这是他结婚那天，酒一喝多，趴我肩头上说的。

我拽他走到三老面前。三老一直坐在廊道的排椅上，看着那边，讲着人心不古的话题。肖石辉跟三叔说："三舅，这样搞不行。"

"要怎么搞？"

"环秀姨是有本事，但她一个人闹不出动静。搬尸体都有专人弄，这种事更要找专门的人来弄。在这市里，和医院闹事最厉害的是古塘冲和道井乡两拨人。他们什么都干得出来，敲锣打鼓放炮放铳，还有滚钉板喝农药，医院领导见他们就软脚。"癞爷说："我也听人讲过，他们是要分成。"

"一般是要四六，有熟人领路，三七开也能行。"肖石辉又说，"他们一闹没有大几十万下不来，分成给他们，到手的也比自己闹要多得多。"

我父说："都成什么社会？"

"小辉！"三叔说，"你是没读过书的人，不要乱出主意。没文化，就晓得滚钉板喝农药，这些人家不怕。"

"我把他们叫过来，你看医院怕不怕。"

"不要叫，千万不要把你那些黑社会还有无赖的朋友找来帮忙。我们丢不起这个脸。我们不涉黑。"

"三舅，电视里面都讲，我们没有黑社会。"

"不要讲了。"三叔说，"当年小娟嫁你我就不同意，果然。只要你不打得小娟住院，就是帮我傅家的忙。"

"……都是过去的事。"既然讲到这份上，肖石辉往下也无话可说。

那边时而激烈时而缓和，杨环秀精力十足，一个人对付好几个。小彤和三皮站在一旁只是掠阵，不敢冲突杨环秀主角的地位。禹怀山、范培宗等主要领导已经坐到桂花树下休息，抽烟，或者凑近了耳语几句。既然是扯皮，免不了会陷入拉锯和僵持当中，双方都要有充足的心理准备。

十

激烈的场面对彼此都是巨大的消耗，稍后便形成僵持，展开漫长的谈判。在这个过程中，谁更沉稳，谁仿佛就有更大的胜面。

杨环秀绝不是个冲动的泼妇，她更擅长与人促膝谈心，她有足够耐性。那边的情况我们都看在眼里：禹怀山和范培宗轮番上阵，杨环秀却是独自担当。有时候，我觉得禹怀山不耐烦了，口渴了或者是想抽支烟了，便故意把声调拔高，范培宗便心领神会，赶紧过来把禹怀山替下。反之，范培宗则不敢拔高嗓门示意换人。禹怀山抽几支烟，屁股在花坛上挪了几个地方，确也无事可做，这才走过去把范培宗替下。肖石辉或者小彤要上前去助阵，杨环秀一无例外挥挥手。事实上，这让杨环秀越来越显得气定神闲。这让我想起小时候听到爷爷的一种说法：老两口推磨，人越推越累，磨越推越转。这是口耳相传的古训，杨环秀肯定打小听过，所以，碰到这样的阵势，她非常知道，怎样将自己变成一盘磨。

小彤发现自己无事可干，坐三皮的车离开，雪佛兰仍留在院内。我估计她是去吃饭。肖石辉也发现自己变成一个闲人，无用武之地，就朝我们这边来。他问我："森大，这事情到底怎么搞？"

"你讲，你讲。"我只有拨烟。

"好像有点僵，看上去收不了场。"

"肯定收得了场。所有的看上去收不了场，都是为了收场。"

"……森大，你讲话总是有道理。"

我敢保证肖石辉搞不懂，因为我自己就没搞懂。

那辆大切诺基开进来，跳下三四个人，朝我们这边走来。我正对医院大门，看得清楚。天已有几层黑，每吸一口，火头蹿动便会在视野里一晃。肖石辉没注意到，但我凭穿着打扮，感觉那几人冲他而来。果然，这几人为首的，在傍晚时分戴墨镜的细高个，走来用鞋尖踢了踢肖石辉的屁股。肖石辉刚要爆粗，扭头一看，将脏话全吞回肚里，叫一声："麻老！"细高个在他们那堆人里头，肯定辈分极高。

麻老说："找你半天，去打牌。"

"有事。"

"有什么事？"

肖石辉不吭声，他定是在考虑麻老为何如此精准地找来此处。此前他又没打他电话。肖石辉脑袋不算好用，但天天在街面混，多少看得出事情，索性不吭声。人们以为沉默是一种难得的动人的品质，我觉得还谈不上，沉默很多时候其实是你确实不知道说什么。场面一时冷寂，麻老以及排列在他身后的三人，都齐刷刷盯着肖石辉。在傍晚的暗光里，他们几个人的眼神都很有神，搅成一股，抽在肖石辉脸上。肖石辉站起来，指着我说："麻老，这就是森大，以前打后卫整个俚城……"

"不闲扯。"麻老说，"我为你的事专门出来跑一趟，桌面上亏了多少牌钱我都不计算了。我带你去认识一个哥，你一定要认识的哥。"麻老拽住肖石辉一只手。麻老的手像女人，细长，指节上套了数个戒指，戒指都很大很厚且有棱角，是否打架的时候能当成拳心用？我搞不清楚，反正偌大一个肖石辉，被个头只他半拉的麻老牵走。禹怀山还在花坛上挪屁股。麻老将肖石辉带到禹怀山面前，禹怀山站起来，试图握手，麻老却阻止他俩的手握在一起。他要肖石辉打立正，恭敬地叫一声，禹老或是怀老，总归不能叫山哥。我们听不清楚，只听到昏黑中肖石辉叫了几声，一声比一声大。同时，几步之外，杨环秀声音忽然飙高起来，可能因某事扯不拢，吼骂范培宗，范培宗一味地赔笑。

肖石辉奔着脑袋又走回来，冲我说："森大，家里还有些事……"

"你忙你的。"

他后退几步，一转身快步走出医院大门。

我并不担心肖石辉的离去，但眼皮开始抽起来。我看了看杨环秀，她用不着抽烟喝茶喝咖啡嚼槟榔，精神永远都这么饱满，简直抖擞。毫无疑问，我们这个世界是为精力饱满之人准备的。通过肖石辉的离去，我看出来，高级中学养了那么多老师，解决问题未必里手，但一定将杨环秀的户籍档案个人经历查了个底朝天。事情如我所料。天色进一步地黑下来，趁着夜色，又有一对退休年龄的夫妻走入，和高级中学的人个个打招呼，接下便一左一右夹着杨环秀说话。他们显然都是熟人，杨环秀变了一副脸色。医院不知几楼的一个大灯洄出的灯光，照亮杨环秀半张脸，我们都看得出这份熟络。

眼下的问题，却是吃饭。我们在市医院的院子里待了整整一天，只在下午吃了些面食和粥。囿于哀伤的气氛，当时谁都是敷衍似的吃几口，此时都已饿得不行。黑暗中，宋奎元以及欧春芳再次出现，每人手中一个大塑料箱，里面装着堆堆叠叠的盒饭。现在商家的品牌意识都增强，盒饭也弄得跟生产线上造出来一样，还用不干胶贴了店名和联系电话。豆腐酸汤密封在印了"烧仙草"字样的塑料杯里，可以倒出来喝，也可以插上吸管像可口可乐一样哧溜。

"都这时候了，先吃饭。"宋奎元发一份饭，将这话重复一次。欧春芳专给女眷发饭，时不时说："只好请你们吃盒饭。"有的女眷还回："挺好挺好。"

花坛和两小块绿地上坐满人，乡下进城做苦力的人，吃起盒饭个个熟练。空气中飘逸着盒饭的味道，浓烈、张扬却也是十足廉价。饭已吃开，咂嘴声串联了起来，总觉得，还少些什么。我正在考虑这个问题，宋奎元又拎出一袋二两五的酒，稻花香，小批市里买来六七块一瓶。他是个周全的体育老师，走动着发酒，酒瓶在塑料袋内碰撞出很好听的声音。"要吗？要吗？"他拿出酒来在农民兄弟眼前晃动。没有说不要的，大多数人憋住自己，不好说一瓶真是不够。这帮干苦工的汉子，包括一些女人，晚上正是靠一点点酒精舒筋活络，换来些许的轻松畅快。

三凿不吃饭，秋娥也不吃。他俩坐在一丛修葺为球状的万年青一侧，神情皆是呆滞。宋奎元拢了过去。"……事情已经这样了，饭总是要吃。"他把盒饭递了过去，又说，"接下来事还很多，整个晚上都是休息不了，你必须吃点饭。你俩已经一整天不吃饭了。"欧春芳也把盒饭递到秋娥眼前。我作为亲戚，也过去劝几句，但心里是想，在这时刻，他两口子简直是不能吃饭。怎么能吃饭呢？吃饭似乎足以说明，人已从悲痛中缓过劲来。这当然不行。

他俩不吃是表明态度，劝他俩吃却是我们应尽的义务。很多事都这样矛盾重重地展开着。冰暴过来。"……我知道你想吃的，不要不好意思。天塌下来，饭都要吃。"冰暴还把盒饭打开，饭菜此时依然氤氲着热气，递到三凿面前，还晃儿晃。"猪脑壳肉咧。"冰暴继续说。猪头肉的香味，天生像是被下了卤，且被冰暴最大限度地晃出来。三凿悲哀地睃一眼，很快又捋回目光。"冰暴，算了吧。"这动作近乎恶作剧，我看在眼里愈加难过。一计不成又生一计，冰暴拿出酒，拧掉胶盖，递过去。三凿每天都喝酒。酒和饭不一样，再难过的时候，也可以往肚里灌。三凿接过去就喝，似乎想一口将一瓶造完，但他酒量不行，一下子被酒呛了。白酒呛入肺，异常疼痛，三凿抚着胸口喘粗气，好一会儿喘平，再将剩下的酒一口抹掉。然后他哭起来，声音低沉暗哑，还挟带着肺的疼痛和胃的痉挛。

"算了吧算了吧，让他哭一会儿。"

吃盒饭这一会儿工夫，那边情况也有了变化。除了那一对夫妇，杨环秀身畔还多一个女孩，二十上下的年纪，穿得清爽，背着一个双肩包。我不认识这女孩，去找癫爷打听，他也正好走来。黑暗中我俩碰在一起，退到一处墙角。

"是她女儿。"癫爷往那边一指，指向模糊。我知道他是说杨环秀，顺嘴说："都这么大了？"我对这女孩没有印象。

"……名字像是叫宝英。"癫爷又说，"在广东民办高中教了两年，今年想调回来。那两口子，男的以前是宝英的班主任，正在帮她进高级中学。以前杨环秀还没赚到钱，宝英是贫困生，经常住到班主任家里去。那两口子倒真的是好人。"

"明白。"

"没办法的事情。你是杨环秀你怎么办？"

我俩抽烟。我知道，事情只能这样，两边僵持到现在，拆招解招，其实已变成一帮泥腿子和全县最高学府比拼社会关系。高级中学一帮领导的策略很简单，擒贼擒王，对方所有活跃分子，他们皆找得到人搞一对一的防守，严防死守。虽然招式用老，动作难看，但就是管用。

杨环秀难得地沉默，坐在花坛，双手无措，偶尔用拇指食指卷动额头一绺头发。卷到最高处，再一圈圈放开。她女儿显然继承了她很多优良的品质，坐在她身侧滔滔不绝地讲，天生就该站在三尺讲台。稍后，杨环秀朝这边走来，她女儿一定要扶住她的左臂，这样她就显得有些蹒跚。

这对母女径直走到三凿两口子面前。

"三凿，这事情人家也是尽力想帮，学校也不是有钱的单位，你知道。我争了半天，他们答应给十二万。你看怎么样？"

三凿喃喃地说："一条人命。"

三叔也适时走过来，叫声环秀，又叫声宝英，然后说："你们辛苦了！"

"不辛苦，应该的，碰到这样的事。"杨环秀又说，"塔佬，十二万。刚才六万五的时候，你们差点也签字了。"

"我知道。你有事你就先去忙，这里照应的人很多。"

"讲什么话呢？我是单妮的姨婆。"

"你一直还没吃东西，先去吃东西，要有什么事，随时可以打手机。现在有手机，真是很方便。"

"是啊，真是很方便。"

杨环秀母女离开医院大门的时候，禹怀山、范培宗也坐上车走掉。这几个领导毕竟把几块难啃的骨头都啃了下来，现要找个地方补吃晚餐。或者，下属会知冷知暖地建议，是不是搞两盅？或者禹怀山说不了不了，那边叭地一撬，一瓶好酒打开……"想什么哩？"冰暴把一瓶"稻花香"横塞到我手里，咣地一撞，他一口下去空了半瓶。

十一

钟程将电话回过来，我看看时间，八点十二分。好家伙，这是他的晨起时分。虽然黑白颠倒，他倒是记得回我电话。

"早啊。"我问候他，并习惯性走出人群，去往僻静之处。

"今天稍微晚了点，几个电话，催命啊？有什么吩咐？"

"高级中学今天凌晨死了个学生，是跳楼。"我再走几步，又说，"是我侄女。"

"亲侄女？"

"这个没有干亲。"

"事情有点大。"他喃喃地说，显然没有完全醒转。他总是要望向窗外，花好一阵分辨晨昏。我提醒他要不要洗把脸，用冷水，再给自己贴两个耳光。他说，你说你说。接后是渐渐沥沥的声音，和冲厕所水流的涡旋之声。我说我等会儿再打，挂掉。他再打来，一口嗓音已然还阳，且显得低沉。"他们把照片都发出来了，现在学生也个个有手机。这样不好。"他感叹着。微信上的消息错讹太多，我有必要给他梳理整个过程。我尽量真实、客观，我需要他的意见。他是差点就做到教导主任的人，他的意见可以让我一窥当事另一方的态度。

"……范培宗也来了？"

我这时想起来，钟程没有当上"教主"，必是和这人有关。我说："禹怀山都来了，他当然要来。"

"禹怀山这头蠢猪。"他说，"要是用我当教导主任，他根本不用费这个神。"

"那是明摆的事！"

他还是踌躇了一会儿，可能饿得不支，胡乱用了些早餐。然后他告诉我，整个过程下来，校方行为都合理到位。唯一的漏洞在于，单妮跳楼之前，在楼道里待了近一个小时，且这一个小时的情况，监控画面里都看得到。然后，他说："你明白我的意思吗？"

这时，我忽然想起欧春芳无助的眼神。现在我恍然明了。一切不合常理的情况，都隐藏着你尚不明了的原因。

"你接着说，碰到这事，正常该如何处理。"

"……千万不能跟人说，是我告诉你的。虽然我不在高级中学，毕竟还在教育系统里面混。"钟程这时又清醒了几分。

"放心，我是看《红岩》长大的。我最痛恨的人是甫志高。"

"省城银南中学几月前发生过差不多的事情，是男生，大白天跳下来，银南赔了四十万。当然，两个学校的经济实力不一样，那是贵族学校，收费高，赔的也多。换到平时，县高级中学顶多就赔个十四五万，但现在……不管怎么说，还算时机不错，全省教研教改经验交流会正在市里头开，禹怀山这几天一定是加倍地小心。所以，现在找他闹赔偿，价码肯定比平时高。"

"能到多少？你少跟我兜圈。"

"你家这个事情，我估计赔偿有银南中学的一半，也就差不多了。"

"禹怀山和你想的一样？"

"只要他不老年痴呆。我们干这个工作，心里当然要有数。"

我心里暗骂，一开始只给六万五，还不到三分之一。在我打电话的这一会儿工夫，小彤已经返回。她换一身运动衣，仿八十年代的梅花牌，胸前缝着"中国"两颗白色的圆体字。三皮也用一身肉瓢将同款男式运动衣撑得格外饱满。因他俩的到来，已沉默许久的五叔，忽然从哪个角落钻出，跟女儿讲刚才的情况——无非是杨环秀、肖石辉都被摆平了，然后高级中学的领导们走掉了。

听着父亲汇报情况，小彤问三皮要一支烟，三皮递上来并负责点上。小彤一边喷着烟雾，一边仰头看向天空。深秋的天空，总是无限高邈，此时，天上已有星辰。她喷出的烟雾轻盈、流畅且丝滑，吧唧两口就往地上扔。然后她就走过来，穿越众人，径直走向三凿。

这一阵我们其实都关注着三凿。他一直坐在花坛发呆，双目焦点渺渺不知看向何处，忽然鼻头一抽，脸皮挤皱成一团，分明就是在哭。他强行抑制自己，咬起牙关，脸皮才又徐徐铺开，回复发呆的模样，如此反复不已。

小彤走过去，似乎要叫一声哥，却又忍住。她坐在他身侧，等了一会儿，终究拍了拍三凿的肩。

"十二万，你答应吗?"

"什么?"

"我是问你，十二万，你女儿一条命。你咽不咽得下这口气?"

"……你讲，你讲怎么办?"

"不能再等了。他们都搞不过那帮领导，现在只有我和你。我们现在必须就闹起来，要是闹不起来，别人也不会把我们当成人看。你要是不敢闹，马上讨了十二万，回家布置灵堂。"

"我听你的!"

"那好，我还有言在先。"

"你讲!"

"先前本来就可以闹，大家你一嘴，我一嘴，各有各的想法，反而闹不起来。从现在起，你谁也不要听，就听我安排。"小彤虎地站起来，又说，"你要下个决心，要闹也就今晚上的事，趁你家单妮……你要搞明白，现在别人反倒不急，我们急。"

三凿咬咬牙，表态："彤妹子，一切你讲了算。"

"不反悔？"

"是狗！"三凿又说，"到底要怎么搞？"

"你先起来跟我走！"

三凿要起来，蹲了半天又一直没吃东西，腿脚竟发软。小彤扶他，他强自将身板撑起，走路有点瘸。人们呼啦啦跟在后头，看到底什么情况发生，能帮则帮，能劝则劝。小彤领着三凿往依维柯走去。棺材一直放置在车腹，秋娥怕女儿寂寞，独自守在里面。她看见那么多人汹涌而来，一时发蒙，两眼又迸出滚圆的泪。三凿爬进车内，坐到秋娥身边，扶住她肩，耳语一番。

小彤站到车尾，一手扶住棺椁翘起的一头，一边大声说："赶快把司机叫来。"

只数秒时间，那络腮胡的老者随叫随到。我不禁感叹，如此兢兢业业，只为吃一碗死人饭，倒真是难为他。

小彤问他："车是你开？"

"随时可以开。"老者说，"五分钟，司机一定到位。"

"那你现在就打电话叫司机来！"

"往哪里开？"

"你管那么多？车子发动起来，我要你往哪里开，就往哪里开。"

老者只是赔笑，又说："妹子，这是拉死人的车，不是想去哪就去哪。你要事先不讲清白，我们是不敢开。"

"你什么意思？生意要不要做了？"

"总要知道去哪里嘛！"老者将一口无奈的笑隐藏在髭须深处。

小彤迟疑一会儿，还是说："去佴城高级中学。"

"……那里去不了。"

"给你们加钱。"

"不是钱的问题。"

"给你们加一千，什么话都不要说。"小彤一只手朝着三皮一摊，三皮心领神会，掏出皮夹子数钞票。他把钱一张一张从皮夹里抽出来，毛爷爷一次一次在夜色中微笑。老者接过钱，利索掏出一只老头机，摁一下，按键音便将夜空划破一道缝隙。秃顶的司机仿佛不是被叫来，而是这边一按键他就接收到空气中发颤的信号。

车发动时，车前站了一排人，我父、三叔、癫爷，还有高级中学留守的几位老师，宋奎元当仁不让站到最显眼的位置，车灯照得他浑身透亮。欧春芳则远远站在后头。此刻我已明了，这事情不处理妥当，她今晚是睡不着的。

"三凿你下来。"我父冲车里说。

三凿坐在车头不动，而小彤，和三凿一同挤在驾驶副座，将门敞开，整个身体探出来。她手一挥，说："你们都不要管。你们管了一天，有什么结果？"我父说："先把车熄火，高级中学不能去。"

"怎么就不能去？"

"到地方九点多，学生刚下晚课……你设身处地想一想，你家小孩要在那里读书，会不会被吓着？全县的高中生都在那读书，这么搞，就是和全县人民过不去。你们年轻人，办事情一定想清楚。"

"本来也不想这么搞，但你们都看的，高级中学那帮人把我们当人吗？"小彤脚踩在车内，身体完全探出车外。乍然间，我想起《青春之歌》里的林道静。她在学生游行时发表演讲，也是登上一辆车，也是这样的情景，且被拍成经典的电影剧照。而小彤不可能知道林道静是谁。

她接着说："那帮狗杂种，以为摆平了几个人，死一个人也就这么了了。说不定，那些狗官正在哪个地方敲背捶腿。单妮真就白死了么？"

宋奎元说："我们都在这里，这件事高级中学肯定要负责到底。"

"我不是说你。"小彤说，"我是说放屁放得响的那些杂种。"

"领导马上就会来。"

"不，我们不能等了。你们领导，总以为每个人都能摆平。今天要让他们知道，总有些人，除非是死，没人能摆平。"

小彤说话这会儿，三凿下了车。三凿从小彤身后艰难地挤下车，悄无声息站到车前，"叭噗"一声跪倒在地。

"三凿你给我起来，不能跪。"五叔失声地叫，过去拽三凿。三凿个子小，跪下去像个秤砣。三叔个子大，没将这儿子扶起来，索性伸出两手去将三凿端起来，就像若干年前，三凿还是小把戏，他要给他抽屎抽尿。三叔将三凿整个身体稍微端离地面，自己的老腰便吃受不住。"三叔！""塔叔！"我和冰暴各自叫法，然后一左一右，将他扶到一边。三凿仍稳稳地跪在地上。

"怎么能跪下去？"

"听他讲，他是有话要讲。"

此时，三凿脸上反而有潜沉的神色，等场面安静，这才开口。"没有别的办法，都是他们逼的。这件事最终是我和禹怀山才能讲定的事，跟你们都没有关系。我女儿死了，我两个女儿，今天全都死光了。我遇到这样的事，活成这个样子，已经不好讲自己还是个人，哪有资格给别人当爹？我对不起单妮，对不起双洁，你们投胎给我当女子，你们倒了八辈子霉。现在，我只求你们让开一条道，让车子出门。我要把单妮带到哪里，是我一个人的事，所有后果我来承担。"

五叔说："三凿，站起来讲话。"

"我这种人，哪有站起来讲话的资格？"三凿苦笑，接着说，"我现在从这地上滚过去，哪个要拦我，哪个就把脚踩到我身上。"

他说完便在地上躺平，将手伸直。他右手还缠有纱布，沁出些许血迹。他个不高，双手伸直以后，差不多等同于依维柯的宽度。他身体滚动起来。他很瘦，整个身体扁长如梭，滚动起来很灵活。所有人都向两边退，留出道任他滚下去。他又继续往前滚了十来个圈，依维柯跟在后面，将三凿照得透亮。

三凿滚到医院门口站起，扭头看向我们。小彤打开车门，拽他上去。司机一脚油门，依维柯便出了大门。

在我身侧，宋奎元如梦方醒掏出电话。他调取的呼叫铃音是《两个娃娃打电话》，直到手机唱出"喂喂喂，你在哪里呀？喂喂喂，我在幼儿园……"，对方才将电话接通。

我们挤进癞爷的车。我们——我父、我三叔，还有我，来时的那几个人，现在依然挤一辆车。前面有几辆车子紧跟着依维柯，消失在夜色中。

"……快点开，要出大事。"三叔仍是改不了忧心忡忡。

"人都死了，还能出更大的事？"癞爷说，"我们都老了，不要替年轻人着急，该死的死，该活的活，其实我们什么都管不着。"

"是的呵，我们都老了。"我父也深深叹一口气。

"他们会在半道上拦截。这事情总要闹出动静，才会了结。"这话是我说的，不走脑子，脱口而出。

癞爷说："那我们就等一等，再去看看结果。我们三个老东西。"

三叔忽然冲我说："浩淼，你年轻，你要好好活。"

我又不好说，暂时还没有不想活的念头，所以我嗯一声。这时癞爷揪开车载收音机，一个年轻的歌手在歇斯底里地歌颂爱情。他真是蛮有心情，死了都要爱。癞爷调动旋扭，很快换成一个苍老的声音唱起地方戏。

十二

如我所料，双方的遭遇战发生在侔城下高速不远，一个叫瓮寨的地方，距县城还有十里地。从市医院上高速口要二十分钟，行走四十七公里，约莫半小时再下高速，那边就有车将载着单妮的依维柯拦住。又过数分钟，禹怀山、范培宗、伍乡长甚至包括先前昙花一现的江道新，悉数赶来。

我们这车下高速时，有个人在等，是莫生民。他上车，坐在我身畔。

"……刚才搞了几仗了。"

"搞了几仗？是打起来了？"

"那倒没有。"莫生民讲话总是一句一句突兀地戳过来，语调又是不急不缓，反倒显得有点耸人听闻。他又说："这个小彤，到市里混几年，现在可以当成男人用。她敢和禹校长搞事，脸对脸地骂架，一点都不憷。禹校长被她骂得一脸血，还被她用手机拍录像。我操，我们苑头能出这样的女人，我为她感到骄傲无比。"

"不叫拍录像，哪时候了，还录像！是拍视频。"

"是拍视频，拍禹校长气急暴跳的样子，那样子像是要吃人，很吓人。但是小彤，现在我是她的粉丝，她一点都不怕。现在我发现，那些领导其实也是没有卵用，并不可怕，你要怕他你就只好缩头缩脑，你不怕他他也不敢咬你一口。"

"刚才到底怎么样了？"

"反正就是吵了几架，两边凑到一起就吵，吵累了歇口气，又走到一起吵。"

"怎么个吵法？"

"七嘴八舌，到底吵点什么我一时讲不清楚。"

"两个人怎么就七嘴八舌？"

"旁边肯定还有很多帮腔的。反正，我们这边一定要把车开到学校，那边一定不让我们走。他们讲要喊警察，小彤表示同意让他们喊警察，但是他们始终没有喊警察。是不是喊警察要钱？"

"不是这个问题，他们不缺这点钱。"我父皱了皱眉头，睃我一眼，示意我给莫生民解释。我发现这很有技术难度，我怎么跟他从源头讲明，此时此刻，禹怀山最不愿意将事情闹大？于是我给他打个比喻，好比两个小孩打架，个头大、手更毒的那个，就想把对方扯到僻静的角落痛扁一顿；而小个子毫无胜算，他只好尽量往显眼的地方走，让大人看见自己被打。

"你懂我的意思吗？"

"这还能不懂？我们小时候都这样。"

说话间我们已到瓮寨，前面灯光骤亮，一溜车停着，车灯都开着。一小块地方，被车灯的光交织得有了那么点璀璨。我们一路都估计着情况，现在双方交锋大概有五十分钟（我们在依维柯开走三十分钟后发车，在高速公路上一个四星服务区又拖延二十分钟），都会有点累。这一天下来，每人必然地累。这种累，是来自这种心情，以及这种氛围对每个人的压迫。三凿两口子都坐在依维柯的驾驶副座。当我们走过去，秋娥主动跟我们表白："到这个时候了，这些狗日的根本不把我们当人。我们不跟他们讲钱，一定要把棺材摆到他们学校里面，摆三天！"三凿接着说："他们要报警，我等着他们报警！"

小彤站在车旁抽烟，她很平静。三皮帮她掐了掐肩，像是拳击比赛的回合间，教练深情地呵护着爱徒。

我问小彤现在什么情况，我想只有她能给我最简单且准确的回答。

"三十万，一分钱不能少。丧葬医疗不包括在里面。"她说。

"那边什么反应？"

"我不关心这些，我只想让他们知道，事情越往后拖，越严重，价钱讲不定还要往上涨。他们最好是不要搞得我心焦。"她显得胜券在握。

她的神情使我更为准确地还原了刚才的现场：通过几番交锋，一米五几的小彤搞得一米八有多的禹怀山焦头烂额，狼狈不堪。其实这也没什么奇怪，这两人不是比打，而是比泼，恰好进入小彤的特长领域，就像浪里白条赚得黑旋风下水，那就等着看谁消遣谁。小彤成功营造出"单挑"的情境，那些下属只能在一旁掠阵。小彤嘴巴占了上风，还有闲心，掏出手机抓拍对方的表情。据说禹怀山身心俱疲，索性掏出手机和小彤对拍。一个亮出苹果5S，一个是拿国产老头机；一个仰拍，一个俯拍。肯定有一刹，两人都将手中的手机，想象成一把枪。据说小彤将视频一段一段地发往微信，搞现场直播，而禹怀山只是虚张声势地拍，他不玩微信。我没加小彤的微信，无法调取禹怀山的窘态。我想，杨环秀曾经一战而成杨青天，而在乡亲眼里，此时此刻，小彤俨然就是杨环秀的升级换代版。她干的事是在杨环秀悄然溜掉之后。

高级中学那边已将价码抬高，同意给十五万，尚有十五万差距。我朝那边走，同时看看表，十点一刻。此时天色浓黑，满天星斗，公路上很少有车经过，经过的话也会在这团光晕旁稍停，或是减速，看看发生了什么事情。他们当然看不出发生了什么事情。

范培宗引着我去见禹怀山。公路旁边正好有个杂货铺子，里面还摆了两张圆桌，可以消夜，店里面提供烧烤、卤菜、关东煮和低档的酒水。他们当然没有心情吃消夜，又不能白占人家的圆桌，就买一大堆饮料，花花绿绿地堆在桌面。我进去，宋奎元就递给我一瓶"东方树叶"。我只喝白水。

我说："都搞到这时候了，一整天，不要再往下拖了。"

"这又不是我能说了算。"禹怀山苦笑。

"你当然能说了算，你是校长。价钱肯定也要加一些，要不然完不了事。你要是答应，我就两边转，把这事情尽快谈下来。"

"我为什么要听你的？"他瞬间变了冷笑。他虽垂头丧气，内置的表情包调取自如。"这个价格也不是我说了算，我们没有责任，只是本着人道主义的原则处理这事，却被你们不断地讹诈。"

"为什么甘心忍受？你们完全可以拍屁股走人。"我抽烟压一压时间，稍后又说："至少，单妮跳楼前，你们的监控视频一直拍到她，差不多有一个小时。这一个小时内，你们的监视器前面没有人。"

禹怀山迟疑一会儿："谁跟你说的？"

"这是明摆着的，我暂时跟谁也不讲。"

"……你先坐下来，坐下来！"他挪了挪他身边的矮凳。

很快，他用一种便秘的神情跟我表态，最多十八万，不能再多。他会顶着天大的压力，凑够这个数。我也不多讲价，我知道这种事免不了要多走几个来回。前面蓄势已久，要收场也不会是转瞬之间。我忽然领悟情报工作的重要。我走出小屋，阴风阵阵。

不久后，我走到依维柯的门边，三凿两口子仍然一齐挤在驾驶副座，一个仰躺着，一个趴着。看不清表情，两人脸上只有一些凌乱的光。

"哥哥嫂嫂！"

他俩扭头看我。

"这件事，还是要有个了结，按习惯，明天天亮以前，是要入土。"

三凿说："事情到了这个地步……"

"不管到哪个地步，都可以收住。事情要闹起来，也必须收得了场，要是等到翻脸成仇，收不了场，对两边都没有好处。人先入土为安。"

"你说怎么收场？"

"……还是要谈一谈价钱。"

"这不是钱的事情，是我单妮一条人命。"秋娥冲我嚷，"这不是钱的事，我不要钱。"

"嫂嫂。"

"我不要钱！"

"我是浩淼，我是单妮的叔叔。"

"哪个驴日的再跟我谈钱！"

嫂嫂骂人从来都骂驴日的。她爱养狗。我只能暂时闭嘴，不远处，小彤和五叔听见秋娥嗓门扯高，一齐走过来。"……这件事要有个了结。"我冲五叔说。"是要有了结。"他同意。我示意他跟着我往偏僻处走几步，离三凿两口子远点。小彤也跟过来，她偶尔瞥我一眼，仿佛我也是敌人。我能理解她，刚才的交锋未免让人红了眼，看谁都想干一仗。我想提醒她，我是她哥，堂哥，我们共有一个爷爷。现在不是时候。我避开她的眼神，继续说："五叔，火要一点就燃，刚才小彤做得不错。但烧到火候，也要随时撤得下，什么事都不能搞得过火。天亮前，单妮是要入土的。"

"你讲怎么办？"

"不管愿不愿意，价钱一定要谈，不会是我们说了算，也不会是他们说了算。这当口，三凿两口子不好谈，我和你可以干这事。谈得下来，他们也不想把事情闹大。"

"道理我都懂。"

小彤看看我，又看她爹，说："一分钱不能少。是他们态度不好，拖到这个时候，不讲价。"

我不得不说："小彤，得饶人处且饶人。"

五叔也强调："他是你哥。"

她依然不看我："今晚谁都不要睡觉，要吵架我一个人够，要打架随时叫人。到市里头，到县里头，随时叫人。"她扭头，拿眼睛去找三皮。三皮瞟一眼就来到跟前。他说："我随时喊几车人过来。"我看看他，他的金链条仍在脖子上晃，被人油浸润着，不再光亮。我难以想象他俩的恋爱如何控制亲密的程度。但现在不适合开小差，我走近他，一手搂住他的肩，劲鼓鼓全是疙瘩肉。我年轻的时候最擅长在一帮肌肉僵尸间闪转腾挪，游弋自如。他的肌肉进一步绷紧。我凑着他耳朵说："你打电话。"

"什么？"

"你现在就打电话。"我说，"不要多，喊两车人就够。"

他摸了摸左边裤兜，我拍拍他右边。他的那块手机贴着我左腿外侧发硬。他掏出手机，他又看看小彤。小彤头往一边撇，由着三皮怎么搞。他翻开通讯录，从 A 字头往下翻，几乎都不是人名，而是绰号，"阿佬""兵哥""八喜""宝盖""别老拐"之类，他一屏一屏往下翻，很快翻到 z 字头。我说："现在可能都睡了。"他说："是啊，今天太晚。"

"……我不管了。"小彤大嚷，"都是些没卵用的，活该遭人家欺负。"

她说完扯起脚就走，越过路边几辆开着灯的小车，又越过几辆熄了火躺在幽暗中的卡车。于是我交代三皮："你跟过去。那边太黑，附近狗也多。""噢!"

当我再次走回依维柯的车头，秋娥看见我条件反射般地捂住双耳。她大叫一声："我不要钱!"

"嫂嫂!"

"我讲了，我不要钱!"

我无奈地看着三凿，示意他能不能让秋娥稍微平静。之后我退开几步，看着这对苦难夫妻在逼仄的车厢内耳语。三凿抱着秋娥，当她暴怒的时候，他就多用一些力气。我退到更远的地方，看着车厢内他俩相依为命的样子。范培宗还走过来，似乎看我们这边进展如何。我用手势示意他别过来。

我确定堂嫂足够平静了，才又走去。"堂嫂，你看着我。"她就呆滞地地看我。"我是浩森，我一定是帮单妮讨个公道，你信不信我？"她终于艰难地点了点头。

"好的，我们都知道你不要钱。但你要替他们考虑一下，他们只有拿钱来解决这个事。他们还能怎么办？"

"我不要钱！"

"现在，我们关着门，不讲没用的……谁都不想要这个钱，但是，怎么说呢？"我吞咽着，脸上相应是万难启齿的表情。"……讲是不要钱，但讲到最后，还是要拿钱。"

"那是一条命。"

"命已回不来，只要我们都是人，最后就只能谈钱。你说是吗？"

她吃惊地看着我。她抑制着自己，还待开口，三凿却已哭出声音。

等他哭停，事情的解决就变得异常地顺利。我和五叔、范培宗在两头穿梭四五趟，这边让点，那边加点，价格最终讲到二十一万。禹怀山嘴上坚认前面讲的十八万，伍乡长主动表态，还有三万由乡里面出。伍乡长说："老傅这好几年都是优秀村干，功不可没。他家出了事，我们不能不管。"当然，谁都知道这只是个策略，只是尽量做出仁至义尽的样子。

双方签字的时候，禹怀山斥责一众手下没用，并在我背后大声说，"学校能有一个傅浩森，我哪要操这么多心？"

十三

那棺材，看似比常规尺寸小，放进车腹又显大。两旁各可以坐两个人。三凿、秋娥坐一边，这边是三叔和我。三叔忽又想起来："上次送双洁回家，也是我们四个。"我记得清楚，但又佯作回忆，然后才说："好像是的。"

"八年了，一对撇爹的仔。"

秋娥抗声说："爹，你不要这么讲。"

"我就要这么讲。"他将自己呛出一片浊泪。

灵车驶出瓮寨，继续往前，我看看表，已近十一点半。我原本估计十一点左右可结束这桩事，一不小心又多用半小时。一些小杂事，会占用计划之外的时间，比如说数钱。数钱就在路边的杂货铺子。买他家那一堆饮料，顶多也就三四十块钱，却要借人家的地方处理死人的事情。店老板甚至不会想到要对此事提出异议。那一堆人民币堆在桌上，店老板的眼睛亮了起来，虽然跟他没有一毛钱关系。他的店里肯定从来不曾出现这么多钱。校方在刚才扯价的时候，已遣人取来这一堆钱，用蛇皮袋装着。有时候，他们的效率会忽然提高。

范培宗说："剩下六万，一星期内会派专人送到你家，不必担心。这一点，协议上也写得清清白白。"三凿用眼睛找我，我朝他点点头。范培宗又说："那请你们点个数。"

杂货铺内，我们这边五个人：三凿两口子、三叔、五叔、我。他们都把眼睛盯着我，要我干这活。我把钱分成三沓，叫三叔五叔齐上阵，人多力量大。数十五万块钱倒不是累活，但在众目睽睽下一个人数半小时钱，那会让那独自数钱的人觉得自己像在耍猴。每沓是五刀百元纸钞，我数了三刀，他俩各自才数一刀，然后各自掂出两刀码到我面前。我又数了两刀，然后说："不数了吧，都是对的，拿眼睛估也估得出来。刚从银行取出来，哪错得了。"

"不数了。"

"噢好！"

钱又用报纸包紧，放进两个重叠一块的灰色塑料袋内，都是店老板免费提供。袋口拴紧，递到三凿手里。三凿像捧骨灰盒一样把钱捧上车。

进入山路，没有百米是笔直，就一直这么弯来绕去，我对往事的回忆常因颠簸而短暂停顿，但总体还是流畅。十六年前，我二十出头，三凿大我三岁，刚结了婚。更早几年，他一直对杨环秀的大女儿，也就是姨妹子翠婷念念不忘。她傍着河流长大，身材好不说，委实太漂亮。这姨妹子有事无事也喜欢来他家串门，比如新收了老品种的香麦，可到邻居家磨粉，她一定要拿到苋头磨粉擀面。我吃过新麦擀成的面，带着擀面机的热烫马上下锅煮熟，人间至味。她喜欢听三凿唱歌，三凿也是越唱越敢唱。后来，三凿偷偷进城询问我父亲（他总是要见了面再问，即使打电话已经很方便）："大伯，我听说表亲不能结婚，堂亲也不能结婚，那么姨亲行不行？"我父回答："姨亲就是表亲。舅表和姨表，一回事。"

"这样啊。"他还是不死心，"为什么不行呢？"

"近亲结婚，生下来的孩子痴呆傻残，搞不好多颗脑袋少只脚，你说行不行？"

"……那不生小孩可不可以结？"

"为什么不要小孩？你是个农民，你不生小孩，以后老了怎么活？"我父微笑地看他。

后来三凿和秋娥相亲，三叔三婶都要他娶她，说秋娥是个好老婆。我去他家，三凿偷偷叫我去岩洞里喝酒，喝着喝着哭起来。在我印象里，苋头村和我一起玩大的一帮男人反而容易掉泪，没有沾染上城里人矫情的麻木。"秋娥还是丑了点。"他说，"和翠婷没得比。"稍后他又问我："你说我怎么办？"我说："你看着办。"稍后他又无奈地笑起来，跟我说："这餐酒都喂了狗。"

秋娥第一次生产的时候，我和父母都到乡下，这叫"围喜"，尤其要围头胎的喜，于主家于自己都兆好运。我们在屋外，秋娥在屋内，天断黑屋里亮灯，也点了红蜡烛，是结婚那天剩的。第一声啼哭本已让人惊喜，接生的麻婆忽然又高叫一声："还有一个。"我母亲不免感叹："秋娥肚皮这么大，我们先前怎么都没想到会是双胞胎？"

三凿和三叔各抱一个小孩给我们展示，她们脸皮皱着，眼睛没睁开，但她们分明是健旺的。三凿不停地说："赚了，赚了。"他很少有这种难以遏抑的惊喜。

这一刻，三凿一定会相信，命里的每一个转折，于他都是馈赠。

转眼，两个妹子都已离去。我看见她们生，看见她们死，虽然两次别离时隔八年，但都是在夜色中搭乘灵车赶回村庄。有一刻，我相信其实自己也算活了一把年纪，虽然平常日子中老是浑然不觉，总要由一些突发的状况，激发人对时间长度的体认。

进了村，照样有村民来接，打着电筒和矿灯。不同的是，相较八年前，我明显发现这次来的青壮年更少，老弱更多，这使夜色多了一重气息奄奄。三婶在人群的前列，她已经哭过。她很能哭，这一天下来，我们完成了前半截，后半截要以她为主。我害怕听她的哭，她哭长辈去世，和哭小孩夭折，完全是不同的声调和情态，人在几里外就能听得分明。

三叔先下车，问三婶："家顺没来？"

"在家里睡。"

"怎么能在家里睡？"

三婶只是回答等下再说。家顺也在城里的小学寄读，凌晨出了事，三凿两口子没带他去市医院，正好老乡青岗要回兜头，三凿就嘱青岗接了家顺回兜头等着。单妮死的消息传到兜头，家顺在空空的火塘前坐了半个钟头，忽然疯狂地以头撞墙，一下一下，又一下，墙皮簌簌地脱落几块。三婶拉扯不住，只好往门外大声呼救，来了两个邻居，一齐将家顺捆紧，不能动弹，再放到床上。家顺挣扎了数小时，体力不支终于沉沉睡去，现在还没醒。

"就剩他一个了。"三叔说。

"一定要看紧！"不知谁嘴里飙出这一句。

灵堂不再设在自家堂屋。这八年里，村里通了路，路的尽头有一块篮球场大小的空坪，不作他用，专门用来停灵。灵棚早已搭好，帆布是有一年救灾队带来的，灰绿色，足够大，看上去也远比蛇皮袋布端庄。这时很冷，烧起两堆篝火，凑近了又很热。响一阵鞭炮，人们便循声赶来，交送赙仪。没有哀乐，只有哭声。三婶哭起来，几个中老年妇女便坐到她身侧，摆好姿势（哭起来怎么才好发音，才好持续，每个人都有着不同经验），择机进入，不久这哭便有了多个声部，丝丝不乱。三婶的哭当是最突出，别的女人，知道不能将自己的声音压了主音。她们配合了许多年月，还将一直这么配合下去。这边围坐火边的男人，侧耳倾听，有的还说："这批女人都死完以后，年轻的妹子就不会哭了。"还有人进一步感叹："她们什么都不会了，但她们日子总归过得更好。"又有人提出了质疑："现在她们日子过得好，以前要是谁能过上这样的日子，怎么可能想不开？"

我不光是坐着，此时仍有任务。三叔将我叫到一边，说："浩森，你能办事，今天还有最后一个任务。"我心里想，已经是另一天了。我嘴上说："三叔，尽管说。"

"是这样，单妮天亮之前要入土为安，老规矩，不能破。"他嗫嚅着，又说，"坑也必须是三凿来挖，别人替不了。但他一整天没吃东西了，等下挖不动土。你要想办法让他吃点东西。"我说："好办。"

"他也一天没睡了，体力背不起，吃完要让他睡一会儿。现在是一点钟，他再迟四点半要起来，去挖坑。"

"看情况。"

我路上就已经想到这事，刚才在杂货铺里头花了 168 元买了一盒瓶子酒。我知道苋头男人们常喝的壶子酒，便宜，所以也是如何的难以下咽。我知道，此时此刻，能有什么东西比酒更易撬开一个酒鬼的嘴，以及肠胃。

"三凿哥，这时候了，要吃点东西。"

"不吃，哪吃得下去？"仿佛是种惯性。

于是我就将瓶子酒拿出来，费力地揭开盖，倒了半碗。我说："那你喝酒。"他说："不喝。"我递过去，他端在手里，嘴皮一启，轻轻一抹。有人送来一碟炒黄豆，我要他先吃点豆。他一把一把抓在手里，往嘴里揉。再喝了两个半碗，我说你多少吃点东西。他没吭声。先是端上来一碗米粉，上面浮了一瓢油汪汪的肉丝。他说现在很腻肉，没胃口。于是我去厨房舀了一碗豆腐。豆腐是新打的，当单妮死亡的消息传到这里，三婶一边哭，一边不忘磨豆腐。这是乡村守灵之夜必不可少的东西。

三凿端起碗，汩汩有声地喝下一碗豆腐。我问他够了不，他摇摇头，脸上又现出悲痛。我又去给他撮一碗。

篝火烧一阵以后，大小就正好合适，一帮男人将火围小了一圈，分享着烟卷和彼此的见闻。不知怎么就比起了狗。每家都养过土狗，有的现在还在养，他们便比起土狗的英勇事迹，这么多年，谁家的狗被自家狗打败过，人人都记得一清二楚。但狗打架是一笔糊涂账，傅庆斌家的狗打赢过莫生民家的麻条，麻条打赢过钟二拐家的三纵，但三纵站在傅庆斌家的堂门口，傅家的狗就绝不敢出门。说着说着，不再说狗打架，转而说起狗扯把（交媾）。一沾上荤腥，男人们的笑声便一点一点多起来。"亲戚或余悲，他人亦已歌。"我看着这夜的浓黑，在这星空下无限广袤的泥土之上，这些吃土啃泥的庄稼汉，只能如此这般将日子打发下去。

我扭头看三凿，他斜躺在靠椅上，已经沉沉地睡了。我这才松了口气，掏出手机，闹钟定到凌晨四点。时间一到，我还要负责喊醒三凿，叫他为自己女儿挖一个坑，尽量挖得深浅适宜，要找土层疏松处，让她钻回里面，就像她最初的时候钻出来。我忽然记起，等到那个时候，距单妮从楼上跳下来，正好一天。

| **创作评论** |

田耳是讲故事的人，田耳戴着面具。他的故事通常不指向他自己，似乎他并非一个书写的中心，并非"作者"，世上有无穷无尽的故事流传，杂乱飘零，而这个人，他抓住并且恰当地讲出他碰到的任一故事；似乎每一故事自有生命，将在无数次转述中生长，田耳不过是其中之一个转述者。田耳的小说是田耳写的，但似乎也是若干个也叫田耳的人写的。

——李敬泽：《灵验的讲述：世界重获魅力——田耳论》，《小说评论》2008
年第 5 期

田耳小说有鲜明的通俗色彩，这并不是坏事，我认为通俗反倒是当代作家该走的广阔道路。他的作品能够通俗而不下流，能从平凡的题材观照人生，提炼出一些严肃的人生哲理。纵观他的作品，描写知识分子、作家、艺术家不如市井小人物来得多，少了都市文学的小资文艺腔，小说里的生活气味格外浓厚，有时甚至能让人嗅到一点江湖气和草莽味，这种风格在 70 后这一代小说家里头并不多见。

——彭明伟：《当两个"鲁蛇"同在一起：田耳的欲望之翼》，《南方文坛》2014 年第 6 期

| 作品点评 |

《一天》真是杰作，那是拆了舞台，站到旷野上，听八方来声，细微处嘈嘈切切，绵延时如洪流般从天地间涌来。

《一天》把读者带到中国广袤内陆的某座小城，聚焦发生在二十四小时内的一场风波，起因是高中女生在宿舍跳楼，然后迅速以家属、学校为对峙双方集结阵营。随着各色人等加入双方阵营，这场纷争也持续推向高潮，可高潮又是毫无意义的，在责任认定纠纷的背后，在人情与法理的尽头，说白了，就是针对赔偿金的扯皮，可是任何公式都无法换算出一条生命的等价金额。这篇小说涉及一场极端事件，但田耳全然收敛去一般作家在处理类似题材时的夸饰。李长之先生在分析《红楼梦》时指出："在材料的采取上，……并不在你如何选择那奇异的，或者太理想化的资料，却在你如何把平常的实生活的活泼经验拿住。"同样，田耳关注的不是事件"奇异的"开端和结局，而是绽放出"平常的实生活的活泼经验"的整个过程，就像门罗说的那样："一篇小说不是一条要走下去的路……它更像是一座房子。你走进去，在里面停留一会儿，左右转转，在你喜欢的地方停下来，去发现那些房间和走廊如何互相联通，去体会窗外的世界从窗内观察有何改变……"左右转转，在喜欢的地方停下来，小说不是笔直到底的通衢，而应当"是一道流水，大约总是向东去朝宗于海，他流过的地方，凡有什么汊港湾曲，总

得灌注潆洄一番，有什么岩石水草，总要披拂抚弄一下子才再往前去，这都不是他的行程的主脑，但除去了这些也就别无行程了"——借这段周作人对废名行文的譬喻，我们也可以说，《一天》的意义不在"朝宗于海"，而是但凡流经的地方，总舍不得轻轻放过，必得"灌注潆洄""披拂抚弄"。小说中各色人等在介入这场纷争的过程中，带出鲜活多样的性情、气质、形状，带出每一个人沉浸于挣扎于其生命现场而积淀出的那部分世故、原则与智慧，带出每一个人在各自生存境况中具体琐屑甚至鸡零狗碎的信息。比如，病房里忽然闯入一位老者和四个着护工服的妇女，原来他们承包了丧葬一条龙服务，"这四个女人，身体总有一突出的部分，比如说，斜肩、罗圈腿，或者并非怀孕而凸起的将军肚……长相纵有差别，神情却意外地统一：虚白脸色，垂塌的眼皮，还有五官七窍处处皆在的呆滞"，带头的老者苦苦哀求家属："这毕竟是……毕竟不是人人都愿意干的事情。我们先前也不打招呼，闯进来，确实冒犯了你们。但是，就连这种别人厌弃的营生，我们还要想尽办法争取到手。你们看看这几个女的，全是猪不吃狗不要的剩货，她们只要能找到别的事情，哪肯来干这个？天天干这个，你以为男人不嫌弃，儿女出门不丢脸？只是为吃一口饭。"我们在"习焉不察的日常生活中"，可曾注意过这份职业、这类人？他们被时代所淹没，但恰恰又是"时代的广大的负荷者"啊。

《一天》表现的事件是哀苦的，但是除了少数几处情感的宣泄外（比如跳楼女孩的父亲以砖砸手），田耳的叙述节制而不动声色。仿佛电影中的长镜头，客观呈现存在于眼前的事物，尊重在特定时空中登场的各色人等，自由地让每一个展示其意愿、心态与选择——哪怕他们出于对立立场而彼此冲突；而在这长镜头的背后，我们看到政治、经济、生活方式、人际关系、伦理道德等一切如何对个体施加改变的力量。借上文所引门罗的譬喻，田耳"左右转转"，悉心打量"房间和走廊如何互相联通"、"窗内"和"窗外"的世界"有何改变"……这些改变的讯息也许是细微、缓慢的，所以经常为旁观者所忽略，小说中每位登场人物的篇幅也着实有限，然而田耳在举重若轻中以管窥天，让我们拼凑、抢救出几乎被淹没的、每个人的"一个人的史诗"。

　　田耳的中国故事，关注的是三十多年来中国社会发展和结构转型等宏观经验（所谓"中国经验"）底下的，国人的喜怒哀乐和内在精神的嬗变，他们的欲求、愿望和人格在大时代的潮起潮落间面临何种张扬和窘迫。田耳的小说告诉我们，文学的成败，不在现实主义和日常生活之间的距离，而在于如何牢牢把住"平常的实生活的活泼经验"。

　　　　　——金理：《小说之心：论田耳的中短篇》，《南方文坛》2018 年第 3 期

打开一扇窗子

陶丽群

一

　　班车拐过七棵芭蕉口时，我发现那七棵芭蕉巨大的叶子才开始渐渐发黄，硕大的芭蕉坠子隐匿在茂密的叶子间，车窗差一点儿擦碰到了。我八岁时，这儿就长这么几棵芭蕉，时光过去整整三十年，这几棵芭蕉不知是否是当初那几棵，还是第几棵新长出来的芭蕉苗，它们又长成巨大的芭蕉树。附近并没有人家，也不知它们属于谁。莫纳镇周边村子的房子开始影影绰绰显现出来了，这些极具山区特色的木头栏杆建筑起得很靠近路边，并喷上能防蛀虫的亮眼橙黄色油漆。天气晴好时，这些看起来干燥、明亮，掩映在芭蕉丛里的高大木屋非常赏心悦目。眼下是寒冬清晨，浓白的晨雾弥漫，雾气像淡淡的稻草烟火般呛人，把路边掩映在芭蕉丛里的房子遮掩住了，只露出一个模糊轮廓。天还很早，从县城出发到这里，差不多一个半小时了，再过四十分钟，便可到达莫纳镇。呛人的雾气裹挟山风，从关得并不结实的车窗犀利劈进来，小口小口咬着人裸露的部位。前排座位上，一个包藏蓝色头巾的中年妇人在抽卷烟，怀里抱一只用塑料布包裹得只露巾脖子的

作品信息

原载《民族文学》2017 年第 12 期。

母鸡。她是在北斗上车的，一个以种植烟草出名的村子，那里的土质据说掉个烟屁股都能发芽长成烟草。她抽的是自制的卷烟，烟味呛人，没法关严车窗。

"亮一下窗子，稍微亮一下窗子！"坐在我旁边一个上了年纪的老妇人，几乎耳语般对我说，她扯着一角头巾捂住半个脸，看来那烟草味道把她熏得够呛。捂住头巾的手蓝得发黑，一眼便可看出是蓝靛酱汁染的，她也许是个专事蓝靛土布制作、手艺精湛的老艺人。她是在县城上车的，一说话，我就知道她是莫纳镇人。只有这个镇子人才会说"亮窗子"，一般情况下他们不说"开窗子"。

我挪开稍大一条缝，风急速而入，呛人的烟味被吹散了，我忍不住打了个寒颤。我几乎一夜未眠，辗转到天将黎明就赶早班车来了，只带简单的行装，好像只是随便走一趟当天返回的亲戚。其实我知道，面临的事情肯定一时半会儿解决不了。早上起来，我甚至连一口开水都没喝，简单洗漱就出门了。本来昨天就该回来的，越快越好，但内心有一股强烈的拒绝之力拧着，最后我屈服了。

我是昨天中午接到姑姑（她是我妈的妹妹，本该叫姨的，因妈妈是招女婿上门，女方家的亲人都按男方的叫法）的电话，我妈摔坏了髋骨，彻底无法自理了。八个月前，她得了中风，我照料她三个多月，捡回一条难堪的生命。她再也无法利利索索地走路了，右半边身子发软无力，右手和脑袋神经质似的不停微微颤抖。出院后她重新学用左手做事情，端碗、拿勺子吃饭的模样，活像刚学习吃饭的孩童。不过，她倒没太让我操心，以惊人的毅力支使她健康的半边身子，居然学会给自己弄简单的饭菜，又学会换洗，基本能料理自己吃饱和换洗，姑姑也时常回来看望她，我就回县城了。这是我料理她中风回来后第一次返回莫纳镇，期间她没给我打过电话，当然，我也没打。

她摔坏髋骨的程度如何我不得而知，姑姑也说不清楚。我不知道这一夜妈妈如何度过，她七十三岁了，直到几个月前中风，身体一直没什么大毛病。

车子在浓雾中行驶很慢，我并不着急，思虑着接下来的日子该怎么度过。我和妈妈都不适应彼此靠得太近，一种陌生的尴尬情绪始终弥漫在我们之间，待久了，彼此都很累，至少我感觉是这样的。

越靠近莫纳镇雾气越淡了，路边的房子也清晰可见起来。莫纳镇乡村人起房子通常相隔一段距离，不会屋檐墙壁挨在一起。这和房子的建筑材料，以及地理环境相关，因为整栋屋子全是木头构造，该地又属山区，水源缺乏，邻居之间挨得太近，一旦失火，很快连片遭殃，连扑救的机会都没有。因此一户人家往往独占一座坡度缓慢的小山包，地势开阔，房前屋后有大片菜地。

我发现路边好几栋木楼旁边的菜地上，有几座长条形的新坟，隆起来的、不高的土堆上覆盖用荆棘条子扎成、尚未完全干枯的坟冠子。应该是新近亡故人的新坟墓。坟墓和家挨得很近，新亡人从家里到土地里，仿佛只是踱步进屋旁的菜园子。头葬五年，莫纳镇人认为地下的新亡灵还有生命气息，不能离家远葬。没有人会害怕开门即见的新坟头，觉得不吉祥，即便是年轻早亡的亡灵。这个地方的人，对生死坦然到有时让人感到受伤。

莫纳镇永远一派繁忙，这个坐落在中越边境上的镇子，与越南北部山区山水相连，双方边民熟悉彼此官言土话，能毫无障碍进行药材、布匹、白糖等商品日用品交易。镇子周边覆盖大片原始森林，里面小道纵横交错，都是边民为避免走正常关口的烦琐手续踩出来的。

八岁之前，我一直生活在这个镇子。爸爸是个上门女婿，从一个和莫纳镇地理、风俗南辕北辙的遥远镇子入赘而来。八岁后我就离开了，由爸爸的父母领回去养育，我喊他们外公外婆，回到那边后，我就改口叫爷爷奶奶了，我依然保留我妈妈的姓氏。这么多年来，我极少回莫纳镇，妈妈似乎也不介意，很长一段时间，我们甚至彼此杳无音信。我对这个镇子的一切都非常熟悉，半山腰上的水塔，有山鸡和野猪出没的原始森林，人们对生死的冷峻态度，穿花绿长衫戴尖顶斗笠的越南女人、越南咖啡和椰子奶糖的味道，早饭的木薯粉丝或葱花汤泡饭，构成我全部的童年，我未曾怀疑年幼时看到和感受到的一切……

二

我没想到情况会这么严重。妈妈好像已经动弹不了了，厚重的蓝靛棉被覆盖在身上，几乎感觉不到被子下的人形。她原来挺结实的，中风那段时间瘦了很多，如今更瘦了。我走近她的床边，她平静的目光一直盯着我，黑色棉线帽子裹住她灰白的头发，皱巴巴的脸呈现出令人忧虑的铅灰色。屋里的灯火很亮，那是我前两月帮她换的新灯，之前她一直点老式灯泡，二十五瓦，也许更低，光晕昏黄暗淡。屋里空气不太好，混合风油精和药膏的味儿，窗户关得严严实实的。

"我还是能动的。"她挪动嘴皮对我说，小小的脑袋不停微微颤抖，她似乎还想动被子下的身子，很快她便放弃了。

"不要动，你什么都不用做。"我说。我知道脸上的表情肯定没表现出应有的关切和热情。

"不会耽误得太久的。"她说，那缕让我厌恶的、在我看来是轻慢的神色又在她的脸上浮现。在她中风住院期间，每当我和医生在床边讨论病情时，她就这样一副神情。也许用轻慢来表达并不准确，似乎是脑子里想着"事情本该如此，没什么大惊小怪的"念头时，流露的不屑表情，还夹带一点儿瞧不起你少见多怪的意味。我站在床边，这儿原来有一张竹躺椅的，她中风从医院回来后，我还照顾她差不多一个月，就躺在她床边。她半夜喝水和起夜只稍轻轻叫我就行，其实她也能自己摸索起来，就是费劲了些。她的床很宽大，我把她的被子全部拆洗，换了新的棉被套，可以和她一起睡床上的，但我没上过她的床，在躺椅上睡一觉醒来，浑身被屈得酸痛。

她又换回蓝靛染的被套，颤颤巍巍的手也不知道费她多大工夫。

我在床边坐下来。

"医生来看过吗？"我问她。妈妈中风从县医院回来调养时，我去镇卫生院拜访过一个外地来的单姓医生。期间，妈妈有几次类似感冒的发热，但她行动不便，也不肯去卫生院，我请他来家里给妈妈量体温和开一些退烧药物。昨天接到姑姑的电话后，我立即给单医生打了电话，请求他过来看看。这个医生很热情，镇子上有病人行动不便，他会上门出诊。

妈妈静静瞧着我。

"街上，靠近——旧学校那头，新开一家卖早饭的，有红豆粥，红豆熬得很软烂，越南的红豆。"她说，一个字一个字从嘴皮里磨出来，她中风后说话不怎么利索，但思维很正常。

"好的，我去买来。"我说，以为她想吃。

"你吃。"她说。我点点头。其实没什么胃口，缺乏睡眠使我整个人很昏沉。

姑姑端半盆热水进来，要给妈妈擦脸。姑姑六十五岁了，有一副随时可为什么事情赴汤蹈火的精力，但已经没什么人需要她的精力了。我的爷爷奶奶（妈妈的父母）已过世，姑姑在她三十五岁和四十二岁时，莫名其妙失去了她已长成青年的女儿和儿子，她在夫家因此成为可有可无之人，一直寡居的姐家便成她归宿般的投靠，她常常回来，姐妹俩说说话，做做饭吃，但她很少在莫纳镇过夜。姑姑对我点点头，把脸盆放在床头的矮椅上，"刚煮好的红薯大米粥，你去吃一碗。"

那是妈妈习惯吃的早饭，连中风那段时间她也不肯换口味。

"她到街上去吃。"妈妈说。我不能吃红薯，哪怕一口，都会让我肚子胀气一整天。她想从被子里伸出手，肩膀动了一下，没能伸出来，她似乎连掀开厚重被子的力气也没有了。我挪过去，掀开被子，钻出来一股热烘烘的尿臊味儿。我和姑姑小心翼翼帮她翻身子，我不知道她疼不疼，她一声不吭，吃力地擎着两只胳膊任我们搬弄她的身体。她下身只穿一件灰色秋裤，被单上，她的下身处姑姑给铺上一张透明的薄塑料布，以防尿湿了床单。塑料布上并没有尿液，全都浸在秋裤里了。脱下秋裤时，我发现裤子上有些尿渍呈深色，像是尿血。我望了姑姑一眼，姑姑一声不吭，拿热毛巾仔细擦妈妈的下身。对于这具躯体，这几个月来我并不陌生，它并没我想象中老年人的躯体那样不堪，中风前她还结实，衣物常年包裹的地方，皮肤闪着健康的白皙，并不皱巴，只是松弛了，松巴巴的肚皮上有淡白色的妊娠纹。妈妈中风卧床期间，一直是我给擦洗的身体，拒绝让我请的护工碰触。

我们给她换上干净的秋裤，擦了脸。她无法再坐起来，姑姑在她肩膀处垫了一个枕头，喂她早饭，但她只喝几口米汤，不再吃了。姑姑把水盆端到厨房去，我跟着进去了。厨房里有些买回来的青菜，看来她打算住下了。我松了一口气，我还是不适应和妈妈单独待在一起。

"还是上医院吧，妈妈尿血。"我说。

"我也希望那样，"姑姑沉静地说，一边清洗脸盆，"小妖，她清醒的，我们得尊重她的决定。"

我在她身后默默站着，一时无语，还有压抑着的气恼。妈妈中风住院期间，好多次想提前出院，她似乎很惧怕那些用在她身上的医疗器械。姑姑不仅不劝解，像个老糊涂般帮妈妈求情好几次，我们几乎要吵起来了。厨房很明亮，从窗子望出去是莫纳镇的莫纳河，冬季水位退了，露出很高的河床。这是条跨国河，从越南境内流过来，这条河在那边肯定不是这个叫法。

"当年，那也是你爸的决定，不是我们放弃他，你一直记恨我们。"她又说。

我不想提这件事情，打算出去吃点儿东西。

出门时，冬日的太阳已经出来了，街上的雾也差不多散尽，露出发黄陈旧的街景。莫纳镇一片繁忙，满载国产卫生巾、牙膏、肥皂、白糖等的货车不断涌向关口，越南人特别喜欢中国这些东西，仿佛全国人都在用。莫纳镇的街道每年都要翻修几次，水泥路面受不了这些加重长货车的日夜碾压。

镇子的旧学校原来是莫纳镇中学。在七十年代末那场自卫反击战中受到战争的创伤，现在中学的墙壁上依旧存留着炮弹片划过的痕迹。学校早就停课了，如今成为爱国教育基地。关口就在学校大门口，当年阵亡的战士一车车从这个关口运回国内，当时这条路面终日赤红，街上的居民从躲避的地下防空洞出来，自发清扫路面上厚厚的血迹。阵亡的战士们被掩埋在离莫纳镇九十公里远的县城东面的两座山坡上。整座山坡全是埋人，战士们来自全国各地，最小的只有十五岁，第一次扛枪上战场。那两座山坡后来成为烈士陵园，并种上松树，长得很葱茏茂密。

我很快找到那家新开的早点店。女主人是个年轻的越南女人，窄而稍微突出的额头，高额骨，典型的越南人特征。越南女人极能吃苦，也温顺。这镇子周边的乡村，常常有这样的越南女人自愿到中国来找婆家。据说那边的男人因为战争锐减，女多男少，物以稀为贵，男人因此变得好吃懒做，家庭靠女人支撑，女人过得很辛苦，常常越过边境和周边的中国男人结为夫妻，过上男主外女主内的异国生活。这涉及跨国婚姻，情况复杂了，但这些边民好像并不在意这些，来了，生了孩子，镇政府一去干涉，女人们就把嗷嗷待哺的孩子往政府里放，自己回国去了。而婆家这边整天和镇政府去要人，镇政府很头疼。风声一过，女人又回来了，夫妻依然做着。在他们心里，那场还历历在目、双方都付出惨痛代价的战争只和国家有关，和他们平头百姓无关，他们的心里没有战争和仇恨。

我要了一碗红豆粥，是放了冰糖熬的，淡淡的甜，糖量把握得很好，豆也熬得很烂软，正宗的越南小颗粒赤红豆。

"很好吃！"我说。年轻的越南女人小心翼翼对我笑了笑。

"多来了！"她说，普通话软而流利。那个男店主是镇上的人，只是面熟，我并不认识。镇子上的很多人，我都不再熟悉了。

我正吃着，从镇子第二排房子传来一阵鞭炮和锣鼓声，夹杂哭声。是有丧事了。生命总是喜欢在冬天逝去，路途寒气森严，愿亡灵一路走好。

离早餐店面不远的岔路，出现一个身穿白色麻布孝服的女人，跪在岔路口焚烧纸钱和亡者生前穿的一双鞋子、一件衣物。我知道亡者准备落棺了，这是落棺前的仪式。我瞧着那女人眼熟，待她抬头，吃了一惊，是儿时的伙伴芳慧，几个月前我妈妈中风时，她去看望过的，回到莫纳镇养病，她也常常过来陪我说话。芳慧娘家是镇子上的人，她嫁在周边村里。她妈妈卧病在床很久了，由于那阵子我妈妈身边实在离不开人，我也没能前去探望，没想到这时候走了。小时候吃过芳慧妈妈做的三角油炸粽子，儿时的味道长久盘旋在味蕾的记忆中，如今老人走了，不免伤感。

我放下早饭付了钱，朝芳慧走去。她已经把纸钱和衣物烧得差不多了。

"慧!"我走到她身边，蹲下轻轻碰她的手臂。她抬头看了我一眼，眼睛微微红肿。

"我妈妈昨天走了。好几天没吃东西，我哥昨天才打开窗户半个时辰，她就走了。"她轻声对我说。

"我去给她烧炷香。"我轻声说，挽她的胳膊起来，朝她家里去。

人很多，他们认识我，有些人我不认识。守丧的远亲们坐在门口悬挂的白麻蚊帐外，近亲在门里的蚊帐内，里面才是停灵的地方。我身上的淡蓝色风衣显得有些鲜艳，我便脱掉外套放在外面的椅子上，掀开白麻布蚊帐进去了。

芳慧妈妈双脚朝外躺在铺垫了竹席子的白麻布上，众亲戚们席地而坐在她的躯体两边。她身上覆盖一层厚厚的白麻布，那是亲戚们带来献给她的白孝。她并不瘦，脸是圆满的，五官上各覆盖一枚方孔铜钱。

芳慧的大哥芳智朝我点点头，点了一炷香递给我，我插在亡者头边那碗大米里，和芳慧坐下了。我打算坐一会儿。

"我听说你妈摔了。"芳智说。他比我和芳慧大三岁。小时候上学，出门和我们一起走，半道就没影了，放学后又不知道从哪冒出来，和我们一起回家。上学于他好像是玩够之后的无聊之举，奇怪的是他考试从来都是及格的。我和他们兄妹俩一起上了两年学，之后我便离开莫纳镇了。

"嗯，她不肯再去医院。"我说。

"听她的。"他说。我知道他会这么说，这个和国际接轨的镇子，固守一些关于生死的传统观念。

放了一阵短促的鞭炮后，从后院抬进来一口还散发浓郁茶油气味的棺材，我们赶紧站起来。棺材抬到了亡灵前，芳慧的大哥和几个近亲的男丁捉住席子边角，把亡灵挪开，腾出地方搁进棺材。一个亲戚给芳慧抬进来一筐火灰，芳慧点了一炷香火后，往棺材里撒火灰。这个地方埋葬离地表很浅，火灰能在人体腐烂时，最大程度发挥杀菌作用，因此亡灵落棺之前，要在棺材里铺上一层厚厚的火灰。

"小妖，你该回了。"芳慧小声提醒我。这是习俗，只有血缘亲近的人才能看亡灵落棺。我又点了一炷香火，和芳慧兄妹俩告别了。

冬晨的雾已经散尽，阳光薄弱而明亮，街上变得更嘈杂起来，空气中弥漫着一股清淡的林木气息。关口周边森林的小道上，不断出现挑着黑咖啡和椰子奶糖，以及著名的越南拖鞋来莫纳镇做小本生意的越南女人。正在消逝的生命与这热气腾腾扑面而来的生活相比，如此微不足道，令人怀疑这世间是否有真正的悲伤。

三

姑姑似乎并不太在意妈妈的病情，她沉着地整理楼上一间杂物房，清理出一个安身之处。这栋水泥楼房是我离开莫纳镇之后起的，小时候的房子和镇子周边的农村房子一样，是木头建造的干栏式房子。我离开莫纳镇第四年的清明，回来给爸爸上坟时，妈妈和她的父母正新盖现在的房子，那时姑姑已经出嫁了。如今，镇子上已不复见木制的干栏房子，取而代之的是水泥楼房。

我重新把竹躺椅搬出来，安置在妈妈的床边。

我没把芳慧妈妈去世的事情告诉她，她们是同代人，犹如我和芳慧兄妹俩。

不料她却先开口了，磕磕绊绊地问："你芳智大妈——走了？"她肯定听到街上短促的鞭炮声了。

"是的，昨天走了，刚刚落棺，我过去给她烧香了。"我回答道。她从喉咙里发出一声类似费劲呼吸的声音。

"嗯，走得差不多了。"她说，很含糊，像嘴里含着口水。她在说她的同代人。我到屋外拿一个痰盂进来，也许她要吐痰。她默默望着离床并不远的窗子。这窗子之前是亮着的，她喜欢敞亮窗子。前几个月是夏季，夜晚睡觉她也不肯合拢，往往是半夜来一场雷雨，雨水打进窗子，她才同意我关上。一定是姑姑昨天刚关上的。莫纳镇所有卧室的窗子，在别的时候，和任何地方的窗子并无二致，只是起到通风透光的作用。

"她比我大十一个月，差一点儿就生在元宵节了，人家说了，元宵节出生的人奇巧。"她断断续续地说。芳慧的妈妈是本镇人，嫁在本镇。据说她曾经喜欢过一个跑边贸生意的越南男人，差一点儿和人家私奔到越南去了。妈妈絮絮叨叨地说，我不知道她疼不疼，她安静地躺在厚实的被子下，仿佛只是患了个小感冒。

"去年立夏，西山也走了，喝酒喝坏了，得了肝癌。"她继续说。西山也是她的同代人，讨了两个越南老婆，却没生下一男半女。西山去世后，两个越南女人在老房子里相依为命。西山有一个凶神恶煞般的酒鬼兄弟，扬言要把大哥的两个番婆子赶回越南老家去，夺回自己兄弟的宅子。他会喝得烂醉如泥，发酒疯，他的子女和老婆极为嫌恶他，由他醉后像个流浪汉般躺在街上，不予理睬。两个年老的越南嫂子却重情义，常常把醉倒街头的小叔抬回家好生安顿了。

"西山还能吃能喝，自己打开了窗子，没半天就咽气了。"她继续说。我却不想再听她数落那些死去的人了。

"你需要什么吗？吃点粥吧？你还没吃早饭呢。"我对她说，那碗红薯大米粥搁在床头边的箱子上，也许冷了。

她不易觉察地摇了一下脑袋。我在竹躺椅上坐下来，铺在上面的毛绒毯子有些潮味，那是我前几个月用的，没想到这么快又用上了。几乎一夜未眠，我感到浑身发沉，脑袋像发低烧一样晕而发涨，真希望能有沉实一觉来恢复精力。但有担心和气恼堵在心里，无论如何是无法睡去的。

"你不愿意去医院，我可以请医生过来看，能开药的。"我说。我无法忍受这种意义不明的等待，不知道她是怎么想的。以她的年纪和体质，她的髋骨不管摔坏到何种程度，想自然愈合是不可能的，拖下去只会使情况更糟糕。

"我真后悔，当初答应让你回你爸那边。"她说。这是她一贯的做法，当她不愿意接受你的建议时，她就不接你的话头了。

"你到底想怎么样？就这样等着，等死？"我终于忍不住爆发了。她中风时，当知道余生将半身不遂地度过，她总是趁我们不注意时拔掉打点滴的针头，吐出来的口水里含有她蓄意留在舌头下的药片——我装作若无其事地照料她。

"你就是一个自私的人！你以为这样能减轻你的愧疚？你根本就不会愧疚！你若有愧疚，就像这镇子的人说的，莫纳河水将倒流回越南！你就等着吧，等死！"我近乎咆哮起来，疲倦和委屈变成泪水决堤而出。

"你从来不对谁负责任，你的丈夫你的孩子，全都是你的身外之物，你的心像石头一样硬。"

我泪水横流歇斯底里般指责起来，完全忘记她是个中风过的人，极怕再度受刺激。

"小妖！"姑姑大概在楼上听见我的喊叫，脚步凌乱冲下来制止了我。她很生气，这个沉默寡言神情严肃的老妇人瞪着我，焦急走到床边坐下来。

妈妈闭着眼睛，脑袋在枕头上微微颤动。姑姑把手伸进被子下，摸索她的手。

"你去把这碗粥热一下。"姑姑扭头对我说，我无声抽泣着，她的膝盖几乎抵住我的膝盖，我知道她担心我再度刺激妈妈。我站起来端起粥碗走了，思绪像泡在水里一样滞涩。在厨房里，我给单医生打电话，请求他过来一趟。他在电话里说昨天来过了，妈妈拒绝他做任何检查。

我不知所措地站在厨房窗前。挨着窗户的碗柜里有两扎绿皮鸭蛋，原封未动，鸭蛋旁的一瓶钙片，瓶盖封口也没撕开。那是我前几个月回城里前买的。窗台上有一棵巴掌大的仙人掌，种在一个豁口大瓷碗里，土有些干了，仙人掌顽强地生长着，一定是刚种下的。前几个月这儿并没有这样一盆仙人掌。在莫纳镇，仙人掌隐喻着出生和死亡。家里有初生婴儿或新亡人，要在正屋门楣上悬挂一面镜子和一截仙人掌，新生婴儿则多加一块红绸布，直至出月。

我真不知道妈妈在想些什么。

窗外的莫纳河在晨光下闪闪发光，河面上有一个老者划着竹筏放鸭子，灰不溜秋的鸭子覆盖在一小片河面上，像一床移动的被子。我感到沮丧，对刚才朝妈妈大声斥责无丝毫愧意。我想起八岁时，爸爸过世后不久，爷爷奶奶（爸爸的父母）和我的叔叔们来到莫纳镇，要接我回他们那边去。妈妈不答应，她坐在爸爸的遗像前，搂着我流泪。那时候爷爷奶奶（妈妈的父母）也还健在，但他们一声不吭，只有妈妈在坚持。后来奶奶（爸爸的母亲）发狠地说："小妖不给我们可以，但你不能再找人，我不能让我儿子的后人受别人的气。"妈妈哭了好久，搂着我的手臂却渐渐松开了。爷爷奶奶（妈妈的父母）收拾了我所有的衣物交给来接我的亲人，我就这样回到爸爸那边生活了。我多希望那时候还是个不懂事的孩子，无法感受妈妈渐渐松开搂着我的手臂时的感觉，那是种让我惊恐和悲伤的感受，如此深刻地烙印在我幼小敏感的心里。离开莫纳镇时，妈妈一路哭着送我们上班车，我一直低头默默流泪。她说会去看我，并且告诉我随时都可以回来。我多希望在登上班车时，她能把我拉下来，然而没有。八岁的我内心对她，不，对整个莫纳镇充满了怨恨，莫纳镇永远停留在我八岁的记忆里。

爸爸这边的生活其实并不好，环境比莫纳镇恶劣得多，典型的石山地区，没有水稻，只种玉米。白天喝稀的玉米粥，晚上吃黏稠的玉米糊。爸爸还有两个弟弟尚未婚娶，两三年后，他们陆续成家都分出去住了，新娶进来的婶子们个个嫌弃尚还吃闲饭，并且还要花钱读书的我，爷爷奶奶只好带着我住进了主屋边上搭建的简易房子单独过了。奶奶很快也嫌弃我娇气，并让我洗刷我们三人的衣服，她说懒骨头在这片山里是没法活命的。爷爷的疼爱好歹让我感到一丝温暖。他会一手精湛的木匠手艺，常走村串户给人打饭桌椅子，给婚嫁人家打八件，赚取颇为可观的生活费，我很顺利地读完了中学。上中师第二年，爷爷晚上从外村回来时，失足摔下山崖去世了。奶奶无力供养我继续上中师，我面临失学的处境。我和奶奶商量，去莫纳镇找妈妈，也许她能帮我把这个中师念完。奶奶沉默良久，答应了。她送我到镇上的车站，我登上班车时，她哭了。我忽然意识到此举如此自私，对奶奶造成的伤害，也许和妈妈当年松开手臂给我的伤害一样。我几乎是带着绝望下车了，瞬间一眼望穿自己整个人生，在山里嫁人生子，和山里的女人毫无二致。

奶奶没想到我会放弃找妈妈，她其实知道我多么痛恨山里的日子。我们默默往回走，一路上我不断流泪。奶奶回到家，分别去了两个叔叔的家里，求他们看在死去的兄弟份上，帮我一把。我又得以继续上中师。两个好心的叔叔资助我的钱，直到我当了幼儿园老师的第六年才还完。

这些，遥远的莫纳镇知道吗？如今一场病，又把我拉回在我的童年里留下不可磨灭的伤害的莫纳镇……我站在窗前，窗外渐渐明亮起来的阳光冲淡了我的委屈，我把那红薯粥热了，端下去。

但她不吃。

四

第三天，我和姑姑给妈妈换裤子时，发现妈妈的下半身肿了，特别是两个脚背，肿得更明显，仿佛皮肤下积满了水。姑姑愣了一下，神色惊慌地迅速望我一眼。我们发现妈妈躺在床上这几天，她一次大便都没有，尿也几乎没有了。当然，她几乎不吃什么东西，偶尔喝点水，喝很稀的大米粥。我在电话里请教单医生，他说髋骨摔坏其实不难治，及早治疗还是能康复的，拖久了会引发其他炎症和并发症，老人年纪大了，什么情况都可能发生。髋骨摔坏常见大小便失禁，但老人没有大小便，估计是分泌系统受了感染，只是估计，具体情况最好能去县里拍个片，结合实际情况对症下药。

我把医生的话跟姑姑说了，姑姑沉默良久，说："小妖，我希望她能去医院的，在这世上，我只剩她一个亲人了。"她瞥了我一眼，似乎觉得这样说有些不妥。我不算是她的亲人，她是这意思吗？我和姑姑其实彼此都掂量不出各自在对方心里的分量，我和妈妈也是。

"只是她不愿意去，我没法阻止她决定做什么。"她说。

"可这样熬着只能等死！我觉得你能说服她。"我又有些恼怒了。

"小妖，这镇子上还没哪一个人违背过病人的心意。"姑姑冷静地说。

"什么心意？我们要眼睁睁看着她等死？"我气恼起来，觉得总有一天，我和妈妈、姑姑，和这个镇子会彻底了断我们之间薄如蝉翼的联系的。

"这个镇子上的人，没人会在生死面前糊涂，命该往哪里走，心里都很清楚。当年，你爸爸也是这样，我们阻止不了，也挽留不了。"

"不要跟我提我爸爸！"我生硬地说，"她是我妈妈，我也有权利决定该为她做什么。"

"是你的妈妈，但她首先是她自己，她现在并不糊涂！"姑姑说。我诧异地看了她一眼，这个因为过早就失去儿女，几乎像个苦行僧般严苛生活的女人，似乎没像我想的那样糊涂。我知道无法再说服她们了，凭我一己之力，也没办法把妈妈带到县里的医院。只有熬着，等待奇迹发生。

妈妈的情况继续恶化，到第六天时，她已经有三天没有尿了，大便一直没有。她开始发低烧，动不动就睡过去大半天，醒来后精神稍好一点儿，磕磕绊绊地和姑姑说些话。摔了一跤后，她说话似乎更不利索了，一句话要一个字一个字蹦出来，又因为吃不下东西（或许是她不肯吃），整个人有气无力的。我到卫生院找单医生，叫他给开些葡萄糖液，当水给她喝，维持体能。但单医生说，老人不排尿，喝过多液体只能使老人积水更甚，更痛苦。

似乎什么都不能做了，只能等着。

等……

我五岁到八岁之间，一直在等待中度过，虽然那时候并未意识到。

爸爸常年在木材加工厂工作，吸入过多木屑，得了肺病。在我五岁时，他便开始咳血，有时正在吃饭，被一口汤水呛着了，咳着便咳出血来。之后爸爸就一直赋闲在家养病。那时候中越边境局势还很紧张，边境贸易全面禁止，不像如今随便倒腾点儿边境货就能挣到几个钱养家。妈妈和爸爸就往县城贩卖乡下的土特产，土鸡土鸭、土茯苓，腊肉腊肠等，来维持家用。当然，跑县城的都是妈妈，爸爸整天苍白着脸，身体瘦弱不堪，没有力气做更多的体力活了，他待在家里伺候那些从村里收来的鸡鸭。妈妈卖完东西，顺便从县城给爸爸捎带回来大包大包中草药。在我七岁时，爸爸已经开始卧床不起了，动不动就咳出小半碗血，人瘦如纸片。妈妈关上了房间里的窗口，并请来乡村道公做了道法，画道符封在窗口上。莫纳镇的人认为，人的灵魂是从房间的窗口飘走的，关上窗口灵魂就不会离去了。妈妈又多加了一道画符，如同在窗子上加了一把牢固的锁，似乎可以留住爸爸越来越脆弱的生命。爸爸依然在不断咳血，连喝药不小心呛一下都能咳出吓人的鲜血来，最后连药都不敢给他喝了。那时候我在莫纳镇上小学读一年级，隔三岔五总被妈妈慌里慌张从教室里叫回家，担心爸爸快要走了，我见不到最后一面。我常常手忙脚乱收拾课本，一边就哭着跑出教室。爸爸昏迷过去好几次，气若游丝，我把小手放在他瘦骨嶙峋的手掌里，呼唤他，他又慢慢睁开眼睛，看到我，嘴角动了动，做出一个让人心碎的笑来，他已经不会说话了，他连说话的力气都没有。家族里一些长辈开始叫妈妈打开窗户，别让爸爸再遭罪了。爸爸的父母也赶来莫纳镇，他们一致反对妈妈打开房间窗户，尽管这只是莫纳镇的习俗，于他们来说并没有任何意义，而且，把它和生死连起来似乎过于勉强。爸爸的父母和妈妈的亲戚那段时间关系极为紧张。爸爸的母亲整天待在房间里守着昏睡的爸爸，担心妈妈打开那扇贴了封条的窗户，使爸爸魂归西去。爸爸到后来，连昏睡着嘴角也会溢出鲜血，偶尔会醒过来一阵子，目不转睛地盯着我。我在他的眼睛里看不到任何表情，我觉得他不认识我了。小满那天早晨，下了一阵小雨，妈妈没让我去上学。她对我说，要我帮爸爸解除病痛的折磨。我问她，爸爸就快好了吗？她长久地盯着我，然后把我拉进怀里。是的，妈妈说，以后他再也不会遭罪了，但这件事情必须你来做。我扭头看了床上昏睡的爸爸，无论做什么，我都会为他做的。爸爸的母亲一直低头哭泣着。那天早上，已经出嫁的姑姑也回来了，爸爸的两个兄弟也赶过来。道公给我们算了时间，杀了一只公鸡，告诉妈妈可以了。爸爸的房间站满了人，妈妈把我抱起来，走到有道符封口的窗前，叫我撕开那些封条。我扭头看了爸爸一眼，他依然紧闭双眼，我又看了妈妈一眼，妈妈眼里溢满泪水。我伸出手，慢慢撕开那道画符，爸爸的母亲这时候忍不住大声号哭起来。我把那道封窗户的纸条撕完后，妈妈叫我拉起窗户的插销。我不知道何来一股拒绝的情绪，缩回手，扭头看爸爸，爸爸居然睁开眼睛，一声不响望着我们。

爸！

我叫他一声，挣扎着想从妈妈怀里下来。妈妈的两条手臂像铁一样紧箍住我的身体，轻声叫我打开窗户。妈妈在流泪，爸爸的母亲在号啕大哭，使我本能感觉到这扇窗户很不吉祥，两手抱着妈妈的脖子，再也不愿碰它。姑姑走过，掰开我的手，我哭起来，扑打姑姑。姑姑责怪妈妈误了事，她强硬地拉住我的手伸向窗户的插销，我把手握成拳头，极力不碰触窗户。在我的拳头被姑姑按在插销上时，妈妈快速伸出手，拉起插销，砰地打开窗户了。窗外湿润的清新空气扑面而来，屋子里一下亮堂了很多。妈妈失声痛哭了，我挣扎下地跑到床边，脸上还过着泪水。爸爸的胳膊动了动，慢慢抬起来，几根颤抖的手指碰到我脸上的泪水。

乖！

这是爸爸留给我的最后一句话，当天下午，他走了。爸爸的父母不愿意白发人送黑发人，他刚落气，他们便搭车离开，留下两个叔叔为爸爸守丧。

很多年来，姑姑狠心拉着我的手按在窗户插销上，妈妈快速打开窗户这一幕，一遍一遍在我的记忆中回放，对她们放弃爸爸的行为充满怨恨……她们也使我对亲情充满质疑，与你骨肉相连的亲人，在你病入膏肓的时候，放弃了你，让人不寒而栗。

爸爸埋葬在莫纳镇的坟地里，五年后头葬捡骨头，爷爷奶奶带着我回莫纳镇，想要爸爸的骨头回老家进行二次葬，但妈妈死活不肯。奶奶又放了狠话，留下可以，但妈妈若再改嫁，她再嫁的那天奶奶就到莫纳镇挖爸爸的骨头回去，她不能让她儿子的尸骨埋葬在无亲无故的地方。爸爸的坟墓一直葬在莫纳镇，直到如今。

对于打开窗户，我一直有种莫名其妙的恐惧感，每次推开窗户，总有些心惊肉跳，仿佛窗户之外有什么致命危险在等着我，以至于在我读中师时，受过非常难堪的羞辱。我的床位正好在窗户边，只要可能，我通常会关闭寝室窗户，只有我一个人在时，连窗帘都会拉得严严实实的。同寝室有一个挺漂亮的女同学，极看不起我的寒酸，又嫉妒我作文写得好，便在背后嚼了舌头。不久以后，班里流言蜚语四起，说我喜欢在寝室对自己做些不堪入目的事情。生理老师为此还找我去谈话，我只好把实情向老师道出。整个中师生涯，我得不到任何女同学的友情。这些，妈妈和姑姑永远也不会知道的……

<h1 style="text-align:center">五</h1>

莫纳镇的冬天不仅多雾，极干燥，雨水也极少见，一般要进入四月份以后才开始有雨水来临。这地方和县城相距九十公里，常常是两个世界的天气。县城雨水成灾，莫纳镇风干物燥得星火可以燎原。冬天干燥的天气让我难以忍受，我的皮肤会瘙痒难忍，特别是走路时小腿前部和裤子摩擦的地方，穿高领线衣衣物摩擦的下巴处。半夜里，我蜷缩在竹躺椅上，刚刚捂着毛毯有点儿暖意要睡过去，这暖却变成了瘙痒的催化剂，小腿处和脖子变得奇痒难忍。我在狭窄的躺椅上小心翼翼辗转，怀疑小腿和脖子已经被我锋利的指甲刮破了，指甲划过皮肤的吱吱声在黑暗中如此尖利。窗外的夜风紧一阵缓一阵刮过，震得玻璃不断发出牙齿相互磕碰的声响。整个镇子静悄悄的，偶尔一两声狗吠声遥远传来。呼啸而过的风使人觉得镇子处于无遮无拦的荒漠中。白天没办法午睡，夜里又睡不好，使我疲惫不堪，疲惫滋生了无限委屈。黑夜深沉，一种不知归往何处的茫然像浓稠的暗夜向我袭来。我不愿待在莫纳镇，县城那个日渐淡漠的家也使我心生厌倦。中师毕业几年后，我便成了家，我只带着我满以为可以相依为命过日子的人回去和两个叔叔吃了一顿饭，没什么婚礼。这些我并不在意，包括对方有一个差不多成人的娃我也不在意。我感觉我找的不是真正意义上的爱人，而是一个能像父亲一样给予我关爱的人。可这怎么可能？两个人之间的年龄差距带来的隔阂很快在婚后不可避免地出现，无论如何，我们都走不进彼此真正的内心世界。他对再生很抗拒，他的世界里只有他和自己的孩子，我则变成了一个伺候吃喝的形同保姆般的人。鸡肋般的婚姻有时候也让我渴望来自骨肉亲情的抚慰，而我的骨肉亲情，比我的婚姻更让我觉得不靠谱，我始终一个人行走……疲惫和极度的不适，终于使我忍不住在夹着冷风呼啸的黑夜里哽咽起来。我咬着毛毯，把堵在喉咙里的哭声

生生咽回去，只有泪水无声横流……

"小妖……"黑暗中传来妈妈一字一咬地呼唤。妈妈这声呼唤，终于使堵在我胸口的疼痛和委屈喷薄而出，我一下子哭出声来，咬着毛毯发出像是被人强行捂住嘴后拼命呼叫的声音。这个世界，于我有何暖意？

"小妖。"妈妈又叫了我一声。

"别叫了，让我安静一会儿！"我泣不成声地说。也许妈妈想喝点水，但我只是哭着，完全忘记妈妈是个病人。开灯的按钮就在她枕边的墙壁上，稍微伸手就可以开灯。我希望她不要开灯。她果然没开。我在黑暗中呜呜咽咽哭了很久，直到窗外传来一声罕见的冬雷声，我才止住呜咽，拿毛毯擦了泪水，摸索起来开灯。

一片冷冷的惨白。妈妈睁着眼睛静静躺着，似乎她不曾睡过片刻。

"你需要什么？喝水？"我问她，我感觉到自己的双眼肿胀得厉害，脸上的泪痕一定也没干。太累了，我不想掩饰什么。

"茶——油。"妈妈虚弱地说。我感觉她是在说茶油还是什么。

"深更半夜，要这东西来干什么？你要不要吃点粥？"我问她。临睡前姑姑放了一个保温瓶在床边，里面是红薯粥。我走过去拿保温瓶，拧开，粥还有热气。妈妈微微摆动脑袋，摇头，我只好放下。

"要生的。"她说。我盯住她，无法明白她需要什么。

"擦的。"她又说。

"你慢慢说，需要什么？"我说，在她床边的椅子坐下来，缺乏睡眠使两个太阳穴涨痛难忍，我拿大拇指捻了捻太阳穴。

"痒，生茶油来擦。"妈妈说了一句完整的话，好像费了很大劲儿。我吃惊地看她一眼，她一定听到我暗夜里抓挠的声音了。我摸摸下巴处，离开暖洋洋的毛毯，倒是不太痒。

"这个行吗，用生茶油来擦？"我有些疑惑。

妈妈在枕头上轻微点了一下头，"消炎，止痒！柜子里那瓶小的。"她说，眼睛朝房门边的衣柜望去。

我过去打开衣柜，妈妈的衣物全都卷起来，用橡皮筋紧箍住了。她一直不叠衣服，总是这般整理衣物，能腾出更多的地方。在衣柜的左下角，有几瓶液体，治疗风湿的口服药酒，擦关节炎的外用龙骨酒，还有一小半瓶小矿泉瓶子装的透亮的棕色液体，我拿起来闻了闻，是山茶油的味儿，我拿瓶子朝妈妈晃晃，她朝我眨眨眼睛。

"棉花擦擦。"她说，吃力地从被窝里伸出手来，摸索被子的边角。

"你要什么？我来。"我走到床边，顺着她的手摸摸被子，被子旁边是拉链，我拉开了，里边的棉花被胎露出来，被胎上有个地方撕破了一个洞，可以从这个小洞里撕扯洁白的棉花。

我一下子笑起来。我想起小时候和芳慧玩当护士的游戏，我们把白胖的萝卜当娃娃，拿冰棍的小木棒削尖当针头，用于消毒的棉花也如此这般撕扯出来，没少挨我们的妈妈责骂。

我看了妈妈一眼，估计她是扯棉花来擦关节的。这个老妖婆，简直像个孩子，哪里找不到一点儿棉花呢。妈妈有些不好意思，枯黄的脸上露出些腼腆的笑。我从那个洞里扯棉花，重新拉上拉链，在床边坐下。撩起保暖裤时，果然，小腿前面被挠伤了，渗出星星点点的血迹。

"这可苦！"妈妈说。这是莫纳镇的说话方式，苦是难受的意思。

"是的，我整夜睡不着，太干燥了，痒得揪心，每年冬天都痒。"我说，拧开矿泉水瓶子，拿棉花沾了点儿茶油擦上去。

"不要多。"妈妈说，她在被子下动了动胳膊。

浸了油的棉花软绵绵擦在皮肤上，油腻腻的，按摩三下，很快就吸收了，果然不痒了。我从窗台上拿了一面小镜子，照了脖子，脖子也没好到哪里去。往那里也擦了擦，我看见镜子里自己红肿的双眼，有些恼恨，怎么会为了皮肤瘙痒哭起来了。

"太阳穴两边，针刺一下。"妈妈又说。

我吓了一跳，她的两边太阳穴被线帽遮得严严实实的，不明白为什么要针刺一下，这事情只有姑姑才能为她做了。

"你刺的，头疼，是上——风了，两边各一针，放风，出点儿血就好了。"她说，盯着我，她那双昏花的老眼又怎么看出我头疼的？也许我的太阳穴鼓涨得太厉害了。我倒是不怕疼，但那管用吗？她似乎看出我的疑虑，也不勉强我，"你试试。"她说。

我很快找到了针，茶油抹了，权当消毒，对着镜子照太阳穴，却下不了手。我的两边太阳穴不仅鼓涨，摸起来还硬邦邦的，仿佛皮肤之下有颗石子，

"不疼，你头伸过来，我给你刺一针。"妈妈说，她从被子里费劲地伸出胳膊，我看她微微颤抖的手，不好拂她的好意，闭上眼睛，狠一下心就朝硬邦邦的太阳穴刺下去。我听见哒的一声响，仿佛碾死一直喝足了血的虱子，果然不疼，我又刺了一针，这回有点儿疼了，蚂蚁咬了一口似的。我再拿镜子照，第二针那里居然冒出一颗豆大的黑乎乎的血，很快，那颗血珠子便滚落下来，我慌忙拿棉花擦掉。镜子一照，血依然顽强冒出来。

"不要堵，流着。"妈妈说。

我挪开棉花团，挡住血流的去路，血流下来，落进棉花团里，很快棉花便吸满了血。妈妈摸索被子的拉链，费劲地揪出被胎，从那个洞口扯出一闭棉花给我。我扔掉浸满血的棉花团，接过她手里那团洁白棉花。我吃了一惊，妈妈的手似乎很烫，我伸手摸摸她的额头，很烫。

"发烧了。"我说，盯着她，不知道只是纯粹的发热，还是摔坏的髋骨引起的。也许发热使得她夜不能寝，才使她知道我在暗夜里辗转难眠。妈妈的脸上又出现了那种嘲笑人大惊小怪的神情，我瞪了她一眼，捂着太阳穴找来单医生开给的退烧冲剂，给她冲了一杯，她很顺从地喝了下去。

窗外依然刮着夜风，窗户不停颤动，不知道现在几点了，是不是又起雾？离年底越近，夜里的空气越发寒冷，毛毯似乎顶不住了。前几个月妈妈从医院回来，我在莫纳镇陪伴她，夜晚其实也睡得很不踏实，闷热和蚊香呛人的烟味使我醒来后无法再入眠。我常常摸黑出了房间，溜到楼顶一待就到天蒙蒙发亮。我看见黑

夜里的莫纳河面闪烁着幽暗的光亮，偶尔会有几声蛙叫隐隐传来。我半夜溜出房间时，妈妈也有几次这样冷不丁地叫我，让我拿着手电筒。她似乎总是醒着。那段时间因为夜晚不能安睡，使我变得很暴躁，我从没拿过她甚至已经给我找出来的手电筒……现在，该是下半夜了。姑姑睡得很沉实，我们在楼下说话丝毫影响不到地，楼上黑乎乎一片沉寂。

我又往另一边太阳穴刺了两针，那两针都流血了，浸透几个棉花球，血止住后昏沉的脑袋轻松了很多。妈妈喝退烧冲剂后开始昏昏沉沉打瞌睡，她闭着眼睛，又突然睁开，像是谁叫她而做出的反应，她会盯住我片刻，然后又闭上眼睛。我爬到躺椅上，裹住毛毯，关了灯，叫妈妈睡了。毛毯渐渐暖起来后，小腿和脖子果然不再痒，似乎可以安心睡一觉了。睡意渐渐袭来，我迷迷糊糊听到妈妈叫我："小妖，上床来睡吧，被子，我洗过的，我不拉了，干净的。"

我答应了一声，迷迷糊糊起来，爬上床时似乎磕碰了一下妈妈的脚。钻进厚实的棉被下，舒服地伸开手脚，很快睡意又袭来。这几天太累了，姑姑年纪也大了，不好叫她陪夜，白天她让我睡她的床，街上人来车往，嘈杂不堪，无法安睡片刻。思索着要不要叫单医生给我开几盒右佐匹克隆，那东西苦得叫人流泪，服后能睡去，第二天却头痛欲裂……今夜的睡眠来得容易使我受宠若惊，贪婪睡起来。

我被一声刺耳的车喇叭惊醒了，在被窝里害冷似的打了一个颤抖，睁开眼睛，看见姑姑默不作声坐在床边看着我们。妈妈依然躺着，我的脚不小心碰了妈妈的脚一下，我马上吃惊得一骨碌爬起来，妈妈的脚非常烫，我摸摸她的额头，烫得吓人。

"发烧了。"姑姑平静地说，"刚才醒了一会儿，又迷糊过去了。"

"昨夜喝了退烧药的。"我说，轻手轻脚爬起来，妈妈却睁开眼睛了。

"起了？"她几乎耳语般地说。

我点了点头。

"你睡得香，打鼾了。"她继续说。我不知道她是不是整夜不睡，夜里任何声响都逃不过她的耳朵。

"你发烧，觉得怎么样？"我问她。

"嗯。"妈妈迷迷糊糊地说，又闭上眼睛。我爬起来穿好衣服，妈妈枯黄的颧骨上有一抹淡淡的红晕，显然是发热闷出来的，脸颊凹陷得厉害。一股揪心的痛突然从我心里蔓延出来，一种莫名其妙的紧迫感逼着我，觉得不能再由妈妈和姑姑这么任性了。我给单医生打了电话，诉说妈妈的情况，请他务必来一趟。打完电话我看了姑姑一眼，姑姑一直低头望着妈妈，她的手伸进被窝里，一直握住妈妈的手，脸上一副沉浸在什么苦恼事情里的神情。

单医生很快背着医药箱来，问了一些情况后，我告诉他夜里开始发烧，给她服过退烧药了，但烧一直不退。单医生给妈妈量了体温，三十八度九。

"老人没有感冒的症状，多半是摔坏的髋骨引发的炎症引起的，但不能完全肯定。"他说，并建议病人立刻就医。我扭头看着昏睡的妈妈和默默坐着的姑姑。

"能给妈妈吊点滴吗？退烧或者维持体能都行。"我说。单医生确定我没忘记他关于积液造成浮肿的忠告，点了点头，回镇卫生院配药去了。

姑姑没什么表示。

我们一时相对无语，隔着一扇窗户的街上嘈杂不堪，我却感到一种空旷的寂寥和冰凉。我出去洗漱了，饱睡了一觉后，脸色看起来有一层鲜亮，而内心却忧心如焚。挨着妈妈沉睡了一夜，一种神奇的软软的情感丝丝缕缕从心底冒出来。爷爷（父亲的爸爸）的疼爱曾给我这样温润的感觉，但生活的重压很快磨灭了他内心柔软的部分，爷爷也变得粗粝起来，常常不耐烦地冲我唠叨"你就是个磨人的小东西"。

姑姑来到厨房，她搅拌锅里沸腾的红薯大米粥。其实妈妈几乎不吃。

"四天没有尿，腿更肿，吊那么多液体好吗？"她几乎是低声下气地说，怕惹我生气似的。

"不打也没有，打了也许会好，我们得试试，不能什么都不做。"我安慰她说。

单医生很快配了药来，我伸手进被子，想把妈妈的手拉出来。妈妈却醒了，也许她一直醒着，只是闭眼罢了。她两只手紧紧地捉住被子，力大得让我吃惊。

"妈，必须要打针，你发烧了。"我对她说。

她依然紧紧抓着被子不肯撒手。

"小妖，让妈妈安安静静的。"她虚弱地说。

"妈，打针了才能好，你这样使我很伤心。"我几乎要哭了。

"听妈妈的。妈妈七十三岁了，别往妈妈身上插针了！"她几乎是哀求般的，深陷的双眼竟慢慢溢满泪水。我求助似的看姑姑，姑姑默默无语。

"不打针，医生走吧。"妈妈吃力地朝单医生说，单医生则看我。

"小妖，不打针，不打呀。"妈妈转而望向我，目光充满哀求，泪水顺着她皱巴巴的眼角流下来。

"妈，要怎么样你才肯打针，这是为你好。"我像哄孩子一样柔声对她说话。

"妈妈不——打针。"她很固执，闭上眼睛，像是累极了。她的脑袋在枕头上微微颤抖，紧紧抓着被子的手也在颤抖着。她枯黄憔悴的面孔忽然使我于心不忍，我是在强迫她做自己不愿意做的事情，而她的固执多么不理智。

"那就不打了。"沉默片刻，我对单医生说。我无法做到像拽个无理取闹的孩子那样，把妈妈的手硬生生从被子里拽出来，她不是个孩子，即便她不讲道理。

我把单医生送到门口，向他表示抱歉，并付了出诊费。

六

妈妈似乎因为我不勉强她打针而变得高兴起来，精神也稍稍好了，连续两天每个中午都吃下小半碗红薯大米粥，还和姑姑说了不少话，也会说些我小时候的事情。而我和姑姑隔天中午给她擦洗身子时，发现妈妈的双脚肿得更厉害了。这么多天，她大小便全无，全部淤积在体内，她是该有多难受，她始终一声不吭。我每天给她多服一次退烧药，似乎也退了烧，晚上挨着她睡时，感觉不到她身上散发出来的热气了，她额骨上的红晕也退去。但两条越发水肿的腿，分明在告诉我，妈妈的生命越发脆弱了。这地方有句老话：男上头女下脚，鬼门关等你走。意思是生了病后，男人若开始头脸变大，女人开始肿腿脚，鬼门关就等着你了。

而我什么都做不了，只能拿妈妈自己泡制的气味浓烈的消肿止痛药酒一遍遍为她擦拭。她似乎很受用，气喘吁吁地说："嗯，挺好，很凉爽，小妖，还是自己的药酒好。"

她自顾自笑起来，毫无来由地信赖这瓶有强烈气味的棕色液体。

晚上，我挨着她睡觉，她身上的药酒味浓烈得呛人，妈妈说，这味儿好，蚊子都不敢靠近了。我总是拖到很晚，哈欠连天才上床，上床后很快就入睡了，可以避免两个人醒着挨在一块又无话可说的尴尬。睡不着的时候，我会装着呼吸拉长，像是睡过去了。

妈妈的话变得多起来，关了灯后，她仿佛怕我立刻睡去似的，在被子底下摸索着碰碰我。

"小妖，你什么时候来的例假？"她问道。我没想到她会问这个问题。

"十七岁。"我含含糊糊地说。实是十七岁，我记得特别清楚。

"你发育得晚，不过，会比别人晚几年停经。女人只要还来例假，就能生娃娃。"妈妈说。我很快不惑之年了，生孩子这件事情，离我遥远得可以忽略不计。

"我没想生。"我说，有一种尖锐的疼掠过心底。

她在黑暗中沉默了很久。

"你吃多了苦头，怕孩子吃你受过的苦，你才不想生。"她说，在黑暗中咂吧一下嘴巴，像是叹息。我鼻子酸溜溜的，眼泪就下来了。我在黑暗中紧着鼻子，张开嘴巴呼吸，生怕吸鼻子声被妈妈听见。我读中师第二年放寒假才来例假，而我还读中学时好多女同学已经开始初恋了。和我同铺的同学从没见我买过卫生用品，觉得很奇怪，我对她说我还没有。这件事很快传遍全班女同学，她们甚至扬言，我以后肯定连娃娃也不会生了。那时候我还弄不明白例假和生娃娃之间有什么关系，也不在意这件事情，但我无法明白为什么我没有，心下有些惶恐，女同学的嘲笑更令我感到羞耻。我很想问问奶奶，却无法开口。妈妈永远也不会知道，母爱缺位给我的成长造成多大的伤害。

我僵着身子，努力使自己悄无声息地躺着，泪水却已滂沱，委屈像黑夜一样浓得化不开。妈妈轻轻捏住我的睡衣下摆。

"妈妈那时有些私心，小妖，我为这事后悔了一辈子。"她磕磕绊绊地说。

"你自私!"我说，嗓子眼像被人掐住般生疼。我不想让她知道我哭了。

"嗯!"她在黑暗中轻轻答应一声，像一声无奈的叹息。

"你后来怎么不嫁人了? 你不要我不是为了嫁人吗? 你怎么不嫁?"我拼命抑制住哭声，有些尖刻地说。

她又沉默很久，我忍不住打了一个大大的哭嗝，她再一次捏紧我的睡衣下摆，像是在安慰我。

"妈妈没那福分，老天在惩罚我。"良久，她才说。她这么说倒让我有些解气。我们没再说什么。当我迷迷糊糊要睡去时，她像是在梦中般嘱咐我一句："你该生个娃了，将来，你连个给你开窗的人都没有。"

她知道我结婚，但从未见过那个和我结婚的人。妈妈在县医院住院时，我未曾让家里人去看望过她。我结婚的第二年清明，回莫纳镇给爸爸扫墓时告诉了她。我记得她出院准备返回莫纳镇时，问我能不能去看看我的家，我拒绝了。我没有婚礼，也没有娘家备给的嫁妆，只有两个叔叔每人给我的五百块钱贺礼，那时候奶奶也已经去世了。我连一床新被褥都没有娘家人相送，像个遭人诅咒的新娘。也许是这个原因，和我结婚的人像我的亲人一样，对于婚姻中一些该做该尽的责任并未履行……生得这般尴尬，还有什么必要考虑死。

没想到这是妈妈留给我的最后一句话。第二天早上，我被姑姑叫醒了，其实天才蒙蒙发亮，而窗外的街道，已有重型卡车来往时沉重车轮碾压路面的声音，空气干燥刺冷。

"又发烧了!"姑姑说，她没开灯，我看不清她面对我们的面孔。我开了灯，妈妈像在熟睡，颧骨上又出现两块明显的红晕了，嘴唇干得起皮。我碰了她的额头，烫得吓人。躺在妈妈身边睡一夜，竟未觉察她在睡眠中遭受病痛的折磨。

"妈！"我轻声叫她，她毫无反应，一动不动躺着，覆盖厚重被子的胸口不易觉察地轻微起伏。从她摔坏髋骨到今天，第九天了，她从未下过床，我无法了解摔坏的髋骨给她造成多大伤害，她到底疼不疼？她放弃治疗到底是怕给我带来麻烦，还是她对自己的生命有所知觉？我无从知道。

"怎么办？"我六神无主地问姑姑。一想到妈妈可能会离开我们，我就恐惧万分，母女之间有种难以割舍的感情不知何时在我心里滋生，好像我不曾对妈妈怀满怨恨。这时候我才发觉其实自己什么都不懂，假如姑姑不在身边，我将会如何张皇失措。"姑姑有什么办法吗？你一定有办法的。"我憋着生疼的嗓子问，担心自己会突然号啕大哭起来。

姑姑静静看着妈妈，她的脸上带着一种"事情就是这样的"严峻神色，她把手从被子下抽出来。

"你起来去洗漱吧，如果没睡好，去我的房间再睡一会儿，天还早，我给她擦擦身子，可能出汗了。"她说，她的头发梳得很整齐，是这个镇子老年妇人通常梳的发式。这个镇子的老年妇人一般不再剪头发了，把日渐稀少的头发编成麻花辫子，在脑后盘成发髻，用一根老式银簪子别住。姑姑想必早就起来了，也许真正操心妈妈而寝食难安的只有姑姑，而我只是碍于伦理道德被一根电话线召回来了。我被一种令我恶心得近乎呕吐的愧疚感笼罩了。

我下了床，站在姑姑身边，我们都不说话，窗外传来一声刺耳的喇叭声，也没能唤醒昏睡的妈妈，我几乎要哭了。姑姑转过身来，对我说："去吧，我在这里守着，不会有事的，什么都还没做，莫纳镇的人不会就这么轻易离去。她的灵魂看得见，我们什么都还没做。"

姑姑像个巫婆一样说话。这个过早失去儿女，承受太多悲痛、干瘦的老妇人，我忽然发现她身上有一种让我感到踏实的强大力量，也许是这种力量掩盖住她内心太多的哀伤，才让我错觉她是个近乎冷淡无情之人。我望着床上的妈妈，也许遭受病痛折磨的妈妈也有我不认识的陌生一面，而我还有机会去了解吗？

我出了房间去厨房洗漱，姑姑已经煮好红薯粥，并炒了卷心菜。饭桌上有两个相互扣住的碗，我打开一看，是一碗红豆粥，姑姑早就出过门了，给我买回来了早饭。洗漱完后，我在饭桌边坐下来，却无心吃早饭。天真正亮起来了，莫纳河面上晨雾缭绕，河里的水这时一定是暖和的。已经有早起的女人在河边取水淋菜了。经过寒冷一夜，菜叶上会挂上寒霜，如不淋掉，太阳出来一晒，菜叶就发黑，被晒伤了，然后整株死掉。

莫纳河在我的记忆中有着晨曦一般柔软的记忆，是关于爸爸生病那几年的时光。他还没卧床养病时，妈妈负责到县城卖货，他就带我到河边，把从越南那边流过来的浮柴打捞上来，晾晒在河滩上，傍晚妈妈会挑回家。有时会好运气地打捞上来一棵还带有坠子的芭蕉。那芭蕉坠子砍下来足足有二三十斤，爸爸会非常高兴，拿回家捂几天，芭蕉皮发黄后就可以吃了。爸爸打捞芭蕉时，自言自语，越南那边肯定下暴雨了，不然好好的芭蕉怎么会栽到河里。我说，越南淹了，我们镇子也会淹。那时候我有五岁？也许更小或更大一些。爸爸从来不担心带我去河边玩水，但他总是被妈妈责骂：假如我掉到水里淹死了，爸爸最好也一头栽进去跟着淹死……河边好像还传来我们父女俩的说话声，而他已经离开三十一年……

我吃粥时，听见楼下大门好几次开关的声音，传来若隐若现的说话声。我收拾碗筷下楼，是一些老妇人，有妈妈还健在的伙伴，也有嫁到这个镇子来后，和妈妈交好的妇人。我和她们打了招呼。她们全部坐在妈妈的房间里，和姑姑说话，妈妈依然在昏睡。我在妈妈床边坐下来，娇婆婆望向姑姑问道："小妖给她爸爸上坟了吗？"

我觉得很奇怪，这哪里是上坟的时候。

"就该上坟了吗？"姑姑望了妈妈一眼，小声问道。

娇婆婆把手伸进被子里摸妈妈的脚，几个老人都盯着她。娇婆婆是酒鬼西山的姐姐，嫁在这个镇子上，比妈妈大不了几岁，和妈妈是同辈人。这个老人长寿，四个子女，大孩子已经先她离开人世。她俨然成为这屋里的权威老者。

"小妖，这是镇子的风俗。你妈妈，依婆婆来看，没多少时日了。你去给你爸爸上个坟，上炷香火就好，给你爸爸打招呼，你妈妈就要到那边去了，是个新鬼，他得多多照应。"娇婆婆干净利索地说，没有任何顾忌。姑姑惊慌地看我一眼，担心我会气恼。可我已经无气可恼，内心充满悲伤，骨肉亲情的力量蓄谋已久般排山倒海朝我席卷而来。

"老人的坟墓也在那边。"姑姑说，她指她和妈妈的父母。

"给她爸爸上坟就够了，夫妻才讲今生来世。"娇婆婆说。

我瞧着妈妈默默流泪。

"没什么可哭的，人老了，去该去的地方，这种事跟我们吃饭喝水一样平常。我们只需要按照礼节送他们走，就是对他们最大的孝心了！"娇婆婆安慰道。她这辈子一定见过太多的死亡，才能这样心平气和地与死亡相对。

爸爸的坟墓二次埋葬和头葬的地方相隔并不远。莫纳镇的居民属于城镇居民，没有田地，镇子里的公共墓地就在一个长灌木的山坡上，不像乡村人能就近葬在自己的地里。爸爸的坟墓头葬和二次埋葬只是挪了几步。我极熟悉这里，每年都回来给爸爸上坟。爸爸的坟墓上长满了扁担草，这种草生命力极为旺盛，像爬山虎般四处延伸，一两场雨水下来，整个坟墓便像覆盖了一层绿油油的地毯，极难根除。冬天草木枯败时，人们便一把火烧掉了。我倒是很喜欢这些扁担草，生机勃勃披挂在坟墓上，从春到秋开满米粒大小的小黄花，散发淡淡清香，有什么不好。尚未进入深冬，坟墓上的扁担草依然碧绿，我并不打算除掉它们。远远的，我看见芳慧妈妈的坟墓上插满了坟冠子。再过几天，就该做回拜了。回拜要在天黑之后从墓地一路到家里插着香火，引领死者的灵魂回到家里的祖宗祠堂，不然新亡者会变成孤魂野鬼四处游荡……

我在爸爸坟墓前点了三炷香，在旁边坐下来。我无法说出娇婆婆教给的那些话。妈妈还躺在床上，我不能跟爸爸说她即将是新鬼，只当是来给爸爸上香了。

冬晨的阳光明亮而薄弱，暖意很稀薄，一阵风吹过来，那点暖意就被吹碎了。我内心充满难言的哀伤。我亲眼目睹爸爸离世。爷爷去世时，我赶回到家里，他已经按算好的时辰落棺了，我没能见他最后一面。奶奶是在家里去世的，我回到家时，摸着她的手，已无丝毫暖意。妈妈的父母过世时，我没能前来守孝。我最亲的人，如今只有妈妈了，而她对我已无知亦无觉。

一阵风吹过，在眼眶里打转的泪水落下来，悲伤如清晨的阳光般鲜明，沉甸甸地压在心里，几乎令人窒息。

身后传来脚步碾压枯草的声音，我擦了泪水。芳慧已经坐到我身边来，她来给她妈妈送饭，在新坟前点香，扔下一些饭菜，一日三餐，直到满月。

芳慧一眼就明白我在做仪式。

"跟叔说了吗？"她问。

我摇摇头，"我说不出！"我说。

芳慧立刻在地上抓了一把枯草在坟墓前点燃，呓语般念叨起来："叔，你等久了，婶很快到那边去了，你好好照应，她一辈子，只守着你，不容易！"

我哭了起来。

妈妈昏睡后，家里天天来几个老妇人和姑姑作伴，她们坐在妈妈的房间里，小声闲聊久远的往事。我坐在床上，妈妈依然在发热，我拿冷毛巾给她敷额头。娇婆婆要我褪下妈妈戴的银手镯。

"带这些走，钱财也被带走了，活着的子孙挣不得吃。"她说。妈妈的手腕已经没什么肉了，轻轻一拉，镯子就从手腕脱出来。妈妈昏睡的第四天，她开始出现间歇性的受了惊吓似的突然打颤，仿佛被强电流击打了，叫人看了心碎。我担心她会在突然打颤时咬伤自己的舌头，却不知该怎么避免。我无助地看着娇婆婆。娇婆婆又伸手进被子摸摸妈妈的双脚，又摸摸妈妈的脉搏，吩咐姑姑去烧热水，并叫我翻出妈妈还算新的衣服。我知道要给妈妈沐浴更衣了，免得妈妈穿着破旧的衣服落气，到那边去叫人欺负了。

我知道，再也没有奇迹发生了。我边哭边翻柜子找妈妈的衣服。

"不要哭，你妈妈这时候需要安静！你妈妈虚岁也七十三了，人活七十古来稀，就算这会儿走了，也是喜丧，没什么可伤心的。"娇婆婆严肃地说，我立刻把哭声吞咽回去。

一个婆婆帮我折来一把柚子叶，放在热水盆里。其实只是给妈妈擦擦手脚和脸。妈妈昏睡后，因为天冷，没什么汗，我和姑姑没再给她擦身。掀开被子给妈妈擦脚时，我惊讶地发现妈妈肿起来的双脚缩回去不少，差不多恢复回原样了，赶紧叫娇婆婆看，娇婆婆却沉默不语，其他的老人也不说话，姑姑却忍不住流泪了。自从妈妈卧床后，姑姑还是第一次流泪。

"小妖，给妈妈穿上裤子！"姑姑擦干净妈妈的双脚，吩咐道。

"妈妈消肿了！"我对姑姑说。

"嗯，你不要走开，也许你妈妈要醒过来了！"娇婆婆说道，吩咐一个稍年轻的婆婆，去招呼镇上几个媳妇帮忙买布料。

我无暇顾及其他，妈妈已经昏睡五天了，我每天用棉签沾水湿润她的嘴唇，她水米不沾，也许醒来她会吃一两口粥。这几天每次我把冷下来的粥端走，心里的绝望就一点点扩大。中午时分，镇子上几个年轻媳妇抱回来几捆白麻布，我才知道她们开始剪裁孝布了。她们过来帮我量身做孝服时，我带着哭腔对娇婆婆说："妈妈分明已经消肿了，做这个多不吉利！"

"孩子，婆婆做过的梦比你经历的事还多，你只管听婆婆的。"娇婆婆说。我僵直着身子让她们量身，她们的手碰到我时，我像烫着了似的。

我发现自己一直在妥协，仿佛被一股无形的力量所胁迫。

年轻媳妇们抱着白麻布上了姑姑房间。孝服和孝带必须用手工针线缝合，不能用机器缝制，近亲的人都得有一身孝服，她们要做的活儿很多。

我在妈妈身边守了一天一夜，妈妈却没醒过来。我和姑姑整夜都没睡，在姑姑房间缝制孝服的媳妇们回去吃晚饭后，又回来忙活到下半夜才回去。下半夜时，妈妈频频打颤，仿佛一直被噩梦惊扰。每次我都轻声呼唤她，以为她会醒过来，她又继续昏睡过去了。

姑姑一直握住妈妈的手，屋里的灯火整夜不熄，我望着像是突然间瘦下去的、肤色枯黑的妈妈，心如刀绞，这哪里还是妈妈？

天蒙蒙亮时，我和姑姑都忍不住打瞌睡了，妈妈昏睡这几天，我们几乎没合眼，总担心她会随时醒来，需要喝水或吃一口粥。姑姑突然推了我一把，我猛然惊醒，立刻望向妈妈，妈妈的呼吸变得重而长，竟然睁开眼睛了。

"刚才她的手动了!"姑姑小声对我说。

"妈妈!"我轻声呼唤她，她仿佛没听见似的，直直盯着天花板。我握住她的手，又呼唤一声，好久，她才微微转了一下头，眼睛缓慢朝我这边看。我又叫她一声，她的目光定在我的脸上好长一阵子，似乎在努力辨认我，我不确定她是否看得见我。

"我是小妖，妈妈!"我轻声说，她又打了一个让我几乎心碎的颤抖，这颤抖几乎耗掉她全身的力气，她重新闭起眼睛，我真担心她不会再睁开眼。还好，她又重新睁开眼睛了，呼吸也变得沉重起来。好一会儿妈妈脸上的表情慢慢舒展，嘴角轻微抽搐着，瞧着我像要笑。

"妈妈，我是小妖!"我说。

"姐!"六十多岁的姑姑也在一旁轻声叫她。妈妈似乎连转动眼睛的力气都没有了，目光一直朝我这边望着，姑姑握着妈妈的手，开始轻声抽泣起来。

妈妈只是睁开眼，费劲地喘气，打颤，没有一句话。我无助地望着姑姑，她只是低声哭泣。

婆婆们陆陆续续来了，娇婆婆也来了，她看妈妈良久，吩咐一个婆婆去镇上把道公请来，一个婆婆帮忙去买来一只公鸡。我立刻想起爸爸去世时的事情，哭了起来。

"小妖，你要帮妈妈走完她这辈子的最后一步路!"娇婆婆严肃地对我说，"你大概也不忍心她这样受煎熬的，那将是晚辈的罪孽。"

我几乎泣不成声。我知道那扇窗户其实并不能决定一个人的生死，打开那扇窗户，意味着我从心里、从情感上放弃妈妈的生命，放手让妈妈走了。三十年前，妈妈让我为爸爸打开窗户，我体会不到她的无奈和痛楚，一直对她心怀怨恨。三十年后，时光又把这杯苦酒端到我面前，我将无法拒绝地饮下它。不管我对莫纳镇如何怨恨，我依然是她的女儿，遵从她久远的、令人绝望的风俗。

道公要了妈妈的生辰八字，上香火，并掐算出开窗的时辰。住在镇子上的亲戚陆陆续续来了，挤满了房间。妈妈又昏睡过去了，她打颤越来越频繁，呼吸越来越沉重。当冬日的阳光变得越来越明亮，街道又开始渐渐恢复往日的嘈杂时，道公吩咐杀了那只公鸡。我坐在妈妈的身边泣不成声，姑姑扶着我从床上起来，我们相互搀扶着，走向那扇关闭的窗户。

| **作品点评** |

陶丽群的小说《打开一扇窗子》讲述的是一个沉陷在隔阂与冷漠之中三十年之久的亲情故事。叙述者"我"在小时被迫离开母亲与爷爷奶奶一起生活，开始了"被伤害"的人生。这种隔阂与冷漠的产生缘于八岁时母亲对临终父亲的"放弃"和父亲去世后对"我"的放弃。后来，在中风后又摔坏了髋关节而拒绝救治的母亲走向生命终结的时候，我同样也面临了一次"放弃"生命的选择。两次相隔三十年的"放弃"选择，使我终于彻底宽宥和理解了母亲，于是坚硬的亲情变得柔软和充满热度。当然这种热度只有在多次的反复阅读基础上才能获得真切的感知。小说以"打开一扇窗子"为核心意象，不仅仅是指一位临终者往生的风俗仪式和事关生死哲学的形式载体，更主要的是也隐喻了作者与亲情、与社会以及与自我之间的紧张关系的和解，在一定意义上来说，也是打开了一扇自我救赎的窗子。

　　——周景雷：《在坚硬和冷峻中寻找热度——小议〈打开一扇窗子〉》，《民族文学》2017 年第 12 期